唐前志怪小說輯釋

（修訂本）

何滿子

李劍國　輯釋

上海古籍出版社

圖書在版編目(CIP)數據

唐前志怪小説輯釋(修訂本)/李劍國輯釋．—上海：上海古籍出版社，2011.10（2023.6重印）
（十三經注疏）
ISBN 978-7-5325-5786-8

Ⅰ.①唐…　Ⅱ.①李…　Ⅲ.①志怪小説—文學研究—中國—古代　Ⅳ.①I207.41

中國版本圖書館CIP數據核字 (2010) 第 258115 號

唐前志怪小説輯釋（修訂本）

李劍國　輯釋

上海古籍出版社出版發行

（上海市閔行區號景路159弄1-5號A座5F　郵政編碼201101）

(1) 網址：www.guji.com.cn

(2) E-mail：gujil@guji.com.cn

(3) 易文網網址：www.ewen.co

上海展强印刷有限公司印刷

開本 890×1240　1/32　印張 24.125　插頁 5　字數 686,000

2011 年 10 月第 1 版　2023 年 6 月第 6 次印刷

印數：6,751-7,850

ISBN 978-7-5325-5786-8

I·2282　定價：108.00 元

如發生質量問題，請與承印公司聯系

電話：021-66366565

《唐前志怪小説輯釋》小引

何滿子

我國遠古無規製宏大之神話傳説，如古希臘、古印度今傳者然，或以爲不能無憾。然生民藝文創造之精神，亦如萬斛地泉，不宣洩於此則必洶湧於彼，顧時會殊異，揮發乃不同耳。漢魏以降，志怪小説之繁富，殆爲神話寥寂之天然補償。環球文林，罕有其比。蘊積千載，唐人傳奇乃承其餘澤而興；至歷代詩文，掇以爲典實，更其餘事。允爲華土文章淵藪，藝苑巨彩；豈僅考覈小説歷史，尋江河之源所必探之濫觴而已哉！

綜覽唐前志怪之作，舉其大較，略可分爲三期，曰原始神話傳説之緒餘也；曰漢興方士之神仙故事與夫爾後道教所造作之神鬼之談也；曰魏晉以還闡揚釋教輪迴果報證驗之異聞也。三者因仍遞嬗，每相糅雜，難以截然區劃；惟前者每蟬聯而重現於後繼，後者則鮮見於新因素崛起之前，差可辨其消長之迹耳。中惟刻畫神鬼，則貫徹終始，爲三期所共有。此所謂神者，並無一特定之神格，古者僅天地而已。山川萬物，莫不可神；山妖木怪，遂孳附而生，聖哲强直之士，亦得不入鬼道。沿至後世之道教，其多神之傾向仍無大變，此蓋我民族生活、意識與風習之歷史使然者也。故《山海經》向稱蓄近乎神話之因素者特多,然所記不外海内外山川神祇異物之屬; 屈子《天問》,論者擬爲神話詩,而王逸亦謂其「見楚有先王之廟及公卿祠堂,圖畫天地山川神靈,琦瑋僪佹,及古賢聖怪物行事,因書其壁,呵而問之」。降而至於漢揚雄之《蜀王本紀》、趙曄之《吴越春秋》、袁康之《越絶書》等作,其間所采異聞,頗可擬爲神話傳説者,亦皆民間傳述之山澤林谷荒渺之事,凡此皆與域外神話之張皇諸神者判然有别。至於鬼道,實爲人道之分支,微特於上古爲然,干寶生晉紀,尚不疑人鬼皆實有,抑可知矣。蓋尚鬼原於祀祖,殷商即重祭鬼。人死爲鬼與兩間人鬼並存之觀念,垂數千年而不廢,故在志怪小説中亦綿延而不絶。

漢初先秦之書,如《穆天子傳》、《汲冢瑣語》、《淮南子》等所涉荒怪之説,並爲古神話傳説之嗣裔。前舉揚雄、趙曄之書,亦復其比。厥後地書方志、野乘雜記,每因緣采擇,或取自前修撰述,或取自土著口傳,隨地生發,隨宜敷衍,雖漸失古樸之致,然潛流不絶,大抵爲初期志怪之嗣響也。

嬴政妄求長生,由先世巫祝演化之方士投其所好,倡海上仙藥之説。漢武之世,此風益熾。羽士阿迎人主,侈陳異域神仙。故十洲三島,荒鄙異物,乃至吐納丹鼎,飛升霞舉之談蜂起。方士自衒其術,文人喜其詭奇,神仙故事於焉叢出。題劉向《列仙傳》者最享盛名,而紀漢武故事之書特多。此蓋先古所未有者也。降至魏、晉,魏文《列異傳》兼叙神鬼,葛洪《神仙傳》專演仙真,扇揚其波,鬱爲大宗; 干寶《搜神記》影響尤廣,其書雖偶雜釋氏之説,然趣旨猶仍漢魏之舊,第其時道士之教益漸披猖,神鬼遂更紛雜耳。漢武復雄才大略,拓疆鑿空,壯夫奮力,文士興談,誇述宇内外珍物異俗者並盛。題東方朔《十洲記》、《神異經》之類，貌雖髣髴《山海經》，然其精神則已迥異； 循至張華《博物志》，則幾成多識山川草木鳥獸之書矣。

典午南渡，釋氏之教已浸漸布於民間，被及士林。宋、齊而後，乃或有故爲象教闡揚大法之顯效，或有膚受其經義之影響，於是志怪之書遂增入鼓吹修持、證驗冥報之新義。劉義慶之《宣驗記》、王琰之《冥祥記》、顔之推之《冤魂記》，皆此類也。益以釋典之中，本多天竺穎異之談，其設想爲中土所未有，操觚之士，心賞默習，亦頗移植其意象。荀氏《靈鬼志》道人入籠故事之昉自《觀佛三昧海經》白毫毛相，吴均《續齊諧記》陽羨書生之運化《舊雜譬喻經》梵志故事，即其著例。類是者均爲前此志怪小説之所未有者也。

志怪小説亦常與人事密合。非僅刻畫神鬼，每肖人事； 抑且多取歷史人物與實有事變，依徙結撰，遂與紀世事之野史接壤。其例至多，毋庸贅舉。此蓋與四方怪異之談，每依地書方志以傳，理出一轍者矣。緣我國儒士，肯尊六藝，志道據德，依仁游藝，專尚身家邦國之實用。俚巷小語，關涉人事者且猶致遠恐泥，況怪力亂神，孔子不語者乎？ 然神異之談，聳耳動目，載筆者終難割舍，故先世異聞，或附會而入史傳，不疑其爲虚構，吞卵斬蛇、結草銜環之類是已； 或取作談資，爲諸子之緣飾，移山御風，鯤化鵬飛之類是已。即詮釋六經，亦常擷渺茫之談，如《詩》曰漢有游女，乃以漢臯仙姝實之；《大戴禮》亦以事涉玄誕之胎教故事爲《保傅篇》之徵。遂使中古以前俶怪之談，縉紳大人所不屑言者，尚得庇子史而存其點滴，矧後世地理方志、類書稗乘爲之引録。是以唐前志怪羣書，雖僅存目於史志，其什九皆歸澌滅；而零簡碎語，尚得散在於人世。鈎稽薈聚，猶可蔚爲大觀也。

今傳志怪之作，篇帙稍完具者，强半見於《太平廣記》，其他載籍引録者大抵爲斷章殘句。宋明博學好事之士偶已蒐求輯録，清代輯逸之風盛行，羅掘更多，卓然可觀；然皆肆力於一家一編之作，未嘗通盤彙求，貫穿一體者。其放眼全局，廣收叢殘，匯納百家，厥自魯迅先生始。惟先生《古小説鈎沉》兼收志人事之小説，蓋意在存唐前諸體小説之涯略，非僅爲志怪小説而設也。

此《唐前志怪小説輯釋》則專注志怪，陳其統系。撰者勤求羣書，慎事比勘，商略異同，條暢源流；又復詮釋名物，印證史志，使脈絡分明，義理俱豁。中古以前志怪之作，雖未盡備，然攝其菁英，已堪籠罩全體矣。古書僞託綦多，小説家尤甚，遂激使前修辨僞，疑古過正，此書撰者頗能救其偏失，折衷論斷，大抵允當。其於同一故事之流變衍化，與夫孕育後世小説戲曲者，亦疏理其大凡。誠非篤學敏求，寢饋於其間者所不能道。不惟可爲賞心娱目之具，其有裨於研究文史者之參稽，豈淺鮮哉！

例言

〔一〕唐前古小説，以志怪爲大宗。抉異呈怪，事涉荒唐，然所以風行委巷，流布士林者，蓋以其涉獵兩間之奇觚，如味水陸之異饌；且世風足砭，俗情可窺耳。六朝志怪擅美文苑，後世復瓜瓞綿綿，歷久不竭，且多變異，又善衍化，於稗家影響匪淺。故本書獨取志怪，至《西京雜記》、《世説新語》一流記史遺、志人事者則不與焉。

〔二〕志怪之體大抵叢殘小語，飣餖成編。其類型大凡有四：曰雜史體，《汲冢瑣語》、《拾遺記》是也；曰雜傳體，《列仙傳》、《神仙傳》是也；曰雜記體，《列異傳》、《搜神記》是也；曰地理博物體，《山海經》、《博物志》是也。本書於四體皆有選録，以窺全豹。

〔三〕志怪之體非獨指題材也。《漢孝武故事》、《蜀王本紀》、《徐偃王志異》、《杜蘭香傳》等作雖亦語怪，然就文體而言實係單篇雜傳小説，與夫《穆天子傳》、《燕丹子》、《趙飛燕外傳》等自屬一體，乃唐代單篇傳奇文之嚆矢。第因題材同於志怪，故本書以其作爲志怪題材之雜傳小説亦予選録，特此説明，以免自生淆亂。

〔四〕唐前志怪按其發展分爲三期：先秦爲起源與形成期；兩漢爲承上啓下之發展期；魏晉南北朝爲鼎盛期，又分魏晉與南北朝（含隋）兩段。本書亦分三編：先秦、兩漢合爲第一編，魏晉爲第二編，南北朝爲第三編。依時代爲次，以見變化因依之勢。

〔五〕唐前志怪書多達百餘種，本書所輯，力求別擇佳製，取其旨趣隱約人事、諷喻社會者，題材新穎別致、幻設優美者，情味雋永、文辭生動者，故事著名、流傳廣遠者。庶可觀其菁英，綰其總體。惟短書卮言，難以責備，且慮及全局，則不免降格以求耳。

〔六〕所採諸書均有叙録，置於選材之前，扼述該書時代、撰人、著録、版本、性質、特色諸事。其向有歧疑者，均事考證，酌出己見，不敢言必是，聊充一説。間亦參納古今學者之研究成果。

〔七〕古書無定名，歧名別稱，恒非一端。本書之定名，根據著録、版本及有關文獻資料而斷。或有異於通行名稱者即此故，《漢孝武故事》、《新述異記》即是也。

〔八〕書題下注明所採版本，視圖書條件儘量採用佳槧或今人校本。原書散佚不存者，除《漢孝武故事》用《古小説鈎沉》輯本爲底本外，其餘均自行校輯。《搜神記》及《搜神後記》，用余之「新輯本」。諸書另有輯本者則取作參考。條末注明卷次、篇名或引書詳細出處。標目原無者自擬，輯自《太平廣記》者，於其標目或取或易，視情而定。

〔九〕作者原注一律保留，以小號字別之。舊注如《神異經》張華注，因今本華注或闕佚或闌入正文，經校輯亦予保留。《山海經》郭璞注則酌取入注釋。

〔一〇〕凡底本有誤，參據他本及諸書所引逕行校正，並出校語。他本及引書之譌誤一般從略。較重要之異文方予出校。凡輯自諸書者，均依《鈎沉》例，以某引爲本，參校以他引，或補或删或改，擇善而從，逕直寫定，並於校中説明。諸引異同，亦擇其要者録入校語。差異較大而煩於説明者，乃移入附録，可資對照。校語、注釋混編，次第而出。

〔一一〕注釋側重名物制度、史實遺聞及生僻詞語，多取原始資料，並注明出處。

〔一二〕附録置於校注之後，引録有關資料以備參考。或爲淵源演變，或爲同類傳聞，以見影響之迹。涉獵未廣，自多掛漏，僅陳大概而已。

〔一三〕凡引書引文之異體字，如冢塚、采採、托託、注註、秘祕、弃棄之類，一概依照原文，不作規範統一，以存舊貌。志怪書大部散佚，或知其名而無其文，或賴類書稗集存其二三，甚者僅見一鱗半爪。今存者，亦多經後人增竄，或殘闕不完，非復舊觀。且傳鈔多誤，滿紙魯魚。至其所記，往往齊歌楚唱，傳聞異辭；或竟改頭換面，陳陳相因。本書以搜佚補闕，校譌釋疑，考辨異同，分析源流爲旨，故以《輯釋》名之。唐前志怪之作，涯略粗具，或可概窺一代之奇。惟能薄材譾，疏謬不免，幸盼方家教正。

目次

《唐前志怪小説輯釋》小引……何滿子 一
例　言……一
先秦兩漢編第一
汲冢瑣語……一
晉治氏女徒……二
刑史子臣……三
山海經……五
精衛……六
刑天……九
夸父……一一
君子國……一五
黄帝女妭……一七
鯀禹……二六
括地圖……三二
穿胷國……三二
化民……三五
羿……三六

神異經……三八
東王公……三九
尺郭……四三
樸父……四五
山𤢖……四六
河伯使者……五六
漢孝武故事……五八
王母降武帝……五九
劉向　列仙傳……七三
江妃二女……七五
蕭史……七九
邗子……八五
揚雄　蜀王本紀……八七
望帝……八八
五丁力士……九八
郭憲　洞冥記……一〇八
東方朔……一一〇
吠勒國……一一五
勒畢國……一一七
麗娟……一一九
徐偃王志異……一二二
十洲記……一三二
炎洲……一三三
鳳麟洲……一四一
陳寔　異聞記……一四九
張廣定女……一四九

魏晉編第二

曹丕、張華　列異傳……一五三

望夫石……一五四
鮑子都……一五八
談生……一六三
宗定伯……一六六
張奮宅……一六九
蔡支……一七〇
蔣濟亡兒……一七二
外國圖……一七七
蒙雙民……一七七
張華 博物志……一七九
猴玃……一八〇
秦青韓娥……一八三
千日酒……一八六
八月槎……一八九
陸氏異林……一九六
鍾繇……一九六
王浮 神異記……一九九
丹丘茗……一九九
郭璞 玄中記……二〇二
姑獲鳥……二〇三
桃都山……二〇八
葛洪 神仙傳……二一五
皇初平……二一七
王遠……二二四
壺公……二四〇
曹毗 杜蘭香傳……二五二
干寶 搜神記……二六二
丁令威……二六四

焦湖廟巫……二六八
胡母班……二七〇
趙公明參佐……二七三
白水素女……二七六
丁姑……二八二
成公智瓊……二八三
董永……二九二
東海孝婦……三〇三
李寄……三〇八
倪彦思家魅……三一二
宋大賢……三一四
斑狐書生……三一五
鼉婦……三二四
秦巨伯……三二四
蠶馬……三二八
河間男女……三三二
鵠奔亭……三三六
紫珪……三四二
盤瓠……三四七
三王墓……三五六
韓馮夫婦……三六四
由拳縣……三七一
蘇易……三七八
王嘉　拾遺記……三七九
貫月查……三八一
夷光脩明……三八三
沐胥國尸羅……三九三
騫霄國畫工……三九六

李夫人……三九八
怨碑……四〇五
薛靈芸……四〇八
翔風……四一二
孔約　志怪……四一六
謝宗……四一六
祖台之　志怪……四一九
江黄……四一九
鬼子……四二一
荀氏　靈鬼志……四二三
嵇康……四二三
外國道人……四二八
周子長……四三二
戴祚　甄異傳……四三五
謝允……四三六
阿褐……四三九
秦樹……四四一
楊醜奴……四四二
南北朝編第三
陶潛　搜神後記……四四四
袁栢根碩……四四五
韶舞……四四八
腹瘕病……四四九
阿香……四五一
虹丈夫……四五二
伯裘……四五四
蛟子……四五六

楊生狗……四五八
李仲文女……四六〇
徐玄方女……四六二
劉他苟家鬼……四六七
盧充……四六九
劉義慶　幽明録……四七六
藻居……四七七
黄金潭金牛……四八二
劉晨阮肇……四八六
黄原……四九五
河伯女……四九七
彭娥……四九八
士人甲……四九九
舒禮……五〇一
參軍鸜鵒……五〇四
賈弼……五〇七
吕球……五一一
蘇瓊……五一三
雨中小兒……五一四
新死鬼……五一五
代郡亭……五一八
買粉兒……五一九
石氏女……五二一
劉義慶　宣驗記……五二三
鸚鵡……五二三
吴唐……五二五
劉敬叔　異苑……五二七
大客……五二八

紫姑神……五三二
陸機……五三九
梁清……五四一
徐奭……五四五
桓謙……五四六
章沉……五四七
東陽無疑　齊諧記……五五〇
薛道恂……五五一
吕思……五五三
郭季産　集異記……五五五
劉玄……五五五
王琰　冥祥記……五五七
趙泰……五五八
劉薩荷……五六六
耆域……五八〇
潁陰民婦……五八八
陳秀遠……五八九
祖沖之　述異記……五九二
張氏少女……五九二
王瑶家鬼……五九四
崔基……五九五
比肩人……五九六
黄苗……五九七
任昉　新述異記……六〇〇
鬼母……六〇二
懶婦魚……六〇三
封使君……六〇五
王質……六〇六

黄鶴樓……六一一
宫人草……六一七
吴均　續齊諧記……六一八
金鳳凰……六二〇
紫荆樹……六二二
楊寶……六二五
陽羨書生……六二九
成武丁……六三三
屈原……六四六
趙文韶……六五二
王敬伯……六五七
蕭繹　金樓子志怪篇……六七五
優師木人……六七六
續異記……六七九
徐邈……六七九
朱法公……六八〇
神鬼傳……六八二
曲阿神……六八二
録異傳……六八四
胡熙女鬼子……六八四
鄒覽……六八五
江巖……六八六
如願……六八八
稽神異苑……六九四
白魚江郎……六九五
志怪……六九七
張禹……六九七
夏侯弘……六九九

顧邵……七〇二
妖異記……七〇四
審雨堂……七〇四
侯白　旌異記……七〇七
靈芝寺……七〇八
顔之推　冤魂志……七一二
孫元弼……七一四
諸葛元崇……七一八
太樂伎……七二〇
徐鐵臼……七二三
弘氏……七二四
張絢部曲……七二六
江陵士大夫……七二七
周宣帝……七二八
八朝窮怪録……七三二
劉子卿……七三三
蕭總……七三七
劉導……七四二
首陽山天女……七四六
後記……七四九
修訂後記……七五一

先秦兩漢編第一

汲冢瑣語

本名《瑣語》，出自西晉武帝咸寧五年（二七九）所發現汲縣戰國魏襄王冢中，故名。原書係戰國古文字，寫於竹簡，故又稱《古文瑣語》。遺文記事下逮戰國初，當成於戰國初期至中期間，約當公元前四五世紀。作者當是三家分晉後之晉室史官或魏氏史官。體例頗類《國語》，分爲《夏殷春秋》、《晉春秋》等。

出土爲十一篇，經荀勖、和嶠等人整理後寫定爲十一卷。《隋書·經籍志》雜史類著録《古文瑣語》四卷，注云汲冢書，《舊唐書·經籍志》、《新唐書·藝文志》雜史類書名、卷帙同，宋時全佚。今存遺文二十餘條，清嚴可均《全上古三代文》、洪頤煊《經典集林》、馬國翰《玉函山房輯佚書》、王仁俊《玉函山房輯佚書續編》各有輯本。

《瑣語》内容多爲卜筮占夢，《晉書》卷五一《束晳傳》稱其爲「諸國卜夢妖怪相書也」。明人胡應麟乃謂之「古今紀異之祖」（《少室山房笔叢》卷二九《九流緒論下》）、「古今小説之祖」（同上書卷三六《二酉綴遺中》,蓋志怪小説肇端於此,其體則爲雜史體志怪小説也。

晉治氏女徒

晉治氏女徒〔一〕病,弃之。舞囂〔二〕之馬僮飲馬而見之。病徒曰:「吾良夢。」馬僮曰:「汝奚夢乎?」曰:「吾夢乘水如河汾〔三〕,三馬當以舞。」僮告舞囂〔四〕,自往視之。曰:「尚可活。吾買汝。」答曰:「既弃之矣,猶未死乎?」舞囂曰:「未。」遂買之。至舞囂氏,而疾有間〔五〕。而生荀林父〔六〕。(據中華書局影印宋本《太平御覽》卷六四二引《璅語》)

〔一〕治氏,鮑崇城校宋本《太平御覽》作「冶氏」。按:南宋鄭樵《通志·氏族略》有冶氏、治氏。女徒,女奴。《廣韻》上平聲模韻:「徒,隸也。」

〔二〕舞囂(yín),姓也。鮑本作「舞嚚」。

〔三〕河汾,黄河、汾水交匯處,時屬晉國。

〔四〕三馬當以舞僮告舞囂,原作「三馬當以告舞僮舞囂」,文有錯亂,據嚴、洪、馬輯校本改。當,迎也。

〔五〕有間(jiàn),疾病稍癒。

〔六〕荀林父,即中行桓子,字伯。晉國大夫,文公時任中行之將,曾敗楚於城濮,景公時任中軍之帥。卒謚桓子。其後號中行氏。事迹具《左傳》、《史記》卷三九《晉世家》。

《太平御覽》引此文，末注：「《神異記》又載之。」魯迅據而輯入《古小説鈎沉》王浮《神異記》，「治氏」作「冶氏」，「舞嚚」作「舞嚣」，蓋據鮑本。

刑史子臣

初，刑史子臣謂宋景公〔一〕曰：「從今以往五祀日〔二〕，臣死。自臣死後五年，五月丁亥，吴亡〔三〕。以後五祀，八月辛巳，君薨〔四〕。」刑史子臣至死日，朝見景公，夕而死。後吴亡，景公懼，思刑史子臣之言。將死日，乃逃於瓜圃，遂死焉。求得，以〔五〕蟲矣。（據上海古籍出版社汪紹楹點校本《藝文類聚》卷八七引《古文瑣語》，又《太平御覽》卷九七八、《事類賦注》卷二七並引）

〔一〕刑史，姓，子臣，名。「刑」或作「形」、「邢」，見附録。此人不見《左傳》、《國語》、《史記》。宋景公，名頭曼。據《史記》卷三八《宋微子世家》，公元前五一六年至前四五三年在位，凡六十四年；據《左傳》哀公二十六年，則卒於前四六九年，在位四十八年。《事類賦注》引作「朱素公」。按朱即邾，曹姓，魯穆公時改爲鄒，滅於楚宣王，國在今山東。

〔二〕五祀，祭名，天子、諸侯、大夫皆有五祀之禮。内容爲何，説法不一。《禮記·祭法》云：「諸侯爲國立五祀，曰司命，曰中霤（中室也），曰國門，曰國行（道也），曰公厲（諸侯之鬼也）。」《曲禮下》：「天子祭五祀。」鄭玄

注："五祀，户、竈、中霤、門、行也。"《白虎通義·五祀》云："五祀者何謂也？謂門、户、井、竈、中霤也。"

"五祀日"《御覽》引作"五月五日"，《事類賦注》引作"五祀五日"。

〔三〕按：《史記》卷三一《吴世家》載夫差二十三年十一月丁卯，越敗吴，夫差自剄死，時爲公元前四七三年。與此不合。

〔四〕按：《史記》云："六十四年，景公卒。"未言月日。《左傳》哀公二十六年："冬十月，公遊於空澤，辛巳，卒於連中。"杜預注："連中，館名。"據此景公卒於前四六九年十月辛巳，與《瑣語》月份不符而日合。

〔五〕以，通"已"。《御覽》、《事類賦注》皆引作"已"。

刑史子臣事，《瑣語》猶載一則。《北堂書鈔》卷一六〇引《瑣語》曰："隕石於鑄三。宋景公問於形史子臣曰：'隕石於鑄三，何也？'形史子臣答曰：'天下之望山三將崩。'"

東晉干寶《搜神記》"邢史子臣"條曰："宋大夫邢史子臣明於天道。周敬王之三十七年，景公問曰：'天道其何祥？'對曰：'後五年五月丁亥，臣將死；死後五年五月丁卯，吴將亡；亡後五年，君將終；終後四百年，邾王天下。'俄而皆如其言。所云'邾王天下'者，謂魏之興也。邾，曹姓，魏亦曹姓，皆邾之後。其年數則錯，未知邢史失其數邪，將年代久遠，注記者傳而有謬也？"（據李劍國《新輯搜神記》卷四）此《瑣語》刑史事之演化。

又《宋書》卷二七《符瑞志上》亦載此事，惟"三十七年"作"四十七年"，餘同。

山海經　據上海古籍出版社袁珂《山海經校注》本

今存，十八卷。包括《山經》、《海經》兩大部分。《山經》分《南山經》、《西山經》、《北山經》、《東山經》、《中山經》五卷；《海經》分《海外南經》、《海外西經》、《海外北經》、《海外東經》（《海外經》）四卷，《海内南經》、《海内西經》、《海内北經》、《海内東經》（《海内經》）四卷，《大荒東經》、《大荒南經》、《大荒西經》、《大荒北經》（《大荒經》）四卷及《海内經》一卷。

是書舊稱夏禹或伯益撰，不可信。約成於戰國，且非出一人之手。《山經》較早，約當戰國中期，《海經》則在中期之後。《海内經》四卷中多有秦漢地名，蓋又經後人增竄。《山海經》原有圖，經文係據圖而記。圖及經，可能均出巫祝、方士之流。戰國地理博物之學，固即巫方之術也。是書各部分流傳中被合爲一書，統名曰《山海經》，最晚漢武帝時已有此名，《史記・大宛列傳》首出其名可證。西漢末劉向、劉歆（後改名秀）父子校書，時書凡三十二篇，劉秀定爲十八篇，即《漢書・藝文志》所著録之十三篇，亦即《山經》五篇，《海外》、《海内經》八篇，作十八篇者，蓋以《山經》爲十篇耳。《大荒經》及單篇《海内經》，則爲劉氏所删，即郭璞《注山海經叙》所云「進（一作逸）在外」者。郭璞校注《山海經》時，當又將删落者併入，定爲十八卷，即今本也。《隋書・經籍志》、《新唐書・藝文志》云二十三卷者，蓋仍以《山經》爲十卷耳。今傳版本甚多，注本及校本亦夥，清人畢沅《山海經新校正》、郝懿行《山海經箋疏》是其佳者。今人袁珂有《山海經校注》，用力頗深。

《山海經》之性質，魯迅以爲「古之巫書」（《中國小説史略》），説可溯至《漢書·藝文志》，班固列之於《數術略》形法家之首。形法者，察城郭室舍人畜器物之形氣，以求貴賤吉凶者也。然歷代史志書目多隸於地理類。按是書所記皆山川動植、遠國異民，雜廁神話傳説，「宏誕迂誇，多奇怪俶儻之言」（郭璞《注山海經叙》），非平實之地書，蓋地理博物書與巫書之混合也。而其内容之幻誕，正又可作小説觀。故胡應麟《少室山房筆叢·四部正譌下》以爲「古今語怪之祖」，《四庫全書總目》改入小説家，稱其爲「小説之最古者」。然其内容支離破碎，缺少情節，作爲志怪小説體猶未具，只可作準小説觀耳。

精衛

又北二百里〔一〕，曰發鳩之山〔二〕，其上多柘木〔三〕。有鳥焉，其狀如烏，文首白喙赤足〔四〕，名曰精衛，其鳴自詨〔五〕。是炎帝〔六〕之少女，名曰女娃〔七〕。女娃游于東海，溺而不返，故爲精衛，常銜西山之木石，以堙〔八〕于東海。漳水出焉，東流注于河〔九〕。（卷三《北次三經》）

〔一〕按：此節前爲神囷之山，「又北二百里」者，指神囷山以北二百里也。

〔二〕發鳩山，郭璞注：「今在上黨郡長子縣。」長子縣今屬山西長治市。北宋樂史《太平寰宇記》卷四五《河東道六・潞州・長子縣》：「發鳩山，在縣西南六十五里，濁漳水出焉。」清修《山西通志》卷一九《山川三・潞安府・長子縣》：「發鳩山，在縣西五十里，高二百八十八步，盤踞三十一里，西至横水村十五里，東至川口村九里。」其山又名發包山、鹿苦山，《淮南子・墬形訓》：「濁漳出發包。」高誘注：「發包山，一名鹿苦山，亦在上黨長子。」《水經注》卷一〇《濁漳水》作「發苞山」、「鹿谷山」。

〔三〕柘(zhè)木，常緑灌木，葉可飼蠶。「柘」又作「樜」，《説文》六上木部：「樜木，出發鳩山。」《玉篇》卷一一木部：「柘，桑柘，亦作樜。」

〔四〕文首白喙赤足，《廣韻》卷四去聲祭韻「衛」字釋引作「白首赤喙」。

〔五〕詨(xiào)，呼也，叫也。《廣韻》卷四去聲效韻：「詨，叫。」《文選》卷五《吴都賦》注、《太平御覽》卷四五、《廣韻》「衛」字釋、《事類賦注》卷七並引作「呼」。「其鳴自詨」謂其鳴聲正如其名(精衛)，亦即以其鳴聲而名之也。

〔六〕炎帝，神農也。又名赤帝，傳説中南方天帝。《文選・吴都賦》注、《魏都賦》注及《六帖》卷六引作「赤帝」。

〔七〕按：《御覽》卷九二五引曰：「炎帝之女名媱。」又引《博物志》作「女媱」。女媱乃炎帝另一女，《御覽》引誤。《文選》卷一九《高唐賦》注引《襄陽耆舊傳》曰：「赤帝女曰姚姬(又作「瑶姬」)，未行而卒，葬於巫山之陽，故曰巫山之女。楚懷王遊於高唐，晝寢夢見與神遇，自稱是巫山之女。王因幸之，遂爲置觀於巫山之南，號爲朝雲。後至襄王時，復遊高唐。」《山海經・中次七經》曰：「姑媱之山，帝女死焉，其名曰女尸，化爲䔄草……服之媚于人。」姚姬、瑶姬、姑媱、女媱均爲一人。《吴都賦》注乃引作「赤帝之女姓姜」，不云其名。按古傳炎帝姜姓，《御覽》卷七八引《帝王世紀》曰：「神農氏，姜姓也。」

〔八〕堙，塞也。《吴都賦》注、《六帖》、《廣韻》、《事類賦注》卷六又卷七、《御覽》卷四五並引作「填」。

〔九〕漳水，指濁漳水，又稱潞水，發源於發鳩山，與清漳水合流後，於河北南端入衛河。文中稱「東流注于河」，係古時漳水走向，今漳水(漳河)不入黃河。郭璞注云：「或曰出長子縣鹿谷山而東至鄴，入清漳。」

晉郭璞《山海經圖讚・精衛》曰：「炎帝之女，化爲精衛。沈所(一作「形」)東海，靈爽西邁。乃銜木石，以堙波海(一作「以填攸害」)。」

西晉張華《博物志》卷三《異鳥》曰：「有鳥如烏，文首白喙赤足，曰精衛。故精衛常取西山之木石，以填東海。」(按：有闕文。)

《太平御覽》卷四九引《博物志》佚文，精衛乃與湘夫人、西王母相涉，頗爲新異：「君山，洞庭之山是也，帝之二女居之，曰湘夫人。帝女遣精衛至王母取西山之玉印，印東海北山。」惜乎引文不全，且有脱譌，莫究其詳也。

梁任昉《述異記》卷上曰：「昔炎帝女，溺死東海中，化爲精衛，其名自呼。每銜西山木石，以填東海，怨溺死故也。海畔俗説，精衛無雄，偶海燕而生子。生雌狀如精衛，生雄如海燕。今東海畔，精衛誓水處猶存。曾溺於此川，誓不飲其水。一名誓鳥，一名冤禽，又名志鳥，俗呼爲帝女雀。」(據《御覽》卷九二五引校補)此後世之聞，《六帖》卷六引《山海經》云赤帝女化爲冤禽，乃採此説，非原文也。

自陶淵明《讀山海經》其十詠「精衛銜微木，將以填滄海」之後，歷代詩歌詠精衛者極衆，兹舉數例。

唐岑參《精衛》：「負劍出北門，乘桴適東溟。一鳥海上飛，云是帝女靈。玉顔溺水死，精衛空爲名。怨積徒有志，力微竟不成。西山木石盡，巨壑何時平？」

王建《精衛詞》：「精衛誰教爾填海，海邊石子青磊磊。但得海水作枯池，海中魚龍何所爲？口穿豈爲空銜石，山中草木無全枝。朝在樹頭暮海裏，飛多羽折時墮水。高山未盡海未平，願我身死子還生。」

宋王安石《精衛》：「帝子銜冤久未平，區區微意欲何成。情知木石無云補，待見桑田幾變更。」

吕本中《精衛詩》：「西山有鳥，其狀如烏。名曰精衛，其名自呼。精衛堙海，不堙不止。問誰之報，云帝之子。帝子女娃，往遊不還。精衛求之，不敢有安。海流不改，汝堙不遷。嗟哉精衛，志則可憐。……」

林希逸《精衛銜石填海》：「精衛誰家女，悲鳴苦自憐。石知銜不盡，海有恨難填。妾父曾爲帝，禽言自訴天。磷磷空爾啄，渺渺浩無邊。志有愚公似，冤同杜宇傳。揚塵終可待，且伴羽衣仙。」

刑天

刑天與帝至此爭神〔一〕，帝斷其首，葬之常羊之山〔二〕。乃以乳爲目，以臍爲口，操干戚以舞〔三〕。（卷七《海外西經》）

〔一〕刑天，原作「形天」。按：諸書引此經或諸書記此事其名多歧，凡有「形天」、「形夭」、「邢天」、「刑天」、「刑夭」諸稱。影宋本《太平御覽》卷三七一又卷五七四引作「形夭」，郭璞《圖讚》及唐段成式《酉陽雜俎》卷一四同；

《御覽》卷五五五、鮑崇城校本卷八八七引作「邢天」，南宋羅泌《路史後紀》卷三《炎帝》同；《御覽》卷四九六又卷八八七引作「刑夭」；鮑校本卷五五五引作「刑天」，李公煥本及焦竑本《陶淵明集》卷四《讀山海經》同(參見附録)。《説文》四下刀部：「刑，剄也。」又一上一部：「天，顛也。」「刑天」即斷首之義，作「刑天」是也。然作「形夭」似亦可通。形，形體之謂；夭，摧也，殘也。《淮南子·墬形訓》作「形殘」，亦正此義。袁珂釋云：「意此刑天者，初本無名天神，斷首之後，始名之爲刑天。或作形夭，義爲形體夭殘，亦通。惟作形天、刑夭則不可通。」今從鮑校本《御覽》卷五五五及《陶集》，正作「刑天」。刑天乃炎帝臣，《路史後紀》卷三云：「(炎帝)乃命邢天作扶犂之樂，制豐年之詠，以薦釐來，是曰下謀。」帝，當指黄帝。炎帝曾與黄帝争鬭，《御覽》卷七九引《歸藏》曰：「昔黄神與炎神争鬭涿鹿之野。」又《大戴禮記·五帝德》曰：「黄帝教熊羆貔豹虎，以與赤帝戰於版泉之野。」刑天與之争神(争奪神權)，正屬此，或其餘緒也。《山海經》據圖而記，故經文曰「至此」，言在此處争神也。《御覽》卷三七一、卷四九六、卷五五五、卷五七四、卷八八七諸引皆無此二字，袁珂以爲「至此」二字衍，非是。

〔二〕常羊之山，在西南大荒中。《山海經·大荒西經》云：「西南大荒之中隅，有偏句、常羊之山。」《吕氏春秋·有始覽·諭大》作「常祥」，云：「地大則有常祥、不庭。」按：炎帝生地正在此山，《御覽》卷七八引《帝王世紀》(晉皇甫謐)曰：「神農氏，姜姓也。母曰任姒，有喬氏之女，名登，爲少典妃。遊於華陽，有神龍首感女登於常羊，生炎帝，人身牛首，長於姜水。」由此益知刑天之與炎帝不爲無關矣。

〔三〕郭璞注：「干，盾；戚，斧也。是爲無首之民。」

郭璞《山海經圖讚·形夭》曰：「争神不勝，爲帝所戮。遂厥形夭，臍口乳目。仍揮干戚，雖化不服。」

郭璞《玄中記》亦云：「邢天與帝争神，帝斷其首，葬之常羊山，及乃以乳爲目，以臍爲口。」（《太平御覽》卷五五五引）全取《山海經》。

陶淵明《讀山海經》其十曰：「精衛銜微木，將以填滄海。刑天（一作「形夭」）舞干戚，猛志固常在。」

唐段成式《酉陽雜俎》前集卷一四《諾臯記上》曰：「形夭與帝争神，帝斷其首，葬之常羊山。乃以乳爲目，臍爲口，操干戚而舞焉。」《紺珠集》卷六《酉陽雜俎・形夭舞干戚》作：「形夭，黄帝臣，與帝争神。帝斷其首，乃曰：『吾以乳爲目，臍爲口。』操干戚而舞不止。」

《淮南子・墬形訓》「刑天」作「形殘」，曰：「西方有形殘之尸。」高誘注：「一説曰形殘之尸于是以兩乳爲目，腹臍爲口，操干戚以舞。天神斷其手，後天帝斷其首也。」莊逵吉按曰：「一説即《山海經》之形天也，古聲『天』、『殘』相近。」

刑天之後爲無首民。《御覽》卷七九七引《外國圖》曰：「無首民乃與帝争神，帝斬其首，勅之此野。以乳爲目，臍爲口。去玉門三萬里。」郭注「是爲無首之民」本此。葛洪《抱朴子内篇・釋滯》有「無首之體」語，亦指無首民。

夸父

夸父與日逐走〔一〕，入日〔二〕。渴欲得飲，飲于河渭〔三〕；河渭不足，北飲大澤〔四〕。未

至，道渴而死。弃其杖，化爲鄧林〔五〕。（卷八《海外北經》）

〔一〕夸父，郭璞注：「夸父者，蓋神人之名也。」按：夸父當爲巨人神。《廣雅·釋詁》：「夸，大也。」父，男子美稱。《海外北經》又有博父國，云：「博父國在聶耳東，其爲人大，右手操青蛇，左手操黄蛇。鄧林在其東，二樹木。」是則又名博父。「博」亦大，《廣韻》入聲鐸韻：「博，廣也，大也，通也。」《大荒北經》云「后土生信，信生夸父」，《海内經》又載炎帝之後爲炎居、節並、戲器、祝融、共工、后土，后土爲炎帝七世孫，則夸父爲炎帝裔。逐走，《北堂書鈔》卷一三三又卷一四四、《文選》卷二《西京賦》注、卷一三《鸚鵡賦》注、卷三五《七命》注、《太平御覽》卷七一〇又卷八八七並引作「競走」，《文選》卷二三《詠懷》注引作「競逐」，《六帖》卷一引作「争走」。又《初學記》卷一、《御覽》卷三、《事類賦注》卷一引全句作「夸父逐日」，《御覽》卷五七引作「夸父逐日走」。

〔二〕入日，郭注：「言及於日將入也。」亦即接近太陽之意，非入於太陽之内也。何焯、黄丕烈校本作「日入」，《史記》卷二三《禮書》裴駰《集解》亦引作「日入」。

〔三〕河，黄河；渭，渭水。渭水源出今甘肅渭源縣鳥鼠山，在今陝西潼關縣入黄河。

〔四〕大澤，北方之大湖。《海内西經》云：「大澤方百里，羣鳥所生及所解，在雁門北。」《大荒北經》又云：「有大澤方千里，羣鳥所解。」畢沅、郝懿行均以大澤即《漢書》之翰海。按：翰海又作「瀚海」，或以爲即今内蒙東北部之呼倫湖或貝爾湖。

〔五〕鄧林，《淮南子·墬形訓》高誘注云：「鄧猶木也。」是「鄧林」本義爲樹林。然又用爲林名，《史記·禮書》裴駰《集解》曰：「駰謂『鄧林』後遂爲林名。」《海外北經》：「鄧林在其東，二樹木。」顯爲林名。此處之「化爲鄧林」，亦可解爲林名。《中次六經》又云夸父之山其北有林焉，名曰桃林，廣員三百里，是鄧林又名桃林。畢沅以爲「鄧」、「桃」音相近。後「桃林」用爲地區名，郭璞云：「桃林，今弘農湖縣閿鄉南谷中是也。」《史記·趙世家》張守節《正義》引《括地志》（唐李泰）曰：「桃林在今陝州桃林縣，西至潼關，皆爲桃林塞地。」湖縣、桃林縣即今之河南靈寶市。《太平寰宇記》卷六《河南道六·陝州·靈寶縣》：「桃林塞，《山海經》云……造父于此得驊騮綠耳之馬來獻穆王。《尚書》謂『放牛桃林之野』，《左傳》謂『守桃林之塞』，其地則一。自縣以西至潼關，皆是也。《三秦記》：『桃林塞在長安東四百里。若有軍馬經過，好行則牧華山，休息林下；惡行則決河漫延，馬不得過矣。』」

關於夸父，《山海經》尚有記：

《大荒北經》曰：「大荒之中，有山名曰成都載天。有人珥兩黄蛇，把兩黄蛇，名曰夸父。后土生信，信生夸父。夸父不量力，欲追日景，逮之于禺谷。將飲河而不足也，將走大澤，未至，死于此。應龍已殺蚩尤，又殺夸父，乃去南方處之，故南方多雨。」

《大荒東經》曰：「應龍處南極，殺蚩尤與夸父。」按：此云夸父被應龍所殺，傳聞異辭耳。

《中次六經》曰：「夸父之山，其木多椶柟，多竹箭，其獸多㸲牛羬羊，其鳥多鷩，其陽多玉，其陰多鐵。其北有林焉，名曰桃林，是廣員三百里，其中多馬。湖水出焉，而北流注于河，其中多珚玉。」郝懿行注：「山一名秦山，與太華相連，在今河南靈寶縣東南。」宋王存等《元豐九域志》卷三《陝州·靈寶縣》：「有夸父山。」按：夸父渴死於此，故名其山也。《吕氏春秋·求人》有夸父之野，則又用爲野名矣。

《海外北經》又記博父國，蓋夸父之後爲國也。

郭璞《山海經圖讚》曰："神哉夸父，難以理尋。傾河逐日，遯形鄧林。觸類而化，應無常心。"

《淮南子·墬形訓》曰："夸父、耽耳在其北方。夸父弃其策，是爲鄧林。"高誘注："夸父，神獸也。飲河渭不足，將飲西海，未至道渴死。見《山海經》。策，杖也，其杖生木而成林，鄧猶木也。一曰仙人也。"引文不合《山海經》原文。

《列子·湯問》曰："夸父不量力，欲追日影，逐之於隅谷之際。渴欲得飲，赴飲河渭，河渭不足，將走北飲大澤。未至，道渴而死。弃其杖，尸膏肉所浸，生鄧林，鄧林彌廣數千里焉。"

張華《博物志》卷七《異聞》曰："海水西，夸父與日相逐走，渴飲水，河謂(渭)不足，北飲大澤，未至，渴而死。弃其策杖，化爲鄧林。"

以上皆本《山海經》爲説。後世傳説又多記夸父遺迹：

《太平御覽》卷四七引《郡國志》(晉袁山松)曰："台州覆釜山……有巨跡，云是夸父逐日之所踐。"又《太平寰宇記》卷九八《台州·臨海縣》"覆釜山"下引《臨海記》云："東海有山，形似覆釜，山上有巨跡，是夸父逐日之所踐。"清修《浙江通志》卷一六《山川八·台州府》："龍符山，《臨海縣志》：在縣東一百七十里。《赤城志》、《輿地志》云章安縣東五十里海際，有覆釜山。……唐天寶六年，改今名。山有巨跡，相傳夸父逐日所踐云。"

《御覽》卷五六引《安定圖經》曰：「振履堆者，故老云夸父逐日振履於此，故名之。」《甘肅通志》卷二二《古蹟・涇州》：「振履堆在州境。故老相傳，夸父逐日，振履于此阜上。」

《御覽》卷三八八引盛弘之《荆州記》曰：「零陵縣上石有夸父跡。」

唐張鷟《朝野僉載》卷五曰：「辰州東有三山，鼎足直上，各數千丈。古老傳曰：鄧夸父與日競走，至此煮飯，此三山者，夸父支鼎之石也。」馮夢龍《古今譚概》三十三《荒唐部》亦載，文同。清修《湖廣通志》卷一二《山川志・辰州府・沅陵縣》：「夸父山，在城東界，俗名撑架山。《朝野僉載》：夸父山在辰州東，三山鼎足，直上各數千丈。古老傳曰：鄧夸父與日競走，至此煮飦。此三山者，夸父支鼎之石也。」以鄧林之「鄧」爲夸父姓，頗增趣味。

夸父與日逐走，故古以爲善走之神。葛洪《抱朴子内篇・辯問》：「飛廉、夸父，輕速之聖也。」古人以杖起於夸父。北宋高承《事物紀原》卷八《杖》云：「《山海經》曰：夸父與日争走道死，弃其杖，化爲鄧林。此已見杖矣，蓋起於此乎？」

君子國

君子國在其北〔一〕，衣冠帶劍，食獸，使二文虎在旁〔二〕。其人好讓不争。有薰〔三〕華草，朝生夕死。一曰在肝榆之尸北。（卷九《海外東經》）

〔一〕其，指奢比之尸，一曰肝榆之尸，獸身、人面，大耳，珥兩青蛇。按：《山海經》係據圖而記，「在其北」及下文「使二文虎在旁」，皆説圖像如此。

〔二〕文虎，原作「大虎」。按：《道藏》本及《後漢書·東夷傳》注引並作「文虎」，諸書言君子國者亦皆作「文虎」(見附録)，據正。文虎，虎之有花紋者，《圖讚》稱「雕虎」(見附録)，義同。旁，《道藏》本作「左右」。

〔三〕薫，郭璞注：「或作堇。」郝懿行疏云：「木堇見《爾雅》，堇一名蕣，與『薫』聲相近。《呂氏春秋·仲夏紀》云：『木堇榮。』高誘注云：『木堇朝榮莫落，是月榮華，可用作蒸。雜家謂之朝生。一名蕣，《詩》云「顏如蕣華」是也。』」按：「堇」又作「槿」，木槿，落葉灌木，夏秋開花，朝開暮凋。

《藝文類聚》卷二一引《山海經》曰：「君子國民，衣冠帶劍，土方千里，多薫華之草，好讓，故爲君子國。」較今本多「土方千里」。《太平御覽》卷四二四引《山海經》亦同。

《山海經》言君子國者，尚有《大荒東經》：「大荒之中……有東口之山。有君子之國，其人衣冠帶劍。」郭璞注：「亦使虎豹，好謙讓也。」《圖讚》云：「東方氣仁，國有君子。薫華是食，雕虎是使。雅好禮讓，禮委論理。」

其餘諸書所記，大抵本《山海》此經爲説：

《淮南子·墬形訓》海外三十六國，自東南至東北方有君子國。又云：「東方有君子之國。」高誘注：「東方木德仁，故有君子之國。其人衣冠帶劍，食獸，使二文虎也。」

《太平御覽》卷九九四引《括地圖》曰：「君子民帶劍，使兩文虎，衣野絲。土方千里，多薫華之草。

好讓，故爲君子國。薰華草，朝生夕死。」

《說文》四上羊部「羌」字釋：「東夷從大，大人也。夷俗仁，仁者壽，有君子、不死之國。」段玉裁注：「《後漢書・東夷傳》曰：仁而好生，天性柔順，易以道御，有君子、不死之國焉。」又四上鳥部：「鳳……出於東方君子之國。」

《藝文類聚》卷八九引《外國圖》曰：「君子之國多木槿之華，人民食之。去琅耶三萬里。」又引《玄中記》曰：「君子之國，地方千里，多木槿之華。」

張華《博物志》卷二云：「君子國人，衣冠帶劍，使兩虎，民衣野絲。好禮讓，不爭。土千里，多薰華之草。民多疾風氣，故人不番息。好讓，故爲君子國。」

舊題元伊世珍《瑯嬛記》卷中云：「君子國有鳳凰嶺。」

清陸次雲《八紘荒史》云：「君子國在東方，其人衣冠帶劍，驅使文虎，鳳凰出其郊。好禮讓，不爭。土僅千里，人多疾病，故不蕃息。」

清李汝珍小説《鏡花緣》之君子國，溯其淵始，乃此國之演飾。

黄帝女魃

有係昆之山〔一〕者，有共工之臺〔二〕，射者不敢北鄉〔三〕。有人衣青衣，名曰黄帝女魃〔四〕。蚩尤作兵伐黄帝〔五〕，黄帝乃令應龍攻之冀州之野〔六〕。應龍畜水，蚩尤請風伯、雨師〔七〕，縱大風雨。黄帝乃下天女曰妭〔八〕，雨止，遂殺蚩尤〔九〕。妭不得復上，所居不雨〔一〇〕。叔均〔一一〕言之帝，後置之赤水之北〔一二〕。叔均乃爲田祖〔一三〕。妭時亡之。所欲逐之者，令曰：「神北行〔一四〕！」先除水道，決通溝瀆〔一五〕。（卷一七《大荒北經》）

〔一〕係昆，《太平御覽》卷三五引作「傒昆」。

〔二〕共工之臺，《海外北經》云：「不敢北射，畏共工之臺。臺在其東，臺四方，隅有一蛇，虎色，首衝南方。」共工，水神，炎帝之後。《海内經》云炎帝生炎居，炎居生節並，節並生戲器，戲器生祝融，祝融生共工。《國語·周語》韋昭注云：「共工，諸侯，炎帝之後，姜姓也。」共工曾與黄帝裔顓頊争帝，《淮南子·天文訓》有記，《兵略訓》又謂：「共工爲水害，故顓頊誅之。」

〔三〕鄉，通「向」。郭璞注：「言畏之也。」此句言射者不敢北向共工臺射箭，畏共工之神威也。

〔四〕妭（bá），原作「魃」。按：《道藏》本作「妭」（前一字仍作「魃」），唐劉賡《稽瑞·應龍黄野》亦引作「妭」。《後漢書·張衡傳》李賢注及《御覽》卷三五又卷七九並引作「妖」，「妖」即「妭」字，《張衡傳》注：「妖亦魃也。」《藝文類聚》卷七九乃引作「𩲡」，亦即「妖」字。鮑校本《御覽》則引作「妭」。《杜工部草堂詩箋》卷二九所引，「魃」、「妖」並用，注：「妖，赤魃也。」《廣韻》入聲末韻「妭」字釋云：「鬼婦。《文字指歸》云：『女妭，秃無髮。所居之處，天不雨。』」又吴任臣《山海經廣註》本郭璞注云：「音如旱魃之魃。」（郝懿行本前一「魃」字誤作「妭」）是則經文「魃」字皆應作「妭」，今正，下同。女妭，黄帝女，旱神。《説文》女部：「妭，美婦也。」後演爲旱魃，已非古之黃帝女妭，然其爲旱神則一。《詩經・大雅・雲漢》：「旱魃爲虐。」毛傳：「魃，旱神也。」孔穎達疏引《神異經》曰：「南方有人，長二三尺，袒身而目在頂上，走行如風，名曰魃。所見之國大旱，赤地千里。一名旱母。」（按：與今本文異。）《說文》九上鬼部：「魃，旱鬼也。」「魃」字從鬼，故云「鬼婦」、「旱鬼」。

〔五〕蚩尤，炎帝之後。南宋羅泌《路史後紀》卷四《蚩尤傳》云：「阪泉氏蚩尤，姜姓，炎帝之裔也。」（參見附録）作兵，製作武器。《管子・地數》云蚩尤受葛盧山之金而作劍鎧矛戟戈。《世本・作篇》（茆泮林輯本）亦曰：「蚩尤作五兵：戈、矛、戟、酋矛、夷矛。黃帝誅之涿鹿之野。」宋衷注曰：「蚩尤，神農臣也。」黃帝，天神之最巨者，又傳爲古之天子。《史記》卷一《五帝本紀》云：「黃帝者，少典之子。姓公孫，名曰軒轅。」張守節《正義》曰：「號曰有熊氏，又曰縉雲氏，又曰帝鴻氏，亦曰帝軒氏。」有關黃帝之神話傳說，記載特多。

〔六〕應龍，黃帝之神獸，乃有翼之龍。《廣雅・釋魚》云：「有翼曰應龍。」郭璞注《大荒東經》亦云：「應龍，龍有翼者也。」冀州，古九州之一。其地約當今山西、河北、河南北部、山東西北。郭注云：「冀州，中土也。」黃帝亦教虎豹熊羆，以與炎帝戰于阪泉之野而滅之，見《史記》。按蚩尤爲炎帝裔，黃帝、蚩尤之戰乃炎、黃鬬爭之餘緒。

〔七〕風伯，風神；雨師，雨神。其爲何人，說不一。風伯有飛廉、箕星（或云箕伯）等說，雨師有蓱翳（又作「屏翳」、「蓱號」）、畢星、赤松子、玄冥等說，見《楚辭》王逸注、《列仙傳》、《風俗通義・祀典》、《周禮》鄭玄注、《山海經・海外東經》、張衡《思玄賦》等。

〔八〕按：《史記・五帝本紀》張守節《正義》引「魃」（妭）下有「以止雨」三字。

〔九〕按：《大荒東經》：「應龍處南極，殺蚩尤與夸父，不得復上。」《大荒北經》：「應龍已殺蚩尤，又殺夸父，乃去南方處之，故南方多雨。」是殺蚩尤者爲女妭與應龍也。

〔一〇〕郭注：「旱氣在也。」

〔一一〕叔均，《海内經》謂后稷之孫，始作牛耕。《大荒西經》謂后稷弟台璽之子，播百穀，始作耕，則爲稷姪矣。郭璞注《大荒南經》乃謂叔均，商均也。據《竹書紀年》，商均舜子，名義均，封於商。諸説不同。

〔一二〕赤水，傳説中水名。《西次三經》云赤水出于昆侖之丘。昆侖乃黄帝下都，《莊子・天地》云：「黄帝遊乎赤水之北，登乎崑崙之丘。」《穆天子傳》卷二亦云：「天子升于昆侖之丘，以觀黄帝之宫。」女妭既爲黄帝女，故不能復上天後被安置於昆侖附近。又據《大荒北經》，女妭所處之地乃鍾山：「有鍾山者。有女子衣青衣，名曰赤水女子獻（按：當爲「妭」字之譌）。」而鍾山正在赤水之北，《大荒北經》謂赤水之北有章尾山，章尾山正鍾山也。

〔一三〕田祖，田神。郭注：「主田之官。《詩》云：『田祖有神。』」按：叔均播穀作耕，故爲田神也。

〔一四〕郝懿行云：「北行者，令歸赤水之北也。」按：女妭所至之處天不雨，故逐之令歸也。

〔一五〕除，修也，治也。溝瀆，田間水道。《説文》十一上水部：「瀆，溝也。」《周禮・考工記》：「九夫爲井，井間廣四尺，深四尺，謂之溝。」《釋名・釋水》：「田間之水亦曰溝。」按：修治水道者，蓋爲將得雨也。郭璞注云：「言逐之必得雨，故見先除水道，今之逐魃是也。」郝懿行云：「《藝文類聚》一百卷引《神異經》云：『南方有人，長二三尺，袒身而目在頂上，走行如風，名曰魃。所見之國大旱，赤地千里，一名狢。遇者得之，投溷中乃死，旱災消。』是古有逐魃之説也。《魏書》載咸平五年晉陽得死魃，長二尺，面頂各二目。《通考》言永隆元年長安獲女魃，長尺有二寸，然則《神異經》之説蓋不誣矣。今山西人説旱魃神體有白毛，飛行絶跡，而東齊愚人有打旱魃之事。」按後世多有旱魃、逐魃記載，繪形繪聲，要之皆由女妭傳説衍生也。

黄帝戰蚩尤事屢見古書記載，且多叙其遺迹，兹摘要者引述於次：

《逸周書・嘗麥解》云：「昔天之初，誕作二后，乃設建典，命赤帝分正二卿，命蚩尤于宇少昊，以臨四方。司□□上天末成之慶。蚩尤乃逐帝，争于涿鹿之阿，九隅無遺。赤帝大懾，乃説于黄帝，執蚩尤，殺之于中冀。」

《莊子・盜跖》云：「黄帝不能致德，與蚩尤戰於涿鹿之野，流血百里。」成玄英疏：「蚩尤，諸侯也。涿鹿，地名，今幽州涿郡是也。蚩尤造五兵，與黄帝戰，故流血百里也。」

《韓非子・十過》云：「昔者黄帝合鬼神於西泰山之上，駕象車而六蛟龍，畢方竝鎋，蚩尤居前，風伯進掃，雨師灑道，虎狼在前，鬼神在後，騰蛇伏地，鳳皇覆上，大合鬼神，作爲《清角》。」

《初學記》卷九引《歸藏・啓筮》云：「蚩尤出自羊水，八肱、八趾、疏首。登九淖以伐空桑，黄帝殺之於青丘。」

《史記》卷一《五帝本紀》云：「軒轅之時，神農氏世衰，諸侯相侵伐，暴虐百姓，而神農氏弗能征。於是軒轅乃習用干戈，以征不享，諸侯咸來賓從。而蚩尤最爲暴，莫能伐。炎帝欲侵陵諸侯，諸侯咸歸軒轅。軒轅乃修德振兵，治五氣，蓺五種，撫萬民，度四方，教熊羆貔貅貙虎，以與炎帝戰於阪泉之野。三戰，然後得其志。蚩尤作亂，不用帝命。於是黄帝乃徵師諸侯，與蚩尤戰於涿鹿之野，遂禽殺蚩尤。而諸侯咸尊軒轅爲天子，代神農氏，是爲黄帝。」

張守節《正義》引《龍魚河圖》云：「黄帝攝政，有蚩尤兄弟八十一人，並獸身人語，銅頭鐵額，食沙石子，造立兵仗刀戟大弩，威振天下，誅殺無道，不慈仁。萬民欲令黃帝行天子事，黃帝以仁義不能禁止蚩尤，乃仰天而歎。天遣玄女下授黃帝兵信神符，制伏蚩尤，帝因使之主兵，以制八方。蚩尤沒後，天下復擾亂，黃帝遂畫蚩尤形像以威天下，天下咸謂蚩尤不死，八方萬邦皆爲弭服。」（按：《太平御覽》卷七八亦引。）

《正義》又注「阪泉」云：「《括地志》（按：唐李泰等撰）云：『阪泉，今名黃帝泉，在嬀州懷戎縣東五十六里。出五里至涿鹿東北，與涿水合。又有涿鹿故城，在嬀州東南五十里，本黃帝所都也。』《晉太康地里志》云：『涿鹿城東一里有阪泉，上有黃帝祠。』」按：阪泉之野，則平野之地也。」宋歐陽忞《輿地廣記》卷一二《嬀州·懷戎縣》亦云：「故涿鹿縣，漢屬廣寧郡，後省。昔黃帝與蚩尤戰於涿鹿即此。涿鹿城東一里有阪泉，黃帝與炎帝戰於阪泉即此。」按：唐代懷戎縣乃嬀州治所，即今河北涿鹿縣西南石灰窑。據介紹，河北涿鹿縣礬山鎮上七旗村古名阪泉村，有黃帝祠。（詳見曲辰《阪泉之戰究竟發生在哪裏？》，《文史知識》二〇〇八年第七期）

《史記·五帝本紀》裴駰《集解》引《皇覽》云：「蚩尤冢，在東平郡壽張縣闞鄉城中，高七丈，民常十月祀之。有赤氣出，如匹絳帛，民名爲『蚩尤旗』。肩髀冢，在山陽郡鉅野縣重聚，大小與闞冢等。傳言黃帝與蚩尤戰於涿鹿之野，黃帝殺之，身體異處，故別葬之。」

司馬貞《索隱》云：「皇甫謐云：『黃帝使應龍殺蚩尤于凶黎之谷。』或曰，黃帝斬蚩尤于中冀，因名其地曰『絶轡之野』。」按：皇甫謐所云乃出《帝王世紀》，《御覽》卷七九引曰：「神農氏衰，黃帝修德化民，諸侯歸之。黄帝於是乃擾馴猛獸，與神農氏戰于阪泉之野，三戰而克之。又徵諸侯，使力牧神皇，直討蚩尤氏，擒之于涿鹿之野，使應龍殺之于凶黎之丘。凡五十五戰，而天下大服。」

《御覽》卷一五引《黄帝玄女戰法》云：「黄帝與蚩尤九戰九不勝。黄帝歸於太山，三日三夜霧冥。有一婦人人身鳥形，黄帝稽首再拜，伏不敢起。婦人曰：『吾玄女也，子欲何問？』黄帝曰：『小子欲萬戰萬勝。』遂得戰法焉。」

《焦氏易林》卷一《坤》之《臨》曰：「白龍赤虎，戰鬭俱怒。蚩尤敗走，死於魚口。」又《蒙》之《坎》：「白龍黑虎，起鬐暴怒。戰於涿鹿，蚩尤敗走。」又卷三《同人》之《比》：「白龍黑虎，起伏俱怒。戰於阪兆，蚩尤走敗，死於魯首。」

吴任臣《山海經廣註·大荒北經》注引《廣成子傳》云：「蚩尤銅頭啖石，飛空走險。（黄帝）以馗牛皮爲鼓，九擊而止之，尤不能飛走，遂殺之。」

張君房《雲笈七籤》卷一〇〇《軒轅本紀》云：「黄帝殺蚩尤於黎山之丘，擲械於大荒之中宋山之上，後化爲楓木之林。」按：説本《大荒南經》：「大荒之中有宋山者……有木生山上，名曰楓木。楓木，蚩尤所棄其桎梏，是謂楓木。」郭注：「黄帝得蚩尤，械而殺之。已摘其械，化而爲樹也。」

《水經注·濟水》：「《郡國志》曰：『東平陸有闞亭。』《皇覽》曰：『蚩尤冢，在東郡壽張縣闞鄉城中，冢高七尺，常十月祠之。有赤氣出如絳，民名爲「蚩尤旗」。』《十三州志》曰：『壽張有蚩尤祠。』」又《漯水》：「涿水出涿鹿山，世謂之張公泉，東北流逕涿鹿縣故城南，王莽所謂拪陸也。黄帝與蚩尤戰于涿鹿之野，留其民于涿鹿之阿，即于是也。」

《御覽》卷一五引《志林》(晉虞喜)云：「黄帝與蚩尤戰於涿鹿之野，蚩尤作大霧彌三日，軍人皆惑。黄帝乃令風后法斗機作指南車，以別四方，遂擒蚩尤。」又載晉崔豹《古今註》卷上。

《古今註》卷上又云：「華蓋，黄帝所作也。與蚩尤戰於涿鹿之野，常有五色雲氣、金枝玉葉止於帝上，有花葩之象，故因而作華蓋也。」

元馬端臨《文獻通考》卷一三八《樂考十一》引《樂録》云：「蚩尤氏率魑魅，與黄帝戰於涿鹿之野，黄帝乃命吹角爲龍吟以御之。」

梁任昉《述異記》卷上云：「軒轅之初立也，有蚩尤氏兄弟七十二人，銅頭鐵額，食鐵石。軒轅誅之於涿鹿之野。蚩尤能作雲霧。涿鹿今在冀州。有蚩尤神，俗云人身牛蹄，四目六首。今冀州人掘地，得髑髏如銅鐵者，即蚩尤之骨也。今有蚩尤齒，長二寸，堅不可碎。秦漢間説蚩尤氏，耳鬢如劍戟，頭有角。與軒轅鬭，以角觝人，人不能向。今冀州有樂名『蚩尤戲』，其民兩兩三三，頭戴牛角而相觝，漢造角觝戲，蓋其遺製也。」又云：「太原村落間，祭蚩尤神不用牛頭。今冀州有蚩尤川，即涿鹿之野。漢武時，太原有蚩尤神晝見，龜足蛇首，首疫，其俗遂爲立祠。」

唐李伉《獨異志》卷中云：「蚩尤是古之帝者，兄弟八十一人，皆銅頭鐵額，食沙啖石，然卒爲黄帝所滅也。」又曰：「黄帝斬蚩尤，冢在高平壽長縣，高七丈。時人常十月祠之，有赤氣如疋絳，時人謂之『蚩尤旗』。」

宋樂史《太平寰宇記》卷一三《鄆州·中都縣》云：「古闞城。《皇覽·冢墓記》云鄆州壽張縣闞城中有蚩尤冢，支體異葬也，故此亦有冢焉。常以十月有氣如匹絳，自上屬下，號曰『蚩尤旗』。今屬濟寧鉅野。」又卷一四《濟州·鉅野縣》云：「蚩尤墓在縣東北九里，今山陽鉅野縣有蚩尤髀冢，昔黄帝殺蚩尤于涿鹿之野，身體異處，故别葬焉。冢高三丈，四時民祭。多赤氣，直貫衝天，名曰『蚩尤旗』。」

又卷四六《河東道七·解州·安邑縣》：「蚩尤城，在縣南一十八里。《管子》記曰：雍狐之山出金，蚩尤愛之，以爲劍戟。」所引《管子》見《地數篇》：「葛盧之山發而出水，金從之，蚩尤受而制之，以爲劍鎧矛戟，是歲相兼者諸侯九。雍狐之山發而出水，金從之，蚩尤受而制之，以爲雍狐之戟芮戈，是歲相兼者諸侯十二。」

沈括《夢溪筆談》卷三云：「解州鹽澤方百二十里……滷色正赤，在版泉之下，俚俗謂之『蚩尤血』。」清修《山西通志》卷六〇《古蹟四·解州·安邑縣》：「蚩尤城，鹽池東南二里。《黄帝經序》：黄帝殺蚩尤，其血化爲鹵，今之解池是也。」按：山西運城市解州鎮有蚩尤村，據傳爲蚩尤出生地，附近又有常平村，關羽生地。當地傳有關羽斬蚩尤故事。又有古傳劇本名《關公斬蚩尤》。太原晉祠關帝廟壁畫繪有關公斬蚩尤之圖，蚩尤乃牛首人身。

金元好問《續夷堅志》卷四《蚩尤城》云：「華州界有蚩尤城，古老言蚩尤闞姓，故又謂之闞蚩尤城。城旁闞氏尚多。」按：華州，治今陜西華縣。

鯀禹

洪水滔天，鯀竊帝之息壤以堙洪水〔一〕，不待帝命。帝令祝融殺鯀于羽郊〔二〕。鯀復〔三〕生禹。帝乃命禹卒布土以定九州〔四〕。（卷一八《海内經》）

〔一〕鯀（gǔn），黄帝之孫。《海内經》：「黄帝生駱明，駱明生白馬，白馬是爲鯀。」郭璞注：「即禹父也。《世本》曰：『黄帝生昌意，昌意生顓頊，顓頊生鯀。』」則爲黄帝曾孫。神話中神之世系往往淆亂，蓋傳聞不同故也。「鯀」之義爲魚也。《説文》十一下魚部：「鯀，魚也。」段玉裁注：「此未詳爲何魚。」按：鯀死有化能（三足鼈，古以爲魚類）、化玄魚之説，故有是名。又作「鮌」、「骸」、「骸」、「鰥」。字從「玄」者，殆其爲玄魚。鰥，亦魚也。《詩經·齊風·敝笱》：「敝笱在梁，其魚魴鰥。」毛傳：「鰥，大魚。」帝，天帝，其爲誰氏不明。該神話被歷史化後，遂演爲堯、舜時事。息壤，神土。郭璞注：「息壤者，言土自長息無限，故可以塞洪水也。《開筮》（按：即《歸藏》之《啓筮篇》）曰：『滔滔洪水，無所止極，伯鯀乃以息石息壤，以填洪水。』」息，生息。《淮南子·墬形訓》作「息土」。唐宋猶有息壤傳説，見明人陳士元《江漢叢談》卷一《息壤》，略云：「息者，生也，言土壤生長不已也。《江陵圖經》云：子城南門地隆起，如伏牛馬狀。去之，一夕輒復如故。《溟洪録》云：唐元和初，裴宇鎮荆州，掘之，深六尺，得一石，規模樓櫓，悉倣江陵城制。其石中空，徑六尺八寸，甚工緻。命徙置藩籬間，毁之。是春淫雨，四月不止，潦漲莫遏，人抱爲魚之憂。」

〔二〕祝融，火神。《海外南經》：「南方祝融，獸身人面，乘兩龍。」注：「火神也。」據《海内經》，祝融爲炎帝玄孫，據《大荒西經》，則爲顓頊孫，而顓頊又爲黄帝之孫（《史記・五帝本紀》）。羽郊，郭注：「羽山之郊。」《南次二經》有羽山，郭注：「今東海祝其縣西南有羽山，即鯀所殛處。」《左傳》「昭公七年」杜預注同。祝其縣在今江蘇贛榆縣西北。關於羽山，尚有其他説法，參見附録。

〔三〕復，借作「腹」。郭注：「《開筮》曰：『鯀死三歲不腐，剖之以吴刀，化爲黄龍也。』」按：《初學記》卷二二引《歸藏》曰：「大副之吴刀，是用出禹。」即此事。「副」音「pì」，剖也。

〔四〕布土，分布息壤也。郭注：「鯀績用不成，故復命禹終其功。」按：《淮南子・墬形訓》：「禹乃以息土填洪水，以爲名山。」王嘉《拾遺記》卷二：「禹盡力溝洫，導川夷岳，黄龍夷尾於前，玄龜負青泥於後。」青泥蓋即息壤也。九州，《尚書・禹貢》云：「禹别九州，隨山濬川，任土作貢。」爲冀、豫、雍、揚、兗、徐、梁、青、荆九州。

鯀禹神話記載甚衆，《尚書》、《史記》等書已將之歷史化，然存其古貌者亦夥，就中又時有異辭。《左傳》「昭公七年」曰：「昔堯殛鯀于羽山，其神化爲黄熊，以入于羽淵。」陸德明《釋文》云：「熊，音雄，獸名。亦作『能』，如字，一音奴。能，三足鼈也。解者云：獸非入水之物，故是鼈也。一曰既爲神，何妨是獸。案《説文》及《字林》皆云：『能，熊屬，足似鹿。』然則能既熊屬，又爲鼈類，今本作『能』者，勝也。東海人祭禹廟，不用熊白及鼈爲膳，斯豈鯀化爲二物乎？」按：《爾雅・釋魚》：「鼈三足，能。」《山海經・中次十一經》從水有三足鼈。《説文》十上能部：「能，熊屬，足似鹿。」《廣韻》上平聲咍韻：「能，《爾雅》謂三足鼈也。又獸名，禹父所化也。奴來切，又奴登切。」諸書釋「能」，説互異。《國語・晋語十四》云：「昔者鯀違帝命，殛之於羽山，化爲黄能，以入于羽淵。」（按：此據公序本，明道本《晉語八》作「黄熊」。）韋昭注：「能似熊。」

《墨子·尚賢中》云：「昔者伯鯀，帝之元子，廢帝之德庸，既乃刑之于羽之郊，乃熱照無有及也。」

屈原《天問》云：「不任汩鴻，師何以尚之？僉曰何憂，何不課而行之？鴟龜曳銜，鮌何聽焉？順欲成功，帝何刑焉？永遏在羽山，夫何三年不施？伯鮌腹禹（按：原作「伯禹愎鮌」，據聞一多《楚辭校補》改），夫何以變化？纂就前緒，遂成考功，何續初繼業，而厥謀不同？洪泉極深，何以寘之？地方九則，何以墳之？應龍何畫？河海何歷？鮌何所營？禹何所成？……阻窮西征，巖何越焉？化爲黄熊，巫何活焉？」又《離騷》：「鮌婞直以亡身兮，終然夭乎羽之野。」《九章·惜誦》：「行婞直而不豫兮，鮌功用而不就。」

《吕氏春秋·行論》云：「堯以天下讓舜，鯀爲諸侯，怒於堯曰：『得天之道者爲帝，得地之道者爲三公。今我得地之道，而不以我爲三公。』以堯爲失論。欲得三公，怒甚猛獸，欲以爲亂。比獸之角，能以爲城；舉其尾，能以爲旌。召之不來，仿佯於野以患帝。舜於是殛之於羽山，副之以吴刀。」

《史記》卷二《夏本紀》：「當帝堯之時，鴻水滔天，浩浩懷山襄陵，下民其憂。堯求能治水者，羣臣四嶽皆曰鯀可。堯曰：『鯀爲人負命毁族，不可。』四嶽曰：『等之未有賢於鯀者，願帝試之。』於是堯聽四嶽，用鯀治水，九年而水不息，功用不成。於是帝堯乃求人，更得舜。舜登用，攝行天子之政，巡狩行視，鯀之治水無狀，乃殛鯀於羽山以死。」事同《尚書》之《堯典》、《舜典》。張守節《正義》曰：「鯀之羽山，化爲黄熊，入於羽淵。『熊』音乃來反，下三點爲三足也。束晳《發蒙記》云：『鼈三足曰熊。』」

東漢王充《論衡》卷二《無形篇》云：「鮌殛羽山，化爲黄能。」又卷二十一《死僞篇》云：「昔堯殛鮌于羽山，其神爲黄熊，以入于羽淵。」前者取《國語》，後者取《左傳》。

趙曄《吴越春秋》卷六《越王無余外傳》云：「禹父鮌者，帝顓頊之後。鮌娶於有莘氏之女，名曰女嬉，年壯未孳。嬉於砥山得薏苡而吞之，意若爲人所感，因而妊孕，剖脅而産高密。家于西羌，地曰石紐，在蜀西川也。帝堯之時，遭洪水滔滔，天下沈漬，九州閼塞，四瀆壅閉。帝乃憂中國之不康，悼黎元之罹咎，乃命四嶽乃舉賢良，將任治水。自中國至于條方莫薦人，帝靡所任。四嶽乃舉鮌而薦之於堯，帝曰：『鮌負命毁族，不可。』四嶽曰：『等之羣臣，未有如鮌者。』堯用治水，受命九載功不成。帝怒曰：『朕知不能也。』乃更求之，得舜，使攝行天子之政。巡狩觀鮌之治水，無有形狀，乃殛鮌于羽山。鮌投于水，化爲黄能，因爲羽淵之神。」

袁康、吴平《越絶書》卷三《吴人内傳》云：「舜之時，鮌不從令。堯遭帝嚳之後亂，洪水滔天。堯使鮌治之，九年弗能治。堯七十年而得舜，舜明知人情，審於地形，知鮌不能治，數諫不去，堯殛之羽山。此之謂舜之時鮌不從令也。」

晉王嘉《拾遺記》卷二云：「堯命夏鮌治水，九載無績，鮌自沈於羽淵，化爲玄魚。時揚鬚振鱗，横修波之上，見者謂爲河精，羽淵與河海通源也。海民於羽山之中修立鮌廟，四時以致祭祀。常見玄魚與蛟龍跳躍而出，觀者驚而畏矣。至舜命禹疏川奠岳，濟巨海則黿鼉而爲梁，踰翠岑則神龍而爲馭，行遍日月之墟，惟不踐羽山之地，皆聖德感鮌之靈化。其事互説，神變猶一，而色狀不同。玄魚黄熊，四音相亂,傳寫流文,『鯀』字或『魚』邊『玄』也。羣疑衆説,並略記焉。」梁蕭綺録曰:「《尚書》云『堯殛鯀于羽山』,《春秋傳》曰『其神化爲黄熊,以入羽淵』,是在山變爲熊,入水化爲魚也。獸之依山,魚之附水,各因其性而變化焉。」

北魏《水經注》卷三〇《淮水》云:「游水又北歷羽山西。《地理志》曰:『羽山在祝其縣東南。』《尚書》曰:『堯疇咨四岳,進十六族,殛鯀於羽山。是爲檮杌,與驩兜、三苗、共工同其罪,故世謂之四凶。』鯀既死,其神化爲黄熊,入於羽淵。是爲夏郊,三代祀之。故《連山易》曰『有崇伯鯀伏於羽山之野』是也。」

梁任昉《述異記》卷上云:「堯使鯀治洪水,不勝其任,遂誅鯀於羽山,化爲黄能(奴來反),入于羽泉。今會稽祭禹廟不用能白,黄能即黄熊也。陸居曰熊,水居曰能。昉按:今江淮中有魚名黄熊,蚍之精,至冬化爲雉,至春復爲蚍。今吴中不食雉,毒故也。」

北宋樂史《太平寰宇記》卷二二《海州·朐山縣》云:「羽山,在縣西北九十里。《漢志》:東海郡祝其縣,羽山在縣南,鯀所殛處也。羽潭在縣西九十里,去羽山一百步,一名羽池。《左傳》云鯀化爲黄熊,入于羽淵。淵東有羽山。池上多生細柳,野獸不敢踐。又《郡國志》云:『鍾離昧城南有羽泉,亦殛鯀之處,其水恒清,牛羊不飲。』」又卷二三《沂州·臨沂縣》云:「羽山,在縣東南一百一十里。」又云:「鯀墓,在縣東南百里。按《左傳》鯀死其神化爲黄熊,入于羽淵,未詳得有墓否。」元于欽《齊乘》卷五《丘壟》云:「鯀墓,沂州東南百里羽山之下。」按:朐山縣在今江蘇連雲港市西南,羽山在其西北,則正在山東臨沂東南，所指爲一處，而復云在祝其南或云西南者，亦爲同一地。至《郡國志》所言羽泉，則在其南。《寰宇記》云：「鍾離昧故城在縣（朐山縣）南百里。」

同書卷二〇《登州·蓬萊縣》又云：「羽山，在縣南十五里。《尚書》云殛鯀于羽山，孔安國注云其山在東齊海中，即此也。」「鯀城，在縣南六十里。古老相傳云，是魏將田豫領兵禦吴將周賀築之，蓋近殛鯀之地，因名。」按：蓬萊今爲市，屬山東。

《東坡詩集註》卷四《濠州七絶·塗山》云：「川鎖支祁水尚渾，地埋汪罔骨應存。樵蘇已入黄熊廟，烏鵲猶朝禹會村。」題下自注：「山下有鯀廟，山前有禹會村。」按：濠州故治在今安徽鳳陽縣東，此亦爲傳説中鯀之遺址也。

清齊召南《水道提綱》卷二一《雲南南出之水》云瀾滄江「又東南數十里經屈虫帝鯀廟西南」，則雲南亦有鯀廟。

括地圖

此書不見著録，已佚。《北堂書鈔》、《藝文類聚》、《初學記》、《太平御覽》等引有佚文，皆不云撰人。清王謨《漢唐地理書鈔》、黄奭《漢學堂叢書》有輯本。佚文凡三十餘條。王仁俊《玉函山房輯佚書補編》補《太平寰宇記》卷一一五所引「茶溪」一條，乃出唐李泰等撰《括地志》。

魏晉裴秀《禹貢地域圖序》（《晉書》卷三五《裴秀傳》）云：「今祕書……唯有漢氏《輿地》及《括地》諸雜圖……雖有粗形，皆不精審，不可依據，或荒外迂誕之言，不合事實，於義無取」。所云《括地》雜圖，殆即此書。《博物志》多採戰國、秦、漢古書，而其中多有取《括地圖》者，班固《東都賦》「范氏御龍」語，正爲《括地圖》中事，然則其爲西漢人作也。西漢讖緯書有《河圖括地象》，是書似襲其名。《括地圖》係仿《山海經》，且多採其材，乃地理博物體志怪。此等志怪屢出漢世，蓋《山海經》廣爲傳播，「文學大儒皆讀學」（劉秀《上山海經表》）故也。

穿胷國

禹平天下，會于會稽之野〔一〕，誅防風氏〔二〕。夏后德盛，二龍降之。禹使范氏御之以行，經南方，既周而還〔三〕。防風神見禹，怒使二臣〔四〕射之，有迅雷〔五〕，二龍升去。二臣〔六〕

懼，以刃自貫其心而死。禹哀之，乃拔刃〔七〕，療以不死草〔八〕。皆生，是名穿胷國〔九〕。去會稽萬五千里〔一〇〕。（據上海古籍出版社汪紹楹點校本《藝文類聚》卷九六引《括地圖》，又敦煌寫本伯二六八三號《瑞應圖》、《文選》卷一班固《東都賦》及卷四六王融《三月三日曲水詩序》李善注、《初學記》卷九、《太平御覽》卷七九並引）

〔一〕此二句據《文選·三月三日曲水詩序》注引補。會稽，山名，又名苗山、茅山、防山、棟山，秦後又名秦望山，在今浙江紹興市南。相傳大禹於此會諸侯計功，故名會稽山。《越絶書·外傳·記地傳》云：「禹始也憂民救水，到大越上茅山，大會計，爵有德，封有功，更名茅山曰會稽。」

〔二〕此句前原有「禹」字，承上省去。《御覽》引作「防風民」，《初學記》引作「防風」。按：《國語·魯語下》載：「昔禹致羣神於會稽之山，防風氏後至，禹殺而戮之，其骨節專車。」防風氏爲巨人神，《魯語》云其後爲汪芒氏、長狄、大人。《天問》：「長人何守？」王逸注：「長人，長狄，《春秋》云防風氏也。禹會諸侯，防風氏後至，於是使守封、隅之山也。」洪興祖補注：「今湖州武康縣東有防風山，山東二百步有禺山，防風廟在封、禺二山之間。」梁任昉《述異記》卷上云：「昔禹會塗山，執玉帛者萬國，防風氏後至，禹誅之。其長三丈，其骨頭專車。今南中民有姓防風氏，即其後也，皆長大。」又稱吴越間防風廟，土木作其形，龍首牛耳，連眉一目。

〔三〕此句原無，據敦煌本《瑞應圖》引補。

〔四〕怒，《曲水詩序》注引作「弩」。「使二臣」三字原無，按：《御覽》引作「怒使射之」，既曰「使」，射者則非防風神本人，《博物志》云射禹者是房風之神二臣，是也。今從《御覽》補「使」字，又增「二臣」二字。

〔五〕雷，《御覽》引作「雨」。

〔六〕二臣，原作「神」，《御覽》引作「臣」，今正爲「二臣」。

〔七〕此三字據《曲水詩序》注引補。

〔八〕瘵，原作「瘞」。按：「瘞」音「yì」，埋也，《曲水詩序》注、《御覽》皆引作「瘵」，據正。不死草，長生之草也。《十洲記》云：「祖洲……上有不死之草，草形如菰苗，長三四尺。人已死三日者，以草覆之，皆當時活也。服之令人長生。」即此之類。

〔九〕穿胷國，《御覽》引作「穿匈民」，《曲水詩序》注引作「貫胷之民」。「匈」、「胷」同「胸」。

〔一〇〕此句原無，據《御覽》引補。

《山海經·海外南經》云：「貫匈國在其（載國）東，其爲人匈有竅。」《淮南子·墬形訓》有穿胸民，高誘注：「胸前穿孔達背。」此爲穿胸國傳説之始。

張華《博物志》卷二《外國》云：「穿胸國，昔禹平天下，會諸侯會稽之野。防風氏後到，殺之。夏德之盛，二龍降之，禹使范成光御之，行域外。既周而還至南海，經房風，房風之神二臣以塗山之戮，見禹使，怒而射之，迅風雷雨，二龍升去。二臣恐，以刃自貫其心而死。禹哀之，乃拔其刃，療以不死之草。是爲穿胸民。」按：《文選·石闕銘》注引《博物志》，末有「去會稽萬五千里」一句，同《括地圖》。

明孫瑴編《古微書》卷三四《河圖玉板》云：「禹平天下，會諸侯會稽之野。防風氏後到，殺之。夏德之盛，二龍降之，禹使范成光御之，行域外。既周而還，至南海，輕（按：「經」字之譌）防風。防風之神二臣，以塗山之戮，見禹使，怒而射之，迅雷風雨，二龍昇去。二臣恐，以刃自貫其心而死。禹哀之，乃拔其刃，療以不死之草。是爲穿胸民。」

敦煌寫本伯二六八三號《瑞應圖》引《神靈記》云：「禹乘二龍，哀□爲御。」有闕文。

南宋陳元靚《事林廣記》卷五《方國類》云：「貫胸國在盛國之東，其人胸有竅，尊者去其衣，令卑者以物貫其胸擡之。」此演飾之説，更匪夷所思矣。元周致中《異域志》卷下《穿胸國》摭此説，云：「在盛海東。胸有竅，尊者去衣，令卑者以竹木貫胸擡之。俗謂防風氏之民，因禹殺其君，乃刺其心，故有是類。」其後説乃襲《括地圖》也。

化民

化民食桑，三〔一〕十七年，以絲自裹，九年生翼，十〔二〕年而死。其桑長千仞，蓋蠶類也。去琅琊〔三〕二萬六千里。（據《四部叢刊初編》景印明鈔本《齊民要術》卷一〇引《括地圖》，又《藝文類聚》卷八八、《事類賦注》卷二五、《太平御覽》卷九五五並引）

〔一〕三，《類聚》、《事類賦注》、《御覽》引並作「二」。

〔二〕十，原作「九」，據《類聚》、《事類賦注》、《御覽》引正。

〔三〕琅琊，郡名。「琅」又作「瑯」，「琊」又作「邪」。秦時治琅邪（今山東膠南市琅邪臺西北），西漢移治東武（今諸城市）。

《太平御覽》卷八八八引《博物志》佚文曰:「化民食桑,二十七年,以絲自裹,九年死。」又卷八二五引《玄中記》曰:「化民食桑,三七年化,能以自裹,如蠶績,九年生翼,十年而死。去琅耶四萬里。」末注:「《神異經》同。」今本《神異經》無。蠶類傳説《山海經》已有之,《海外北經》云:「歐絲之野……一女子跪據樹歐絲。」以後又有蠶馬傳説,見《搜神記》。此化民者乃别一傳聞,可謂異曲同工。

羿

羿〔一〕年五歲,父母與入山,其母處之大樹下,待蟬鳴還欲取之。羣蟬俱鳴,遂捐〔二〕去。羿爲山間所養。羿年二十,能習弓矢。仰天歎曰:「我將射遠方〔三〕,矢至吾門止。」因捍〔四〕即射,矢摩地截草,徑〔五〕至羿門。隨矢去,躬隨往尋。每食糜,則餘一杯〔六〕。(據中華書局影印宋本《太平御覽》卷三五〇引《括地圖》,又《北堂書鈔》卷一四四引,南宋羅泌《路史後紀》卷一三上《夷羿傳》羅苹注引作《括地象》)

〔一〕羿,本爲神話中之天神。《山海經·海内經》載帝俊賜羿彤弓素矰,扶助下民,《淮南子·本經訓》載堯時羿上射十日,下除獸害。後與夏少康時后羿相混。后羿又曰夷羿,號有窮氏。

〔二〕捐,棄也。

〔三〕遠方，《路史》注作「四方」。

〔四〕捍，通「扞」，引也，張也。

〔五〕徑，徑直。原作「經」，據《路史》注正。

〔六〕以上十一字據《書鈔》補。

神異經　據明何允中《廣漢魏叢書》本

一卷，今存，或又稱《神異記》、《神異傳》、《神異録》，並誤。《隋書·經籍志》地理類著録《神異經》一卷，東方朔撰，張華注。《舊唐書·經籍志》、《新唐書·藝文志》作二卷，撰人同，《新志》入道家類神仙家。唐前書已多言東方朔撰此書，然不可信。考《漢書》卷六五《東方朔傳》臚列朔作十餘種，且云「朔之文辭……凡劉向所録朔書具是矣，世所傳他事皆非也」。讚又云：「後世好事者因取奇言怪語附著之朔，故詳録焉。」其中並無此書。《漢書·藝文志》亦無目，其不出朔手明甚。人多以爲六朝人僞造，亦非。《左傳》文公十八年孔穎達疏云：「服虔按：《神異經》云：『檮杌，狀似虎，毫長二尺，人面虎足猪牙，尾長七八尺，能鬬不退。』」許慎《説文》六上木部「梟」字釋云「不孝鳥」，用《神異經》名目。服、許皆東漢末人，其必出漢世無疑。又東漢初郭憲《洞冥記》卷二載西王母適東王公舍，本《神異經》。且其文字簡古，可證爲西漢書也。班固云後世好事者取奇言怪語附著之朔，豈《神異》者流耶？張華注昔人亦疑其僞，無據。

今之版本凡二系：一是明末何允中編刊《廣漢魏叢書》本，分九篇，六十三則（實爲五十八則）。中有校語，自稱「㙔按」、「㙔曰」，即明人朱謀㙔也。此本可能據舊本校刊。《重編説郛》本、《五朝小説》本、《廣四十家小説》本、《增訂漢魏叢書》本、《龍威秘書》本、《百子全書》本、《説庫》本皆出此本。一是明萬曆中程榮編刊《漢魏叢書》本，不分篇目，凡四十九則，割裂重複，雜亂無章，條目文字多删節不完，且混入《拾遺記》卷一〇崑崙山柰一事，殆爲明人重輯本。《格致叢書》本、《四庫全書》本均爲此本。南宋朱勝非《紺珠集》卷五、曾慥《類説》卷三七、元陶宗儀《説郛》卷六五亦有摘録。《紺珠集》、《類説》所摘，羼入他書。《説郛》題《神異記》，注作二卷，乃二卷本。今本非足本，清末陶憲曾以《增訂漢魏叢書》本爲底本撰《神異經輯校》，補輯佚文九則。又王仁俊輯一則，載《經籍佚文》。臺灣日月出版社出版周次吉《神異經研究》，補佚文十則。王國良《神異經研究》下編《神異經校釋》以《廣漢魏叢書》本爲底本詳加校釋，輯佚文十則，諸校本中最善。

是書踵《山海經》之武，專記八荒之異物。史志書目或入地理，或隸道家，或屬小説，要之亦爲地理博物體志怪小説也。

東王公

東荒山中，有大石室，東王公〔一〕居焉。長一丈，頭髮皓白，人形鳥面而虎尾，載〔二〕一黑熊，左右顧望。恒與一玉女更投壺〔三〕，每投千二百矯〔四〕。設有入不出者，天爲之嚱噓。華曰：嘆也。〔五〕矯出而脱悮不接者，言失之。〔六〕天爲之笑。華云：言笑者，天口流火炤灼。今天上不雨而有電光，是天笑也。〔七〕（《東荒經》）

〔一〕東王公,西王母配偶,參附録。

〔二〕載,通「戴」。據張宗祥《説郛校勘記》,明抄殘本《説郛》卷六五《神異記》作「戴」。《詩經·周頌·絲衣》:「載弁俅俅。」鄭玄箋:「載,猶戴也。」《集韻》去聲代韻:「戴……或作載。」

〔三〕玉女,仙女。「更」字原無,據《藝文類聚》卷一七、《太平御覽》卷三七三、《集韻》平聲之韻引補。更,輪替。投壺,燕飲間一種娱客之戲,古用爲禮。其制設一壺,中實小豆,防矢反激,賓主依次投柘木矢其中,中多者爲勝,負者飲酒。此其大略,詳見《禮記·投壺》。漢武時郭舍人改革舊法,以竹爲矢,矢入壺中又反激出者方爲勝,見《西京雜記》卷五。東王公之投壺,即用此法。

〔四〕矯(jiǎo),投矢躍出壺外。《集韻》平聲宵韻:「矯,矢躍出也。《神異經》:東王公與玉女更投壺千二百矯。」此句謂每次投壺皆以千二百矯爲度(先至者勝)。朱謀㙔按曰:「《仙傳拾遺》『矯』字作『梟』。」(按:《仙傳拾遺》見附録。)按:《西京雜記》卷五:「武帝時,郭舍人善投壺,以竹爲矢,不用棘也。古之投壺,取中而不求還,故實小豆於中,惡其矢躍而出也。郭舍人則激矢令還,一矢百餘反,謂之爲驍,言如博之竪梟於掌中爲驍傑也。每爲武帝投壺,輒賜金帛。」「梟」通「驍」。《説郛》卷六五《神異記》「矯」下有注:「九尾反。」明抄殘本作「堅堯反」。

〔五〕噫(yī)嘘,歎也,蓋惋惜之意。《説郛》注文作:「上噫下嘘,言用以嘘嘘然笑也。」

〔六〕按:矢躍出須接之方爲勝,不接則失也。悞,通「誤」,《説郛》及《太平御覽》卷一三引俱作「誤」。

〔七〕《御覽》卷一三引作「開口流光,今電是也」,卷七五三引作「天笑者,開口流光」。

東王公此前未見,蓋仿西王母而創。《中荒經》又記云:「崑崙之山有銅柱焉,其高入天,所謂天柱也，圍三千里，周圓如削。下有回屋方百丈，仙人九府治之。上有大鳥，名曰希有，南向，張左翼覆東王公，右翼覆西王母。背上小處無羽，一萬九千里。西王母歲登翼上，會東王公也。故其柱銘曰：『崑崙銅柱，其高入天，員周如削，膚體美焉。』其《鳥銘》曰：『有鳥希有，碌赤煌煌，不鳴不食。東覆東王公，西覆西王母。王母欲東，登之自通，陰陽相須，唯會益工。』」

此後之志怪及道書屢有記。

東漢郭憲《洞冥記》卷二曰：「昔西王母乘靈光輦，以適東王公之舍，稅此馬（吉雲神馬），遊於芝田，乃食芝田之草。東王公怒，棄馬于清津天岸。」

《十洲記》曰：「扶桑在碧海之中，地方萬里，上有太帝宮，太真東王父所治處。」

東漢趙曄《吳越春秋》卷九《句踐陰謀外傳》曰：「（句踐）立東郊以祭陽，名曰東皇公，立西郊以祭陰，名曰西王母。」

梁陶弘景《真誥》卷五《甄命授》云：「昔漢初有四五小兒，路上畫地戲。一兒歌曰：『著青帬，入天門，揖金母，拜木公。』到復是隱言也。時人莫知之，唯張子房知之，乃往拜之，此乃東王公之玉童也。所謂金母者，西王母也；木公者，東王公也。仙人拜王公，揖王母。」又卷一四曰：「八渟山高五千里，周帀七千里，與滄浪、方山相連。比其下有碧水之海，山上有乘林真人鬱池元宮，東王公所鎮處也。」

唐段成式《酉陽雜俎》前集卷一四《諾皋記上》曰：「東王公諱倪，字君明。天下未有人民時，秩二萬六千石，佩雜色綬，綬長六丈六尺，從女九千，以丁亥日死。」

前蜀杜光庭《墉城集仙録》卷一《金母元君》曰：「先以東華至真之氣，化而生木公焉。木公生於碧海之上、蒼靈之墟，以生陽和之氣，理於東方，亦號曰東王公焉。又以西華至妙之氣，化而生金母焉。金母生於神洲伊川，厥姓緱氏，生而飛翔，以主陰靈之氣，理於西方，亦號王母。皆挺質大無，毓神玄奥於西方渺莽之中，分大道醇精之氣，結氣成形，與東王木公共理二氣，而育養天地，陶鈞萬物矣。」

《太平廣記》卷一引《仙傳拾遺》（杜光庭撰）曰：「木公，亦云東王公，蓋青陽之元氣，百物之先也。冠三維之冠，服九色雲霞之服。亦號玉皇君，居於雲房之間。以紫雲爲蓋，青雲爲城。仙童侍立，玉女散香。真僚仙官，巨億萬計，各有所職，皆稟其命，而朝奉翼衛。故男女得道者，名籍所隸焉。昔漢初，小兒於道歌曰：『著青裙，入天門，揖金母，拜木公。』時人皆不識，唯張子房知之，乃再拜之曰：『此乃東王公之玉童也。』蓋言世人登仙，皆揖金母而拜木公焉。或云居東極大荒中，有山焉，以青玉爲室，深廣數里，僚薦真仙時往謁。九靈金母，一歲再遊其宫，共校定男女真仙階品功行，以昇降之。總其行籍，而上奏元始，中開玉晨，以稟命於老君也。天地劫歷，陰陽代謝，由運興廢，陽九百六，舉善黜惡，靡不由之。或與一玉女更投壺焉，每投，一投十（按：當作千）二百梟。設有入不出者，天爲囓（呼監切）嘘（囓呼者，言開口而笑也）；梟而脱悟（按：當作「悮」）不接者，天爲之嗤。儒者記而詳焉。所謂王者，乃尊爲貴上之稱，非其氏族也。世人以王父、王母爲姓，斯亦誤矣。」

西王母事參見《漢武故事》及其附録。

尺郭

東南方〔一〕有人焉，周行天下，身長七丈〔二〕，腹圍如其長。頭戴雞父〔三〕，魌頭，華曰：髮煩亂也。〔四〕朱衣縞帶。以赤蛇繞額〔五〕，尾合於頭。不飲不食，朝吞惡鬼三千，暮吞三百，但吞不咋〔六〕。此人以鬼爲飯，以露〔七〕爲漿。名曰尺郭〔八〕，一名食邪，道師云吞邪鬼。〔九〕一名黄父〔一〇〕。今世有黄父鬼，俗人依此名而名之。〔一一〕（《東南荒經》）

〔一〕東南方，《初學記》卷二六、《太平御覽》卷九一八引作「東方」，《紺珠集》卷五《神異經》、《類説》卷三七《神異經》作「南方」，《漢魏叢書》本《神異經》及《太平廣記》卷四八二引作「南」。

〔二〕七丈，唐釋道世《法苑珠林》卷五（百卷本，百二十卷本卷八）引、《紺珠集》、《類説》作「七尺」。墷按：「《説郛》所引作七尺，誤。」按：《説郛》卷六五《神異記》作「七丈」。

〔三〕頭，《説郛》作「頸」。雞父，墷曰「未詳」。疑即雄雞。《説郛》作「雞文」。《御覽》卷九一八、《事類賦注》卷一八皆引作「雞」。

〔四〕魌（qī）頭，「魌」又作「䫏」，《説文》九上頁部：「䫏，醜也。今逐疫有䫏頭。」訓「䫏」爲「醜」，與華注異，然髮煩亂，正爲醜貌。《周禮・夏官》云：「方相氏掌蒙熊皮，黄金四目，玄衣朱裳，執戈揚盾，帥百隸而時難，以索室毆疫。」鄭玄注：「蒙，冒也。冒熊皮者，以驚毆疫癘之鬼，如今之魌頭也。」漢人戴魌頭以逐疫，蓋即效仿尺郭狀也。《珠林》、《御覽》卷三七七引作「箕頭」。

〔五〕赤蛇，《説郛》作「惡蛇」。額，《漢魏叢書》本、《廣記》、《紺珠集》、《類説》作「項」。

〔六〕此句各本俱無，據《珠林》、《説郛》、《御覽》卷三七七引補。《御覽》「咋」下有注：「鋤格切。」咋（zé），咬食。

〔七〕露，《初學記》、《御覽》卷八五〇、卷九一八，《廣記》、《紺珠集》、《類説》並作「霧」；《北堂書鈔》卷一四四，《珠林》，《御覽》卷一二、卷三七七、卷八六一作「霧露」。

〔八〕尺郭，《珠林》、《御覽》卷三七七引作「天郭」，《紺珠集》、《類説》作「赤郭」，《説郛》作「尺廓」，下有注：「俗曰赤廓。」

〔九〕此注原闌入正文，《珠林》、《御覽》卷三七七俱爲注文，作「吞食邪鬼」（《御覽》「邪」作「耶」），據改。道師，巫師。

〔一〇〕黄父，原作「赤黄父」，據《漢魏叢書》本，《珠林》，《初學記》，《事類賦注》，《廣記》，《御覽》卷一二、卷三七七、卷八五〇、卷八六一、卷九一八，《紺珠集》，《類説》删「赤」字。《書鈔》引云「一名兹父，一名去邪」，是又以黄父爲兹父，以食邪爲去邪矣。

〔一一〕此注原只有「今世有黄父鬼」六字，闌入正文，《珠林》、《御覽》卷三七七均爲注文。《珠林》作「今黄火（按：一本作「父」）鬼，俗人依此人而名之」。《御覽》作「黄父鬼，俗人依此名兩（按：當作「而」）名之」。今據補下句，改爲注文。黄父鬼見附録。

黄父鬼，南朝宋劉敬叔《異苑》卷六及南齊祖沖之《述異記》（《太平廣記》卷三二五引）皆有記。《異苑》云：「黄州治下有黄父鬼，出則爲祟，所著衣袷皆黄。至人家，張口而笑，必得疫癘。長短無定，隨籬高下。自不出已十餘年，土俗畏怖，惶恐不絶。」（輯自《太平御覽》卷八八四引《異苑》，「黄州」作「廣州」。）又載採薇事，實取《廣記》引《述異記》。《述異記》前亦載「黄州治下有黄父鬼」云云，其下云：「廬陵人郭慶之，有家生婢，名採薇，年少有色。宋孝建中，忽有一人，自稱山靈，如人裸身，長丈餘，臂腦皆有黄色，膚貌端潔，言音周正，土俗呼爲黄父鬼，來通此婢。婢云意事如人。鬼遂數來，常隱其身，時或露形，形變無常，乍大乍小，或似煙氣，或爲石，或作小兒，或婦人，或如鳥如獸。足跡如人，長二尺許，或似鵝跡，掌大如盤。開户閉牖，其入如神。與婢戲笑如人。」此黄父鬼作祟人家，與黄父大不類，名同而實異，正所謂「俗人依此名而名之」者也。

樸父

東南隅大荒之中，有樸父〔一〕焉。夫婦竝高千里，腹圍自輔〔二〕。天初立時，使其夫妻導開百川，嬾不用意〔三〕，謫之，竝立東南。男露其勢，女露其牝。勢牝，謂男女之陰陽。〔四〕氣息如人〔五〕，不畏寒暑，不飲不食〔六〕，唯飲天露。須黄河清〔七〕，當復使其夫婦導護百川。古者初立，此人開導河，河或深或淺，或隘或塞，故禹更治，使其水不壅。天責其夫妻，倚而立之。若黄河清者，則河海絶流，水自清矣。〔八〕（《東南荒經》）

〔一〕樸，質也，本也； 父，男子美稱。樸父乃古初之人，故名。《初學記》卷一九引作「林父」。

〔二〕此句言腹圍與身高相同，即尺郭「腹圍如其長」之意。輔，副也。《説郛》此句下有注：「自輔，亦千里。」《初學記》及《太平御覽》卷三七七引作「百輔」，《御覽》注曰：「百輔，圍千里也。」作「百」誤。

〔三〕意,《説郛》作「力」。堉校云:「《説郛》作『用力』。」

〔四〕男露其勢,女露其牝,《説郛》作「男露其牡,女張其牝」,注:「牡牝,陽陰。」《御覽》下句作「女彰其殺」,注:「勢殺,陰陽。」

〔五〕此四字據《御覽》補。《説郛》作「氣任妙人」,當有譌誤。

〔六〕以上二句原互倒,據《御覽》、《説郛》改。

〔七〕須,待也。按:黄河水濁,古人以爲黄河變清需極久時日。《左傳》「襄公八年」:「《周詩》有之曰:『俟河之清,人壽幾何?』」王嘉《拾遺記》卷一云:「黄河千年一清。」清毛奇齡《西河集》卷一五六《山有石翁嫗》:「樸父不死東南隅,千年老病無衣裾。黄河不清父不死,却在山前緑蘿裏。……」用樸父典。

〔八〕此段注文原闌入正文,《説郛》亦爲正文,「河」下「河」字作「海」。「隘」字《説郛》明抄殘本作「溢」(見張宗祥《説郛校勘記》)。《御覽》無此段。詳文義,當爲張華注文,今改。「古者初立」,據前文,「初」上應有「天」字。

山臊

西方深山中有人焉,身〔一〕長尺餘,一足〔二〕,袒身,捕蝦蟹。性不畏人,見人止宿,喜〔三〕依其火,以炙蝦蟹。伺人不在而盜人鹽,以食蝦蟹。名曰山臊〔四〕,其音自叫。人嘗以竹著火中,烞熚有聲,而山臊皆驚憚遠去〔五〕。犯之令人寒熱。此雖人形而變化,然亦鬼魅之類。今所在山

中皆有之。《玄黃經》曰：「髞體捕蝦蟇，雖爲鬼例，亦人體貌者也。」俗人以爲爆竹燃草起於庭燎，不應濫于王者。〔六〕

（《西荒經》）

〔一〕身，梁宗懍《荆楚歲時記》隋杜公瞻注、隋杜臺卿《玉燭寶典》卷一、《法苑珠林》卷三一（百二十卷本卷四二）、《太平御覽》卷二九引作「其」。

〔二〕一足，此二字原無，《荆楚歲時記》注引有。按：《搜神後記》、《述異記》言山髞人面猴身，一手一足，後世又傳其爲獨足鬼（並見附録），是山髞一足也，據補。

〔三〕喜，原作「暮」，據《珠林》、《太平御覽》卷八八三引改。

〔四〕山髞，《玉燭寶典》作「山膝」，《珠林》、《御覽》作「山㺐」。按：或又作「山獛」、「山𤢖」。山髞異稱尚多，詳見附録。

〔五〕「人嘗以竹著火中」以下三句，原作「人嘗以竹著火中，爆烞而出，髞皆驚憚」。《荆楚歲時記》注作「人以竹著火中，烞熚有聲，而山髞驚憚遠去」，「烞熚」二字分別注「音朴」、「音必」。《玉燭寶典》作「以竹着火中，𤍠熚而山膝敬憚」，「𤍠熚」注「音卦」、「音必」。《珠林》作「人常以竹著火中烞熚，而山㺐皆驚」，「烞熚」注「音朴」、「音畢」。《御覽》卷八八三作「人常以竹着火中炥熚，而山㺐皆驚」，「炥熚」注「音朴」、「音卑」。《御覽》卷二九作「以竹著火，挂熚而山髞驚憚」，「挂熚」注「音必扑也」，有誤。南宋陳元靚《歲時廣記》卷五引作「以竹著火中，熚烞有聲，而山髞驚憚」。祝穆《古今事文類聚》前集卷六引作「人以竹著火中，熚烞有聲，而山髞驚憚」。《説郛》作「人嘗以竹着火中，爆而髞皆驚憚」。今據《荆楚歲時記》改補。烞熚（pò bì），竹爆裂聲。

〔六〕注文前三句原爲正文。按：《珠林》、《御覽》卷八八三爲注文，皆作「此雖人形，亦鬼魅類耳。所在山中皆有之」。其爲張華注無疑,今改。《説郛》等亦誤入正文,《説郛》作:「此雖人形而變化,然亦鬼魅之類。今所在山中皆有之。《玄黄經》曰:『㺐體捕蝦蟇,雖爲鬼例,亦人體貌者也。』」《荆楚歲時記》注作:「《玄黄經》所謂山獠鬼也。俗人以爲爆竹燃草起於庭燎,家國不應濫于王者。」《御覽》卷二九作:「《玄黄經》云謂此鬼是也。俗人以爆竹起于庭燎,不應濫於王者。」《玉燭寶典》作「《玄黄經》謂之爲鬼是也」。《歲時廣記》作:「《玄黄經》云此鬼是也。俗以爲爆竹起於庭燎,不應濫於王者。」《玄黄經》云云亦爲注文語。又「俗人以爲爆竹燃草起於庭燎,家國不應濫于王者」,當亦爲張華注語,然不屬《玄黄經》文字。庭燎,《詩經·小雅·庭燎》:「夜如何其?夜未央,庭燎之光。」《周禮·秋官·司烜氏》:「凡邦之大事,共墳燭庭燎。」鄭玄注:「墳,大也。樹於門外曰大燭,於門内曰庭燎,皆所以照衆爲明。」張華謂爆竹非起源於王者庭燎,乃起於驅除山㺐之事。今並據補。「家國」二字《御覽》、《歲時廣記》無,疑爲衍文,或有脱譌,今删。《玄黄經》已佚,《神異經·中荒經》注曾引之。其體式内容全類《神異經》,蓋亦爲西漢人作也。

山㺐事《玄黄經》亦有記,見注釋〔六〕。爆竹以逐山㺐,此除夕爆竹之由來。《荆楚歲時記》云:「正月一日,是三元之日也,春秋謂之端月。雞鳴而起,先於庭前爆竹,以辟山㺐、惡鬼。」

陶潛《搜神後記》載一山㺐故事,云:「元嘉初,富陽人姓王,於窮瀆中作蟹斷。旦往視之,見一材,長二尺許,在斷中,而斷裂開,蟹都出盡。乃修治斷,出材岸上。明往視之,見材復在斷中,斷敗如前。王又治斷出材。晨視,所見如初。王疑此材妖異,乃取内蟹籠中,束頭擔歸,云至家當斧斫然之。未至家三里,聞籠中窣窣動。轉顧,見向材頭變成一物,人面猴身,一手一足,語王曰:『我性嗜蟹,比日實入水破君蟹斷，入斷食蟹。相負已爾，望君見恕，開籠出我。我是山神，當相祐助，並令斷大得蟹。』王曰：『汝犯暴人，前後非一，罪自應死。』此物懇告，苦請乞放，王廻頭不應。物曰：『君何姓何名？我欲知之。』頻問不已，王遂不答。去家轉近，物曰：『既不放我，又不告我何姓名，當復何計，但應就死耳。』王至家，熾火焚之，後寂然無復異。土俗謂之山𤢖，云知人姓名則能中傷人，所以勤勤問王，欲害人自免。」（李劍國《新輯搜神後記》卷八）此事又載南齊祖沖之《述異記》（《法苑珠林》卷三一、《太平廣記》卷三二三引）、唐竇維鋈《廣古今五行記》（《太平御覽》卷九四二引），當據本書。《太平廣記》作「山魈」。所記山𤢖之狀，爲人面猴身，一手一足，可爲《神異經》之補充，至言其性嗜蟹，正與《神異經》相吻。

其後記叙尚夥。唐段成式《酉陽雜俎》前集卷一五《諾皋記下》曰：「山蕭，一名山臊，《神異經》作『㺐』，（原注：一曰𤢖。）《永嘉郡記》作『山魅』。一名山駱，一名蛟，（原注：一曰蜮。）一名濯肉，一名熱肉，一名暉，一名飛龍。如鳩，青色，亦曰治烏。巢大如五斗器，飾以土堊，赤白相間，狀如射侯。犯者能役虎害人，燒人廬舍。俗言山魈。」

南宋李石《續博物志》卷二云：「有人爲山魈所祟，或教以爆竹如除夕可弭，人用其言獲安。問之，則曰：『此《荆楚歲時記》以辟山魈，鬼陰冷之氣勝，則聲陽以攻之。』」又卷六云：「山蕭，一名山繰，《神異經》作『𤢖』，《永嘉郡記》作『魅』。一名山駱，一名蛟，一名濯肉，一名熱肉，一名暉，一名飛龍。如鳩，青色，亦曰治烏。巢大如五斗器，飾以土堊，赤白相間，狀如射侯。犯者役虎害人，燒人廬舍。昔值洪水，食都樹皮，餓死化爲鳥。姚、王、汪三姓，其姓也。」

明李詡《戒庵老人漫筆》卷四《山魈》云：「浙有獨脚鬼名山魈。福建浦城常有人見手曳帕子，乘片雲飛過屋頭甚低，亦不大畏。又能盜物，最畏罵人，知輒大罵，多擲還之。《酉陽雜俎》又作『山蕭』，一名山臊，《神異經》作『𤢖』，一曰操（按：此承傳本《雜俎》之譌，應作「𤡥」）。」

山臊原型，當爲猿猴之類。古書又有費費（一作「拂狒」、「髴髴」）、山都、山𤟤（一作「暉」）、梟陽（一作「梟羊」）、猩猩（一作「狌狌」）、木客等，要皆此之屬也。葛洪《抱朴子内篇·登涉》云：「山中山精之形，如小兒而獨足，足向後，喜來犯人。人入山谷，聞其音聲笑語，其名曰蚑。知而呼之，即不敢犯人也。一名熱内，亦可兼呼之。又有山精，如鼓赤色，亦一足，其名曰暉。又或如人，長九尺，衣裘戴笠，名曰金累。或如龍而五色，赤角，名曰飛飛。」劉敬叔《異苑》卷三亦載此，「暉」作「渾」，「飛飛」作「飛龍」。《酉陽雜俎》云山臊一名蛟，一名熱肉，一名飛龍，一名暉，即本此，蛟一曰蛂，蛂即蚑，熱肉即熱内，飛龍即飛飛。暉，蓋即《山海經·北山經》之山𤟤，其狀如犬而人面，善投，見人則笑，其行如風。成式以四者皆爲山臊，乃以其皆爲山之精，性狀相類也。

《異苑》又引《玄中記》曰：「山精如人，一足，長三四尺，食山蟹，夜出晝藏。」《古小説鉤沉》輯本下又有「人不能見，夜聞其聲，千歲蟾蜍食之」數語（據《太平御覽》卷八八六、《杜工部草堂詩箋》卷三引）。此精全似山臊，是則山精亦山臊也。

鄭緝之《永嘉郡記》所稱之「山魅」，或引作「山鬼」。《御覽》卷九四二引曰：「安國縣有山鬼，形體如人而一脚，裁長一尺許。好噉鹽，伐木人鹽輒偷將去。不甚畏人，人亦不敢犯（按：原作「伐木」，據

《四庫全書》本改），犯之即不利也。喜於山澗中取石蟹，伺伐木人眠息，便十十五五出，就火邊跂石炙噉之。嘗有伐木人見其如此，未眠之前痛燃石使熱，羅置火畔，便佯眠看之。須臾魑出，悉皆跂石，石熱灼之，跳梁叫呼，罵詈而去。此伐木人家後被燒委頓。」

關於山都，《初學記》卷八引《異物志》曰：「廬陵大山之間，有山都，似人裸身，見人便走，自有男女，可長四五尺，能囔相喚。常在幽昧之中，似魑魅鬼物。」北宋樂史《太平寰宇記》卷一〇九《江南西道七·吉州·廬陵縣》亦引，乃出曹叔權（按：「權」當作「雅」）《廬陵異物志》。又同卷《吉州·太和縣》引《廬陵異物志》云：「又有山都獸，似人形。」又引《異物志》云：「大山窮谷之間，有山都，人不知其流緒所出。髮長五寸而不能結，裸身，見人便走避之。種類疎少，曠時一見，然自有男女焉。」又卷一五八《潮州·潮陽縣》云：「有神名山都，形如人而披髮迅走。」此山都南在潮陽，而性狀相似。山都與山𤢖大不相類，更似蠻夷之人。然鄧德明《南康記》所記山都乃別一性狀，《御覽》卷八八四引曰：「山都，形如崑崙，通身生毛，見人輒閉眼張口如笑。好在深澗中，翻石覓蟹噉之。」《太平廣記》卷三二四亦引，譌作《南廣記》。《南廣（康）記》復引《述異記》（祖沖之）曰：「南康有神，名曰山都，形如人，長二尺餘，黑色赤目，髮黃披身。于深山樹中作窠，窠形如卵而堅，長三尺許，內甚澤，五色鮮明。二枚沓之，中央相連。土人云：上者雄舍，下者雌室。旁悉開口如規，體質虛輕，頗似木筒，中央以鳥毛爲褥。此神能變化隱形，猝覩其狀，蓋木客、山槮（按：當作「㺐」）之類也。」觀其覓蟹而噉，則類山𤢖。

《御覽》卷八八三引《幽明録》東昌縣山中怪物，亦爲山都。云：「東昌縣山有物，形如人，長四五尺，裸身被髮，髮長五六寸，常在高山巖石間住。暗啞作聲而不成語，能嘯相呼。常隱於幽昧之間，不可恒見。有人伐木，宿於山中，至夜眠後，此物抱子從澗中發石取蝦蟹，就人火邊燒炙，以食兒。時人有未眠者，密相覺語，齊起共突擊，便走，而遺其子，聲如人啼也。此物使男女羣，共引石擊人，趣得然後止。」

郭璞謂山都乃狒狒。《爾雅·釋獸》：「狒狒，如人，被髮，迅走，食人。」郭璞注：「梟羊也。《山海經》曰其狀如人，人面長脣，黑身有毛，反踵，見人則笑。交廣及南康郡山中亦有此物，大者長丈許，俗呼之曰山都。」《周書·王會解》作「費費」，云：「州靡費費，其形人身，反踵，自笑，笑則上唇翕其目，食人，北方謂之吐嘍。」孔晁注：「費費曰梟羊，好行，立行如人，被髮，前足稍長者也。」《山海經·海内南經》作「梟陽」。高誘注《淮南子·氾論訓》作「嘄陽」，云：「嘄陽，山精，見人而笑。」《文選·吴都賦》：「⿱巛禺⿱巛禺笑而被格。」劉逵注引《異物志》曰：「⿱巛禺⿱巛禺，梟羊也。……梟羊善食人，大口。其初得人，喜而笑，却脣上覆額，移時而後食之。」是其名又曰⿱巛禺⿱巛禺。《海内經》又有贛巨人，其狀全似梟陽。郭璞注「梟陽」引《周書》、《爾雅》（並引作「髴髴」）、《海内經》，又云：「南康郡深山中皆有此物也。長丈許，脚跟反向，健走。被髮，好笑。雌者能作汁，灑中人即病。土俗呼爲山都。」重申《爾雅》注之義。《重修政和證類本草》卷一七云：「⿱巛禺⿱巛禺……出西南夷，如猴。……⿱巛禺⿱巛禺見人喜笑，則上脣掩其目。……其毛一似獼猴，人面，紅赤色，作人言，馬聲，（原注：或作「鳥」字。）善知生死。飲其血，使人見鬼。……亦比《山海經》、《爾雅》云狒狒如人，被髮迅走，人亦曰梟羊，彼俗亦謂之山都。」《漢魏叢書》本《神異經》復有毛人，名曰髯公，一名髯麗、髯狎。此條當輯自《太平廣記》卷四八〇《毛人》，原無出處。《御覽》卷七九〇引作

《神異經》。《太平廣記》云：「八荒之中有毛人焉，長七八尺，皆如人形。身及頭上皆有毛，如獼猴。毛長尺餘，短毦氄。見人則䀮（按：原注：古陌反。音「guó」，閉目貌。《漢魏叢書》本作「閉」）目，開口吐舌，上唇覆面，下唇覆胸。熹（原注：許記反。）食人舌鼻。牽引共戲，不與即去。名曰髯公，俗曰髯麗，一名髯狎。小兒髯可畏也。」亦爲狒狒之類。《爾雅》、《王會篇》、《海内南經》等又載有狌狌，《王會》稱其若黄狗，人面，能言。雖不類狒狒，顯亦爲猴屬。任昉《述異記》卷下記云：「南康郡有君山，高秀重叠，有類臺榭，名曰女媧宫。有獸名格，似猩猩之形，自知吉凶。人無機愛之，則可馴狎；欲執害之，則去不來。」此稱「格」者，亦其類也。

至於木客者，晉鄧德明《南康記》有記，《太平廣記》卷三二四引曰：「木客頭面語聲，亦不全異人，但手脚爪如鉤利，高岩絶嶺，然後居之。能斫榜，索著樹上聚之。昔有人欲就其買榜，先置物樹下，隨置多少取之，若合其意，便將榜與人，不取亦不横犯也。但終不與人面對與交作市井。死皆加殯殮之。曾有人往看其葬，以酒及魚生肉遺賓，自作飲食，終不令人見其形也。葬棺法，每在高岸樹杪，或藏石窠中。南康三營伐船兵説，往親覩葬所，舞唱之節，雖異于人，聽如風林汎響，聲類歌吹之和。」（《御覽》卷八八四亦引）《本草綱目》卷五一下引《幽明録》（劉宋劉義慶）云：「木客，生南方山中。頭面語言，不全異人，但手脚爪如鉤利。居絶岩間，死亦殯殮。能與人交，南方有鬼市，亦類此。」《太平廣記》卷四八二引《洽聞記》云：「郭仲産《湘州記》云：平樂縣西七十里有滎山，上多有木客，形似小兒，歌哭衣裳不異于人，而伏狀隱現不測，宿至精巧。時市易作器，與人無别。就人换物，亦不計其值。」《太平寰宇記》

卷一六三《嶺南道七·昭州·平樂縣》引郭仲産《湘州記》云:「平樂縣多曲竹,有木客,形似小兒,歌哭行坐衣服,不異於人,而能隱形。山居崖,宿至精巧。時出市易,作器,人亦無别。就人換借,皆有信義。言語亦可解,精别木理也。」《御覽》卷四八引《輿地志》曰:「虔州上洛山多木客,乃鬼類也。形似人,語亦如人。遥見分明,近則藏隱。能斫杉枋,聚於高峻之上,與人交市,以木易人刀斧。交關者前置物枋下,却走避之,木客尋來取物,下枋與人。隨物多少,甚信,直而不欺。有死者亦哭泣殯葬。嘗有山行人遇其葬日,出酒食以設人。」(《太平寰宇記》卷一〇八《江南西道六·虔州·贛縣》亦引)

木客爪如鈎利,而南康山都於深山樹中作窠,皆有鳥之特徵,遂有木客鳥之説。《太平寰宇記》卷一〇九《江南西道七·吉州·太和縣》引《廬陵異物志》云:「有木客鳥,大如鵲,千百爲羣,飛集有度,不與衆鳥相厠。俗人云是木客化爲此鳥也。」(又見《初學記》卷八、《御覽》卷九二七引《異物志》,梁任昉《述異記》卷下亦載)《御覽》卷九二七引《異物志》又曰:「(木客鳥)白黄文者謂之君長。有翼有綬,飛高而正赤者在前,謂之五伯。居前正黑者,謂之鈐下。緗色而頳雜者,謂之功曹。左脇有白帶似鞶囊者,謂之主簿。長次君後,其五曹官屬,各有章色。廬陵郡東有之。」《太平寰宇記》卷一〇九《太和縣》引《郡國志》乃云:「木客鳥左翼後有文,飛特高,謂之五馬。前正黑翎下霜色而頳者,謂之功曹。右脅下有毛,狀貌似盤囊者,謂之主(按:當脱「簿」字)。是五曹官局,土人次第呼之。凡飛不過百步餘。」

按:木客鳥即前引《酉陽雜俎》之「治鳥」,或作「冶鳥」、「治烏」。張華《博物志》卷三云:「越地深山有鳥如鳩，青色，名曰治鳥。穿大樹作巢，如升器，其户口徑數寸，周飾以土堊，赤白相次，狀如射侯。伐木見此樹，即避之去。或夜冥，人不見鳥，鳥亦知人不見己也，鳴曰：『咄！咄！上去！』明日便宜急上樹去。『咄！咄！下去！』明日便宜急下。若使去，但言笑而不已者，可止伐也。……若有穢惡及犯其止者，則虎通夕來守，人不知者即害人。此鳥白日見其形，鳥也；夜聽其鳴，人也。時觀樂，便作人悲喜。形長三尺，澗中取石蟹，就人火間炙之，不可犯也。越人謂此鳥爲越祝之祖。」今本《博物志》所記有脱譌，干寶《搜神記》亦載，今據《新輯搜神記》卷一六録於下：「越地深山中有鳥，大如鳩，青色，名曰治鳥。穿大樹作巢，如五六升器，户口徑數寸，周飾以土堊，赤白相分，狀如射侯。伐木者見此樹，即避之去。或夜冥，人不見鳥，鳥亦知人不見己也，便鳴唤曰：『咄！咄！上去！』明日便宜急上去。曰：『咄！咄！下去！』明日便宜急下去。若不使去，但言笑而不已者，人可止伐也。若有穢惡及犯其所止者，則有虎通夕來守，人不去，便傷害人。此鳥白日見其形，是鳥也；夜聽其鳴，亦鳥也。時有觀樂者，便作人形，長三尺。至澗中取石蟹，就人火炙之，人不可犯也。越人謂此鳥是越祝之祖也。」

木客「能斫榜」、「作器」、「精别木理」，與樹木有關，而治鳥涉及伐木者，且木客鳥乃木客所化。所謂木客指伐木人、木工。東漢趙曄《吴越春秋》下卷第九《勾踐陰謀外傳》云：「種（文種）曰：『吴王好起宫室，用工不輟。王選名山神材，奉而獻之。』越王乃使木工三千餘人，入山伐木。一年，師無所幸。作士思歸，皆有怨望之心，而歌木客之吟。」《御覽》卷四七引《郡國志》則云：「越州椒山，吴王遣木客入山求大木，不得，工人憂思，作《木客吟》。」伐木木客流變爲「形似小兒」，「手脚爪如鈎利」之木客，同時又流變出木客鳥、治鳥。而治鳥喜食蟹,故段成式以爲亦山𤢖之屬,而李石《續博物志》更謂山𤢖餓死化爲治鳥。

韋昭注《國語·魯語下》「夔蝄蜽」曰:「夔一足,越人謂之山繅,或作『㺐』。富陽有之,人面猴身,能言,或云獨足。」古人言夔,或牛形,或龍狀,韋昭乃視爲山𤢖。《抱朴子·釋滯》:「山夔前跟。」呼爲山夔,大約亦視爲山精。後人又稱作山鬼,杜甫詩有《懷台州鄭十八司户虔》云「山鬼獨一脚」。按《御覽》卷九四二引《永嘉郡記》,所記山鬼正是一脚,性狀全同山𤢖。

古傳說向無定辭,且常變異,或一物而數名,或名同而物異,或一物而異其稱,或異物而同其事,又有一衍爲二,二合爲一,兼之文字傳譌,故而紛紛紜紜,人言言殊。此之山𤢖,雖不必與費費、山都、木客等强合爲一,然其同爲猿猴之幻化,則無疑也。古來猿猴傳説極多,或猿公,或袁女,或猳玃,或無支祁,或申陽公,乃至孫悟空、六耳獼猴等,極幻設之能事。若山𤢖者,亦此類之比,固可以獨特風姿争輝其間矣。

河伯使者

西海水上有人焉〔一〕,乘白馬,朱鬣,白衣玄冠〔二〕。從十二童子,馳馬西海水上,如飛如風,名曰河伯使者〔三〕。或時上岸,馬跡所及,水至其處。所之之國,雨水滂沱。暮則還河。河府,北府也。西海之府,洛水深淵也。此雖人形,固是鬼神也。〔四〕(《西荒經》)

〔一〕西海，傳説中國四極皆有海，位於西者曰西海。「焉」字原無，據《太平御覽》卷一一、《事類賦注》卷三引《神異經》、《説郛》卷六五《神異記》補。按：《神異經》句法仿《山海經》，多曰「有人焉」、「有獸焉」等。

〔二〕玄冠，《御覽》引作「素冠」。

〔三〕河伯使者，河神河伯之使也，觀其名及下文「暮則還河」可知。河伯，古書多載之。《酉陽雜俎》前集卷一四《諸皐記上》云：「河伯人面，乘兩龍。一曰冰夷，一曰馮夷。又曰人面魚身。《金匱》言：『一名馮循。（原注：一作修。）』《河圖》言：『姓呂名夷。』《穆天子傳》言『無夷』。《淮南子》言『馮遲』。《聖賢記》言：『服八石，得水仙。』《抱朴子》曰：『八月上庚日溺河。』」

〔四〕注文原闕，據《説郛》補。張宗祥《説郛校勘記》（據休寧汪季清明抄殘本）：「『北』字作『河伯』二字。」則謂「河府，河伯府也」。

《文選》卷五左思《吴都賦》：「海童於是宴語。」劉逵注引《神異經》曰：「西海有神童，乘白馬，出則天下大水。」與原文有異。

晉崔豹《古今註》卷中謂江東呼鼉爲河伯使者，唐蘇鶚《蘇氏演義》卷下亦云江東人謂鼉爲河伯使者。後唐馬縞《中華古今註》卷下乃謂鱉。《紺珠集》卷一《古今註》則爲龜。《太平御覽》卷九三二引崔豹《古今註》曰：「黿爲河伯使者。」凡有鼉、鱉、黿、龜之異，然皆爲水族則一也。

唐段成式《酉陽雜俎》前集卷一七又謂烏賊舊説名河伯度（原注：一曰從。）事小吏。

漢孝武故事

據魯迅《古小説鈎沉》輯本

又題《漢武帝故事》、《漢武故事》，原書二卷，舊題班固撰。是書始見晉葛洪《西京雜記題辭》：「洪家復有《漢武帝禁中起居注》一卷，《漢武故事》二卷，世人稀有之者。」未言撰人爲誰。無名氏《三輔黄圖》卷五始有徵引，稱班固《漢武故事》。《隋書·經籍志》舊事類、《日本國見在書目録》舊事家、《舊唐書·經籍志》及《新唐書·藝文志》故事類著録二卷，均不著撰人，《崇文總目》雜史類則著録爲《漢武故事》五卷，釋云：「班固撰。本題二篇，今世誤析爲五篇。」《通志·藝文略》故事類、《郡齋讀書志》傳記類亦作《漢武故事》二卷，《中興館閣書目》故事類、《宋史·藝文志》故事類則作《漢武故事》五卷。稱班固撰絶不可信。宋晁載之《續談助》卷一《洞冥記跋》引唐張柬之語，謂王儉造。儉乃宋齊間人，著有《古今集記》等。姚振宗《隋書經籍志考證》卷一六乃以爲儉將《漢武故事》抄入《古今集記》，故柬之有是語。清人孫詒讓據葛洪《西京雜記題辭》，斷《漢武故事》出葛稚川手(《札迻》卷一一)，了無依據。西晉潘岳《西征賦》「厭紫極之閑敞，甘微行以遊盤」，「衛鬒髪以光鑒」，已用《漢武故事》典，其遠在葛洪、王儉之前，按今本明謂「長陵徐氏號儀君，善傳朔術，至今上元延中已百三十七歲矣，視之如童女」，元延乃漢成帝年號，既稱「今上」，則爲成帝時人作。據《中興館閣書目》所云，本書「雜記武帝舊事及神怪之説，末略載宣帝事」，知記事下限在宣帝時。然有少數佚文言涉後世，蓋後人增益所致，古書多見如此，不足怪也。

今存一卷，最早載於《説郛》卷五二，凡兩千八百餘字，題作《漢孝武故事》，撰人爲班固。書題注五卷，知據宋人五卷本摘録。書名中有「孝」字，符合漢帝謚號典制，當是原題。《説郛》本後收入《古今説海》、《歷代小史》、《古今逸史》、《四庫全書》、《説庫》等。明黄昌齡《稗乘》本改題《漢武事略》，有所删削。另外，《續談助》卷三節録《漢武故事》十五條，多不見今本。《類説》卷二一摘録《漢武帝故事》十五條，《紺珠集》卷九摘録《漢武故事》十九條。佚文猶夥，前人輯本有清洪頤煊《經典集林》本（二卷），王仁俊《玉函山房輯佚書補編》本（輯一條）。黄廷鑒曾有《重輯漢武故事》，以《古今逸史》與《續談助》本爲主補輯佚文，凡得三十一條（見《第六弦溪文鈔》卷三《重輯漢武故事跋》）。魯迅《古小説鈎沉》凡輯《漢武故事》五十三條，較洪本完備，然未據《説郛》一卷本，且有漏輯誤輯處，是其弊也。

是書名「故事」（即舊事）而實爲小説，《四庫全書總目提要》卷一四二謂其「所言亦多與《史記》、《漢書》相出入，而雜以妖妄之語」。其體式有類單篇雜傳，乃屬雜傳小説，與夫叢集之志怪有别。然張皇神怪，多含異聞，乃志怪題材也。

王母降武帝

東郡〔一〕送一短人，長七寸〔二〕，衣冠具足。上疑其山精〔三〕，常令在案上行。召東方朔〔四〕問。朔至，呼短人曰：「巨靈〔五〕，汝何忽叛來？阿母還未〔六〕？」短人不對，因指朔謂上曰：「王母種桃〔七〕，三千年一作子。此兒不良，已三過偷之矣。遂失王母意，故被謫來此。」上大驚，始知朔非世中人。短人謂上曰：「王母使臣來，告〔八〕陛下求道之法：唯有清净，不宜躁擾。復五年，與帝會。」言終不見。上愈恨，招朔問其道，朔曰：「陛下自當知。」上以其神人，不敢逼也〔九〕。

王母遣使謂帝曰：「七月七日，我當暫來。」帝至日，埽宮内，然九華燈〔一〇〕。七月七日，上於承華殿齋。日正中，忽見有青鳥從西方來〔一一〕，集殿前。上問東方朔〔一二〕，朔對曰：「西王母暮必降尊像，上宜灑掃以待之〔一三〕。」上乃施帷帳，燒兜末香〔一四〕——香，兜渠國〔一五〕所獻也。香如大豆，塗宮門，聞數百里。關中〔一六〕嘗大疫，死者相係〔一七〕，燒此香，死者止〔一八〕。

是夜漏七刻〔一九〕，空中無雲，隱如雷聲，竟天紫色。有頃，王母至，乘紫車〔二〇〕，玉女夾馭，載七勝〔二一〕，履玄瓊鳳文之舄〔二二〕，青氣如雲，有二青鳥如烏〔二三〕，夾侍母旁。下車，上迎拜，延母坐，請不死之藥。母曰：「太上之藥，有中華紫蜜〔二四〕、雲山〔二五〕朱蜜、玉津〔二六〕金漿。其次藥，有五雲〔二七〕之漿、風實雲子〔二八〕、玄霜絳雪〔二九〕。上握蘭園之金精〔三〇〕，下摘圓丘之紫柰〔三一〕。帝滯情不遣〔三二〕，慾心尚多，不死之藥未可致也。」因出桃七枚，母自噉二枚，與帝五枚。帝留核着前，王母問曰：「用此何爲？」上曰：「此桃美，欲種之。」母笑〔三三〕曰：「此桃三千年一著子，非下土所植也〔三四〕。」留至五更，談語世事，而不肯言鬼神，肅然便去。東方朔於朱鳥牖〔三五〕中窺母，母謂帝曰：「此兒好作罪過，疏妄無賴，久被斥退，不得還天。然原心無惡，尋當得還，帝善遇之〔三六〕。」母既去，上惆悵良久。

上又至海上，考竟諸道士尤妖妄者百餘人〔三七〕。西王母遣使謂上曰：「求仙信邪？欲見神人而先殺戮，吾與帝絶矣。」又致三桃曰：「食此可得極壽。」使至之日，東方朔死。上疑之，問使者，曰：「朔是木帝精，爲歲星〔三八〕。下遊人中，以觀天下，非陛下臣也。」上厚葬之〔三九〕。（原據《續談助》本及《齊民要術》、《北堂書鈔》、《藝文類聚》、《法苑珠林》、《初學記》、《開元占經》、《六帖》、《太平御覽》、《事類賦注》、《大觀本草》、《紺珠集》、《埤雅》、《海録碎事》、《杜工部草堂詩箋》等引輯録，又參校以《漢武内傳》）

〔一〕東郡，戰國秦始置，治濮陽（今河南濮陽市西南）。《類説》卷二一作「會稽郡」，會稽郡秦置，治吴縣（今江蘇蘇州市）。《六帖》卷一四引作「東都」，指洛陽。

〔二〕七寸，《説郛》本作「五寸」，《類聚》卷六九、《六帖》、《御覽》卷七一〇、《五色線》卷上亦引作「五寸」。

〔三〕上，指漢武帝劉徹，前一四一年至前八七年在位。武帝好長生，多修神仙之事，詳《史記·封禪書》、《漢書·郊祀志》。山精，《説郛》本作「精」。

〔四〕東方朔，字曼倩，平原厭次（今山東惠民縣）人，生於漢景帝三年（前一五四），卒於武帝太始四年（前九三）。

武帝時任太中大夫。《漢書》卷六五本傳稱其「詼達多端，不名一行，應諧似優，不窮似智，正諫似直，穢德似隱」，是「滑稽之雄」。其傳説頗多，分見《東方朔別傳》（已佚，存佚文）、《洞冥記》、《列仙傳》、《十洲記》等。

〔五〕按：名巨靈者尚有二：一爲河神，又名巨靈胡。《文選》卷二《西京賦》注引《遁甲開山圖》曰：「有巨靈胡者，徧得坤元之道，能造山川，出江河。」二爲女神名。《洞冥記》卷四云：「唯有一女人，愛悦於帝，名曰巨靈。帝傍有青珉唾壺，巨靈乍出入其中，或戲笑帝前。東方朔望見巨靈，乃目之，巨靈因而飛去，望見化成青雀。因其飛去，帝乃起青雀臺。時見青雀來，則不見巨靈也。」

〔六〕此句《説郛》本作「阿母還來否」，《類聚》引作「阿母健不」，《六帖》、《御覽》「健不」引作「徤否」。「徤」同「健」，「不」同「否」。

〔七〕按：古書多言桃爲神品。《山海經·西次三經》云：「不周之山……爰有嘉果，其實如桃，其葉如棗，黄華而赤柎，食之不勞。」《齊民要術》卷一〇引《神農經》曰：「玉桃，服之長生不死。」《神異經·東荒經》云：「東方有樹，高五十丈，葉長八尺，名曰桃，其子徑三尺二寸。和核羹食之，令人益壽。」意者王母之桃即由斯説衍出。下文三千年作子之説，乃與《神異經·南荒經》中之柤稼櫃三千歲作華，九千歲作實相類。後世桃中乃有以佳品稱王母桃。唐段成式《酉陽雜俎》續集卷一〇云：「王母桃，洛陽華林園内有之，十月始熟，形如括蔞。俗語曰：『王母甘桃，食之解勞。』亦名西王母桃。」王母桃後又稱蟠桃。

〔八〕告，此字原闕，據《説郛》本及《御覽》卷三七八引補。又《書鈔》卷一二引云「巨靈告求道之法」，亦有「告」字。

〔九〕「上愈恨」以下數句原無，據《説郛》本補。

〔一〇〕然，同「燃」。九華燈，燈名。南宋蔡夢弼《杜工部草堂詩箋》卷二六《寄劉峽州》注引《西京雜記》佚文云：

「元日燃九華燈於終南山上，照見百里。」北宋高承《事物紀原》卷八《舟車帷幄部四十·燈擎》：「《黄帝内傳》曰：『王母授帝洞霄盤雲、九華燈擎二。』此燈有擎之始也。」

〔一一〕青鳥，西王母所使鳥也，凡三。《山海經·西次三經》云：「三危之山，三青鳥居之。」《海内北經》云：「三青鳥爲西王母取食。」《大荒西經》云：「有三青鳥，赤首黑目，一名曰大鵹，一名少鵹，一名曰青鳥。」此處僅云青鳥，不言其數。《類聚》卷四又卷一九、《初學記》卷四、《六帖》卷四、《草堂詩箋》卷四又卷六又卷三四並引作「一青鳥」，南宋陳葆光《三洞羣仙録》卷七引作「二青鳥」。《書鈔》卷一二乃引作「青鸞」。西方，《草堂詩箋》卷六引作「四方」，譌也。

〔一二〕此句「東方朔」下《草堂詩箋》卷四、卷六、卷三四引有「何鳥也」三字，《紺珠集》卷九作「何鳥」。

〔一三〕此二句《類説》作「西王母降，以化陛下」。

〔一四〕兜末香，香名。《重修政和證類本草》卷六引作「兜木香末」，《續談助》作「貝末香」，《類説》作「具末香」。

〔一五〕兜渠國，不詳。南宋陳元靚《歲時廣記》卷二八引作「兜率國」。《類説》天啓刊本作「兜國」，明嘉靖伯玉翁鈔本作「兜玄國」。

〔一六〕關中，古稱函谷關以西地區。舊關秦置，在今河南靈寶市東北，新關漢元鼎三年置，在今河南新安縣東。又稱關内。

〔一七〕係，連也。《本草》引作「枕」。

〔一八〕死者止，《御覽》卷九八三引作「死者因生」。按：《十洲記》云聚窟洲有反魂樹，煮其汁爲驚精香，又名反生香等，「香氣聞數百里，死者在地聞香氣乃却活，不復亡也。以香薰死人，更加神驗」。亦此類也。

〔一九〕夜漏七刻，古以漏壺計時。一晝夜百刻，實九十六刻。一晝夜十二時，每時八刻。夜共五時，由戌時到寅時。戌時爲晚七點到九點，夜七刻則爲晚八點四十五分左右。

〔二〇〕紫車，《類説》、《草堂詩箋》卷六作「紫雲車」。

〔二一〕勝，婦女首飾。

〔二二〕舄(xì)，履也。

〔二三〕此句《事類賦注》卷五引作「有二青鳥」，《初學記》卷四引作「有一青鳥如烏」，《續談助》作「有二青鳥如鸞」。

〔二四〕中華，不詳。按：《漢武内傳》亦有中華紫蜜，《酉陽雜俎》前集卷二《玉格》作「中央紫蜜」。

〔二五〕雲山，在今湖南武岡市南，有峯七十二，道書以爲福地，見杜光庭《洞天福地記》。

〔二六〕津，原作「液」，《御覽》卷八六一引作「津」，《漢武内傳》同，據正。

〔二七〕五雲，似是山名。今浙江杭州市餘杭區有五雲山，江蘇南京市江寧區有五雲峯。

〔二八〕風實，不詳何藥。雲子，或云菰米，或云雲子石，或云碎雲母。《草堂詩箋》卷八《與鄠縣源大少府宴渼陂得寒字》注曰：「雲子，言菰米飯也。或曰《廬山記》度主谷中有白石，號雲子，大者如棊子，小者如稻米，此乃鑿説也。」宋許顗《許彦周詩話》云：「葛洪《丹經》用雲子，碎雲母也。今蜀中有碎礫，狀如米粒，圓白，雲子石也。」

〔二九〕玄霜，黑色之霜；絳雪，赤色之雪。《歲時廣記》卷四引作「玄霜紺雪」，又引《拾遺記》佚文云：「廣延國霜色紺碧。」裴鉶《傳奇・薛昭》有絳雪丹。《酉陽雜俎》卷二亦有玄霜絳雪。

〔三〇〕蘭園，不詳何所。梁武帝詩《十喻・幻》：「蘭園種五果。」金精，金之精華。

〔三一〕圓丘，又作員丘，環丘、圜丘。《山海經・海外南經》「不死民」注：「有員丘山，上有不死樹，食之乃壽；亦有赤泉，飲之不老。」《百子全書》本《山海經圖讚》作「圜丘」。葛洪《抱朴子・登涉》：「昔圓丘多大蛇。」王嘉《拾遺記》卷一〇：「員嶠山，一名環丘。」東漢劉熙《釋名·釋丘》：「圜丘、方丘，就其方圓名之也。」柰（nài），林檎，即沙果，神仙家以爲仙品。《洞冥記》卷三云：「有紫柰，大如斗，甜如蜜，核紫花青。」《拾遺記》卷一〇云：「有柰，冬生，如碧色，以玉井水洗，食之骨輕柔，能騰虚也。」

〔三二〕遣，《類説》作「盡」。

〔三三〕笑，《御覽》卷九六七引作「歎」。

〔三四〕以上二句《六帖》卷九九引作：「『此桃一千年生華，一千年結實，人壽幾何！』乃止。」

〔三五〕朱鳥牖，指南窗。朱鳥又稱朱雀，南方七宿之總稱。南窗飾以朱鳥圖案，以與星象對應也。《類説》、《御覽》卷一八八、《歲時廣記》卷二八引均作「朱雀牖」，《書鈔》卷三二引作「朱牖」。《漢武内傳》作「朱雀窗」。

〔三六〕「東方朔」以下數句，《三洞羣仙録》引作：「時南窗下有窺看，帝驚問何人，母曰：『是汝侍郎東方朔，性滑稽，我鄰家小兒也。』」按：此乃《漢武内傳》文字（見附録），誤爲《漢武故事》。

〔三七〕以上二句原作「後上殺諸道士妖妄者百餘人」，此據《類説》改，《類説》原無「者」字。

〔三八〕木帝，即木星，又稱歲星。朔爲歲星精，又見《列仙傳》卷下《東方朔》，云：「智者疑其歲星精也。」《洞冥記》卷一乃謂太白星精，東漢應劭《風俗通義》卷三亦云：「俗言東方朔太白星精。」太白星即金星，故或云東方朔本姓金，王充《論衡·道虚》云：「世或言東方朔亦道人，姓金氏。」

〔三九〕按：唐瞿曇悉達《開元占經》卷二三《歲星占一·歲星變異大小》引《漢武故事》「西王母遣使謂上曰……上厚葬之」下云：「一本云：『朔死，乘雲飛去。仰望大霧，望之不知所在。朔在漢朝，天上無歲星。』」

西王母本西方部族名，《爾雅·釋地》云：「觚竹、北户、西王母、日下，謂之四荒。」郭璞注：「觚竹在北，北户在南，西王母在西，日下在東，皆四方昏荒之國次四極者。」亦指西王母部族之首領，《穆天子傳》卷三詳述周穆王西見西王母事，云：「吉日甲子，天子賓于西王母。乃執白圭玄璧，以見西王母。好獻錦組百純，□組三百純，西王母再拜受之。□乙丑，天子觴西王母于瑶池之上。西王母爲天子謡曰：『白雲在天，山陵自出。道里悠遠，山川間之。將子無死，尚能復來。』天子答之曰：『予歸東土，和治諸夏。萬民平均，吾顧見汝。比及三年，將復而野。』西王母又爲天子吟，曰：『徂彼西土，爰居其野。虎豹爲群，於鵲與處。嘉命不遷，我惟帝女。彼何世民，又將去子。吹笙鼓簧，中心翔翔。世民之子，唯天之望。』天子遂驅升於弇山，乃紀名跡于弇山之石，而樹之槐，眉曰『西王母之山』。」(引文據洪頤煊校本，載《傳經堂叢書》、《平津館叢書》、《叢書集成初編》、《四部備要》)。西王母爲女性，顯然爲母系社會之部族。嗣後西王母演變爲神，《山海經・西次三經》云：「玉山，是西王母所居也。西王母其狀如人，豹尾虎齒而善嘯，蓬髮戴勝，是司天之厲及五殘。」乃疫神及刑神。然猶可見其族以獸皮獸齒爲飾、穴居野處之狀。《海内南經》又云：「西王母梯几而戴勝杖(按：「杖」字衍)，其南有三青鳥，爲西王母取食。在昆侖虚北。」《大荒西經》亦云：「昆侖之丘……有人戴勝，虎齒，有豹尾，穴處，名曰西王母。」

戰國末期神仙方術大行於世，西王母由一陰暗惡神，遂演爲主福壽之「仙靈之最」(《漢書・司馬相如傳》顔師古注)。司馬相如《大人賦》云：「低回陰山翔以紆曲兮，吾乃今日睹西王母。皬然白首戴勝而穴處兮，亦幸有三足烏爲之使。必長生若此而不死兮，雖濟萬世不足以喜。」揚雄《甘泉賦》云：「想西王母欣然而上壽兮，屏玉女而却宓妃。」《焦氏易林》卷二云：「弱水之西，有西王母，生不知死，與天相保。」漢人《括地圖》、《列仙傳》、《洞冥記》、《十洲記》、《漢武内傳》等均亦叙及。前蜀杜光庭《墉城集仙録》卷一《金母元君》又稱：「金母元君者，九靈太妙龜山金母也，一號太虚九光龜臺金母，一號西王母。乃西華之至妙，洞陰之極尊。」《酉陽雜俎》前集卷一四乃云：「西王母姓楊，諱回，治崑崙西北隅，以丁丑日死。一曰婉妗。」

西王母會武帝事，由《穆天子傳》穆王會西王母脱化而來，第彼時尚未爲神耳。至漢魏間，《漢武内傳》全演《漢武故事》，極力張而皇之。茲據錢熙祚《守山閣叢書》校本節録如下：「（上略）及即位，好長生之術，常祭名山大澤，以求神仙。元封元年正月甲子，祭嵩山，起神宫。帝齋七日，祠訖乃還。至四月戊辰，帝夜閒居承華殿，東方朔、董仲君（按：原作「董仲舒」，誤，據明鈔本《太平廣記》卷三引正）侍。忽見一女子，著青衣，美麗非常。帝愕然，問之，女對曰：『我墉宫玉女王子登也。向爲王母所使，從崑山來。』語帝曰：『聞子輕四海之禄，尋道求生，降帝王之位，而屢禱山嶽，勤哉有似可教者也。從今百日清齋，不閑人事，至七月七日，王母暫來也。』帝下席跪諾。言訖，玉女忽然不知所在。帝問東方朔：『此何人？』朔曰：『是西王母紫蘭室玉女，常傳使命，往來榑桑，出入靈州，交關常陽，傳言玄都。阿母昔以出配北燭仙人，近又召還，使領命禄，真靈官也。』帝於是登延靈之臺，盛齋存道，其四方之事，權委於冢宰焉。至七月七日，乃修除宫掖之内，設座殿上，以紫羅薦地。燔百和之香，張雲錦之帳，然九光之燈，設玉門之棗，酌蒲萄之酒。躬監肴物，爲天官之饌。帝乃盛服立於陛下，勅端門之内，不得妄有窺者。内外寂謐，以俟雲駕。至二唱之後，忽天西南如白雲起，鬱然直來，逕趨宫庭間。須臾轉近，聞雲中有簫鼓之聲，人馬之響。復半食頃，王母至也。縣投殿前，有似鳥集，或駕龍虎，或乘獅子，或御白虎，或騎白麐，或控白鶴，或乘軒車，或乘天馬，羣仙數萬，光耀庭宇。既至，從官不復知所在，唯見王母乘紫雲之輦，駕九色斑龍。别有五十天仙，側近鸞輿，皆身長一丈，同執綵毛之節佩，金剛靈璽，戴天真之冠，咸住殿前。王母唯扶二侍女上殿，年可十六七，服青綾之袿，容眸流眄，神姿清發，真美人也。王母上殿，東向坐。著黄錦袷襡，文采鮮明，光儀淑穆，帶靈飛大綬，腰分頭之劍，頭上大華結，戴太真晨嬰之冠，履玄璚鳳文之舄。眎之，可年卅許，脩短得中，天姿掩藹，容顔絶世，真靈人也。下車登牀，帝拜跪，問寒温畢，立如也。因呼帝共坐。帝南面，向王母。母自設膳，膳精非常。豐珍之肴，芳華百果，紫芝萎蕤，紛若填樏，清香之酒，非地上所有，香氣殊絶，帝不能名也。又命侍女索桃，須臾以槃盛桃七枚，大如鴨子，形圓色青，以呈王母。母以四枚與帝，自食三桃，桃之甘美，口有盈味。帝食輒録核，母曰：『何謂？』帝曰：『欲種之耳。』母曰：『此桃三千歲一生實耳，中夏地薄，種之不生如何？』帝乃止於坐上。酒觴數過，王母乃命侍女王子登彈八琅之璈，又命侍女董雙成吹雲龢之笙，又命侍女石公子擊昆庭之鐘，又命侍女許飛瓊鼓震靈之簧，侍女阮淩華拊五靈之石，侍女范成君擊洞庭之磬，侍女段安香作九天之鈞。於是衆聲澈朗，靈音駭空。又命侍女安法嬰歌《玄靈》之曲，其詞曰：『大象雖寥廓，我把天地户。披雲沉靈輿，倏忽適下土。空洞成玄音，至靈不容冶。太真噓中唱，始知風塵苦。頤神三田中，納精六闕下。遂乘萬龍輴，馳騁眄九野。』二曲曰：『玄圃遏北臺，五城焕嵳峩。啓彼無涯津，汎此織女河。仰上升絳庭，下遊月窟阿。顧眄八落外，指招九雲遐。忽已不覺勞，覺寤少與多。撫璈命衆女，詠發感中和。妙暢自然樂，爲此玄靈歌（按：原作「玄雲歌」，與前不合，今改）。韶盡至韻存，真音辭無邪。』歌畢，帝乃下地，叩頭自陳。（按：下爲武帝乞長生之術，王母授以玄微之言，王母遣侍女郭密香請上元夫人阿環，上元夫人至，告帝秘道，王母授帝《五嶽真形圖》，上元授帝六甲左右靈飛致神之方十二事，略。）須臾，殿南朱雀窗中，忽有一人來窺看仙官。帝驚問何人，王母曰：『女不識此人耶？是女侍郎東方朔，是我鄰家小兒也。性多滑稽，曾三來偷此桃。此子昔爲太上仙官，太上令到方丈山助三天司命收録仙家。朔到方丈，但務山水游戲，了不共營和氣，擅弄雷電，激波揚風，風雨失時，陰陽錯迕，致令蛟鯨陸行，山崩境壞，海水暴竭，黄鳥宿淵，妨農芸田。沉湎玉酒，失部御之和，虧奉命之科。於是九源丈人廼言之於太上，太上遂謫斥使在人間，去太清之朝，令處臯濁之鄉。近金華山二仙人及九疑君，比爲陳乞，以行原之。』於是帝乃知朔非世俗之徒也。時酒酣周宴，言請粗畢，上元夫人自彈雲林之璈，鳴絃駭調，清音靈朗，玄風四發，廼歌《步玄》之曲，辭曰（略）。王母又命侍女田四飛答歌曰（略）。歌畢，因告武帝仙官從者姓名及冠帶執佩物名，所以得知而紀焉。至明旦，王母别去。上元夫人謂帝曰：『夫李少君者，專念精進，理妙微密，必得道矣。其似未有六甲靈飛之文，女當可以示之。』帝曰：『諾。』於是夫人與王母同乘而去，臨發，人馬龍虎，威儀如初來時，雲氣勃蔚，盡爲香氣，極望西南，良久乃絶（下略）。」

（按：《漢武内傳》《隋書·經籍志》、《舊唐書·經籍志》、《新唐書·藝文志》均有著録，今存，一卷。一爲《道藏》本，一爲《廣漢魏叢書》本，後者係自《廣記》卷三輯出者，視《藏》本所遺甚多，然後者亦多可補正前者。《續談助》卷四、《類説》卷七、《説郛》卷七並有節録。是書撰人舊題班固，大謬，或以爲葛洪撰，亦無根據。考西晉張華《博物志》卷八叙王母兼採《故事》、《内傳》，兩晉間郭璞《遊仙詩》第六首云「燕昭無靈氣，漢武非仙才」，後句用本書王母謂武帝「殆恐非仙才」典，頗疑書成於漢魏間。蓋其時道教方興，道徒競爲大言，故借漢世盛傳之武帝、王母事，顯揚神仙之術也。）

金王朋壽《增廣分門類林雜説》卷一三引《西京雜記》佚文曰：「武帝宴西王母，設珊瑚牀，又爲七寶牀於桂宮，紫錦帷帳。」

魏董勛《問禮俗》（《漢學堂叢書》輯本）云：「正月一日造勝畢，以相遺。象瑞圖金勝之形，又象西王母正月七日戴勝，見武帝於承華殿也。」殿名、時日皆異。

張華《博物志》卷八《史補》云：「漢武帝好仙道，祭祀名山大澤，以求神仙之道。時西王母遣使乘白鹿告帝當來，乃供帳九華殿以待之。七月七日夜漏七刻，王母乘紫雲車而至於殿西南，面東向，頭上戴七種（按：當作「勝」），青氣鬱鬱如雲。有三青鳥如烏大，使侍母旁。時設九微燈。帝東面西向。王母索七桃，大如彈丸，以五枚與帝，母食二枚。帝食桃輒以核著膝前，母曰：『取此核將何爲？』帝曰：『此桃甘美，欲種之。』母笑曰：『此桃三千年一生實。』唯帝與母對坐，其從者皆不得進。時東方朔竊從殿南廂朱鳥牖中窺母，母顧之，謂帝曰：『此窺牖小兒，嘗三來盜吾此桃。』帝乃大怪之。由此世人謂方朔神仙也。」

《北堂書鈔》卷一三二引《幽明録》（劉宋劉義慶）曰：「甘泉王母降。」粗陳大概，原文已不可曉。

西王母會武帝，尚有别種傳聞。《十洲記》云：「漢武帝既聞王母説八方巨海之中，有祖洲、瀛洲、玄洲、炎洲、長洲、元洲、流洲、生洲、鳳麟洲、聚窟洲，有此十洲，乃人跡所稀絶處。」

東漢郭憲《洞冥記》卷一云：「元光中，帝起壽靈壇……帝使董謁乘雲霞之輦以昇壇。至夜三更，聞野雞鳴，忽如曙，西王母駕玄鸞，歌《春歸樂》。謁乃聞王母歌聲而不見其形。歌聲遶梁三匝乃止。」又卷二云：「元鼎元年，起招仙閣於甘泉宫西……進崆嵲細棗，出崆嵲山……西王母握以獻帝。」

此外，晉王嘉《拾遺記》卷三記周穆王見西王母，王母進仙酒仙果，卷四、卷一〇又記燕昭王會王母，此皆漢武故事之流緒也。

晚唐詩人曹唐有詩作詠王母降武帝。《漢武帝候西王母下降》云：「崑崙凝想最高峯，王母來乘五色龍。歌聽紫鸞猶縹緲，語來青鳥許從容。風迴水落三清月，漏苦霜傳五夜鐘。樹影悠悠花悄悄，若聞簫管是行蹤。」《漢武帝於宫中宴西王母》云：「鼇岫雲低太一壇，武皇齋潔不勝懽。長生碧宇期親署，延壽丹泉許細看。劍佩有聲宫樹静，星河無影禁花寒。秋風裹裹月朗朗，玉女清歌一夜闌。」（《全唐詩》卷六四〇）

有關東方朔者，亦見《西京雜記》佚文。南宋吴曾《能改齋漫録》卷七引班固《漢武故事》並《西京雜記》云：「東方朔死，上疑問西王母使者。使者曰：『朔是木帝精，爲歲星。下遊人中，以觀天下，非陛下臣也。』」又《類説》卷四《西京雜記》云：「異國獻短人，東方朔問曰：『巨靈，如何叛？阿母今健否？』」又云：「東方朔臨終曰：『天下無知我者，惟曆官大任公知之。』帝召問之，曰：『歲星不見十八年，此夕方出。』」

又《太平廣記》卷六引《洞冥記》及《朔别傳》云：「朔未死時，謂同舍郎曰：『天下人無能知朔，知朔者唯太王公耳。』朔卒後，武帝得此語，即召太王公問之曰：『爾知東方朔乎？』公對曰：『不知。』『公何所能？』曰：『頗善星曆。』帝問：『諸星皆具在否？』曰：『諸星具，獨不見歲星十八年，今復見耳。』帝仰天歎曰：『東方朔生在朕傍十八年，而不知是歲星哉！』慘然不樂。」

《初學記》卷一引《漢武帝内傳》佚文曰：「西王母使者至，東方朔死，上以問使者，對曰：『朔是木帝精，爲歲星。下遊人中，以觀天下，非陛下之臣。』」

唐李伉《獨異志》卷上曰：「漢東方朔，歲星精也。自入仕漢武帝，天上歲星不見。至其死後，星乃出。」

明馮夢龍《古今譚概・荒唐部》采入巨靈事。

東方朔偷桃及漢武會王母事，明清曲家頗喜飾演。如：明吴德修有傳奇《偷桃記》（《古本戲曲叢刊》），楊維中有雜劇《偷桃獻壽》（佚，明祁彪佳《遠山堂劇品》著録），又有佚名《東方朔》雜劇（佚，《遠山堂劇品》著録）。清楊潮觀《吟風閣雜劇》中有《偷桃捉住東方朔》，薛旦有傳奇《齊天樂》（存，《曲海總目提要》卷三三著録），又有佚名《方朔偷桃》雜劇（存，傅惜華《清代雜劇全目》著録）。

劉向　列仙傳

據《郝氏遺書》清王照圓《列仙傳校正》本

今存，二卷，西漢劉向撰。《漢書·藝文志》無目。《隋書·經籍志》雜傳類著録曰：「《列仙傳讚》三卷，劉向撰，鬷續，孫綽讚。《列仙傳讚》二卷，劉向撰，晉郭元祖讚。」雜傳類小序又稱：「又漢（按：應作「秦」）時阮倉作《列仙圖》，劉向典校經籍，始作《列仙》、《列士》、《列女》之傳。」《舊唐書·經籍志》雜傳類、《新唐書·藝文志》道家類均作二卷，劉向撰，《新唐志》作《列仙傳》，無讚。東漢末王逸《楚辭·天問》注及應劭《漢書音義》，均引《列仙傳》。葛洪《神仙傳序》曰：「秦大夫阮倉所記，有數百人。劉向所撰，又七十餘人。」《抱朴子·論仙篇》亦曰：「劉向博學……其所撰《列仙傳》，仙人七十有餘。」無名氏《列仙傳叙》（《太平御覽》卷六七二、《説郛》卷四三）稱：「《列仙傳》，漢光禄大夫劉向所撰也。」或謂「疑東京文也」（北宋黄伯思《東觀餘論》卷下《跋劉向列仙傳後》），或謂「魏晉間方士爲之，託名於向」（《四庫全書總目》卷一四六道家類《列仙傳》提要），均不可從信。

《列仙傳》今本有讚及總讚，未著撰人。《隋志》雜傳類著録《列仙讚序》一卷，郭元祖撰。所謂序即今本書末之「讚曰」云云，亦即總讚。據郭元祖總讚佚文（費長房《歷代三寶記》卷二、法琳《破邪論》卷下等引）及陶弘景《真誥》卷一七《握真輔》、杜臺卿《玉燭寶典》卷四，《列仙傳》所載七十二人蓋與孔門七十二賢之數相契。《真誥》云：「孔安國撰孔子弟子亦七十二人，劉向撰列仙亦七十二人。」今本凡七十人，逸去二傳，非足本。

今傳版本，主要有《道藏》、《古今逸史》、《漢唐三傳》、《四庫全書》、《祕書廿一種》、《指海》、《郝氏遺書》、《琳琅祕室叢書》、《龍谿精舍叢書》、《道藏舉要》、《道藏精華録》、《叢書集成初編》等本，大都爲二卷。《古今逸史》、《祕書廿一種》、《漢唐三傳》等本無讚，清郝懿行《郝氏遺書》本乃王照圓校正本，民國鄭國勳《龍谿精舍叢書》、守一子《道藏精華録》所收皆爲王照圓校正本。《琳琅祕室叢書》本乃清胡珽校譌本，《叢書集成初編》取此本。又《雲笈七籤》卷一〇八録《列仙傳》，凡四十八人，係節本。《紺珠集》卷六摘録十一條（題劉向），《類説》卷三摘録十七條，其中多羼入《神仙傳》等書内容。《説郛》卷七《諸傳摘玄》自《類説》取二條。《説郛》卷四三收《列仙傳》七十人，與今本同，但次第有異，只摘録名號里籍而無事迹，前有無名氏序，題下注一卷，知據宋元一卷本摘録。《重編説郛》卷五八、《五朝小説·魏晉小説》、《古今説部叢書》等取此本，然脱四人。

劉向，事迹具《漢書》卷三六《楚元王傳》附《劉向傳》。向字子政，本名更生，後改今名。沛（今江蘇徐州市沛縣）人，楚元王劉交玄孫。約生於昭帝元鳳四年（前七七），卒於哀帝建平元年（前六）。仕宣、元、成、哀四朝，官至光禄大夫、中壘校尉，故後人稱劉光禄或劉中壘。劉向是西漢著名經學家、文學家、目録學創始人。撰有《尚書洪範五行傳論》、《五經通義》、《列女傳》、《列士傳》、《新序》、《説苑》、《别録》及辭賦等，有《劉向集》六卷行世，佚。向好神仙，晚節彌甚，是書作於成、哀間，旨在宣揚神仙道術。雖或謂「殊甚簡略，美事不舉」（《神仙傳序》），然質樸而雋永，開神仙傳記一路，之後代有繼作。以小説視之，則仙傳類雜傳體志怪小説也。

江妃二女

江妃二女〔一〕者，不知何所人也。出遊於江漢之湄〔二〕，逢鄭交甫。見而悦之，不知其神人也。謂其僕曰：「我欲下，請其佩〔三〕。」僕曰：「此閒之人，皆習於辭，不得，恐罹悔焉。」

交甫不聽，遂下，與之言曰：「二女勞矣。」二女曰：「客子有勞，妾何勞之有！」交甫曰：「橘是柚也〔四〕，我盛之以笥〔五〕。令附漢水，將流而下。我遵其傍，采其芝而茹之〔六〕。以知吾爲不遜也，願請子之佩。」二女曰：「橘是柚也，我盛之以筥〔七〕。令附漢水，將流而下。我遵其傍，采其芝而茹之。」遂手解佩與交甫。交甫悦，受而懷之，中當心。趨去數十步，視佩，空懷無佩。顧二女，忽然不見。《詩》曰：「漢有遊女，不可求思〔八〕。」此之謂也。（卷上）

〔一〕江妃二女，《北堂書鈔》卷一二八、《初學記》卷二六、《太平御覽》卷六九二並引作「江濱二女」。《文選》卷四《蜀都賦》劉逵注、卷一二《江賦》李善注引作「江斐二女」，「斐」同「妃」，又作「婓」，《廣韻》上平聲微韻：「婓，江婓，神女。」按：《山海經・中次十二經》云：「洞庭之山……帝之二女居之，是常遊于江淵。」郭璞注：「天帝之二女而處江爲神，即《列仙傳》江妃二女也。《離騷》、《九歌》所謂湘夫人，稱帝子者是也。」二女即舜妃娥皇、女英，帝堯之女。相傳舜南巡崩於蒼梧，二女隕於湘江，爲水神。《水經注》卷三八《湘水》云：「大舜之陟方也，二妃從征，溺於湘江，神遊洞庭之淵，出入瀟湘之浦。」

〔二〕江，長江；漢，漢水。湄，水濱。江漢之湄指長江、漢水交匯處。其處地近洞庭湖，故二女出遊焉。

〔三〕佩，結於衣帶上之飾物。《釋名・釋衣服》：「佩，倍也。言其非一物，有倍貳也。有珠，有玉，有容刀，有帨巾，有觿之屬也。」《蜀都賦》注、《藝文類聚》卷七八、《初學記》卷六又卷二六、《御覽》俱引作「珮」。《玉篇》卷一玉部：「珮，玉珮。」按：《太平廣記》卷五九等引云所佩者爲珠，見附録。

〔四〕柚，《廣記》引作「橙」。按：橘、柚、橙相似，皆爲芸香科果木。南宋李石《續博物志》卷一〇云：「柚似橙而大于橘。」

〔五〕笥(sì)，盛食品或衣物之竹器。

〔六〕芝，一種菌類；茹，食也。按：以上六句爲交甫所賦之詩，僕云此間人皆習於辭，故亦以辭挑之也。

〔七〕筥(jǔ)，圓形竹器。《詩經・召南・采蘋》：「于以盛之？維筐及筥。」毛傳：「方曰筐，圓曰筥。」

〔八〕「漢有遊女，不可求思」出《詩經・周南・漢廣》。原詩三章，首章曰：「南有喬木，不可休息(思)。漢有游女，不可求思。漢之廣矣，不可泳思；江之永矣，不可方思。」按：《列仙傳》以鄭交甫事爲此詩之本事，不可信，其説出《韓詩外傳》，參見附録。《道藏》等本無「詩曰」以下數語。

《列仙傳讚》曰：「靈妃豔逸，時見江湄。麗服微步，流盼生姿。交甫遇之，憑情言私。鳴佩虛擲，絶影焉追。」

諸書引《列仙》此傳，多有異辭。

唐李瀚《蒙求》卷上引曰：「江妃二女珮兩明珠，大如雞卵，游江漢之湄，逢鄭交甫。交甫説之，不知其神也，曰：『願請子之珮。』二女解與交甫，去數十步，二女忽然不見，珮亦失之。」（據《佚存叢書》本《古本蒙求》）

《文選》卷一九《洛神賦》「感交甫之弃言兮」注引《神仙傳》（按：當作《列仙傳》）曰：「切仙一出（按：有脱譌），遊於江濱，逢鄭交甫。交甫不知何人也，目而挑之，女遂解佩與之。交甫行數步，空懷無佩，女亦不見。」

《廣記》卷五九引曰：「鄭交甫常遊漢江，見二女，皆麗服華裝，佩兩明珠，大如雞卵。交甫見而悦之，不知其神人也。謂其僕曰：『我欲下請其佩。』僕曰：『此間之人皆習於辭，不得，恐罹悔焉。』交甫不聽，遂下與之言曰：『二女勞矣。』二女答曰：『客子有勞，妾何勞之有！』交甫曰：『橘是橙也，我盛之以笥。令附漢水，將流而下，我遵其旁寋之。知吾爲不遜也，願請子佩。』二女曰：『橘是橙也，盛之以莒（按：當作「筥」）。令附漢水，將流而下。我遵其旁，捲其芝而茹之。』手解佩以與交甫，交甫受而懷之。既趨而去，行數十步，視懷空無珠，二女忽不見。詩云：『漢有遊女，不可求思。』言其以禮自防，人莫敢犯，況神仙之變化乎！」

《御覽》卷八〇三引曰：「鄭交甫將往楚，道至漢皋臺下，見二女，佩兩珠，大如荆雞卵。交甫與之言曰：『欲子之佩。』二女解與之。既行返顧，二女不見，佩亦失矣。」

北宋吴淑《事類賦注》卷九引曰：「鄭交甫至漢臯臺下，見二女佩兩明珠，大如雞卵，遂解與之。既行反顧，二女不見，佩珠亦失。」按：漢臯，山名，亦名萬山，在今湖北襄樊市西北。

南宋朱勝非《紺珠集》卷一三《諸集拾遺・解珠佩》曰：「鄭交甫於漢江遇二女，與語，解所佩六珠遺交甫。已而不見，視其明珠亦亡矣。」

曾慥《類説》卷三《列仙傳・漢江解佩》曰：「鄭交甫遊漢江，見二女，佩兩明珠。交甫悦之，不知其神人也，下請其佩。女解佩與交甫，行數十步，女忽不見。」又卷六〇《拾遺類總・漢江解珮》：「鄭交甫於漢江遇二女，與語，解所佩大明珠遺交甫，已而不見，視珠亦亡。」

蔡夢弼《杜工部草堂詩箋》卷七《渼陂行》注引曰：「鄭交甫將適南楚，遵彼漢江，遇二女，佩兩珠，大如雞卵。交甫與僕言曰：『我將下請其佩。』僕曰：『此邦之人皆習於辭，往則懼見辱焉。』交甫果請其佩，二女解佩與交甫。既行，不見二女，佩亦於懷中失之。故曰『漢有遊女，不可求思』者也。」

鄭交甫事，先載於西漢韓嬰《韓詩外傳》，今本脱載，僅見於佚文。《文選》卷四《南都賦》：「游女弄珠於漢臯之曲。」李善注引《韓詩外傳》曰：「鄭交甫將南適楚，遵彼漢臯臺下，乃遇二女，佩兩珠，大如荊雞之卵。」《初學記》卷七引《韓詩》曰：「鄭交甫過漢臯，遇二女，妖服珮兩珠。交甫與之言曰：『願請子之珮。』二女解珮與交甫而懷之。去十步，探之則亡矣，迴顧二女亦不見。」《御覽》卷六二引《韓詩》曰：「鄭交甫過漢臯，遇二女，妖服珮兩珠。交甫與之言曰：『願請子之珮。』二女解珮與交甫而懷之。

去十步，探之則亡矣。廻顧二女，亦即亡矣。」按：《列仙傳》所載取自《韓詩外傳》，故《廣記》、《御覽》等所引皆近《韓詩》。而今本《列仙傳》與之有别，乃流傳所致異也。

《焦氏易林》卷一二《萃》之《漸》曰：「喬木無息，漢女難得。橘柚請佩，反手難悔。」

《後漢書・郡國志四》「南郡襄陽縣」劉昭注引習鑿齒《襄陽耆舊傳》曰：「縣西九里有萬山，父老傳云交甫所見游女處，此山之下曲隈是也。」

《水經注》卷二七《沔水》曰：「漢水又東逕漢廟堆下，昔漢女所遊，側水爲釣臺，後人立廟於臺上。」又卷二八云：「沔水又東逕萬山北……山下水曲之隈，云漢女昔遊處也，故張衡《南都賦》曰『遊女弄珠於漢皐之曲』。漢皐，即萬山之異名也。」

明詹詹外史《情史類略》卷一九情疑類亦略載其事，題《漢女》。

蕭史

蕭史〔一〕者，秦穆公〔二〕時人也。善吹簫，能致孔雀、白鶴〔三〕於庭。穆公有女字弄玉，好之，公遂以女妻焉。日教弄玉吹簫〔四〕作鳳鳴，居數年〔五〕，吹似鳳聲，鳳凰來止其屋。公爲作鳳臺，夫婦止其上，不下數年。一旦〔六〕，皆隨鳳凰飛去。故秦人爲作鳳女祠於雍宮〔七〕中，時有簫聲而已。（卷上）

〔一〕蕭史,《藝文類聚》卷四四、《文選》卷二八鮑照《升天行》及卷三一江淹《擬班婕妤詠扇詩》注、《初學記》卷一〇、《蒙求注》卷下俱引作「簫史」。

〔二〕秦穆公,名任好,公元前六五九年至前六二一年在位。

〔三〕白鵠,《類聚》卷七八引作「白鵠」,《草堂詩箋》卷八《崔駙馬山亭宴集》注引作「白鶴」。按:鵠,天鵝。亦通「鶴」。

〔四〕「吹簫」二字各本原無,據《蒙求注》、《草堂詩箋》卷二《鄭駙馬宴洞中》注、卷二一《玉臺觀》注引及《紺珠集》卷六《列仙傳》、《類説》卷三《列仙傳》補。

〔五〕數年,《類聚》卷七八、《初學記》、《文選》卷二八注並引作「數十」。

〔六〕一旦,原作「一日」。《文選》卷二八又卷三一注、《類聚》卷四四又卷七八、《蒙求注》、《草堂詩箋》卷二又卷二一注並引作「一旦」,《道藏》本同。按:作「一旦」是也,據正。《紺珠集》、《類説》乃作「一夕」,下云:「吹簫鳳集,乘之仙去。」非原文也。

〔七〕雍宫,雍都之宫殿。按:秦自德公始都雍(今陝西鳳翔縣南),穆公時亦都於此。

《列仙傳讚》曰:「蕭史妙吹,鳳雀舞庭。嬴氏好合,乃習鳳聲。遂攀鳳翼,參翥高冥。女祠寄想,遺音載清。」

《水經注》卷一八《渭水》云:「(雍縣)又有鳳臺、鳳女祠。秦穆公時,有簫史者善吹簫,能致白鵠、孔雀。穆公女弄玉好之,公爲作鳳臺以居之。積數十年,一旦隨鳳去,云雍宫世有簫管之聲焉。今臺傾祠毁，不復然矣。」

前蜀杜光庭《墉城集仙録》卷六云：「弄玉者，秦繆公之女也，好吹簫。時有蕭史者善吹簫，公以弄玉妻之，築臺以居焉。弄玉吹簫十餘年，能作鳳鳴，鳳來止其臺上。夫婦居臺上數年不下，一旦隨鳳飛去。於是秦公於雍宫作鳳女祠，時有簫聲焉。」

《廣記》卷四引《神仙傳拾遺》（杜光庭）云：「蕭史，不知得道年代，貌如二十許人，善吹簫作鸞鳳之響，而瓊姿煒爍，風神超邁，真天人也。混迹於世，時莫能知之。秦穆公有女弄玉，善吹簫，公以弄玉妻之，遂教弄玉作鳳鳴。居十數年，吹簫似鳳聲，鳳凰來止其屋。公爲作鳳臺，夫婦止其上，不飲不食，不下數年。一旦，弄玉乘鳳，蕭史乘龍，昇天而去。秦爲作鳳女祠，時聞簫聲。今洪州西山絶頂，有蕭史石仙壇，石室，及巖屋真像存焉，莫知年代。」按：洪州，治今江西南昌市。清修《江西通志》卷三八《古蹟一·南昌府》載：「簫峰亭，《榆墩集》：簫峰有亭，祠簫史。弄玉峯爲西山最高。此山雲，則衆山雨矣。里語曰：『簫仙戴笠，鳳凰翅濕。簫仙著衣，烏雀淋漓。』」

南宋皇都風月主人《緑窗新話》卷下《蕭史教弄玉吹簫》，採《列仙》此文。

張邦幾《侍兒小名録拾遺》引《帝王世紀》（晉皇甫謐）云：「秦穆公女名弄玉，善吹簫，與簫史共登樓吹簫，作鳳凰音，感鳳凰從天而降，後升天矣。」

元趙道一《歷世真仙體道通鑑》卷三鋪張其事，緣飾史事及歷史人物，真幻相參，頗爲生動，蕭史故事爲之大變。其文曰：「蕭受姓於殷。至周宣王時有蕭欽者，妻王氏，皆富好道，老君曾降其家。以宣王十七年五月五日生，即蕭仙也。生而不事家業，遊終南山，遇異人，授長生術，且教以吹簫。歸家告父母，願入道，父母强爲娶妻。蕭仙云：『異人教我勿娶，當得帝女。』父母聽之。宣王末，史籍散亂，蕭仙能文，著本末，以備史之不及，人以『史』目之，實無名也。行第三。浪迹，入秦孟明之師從軍。引敗歸，秦侯迓而哭之。史在孟明側立甚恭。秦侯問敗師狀，孟明不能答，史代對甚悉，孟明免罪，史之力也。孟明歸，史又放浪山水間。時秦侯有女名弄玉，善吹笙，無和者，求得吹笙者以配。孟明以代對故，薦史，因召見。秦侯問，史云：『善簫。』侯曰：『吾女好笙，子簫也，奈何？』史以不稱旨退。女在屏間呼曰：『試使吹之。』一聲而清風生，再吹而彩雲起，三吹而鳳凰來。女曰：『是吾夫也，願嫁之。』史曰：『女亦且吹笙，且三吹之。』如史所感。於是孟明爲媒，蹇叔爲賓，合宴於西殿。座中不奏他樂，惟二人自以簫笙間奏。曲未終，鳳凰來下，二仙乘之而去。秦侯惘然，咎孟明。孟明遣人四方尋之，至楚尾吴頭，有人見西山高舉，男女坐而吹笙簫，簫者鳳栖其傍。使者聞，急訪之，又沖昇矣。後不知其所之。此其大略也。」

又《後集》卷二《嬴女》亦曰：「秦繆公女嬴氏，名弄玉，善吹笙，無和者，欲求得吹笙者以配。有蕭史者善吹簫，能感清風、彩雲、鳳凰，嬴女願嫁之。嬴女吹笙亦如史所感。於是孟明爲媒，蹇叔爲賓，約而成婚，宴於西殿座中。不奏他樂，惟二人自以笙簫間奏，遂致鳳凰來儀，二人乘之而去。秦人因作鳳女祠。」

清修《陝西通志》卷六五《人物十一・釋道》引《盩厔縣志》云：「蕭史，周宣王時人。遊終南山，遇異人，授長生術，教以吹簫。歸告父母，願入道，父母聽之。宣王史籍散亂，蕭能文，著本末，以備史之不及，人以『史』目之，實無名。秦穆公有女名弄玉，善吹笙，無和者。孟明薦史，因召見。女呼試之，一吹而清風生，再吹而彩雲迎，三吹而鳳凰來。女亦三吹，如史所感，願嫁之。於是合宴西殿，笙簫間奏。曲未終，鳳凰忽下，二仙乘之而去。」全本《歷世真仙體道通鑑》。

蕭史弄玉遺迹，主要在秦地。除以上所涉及者外，所載尚多。

唐釋道宣《續高僧傳》卷一四《釋童真傳》云：「終南山仙遊寺，即古傳云秦穆公女名弄玉，習仙升雲之所也。」

宋樂史《太平寰宇記》卷三〇《鳳翔府·寶雞縣》云：「玉女祠，秦穆公女弄玉鳳臺之地也。又秦穆公陵在此。」

歐陽忞《輿地廣記》卷一五《鳳翔府·天興縣》云：「天興縣，故雍縣……有鳳臺。秦穆公時有簫史者善吹簫，能致白鳳，穆公女弄玉好之。公爲作鳳臺，以居之，一旦乘鳳而去。」

《陝西通志》卷九《山川二·西安府·盩厔縣》引《縣志》：「玉女洞泉，在縣西南三十里，在中興寺下。玉女即秦弄玉也。洞有飛泉，甚甘洌，飲之者愈疾。蘇軾嘗愛其水，既致兩瓶，恐後復取，爲使者見紿，因破竹爲契，使寺僧藏其一，以爲往來之信，戲謂之調水符。」

又卷二八《祠祀一·鳳翔府·鳳翔縣》引《縣志》：「鳳女祠在城南五十里，其地有鳳女臺。相傳秦穆築，以居蕭史、弄玉者，後人因臺作祠以祀。」

唐沈亞之撰傳奇小説《秦夢記》，借弄玉舊聞而自創新事。謂大和初，沈亞之出長安，客槖泉邸舍，晝夢入秦，見秦穆公。公女弄玉婿蕭史死，令亞之尚之，居翠微宫。公主喜鳳簫，每吹簫，聲調遠逸。一年後公主無疾卒，葬咸陽原，亞之爲作挽歌、墓誌銘。悲而去之，公命車駕送出函谷關云。南朝以降，文士喜造豔遇女仙事，假古之美女，以愜其冶遊之懷，中古文人心理之隱，於焉可見。

唐人又傳婦人飾面之粉乃蕭史爲之。《類説》卷二五《玉泉子・膩粉》云：「秦穆公女弄玉，善吹簫。蕭史降於宫掖，鍊飛靈丹，第一轉與弄玉塗之，名曰粉，今之水銀膩粉也。燕脂，本閼氏夫人以紅花爲之，中國人呼紅藍。」五代馬縞《中華古今註》卷中云：「自三代以鉛爲粉。秦穆公女弄玉有容德，感仙人簫史，爲燒水銀作粉與塗，亦名飛雲丹。傳以簫曲，終而同上昇。」五代馬鑑《續事始》(《説郛》卷一〇)引《二儀實録》，南宋李石《續博物志》卷一〇亦並載此事，前者作「飛雲」，脱「丹」字(按：《紺珠集》卷一二《雞跖集》引《二儀録》作「雪丹」)，後者作「飛雪丹」。北宋高承《事物紀原》卷三《冠冕首飾部十四・輕粉》云：「《實録》曰：蕭史與秦穆公鍊飛雲丹，第二轉與弄玉塗之，名曰粉，即輕粉也。此蓋其始也。」

晚唐詩人曹唐《大遊仙詩》有《蕭史攜弄玉上昇》詩：「豈是丹臺歸路遥，紫鸞煙駕不同飄。一聲洛水傳幽咽，萬片宫花共寂寥。紅粉美人愁未散，清華公子笑相邀。緱山碧樹青樓月，腸斷春風爲玉簫。」(《才調集》卷四)

明佚名《秦樓蕭史引鳳》雜劇，清佚名《吹簫引鳳》雜劇、《跨鳳乘龍》雜劇，皆演蕭史、弄玉事，今悉存世（見傅惜華《明代雜劇全目》、《清代雜劇全目》）。

邗子

邗子〔一〕者，自言蜀人也，好放犬子，知相犬〔二〕。犬走入山穴〔三〕，邗子隨入。十餘宿行，度數百里，上出山頭。上有臺殿宮府，青松〔四〕森然，仙吏侍衛甚嚴。見故婦主〔五〕洗魚，與邗子符一函并藥，便使還，與成都令橋〔六〕君。

橋君發函，有魚子也。著池中養之，一年皆爲龍。邗子復送符還山上〔七〕，犬色更赤，有長翰。常隨邗子，往來百餘年。遂留止山上，時下來護其宗族。蜀人立祠於穴口，常有鼓吹傳呼聲。西南數千〔八〕里，共奉祠焉。（卷下）

〔一〕邗（hán）子，邗爲姓。古有邗國，《説文》六下邑部：「邗，國也。今屬臨淮……一曰邗本屬吴。」其後以爲姓。《北堂書鈔》卷一五八引作「刊子」，《太平御覽》卷九〇五引作「列子」，五代王松年《仙苑編珠》卷中引作「邢子」，並譌。

〔二〕知相犬，此三字原無，據北宋張君房《雲笈七籤》卷一〇八《列仙傳》、元趙道一《歷世真仙體道通鑑》卷三《邗子》補。

〔三〕此句前原有「時有」二字，文義不順。《七籤》本、《書鈔》、《仙苑編珠》、《御覽》、北宋吴淑《事類賦注》卷二三引、南宋蔡夢弼《杜工部草堂詩箋》卷二一《滕王亭子》注引、《真仙通鑑》並無此二字，知爲衍文，據删。

〔四〕「青松」下原有「樹」字，據《七籤》本及《仙苑編珠》、《事類賦注》、《草堂詩箋》、《真仙通鑑》删。

〔五〕婦，《御覽》、《事類賦注》引作「妻」。故婦，亡故之妻。主，主管。

〔六〕橋，《道藏》本、《七籤》本並作「喬」，《仙苑編珠》同。按：《廣韻・四宵》「橋」字釋：「又姓，出梁國，後漢有太尉橋玄。」

〔七〕邗，原譌作「形」，連上讀，據《七籤》本、《事類賦注》、《真仙通鑑》正。《仙苑編珠》作「邢」，《御覽》作「列」。「子」字據《事類賦注》、《真仙通鑑》補。「復」《事類賦注》作「後」。

〔八〕千，《七籤》本、《真仙通鑑》作「十」。

《列仙傳讚》：「邗子尋犬，宕入仙穴。館閣峩峩，青松列列。受符傳藥，往來交結。遂棲靈岑，音響昭徹。」

元趙道一《歷世真仙體道通鑑》卷三亦有《邗子》，文同《七籤》本《列仙傳》。

六朝洞窟傳説極多，大抵事關神仙或隱者，此邗子事則肇其端矣。而世人入異境，必賴物以導引，亦濫觴於此也。

揚雄　蜀王本紀

或又稱《蜀本紀》、《蜀記》，西漢揚雄撰。《隋書·經籍志》地理類著録《蜀王本記》一卷，揚雄撰。《舊唐書·經籍志》、《新唐書·藝文志》同。《册府元龜》卷五五五《國史部·採撰一》亦載：「揚雄爲郎，給事黄門，撰《蜀王本紀》一卷。」《太平御覽經史圖書綱目》亦著録有《蜀王本紀》和揚雄《蜀王記》。以後書目不見著録，蓋佚於宋。《類説》卷三六摘《蜀本紀》六則，除《杜宇》外皆非本書，蓋其書已爲後人竄亂。今存輯本多種，有明鄭樸《揚子雲集》、清嚴可均《全漢文》、王謨《漢唐地理書鈔》、洪頤煊《經典集林》、王仁俊《玉函山房輯佚書補編》等本。

古蜀國亡於秦，古蜀神話傳説自戰國以來流傳極廣，漢以降文人頗多採撰。晉人常璩《華陽國志》卷一二《序志》曰：「司馬相如、嚴君平（按：名遵）、揚子雲、陽城子玄（按：名衡）、鄭伯邕（按：名廑）、尹彭城（按：名貢）、譙常侍（按：名周）、任給事（按：名熙）等，各集傳記以作《本紀》。」諸人皆爲蜀人或官於蜀者。揚雄史稱「博覽無所不見」，其繼司馬相如等著《蜀王本紀》，乃發揚故土人文之意也。

揚雄，生於宣帝甘露元年（前五三），卒於新莽天鳳五年（一八），字子雲，蜀郡成都（今屬四川）人。仕成、哀、平三朝，爲給事黄門郎，王莽時爲太中大夫。《漢書》卷八七有傳。揚雄乃著名思想家、辭賦家、語言文字學家，著有《太玄經》十卷、《法言》十三卷、《方言》十三卷、《訓纂篇》、《揚雄集》五卷等，明人鄭樸輯其著作及辭賦等爲《揚子雲集》六卷。

是書雖用史體，但非史作，更非地書，與《漢孝武故事》類似，亦志怪題材之雜傳小説也。

望帝

蜀王之先名蠶叢，後代名曰栢濩〔一〕，後者名魚鳧〔二〕。此三代各數百歲，皆神化不死，其民亦頗隨王化去。魚鳧田於湔山得仙〔三〕，今廟祀之於湔。時蜀民稀少。（據中華書局影印宋本《太平御覽》卷八八八引《蜀王本紀》，又《類説》卷三六《蜀本紀·杜宇》、《文選》卷四左思《蜀都賦》劉逵注、《文選》卷四六王融《三月三日曲水詩序》李善注、《藝文類聚》卷六、《初學記》卷八、《太平御覽》卷一六六、南宋羅泌《路史前紀》卷四《蜀山氏》羅苹注並引，《類聚》、《初學記》作《蜀本紀》，《路史》注作《蜀紀》）

逮蒲澤、俾明〔四〕，是時人萌椎髻左言〔五〕，不曉文字，未有禮樂。從俾明〔六〕上到蠶叢，積三萬四千歲〔七〕。（據中華書局影印本《文選·蜀都賦》注引楊雄《蜀王本紀》，又《文選》卷六左思《魏都賦》劉逵注、《曲水詩序》注、《御覽》卷一六六、《路史前紀·蜀山氏》注並引，《魏都賦》注作楊雄《蜀記》）

後有一男子，名曰杜宇，從天墮，止朱提〔八〕。有一女子名利〔九〕，從江源〔一〇〕地井中出，爲杜宇妻。宇自立爲蜀王，號曰望帝，治汶山下邑曰郫〔一一〕，化民〔一二〕往往復出。（據《御覽》卷八八八引，又《類説》、《史記》卷一三《三代世表》司馬貞《索隱》、《文選》卷一五張衡《思玄賦》舊注、《御覽》卷一六六、北宋吳淑《事類賦注》卷六並引）

望帝積百餘歲，荆有一死人名鼈靈〔一三〕，其尸亡去，荆人求之不得。鼈靈尸隨江水上至郫〔一四〕，復生，與望帝相見〔一五〕，望帝〔一六〕以爲相。時玉山出水，若堯之洪水。望帝不能治水，使鼈靈決〔一七〕玉山，民得陸處。鼈靈治水去後，望帝與其妻通，慙愧〔一八〕。帝自以薄德〔一九〕，不如鼈靈，委國授〔二〇〕鼈靈而去，如堯之禪舜。鼈靈即位，號曰開明帝〔二一〕。帝生盧保，亦號開明。下至五代，有開明尚，始去帝號，復稱王也〔二二〕。（據《御覽》卷八八八引《蜀王本紀》，又《文選·思玄賦》注、《後漢書》卷五九《張衡傳》李賢注、唐李瀚《蒙求注》卷上、《御覽》卷九二三、《事類賦注》卷六、《重修政和證類本草》卷一九、北宋高承《事物紀原》卷一〇並引）

望帝去時子鴂〔二三〕鳴，故蜀人悲子鴂鳴而思望帝。宇死，俗説云宇化爲子鴂。子鴂，鳥名也。蜀人聞子鴂鳴，皆曰望帝也〔二四〕。（據《御覽》卷九二三引《蜀王本紀》及《文選·蜀都賦》注引《蜀記》，又《事物紀原》卷一〇亦引）

〔一〕栢濩(hù)，《文選·蜀都賦》注譌作「拍濩」，《御覽》卷一六六譌作「折權」。《類聚》、《初學記》、《類説》均作「伯雍」，《御覽》卷一六六於「折權」後復有「伯雍」。《路史前紀·蜀山氏》注云：「或作『折護』與『伯雍』者非，《寰宇記》作『伯禽』尤踈(按：今本《太平寰宇記》卷七二作「柏灌」)。」

〔二〕魚鳧，《御覽》卷一六六譌作「魚易」，後又云「次曰伯雍，又次曰魚尾」，又誤「魚尾」别爲一人，「伯雍」者亦然。

〔三〕此句《御覽》卷八八八原作「王獵至湔山便仙去」，今從《御覽》卷一六六，「鳧」譌作「尾」，今正。田，獵也。湔山，據《漢書·地理志》，湔水出玉壘山，則湔山即玉壘山也。「湔」音「jiān」。山在今四川汶川西南綿虒鎮。下文玉山亦指此山。

〔四〕此五字據《路史前紀》補。《蜀都賦》注引曰：「蜀王之先名蠶叢、拍濩、魚鳧、蒲澤、開明。」是魚鳧後望帝前復有二王。開明，《御覽》卷一六六引作「俾明」，《路史》注云：「俾明，《記》(按：指揚雄《蜀記》)作『開明』，非。」按：開明係鼈靈及其後，作「俾明」是也。「俾」音「bǐ」。

〔五〕萌，通「氓」，民也。《曲水詩序》注引作「民」。椎髻，《魏都賦》注引作「椎結」，音義並同。《漢書》卷五四《李陵傳》：「兩人皆胡服椎結。」顔師古注：「結讀曰髻，一撮之髻，其形如椎。」椎，鐵製或木製之捶擊工具。左言，其言與中國相左，語言不同也。《魏都賦》注引作「左語」。《御覽》卷一六六乃引作「左衽」，前襟向左也，與中原之右衽相反。

〔六〕俾明，原譌作「開明」，今正。

〔七〕三萬四千歲，《御覽》卷一六六作「四千歲」。《路史》注云：「揚雄《記》云二萬四千歲，杜甫云二萬八千歲，《蜀記》等言魚鳧等君治蜀八萬年。」按：杜甫所云不見今本杜集。《蜀記》乃東漢李膺撰，又稱《蜀志》，已佚。

〔八〕朱提，山名，在今四川宜賓市西南。

〔九〕此句《御覽》卷一六六引作「又有朱提氏女名曰利」。

〔一〇〕江源，古地名，在今四川崇州市東。

〔一一〕汶山，即岷山，「汶」讀如「岷」。岷山，在四川北部川甘交界處，一支南延，亦稱岷山，峨嵋山是其南端。都江堰市（原名灌縣）西南有青城山，是岷山之峯，此汶山即指青城山。「曰」字原無，據《思玄賦》注及《事類賦注》引補。郫（pí），古地名，秦滅蜀置郫縣，即今四川郫縣。郫縣在青城山東南。

〔一二〕化民，神化不死之民。

〔一三〕荆，楚也，國名。《蒙求注》、《事類賦注》引作「荆州」，《思玄賦》注引作「荆地」。「死」字原無，據《思玄賦》注、《事類賦注》補。鼈靈，《思玄賦》注、《後漢書》注、《蒙求注》、《事類賦注》皆引作「鼈令」。「令」或又作「冷」、「泠」，皆一音之轉；「鼈」或又作「鼈」（音「bī」）。參見附録。

〔一四〕隨江水上至郫，原作「至蜀」，據《思玄賦》注、《事類賦注》引改。《後漢書》注、《蒙求注》引作「隨江水上至成都」。

〔一五〕此句據《思玄賦》注引補。

〔一六〕望帝，原作「蜀王」，據《思玄賦》注、《事類賦注》引改。

〔一七〕決，疏通水道。《説文》十一上水部：「決，行流也。」

〔一八〕此二字據《御覽》卷九二三補。

〔一九〕薄德，《思玄賦》注、《事類賦注》、《御覽》卷九二三作「德薄」。

〔二〇〕授，原譌作「援」，據《思玄賦》注、《事類賦注》、《御覽》卷九二三正。
〔二一〕帝，原譌作「奇」，據《後漢書》注、《蒙求注》正。
〔二二〕以上四句據《後漢書》注、《蒙求注》補，《蒙求注》無「也」字。
〔二三〕子鵑，又作子規、子嶲、子雉、子鳺，即杜鵑，鳥名。
〔二四〕「宇死」以下據《文選·蜀都賦》注引《蜀記》，原作「子規」。按：《文選·魏都賦》注引「楊雄《蜀記》」，知此《蜀記》即爲《蜀王本紀》。《御覽》所引不云化鵑，但稱望帝去時子鵑鳴，《文選》注則謂俗云化爲子規，劉知幾《史通·雜説下》亦云：「觀其《蜀王本紀》，稱杜魄化而爲鵑。」《事物紀原》亦云「（杜宇）其魄化爲鳥，因名」，是則《本紀》原有二説，蓋以後説特爲俚俗所廣傳耳。

關於蜀之先王，戰國書《山海經》、《世本》已有記，然原文已佚。（見《太平寰宇記》卷七二、《路史前紀》卷四、後引。）《楚辭》亦有鱉令事，東漢應劭《風俗通義》卷九《怪神篇》引有一段：「鱉令屍亡，泝江而上，到峄（岷）山下蘇起，蜀人神之，尊立爲王。」是爲揚雄以前紀載之賴他書以殘存者。揚雄後，記述特多，大抵本《蜀王本紀》爲説，然亦多有異辭。茲引録於左：

《太平御覽》卷五六引《風俗通義》佚文曰：「荆鼈令死，亡隨水上，荆人求之不得也。鼈令至岷山下邑起，見蜀望帝。使鼈令鑿巫山，然後蜀得陸處。望帝以德不如，以國禪與鼈令，爲蜀王，號曰開明。」

許慎《説文解字》四上隹部曰：「嶲周，燕也……一曰蜀王望帝婬其相妻，慙亡去，爲子嶲鳥。故蜀人聞子嶲鳴，皆起曰：『是望帝也。』」

《禽經》曰：「鸛，嶲周，子規也，啼必北嚮。江介曰子規，蜀右曰杜宇。」注：「望帝杜宇者，蓋天精也。李膺（按：東漢人）《蜀志》曰：『望帝稱王於蜀，時荆州有一人，化從井中出，名曰鼈靈。於楚身死，屍反泝流上，至汶山之陽，忽復生。乃見望帝，立以爲相。其後巫山龍鬭，壅江不流，蜀民墊溺。鼈靈乃鑿巫山，開三峽，降丘宅，土人得陸居，蜀人住江南，羌住城北。始立木柵，周三十里，令鼈靈爲刺史，號曰西州。後數歲，望帝以其功高，禪位於鼈靈，號曰開明氏。望帝修道，處西山而隱，化爲杜鵑鳥，或云化爲杜宇鳥，亦曰子規鳥。至春則啼，聞者悽惻。』」

《太平廣記》卷三七四引《蜀記》曰：「鼈靈於楚死，屍乃泝流上，至汶山下，忽復更生。乃見望帝，望帝立以爲相。時巫山壅江，蜀民多遭洪水，靈乃鑿巫山，開三峽口蜀江，陸處。後令鼈靈爲刺史，號曰西州皇帝。以功高，禪位與靈，號開明氏。」《蜀記》即《蜀志》。

蜀來敏《本蜀論》曰：「荆人鼈令死，其尸隨水上，荆人求之不得。令至汶山下復生，起見望帝。望帝者，杜宇也，從天下。女子朱利，自江源出，爲宇妻。遂王於蜀，號曰望帝。望帝立，以爲相。時巫山峽蜀水不流，帝使令鑿巫峽通水，蜀得陸處。望帝自以德不若，遂以國禪，號曰開明。」（《水經注》卷三三引）

晉葛洪《抱朴子内篇·釋滯》云：「杜宇天墮。」又云：「庸蜀以流尸帝。」

晉常璩《華陽國志》卷三《蜀志》曰：「蜀之爲國，肇於人皇，與巴同囿。至黄帝，爲其子昌意娶蜀山氏之女，生子高陽，是爲帝嚳。封其支庶於蜀，世爲侯伯。歷夏商，周武王伐紂，蜀與焉……周失綱紀，蜀先稱王。有蜀侯蠶叢，其目縱，始稱王。死作石棺石椁，國人從之，故俗以石棺椁爲縱目人冢也。次王曰柏灌，次王曰魚鳧。魚鳧王田於湔山，忽得仙道，蜀人思之，爲立祠。後有王曰杜宇，教民務農，一號杜主。時朱提有梁氏女利，遊江源，宇悦之，納以爲妃。移治郫邑，或治瞿上。七國稱王，杜宇稱帝，號曰望帝，更名蒲卑。自以功德高諸王，乃以褒斜爲前門，熊耳、靈關爲後户，玉壘、峨眉爲城郭，江、潛、綿、洛爲池澤，以汶山爲畜牧，南中爲園苑。會有水災，其相開明決玉壘山，以除水害，帝遂委以政事，法堯舜禪授之義，遂禪位于開明帝，升西山隱焉。時適二月，子鵑鳥鳴，故蜀人悲子鵑鳥鳴也。巴亦化其教而力農務，迄今巴蜀民農時先祀杜主君。開明位，號曰叢帝，叢帝生盧帝，盧帝攻秦至雍，生保子帝。」常氏所記，將古蜀神話完全歷史化。

《御覽》卷一六六引《十三州志》（北魏闞駰）亦記望帝、鱉泠事，皆因襲舊説：「當七國稱王，獨杜宇稱帝於蜀，以褒斜爲前門，熊耳、靈關爲後户，玉壘、峨眉爲池澤，汶山爲畜牧，中南爲園苑。時有荆人，是後荆地有一死者，名鼈冷，其尸亡，至汶山却更生。見望帝，帝以爲蜀相。時至（按：當作「巫」）山雍江，蜀地洪水，望帝使鼈冷鑿巫山。治水有功，望帝自以德薄，乃委國禪鼈冷，號曰開明，遂自亡去，化爲子規。故蜀人聞鳴，曰：『我望帝也。』」又引曰：「望帝使鼈冷治水而淫其妻。冷還帝慙，遂化爲子規。杜宇死時適二月，而子規鳴，故蜀人憐之皆起。」

宋王十朋纂《東坡詩集註》卷三一《木山》附梅聖俞《木山》詩云：「霹靂夜落魚鳧洲。」注引《成都記》云：「蠶叢之後有栢灌，栢灌之後有魚鳧，皆蠶叢氏之子也。魚鳧治在今導江縣。嘗獵前山，得道乘虎而行。杜宇遂繼魚鳧之後。」又《分門集註杜工部詩》卷二三《杜鵑》王洙注引《成都記》曰：「杜宇亦曰杜主，自天而降，稱望帝。好稼穡，教人務農，治郫城，亦曰望帝。至今蜀人將農者必先祀杜主。時荆州人鼈靈死，其尸泝流而上，至文（按：當作「汶」）山下復生。見望帝，望帝因以爲相，號曰開明。會巫山壅江，人遭洪水，開明爲鑿通流。有大功，望帝因以其位禪焉。後望帝死，其魂化爲鳥，名曰杜鵑，亦曰子規。又云子規深春乃有聲，低且怨，與北之思歸樂都不同也。洛京東西多此鳥，人以爲子規者，誠妄矣。」又引云：「宇禪位于開明，升西山隱焉。時適三月，子規鳥鳴，故蜀人悲子規鳥。」

宋初樂史《太平寰宇記》卷七二《益州》綜合《世本》、《山海經》、揚雄《蜀王本紀》、來敏《本蜀論》、《華陽國志》、《十三州志》諸家之説，無新異處。然《重編説郛》卷六〇所録《寰宇記》乃有異辭，後云：「望帝……以己之德不如鱉靈，讓位。鱉靈立，號開明。望帝自逃之後，欲復位不得，死化爲鵑。每春月間，晝夜悲鳴，蜀人聞之曰：『我帝魂也。』名杜鵑，又名杜宇，又號子規。」（按：今本《太平寰宇記》无此。）

南宋羅泌《路史前紀》卷四《因提紀·蜀山氏》曰：「蜀之爲國，肇自人皇。（羅苹注：《世本》、揚雄《蜀記》、《華陽志》、《本蜀論》等語。）其始蠶叢、拍濩、魚鳧，各數百歲。號蜀山氏，蓋作于蜀。（羅苹注：今成都。）蠶叢縱目，王瞿上。（羅苹注：瞿上，城在今雙流縣南十八里，縣北有瞿上鄉。）魚鳧治導江。（羅苹注：今眉之彭山縣北東二里有魚鳧津。《南北八郡志》云：犍爲有魚鳧津，廣數百步。）逮蒱澤、俾明時，人氓椎結左言，不知文字。上至蠶叢，年祚深眇。最後乃得望帝杜宇，寔爲滿捍，蓋蜀之先也。」

《路史餘論》卷一《杜宇鱉令》亦載望帝、開明事，多採舊説。稱開明氏鼈靈年號萬通，又云：「鱉，水名也。字一作『鼈』,音『别』,縣在牂柯。《集韻》音『幣』……鱉令亦作『鼈靈』,墓在郫西五里。」乃謂鱉靈以地名爲名。按:《説文》六下邑部:「鼈,牂柯縣。」段玉裁注:「《前志》(按:《漢書・地理志》)曰:『不狼山,鼈水所出,東入沅。』……今貴州遵義府府城西有鼈縣故城是也。」

南宋王象之《輿地紀勝》卷一六四《懷安軍・古迹》載:「鼈靈跡,在金堂峽南岸,去軍二十餘里。石門有巨跡,長四尺,旁大刻『鼈靈跡』三字。」又載:「鼈靈廟:開福廟,即叢帝鼈靈也。在金水縣北七里。」又載:「望帝祠:靈安廟,即望帝祠也。在金水縣北十五里金臺山。」又卷一八五《閬州・古迹》載:「鼈令廟:靈山,一名仙穴,在閬中之東十餘里宋江上。有古叢帝開明氏鼈令廟存焉。」按:金水縣,在今四川成都市金堂縣東南。閬中今爲市,在四川。

陳葆光《三洞羣仙録》卷七引《仙傳拾遺》(前蜀杜光庭)曰:「鱉靈,楚人也。死棄其尸於江中,泝流而上,至汶山下,焱然而起,隱於蜀山中,以變化驅役鬼神之術聞於世。時峽中山摧,堰江不流,杜宇苦之。聞鱉靈有術,使決金堂山、瞿塘峽,導水東注,復舊所,人得陸處。宇遜位,數百年遊天柱山,遇天真集焉,遂昇天而去。」

元趙道一《歷世真仙體道通鑑》卷一〇曰:「杜宇,蜀主也。蜀嘗大水,宇與居人避水於長平山,(原注:在青城味江之上,去縣八十里。)築城壘居第。後鱉靈開峽治水,人得陸處。宇禪位與之,自居西山,得道昇天。鱉靈子孫世有蜀土,傳十二葉。至開明尚,爲秦所并,乃通中國。」上二書皆謂杜宇登仙,道家之意也。

杜宇死化杜鵑,詩人詠之頗多,兹舉幾例:

杜甫《杜鵑行》：「君不見昔日蜀天子，化作杜鵑似老烏。寄巢生子不自啄，羣鳥至今與哺雛。雖同君臣有舊禮，骨月滿眼身羈孤。業工竄伏深樹裏，四月五月偏號呼。其聲哀痛口流血，所訴何事常區區。爾惟摧殘始發憤，羞帶羽翮傷形愚。蒼天變化誰料得，萬事反覆何所無。萬事反覆何所無，豈憶當殿羣臣趨。」

司空曙《杜鵑行》（一作杜甫詩）：「古時杜宇稱望帝，魂作杜鵑何微細。跳枝竄葉樹木中，搶翔瞥捩雌隨雄。毛衣慘黑自顦顇，衆鳥安肯相尊崇。漏形不收栖華屋，短翮唯願巢深叢。穿皮啄朽觜欲秃，苦飢始得食一蟲。誰言養雛不自哺，此語亦足爲愚蒙。聲音咽噦若有謂，號啼略與嬰兒同。口乾垂血轉迫促，欲似上訴於蒼穹。蜀人聞之皆起立，至今相効傳微風。乃知變化不可窮，豈思昔日居深宫，嬪妃左右如花紅。」

顧況《子規》：「杜宇冤亡積有時，年年啼血動人悲。若教恨魄皆能化，何樹何山着子規。」

蔡京《詠子規》：「千年冤魄化爲禽，永逐悲風叫遠林。愁血滴花春艷死，月明飄浪冷光沈。凝成紫塞風前淚，驚破紅樓夢裏心。腸斷楚詞歸不得，劍門迢遞蜀江深。」

胡曾《咏史詩·成都》：「杜宇曾爲蜀帝王，化禽飛去舊城荒。年年來叫桃花月，似向春風訴國亡。」

關於杜鵑鳥，《異苑》卷三載有一事，亦連類附録於此：「杜鵑，始陽相催而鳴，先鳴者吐血死。常有人山行，見一羣寂然，聊學其聲，便嘔血死。初鳴先聽其聲者，主離別。廁上聽其聲不祥，厭之法，當爲大聲以應之。」又見唐段成式《酉陽雜俎》前集卷一六《羽篇》。

五丁力士

天爲蜀王生五丁力士〔一〕，能徙蜀山〔二〕。王死，五丁輒立大石，長三丈，重千鈞，號曰「石井」〔三〕。千人不能動，萬人不能移。（據《太平御覽》卷八八八引，又《藝文類聚》卷七、《杜工部草堂詩箋》卷六、《五色線》卷上引前二句）

蜀王據有巴蜀之地，本治廣都〔四〕，後徙治成都。秦惠王〔五〕時，蜀王不降秦，秦亦無道出於蜀。蜀王從萬餘人，東獵褒谷〔六〕，卒〔七〕見秦惠王。惠王以金一笥遺蜀王，蜀王報以禮物〔八〕，物盡化爲土。秦王大怒，臣下皆再拜賀曰：「土者，土地，秦當得蜀矣！」（據《御覽》卷八八八引，又卷三七、卷四七八、卷八一一、卷八七三，《事類賦注》卷九並引）

秦惠王欲伐蜀，以道不通〔九〕，乃刻五石牛，置金其後。蜀人見之，以爲牛能大便金。牛下有養卒〔一〇〕，以爲此天牛也，能便金。蜀王以爲然，即發卒千人，使五丁力士拖牛成道，致三枚〔一一〕於成都。秦得道通，石牛力也。後遣丞相張儀等將兵〔一二〕，隨石牛道伐蜀。（據《藝文類聚》卷九四引《蜀王本紀》，又《北堂書鈔》卷一一六，《瑚玉集·壯力篇》，《事類賦注》卷七又卷二二，《御覽》卷二八五、卷三〇五、卷八八八、卷九〇〇，南宋吴曾《能改齋漫録》卷九並引，或作《蜀本

紀》、《蜀王記》、《蜀主本紀》）

武都〔一三〕人有善知蜀王者，將其妻女適蜀王。居蜀之後，不習水土，欲歸，蜀王愛其女留之，乃作《伊鳴》之聲六曲以樂之。或曰前是武都丈夫，化爲女子，顔色美好，蓋山之精也。蜀王娶以爲妻，不習水土，疾病欲歸。蜀王留之，無幾物故。蜀王發卒，於武都檐〔一四〕土，於成都郭中葬之，蓋地數畝〔一五〕，高七丈〔一六〕，號曰「武擔」〔一七〕。以石作鏡一枚，徑二丈，高五尺〔一八〕，表其墓。（據《御覽》卷八八八引，又《三國志》卷三二《蜀書·先主備傳》裴松之注、《類聚》卷六又卷七〇、《書鈔》卷九四又卷一三六、《後漢書》卷八二上《方術·任文公傳》李賢注、《初學記》卷五又卷八、《事類賦注》卷七、《御覽》卷七一七、南宋施元之《施注蘇詩》卷七、金王朋壽《增廣分門類林雜説》卷一〇並引，或作《蜀本紀》）

於是秦王知蜀王好色，乃獻美女五人與蜀王，愛之，遣五丁迎女。還至梓潼〔一九〕，見一大蛇入山穴中。一丁引其尾，不能出〔二〇〕，五丁共引蛇，五女往就觀之〔二一〕。山崩，壓五丁，五丁踏蛇而〔二二〕大呼。秦王五女及送迎者上山〔二三〕，化爲石。因名其山曰「五婦山」也〔二四〕。蜀王登臺，望之不來，因名「五婦候臺」。蜀王親理作冢，皆致方石，以誌其墓。（據《御覽》卷八八八引，又《琱玉集·壯力篇》、《類聚》卷七又卷九六、《初學記》卷五、《事類賦注》卷二八、《御覽》卷五二、卷三八六、卷九三四、《草堂詩箋》卷六、《五色線》卷上並引，《初學記》、《御覽》卷五二作

《蜀本紀》

〔一〕蜀王，《本紀》云開明五世始去帝號復稱王，此蜀王似爲開明五世。《華陽國志》乃謂開明九世，見附録。丁，壯健。東漢劉熙《釋名·釋天》：「丁，壯也。」梁顧野王《玉篇》卷三〇丁部：「丁，强也，壯也。」引伸爲壯士、力士。五丁即五力士，非一人之名也。《路史前紀》卷三《鉅靈氏》注云：「五丁蓋非一。按《世本》及《蜀紀》、《華陽志》、《益州記》、《十三州志》、《成都記》等皆言五丁事蜀王開明，負力能徙山通石，則目以五丁矣。」明胡應麟《少室山房筆叢》卷三五《二酉綴遺上》乃謂：「五丁或謂五人，或以一人名五丁，紀載不一。考之當是一人。《太平廣記》稱五丁每遇蜀君卒，輒獨立巨石十數丈墓前。蜀王遣取金牛，牛奔入岩穴，五丁執其尾拽之，山遂崩，壓五丁死，非五丁明矣。」末注：「《廣記》又一説稱五人同以拽牛壓死，互異。」按《廣記》卷三五九又卷四五六引《華陽國志》「武都女」、「蜀五丁」二條，並無立石事，五丁拽其尾者非牛乃蛇，胡氏誤記耳。觀《廣記》引文及今本《華陽國志》所記(見附録)，皆明謂五人。

〔二〕《類聚》引作「能獻山」。

〔三〕石井，《太平御覽》卷一六六引《十三州志》曰：「今石井是也，號曰井里。」《華陽國志》作「石笋」、「笋里」。《杜工部草堂詩箋》卷一九《石笋行》：「君不見益州城西門，陌上石笋雙高蹲。古老相傳是海眼，苔蘚蝕盡波濤痕。」蔡夢弼箋注云：「杜光庭《石笋記》：成都子城西曰興義門，金容坊有通衢，幾百五十步，有石笋二株，挺然聳峭，高丈餘，圍八九尺。」又云：「《成都記》：距石笋二三尺，每夏月大雨，往往陷作土穴，泓水湛然。以竹測之，深不可及。以繩繫石而投其下，愈投而愈無窮。凡三五日，忽然不見。」

〔四〕廣都，縣名。漢置，屬蜀郡。即今四川成都市雙流縣東中和場。

〔五〕秦惠王，名駟，公元前三三七年至前三一一年在位。

〔六〕褒谷，褒斜谷之南口，在今陝西南部勉縣褒城鎮北。北口稱斜谷，在眉縣西南。古爲川陝交通要道。

〔七〕卒，通「猝」。

〔八〕禮物，《事類賦注》引作「珍玩之物」。

〔九〕以上三句「以道不通」四字據《事類賦注》卷二三引補，卷七作「以路不通」。《御覽》卷八八八引作「秦王恐亡相見處」。

〔一〇〕養卒，養護石牛之士卒。

〔一一〕三枚，《書鈔》引作「三牛」。

〔一二〕「將兵」二字據《御覽》卷三〇五引補。張儀，魏人，秦惠王時爲相。武王立，去秦相魏，明年（前三一〇）卒。《史記》卷七〇有傳。

〔一三〕武都，山名，在四川綿竹市北。

〔一四〕檐，通「擔」。

〔一五〕數畝，《類聚》卷七〇引作「三畝」。

〔一六〕七丈，《三國志》注引作「十丈」。

〔一七〕武擔，土山名。《三國志》注云：「武擔，山名，在成都西北。」《後漢書》注云：「武擔山在今益州成都縣北百二十步。」今已平夷。

〔一八〕以上六字據《初學記》卷五引補。《施注蘇詩》亦引此六字，「高」作「厚」。

〔一九〕梓潼，縣名，西漢置，爲廣漢郡治。今四川梓潼縣。

〔二〇〕以上八字據《類聚》卷九六、《事類賦注》卷二八、《御覽》卷三八六又卷九三四引補。

〔二一〕此句據《琱玉集》引補。

〔二二〕「踏蛇而」三字據《類聚》卷九六引補。

〔二三〕「山」字原無，據《類聚》卷七、《初學記》卷五、《御覽》卷五二、《草堂詩箋》卷六引補。

〔二四〕此句據《琱玉集》引補。五婦山，又名五婦冢、五丁冢，見附録。《漢書·地理志上》「廣漢郡梓潼縣」下云：「五婦山，馳水所出，南入涪，行五百五十里。」

《琱玉集》所引《蜀王本紀》，頗不同他書，今全録如下：「五丁，秦時力士也。始皇欲伐蜀，但以道嶮不通，乃作石牛，置於界道，遺金於石牛上，而進入蜀。又獻蜀美女。時有一丈蟒虵，從山腹而入穴，五女往就觀之，五丁力士遂共拔虵，山崩壓煞五女，因名其山曰五婦山也。秦王遣兵隨石牛後伐蜀，遂即滅之也。」

明詹詹外史《情史類略》卷一九引《蜀本紀》及《文昌化書》云「武都長人費氏五丁，從而媚王」，亦不同揚《紀》，蓋後世之説。

五丁事《本紀》外諸書記載頗夥，且多涉遺迹。

蜀來敏《本蜀論》曰：「秦惠王欲伐蜀而不知道，作五石牛，以金置尾下，言能屎金。蜀王負力，令五丁引之，成道。秦使張儀、司馬錯尋路滅蜀，因曰石牛道。」(《水經注》卷二七《沔水》引)

蜀譙周《蜀王本紀》曰：「武都有人將其妻子女適蜀，不安水土，欲歸，蜀王心愛其女，留之，乃作

《東平》之歌以樂之。」(《北堂書鈔》卷一〇六引)

常璩《華陽國志》卷三《蜀志》曰：「九世有開明帝，始立宗廟，以酒曰醴，樂曰荆人，尚赤。帝稱王時，蜀有五丁力士，能移山，舉萬鈞。每王薨，輒立大石，長三丈，重千鈞，爲墓志，今石笋是也，號曰『笋里』。未有謚列，但以五色爲主，故其廟稱青、赤、黑、黄、白帝也。開明王自夢廓移，乃徙治成都。周顯王之世，蜀王有褒漢之地，因獵谷中，與秦惠王遇。惠王以金一笥遺蜀王，王報珍玩之物，物化爲土。惠王怒，羣臣賀曰：『天奉我矣！將得蜀土地。』惠王喜。乃作石牛五頭，朝瀉金其後，曰牛便金，有養卒百人。蜀人悦之，使使請石牛，惠王許之。乃遣五丁迎石牛，既不便金，怒遣還之，乃嘲秦人曰『東方牧犢兒』。秦人笑之曰：『吾雖牧犢，當得蜀也。』武都有一丈夫，化爲女子，美而豔，蓋山精也，蜀王納爲妃。不習水土，欲去，王必留之，乃爲《東平》之歌以樂之。無幾物故，蜀王哀之，乃遣五丁之武都擔土，爲妃作冢，蓋地數畝，高七丈，上有石鏡，今成都北角武擔是也。後王悲悼，作《臾邪歌》、《龍歸》之曲。其親埋作塚者，皆立方石，以志其墓。成都縣内有一方折石，圍可六尺，長三丈許。去城北六十里曰毗橋，旁有一折石，亦如之，長老傳言丁士擔土擔也。公孫述時，武擔石折，故治中從事任文公歎曰：『噫！西方智士死，吾其應之。』歲中卒。周顯王二十二年，蜀侯使朝秦，秦惠王數以美女進蜀王，感之故朝焉。惠王知蜀王好色，許嫁五女於蜀，蜀遣五丁迎之。還到梓潼，見一大蛇入穴中，一人攬其尾，掣之不禁，至五人相助，大呼抴蛇。山崩，時壓殺五人及秦五女并將從，而山分爲五嶺。直頂上有平石，蜀王痛傷，乃登之，因命曰『五婦冢』。山川平，石上爲望婦堠，作思妻臺。今其山或名五丁冢。」

《北堂書鈔》卷一五八引《抱朴子》亦記五丁迎秦女事，悉同《本紀》，惟末云：「秦之五女及送女者化而成石人，於今列於崩之前側。」（按：今本《釋滯篇》只有「五丁引蛇以傾峻」一句。）

梁任昉《述異記》卷下有「五丁」及「武都丈夫」條，亦同《本紀》。

《太平御覽》卷一六六引《十三州志》曰：「自開明已下五葉，始立宗廟。時蜀有五丁力士，能徙山岳，每一王死，五丁輒爲立大石以誌墓，今石井是也，號曰『井里』。」《太平寰宇記》卷一三三《興元府・褒城縣》亦引曰：「昔蜀王從卒數千，獵于褒谷西溪。惠王亦畋于山中而問之，以一篋遺蜀王。及報，欺之以土。秦王大怒，其臣曰：『此秦得土之端也。』秦王未知蜀道，乃刻石牛五頭，置金于尾下，僞如養之者，言此天牛，能屎金。蜀人見而信，乃令五丁共引牛成道，致之成都。秦始知蜀道而亡蜀。」

《水經注》卷三二《梓潼水》曰：「縣（按：梓潼縣）有五女，蜀王遣五丁迎之。至此，見大蛇入山穴，五丁引之。山崩，壓五丁及五女。因氏山爲五婦山，又曰五婦候。馳水所出，一曰五婦水，亦曰潼水也。其水導源山中，南逕梓潼縣，王莽改曰子同矣。自縣南逕涪城東，又南入於涪水，謂之五婦水口也。」

《御覽》卷一七八引《成都記》曰：「思妻臺，在梓橦縣。五丁於此山拔虵，山崩，殺五丁，并殺秦王女，因名之。」《全唐文》卷七四四盧求《成都記序》，載五丁事全同舊説。

唐李伉《獨異志》卷中曰：「秦惠王伐蜀，乃刻五石牛，置金於後，曰此天牛，能糞金，以遺王。王以爲然，即發五丁力士，拖成道。秦使張儀隨其後開蜀。」

李泰《括地志・梁州・褒城縣》云：「褒谷在梁州褒城縣北五十里南中山。昔秦欲伐蜀，路無由入，乃刻石爲牛五頭，置金於後，僞言此牛能屎金，以遺蜀。蜀侯貪，信之，乃令五丁共引牛，塹山堙谷，致之成都。秦遂尋道伐之，因號曰『石牛道』。」（賀次君輯校本）

《太平寰宇記》卷七二《益州・華陽縣》云：「武擔山在府西北一百二十步，一名武都山。《蜀記》云：『武都山精化爲女子，美而豔，蜀王納爲妃。不習水土欲去，王必留之，作《東平》之歌以悦之，無幾物故。故蜀王乃遣五丁於武都山擔土爲冢，蓋地數畝，高七丈。上有一石，厚五寸，徑五尺，瑩澈，號曰石鏡。王見悲悼，遂作《臾邪》之歌、《龍歸》之曲。今都内及毗橋側有一折石，長丈許，云是五丁擔土擔也。』」又云：「石牛，《輿地志》（按：陳顧野王撰）云：『鄧艾廟南有石牛，即秦惠王遺蜀王者。』」

又卷八三《綿州・巴西縣》曰：「五婦山，西蜀王使五丁力士迎秦五女，還到梓潼，見一大蛇入穴，五丁乃引之，力極，山崩，壓殺五丁及秦五女。迄今謂之五婦山，連亘入梓州界。」卷八四《劍州・梓潼縣》又云：「五婦山在縣北一十二里，高四百二十丈。按《蜀記》云：『梓潼縣有五婦山，秦王遺蜀王美女五人，蜀王遣五丁迎女。至梓潼，五丁蹋地大呼，驚五女，並化爲石。蜀王築臺而望之不來，因名爲五婦候臺。』《漢書・地理志》云梓潼五婦山，碑志存，有五婦山神廟。」又云：「隱劍泉，在縣北十二里，五丁力士廟西一十步。古老相傳云，五丁開劍路迎秦女，拔蛇山摧，五丁與秦女俱斃於此。餘劍，隱在路傍，忽生一泉。又云此劍庚申日見。」

歐陽忞《輿地廣記》卷二九《成都府・成都縣》云：「武檐山，《蜀王紀》云：武都山精化爲女子，蜀王納以爲妃。妃死，王憐之，令五丁力士檐土，於成都爲冢以葬妃，故曰武檐。今山上石照存焉。」又卷三二《興元府·褒城縣》云：「褒城縣……有石牛山，山有小石門，穿山通道，六丈有餘。昔秦欲伐蜀而不知道，乃作五石牛，以金置尾下，言能糞金，欲以遺蜀。王負力而貪，令五丁開道引之。秦因使張儀、司馬錯以兵尋路滅蜀，謂之石牛道。東漢永平中，司隸校尉犍爲楊厥又鑿而廣之，《蜀都賦》所謂『阻以石門』是也。」又同卷《劍州·梓潼縣》云：「梓潼縣……有長卿山、梓潼江。昔秦欲通蜀，以五女遺蜀王，王遣五丁迎之。至梓潼縣，大蛇入山穴，五丁拔蛇而山摧，五丁五女皆壓死。因名山曰五婦山。馳水所出，曰五婦水，即梓潼水也。」

《路史前紀》卷四《蜀山氏》注曰：「開明妃墓，今武擔山也。本曰武都，在府西百二十步，周三百五十步。云妃始武都男子，化爲女，美豔，開明尚納之。不習水土欲去，王作《東平》之歌，未幾物故。既葬，表以二石闕，石鏡。武陵王蕭妃掘之，得玉石棺，中美女容貌如生，體如冰，掩之而寺其上。鏡周三丈五尺，樂史云厚五寸，徑五尺。」

王象之《輿地紀勝》卷一八六《隆慶府·景物下》云：「五婦山，在梓潼縣東北二里。《蜀記》云：『梓潼縣有五婦山，秦王遺蜀王美女五人，蜀王遣五丁迎女，至梓潼，五丁蹋地大呼，五女並化爲石，因名爲五婦山。』」

蔡夢弼《杜工部草堂詩箋》卷一三《李鄠縣丈人胡馬行》「前年避胡過金牛」注：「金牛，漢中縣。昔秦欲伐蜀，無路通，遣人告蜀王曰秦有金牛，其糞成金，使蜀迎與之。蜀王命五丁力士開山取金牛，路纔通，秦伐蜀，取其國，因號所開之山曰金牛也。」

《説郛》卷四趙朴《成都古今記》云：「望妃樓，在子城西北隅，亦名西樓。開明以妃墓在武擔山，爲此樓以望之。」

祝穆《方輿勝覽》卷五四《漢州》云：「玉妃溪，在縣竹縣。《成都耆老傳》載，妃與五丁同生，父母棄之溪中。後聞呱呱之聲，就視，乃一女五男。女即蜀文併妃，男即五丁。」明曹學佺《蜀中廣記》卷九《名勝記・漢州・綿竹縣》亦引《成都耆老傳》。又明陳耀文《天中記》卷五六載：「綿竹縣有玉妃溪。初，玉女與五丁力士同生，其母初生一包，父以爲怪，棄之溪中。後聞哇哇聲，往視之，乃一女五男，即歸養之。既長，女爲蜀侯妃，男爲五丁，鑿路通金牛入也。」按：此以五丁與開明妃爲同胞，與舊説大異。古神話衍爲民間傳説，遂去怪誕之氣而近人情矣。

郭憲　洞冥記

據明顧元慶《顧氏文房小説》本

是書又題作《漢武洞冥記》、《漢武帝别國洞冥記》、《别國洞冥記》、《漢武帝列國洞冥記》等，四卷，東漢郭憲撰。自序作《洞冥記》，唐宋諸稱殆增文而成。《隋書・經籍志》雜傳類著録《漢武洞冥記》一卷，題郭氏撰。《日本國見在書目録》雜傳家類及《舊唐書・經籍志》雜傳類、《新唐書・藝文志》道家類並作四卷，郭憲撰。之後諸家著録大抵同兩《唐志》，唯《崇文總目》傳記類、《册府元龜》卷五五五《國史部・採撰一》、《通志・藝文略》傳記類冥異屬作一卷，晁公武《郡齋讀書志》傳記類作五卷。《洞冥記》原序云「撰《洞冥記》四卷」，是原本四卷。陳振孫《直齋書録解題》小説家類著録《洞冥記》四卷，《拾遺》一卷，釋云：「東漢光禄大夫郭憲子横撰，題《漢武别國洞冥記》，其《别録》又於《太平御覽》鈔出，然則四卷亦非全書也。」可見五卷本是合《拾遺》（或稱《别録》）一卷，而《拾遺》乃宋人所輯佚文，晁志作五卷者，蓋於四卷之外又合《拾遺》一卷耳。

今通行本作四卷，凡六十條，常見者有《顧氏文房小説》（題《漢武帝别國洞冥記》）、《古今逸史》、《漢魏叢書》、《廣漢魏叢書》、《增訂漢魏叢書》（以上皆題《别國洞冥記》）、《四庫全書》（題《漢武洞冥記》）、《龍威秘書》、《百子全書》、《道藏精華録》（以上皆題《别國洞冥記》）、《説庫》（題《洞冥記》）等本。《寶顔堂祕笈》本（題《漢武帝别國洞冥記》）全同上述諸本，但合爲一卷。北宋晁載之《續談助》卷一鈔録《洞冥記》二十八條，跋則稱《漢武帝别國洞冥記》，條目分合與文字多異於今本。《紺珠集》卷一摘録三十條，《類説》卷五摘録二十六條，並題《洞冥記》。《説郛》卷四自《類説》選録《洞冥記》五條，又卷一一五自原書節録《漢武帝别國洞冥記》三十條，注四卷，題漢郭憲，注東漢光禄大夫，題署與《直齋書録解題》同。《五朝小説・魏晉小説》、《重編説郛》卷六六、《漢魏小説采珍》節録二十一條，題《别國洞冥記》。《五朝小説》、《重編説郛》卷一一一、《舊小説》又有郭憲《東方朔傳》，乃鈔《太平廣記》卷六《東方朔》，注出《洞冥記》及《朔别傳》。今本非完帙。臺灣王國良《漢武洞冥記研究》對本書作精心校釋（以《顧氏文房小説》本爲底本），並輯録佚文。

《續談助》卷一《洞冥記跋》云：「張柬之言隨其父在江南，拜父友孫義强、李知續，二公言似非子横所録。其父乃言後梁尚書蔡天寶（按：據《周書》、《北史》，應爲大寶）《與岳陽王啓》稱湘東昔造《洞冥記》一卷。則《洞冥記》梁元帝時所作。」按湘東王蕭繹（梁元帝）《金樓子・著書篇》備列平生所著書三十八種，並無《洞冥》一書。前人亦多以爲《洞冥》乃六朝人僞作，皆無確據而以意度之。

郭憲，《後漢書・方術傳》有事迹，稱憲字子横，汝南宋（今安徽太和縣北）人。少師事東海王仲子，新莽朝不仕，隱於海濱。光武帝拜爲博士，建武七年（三一）遷光禄勳。爲人剛直，多諫帝失，時有「關東觥觥郭子横」語。以病辭退，卒於家。郭憲好方術，本傳載：「郭憲……從駕南郊。憲在位，忽回向東北，含酒三潠。執法奏爲不敬，詔問其故，憲對曰：『齊國失火，故以此厭之。』後齊果上火災，與郊日同。」

其序《洞冥記》云：「漢武帝明俊特異之主，東方朔因滑稽浮誕以匡諫，洞心於道教，使冥迹之奥昭然顯著。今籍舊史之所不載者，聊以聞見，撰《洞冥記》四卷，成一家之書，庶明博君子該而異焉。武帝以欲窮神仙之事，故絶域遐方貢其珍異奇物及道術之人，故於漢世盛於群主也。故編次之云爾。」是書所記者，正漢武求仙之舉及遠國遐方之事，上承《漢孝武故事》，下啓《十洲記》、《漢武内傳》，武帝傳説遂成系列矣。而其體又踵武《山海經》、《神異經》，屬地理博物體志怪小説也。

東方朔

東方朔，字〔一〕曼倩。父張夷〔二〕，字少平，妻田氏女。夷年二百歲，顔如童子。朔母田氏寡居，夢太白星臨其上，因有娠。田氏歎曰：「無夫而娠，人將棄我。」乃移向代郡東方里爲居。五月旦生朔，因以所居里爲氏，朔爲名〔三〕。朔生三日而田氏死〔四〕，時景帝三年〔五〕也。鄰母拾而養之。年三歲〔六〕，天下祕讖，一覽闇誦於口。常指撝天下〔七〕空中獨語。

鄰母忽失朔，累月方歸，母笞之。後復去，經年乃歸。母忽見，大驚曰：「汝行經年一歸，何以慰我耶？」朔曰：「兒至紫泥海〔八〕，有紫水污衣，仍過虞淵湔浣〔九〕。朝發中返，何云經年乎？」母又〔一〇〕問之：「汝悉是何處行〔一一〕？」朔曰：「兒湔衣竟，暫息冥都崇臺〔一二〕，一忽眠〔一三〕。王公飴兒以丹粟霞漿〔一四〕。兒食之既多，飽悶幾死〔一五〕。乃飲玄天〔一六〕黄露半合，即醒。既而還，路遇一蒼虎，息於路傍。兒騎虎還，打捶過痛，虎齧兒，脚傷。」母悲嗟，乃裂青布裳裹之。朔復去之〔一七〕，去家萬里。見一枯樹，脱向來布裳〔一八〕掛於樹。布〔一九〕化爲龍，因名其地爲「布龍澤」。

朔以元封中遊濛鴻之澤〔二〇〕，忽見王母採桑於白海之濱〔二一〕。俄有黄眉翁〔二二〕，指阿母以告朔曰：「昔爲吾妻，託形爲太白之精。今汝亦〔二三〕此星精也。吾却食吞氣，已九千餘歲。目中瞳子，色皆青光〔二四〕，能見幽隱之物。三千歲一反骨洗髓，二千歲一刻肉伐毛〔二五〕。自吾生，已三洗髓、五伐〔二六〕毛矣。」（卷一）

〔一〕字，《續談助》卷一《洞冥記》作「小名」，《太平廣記》卷六引《洞冥記》及《朔别傳》同。

〔二〕此句《續談助》、《廣記》均作「父張氏，名夷」。

〔三〕「朔母田氏寡居」至此一節原無，據《太平御覽》卷三六〇引《洞冥記》補，「朔」原作「東方朔」，今承上省去。「郡」原譌作「都」，今正。《御覽》卷二二一、南宋羅泌《路史後紀》卷五《黄帝紀上·東方氏》羅苹注亦引。《御覽》卷二二一作：「東方朔母田氏寡，夢太白星臨其上，因有娠。田氏歎曰：『無夫而孕，人得棄我。』乃移向代郡之東方里。五月生朔，仍以所居爲姓。」《路史》注作：「朔母田寡，夢太白臨之而娠，羞之曰：『人將棄我。』乃向代郡之東方里。以五月朔旦生之，因姓東方而名朔。」五月旦爲五月初一，月初稱朔，故以爲名。

代郡,戰國趙置,治代縣,今河北蔚縣東北代王城。按:此云田氏寡居,蓋張夷已死,前當有脱文。唐李伉《獨異志》卷上云:「張少平妻田氏,少平卒後,累年寡居。」(詳見附録)明言少平卒。《廣記》卷六引《洞冥記》及《朔别傳》於「鄰母拾朔養之」下云:「時東方始明,因以姓焉。」與此不同。按羅苹注先陳此説(詳見附録),下接引《洞冥記》云云。觀此,「東方始明,因爲姓」之説非出《洞冥記》,當爲《東方朔别傳》文字。南宋葉廷珪《海録碎事》卷七下引《洞冥記》、吴曾《能改齋漫録》卷五《辨誤·東方姓氏》引《洞冥記》亦有此語,蓋據《廣記》。

〔四〕按:《漢書》卷六五《東方朔傳》載朔上書曰:「臣朔少失父母,長養兄嫂。」

〔五〕景帝三年,公元前一五四年。

〔六〕此句《續談助》作「年至十三」。

〔七〕下,《廣記》作「上」。

〔八〕此句《廣記》作「兒暫之紫泥之海」,《續談助》作「兒旦至紫涇之海」。

〔九〕仍,乃也,《續談助》作「乃」。虞淵,《續談助》、《廣記》並作「虞泉」。《離騷》「望崦嵫而勿迫」王逸注:「崦嵫,日所入山也。下有蒙水,水中有虞淵。」《淮南子·天文訓》:「日入于虞淵之汜,曙於蒙谷之浦。」湔浣,濯衣也。《説文》十一上水部:「一曰湔,半澣也。」段玉裁注:「半澣者,澣衣不全濯之,僅濯其垢處曰湔。」

〔一〇〕又,此字據《廣記》、《續談助》補。

〔一一〕此句《續談助》作「爾悉經何處」,《廣記》作「汝悉經何國」。

〔一二〕冥都崇臺,原作「都崇堂」,據《續談助》、《廣記》、南宋胡穉箋注《增廣箋註簡齋詩集》卷八《蠟梅四絶句》注引《洞冥記》及《東方朔别傳》改。《御覽》卷六七四引作「宜都崇堂」,《四庫全書》本「堂」作「臺」。「宜」當爲「冥」

字之譌。冥都，冥府。崇臺，高臺也。

〔一三〕此三字原無，據《續談助》補。《廣記》作「一寤眠」。一忽，忽然。

〔一四〕此句原作「王公飴之以丹霞漿」，《續談助》作「王公貽兒以丹粟霞漿」，《廣記》、《箋註簡齋詩集》作「王公啗兒以丹粟霞漿」，文義均勝。今易「之」字爲「兒」字，補「粟」字。王公，東王公也，西王母配偶。

〔一五〕以上二句原作「兒食之太飽，悶幾死」，據《續談助》、《廣記》改。

〔一六〕玄天，《吕氏春秋·有始覽·有始》：「天有九野……北方曰玄天。」

〔一七〕「去之」二字據《續談助》補。

〔一八〕原作「脱布」，據《續談助》本補三字。《御覽》卷六九六引郭子横《洞冥記》作「脱白布裳」。

〔一九〕布，《御覽》卷六九六引作「裳」。

〔二〇〕元封，武帝年號（前一一〇—前一〇五）。濛鴻，《續談助》作「蒙鴻」，南宋施元之《施註蘇詩》卷二二《次韻王定國南遷回見寄》注引《漢武洞冥記》作「鴻蒙」。《漢武故事》作「鴻濛」。按：《淮南子·俶真訓》：「以鴻濛爲景柱。」注：「鴻濛，東方之野，日之所出，故以爲景柱。」疑即此。

〔二一〕王母，西王母也。《續談助》、《廣記》脱「王」字。南宋祝穆《古今事文類聚》前集卷四五《吞氣九千歲》（脱出處，當爲《洞冥記》）、《漢武故事》作「老母」。白海，《續談助》作「日海」。

〔二二〕黄眉翁，東王公也。原無「眉」字，據《續談助》、《廣記》、《施註蘇詩》、《事文類聚》補。《漢武故事》亦作「黄眉翁」，見附録。

〔二三〕亦，此字原無，據《續談助》、《廣記》、《事文類聚》補。

〔二四〕此句《續談助》作「色皆有青光」，《廣記》、《事文類聚》作「皆有青光」。

〔二五〕二千歲,《續談助》、《施註蘇詩》、《事文類聚》作「三千年」。刻肉伐毛,《四庫全書》、《百子全書》等本作「刻骨伐毛」,《漢魏叢書》、《廣漢魏叢書》、《古今逸史》等本作「刻骨代毛」,《續談助》作「剥肉代毛」,《施註蘇詩》、《古今事文類聚》作「剥肉伐毛」,《廣記》作「剥皮伐毛」。按:上言「反骨」,此不當復言「刻骨」,作「刻肉」是也。作「代毛」義有未愜,作「伐毛」爲勝。《漢武故事》正作「伐」。

〔二六〕伐,原譌作「代」,據《廣記》、《事文類聚》改。

《紺珠集》卷九《漢武故事·黄眉翁》云:「東方朔生三日,而父母俱亡。或得之而不知其姓,以見時東方始明,因以爲姓。既長,常望空中獨語。後遊鴻濛之澤,有老母采桑,自言朔母。一黄眉翁至,指朔曰:『此吾兒。吾却食伏氣,三千年一反骨洗髓,二千年一剥皮伐毛,吾生已三洗髓五伐毛矣。』」又見《錦繡萬花谷》前集卷三〇、陳葆光《三洞羣仙録》卷八、謝維新《古今合璧事類備要》前集卷五八引,小有異同。

唐李伉《獨異志》卷上云:「張少平妻田氏,少平卒後,累年寡居。忽夢一人自天而下,壓其腹,因而懷孕。乃曰:『無夫而孕,人聞棄我也。』徙於代,依東方。五月朔旦生一子,以其居代東方,名之東方朔。或言歲星精。多能,無不該博。」

羅泌《路史後紀》卷五《黄帝紀上·東方氏》羅苹注云:「朔父張夷,字少平,母田氏。遺腹生之三日,母卒,鄰母養之。時東方始明,因爲姓。故世謂朔無父母。」

王充《論衡》卷七《道虚篇》曰:「世或言東方朔亦道人也,姓金氏,字曼倩。變姓易名,遊宦漢朝。

外有仕宦之名，内乃度世之人。」謂其金姓，異乎《洞冥》等記。意者世傳朔乃太白星精，太白即金星，故云其姓金氏也。

《五朝小説·魏晉小説》傳奇家、《重編説郛》卷一一一有《東方朔傳》一篇，又明冰華居士《合刻三志》志奇類、清蓮塘居士《唐人説薈》第十集、馬俊良《龍威秘書》、顧之逵《藝苑捃華》等收有《仙吏傳》（托名唐太上隱者輯），中亦有《東方朔》一篇，實取《廣記》卷六所引《洞冥記》及《朔别傳》。

吠勒國

吠勒國〔一〕貢文犀四頭，狀如水兕〔二〕。角表有光，因名明犀。置暗中，有光影〔三〕，亦曰影犀。織以爲簟，如錦綺之文。此國去長安九千〔四〕里，在日南之南〔五〕。人長七尺，被髮至踵，乘犀象，以爲車船〔六〕。乘象入海底取寶，宿於蛟人〔七〕之舍。得淚珠〔八〕，則蛟人所泣淚而成珠也〔九〕，亦曰泣珠。（卷二）

〔一〕吠勒國，《續談助》、《類説》卷五、《説郛》卷四俱作「跋勒國」。《太平御覽》卷九三〇引郭子横《洞冥記》作「文犀國」，蓋以其貢文犀而名之也。

〔二〕水兕（sì），獸名。《山海經·南次三經》云：「禱過之山，其下多犀、兕。」郭璞注：「犀似水牛，兕亦似水牛，青色，一角，重三千斤。」《海内南經》云：「兕……其狀如牛，蒼黑，一角。」

〔三〕以上二句《續談助》「暗」下有「室」字。唐段公路《北户録》卷一《通犀》引郭子横語作「置闇中，有影色」。

〔四〕九千，《御覽》作「萬」。

〔五〕日南，西漢所置郡，在今越南中部。「之南」二字原無，據《續談助》及《御覽》補。

〔六〕此四字原作「之車」，據《續談助》、《御覽》改。

〔七〕蛟人，《漢魏叢書》、《廣漢魏叢書》、《四庫全書》等本俱作「鮫人」。「蛟」通「鮫」。

〔八〕此句《御覽》前有「夕」字。

〔九〕此句原作「則蛟所泣之珠也」，《續談助》作「蛟人所泣成也」，今從《御覽》所引。

《紺珠集》卷二、《類説》卷五、《説郛》卷四之《洞冥記》，關於「蛟人」有異辭。《紺珠集》云：「吠勒國人嘗有鮫人宿其舍，既去泣別，所墮淚皆成珠。」《類説》云：「跋勒國人嘗有鮫人宿其舍，既去泣別，所墮淚皆成珠。」《説郛》同《類説》，「墮」上有「望」字。

古書屢言鮫人，此記爲最早。其餘皆本此爲説，而又有所增飾。東漢楊孚《異物志》云：「鮫人，一名泉客，水底居也。俗傳鮫人從水中出，曾寄寓人家，積日賣綃。綃者，竹孚俞也。鮫人臨去，從主人索器，泣而出珠滿盤，以與主人。」（清曾釗《嶺南遺書》輯本）《御覽》卷八〇三引《博物志》（西晉張華）同《異物志》，云：「鮫人從水出，寓人家，積日賣絹。將去，從主人索一器，泣而成珠滿盤，以與主人。」《博物志》今本卷二乃云：「南海外有鮫人，水居如魚，不廢織績，其眠（按：《御覽》卷七九〇引作「眼」，是也）能泣珠。」

東晉干寶《搜神記》亦載，云：「南海之外有鮫人，水居如魚，不廢績織。時從水中出，向人家寄住，積日賣綃。鮫人臨去，從主人索器，泣而出珠滿盤，以與主人。」（《新輯搜神記》卷二八）

梁任昉《述異記》卷下云：「南海中有鮫人室，水居如魚，不廢機織。其眼泣則出珠。晉木玄虚《海賦》云：『天琛水怪，鮫人之室。』」按：木玄虚名華，《文選》卷一二有《海賦》。

《述異記》卷上又云：「揚州有蛟市，蛟人鬻珠玉而雜貨蛟布。蛟人即泉先也。」又云：「南海出蛟綃紗，泉先潛織，一名龍紗，其價百餘金。以爲服，入水不濡。」又云：「南海有龍綃宫，泉先織綃之處。綃有白如霜者。」又云：「鬱林郡有珊瑚市。珊瑚，海珊瑚樹，碧色，生海底。一株十枝，枝間無葉，大者高五六尺，至小者尺餘。蛟人云海上有珊瑚宫。漢元封二年，鬱林郡獻瑞珊瑚。」

舊題唐馮贄《記事珠》云：「鮫人之淚，圓者成明珠，長者成玉筯。」

勒畢國

元封五年〔一〕，勒畢國貢細鳥〔二〕，以方尺之玉籠盛數百頭，形大如蠅〔三〕，狀似鸚鵡，聲聞數里〔四〕之間，如黄鵠〔五〕之音也。國人常以此鳥候時〔六〕，亦名曰「候日蟲」〔七〕。帝置〔八〕之於宫内，旬日而飛盡。帝惜，求之不復得。明年，見細鳥集於帷幕〔九〕，或入衣袖，因名「蟬衣鳥」〔一〇〕。宫内嬪妃皆悦之，有鳥集其衣者，輒蒙愛幸。至武帝末，稍稍自死，人猶愛其皮。服其皮者，多爲丈夫所媚。王莽末，猶有一兩箇去來，莽羅得之〔一一〕。

勒畢國人，長三寸，有翼，善言語戲笑，因名善語國〔一二〕。常羣飛往日下自曝，身熱乃歸。飲丹露爲漿——丹露者，日初出，有露汁如朱〔一三〕也。（卷二）

〔一〕元封五年，公元前一〇六年。

〔二〕勒畢國，《續談助》本及《事類賦注》卷三、《五色線》卷上（書名譌作《洞真記》）引作「畢勒國」。唐段成式《酉陽雜俎》前集卷一六《羽篇》亦作「畢勒國」。《永樂大典》卷二三四五「細烏」下引《稽神異苑》：「《洞冥記》：武帝元封五年，異勒國貢細烏。」作「異」、作「烏」皆譌。

〔三〕此句原作「形如大蠅」，據唐段公路《北户録》卷三《鶴子草》引郭子横語改。《紺珠集》卷一《洞冥記》、《太平廣記》卷四六三引《洞冥記》、《永樂大典》作「大如蠅」，《酉陽雜俎》作「狀如蠅」。

〔四〕數里，《續談助》及《北户録》、《五色線》作「數百里」，《永樂大典》作「數十里」。

〔五〕黄鵠，黄鶴。朱駿聲《説文通訓定聲》孚部：「鵠，形似鶴，色蒼黄，亦有白者，其翔極高，一名天鵝。」此鳥傳爲仙物，《玉篇》卷二四鳥部：「黄鵠，仙人所乘。」

〔六〕候時，覘驗時令。古人常以鳥蟲之活動變化覘時。下「候日」，義與此同。《北户録》引作「候日晷」，《續談助》作「候日時」，《酉陽雜俎》作「候日」。

〔七〕候日蟲，《廣記》卷四六三、《永樂大典》作「候蟲」。

〔八〕置，《續談助》作「養」。

〔九〕「於」字原無，據《續談助》、《北户録》、《廣記》、《太平御覽》卷九二四補。「帷幕」，《續談助》作「帷屏」，《北户録》、《御覽》作「帷帟」，《廣記》作「帷幄」。《廣記》、《永樂大典》下有「之上」二字。

〔一〇〕蟬衣鳥，原作「蟬」。按：蟬爲薄綢，以其薄如蟬翼也。史游《急就章》卷二云：「綈絡縑練素帛蟬。」蟬製之衣謂之蟬衣。細鳥入宫人衣袖，故其名當作蟬衣鳥，諸本皆脱二字。《北户録》引作「蟬衣」，脱「鳥」字。《廣記》引作「蟬鳥」，脱「衣」字。《續談助》作「襌衣」，《釋名·釋衣服》：「襌衣，言無裏也。」襌爲無裏之衣，即單衣，義亦通，然下脱「鳥」字。《御覽》引作「巢衣鳥」，則取以衣爲巢之義也。《永樂大典》作「輝烏」，誤。

〔一一〕「王莽」至此三句原無，據《御覽》補。王莽字巨君，西漢劉嬰初始元年（八）篡漢稱帝，國號新，公元二三年被殺。

〔一二〕善語國，《初學記》卷二六、《事類賦注》卷三、《御覽》卷一二並引作「語國」。《續博物志》卷一〇亦爲「語國」。

〔一三〕朱，朱砂。原作「珠」，據《初學記》、《御覽》卷一二、《類説》卷五《洞冥記》改。

勒畢國人及細鳥事，唐段成式《酉陽雜俎》前集卷一六《羽篇》、南宋李石《續博物志》卷一〇、明陳繼儒《羣碎録》均有節録。詹詹外史《情史類略》卷二三《情通類》亦取之。

麗娟

帝所幸宫人名麗娟，年十四，玉膚柔軟，吹氣勝蘭〔一〕。娟身輕弱〔二〕，不欲衣纓拂之，恐體痕也〔三〕。每歌，李延年〔四〕和之，於芝生殿〔五〕唱《迴風》之曲，庭中花皆翻落〔六〕。置麗娟於明離之帳〔七〕，恐塵垢污其體也。帝常以衣帶繫麗娟之袂，閉於重幕之中，恐隨風而起〔八〕也。麗娟以琥珀爲佩，置衣裾裏，不使人知，乃言骨節自鳴，相與爲〔九〕神怪也。(卷四)

〔一〕吹，吐氣。《説文》二上口部：「吹，噓也。」又八下欠部：「吹，出氣也。」《續談助》本作「吐」。

〔二〕此四字原無，據南宋皇都風月主人《绿窗新話》卷下《麗娟娘玉膚柔軟》補。《太平廣記》卷二七二引作「身輕弱」。《永樂大典》卷一四五三七引作「娟聲輕弱」，「聲」字譌。

〔三〕纓，通「嬰」，繞也。拂，摩也。此二句《廣記》、《永樂大典》引作「不欲衣纓拂，恐傷爲痕」，《绿窗新話》同，「拂」下有「之」字。《續談助》作「不欲嬰拂之，恐傷痕也」。

〔四〕李延年，中山(今河北定州市)人，武帝時著名樂師，任協律都尉。漢武帝寵妃李夫人乃其妹。見《史記》卷一二五《佞幸列傳》、《漢書》卷九七上《外戚傳上》。

〔五〕芝生殿，漢武帝無此殿。《史記》卷一二《孝武本紀》但云：「於是甘泉更置前殿，始廣諸宫室。夏，有芝生殿防内中。……乃下詔曰：『甘泉防生芝九莖，赦天下，毋有復作。』」司馬貞《索隐》：「芝生殿房中。按：生芝九莖，於是作《芝房歌》。」芝生殿蓋由此而來。《廣記》、《绿窗新話》、《永樂大典》下有「旁」字。

〔六〕此句《廣記》、《绿窗新話》、《永樂大典》作「庭中樹爲之翻落」，《續談助》作「庭中花樹皆爲翻落」，《紺珠集》卷一作「庭花翻落如深秋」，《類説》卷五作「庭葉翻落如秋」。

〔七〕明離之帳，《廣記》作「琉璃帳」，《類説》同，「琉」作「瑠」。《绿窗新話》作「玻璃帳」。

〔八〕起，原作「去」，《續談助》及《廣記》、《緑窗新話》皆作「起」，語義較勝，據改。《類説》此句作「恐隨風輕舉」。

〔九〕爲，《説庫》本作「得」。

南宋皇都風月主人《緑窗新話》卷下《麗娟娘玉膚柔軟》記此事，不注出處，殆據《太平廣記》卷二七二引《洞冥記》。明詹詹外史《情史類略》卷六《情愛類·麗娟》亦此事，文句大同。

宋元戲文有《漢武帝洞冥記》（《傳奇彙考標目》），已佚，未知所演何事。

後世記有一些類似故事。舊題元伊世珍《瑯嬛記》（《津逮秘書》）卷上引《採蘭雜志》云：「越嶲國有吸華絲，凡華着之，不即墮落，用以織錦。漢時，國人奉貢，武帝賜麗娟二兩，命作舞衣。春暮，宴于花下。舞時故以袖拂落花，滿身都着，舞態愈媚，謂之『百華之舞』。」又引《賈子説林》云：「武帝與麗娟看花，而薔薇始開，態若含笑。帝曰：『此花絶勝佳人笑也。』麗娟戲曰：『笑可買乎？』帝曰：『可。』麗娟遂命侍者取黄金百斤，作賣笑錢奉帝，爲一日之歡。薔薇名賣笑花，自麗娟始也。」（按：《瑯嬛記》所注引書，大抵杜撰。）清修《陝西通志》卷九八《拾遺一·閒適》引《花寮小史》云：「武帝嘗以吸花絲錦賜麗娟，命作舞衣。春暮，宴於花下。舞時，故以袖拂落花滿身，舞態愈媚，謂之『百花舞』，五陵效之。」

徐偃王志異

此書無著録,撰人不詳。西晉張華《博物志》卷七《異聞》引有《徐偃王志》。又《水經注》卷八《濟水》引劉成國《徐州地理志》云「《徐偃王之異》言……」,疑「之」乃「志」字之譌,書名作《徐偃王志異》也。《釋名》作者劉熙字成國,疑劉成國即劉熙。熙東漢末年北海人,曾官安南太守,著作尚有《謚法》三卷。疑其曾官徐州,故又作《徐州地理志》。《徐州地理志》既引《徐偃王志異》,則出於漢無疑。《博物志》所引當據《徐州地理志》,但僅二百餘字,概述大意耳。文中稱徐偃王逃走彭城武原縣。按《漢書·地理志》,西漢宣帝地節元年(前六九)始改楚國爲彭城郡,轄武原等七縣,二十年後(黄龍元年,前四九)復改爲楚國。又《後漢書·郡國志》載,東漢章帝時,改楚國爲彭城國,似《徐偃王志異》出於東漢章帝(七五—八八在位)後。《徐偃王志異》記徐偃王傳説,亦係志怪題材之單篇雜傳小説。

徐君〔一〕宫人娠而生卵,以爲不祥,棄之于水濱。獨孤母〔二〕有犬,名曰鵠蒼〔三〕,獵於水濱,得所棄卵,銜以來〔四〕歸。獨孤母以爲異,覆煖之,遂蚺〔五〕成兒。生時正偃,故以爲名〔六〕。徐君宫中聞之,乃更録取。長而仁智,襲君徐國。後鵠蒼臨死,生角而九尾,實黄龍也。偃王又葬之徐界中〔七〕，今見有狗壟〔八〕焉。

偃王既襲〔九〕其國，仁義著聞。欲舟行上國〔一〇〕，乃通溝陳、蔡〔一一〕之間。得朱弓矢，以己得天瑞，遂因名爲號〔一二〕，自稱徐偃王。江淮諸侯皆伏從，伏從者三十六國。周王聞之，遣使乘駟，一日至楚，使伐之。偃王仁〔一三〕，不忍鬬害其民〔一四〕，爲楚所敗，逃走彭城武原縣東山下〔一五〕，百姓隨之者以萬數。

後遂名其山爲徐山。山上立石室，有神靈〔一六〕，民人祈禱，今皆見存〔一七〕。（據中華書局范寧《博物志校證》卷七《異聞》引《徐偃王志》及上海古籍出版社陳橋驛點校《水經注》卷八《濟水》引《徐偃王之異》）

〔一〕徐，嬴姓，周初所建小國，前五一二年滅於吴。其初封國故址在今江蘇泗洪縣南大徐臺子，秦置爲徐縣。《水經注》卷八《濟水》：「今徐城外有徐君墓。」徐城即大徐城，亦即今大徐臺子。

〔二〕獨孤母，孤獨之老婦也。《孟子·梁惠王下》：「老而無子曰獨。」《釋名·釋親屬》：「老而無子曰獨。獨，隻獨也，言無所依也。」《廣雅·釋詁》：「孤，獨也。」《水經注》、唐李泰等《括地志》（《史記》卷五《秦本紀》、卷四三《趙世家》張守節《正義》引）、《後漢書》卷八五《東夷傳》李賢等注引《博物志》作「孤獨母」，北宋吴淑《事類賦注》卷二三引《博物志》、《太平御覽》卷九〇四引《徐偃王志》、南宋祝穆《古今事文類聚》後集卷四〇引《偃王志》作「孤獨老母」，元陰勁弦等《韻府羣玉》卷一一引《偃王志》作「獨孤老母」。

〔三〕鴟蒼,《水經注》作「鴟倉」,《後漢書・東夷傳》注、《史記・趙世家正義》引《括地志》、《事類賦注》、《御覽》卷三六〇引《博物志》、《御覽》卷九〇四、《事文類聚》同。《趙世家正義》引《括地志》末云:「鴟倉或名后倉也。」《秦本紀正義》引《括地志》亦云:「鴟蒼或名后蒼。」「鴟」、「后」,一音之轉。

〔四〕來,《博物志》譌作「東」,士禮居本《博物志》作「來」,《水經注》、《事類賦注》、《御覽》卷三六〇、卷九〇四,《古今事文類聚》均作「來」。

〔五〕⿰虫弗,疑即「孵」字。《述征記》作「⿰骨弗」,一作「伏」,見附録。《御覽》卷九〇四作「⿰虫弗蜡」,《事文類聚》作「拂螂」。

〔六〕《史記・秦本紀》裴駰《集解》云:「《尸子》曰:『徐偃王有筋而無骨。』駰謂號『偃』由此。」《後漢書・東夷傳》注云:「《尸子》曰:『偃王有筋而無骨。』故曰『偃』也。」《御覽》卷五五六引《述征記》亦曰:「純筋無骨,號曰偃王。」《東夷傳》注引《博物志》云:「徐王妖異不常。」當亦指其有筋無骨。偃,仰也,有筋無骨故偃卧也。徐偃王其人,先秦史傳不載。《韓非子・五蠹》謂荆文王(前六八九至前六七七年在位)時人,《史記・秦本紀》、《趙世家》謂周穆王時人,《漢書・古今人表》同,作「徐隱王」,顏師古注:「即偃王也。」按周穆王上去楚文王三百餘年,偃王必不能並與二人同時。意偃王爲傳説人物,故有此異辭。

〔七〕徐界中,《水經注》作「徐中」。《初學記》卷八引《博物志》作「徐里中」,《御覽》卷九〇四作「徐梁界中」,《事類賦注》作「徐梁界内」,「梁」字當衍。

〔八〕壟,冢也。揚雄《方言》卷一三:「冢,秦晉之間謂之墳……或謂之壠。」郭璞注:「有界埒似耕壟,因名之。」

〔九〕襲,原脱,據《百子全書》本《博物志》補,《稗海》、《四庫全書》本作「主」。《水經注》此句作「偃王治國」,《御覽》卷三四七引《博物志》作「徐偃王既治其國」。

〔一〇〕上國,春秋時中原各諸侯國(即所謂中國)之稱呼,蓋吴、越、楚等地處僻下,則以中原爲上國。徐國屬東夷,故有「舟行上國」之語。

〔一一〕陳，嬀姓國，都宛丘（今河南淮陽縣）；蔡，姬姓國，都上蔡（今河南上蔡縣西南）。二國在徐國之西，地處中原。自淮水入潁水可達陳，入汝水可達蔡。

〔一二〕號，《博物志》譌作「弓」，《水經注》作「號」，《御覽》卷三四七同。

〔一三〕仁，《水經注》作「愛民」。

〔一四〕鬭害，原譌作「聞言」，據《稗海》本、《四庫全書》本《博物志》改。《後漢書·東夷傳》注作「鬭」，無「其民」二字。《水經注》連上句作「偃王愛民不鬭」。

〔一五〕逃，《水經注》、《後漢書·東夷傳》注作「北」。武原縣，治今江蘇邳州市西北泇口鎮。

〔一六〕此二句《水經注》作「山上立石室廟，廟有神靈」。

〔一七〕《後漢書·東夷傳》注引《博物志》曰：「武原縣東十里，見有徐山石室祠處。」

徐偃王傳説，戰國書偶有記載。《荀子·非相》云：「徐偃王之狀，目可瞻馬。」（按：「馬」係「焉」之譌，「焉」借作「顔」，《廣韻》上平删韻：「顔，額。」）《尸子》（汪繼培輯本，《二十二子》）云：「徐偃王有筋無骨。」又云：「徐偃王好怪，没深水而得怪魚，入深山而得怪獸者，多列於庭。」《韓非子·五蠹》云：「徐偃王處漢東，地方五百里，行仁義，割地而朝者三十有六國。荆文王恐其害己也，舉兵伐徐，遂滅之。」

漢後漸多。《楚辭》東方朔《七諫》云：「偃王行其仁義兮，荆文寤而徐亡。」王逸注：「荆，楚也；徐偃王，國名也，周宣王之舅申伯所封也。《詩》曰：『申伯番番，既入于徐。』周衰，其後潛號稱王也。偃，謚也。言徐偃王修行仁義，諸侯朝之三十餘國，而無武備。楚文王見諸侯朝徐者衆，心中覺悟，恐爲所并，因興兵擊之而滅徐也。」洪興祖《補註》引《元和姓纂》云：「伯益之子夏，時受封於徐，至偃王爲楚所滅。」按：唐林寶《元和姓纂》卷二《徐》：「伯益之後夏，時受封於徐，至偃王爲楚所滅，以國爲氏。」又卷一《封貝》：「徐偃王子食邑封貝，因氏焉。」卷五《取慮》：「徐偃王子食邑取慮，因氏焉。」

《淮南子》卷一三《氾論訓》曰：「徐偃王被服慈惠，身行仁義，陸地之朝者三十二國，然而身死國亡，子孫無類。」高誘注：「偃王於衰亂之世，脩行仁義，不設武備，楚文王滅之，故身死國亡也。《七諫篇》曰『荆文悟而徐亡』是也。」又卷一八《人間訓》曰：「昔徐偃王好行仁義，陸地之朝者三十二國。王孫厲(注：楚臣也)謂楚莊王曰：『王不伐徐，必反朝徐。』王曰：『偃王，有道之君也。好行仁義，不可伐。』王孫厲曰：『臣聞之：大之與小，强之與弱也，猶石之投卵，虎之啗豚，又何疑焉？且也爲文而不能達其德，爲武而不能任其力，亂莫大焉。』楚王曰：『善。』乃舉兵而伐徐，遂滅之。」

以上大抵本《韓非子》爲説，惟《人間訓》説異。《史記》乃不云楚文而言周穆。卷五《秦本紀》云：「徐偃王作亂，造父爲繆王御，長驅歸周，一日千里以救亂。」卷四三《趙世家》云：「徐偃王反，繆王日馳千里馬，攻徐偃王，大破之。」

《後漢書》卷八五《東夷傳》詳述其事，然又援入楚文王：「徐夷僭號，乃率九夷以伐宗周，西至河上。穆王畏其方熾，乃分東方諸侯，命徐偃王主之。偃王處潢池東，地方五百里，行仁義，陸地而朝者三十有六國。穆王後得驥騄之乘，乃使造父御以告楚，令伐徐，一日而至。於是楚文王大舉兵而滅之。偃王仁而無權，不忍鬬其人，故致於敗。乃北走彭城武原縣東山下，百姓隨之者以萬數，因名其山爲徐山。」兼採《韓非子》、《史記》、《徐偃王志異》諸説。

晉郭緣生《述征記》云：「彭城東岸有一丘，俗謂之狗葬。或云斯則徐偃王葬后倉者也，未詳。古徐國宫人娠而生開（按：應作「卵」），弃之水濱。有狗名后倉，銜而歸，鷇而成人，遂爲徐之嗣君。純筋無骨，曰偃王。偃王躬行仁義，衆附之，得朱弓朱矢之端，周穆王命楚滅之。后倉將死，生角尾，實黄龍也。」（按：此據《藝文類聚》卷九四引，《太平御覽》卷五五六亦引，稍異，又《初學記》卷二九引犬名作「后蒼」，嚴可均、陸心源校本乃作「白蒼」。又明刊二十卷本《搜神記》卷一四「鵠蒼」，乃據《初學記》卷八引《博物志》、卷二九引《述征記》綴合而成，原書無此。）

梁任昉《述異記》卷下云：「彭城郡，古徐國也。昔徐君宫人生一大卵，棄於野。徐有犬名后倉，啣歸。温之卵開，内有小兒，有筋而無骨。後爲徐君，號曰偃王，爲政而行仁義。」

唐以下猶多有記偃王及其遺址者。李泰《括地志》（賀次君輯本）卷三《泗州·徐城縣》云：「大徐城在泗州徐城縣北三十里，古徐國也。」又云：「大徐城周十一里，中有偃王廟。」按：大徐城今江蘇泗洪縣南大徐臺子。北宋樂史《太平寰宇記》卷一六《河南道十六·泗州·臨淮縣》：「徐偃王廟，在舊徐城縣北三十里故徐城内立廟。」所指亦爲此廟。

又卷四《越州・鄮縣》云：「徐城在越州鄮縣東南入海二百里。夏侯《志》（按：夏侯曾先《會稽地志》）云翁洲上有徐偃王城。傳云昔周穆王巡狩，諸侯共尊偃王。穆王聞之，令造父御，乘騕褭之馬，日行千里，自還討之。或云命楚王帥師伐之。偃王乃於此處立城以終。」越州鄮縣，在今浙江寧波市鄞州區東。按：南宋羅濬《寶慶四明志》卷二〇《神廟》亦云：「徐偃王廟在東，地名翁浦，俗呼爲城隍頭。《十道四蕃志》云：『徐偃王城翁洲以居，其址今存。』按：史載偃王之敗，北走彭城武原東山下以死，疑非此海中。而韓文公爲《衢州廟碑》，乃記或者之言曰：『偃王之逃戰，不之彭城，之越城之隅，棄玉几研於會稽之水。』則《十道四蕃志》或可信矣。」元馮福京等《昌國州圖志》卷七《敘祠・廟宇》、袁桷《延祐四明志》卷一五《祠祀攷・昌國州》亦載徐偃王廟，全取《寶慶四明志》。

《昌黎先生文集》卷二七《衢州徐偃王廟碑》云：「徐處得地中，文德爲治。及偃王誕當國，益除去刑爭末事，凡所以君國子民待四方，一出於仁義。當此之時，周天子穆王無道，意不在天下。好道士説，得八龍，騎之西遊，同王母宴于瑤池之上，歌謳忘歸。四方諸侯之爭辯者，無所質正，咸賓祭于徐，贄玉帛死生之物于徐之庭者，三十六國。得朱弓赤矢之瑞。穆王聞之恐，遂稱受命，命造父御，長驅而歸，與楚連謀伐徐。徐不忍鬬其民，北走彭城武原山下，百姓隨而從之，萬有餘家。偃王死，民號其山爲徐山，鑿石爲室，以祠偃王。偃王雖走死失國，民戴其嗣，爲君如初。駒王、章禹祖孫相望。自秦至今，名公巨人，繼跡史書。徐氏十望，其九皆本於偃王。……衢州，故會稽太末也，民多姓徐氏。支縣龍丘有偃王遺廟。或曰偃王之逃戰，不之彭城，之越城之隅，棄玉几研于會稽之水。或曰徐子章禹既執於吳，徐之公族弟子，散之徐、楊二州間，即其居立先王廟云。」按：衢州龍丘縣即今浙江衢州市龍游縣。

唐人于皐亦作有衢州徐偃王廟碑記。《輿地紀勝補闕》（清岑建功輯）卷一《衢州·碑記》云：「《徐偃王後記》，唐于皐作。《後記》今在靈山廟中。」按：靈山在龍游南。南宋祝穆《方輿勝覽》卷七《衢州·祠廟》亦載：「徐偃王廟，在西安縣南七十里靈山下。」西安縣即今衢州市。

唐李伉《獨異志》卷上云：「徐偃王無骨而有聖德。」

唐末《隋煬帝開河記》叙麻叔謀開運河，云：「至彭城，路經大林，中有偃王墓。掘數尺，不可掘，乃銅鐵也。四面掘去其土，唯見鐵墓，旁安石門，扃鎖甚嚴。用鄉人楊民計，撞開墓門。叔謀自入墓中，行百餘步，二童子當前云：『偃王顒候久矣。』乃隨而入。見宫殿，一人戴通天冠，衣絳綃衣，坐殿上。叔謀拜，王亦拜，曰：『寡人塋域當于河道，今奉與將軍玉寶，遺君當有天下。倘然護之，丘山之幸也。』叔謀許之。王乃令使者持一玉印與叔謀，叔謀視之，印文乃『古帝王受命寶』也。叔謀大喜。王又曰：『再三保惜，此刀刀之兆也。』（原注：刀刀者隱語，亦二金刀之意。）叔謀出，令兵夫曰：『護其墓。』」彭城即今徐州。按：隋煬帝修通濟渠（運河）不過彭城，此爲小説家虚構之辭。

關於徐偃王廟墓遺迹，古書記載特多，除上述者外，宋元明地書方志所記仍夥：

南宋陳耆卿《赤城志》三一《祠廟門·黄巖》：「徐偃王廟，在縣東南二十五里。舊傳廟前地嘗産六芝。按：韓愈《廟記》：徐子章禹既執於吴，徐之公族子弟，散之徐、揚二州。台，古揚州也，豈亦因其公族子弟而廟乎？今縣南三十五里古城亦有廟。」又卷三九《紀遺門·遺跡》：「古城，在黄巖縣南三十五里大唐嶺東。外城周十里，高僅存二尺，厚四丈。内城周五里。有洗馬池、九曲池。故宫基址，窋一十四級。城上有高木，可數十圍。故老云即徐偃王城也。城東偏有偃王廟。」又卷三八《冢墓門・黄巖》：「徐偃王墓，在縣東南二十五里勝果院後山。有土甎臺址及石筍尚存。按：韓愈《衢州廟記》云：王北走彭城，百姓從之。王死，號其山爲徐山，鑿石爲室以祠之。則是其墓當在彭城矣。又云：或謂王之逃戰，不之彭城，之越城之隅，棄玉几研於會稽之水。則是其逃未有定止，況其墓哉。今象山、霅川等處，皆有偃王墓。以一人而墓至三四，誠不可攷。然黄巖故會稽也，今並墓之，山亦名徐山，與韓愈説合。徐山南一十五里有偃王古城，其敢臆斷以爲非耶？」按：赤城即台州，台州黄巖縣，即今浙江黄岩市。

方仁榮等《景定嚴州續志》卷五《建德縣・祠廟》：「徐偃王廟，在慈順鄉。昔徐姓自太末徙是鄉，因建行祠。」建德縣，即今浙江建德市東北梅城鎮。又卷七《桐廬縣・祠廟》：「徐偃王廟，在水濱鄉。」桐廬縣，在今建德市東北。

潛説友《咸淳臨安志》卷七四《祠祀四・諸縣神祀・於潛縣》：「徐偃王廟，在縣西十五里，一在縣南三十里。《元和姓纂》載偃王之後居於潛，爲杭望族。有偃王祠，皆徐氏所建。」於潛縣，今浙江臨安市於潛鎮。

元徐碩《至元嘉禾志》卷一二《祠廟・嘉興縣》：「徐偃王廟，在縣西二十里。考證：偃王逃戰之會稽。嘉興本屬會稽，人多姓徐。王之宗族，嘗有散在邑者，故後世因有思王功德者，爲之廟以祀焉。衢州龍丘亦有廟，韓退之《衢州廟記》甚詳。唐開元、元和中，徐氏三人相繼作衢州刺史，乃王之遠孫也。」又卷一三《冢墓・嘉興縣》：「徐偃王墓，舊傳在縣西復禮鄉。」嘉興縣，今浙江嘉興市。

明初《無錫縣志》卷二《山川》：「石塘山，一名廟塘山，在漆塘山之北，去州西南二十五里。山西有徐偃王廟。」又卷三下《祠宇》：「徐偃王廟，在州南開化鄉廟石塘山下臨廟塘，不知何年所置。……膠山鄉、芙蓉山皆有偃王廟，今並不存。」又卷四中《記述》載尤某（缺名）《無錫縣徐偃王廟庵記》，云：「錫山西南，一舍而近，是爲五里湖。湖之陽有山，山之陽有廟，祀徐偃王。」

明王鏊《姑蘇志》卷二八《壇廟下・常熟縣》：「徐偃王廟，在縣西四十二里。舊傳偃王失國而亡至膠山而終，遂立廟於此。」

徐偃王廟及墓遍及今江蘇、浙江諸地，蓋其後裔分散，各各立祠建墓紀念，以表其仁義也。

十洲記

據明顧元慶《顧氏文房小説》本

又題《海内十洲記》、《十洲三島記》,一卷,今存。《隋書·經籍志》地理類著録《十洲記》一卷,東方朔撰。《舊唐書·經籍志》、《新唐書·藝文志》同,《新志》改入道家類神仙家。是書非東方朔作。古今論者多以爲六朝人僞撰,然西晉張華《博物志》卷二續弦膠、卷三猛獸事皆採本書,則在晉前。宋晁載之《十洲記跋》據郭璞《游仙詩》「朱門何足榮,未若託蓬萊」、「圓丘有奇草,鍾山出靈液」李善注引《十洲記》,以爲「此書誠出於晉魏之前」。本書殆爲東漢末期道徒所爲。

今存版本,書名多作《海内十洲記》,有《顧氏文房小説》、《寶顔堂祕笈》、《古今逸史》、《廣漢魏叢書》、《重編説郛》、《五朝小説》、《四庫全書》、《增訂漢魏叢書》、《龍威秘書》、《藝苑捃華》、《百子全書》、《鮑紅葉叢書》、《古今説部叢書》、《説庫》等本,又《道藏》、《道藏舉要》本題《十洲記》;《道藏精華録》本題《海内十洲三島記》。北宋張君房《雲笈七籤》卷二六録全文,分序、十洲、三島三部分,題作《十洲三島》。晁載之《續談助》卷一摘鈔《海内十洲記》十六條,末有跋語。朱勝非《紺珠集》卷五摘《十洲記》十一條,曾慥《類説》卷五摘《十洲記》十九條,二書皆爲片段。《道藏》正一部收無名氏《五嶽真形序論》亦删取自此書。臺灣王國良《海内十洲記研究》下編以《顧氏文房小説》爲底本爲全書詳作校釋,頗可參考。上編《綜論》有《疑似佚文的考察》一節,考索佚文。

《十洲記》屬《山海經》、《括地圖》、《神異經》、《玄黄經》一系，乃地理博物體志怪小説。漢代《山海經》頗傳，受其影響，漢人喜作異域奇談，而其時神仙之説大暢，故又張皇神仙也。

炎洲

炎洲〔一〕在南海中，地方二千里〔二〕，去北岸〔三〕九萬里。上有風生獸，似豹，青色，大如貍〔四〕。張網取之，積薪數車以燒之，薪盡而獸不然，灰中而立，毛亦不燋。斫刺不入，打之如皮〔五〕囊。以鐵鎚鍛其頭數十下〔六〕，乃死，而張口向風，須臾復活〔七〕。以石上菖蒲塞其鼻〔八〕，即死。取其腦，和菊花服之，盡十斤，得壽五百年。

又有火林山〔九〕，山中有火光獸〔一〇〕，大如鼠，毛長三四寸，或赤〔一一〕或白。山可三百里許〔一二〕。晦夜嘗〔一三〕見此山林，乃是此獸光照，狀如火光〔一四〕。取其獸毛，緝以爲布〔一五〕，時人號爲火浣布也〔一六〕。國人衣服之〔一七〕。若有垢污〔一八〕，以灰汁浣之，終無潔浄〔一九〕；唯火燒此衣服〔二〇〕，兩盤飯間〔二一〕，振擺其垢自落〔二二〕，潔白如雪〔二三〕。亦多仙家〔二四〕。

〔一〕炎洲，傳説中南方火洲，蓋指南洋諸火山島。其名或曰火山國、炎火山、燃洲、自燃洲、火洲等，詳見附録。《藝文類聚》卷一、《太平御覽》卷九〇八引作「火州」，誤。

〔二〕《文選》卷五九《頭陀寺碑文》李善注引此句作「萬二千里」。

〔三〕北岸，《類聚》卷八〇引作「崖」，唐李淳風《感應經》(《説郛》卷九)、《御覽》卷八六八引作「岸」。

〔四〕貍，《御覽》卷八六八引作「鯉」，又卷九〇八引《十洲記》，又引《抱朴子》作「猩猩」，並誤。《感應經》全句引作「如大貍」。

〔五〕皮，原譌作「灰」，據《道藏》本、《雲笈七籤》卷二六《十洲三島・炎洲》、《續談助》卷一、《類聚》卷八〇及葛洪《抱朴子内篇》卷一一《仙藥》正。

〔六〕鎚，《類聚》卷八〇、《御覽》卷八六八又卷九〇八、《類説》卷五《十洲記》作「椎」，「椎」音「chuí」。鍛，用鎚擊打。《續談助》、《感應經》作「鎚」，《類説》作「椎」，義同。數十，《七籤》本作「數千」，《御覽》卷八六八引作「十數」，《感應經》引作「十數萬」。

〔七〕以上二句，《續談助》上句作「若以口向風」，《事類賦注》卷八引作「以口向風」；《類聚》卷八〇、《御覽》卷八六八作「以其口向風，須臾便活而起」，《感應經》同，前多「而」字；《御覽》卷九〇八作「以其口向風，須臾活」；《類説》作「以口向風便活」。

〔八〕鼻，《續談助》、《類説》作「耳鼻」。

〔九〕火林山，《山海經・大荒西經》云昆侖之丘其下有弱水之淵環之，其外有炎火之山，《類聚》卷七引郭璞《弱水讚》曰：「北淪流沙，南暎火林。」是昆侖之炎火山亦稱火林山。然此火林山在南海炎洲，名同而實異。

〔一〇〕火光獸，《續談助》、《類聚》卷八〇、《事類賦注》卷八、《御覽》卷八六八並作「火獸」。《紺珠集》卷五《十洲記》、《類説》作「火鼠」。

〔一一〕赤，《續談助》作「黄」。

〔一二〕此句《類聚》卷八〇引作「或曰山可百里許」，《御覽》卷八六八引作「山可二百許里」。

〔一三〕嘗，原作「即」，《七籤》本作「嘗」，視之爲勝，據改。《御覽》卷八六八作「望」。

〔一四〕此句末原有「相似」二字，疑爲衍文，今删。

〔一五〕此句原作「以緝爲布」，《續談助》作「績之以爲布」，《類聚》卷八〇、《御覽》卷八六八作「績以爲布」，據改。績、緝義同，紡織。

〔一六〕「也」字上原有「此是」二字，據《七籤》本删正。火浣布，古傳或爲火鼠毛，或爲不燼木皮織成（參見附録），實乃石棉或温石棉纖維爲之。宋末周密《齊東野語》卷一二云：「石岩有絲可織爲布，亦不畏火。」清南懷仁《坤輿圖説》卷下云：「火浣布，煉石而成，非他物也。」皆得其實。火浣布很早即傳入中國。《博物志》卷二《異産》引《周書》云：「西域獻火浣布。」魏魚豢《魏略·西戎傳》（《三國志》卷三〇《烏丸鮮卑東夷傳》注引）、《後漢書》卷八八《西域傳》皆載大秦國有火浣布。晉傅玄《傅子》（《三國志》卷四《魏書·齊王芳紀》注引）謂漢桓時大將軍梁冀以火浣布爲單衣。王嘉《拾遺記》卷九亦云：「漢末獻赤布，梁冀製爲衣，謂之丹衣。」

〔一七〕「之」字原無，據《七籤》本及《類聚》卷八〇、《御覽》卷八六八引補。《續談助》本作「國人衣服乃此布」。

〔一八〕「若有」二字據《七籤》本補。原文「垢污」與「國人衣服」連文。《續談助》作「或霑汗」，《類聚》卷八〇引作「此布垢洿」，《御覽》卷八六八引作「此中布垢污」。

〔一九〕灰汁，即灰水，古以之浣衣。《禮記·内則》：「衣裳垢，和灰請澣。」《三國志·齊王芳紀》注引《傅子》曰：「漢桓帝時，大將軍梁冀以火浣布爲單衣。常大會賓客，冀陽争酒，失杯而汙之，僞怒，解衣曰：『燒之。』布得火，煒曄赫然，如燒凡布。垢盡火滅，粲然絜白，若用灰水焉。」以上二句《類聚》卷八〇引作「以水浣濯之，終日不潔」，《續談助》作「以水浣濯，終不能瑩」。

〔二〇〕此句《續談助》作「唯以火熁布」,熁(xié),熏烤。

〔二一〕兩盤飯間,吃兩盤飯的功夫。《三國志》卷五二《吴書·步騭傳》:「征羌作食,身享大案,殽膳重沓,以小盤飯與騭。」《七籤》作「兩食久」,《類聚》卷八〇作「兩食久許」,《御覽》卷八六八作「兩食許出」。兩食,吃兩頓飯的功夫。《續談助》作「兩邊食許」,「邊」當作「籩」,竹製食器。

〔二二〕此句《七籤》「擺」下有「之」字,《續談助》作「出振其垢即去」,《御覽》卷八六八作「振之其垢即去」。

〔二三〕《續談助》句首有「更」字。

〔二四〕《七籤》末有「居處」二字。

風生獸他書亦有載,皆承《十洲》。東晉葛洪《抱朴子·仙藥》云:「風生獸似貂(按:《寶顏堂祕笈》等本作「豹」,《御覽》卷九〇八亦引作「豹」,是也),青色,大如狸,生於南海大林中。張網取之,積薪數車以燒之,薪盡而此獸在灰中不燃,其毛不焦。斫刺不入,打之如皮囊。以鐵鎚鍛其頭數十下乃死。死而張其口以向風,須臾便活而起走。以石上菖蒲塞其鼻,即死。取其腦,以和菊花服之,盡十斤,得五百歲也。」

梁任昉《述異記》卷上云:「炎洲在南海中,上有風生獸。似豹,青色,大如貍。網取之,積薪數車,燒之不燃。鐵鎚鍛頭數十下乃死;以口向風,須臾便活;以石上菖蒲塞鼻,即真死。取其腦,和菊花服之,盡十斤,得五百歲也。」

唐李淳風《感應經》(《説郛》卷九)云:「風生之獸,出於火林。刀劍不入,鍛以鐵砧,既如韋囊,雖復暫死，張口向風，蹶然還起。」

風生獸之名，義爲得風即生，其爲幻設之物，不待言也。古書載有一種猿猴，頗似之。《御覽》卷九〇八引《南州異物志》云：「風母獸，一名平猴。狀如猴，無毛，赤目。若行，逢人便叩頭，似如懼罪自乞。人若撾打之，愜然死地，無復氣息；小得風吹，須臾能起。」同卷又引《嶺南異物志》曰：「風猩，如猿猴而小，晝日踡伏不能動，夜則騰躍甚疾，好食蜘蛛蟲。打殺，以口向風復活，唯破腦不復生矣。以酒浸，愈風疾。」《玉篇》犬部「狐」字：「狐狎獸，有尾，小打即死，因風更生。」《廣韻》上平東韻「狐」字引《異物志》：「狐母，狀如猿。逢人則叩頭，小打便死，得風還活。」《藝文類聚》卷一引劉欣期《交州記》：「風母，出九德縣，似猨。見人若慙屈頸，打殺，得風還活。」風母獸，或即風生獸之原型，然其爲何物，不得而知。

炎洲火光獸，或呼爲火鼠，炎洲或又稱火洲、燃洲等，其地又有木，不畏火，鼠毛、木皮皆可製火浣布。此等記載極爲多見。兹引述於左：

《山海經·大荒西經》云：「昆侖之丘……其下有弱水之淵環之，其外有炎火之山，投物輒然。」經文未言山有木或鼠，郭璞注乃云：「今去扶南東萬里，有耆薄國；東復五千里許，有火山國。其山雖霖雨，火常然。火中有白鼠，時出山邊求食。人捕得之，以毛作布，今之火浣布是也。即此山之類。」

《搜神記》乃明謂此山産火浣布，云：「崑崙之墟，地首也，是惟帝之下都。故其外絶以弱水之深，又環以炎火之山。山上有鳥獸草木，皆生育滋茂於炎火之中，故有火浣布。非此山草木之皮枲，則其鳥獸之毛羽也。漢世，西域舊獻此布，中間久絶。至魏初，時人疑其有文無實。文帝以爲火性酷烈，無含育之氣，著之《典論》，明其不然，曰：『不然之事，絶智者之聽。』及明帝立，詔三公曰：『先帝昔著《典論》，不朽之格言。其利刊石於廟門之外及太學，與石經並，以爲永示後世。』至此，西域使至，始獻火浣布焉。於是刊滅此論，而天下笑之。」（《新輯搜神記》卷二八）

然諸書言火山者，多在南方。《神異經・南荒經》云：「南荒外有火山，其中生不盡之木，晝夜火燃，得暴風不猛，猛雨不滅。」又云：「不盡木，火中有鼠，重千斤，毛長二尺餘，細如絲。但居火中，洞赤，時時出外而毛白，以水逐而沃之，即死。取其毛績紡，織以爲布用之。若有垢涴，以火燒之則凈。」又云：「南荒之外有火山，長四十里，廣五十里，其中皆生不燼之木，火鼠生其中。」此爲最早之記載。《三國志・齊王芳紀》注引《異物志》（東漢楊孚）云：「斯調國有火州，在南海中。其上有野火，春夏自生，秋冬自死。有木生于其中而不消也，枝皮更活，秋冬火死皆枯瘁。其俗常冬采其皮以爲布，色小青黑。若塵垢汙之，便投火中，則更鮮明也。」《列子・湯問》張湛注引云：「新調國有火州，有火及鼠，取其皮毛爲布，名曰火浣。」王嘉《拾遺記》卷九蕭綺録引云：「燃洲之獸生於火中，以毛織爲布，雖有垢膩，投火則潔凈也。」《十洲記》出《神異經》、《異物志》之後，當據之以爲説。《御覽》卷七八六引《外國傳》云：「扶南之東漲海中有大火洲，洲上有樹，得春雨時皮正黑，得火燃樹皮正白。紡績以作手巾，或作燈炷，用不知盡。」此亦本乎《異物志》。

晉人郭義恭《廣志》乃採《外國傳》之説。《類聚》卷八〇引曰：「火洲在南海中，火燃洲，其木不死更鮮。」

《御覽》卷三四引曰：「南方炎洲，炎氣熏數萬里。」又卷七一六引曰：「炎洲以火浣布爲手巾。」

郭璞注《山海經・大荒西經》所言火山國，當亦爲火洲，郭璞《玄中記》復云：「南方有炎火山焉，在扶南國之東，加營國之北，諸薄國之西。山從四月而火生，十二月火滅。正月、二月、三月火不然，山上但有雲氣，而草木生葉枝條。至四月火然，草木葉落，如中國寒時草木葉落也。行人以正月、二月、三月過此山下，取柴以爲薪，然之無盡時；取其皮績之，以爲火浣布。」（《古小説鈎沉》）炎火山亦即火山國，二者合觀之，有木有鼠，遂稱備矣。梁任昉《述異記》卷上載炎火山，全取郭説。

葛洪《抱朴子内篇・釋滯》言及「不灰之木」、「火浣之布」。《類聚》卷八〇引其佚文曰：「南海之中，蕭丘之中（按：疑當作「上」），有自生之火，常以春起而秋滅。丘方千里。當火起時，此丘上純生一種木，火起正着此木。木雖爲火所着，但小燋黑。人或以爲薪者，如常薪，但不成炭。炊熟則灌滅之，後復更用，如此無窮。又夷人取木華，績以爲火浣布。木皮亦剥，以灰煮爲布，但不及華細好耳。」又曰：「有白鼠，大者重數斤，毛長三寸，居空木中，其毛亦可績爲布。故火浣布有三種焉。」（《御覽》卷八二〇亦引）

《初學記》卷二九引束晳《發蒙記》云：「西域有火鼠之布，東海有不灰之木。」不灰木者，即《神異經》之不燼木也。

《御覽》卷八二〇引《吴録》（晉張勃）曰：「日南比景縣有火鼠，取毛爲布，燒之而精，名火浣布。」

《梁書》卷五四《諸夷傳》云：「又傳扶南東界即大漲海，海中有大洲，洲上有諸薄國，國東有馬五洲。復東行漲海千餘里，至自然大洲。其上有樹生火中，洲左近人剥取其皮，紡績作布，極得數尺，以爲手巾，與焦麻無異，而色微青黑。若小垢洿，則投火中，復更精潔。或作燈炷，用之不知盡。」又載《南史》卷七八《夷貊傳上》。其事同《外國傳》、《玄中記》等所記，第地名不同耳。《御覽》卷八二〇引《南史》乃作「自然火洲」。

唐李泰等《括地志》（賀次君輯本）卷四云：「火山國在扶南東大湖（漲）海中，其國中山皆火，然火中有白鼠皮及樹皮，績爲火浣布。」説本郭璞。又云：「火林山生不燼之木。其山晝夜大火常然，猛風不盛，暴雨不滅。其木皮花皆堪績布，而皮布粗，花布細。又有火浣獸，其形似鼠，可重百斤，毛長三四寸，色白，細如絲，常居火中，炯赤如火。時時出外，人以水逐而沃之，得水即死。取其毛績以爲布。經有垢汙，若以灰水洗，終日仍舊；若置於火中燒之，與火同赤，出而振之，塵去潔白如新，因名火浣。」兼取《神異》、《十洲》，又攙入《抱朴子》説。

杜佑《通典》卷一八八《邊防四》云：「火山國，隋時聞焉。去諸薄東五千里，國中皆有火，雖雨不息，中山有白鼠。《扶南土俗傳》云：『火洲在馬五洲之東可千餘里。春月霖雨，雨止則火燃，洲上林木得雨則皮黑，得火則皮白。諸左右洲人，以春月取其木皮，績以爲布，或作燈炷。布若小穢，投之火中復潔。』又有加營國北、諸薄國西山，周三百里。從四月火生，正月火滅。火燃則草木葉落，如中國寒時。人以三月至此山取木皮，績爲火浣布。」説同《梁書》及《玄中記》。

張説《梁四公記》云：「南至火洲之南，炎崐山之上，其土人食蝑蟹髯蛇，以辟熱毒。洲中有火木，其皮可以爲布。炎丘有火鼠，其毛可以爲褐。皆焚之不灼，汙以火浣。」（《廣記》卷八一引）又出炎崐、炎丘名目，要之皆爲南亞之火山島也。

鳳麟洲

鳳麟洲，在西海〔一〕之中央，地方一千五百里。洲四面有弱水〔二〕繞之，鴻毛不浮，不可越也。洲上多鳳麟〔三〕，數萬各爲群〔四〕。又有山川池澤及神藥〔五〕百種。亦多仙家，煑鳳喙及麟角，合煎作膠〔六〕，名之爲「續弦膠」〔七〕，或名「連金泥」〔八〕。此膠能續弓弩已斷之弦，連〔九〕刀劍斷折之金。更以膠連續之，使力士掣〔一〇〕之，他處乃斷，所續之際終無斷也。

武帝天漢三年〔一一〕，帝幸北海〔一二〕，祠恒山〔一三〕。四月，西國王〔一四〕使至，獻靈膠〔一五〕四兩，吉光毛裘二領〔一六〕。武帝受以付外庫，不知膠裘二物之妙用也。以爲西國雖遠，而上貢者不奇，稽留使者未遣。又時武帝幸上林苑射虎〔一七〕，而弩弦斷。使者時從駕，又上膠一分，使口濡以續弩弦〔一八〕。帝驚曰：「異物也！」乃使武士數人，共對掣引之，終日不脱，如未續時也。膠色青如碧玉。吉光毛裘，黄色，蓋神馬之類也〔一九〕。裘入水，數日不沉〔二〇〕，入火不燋〔二一〕。帝於是乃悟，厚謝使者而遣去，賜以牡桂〔二二〕、乾姜等諸物，是西〔二三〕國之所無者。

又益思東方朔〔二四〕之遠見。周穆王〔二五〕時，西胡獻昆吾割玉刀〔二六〕及夜光常滿盃。刀長一尺，盃受三升。刀切玉如切泥。盃是白玉〔二七〕之精，光明夜照〔二八〕。冥夕出盃於中庭〔二九〕，以向天，比明而水汁已滿於盃中也，汁甘而香美。斯實靈人之器〔三〇〕。秦始皇時，西胡獻切玉刀〔三一〕，無復常滿盃耳。如此膠之所出，從鳳麟洲來，劍之所出，必從流洲來〔三二〕，並是西海中所有〔三三〕也。

〔一〕西海，傳説中西極之海，西方神山昆侖所在。《山海經·海内經》云：「西海之内，流沙之中，有國名壑市。」《十洲記》云：「崐崘號曰崐崚，在四海之戌地、北海之亥地，去岸十三萬里，又有弱水周迴繞帀。」史書中亦有西海，所指爲咸海、里海、紅海、阿拉伯灣及中國之青海湖等，非此。

〔二〕弱水，傳説中西方水名。《山海經·海内西經》云：「弱水、青水出西南隅。」又《大荒西經》：「西海之南，流沙之濱，赤水之後，黑水之前，有大山，名曰昆侖之丘……其下有弱水之淵環之。」郭璞注：「其水不勝鴻毛。」又郭璞《玄中記》（《古小説鉤沉》本）云：「天下之弱者，有崑崙之弱水焉，鴻毛不能起也。」

〔三〕《續談助》本「多」上有「專」字。鳳麟，傳説中之神鳥與神獸，爲百鳥之王及百獸之長。《爾雅·釋鳥》：「鶠，鳳，其雌皇。」郭璞注：「瑞應鳥，雞頭，蛇頸，燕頷，龜背，魚尾，五彩色，其高六尺許。」又《釋獸》：「麐，麕身，牛尾，一角。」注：「角頭有肉。」《大戴禮記》卷一三《易本命》云：「有羽之蟲三百六十，而鳳凰爲之長；有毛之蟲三百六十，而麒麟爲之長。」

〔四〕《續談助》本作「數萬合羣」。

〔五〕神藥，《續談助》作「神草」。
〔六〕膠，原作「膏」，據《道藏》本、《七籤》本、《續談助》本、《紺珠集》卷五、《類説》卷五及《藝文類聚》卷九〇、《六帖》卷八三、《太平御覽》卷七六六（譌作《中洲記》）又卷九一五、《事類賦注》卷一八引改。
〔七〕續弦膠，《續談助》、《紺珠集》、《類説》、《類聚》、《御覽》卷七六六又卷九一五「續」作「集」。
〔八〕連金泥，《續談助》「泥」譌作「沉」。《紺珠集》、《類説》作「續絃膠」。
〔九〕「連」字原闕，據《七籤》及《御覽》卷三四八、《事類賦注》引補。
〔一〇〕掣，《續談助》作「打裂擊」，《御覽》卷三四八作「挽掣」。
〔一一〕天漢，前一〇〇—前九七，三年爲前九八年。《御覽》卷三四八引作「二年」，誤。
〔一二〕北海，北海郡，漢景帝中元二年（前一四八）分齊郡置，治營陵（今山東昌樂縣東南）。
〔一三〕恒山，五岳之北岳，漢初避文帝諱，改常山，在今河北曲陽縣西北，即大茂山。清順治中始以山西渾源縣之玄岳爲北岳，改稱恒山。祠，祭也。《史記·封禪書》載：「其後五年，（武帝）復至泰山脩封，還過祭恒山。」裴駰《集解》：「徐廣曰：天漢三年。」《漢書·武帝紀》亦載：天漢三年三月，武帝「行幸泰山，修封……還幸北地，祠常山。」
〔一四〕西國王，《北堂書鈔》卷一〇引作「西域國王」，《太平廣記》卷二二九引作「西成」，乃「西域」之譌，《御覽》卷七六六引作「西王母」。按：西國似即西胡，《山海經·海内東經》云：「昆侖山在西胡西。」西域諸國統稱西胡。
〔一五〕靈膠，「靈」原作「此」，據《七籤》本、《續談助》本、《類説》本及《書鈔》卷三一、《文選》卷五六《新刻漏銘》李善注、唐釋道世《法苑珠林》卷三六、《御覽》卷七六六引改。

〔一六〕「二領」二字原闕,據《續談助》補。

〔一七〕又時,《七籤》本作「久之」。上林苑,原作「華林園」。按:華林園本東漢芳林園,魏明帝重修,魏齊王芳時避諱改華林園,在洛陽。《文選》卷二〇應貞《晉武帝華林園集詩》李善注引《洛陽圖經》曰:「華林園在城南東北隅。魏明帝起,名芳林園,齊王芳改爲華林。」十六國後趙鄴都及東晉建康均亦有華林園,見《晉書》。武帝時無此園。觀《十洲記》所叙武帝射虎之事,所謂「華林園」在漢都長安附近,乃武帝射獵之處。而「聚窟洲」一段又云:征和三年西胡月支國王遣使獻猛獸一頭,武帝「因以此獸付上林苑,令虎食之」,則爲上林苑。上林苑本秦宫苑,武帝建元三年(前一三八)重修,在長安西。《三輔黄圖》卷四引《漢舊儀》云:「上林苑方三百里,苑中養百獸,天子秋冬射獵取之。」據此,則武帝射虎之所爲上林苑。《續談助》作「上林」,《御覽》卷七六六作「上林苑」,據正。

〔一八〕弦,原譌作「玄」,據《七籤》、《續談助》、《御覽》卷三四八又卷七六六正。

〔一九〕吉光,神馬,又稱吉量、吉良、吉黄、吉皇、吉黄之乘、騰黄、雞斯之乘。《山海經·海内北經》云:「犬戎……有文馬,縞身朱鬣,目若黄金,名曰吉量,乘之壽千歲。」郭璞注:「一作『良』。」又注云:「《周書》曰:『犬戎文馬,赤鬣白身,目若黄金,名曰吉黄之乘。』《六韜》曰:『文身朱鬣,眼若黄金,項若雞尾,名曰雞斯之乘。』」《文選·東京賦》:「擾澤馬與騰黄。」薛綜注:「《瑞應圖》曰:『騰黄,神馬,一名吉光。』」

〔二〇〕此句《七籤》本、《廣記》作「數日不濡」,《類聚》卷六七引作「經日不沉」,《御覽》卷三四八引作「經月不沉」。

〔二一〕燋,《御覽》卷六九四引作「灼」。

〔二二〕牡桂,桂之一種,其木芳香。晉嵇含《南方草木狀》卷中云:「桂有三種,葉如栢葉皮赤者爲丹桂,葉似柿葉者爲菌桂,其葉似枇杷葉者爲牡桂。《三輔黄圖》曰:『甘泉宫南有昆明池,池中有靈波殿,以桂爲柱,風來自香。』」按：桂柱又見《洞冥記》卷一〇。

〔二三〕西，原作「西方」，據《續談助》删。

〔二四〕東方朔，《續談助》作「東方侍郎」。

〔二五〕周穆王，周昭王姬瑕子，名滿。

〔二六〕西胡，《書鈔》卷一〇、唐劉賡《稽瑞》、《廣記》卷二二九引作「西戎」，《類聚》卷七三引作「西域」。昆吾，本山名，又用爲石名、金名、劍名，又作「琨珸」、「錕鋙」，聲符「吾」又作「吴」。《山海經・中次十二經》云：「昆吾之山，其上多赤銅。」郭璞注：「此山出名銅，色赤如火，以之作刃，切玉如割泥也。周穆王時西戎獻之，《尸子》所謂昆吾之劍也。」《列子・湯問》云：「周穆王大征西戎，西戎獻錕鋙之劍……其劍長尺有咫，練鋼赤刃，用之切玉如切泥焉。」張湛注：「昆吾，龍劍也。《河圖》曰：『瀛洲多積石，多昆吾，可爲劍。』《尸子》云：『昆吾之劍可切玉。』」《史記・司馬相如列傳》：「其石則赤玉、玫瑰、琳、瑉、琨珸。」裴駰《集解》引《漢書音義》曰：「琨珸，山名也，出善金，《尸子》曰昆吾之金者。」司馬貞《索隱》：「琨珸，司馬彪云石之次玉者。按《河圖》云：『流洲多積石，名昆吾石。煉之成鐵以作劍，光明昭如水精。』案：字或作『昆吾』。」《廣韻》上平聲模韻云：「鋘，錕鋘，山名，出金色赤如火，作刀可切玉。出《越絶書》。」夜光常滿盃，《稽瑞》、《廣記》引作「玉盃」。關於昆吾山及切玉刀，《拾遺記》尤多敷演，參見附録。

〔二七〕白玉，《類聚》卷八三引作「百玉」。

〔二八〕此句《續談助》作「栝與日之晶光齊明洞照」（無上句「盃是白玉之精」）。《類聚》卷七三作「光明照徹」，《廣記》作「光照一室」，《御覽》卷七五九引作「光明照室」。

〔二九〕中庭，庭院之中。《續談助》、《類聚》卷七三又卷八三、《六帖》卷一三、《御覽》卷七五九引作「庭中」，義同。

〔三〇〕靈人之器，《續談助》、《御覽》卷七五九作「神靈之器」，《類聚》卷七三又卷八三、《稽瑞》、《六帖》引作「靈器」，《廣記》引作「仙人之器」。

〔三一〕《孔叢子》卷五《陳士義》云：「秦王得西戎利刀，以之切玉，如割水焉。以示東方諸侯。魏王問子順曰：『古亦有之乎？』對曰：『昔周穆王大征西戎，西戎獻錕鋙之劍，火浣之布。其劍長尺有咫，鍊鋼赤刃，用之切玉如切泥焉。是則古亦有也。』」

〔三二〕昆吾劍出流洲，見前注引《河圖》。又《十洲記》亦云：「流洲在西海中，地方三千里，去東岸十九萬里。上多山川，積石名爲昆吾，冶其石成鐵作劍，光明洞照，如水精狀，割玉物如割泥。亦饒仙家。」

〔三三〕所有，《續談助》作「異物」。

葛洪集《西京雜記》卷一云：「武帝時，西域獻吉光裘，入水不濡，上時服此裘以聽朝。」

張華《博物志》卷二《異産》云：「漢武帝時，西海國有獻膠五兩者，帝以付外庫，餘膠半兩，西使佩以自隨。後從武帝射於甘泉宮，帝弓弦斷，從者欲更張弦，西使乃進，乞以所送餘香膠續之，座上左右莫不怪。西使乃以口濡膠爲水，注斷弦兩頭，相連注弦，遂相著。帝乃使力士各引其一頭，終不相離。西使曰：『可以射。』終日不斷。帝大怪，左右稱奇，因名曰續弦膠。」

又云：「《周書》曰：『西域獻火浣布，昆吾氏獻切玉刀。』火浣布汙則燒之則潔，刀切玉如臘。布漢世有獻者，刀則未聞。」按：曹植《辯道論》述方士甘始語曰：「諸梁時，西域胡來獻香罽、腰帶、割玉刀，時悔不取也。」諸梁在東漢順、桓時，是則漢世亦有獻刀者矣。

王嘉《拾遺記》卷一〇《昆吾山》云：「昆吾山，其下多赤金，色如火。昔黄帝伐蚩尤，陳兵於此地，掘深百丈，猶未及泉，惟見火光如星。地中多丹，鍊石爲銅，銅色青而利。泉色赤。山草木皆勁利，土亦剛而精。至越王句踐，使工人以白馬白牛祠昆吾之神，採金鑄之，以成八劍之精。一名掩日，以之指日，則光晝暗。金，陰也，陰盛則陽滅。二名斷水，以之劃水，開即不合。三名轉魄，以之指月，蟾兔爲之倒轉。四名懸翦，飛鳥遊過，觸其刃，如斬截焉。五名驚鯢，以之泛海，鯨鯢爲之深入。六名滅魂，挾之夜行，不逢魑魅。七名却邪，有妖魅者，見之則伏。八名真剛，以切玉斷金，如削土木矣。以應八方之氣鑄之也。其山有獸，大如兔，毛色如金，食土下之丹石，深穴地以爲窟，亦食銅鐵，膽腎皆如鐵。其雌者色白如銀。昔吴國武庫之中，兵刃鐵器，俱被食盡，而封署依然。王令檢其庫穴，獵得雙兔，一白一黄。殺之開其腹，而有鐵膽腎，方知兵刃之鐵爲兔所食。王乃召其劍工，令鑄其膽腎以爲劍，一雌一雄，號『干將』者雄，號『鏌鋣』者雌。其劍可以切玉斷犀，王深寶之，遂霸其國。後以石匣埋藏。及晉之中興，夜有紫色衝斗牛。張華使雷煥爲豐城縣令，掘而得之，華與煥各寶其一。拭以華陰之土，光耀射人。後華遇害，失劍所在。煥子佩其一劍，過延平律，劍鳴飛入水。及入水尋之，但見雙龍纏屈於潭下，目光如電，遂不敢前取矣。」

葛洪《抱朴子内篇・對俗》云：「騰黄之馬、吉光之獸，皆壽三千歲。」又《祛惑》云：「騰黄、吉光之屬，皆能人語而不死。」

唐李伉《獨異志》卷下云：「西極有獻續絃膠者，帝不信。即斷而接之，使人挽拽，及他處斷而接者如故。」

《太平廣記》卷四引《仙傳拾遺》（前蜀杜光庭）云：「漢武帝天漢三年，帝巡東海，祠恒山。王母遣使獻靈膠四兩、吉光毛裘，武帝以付外庫，不知膠裘二物之妙也。以爲西國雖遠，而貢者不奇，使者未遣之。帝幸華林苑，射虎兕，弩絃斷。使者時隨駕，因上言，請以膠一分，以口濡其膠，以續弩絃。帝驚曰：『此異物也。』乃使武士數人對牽引之，終日不脱，勝未續時也。膠青色，如碧玉。吉光毛裘黄白，蓋神馬之類。裘入水，終日不沈，入火不焦。帝悟，厚賂使者而遣去。集絃膠出自鳳驎洲，洲在西海中，地面正方，皆一千五百里，四面皆弱水遶之。上多鳳驎，數萬爲羣。煮鳳喙及驎角，合煎作膠，名之集絃膠，一名連金泥。弓弩已斷之絃，刀劍已斷之鐵，以膠連續，終不脱也。」又杜光庭《洞天福地記》亦云：「鳳驎洲在西海中，出續絃膠。」

陳寔　異聞記

此書不載史志著録。葛洪《抱朴子·對俗篇》引陳仲弓《異聞記》一則，又見引於唐李伉《獨異志》卷下。唐段公路《北户録》卷一引陳仲弓《異聞記》另一條。佚文凡二，魯迅輯入《古小説鈎沉》。魯迅《中國小説史略》以是書爲葛洪假托，無據。

陳仲弓名寔，潁川許（今河南許昌市東）人。生於漢和帝永元十六年（一〇四），卒於靈帝中平四年（一八七）。初爲縣吏，後任郡西門亭長、功曹，聞喜長、太丘長，頗有治績。靈帝初，大將軍竇武辟爲掾屬。死後謚文範先生。《後漢書》卷六二有傳。

前此志怪諸書，多爲雜史雜傳體與地理博物體，至《異聞記》始肇雜記體之端，即雜記各種異聞，非僅述歷史遺聞、異域怪談、人物奇事及山川動植已耳。書名得於《論語·季氏》「亦有異聞乎」，用指怪異非常之事。書名曰「異」，上承《神異經》，下啓《列異傳》，紛紜不絶，乃成志怪書之流行名稱也。

張廣定女

郡人張廣定者[一]，遭亂常避地。有一女年四歲，不能步涉，又不可擔負。計棄之固當餓死，不欲令其骸骨之露。村口有古大塚，上巔先有穿穴，乃以器盛縋之，下此女於塚中〔二〕，以數月許乾飯及水漿與之而舍去。

候世平定，其間三年，廣定乃得還鄉里。欲收塚中所棄女骨，更殯埋之。廣定往視，女故坐塚中，見其父母猶識之，甚喜，而父母猶初恐其鬼也。父下入就之，乃知其不死。問之從何得食，女言糧初盡時甚飢，見塚角有一物，伸頸吞氣，試效之，轉不復飢。日日〔三〕爲之，以至於今。父母去時所留衣被，自在塚中，不行往來，衣服不敗，故不寒凍。廣定乃索女所言物，乃是一大龜耳〔四〕。

女出食穀〔五〕，初小腹痛，嘔逆，久許乃習。（據中華書局王明《抱朴子内篇校釋》卷三《對俗》引陳仲弓《異聞記》，又唐李伉《獨異志》卷下亦引）

〔一〕此句「郡」上原有「其」字。按：《抱朴子》云：「故太丘長潁川陳仲弓，篤論士也，撰《異聞記》云：其郡人……」「其郡」乃葛洪引述語，非原文如此，故删「其」字。陳氏潁川人，知張廣定亦此郡人。

〔二〕此句《獨異志》引作「乃懸籠於古塚中」。按：《獨異志》所引非原文，概述大意耳。

〔三〕日日，原作「日月」。王明校：「《敦煌》（羅振玉敦煌石室本《抱朴子殘卷校記》）、《影古寫本》（日本田中慶太郎藏《古寫本抱朴子》）『月』作『日』。《校補》（孫人和《抱朴子校補》）云，作『日』近是。」今改。

〔四〕按：神仙家以爲龜有不死之法，吞氣而生，可致千歲，稱其法爲「龜息」而效之。《抱朴子・對俗篇》云：「仙經象龜之息，豈不有以乎？」下引《異聞記》，後云：「此又足以知龜有不死之法，及爲道者効之，可與龜同年之驗也。」《太平廣記》卷二二一引《定命録》載：李嶠睡無喘息，氣從耳出入，袁天綱謂是龜息也，必大貴壽。

〔五〕穀，王明校：「《敦煌》作『飲』。《影古寫本》同。」

此事又載劉宋劉義慶《幽明録》，《太平御覽》卷五五九引曰：「漢末大亂，潁川有人將避地他郡。有女年七八歲，不能涉遠，勢不兩全。道邊有古冢穿敗，以繩繫女下之。經年餘還，於冢尋覓，欲更殯葬。忽見女尚存，父大驚，問女得活意。女云：『冢中有一物，於晨暮際輒伸頭翕氣，爲試效之，果覺不復飢渴。』家人於冢尋索此物，乃是大龜。」

張華《博物志》卷一〇載一事與此相似：「人有山行墮深澗者，無出路，飢餓欲死。左右見龜蛇甚多，朝暮引頸向東方，人因伏地學之，遂不飢，體殊輕便，能登巖岸。經數年後，竦身舉臂，遂超出澗上，即得還家。顔色悦懌，頗更黠慧勝故。還食穀，啖滋味，百餘日復本質。」《幽明録》亦載此，見《御覽》卷六九引，文句幾同。

蘇軾《和讀山海經十三首》曾詠張廣定女事，詩曰：「亂離棄弱女，破冢割恩憐。寧知效龜息，三歲號窮山。長生定可學，當信仲弓言。支床竟不死，抱一無窮年。」《東坡志林》卷三《冢中棄兒吸蟾氣》亦演其事，惟易龜爲蟾耳。文曰：「富彦國在青社，河北大飢，民争歸之。有夫婦襁負一子，未幾，迫於飢困，不能皆全，棄之道左空冢中而去。歲定歸鄉，過此冢，欲收其骨，則兒尚活，肥健愈於未棄時。見父母，匍匐來就。視冢中空無有，惟有一竅滑易，如蛇鼠出入，有大蟾蜍如車輪，氣咻咻然，出穴中。意兒在冢中常呼吸此氣，故能不食而健。自爾遂不食，年六七歲，肌膚如玉。其父抱兒來京師，以示小兒醫張荆筐。張曰：『物之有氣者能蟄，燕蛇蝦蟆之類是也。能蟄則能不食，不食則壽，此千歲蝦蟆也。決不當與藥，若聽其不食不娶，長必得道。』父喜，攜去，今不知所在。張與余言，蓋嘉祐六年也。」

魏晉編第二

曹丕、張華　列異傳

《列異傳》始著録於《隋書·經籍志》史部雜傳類，三卷，魏文帝撰。雜傳類小序亦云：「魏文帝又作《列異》，以序鬼物奇怪之事。」《舊唐書·經籍志》雜傳類鬼神目卷帙同，唯撰人作張華。《新唐書·藝文志》小説家類撰人同《舊唐志》，卷數則爲一卷，或已殘闕。《册府元龜》卷五五五《國史部·採撰一》亦同《舊唐志》。原書久佚，魯迅《古小説鉤沉》輯五十條，有漏輯、誤輯者。佚文有九條在魏文後（「王臣」、「華歆」、「王周南」、「蔣濟亡兒」、「傅尚書」、「公孫達」、「欒侯」、「鄱陽彭姓」、「弦超」）。清人姚振宗《隋書經籍志考證》卷二〇謂「意張華續文帝書，而後人合之」，近是，觀此九事，無一出張華後也。今姑定作曹丕、張華撰，以文帝後事屬之華作。

魏文帝曹丕，曹操次子，字子桓，沛國譙（今安徽亳州市）人。生於漢靈帝中平四年（一八七），卒於黄初七年（二二六）。建安十六年（二一一）爲五官中郎將、副丞相，二十二年立爲魏太子。曹操死後爲丞相、魏王。延康元年（二二〇）代漢自立，改元黄初，在位七年。傳見《三國志》卷二《魏書·文帝紀》。

曹丕是著名文學家，與曹操、曹植並稱「三曹」。博學多才，史稱「好文學，以著述爲務，自所勒成垂百篇」。著有《典論》、《魏文帝集》、《士操》等，並敕令臣下編纂中國第一部類書《皇覽》，均已散佚。明人張溥輯文集二卷，清丁福保輯六卷。文帝所撰小説，除《列異傳》外尚有《笑書》（見《文心雕龍·諧隱》），亦佚。

張華字茂先，范陽方城（今河北廊坊市固安縣西南方城）人。生於魏明帝太和六年（二三二），卒於晉惠帝永康元年（三〇〇）。少孤貧，仕魏爲佐著作郎、長史、中書郎，入晉歷任黄門侍郎、中書令、度支尚書、都督幽州諸軍事、太常、右光禄大夫、侍中、中書監，官終司空，領著作，故世稱張司空。趙王司馬倫篡位，遇害。《晉書》卷三六有傳。華嗜書博學，本傳稱：「雅愛書籍，身死之日，家無餘財，唯有文史溢於机篋……天下奇祕，世所希有者，悉在華所。由是博物洽聞，世無與比。」尤精數術方伎，「圖緯方伎之書莫不詳覽」。著《博物志》十卷、《張公雜記》十一卷（佚）。復有《張華集》十一卷，張溥輯《張司空集》一卷。

是書序鬼物奇怪之事殊爲豐贍，魏晉南北朝志怪佳製，此爲首出。東晉干寶著《搜神記》多採其事。

望夫石

武昌陽新縣〔一〕北山上有望夫石，狀若人立者。傳云昔有貞婦，其夫從役，遠赴國難，婦携弱子，餞送此山，立望而形化爲石。（據中華書局影印宋本《太平御覽》卷八八八引《列異傳》）

〔一一〕陽新縣，原引作「新縣」。按：《晉書·地理志下》武昌郡有陽新縣，《御覽》卷四四〇引《幽明録》作「陽新縣」，知脱「陽」字，據補。武昌郡，孫權公元二二一年置，陽新縣在今湖北陽新縣西南。

武昌望夫石事，他書亦有記。劉義慶《幽明録》（《古小説鈎沉》）云：「武昌陽新縣北山上有望夫石，狀若人立。相傳昔有貞婦，其夫從役，遠赴國難，婦攜弱子，餞送此山，立望夫而化爲立石，因以爲名焉。」（按：《御覽》卷五二、《事類賦注》卷七引《世説》同此，書名誤。）

北宋樂史《太平寰宇記》卷一一四《興國軍·永興縣》云：「菁山，《輿地志》（陳顧野王）云：上有望夫石，石上曾生蕪菁。山上有石高三丈，形如女人，謂之望夫石。傳云昔有貞婦，其夫赴國難，婦送於此，遂化爲石。」《御覽》卷四八亦引。永興縣即今湖北陽新縣。

南宋佚名《錦繡萬花谷》後集卷五引《神異記》云：「望夫石，武昌北山上有望夫石，狀若人。傳云昔有貞婦，其夫從役，遠赴國難，攜子餞送此山，立望夫而化爲石，因以名焉。」

望夫石非止於此，宋陳師道《後山集》卷二三《詩話》云：「望夫石在處有之。」又有望夫山等，兹列舉若干於左：

《太平寰宇記》卷一一三《岳州·巴陵縣》：「望夫山，《郡國志》云巴陵望夫山，昔婦人望夫，因化爲石。」巴陵縣，今湖南岳陽市。

《初學記》卷八引《鄱陽記》：「鄱陽西有望夫岡。昔縣人陳明，與梅氏爲姻，未成而妖魅詐迎婦去。

明詣卜者,決云西北行五十里求之。明如言,見一大穴,深邃無底。以繩懸入,遂得其婦。乃令婦先出,而明所將隣人秦文遂不取明。其妻乃自誓執志,登此岡首而望其夫,因以名焉。」(按:明刊《搜神記》卷一一有此條,實據《初學記》而妄輯。)鄱陽郡,治鄱陽縣,今屬江西。

南宋王象之《輿地紀勝》卷二八《袁州·景物下》云:「望夫石在分宜縣西十里,地名望夫堰。舊傳有婦於此望夫不至,化爲石。晉人有詩:『望夫子古堰,化石一真身。』」分宜,今屬江西。

《御覽》卷四六引《宣城圖經》:「望夫山,昔人往楚,累歲不還。其妻登此山望夫,乃化爲石。其山臨江,周廻五十里,高一百丈。」《太平寰宇記》卷一〇五《太平州·當塗縣》亦載,稱望夫山在縣西四十七里。當塗縣,今屬安徽。

《御覽》卷五二引顧野王《輿地志》:「南陵縣有女觀山,俗傳云昔有婦人,夫官於蜀,屢愆秋期,憂思感傷,登此騁望,因化爲石,如人之形。所牽狗亦爲石,今狗形猶存。」南陵縣故治在今安徽繁昌縣西北。《水經注》卷三四《江水》乃云女觀山在夷道縣。夷道在今湖北宜都市西北,地占殊異,且無女及狗化石事。

明王鏊《姑蘇志》卷九:「思夫山,相傳秦時有人採藥不返,其妻思之至死,故名。」注:「高啓詩:『江上曾看望夫石,湖中望見憶夫山。夫君好采山中藥,獨得長生竟不還。不似蕭郎與秦女,乘鸞同去綵雲間。』」姑蘇,今江蘇蘇州市。

宋常棠《海鹽澉水志》卷上《古迹門》:「望夫石,在永安湖仰天塢之右。山巔有石磐,磐側有立石。

昔日有海商失期不返，其妻登磐望夫泣殞，化而爲石，因名。」海鹽縣，今浙江海鹽市。

南宋陳耆卿《赤城志》卷二〇《山水門·山·黄巖》：「五龍山，在縣東南一百里，東連大閭山。《臨海記》云：『五龍山脊有石聳立，大可百圍，上有叢木，如婦人危坐，俗號消夫人。父老云昔人漁於海濱不返，其妻携七子登此山望焉，感而成石。下有石人七軀，盖其子也。』今人或曰石夫人山，或曰消山，蓋石夫人在其巔，消山在其足，其實一山爾。又按《輿地志》，消山南下有消夫人。《寰宇記》：臨海縣消山北湖陰蕭御史廟，有石孤聳，如婦人狀。則御史廟與石夫人不遠矣。」黄巖縣，今浙江黄岩市。

南宋施宿等《會稽志》卷六《祠廟·上虞縣》：「赤石夫人廟，在縣北五里。山腰有望夫石，夕陽返照，其色正赤。鄉人異之，爲立祠。」上虞縣，今浙江上虞市。

北宋王存等《元豐九域志》卷九《廣南東路·英州》：「望夫岡，昔人南征，其妻登此立望而死。」英州，治真陽縣，即今廣東英德市。

唐李吉甫《元和郡縣圖志》卷三三《劍南道下·普安縣》：「石新婦神，在縣東北四十九里，大劍東北三十里。夫遠征，婦極望忘歸，因化爲石。」普安縣，今四川劍閣縣。

明詹詹外史《情史類略》卷一一《情化類·望夫石》：「新野白河上有石如人，名望夫石。相傳一婦送夫從戎，别於此，婦悵望久之，遂化爲石。」新野縣今屬河南。

《水經注·濁漳水》：「漳水又東北歷望夫山，山之南有石人，竚于山上，狀有懷于雲表，因以名焉。」《太平寰宇記》卷四五《潞州・黎城縣》：「望夫山，今古望夫嶺。《郡國志》云有石人竚立於山上。」黎城縣，今屬山西長治市。

唐人喜詠望夫山、望夫石。如：

劉方平《望夫石》：「佳人成古石，蘚駁覆花黄。猶有春山杏，枝枝似薄妝。」

李白《望夫山》：「顒望臨碧空，怨情感離别。江草不知愁，巖花但争發。雲山萬重隔，音信千里絶。春去秋復來，相思幾時歇？」又《望夫石》：「髣髴古容儀，含愁帶曙輝。露如今日淚，苔似昔年衣。有恨同湘女，無言類楚妃。寂然芳靄内，猶若待夫歸。」

王建《望夫石》：「望夫處，江悠悠，化爲石，不迴頭。山頭日日風復雨，行人歸來石應語。」

劉禹錫《望夫石》：「終日望夫夫不歸，化爲孤石苦相思。望來已是幾千載，只似當時初望時。」又《望夫山》：「何代提戈去不還，獨留形影白雲間。肌膚銷盡雪霜色，羅綺點成苔蘚斑。江燕不能傳遠信，野花空解妒愁顔。近來豈少征人婦，笑採蘼蕪上北山。」

孟郊《望夫石》：「望夫石，夫不來兮江水碧。行人悠悠朝與暮，千年萬年色如故。」

鮑子都

故司隸校尉上黨鮑子都〔一〕少時，舉上計掾〔二〕。於道中遇一書生，獨行無伴〔三〕，卒得心痛。子都下車爲按摩，奄忽而亡。不知姓名，有素書一卷、銀十鉼〔四〕。即賣一鉼，以資殯殮〔五〕。其餘銀以枕之，素書着腹上〔六〕，埋之〔七〕，謂〔八〕曰：「若子魂靈有知，當令子家知子在此。今奉〔九〕使命，不獲久留。」遂辭而去。

至京師〔一〇〕，有驄馬〔一一〕隨之，人莫能得近，唯子都得近。子都歸，行失道，遇一關内侯〔一二〕家，日暮住宿，見主人，呼奴通刺〔一三〕。奴出見馬，入白侯曰：「外客盜騎昔所失驄馬。」侯曰：「鮑子都上黨高士〔一四〕，必應有語。」侯問〔一五〕曰：「君何以致此馬〔一六〕？此乃吾馬，昔年無故失之。」子都曰：「昔年上計，遇一書生，卒死道中。」具述其事。侯乃驚愕曰：「此吾兒也。」侯迎喪，開椁視，銀、書如言。

侯乃舉家〔一七〕詣闕，上薦子都，聲名遂顯。辟公府，侍御史，豫州牧，至司隸校尉〔一八〕。至子永、孫昱〔一九〕，並爲司隸。及其爲公，皆復〔二〇〕乘驄馬。故京師歌之〔二一〕曰：「鮑氏驄，三入司隸再入公〔二二〕。馬雖疲，行步工〔二三〕。」（據《太平御覽》卷二五〇引《列異傳》，又《北堂書鈔》卷六一、《藝文類聚》卷八三、《通典》卷三二《職官十四・司隸校尉》、《事類賦注》卷二一、《太平御覽》卷八一二又卷八九七並引，書名均作《列異記》）

〔一〕鮑子都，名宣，《漢書》卷七二有傳。鮑宣，渤海高城（今河北鹽山縣東南）人。初爲縣鄉嗇夫，守東州丞，後爲都尉太守功曹。舉孝廉爲郎，復爲州從事。大司馬衛將軍王商辟宣，薦爲議郎。哀帝初大司空何武除宣爲西曹掾，薦諫大夫，遷豫州牧，後拜司隸。得罪丞相孔光，徙上黨，遂家於長子縣(今屬山西長治市)。平帝時王莽秉政，繫獄自殺。司隸校尉，漢武帝始置，糾察京都、三輔百官，秩二千石，權位甚重。哀帝時改稱司隸。

〔二〕舉上計掾，原作「上計掾」，《御覽》卷八九七及《事類賦注》引作「舉上計」，據補「舉」字。《後漢書》卷八一《獨行列傳·劉翊傳》：「獻帝遷都西京，翊舉上計掾。」上計，郡縣向上級呈送計簿，由郡縣丞或掾史充任，稱上計吏、上計掾。

〔三〕「獨行」下原有「時」字，據《類聚》、《御覽》卷八一二引刪。

〔四〕鉼，《類聚》、《御覽》卷八一二又卷八九七、《事類賦注》作「餅」。下同。銀製成餅狀，故曰鉼。

〔五〕此句原引作「以殯」，據《御覽》卷八九七、《事類賦注》補二字。

〔六〕以上三句原引作「其餘銀及素書着腹上」，據《御覽》卷八一二又卷八九七、《事類賦注》補「以枕之」三字，刪「及」字。

〔七〕埋之，原作「呪之」，《類聚》、《御覽》卷八一二作「哭之」，據《御覽》卷八九七、《事類賦注》改。

〔八〕「謂」字原無，據《類聚》、《御覽》卷八一二又卷八九七補。

〔九〕「奉」字原無，據《類聚》、《御覽》卷八一二補。

〔一〇〕「至」前《御覽》卷八九七、《事類賦注》有「未」字。京師，京都、京城。西漢高帝五年(前二〇二)定都長安縣，治今陝西西安市西北。

〔一一〕驄馬，青白色馬。《説文》十上馬部：「驄，馬青白雜毛也。」段玉裁注：「白毛與青毛相間，則爲淺青，俗所謂葱白色。」

〔一二〕關内侯，秦漢爵名。爵分二十級，其居十九，二十級爲徹侯(後避武帝劉徹諱改爲通侯、列侯)。等級越大爵位越高，關内侯實位居第二。見《漢書・百官公卿表上》。

〔一三〕通刺，猶言通名，古者以竹簡爲名片，稱作刺。

〔一四〕按：　鮑宣爲渤海高城人，免官後始家上黨長子，此不得預言「上黨高士」。小説家言，據傳聞而記，往往不盡合史實。

〔一五〕「問」字原無，據《御覽》卷八九七、《事類賦注》補。

〔一六〕此句原無，據《御覽》卷八九七、《事類賦注》補。下句前原有「若」字，今删。

〔一七〕家，《御覽》卷八九七作「送」。

〔一八〕以上十四字原無，據《御覽》卷八九七補。《御覽》無「至」字，《事類賦注》作「辟公府、至司隸」，補「至」字。辟公府，指被大司馬衛將軍王商辟爲掾屬。辟(bì)，徵召。公府，三公之府。西漢成帝後以丞相(大司徒)、大司馬、大司空(御史大夫)爲三公。侍御史，簡稱御史，御史大夫屬官，當指爲大司空何武西曹掾。豫州牧，即豫州刺史。漢武帝分全國爲十三刺史部，成帝時改刺史爲州牧，簡稱牧，哀帝時復舊稱。

〔一九〕宣子永，孫昱，《後漢書》卷二九有傳。永字君長，光武時歷仕諫議大夫、魯郡太守、司隸校尉，官終兗州牧。昱字文泉，歷仕光武、明、章三朝，爲司隸校尉、汝南太守、司徒、太尉。

〔二〇〕「復」字原無，據《通典》、《御覽》卷八九七、《事類賦注》補。

〔二一〕「之」字原無，據《書鈔》、《通典》、《御覽》卷八九七、《事類賦注》補。

〔二二〕按：　鮑宣三代皆曾任司隸，故曰「三入司隸」；　鮑昱曾先後爲司徒、太尉，東漢以太尉、司徒、司空爲三公，故曰「再入公」。

〔二三〕以上六字「工」上原有「轉」字，《通典》無。《書鈔》作「馬雖疲，行步通」，《御覽》卷八九七、《事類賦注》作「馬雖瘦,行步工」,亦爲三字句。據刪。

唐李伉《獨異志》卷中云:「魏鮑子都暮行於野,見書生卒然心痛,下馬爲摩其心,有頃,書生卒。子都視其囊中,有素書一帙、金十餅。乃賣二餅葬書生,其餘枕之項下,置素書腹上而退。其後數年,子都行,有一駿馬逐之。既而有認馬者,謂子都爲盜。因問兒所在,子都具言。於是相隨往開墓,取其兒歸葬,金八餅在項下,素書在腹上。舉家詣官,稱子都之德,由是子都聲名大振。」

《後漢書》卷八一《獨行傳》王忳事頗似此:「王忳,字少林,廣漢新都人也。忳嘗詣京師,於空舍中見一書生疾困,愍而視之。書生謂忳曰:『我當到洛陽,而被病,命在須臾。腰下有金十斤,願以相贈,死後乞藏骸骨。』未及問姓名而絶。忳即鬻金一斤,營其殯葬,餘金悉置棺下,人無知者。後歸數年,縣署忳大度亭長。初到之日,有馬馳入亭中而止。其日,大風飄一繡被,復墮忳前。即言之於縣,縣以歸忳。忳後乘馬到雒縣,馬遂奔走,牽忳入它舍。主人見之喜曰:『今禽盜矣。』問忳所由得馬,忳具説其狀,并及繡被。主人悵然良久,乃曰:『被隨旋風與馬俱亡,卿何陰德而致此二物?』忳自念有葬書生事,因説之,并道書生形貌及埋金處。主人大驚號曰:『是我子也,姓金名彦。前往京師,不知所在,何意卿乃葬之。大恩久不報,天以此章卿德耳。』忳悉以被馬還之,彦父不取,又厚遺忳,忳辭讓而去。時彦父爲州從事,因告新都令,假忳休,自與俱迎彦喪,餘金俱存。忳由是顯名。」(按:王忳此事又載晉陳壽《益部耆舊傳》,見《北堂書鈔》卷一三四,《藝文類聚》卷八三,《太平御覽》卷四〇三、卷四六五、卷四

七九、卷七〇七、卷八一一，《事類賦注》卷九引。晉常璩《華陽國志》卷十中《廣漢士女》亦有記。）王忳事迹又有斄亭斷鬼冤一事，顔之推採入《冤魂志》，末云：「人謡曰：『信哉少林世無偶，飛被走馬與鬼語。』飛被走馬，别爲他事，今所不録。」（詳見本書《搜神記・鵠奔亭》附録）此謡不載《後漢書》，之推當别有他據。其人其事亦播入謡唱，愈見近於鮑子都矣。明金懷玉《繡被記》傳奇（清姚燮《今樂考證》著録，佚）即演王忳葬金事。

又有陳翼事，亦復相類。《藝文類聚》卷八三引《廬江七賢傳》曰：「陳翼到藍鄉，見道邊有馬，傍有一病人，呼曰：『我長安魏公卿，聞廬江樂来遊。今病不能前。』翼迎歸養之。病困，曰：『有金十餅，素二十匹，死則賣以殯斂，餘謝主人。』既死，翼賣素，買棺衣衾，以金置棺下。騎馬出入。後其兄長公見馬，告吏捕翼，翼具言之。棺下得金，長公叩頭謝，以金十餅投其門中，翼送長安還之。翼後爲魯陽尉，號魯陽金行。」（《御覽》卷八一一、《事類賦注》卷九亦引）《御覽》卷五五六引范晏《陰德傳》亦載此事。陳翼，東漢太尉楊震門生，順帝時爲郎。見《後漢書》卷五四《楊震傳》。

由鮑宣而轉爲王忳，爲陳翼，年代不同，地域有别，葬陌路之人而置金銀於棺，此其本也。而得顯名者皆以馬爲關紐，然亦各有機杼焉。

談生

談生者，年四十，無婦，常感激讀書〔一〕。忽夜半有女子，可年十五六，姿顔服飾，天下無雙，來就生爲夫婦。乃言：「我與人不同，勿以火照我也。三年之後，方可照。」爲夫妻，生一兒，已二歲。不能忍，夜伺其寢後，盜照視之。其腰已上生肉如人，腰下但有枯骨。婦覺，遂言曰：「君負我！我垂生矣，何不能忍一歲而竟相照也？」生辭謝。涕泣不可復止。云：「與君雖大義〔二〕永離，然顧念我兒。若貧不能自偕活者，暫隨我去，方〔三〕遺君物。」生隨之去，入華堂，室宇器物不凡。以一珠袍與之，曰：「可以自給。」裂取生衣裾，留之而去。

後生持袍詣市，睢陽王〔四〕家買之，得錢千萬。王識之曰：「是我女袍，此必發墓。」乃取拷之，生具以實對。王猶不信，乃視女冢，冢完如故。發視之，果棺蓋下得衣裾。呼其兒，正類王女。王乃信之。即召談生，復賜遺衣，以爲主壻〔五〕，表其兒以爲侍中〔六〕。（據中華書局汪紹楹點校本《太平廣記》卷三一六引《列異傳》）

〔一〕讀書，談愷刻本作「讀詩經」，下句無「忽」字，汪紹楹據明沈與文野竹齋鈔本改。清黃晟校刊本、《四庫全書》本同談本。

〔二〕大義，指夫婦之義。

〔三〕方，將也。

〔四〕睢陽王，兩漢無睢陽國，不得有睢陽王。考《漢書·地理志》、《續漢書·郡國志》，漢有梁國，治睢陽（今河南商丘市南），意睢陽王即梁王。東漢宗室劉暢封梁王，傳堅、匡、成、元，凡五世，見《後漢書》卷五〇《梁節王暢傳》。

〔五〕主，指翁主，諸王之女。《漢書·高帝紀下》顔師古注引如淳曰：「諸王女曰翁主。」宋後稱爲郡主。

〔六〕侍中，官名，秦置漢承，爲皇帝之近侍，常由貴家子弟充任。南宋鄭樵《通志·職官略·門下省·侍中》：「漢侍中爲加官……舊用儒者勳貴子弟，榮其觀好，至乃繦褓坐受勳位。」

干寶《搜神記》亦載，云：「有談生者，年四十，無婦。常感激讀經書，通夕不卧。至夜半時，有一好女，年十五六，姿顔服飾，天下無雙，來就談生，遂爲夫婦。言曰：『我不與人同，夜，君慎勿以火照我也。至三年之後，乃可照耳。』談生與爲夫婦，生一兒，已二歲矣。生不能忍，夜伺其寐，便盜照視之。其腰已上生肉如人，腰已下但是枯骨。婦覺，遂言云：『君負我。我已垂變身，何不能忍一年，而竟相照耶？』談生辭謝，涕泣不可復止。云：『與君雖大義，今將離別。然顧念我兒，恐君貧，不能自諧活，暫逐我去，方遺君物。』將生入華堂奥室，物器不凡，乃以一珠袍與之，曰：『可以自給。』裂取談生衣裾留之，辭別而去。後談生持袍詣市，睢陽王家買之，直錢千萬。王識之曰：『是我女袍，那得在市？此人必發吾女冢。』乃收考談生，談生具以實對。王猶不信，乃往視女冢，冢全如故。乃復發視，果於棺蓋下得衣裾。呼其兒視，貌似王女，王乃信之。即出談生，而復賜之遺衣，遂以爲女婿，表其兒爲侍中。」（據《新輯搜神記》卷二三）

明詹詹外史《情史類略》卷一三《情憾類》採入。

宗定伯

南陽宗定伯〔一〕，年少時，夜行逢鬼。問之，鬼言：「我是鬼。」鬼問：「汝復誰〔二〕？」定伯誑之，言：「我亦鬼。」鬼問：「欲至何所？」答曰：「欲至宛市〔三〕。」鬼言：「我亦欲至宛市。」遂行數里。鬼言：「步行太遲〔四〕，可共遞〔五〕相擔，何如？」定伯曰：「大善。」鬼便先擔定伯數里。鬼言：「卿太重，不是鬼也〔六〕。」定伯言：「我新鬼〔七〕，故身重耳。」定伯因復擔鬼，鬼略無重。如是再三。定伯復言：「我新鬼，不知鬼悉何所畏忌〔八〕？」鬼答言：「唯不喜人唾〔九〕。」于是共行。道遇水，定伯令鬼先〔一〇〕渡，聽之了〔一一〕無水音。定伯自渡，漕漼〔一二〕作聲。鬼復言：「何以有聲？」定伯曰：「新死不習渡水故爾，勿怪吾也。」

行欲至宛市，定伯便擔鬼著肩上〔一三〕，急執之。鬼大呼，聲咋咋然，索下，不復聽之。徑至宛市中，下著地，化爲一羊，便賣之。恐其變化，唾之。得錢千五百〔一四〕，乃去。當時有言：「定伯賣鬼，得錢千五〔一五〕。」（據《太平廣記》卷三二一引《列異傳》，又唐釋道世《法苑珠林》卷六、《太平御覽》卷三八七又卷八八四並引，《珠林》書名譌作《例異傳》，《高麗藏》本作《列異傳》）

〔一〕南陽，郡名，戰國秦置，治宛（今河南南陽市）。宗定伯，《廣記》「宗」作「宋」，據嚴一萍《太平廣記校勘記》，鈔宋本作「宗」，《御覽》卷三八七又卷八八四俱引作「宗」，《珠林》作「宋」。按：據唐林寶《元和姓纂》卷一及卷八，宗姓望出南陽，宋姓出廣平、燉煌、弘農、樂陵、扶風、河南、京兆，作「宗」是也。

〔二〕以上十二字，《珠林》作：「問曰：『誰？』『鬼。』尋復問之：『卿復誰？』」《御覽》卷八八四作：「問曰：『誰？』鬼曰：『鬼也。』鬼曰：『卿復誰？』」

〔三〕市，市場，集市。

〔四〕遲，慢。《御覽》卷八八四作「極」。極，疲也。

〔五〕遞，輪流，輪換。《御覽》卷八八四作「迭」，義同。

〔六〕此句《珠林》作「將非鬼也」。

〔七〕鬼，《珠林》、《御覽》卷八八四俱作「死」，下同。

〔八〕此句原作「不知有何所惡忌」，鈔宋本「有」作「悉」。據《珠林》、《御覽》卷八八四改。

〔九〕鬼畏人唾，蓋當時俗傳如此。《孔氏志怪》、《搜神後記》之「盧充」條記盧充子其母是鬼，「四坐謂是鬼魅，僉遥唾之」。唐孫思邈《千金翼方・禁經》載有許多唾禁法，中有「禁唾惡鬼法」。

〔一〇〕先，此字據《珠林》、《御覽》卷八八四補。

〔一一〕「了」下原有「然」字，據《珠林》、《御覽》卷八八四刪。了，全。

〔一二〕漕漼（cáo cuǐ），涉水聲。《御覽》卷八八四作「漼漼」。

〔一三〕《珠林》、《御覽》卷三八七作「著頭上」，《御覽》卷八八四作「至頭上」。

〔一四〕千五百，《御覽》卷三八七作「五千」。

〔一五〕以上三句，鈔宋本作「時石崇言：定伯賣鬼，得錢千五百文」。《御覽》卷八八四作「於時名：宗定伯賣鬼，得錢千五百」，《珠林》作「于時石崇言：定伯賣鬼，得千五百文」。按：石崇西晉人，卒於公元三〇〇年。若鈔宋本、《珠林》不誤，則此條蓋爲張華所續撰者。

干寶《搜神記》亦載，文曰：「南陽宗定伯，少年時夜行，忽逢一鬼。問曰：『誰？』鬼曰：『鬼也。』尋復問之：『卿復誰？』定伯乃欺之曰：『我亦鬼也。』鬼問：『欲至何所？』答曰：『欲至宛市。』鬼言：『我亦欲至宛市。』遂相與爲侶向宛。共行數里，鬼言：『步行太極，可共遞相擔也。』定伯曰：『大善。』鬼便先擔定伯數里。鬼言：『卿太重，將非鬼也？』定伯言：『我新死，故身重耳。』定伯因復擔鬼，鬼略無重。如是再三。定伯復問鬼曰：『我新死，不知鬼悉何所畏忌。』鬼答曰：『唯不喜人唾耳。』於是共行。道遇水，定伯令鬼先渡，聽之了無聲音。定伯自渡，漕漼作聲。鬼復言：『何以作聲？』定伯曰：『新死不習渡水故爾，勿怪吾也。』行欲至宛市，定伯便擔鬼著頂上，急持之，鬼大呼，聲咋咋然，索下，不復聽之。徑詣宛市中，下著地，鬼化爲一羊。定伯恐其變化，亟唾之。賣之，得錢千五百，乃去。買者將還繫之，明旦視之，但繩在。時人語曰：『宗定伯賣鬼，得錢千五百。』」（《新輯搜神記》卷二二）

明談遷《北遊録·紀聞下》云：「南陽宗定伯，夜行遇鬼，同詣宛市，鬼化爲羊，定伯賣之。時人語曰：『南陽宗定伯，賣鬼得錢千五百。』買者得羊，將還繫之，明旦止見繩在。宜春張自烈爾公作

《賣鬼行》。」

張奮宅

魏郡張奮〔一〕者，家巨富。後暴衰，遂賣宅與黎陽程應〔二〕。應〔三〕入居，死病相繼，轉賣與鄴人〔四〕何文。文日暮乃持刀，上北堂中梁上坐〔五〕。至二更竟，忽見一人，長丈餘，高冠黃衣，升堂呼問：「細腰，舍中何以有生人氣也？」答曰：「無之。」須臾，復有一人，高冠青衣〔六〕，次之，又有高冠白衣者，問答並如前。及將曙，文乃下堂中，如向法呼細腰〔七〕，問曰：「黃衣者誰也？」曰：「金也，在堂西壁下。」「青衣者誰也？」曰：「錢也，在堂前井西〔八〕五步。」「白衣者誰也？」曰：「銀也，在墻東北角柱下。」「汝誰也？」曰：「我杵也，在竈下。」及曉，文按次掘之，得金銀各五百斤，錢千餘萬。仍取杵焚之，宅遂清安。（據《太平廣記》卷四〇〇引《列異傳》，又《太平御覽》卷七六二引）

〔一〕魏郡，《廣記》原無，據《御覽》補。魏郡始置於漢初，治鄴縣（今河北臨漳縣西南鄴鎮）。張奮，《御覽》引作「張舊」，名譌。

〔二〕黎陽，縣名，西漢置，在今河南浚縣東。程應，《廣記》作「程家」，此據《御覽》。《搜神記》亦作「程應」。

〔三〕應，《廣記》作「程」，據《御覽》改。

〔四〕鄴人,《御覽》作「荆民」。荆,楚也。
〔五〕《御覽》無「梁上坐」三字。
〔六〕以上八字《廣記》作「有一高冠青衣者」,據《御覽》改。
〔七〕細腰,《廣記》作「之」,據《御覽》改。
〔八〕西,《廣記》作「邊」,據《御覽》改。

《搜神記》亦載,云:「魏郡張奮,家巨富,忽衰死財散,遂賣宅與黎陽程應。應入居,舉家疾病,轉賣與鄴人何文。文先獨持大刀,暮入北堂梁上坐。至一更中,忽有一人長丈餘,高冠赤幘,升堂呼問曰:『細腰。』細腰應諾。其人曰:『舍中何以有人氣?』答曰:『無之。』便去。須臾,復有一高冠青衣者,次之,又有高冠白衣者,問答並如前。及將曙,文乃下堂中,因往向呼處,如向法呼細腰,問曰:『向赤衣冠謂誰?』答曰:『金也,在堂西壁下。』『青衣者誰也?』曰:『錢也,在堂前井西五步。』『白衣者誰也?』曰:『銀也,在堂東北角柱下。』問:『君是誰?』答云:『我杵也,今在竈下。』及曉,文按次掘之,得金銀各三百斤,錢千餘萬,燒去杵。由此大富,宅遂清寧。」(《新輯搜神記》卷一九)

蔡支

臨淄蔡支者〔一〕,爲縣吏。曾奉書謁大守,忽迷路。至岱宗山〔二〕下,見如城郭,遂入致書。見一官，儀衛甚嚴，具如太守。乃盛設酒殽。畢付一書，謂曰：「掾爲我致此書與外孫也。」吏答曰：「明府外孫爲誰？」答曰：「吾太山神也。外孫，天帝也[三]。」吏方驚，乃知所至非人間耳。

掾出門，乘馬所之。有頃，忽達天帝座太微[四]宮殿，左右侍臣，具如天子。支致書訖，帝命坐，賜酒食，仍勞問之曰：「掾家屬幾人？」對父母妻皆已物故，尚未再娶。帝曰：「君妻卒經幾年矣？」支曰：「三年。」帝曰：「君欲見之否？」支曰：「恩唯天帝。」帝即命户曹尚書勑司命，輟蔡支婦籍於生録中，遂命與支相隨而去，乃蘇。歸家，因發妻塚。視其形骸，果有生驗[五]。須臾起坐語，遂如舊。（據《太平廣記》卷三七五引《列異傳》）

〔一〕臨淄，縣名。今山東淄博市臨淄區北。漢代爲臨淄郡治所。下文「太守」即臨淄郡太守。蔡支，《廣記》鈔宋本（嚴一萍《太平廣記校勘記》）作「蔡友」。

〔二〕岱宗山，即泰山。《説文》九下：「岱，太山也。」因其爲五嶽之首，四嶽所宗，故稱岱宗。

〔三〕按：《博物志》卷一引《援神契》（即《孝經援神契》）曰：「太山，天帝孫也。」此言太山神乃天帝之外祖，蓋傳聞異辭。

〔四〕太微，本星垣名，此指天宫。《史記·天官書》司馬貞《索隱》：「宋均曰：太微，天帝南宫也。」

〔五〕 生驗，復生之迹象。

此爲較早之冥府、復生、傳書故事，三者常爲後世所襲。《列異傳》又有胡母班事似此，但引文簡甚，《搜神記》亦有之，見後。

蔣濟亡兒

蔣濟爲領軍〔一〕，其婦夢見亡兒涕泣曰：「死生異路。我生時爲卿相子孫，今在地下爲泰山伍伯〔二〕，憔悴困辱，不可復言。今太廟西謳士孫阿〔三〕，見召爲泰山令〔四〕，願母爲白侯〔五〕，屬阿令轉我得樂處〔六〕。」言訖，母忽然驚寤。明日以白濟，濟曰：「夢爲爾耳，不足怪也〔七〕。」

明日暮，復夢曰：「我來迎新君〔八〕，止在廟下。未發之頃〔九〕，暫得來歸。新君明日日中當發，臨發多事，不復得歸，永辭於此。侯氣彊〔一〇〕，難感悟，故自訴於母。願重啓侯，何惜不一試驗之？」遂道阿之形狀，言甚備悉。天明，母重啓侯：「昨又夢如此〔一一〕。雖云夢不足怪〔一二〕，此何太適適〔一三〕？亦何惜不一驗之？」濟乃遣人詣太廟下，推問孫阿，果得之，形狀證驗，悉如兒言。濟涕泣曰：「幾負吾兒！」

於是乃見孫阿，具語其事。阿不懼當死，而喜得爲泰山令，惟恐濟言不信也。乃謂濟〔一四〕曰：「若如節下〔一五〕言，阿之願也。不知賢子欲得何職？」濟曰：「隨地下樂者與之。」阿曰：「輒當奉教。」乃厚賞之，言訖遣還。濟欲速知其驗，從領軍門至廟下，十步安一人，以傳阿消息。辰時〔一六〕傳阿心痛，巳時傳阿劇，日中傳阿亡。濟泣曰：「雖哀吾兒之不幸，且喜亡者有知。」

後月餘，兒復來，語母曰〔一七〕：「已得轉爲録事〔一八〕矣。」（據中華書局點校本《三國志》卷一四《魏書・蔣濟傳》裴松之注引《列異傳》，又《太平廣記》卷二七六、金王朋壽《重刊增廣分門類林雜説》卷六並引）

〔一〕裴注原引無「蔣」字，《廣記》引作「魏蔣濟爲領軍也」，今補其姓。蔣濟，字子通，楚國平阿（今安徽懷遠縣西南）人。魏文帝時爲東中郎將，明帝時爲護軍將軍，齊王芳時徙領軍將軍，進爵昌陵亭侯，遷太尉。正始十年（二四九）卒，謚景侯。領軍將軍，文帝設，統領禁軍。按：本文云蔣濟爲領軍，又稱其爲侯，文帝不得有斯語，當出張華所續也。

〔二〕泰山，古人以爲陰府所在，泰山神是陰府府君。《博物志》卷一引《援神契》曰：「太山，天帝孫也，主召人魂。」《三國志》卷二九《管輅傳》：「太山治鬼。」唐段成式《酉陽雜俎》前集卷一四《諾皐記上》謂劉翁爲泰山太守，主生死之籍。六朝時，佛家亦以泰山爲地獄所在。伍伯，又作「五百」，即皂隸，出則開路呵辟，入則執杖行刑者也。《後漢書》卷七八《曹節傳》注：「韋昭《辯釋名》曰：『五百，字本爲伍。伍者，當也；伯，道也。使之導引當道陌中以驅除也。』案：今俗呼行杖人爲五百也。」

〔三〕太廟，天子祖廟。謳士，歌者。《廣韻》下平聲侯韻：「謳，歌也。」此句《廣記》引作「今太廟西有孫阿者」。

〔四〕此句「見」上原有「今」字，與前句重出，今刪。《廣記》引作「將召爲泰山令」。

〔五〕侯，《廣記》作「領軍」。

〔六〕屬，通「囑」。《廣記》引此句作「囑阿轉我，今得樂處」，「今」字譌。

〔七〕此二句《廣記》作「夢不足憑耳」。

〔八〕新君，指孫阿，其將任泰山令，故云。君乃對令守之尊稱。

〔九〕頃，頃刻，短暫之時。《廣記》作「間」。

〔一〇〕彊，同「强」。氣强，謂性氣剛强。

〔一一〕此句據《廣記》補。

〔一二〕此句《廣記》作「雖知夢不足憑」。

〔一三〕適適（dí dí），通「的的」，真切、分明貌。

〔一四〕「乃謂濟」三字據《廣記》補。

〔一五〕節下，猶言麾下，將帥之尊稱。唐段成式《酉陽雜俎》前集卷一《禮異》云：「秦漢以來……將言麾下，使者言節下、轂下」。此則將帥亦稱節下。《宋書》卷七七《沈慶之傳》：「斌（蕭斌）復問計於慶之，慶之曰：『閫外之事，將所得事，詔從遠來，事勢已異。節下有一范增而不能用，空議何施。』」亦稱將帥爲節下。

〔一六〕辰時，古以十二地支紀時。辰時爲早七點至九點。下文巳時爲九點至十一點。

〔一七〕以上六字《廣記》作「母復夢兒來告曰」。

〔一八〕録事，掌文書之官。三國時始置於將軍府，晉代諸州亦置。蔣濟亡兒當爲泰山府君録事。

《類林雜説》卷六《占夢篇》所引文句頗異，兹録於下：「蔣濟，字子通，楚郡平阿人也，魏文帝時爲太尉。濟有子亡，經十年，其妻夜夢見亡兒，告之曰：『在地下屬太山，辛苦不可言。今領軍府南有孫阿者，太山府君欲爲録事。願母屬孫阿，使某得樂處。』其母驚覺，涕泣告濟。濟爲人剛强，初不信。至明夜，又夢兒，還如前言，復告濟。濟召阿至，乃述夢中囑阿。阿曰：『諾。如之言，地下與君方便。』經旬日，阿病卒。後數日，其妻還夢見亡兒來，曰：『某地下乃得孫阿太山録事力也。』」隱括大意而有誤。

明刊《搜神記》卷一六輯入此事，實據《三國志·魏書·蔣濟傳》注引《列異傳》，非《搜神記》文也。《剪燈叢話》卷四、《五朝小説·魏晉小説》傳奇家有《泰山生令記》，題晉司馬彪，實取明刊《搜神記》卷一六。

《稗海》八卷本《搜神記》卷四據此敷衍爲太祖、周王事。文曰：「昔太祖年七十，只養一子，年十三而夭。太祖與夫人晝夜悲泣不止。夫人忽一夜夢見亡兒來，謂母曰：『某今差在泰山五百，日驅使，苦無暫休。今泰山府君取周王爲嶽宿，阿娘可爲兒囑王，安兒於樂處，免有驅役。』言訖，灑涕而別。其母睡覺，悲不自勝。太祖問有何故，具以事白。太祖曰：『夢以想成，生死殊道，漠漠然何可憑也？』翊日晝寢，復自夢見亡子曰：『昨日請阿娘咨告知，何却以爲無憑也？既若不信，但看周王三月十八日必死。若不死,即虚也。』太祖夢覺信之。明旦,唤文王來,語曰:『朕昨晝寢,夢見亡子云被差問泰山府五百,日驅使,今泰山府君取卿爲宿。今夢想之頃,朕亦不信。儻如所夢,卿即方便,安兒於樂處。』周王曰:『短長之數,豈可逃乎?然念永别清朝,將辭昭代。已審聖旨,豈敢違命。』泣涕交下,哀戀久之。太祖乃賜王絹十疋,以贖王兒。果于三月十八日卒。經十餘日,太祖又夢見兒,顔色和悦,謂父曰:『蒙托父王,文王任所職,遷兒於泰山府録事參軍,不監印,差帝南人代役。仰荷君恩,敢不上報。』太祖夢覺,喜而復悲。即發人往問帝南人死虚實,使回云:『亡經十五日。』事驗有實,方知鬼神之道昭然,不可謂之無矣。」按:此以蔣濟爲太祖,孫阿爲周王(文王),變易人物,乃民間故事流傳之嫁接現象。市井之説,每在意想與趣味,固不斤斤於史實也。

外國圖

此書史志無著録，《古小説鈎沉》未輯。清陳運溶有輯本，載《麓山精舍叢書》第二集《古海國遺書鈔》，丁國均《補晉書藝文志》地理類著録此書。佚文存二十餘條。《水經注》卷一《河水》引云：「從大晉國正西七萬里，得昆侖之墟，諸仙居之。」觀稱「大晉國」，其出西晉無疑。《史記》卷六《秦始皇本紀》張守節《正義》引《括地志》云：「吴人《外國圖》云亶洲去琅邪萬里。」是則作者本吴人，吴亡入晉後所作。《外國圖》全擬《括地圖》，材料時亦採之。魏晉之地理博物體志怪，今可考者以此書爲最早。其後亦爲《博物志》、《玄中記》所取資。

蒙雙民

高陽氏〔一〕有同産而爲夫婦者，帝怒放之，於是相抱而死。有神鳥以不死竹覆之，七年男女皆活，同頸異頭，共身四足，是爲蒙雙民。（據《四部叢刊初編》景印明鈔本北魏賈思勰《齊民要術》卷一〇引《外國圖》）

〔一〕高陽氏，即顓頊。《史記》卷一《五帝本紀》：「帝顓頊高陽者，黄帝之孫而昌意之子也。」司馬貞《索隱》引宋衷曰：「顓頊，名；高陽，有天下號也。」

蒙雙民又載《博物志》卷二《異人》，文句微異，兹録於下：「蒙雙民，昔高陽氏有同産而爲夫婦，帝放之此野，相抱而死。神鳥以不死草覆之，七年男女皆活，同頸二頭四手，是蒙雙民。」《搜神記》亦載：「昔者高陽氏，有同産而爲夫婦。帝放之於崆峒之野，相抱而死。神鳥以不死草覆之。七年，男女同體而生，二頭四足四手，是爲蒙雙氏。」（《新輯搜神記》卷二〇）

按：同産而爲夫婦，正同《獨異志》卷下之女媧兄妹。蓋原始民族行血婚制度，故有此説。

張華　博物志

據中華書局范寧《博物志校証》本

或作《博物記》，西晉張華撰。《晉書》卷三六本傳載《博物志》十篇，《隋書·經籍志》雜家類著録十卷，《舊唐書·經籍志》、《新唐書·藝文志》改入小説家，卷帙同。又《日本國見在書目録》雜家類、《崇文總目》小説類、《通志·藝文略》雜家類、《郡齋讀書志》小説類、《中興館閣書目》雜家類、《直齋書録解題》雜家類及小説家類、《宋史·藝文志》雜家類著録並同。王嘉《拾遺記》卷九云本四百卷，奏於武帝，武帝以其浮妄，命删爲十卷，不可信。是書實出武帝後，卷四云「武帝泰始中武庫火」可證也。《魏書》卷八二、《北史》卷四二《常景傳》載北魏常景曾「删正晉司空張華《博物志》」。論者或以爲今本即常景删節本，亦係臆度。或又以爲《博物志》非出華手，今本係後人拾掇佚文雜取諸書而成，説皆無憑。然今本確非原帙，散失特多。

今本十卷，版本有二系：一爲常見之通行本，分三十九目，收入《古今逸史》、《廣漢魏叢書》、《格致叢書》、《稗海》、《快閣叢書》、《祕書廿一種》、《四庫全書》、《增訂漢魏叢書》、《百子全書》等，單行刻本亦多。一爲清黄丕烈刊《士禮居叢書》本，又收入《指海》、《龍谿精舍叢書》、《四部備要》。此本亦十卷，不分細目，與通行本内容全同，唯卷四「司馬遷」條（通行本在卷五）下周日用注通行本脱載。二本次第迥異，條文分合亦不盡同。士禮居本源於宋刻，頗疑通行本乃後人重新編排分類而成。二本皆有周日用、盧氏注。另外,《紺珠集》卷四摘録二十一條,《類説》卷二三摘録四十二條,《説郛》卷二摘録三十五條,中有不見今本者。清末《無一是齋叢鈔》收一卷本,亦節本。范寧以《秘書二十一種》(即《祕書廿一種》)本爲底本,參考諸本,作《博物志校證》。臺灣唐久寵撰《博物志校釋》(臺灣學生書局出版)。《博物志》輯佚本,前代有清王謨輯《博物記》一卷(載《漢唐地理書鈔》),馬國翰《博物記》一卷(載《玉函山房輯佚書》,誤爲漢唐蒙撰),周心如《博物志補遺》二卷(載《紛欣閣叢書》),錢熙祚《博物志佚文》一卷(載《指海》),陳穆堂《博物志補遺》一卷(載《博物志疏證》),王仁俊《博物志佚文》(載《經籍佚文》)。范寧《博物志校證》輯佚文二百多條,收羅甚備。

此書「仿《山海經》而作」(南宋李石《續博物志序》),「天地之高厚,日月之晦明,四方人物之不同,昆蟲草木之淑妙者,無不備載」(明崔世節湖廣楚府刻本跋),係地理博物體志怪。然内容視《山海》、《神異》遠爲雜駁,餖飣支離,「簡略不成大觀」(唐琳《快閣叢書》本《博物志序》),故《四庫全書總目》列入小説家類瑣語之屬。作爲小説,難稱佳制。然其聲名頗著,徵引不絶,後世之《續博物志》、《廣博物志》皆以其續書標榜。其内容之博雜,又爲唐段成式《酉陽雜俎》所仿,幾成百科全書之小説矣。

猴玃

蜀中西南高山上〔一〕,有物如獮猴,長七尺〔二〕,能人行,健走,名曰猴玃〔三〕,一名馬化〔四〕,或曰猳玃〔五〕。伺〔六〕行道婦女有好者,輒盜之以去,人不得知。行者或每遇〔七〕其旁,皆以長繩相引，然故不免。此得男子氣自死〔八〕，故取女也〔九〕。取去爲室家。其年少者，終身不得還。十年之後，形皆類之，意亦迷惑，不復思歸。有子者，輒俱送還其家，産子皆如人。有不食養者，其母輒死，故無敢不養也。及〔一〇〕長，與人無異，皆以楊爲姓〔一一〕，故今蜀中西界多謂楊，率皆猳玃、馬化之子孫，時時相有玃爪也。（卷三《異獸》，士禮居本卷九）

〔一〕此句原作「蜀山南高山上」，各本俱如是。《太平御覽》卷九一〇引作「蜀中」，《太平寰宇記》卷七五《蜀州·晉原縣》引全句作「蜀中西南高山」，《類説》卷二三《博物志》作「蜀西南山中」。又《搜神記》作「蜀中西南高山之上」，《酉陽雜俎》作「蜀西南高山上」（二書見附録），是應作「蜀中西南高山上」，各本譌「中」爲「山」，又脱「西」字，今補正。蜀中，蜀郡，戰國時秦始置，本古蜀國之地，郡治在成都。其西南高山，據《寰宇記》云乃晉源縣（今四川崇州市）之多融山，其地在成都西南不遠處。

〔二〕七尺，《類説》作「尺餘」，誤。

〔三〕猴玃（jué），一種獼猴。《爾雅·釋獸》：「玃父，善顧。」郭璞注：「猳玃也，似獼猴而大，色蒼黑，能攫持人，好顧眄。」《寰宇記》引作「猳玃」（jiā guó），《搜神記》、《酉陽雜俎》同，《搜神記》「玃」作「國」。

〔四〕馬化，諸本皆脱「馬」字，下同，據《類説》及《御覽》、《寰宇記》、宋羅願《爾雅翼》卷二〇《釋獸三·玃》引補。《搜神記》、《酉陽雜俎》亦作「馬化」。

〔五〕猳玃，《寰宇記》作「玃」。《搜神記》作「玃猨」。

〔六〕伺，諸本俱譌作「同」，《寰宇記》、《爾雅翼》作「伺」，《搜神記》同，據正。

〔七〕遇,《御覽》作「經過」,《搜神記》同。

〔八〕男子,原作「男女」,《稗海》、《四庫全書》、《百子全書》本作「男子」,據正。此句《御覽》作「此能别男女氣臭」,《寰宇記》作「能别女氣」,《搜神記》同《御覽》引,「此」下有「物」字。

〔九〕取女,原作「取男」,據《稗海》、《四庫全書》、《百子全書》本及《寰宇記》正。《御覽》引作「取女不取男」,《搜神記》作「故取女,男不取也」。

〔一〇〕及,原譌作「乃」,據《稗海》、《廣漢魏叢書》、《四庫全書》、士禮居本正。

〔一一〕此句《寰宇記》作「皆羊馬姓也」。

北宋樂史《太平寰宇記》卷七七《黎州・漢源縣》引《博物志》文頗異,蓋别一傳聞。其文移録如下:「蜀南沈黎高山中,有物似猴,長七尺,能人行,名曰玃。路見婦人輒盜之入穴,俗呼爲夜叉穴。西蕃部落最畏之。」

南宋羅泌《路史餘論》卷一《野叉落魅》同《寰宇記》,云:「《博物志》言獨(按:當作「蜀」)南沈黎高山之中,有物似猴,高七尺而人行,曰玃。見婦女輒盜之入穴,呼夜叉窟。沈黎即今黎州漢源也。西番部落尤切畏之。」

《搜神記》云:「蜀中西南高山之上有物,與猴相類,長七尺,能作人行,善走逐人,名曰猳國,一名馬化,或曰玃猨。伺道行婦女年少者,輒盜取將去,人不得知。若有行人經過其旁,皆以長繩相引,猶故不免。此物能别男女氣臭,故取女,男不取也。若取得人女,則爲家室。其無子者,終身不得還,十年之後，形皆類之，意亦迷惑，不復思歸。若有子者，輒抱送還其家，產子皆如人形。有不養者，其母輒死，故懼怕之，無敢不養。及長，與人不異。皆以楊爲姓，故今蜀中西南多姓楊，率皆是猳國馬化之子孫也。」（《新輯搜神記》卷一七）明詹詹外史《情史類略》卷二一《情妖類》據明刊《搜神記》採入。

唐段成式《酉陽雜俎》前集卷一六《毛篇》云：「猳玃，蜀西南高山上有物如猴狀，長七尺，名猳玃，一曰馬化。好竊人妻，多時形皆類之，盡姓楊，蜀中姓楊者往往玃爪。」

玃盜婦人傳說起源甚早。漢代《焦氏易林》卷一《坤》之《剥》曰：「南山大玃，盜我媚妾。怯不敢逐，退而獨宿。」唐以下不斷用爲小説素材，唐傳奇《補江總白猿傳》、宋徐鉉《稽神録》「老猿竊婦人」條（《類説》卷一二）、《清平山堂話本·陳巡檢梅嶺失妻記》（即《古今小説·陳從善梅嶺失渾家》）、明瞿佑《剪燈新話·申陽洞記》等皆是。《永樂大典》卷一三九八一又有《陳巡檢妻遇白猿精》戲文，佚。

劉宋東陽無疑《齊諧記·吕思》記狸精竊婦人事，云被竊者失性，日久則變形爲狸，情事亦相類，見後。

《酉陽雜俎》前集卷四《境異》云：「帝女子澤性妬，有從婢散逐四山，無所依託。東偶狐狸，生子曰殃；南交猴，有子曰溪；北通玃猳，所育爲傖。」此傳説亦涉及猳玃，可備參考。

秦青韓娥

薛譚學謳於秦青〔一〕，未窮青之旨〔二〕，自謂盡之〔三〕，於一日遂辭歸。秦青弗止〔四〕，乃餞於郊衢。撫節悲歌，聲震林木，響遏行雲。薛譚乃謝求返，終身不敢言歸。

秦青顧謂其友曰：「昔韓娥〔五〕東之齊，匱糧〔六〕，過雍門〔七〕，鬻歌假食。既去，而〔八〕餘響遶梁，三日不絕，左右以其人〔九〕弗去。過逆旅，旅人〔一〇〕辱之。韓娥因曼聲哀哭，一里老幼，悲愁涕泣相對，三日不食，遽追而謝之。娥復曼聲長歌〔一一〕，一里老幼，喜歡抃〔一二〕舞，弗能自禁，乃厚賂而遣之。故雍門人至今善歌哭，效娥之遺聲也。」（卷八《史補》，士禮居本卷五）

〔一〕薛譚、秦青，《列子·湯問》張湛注：「二人竝秦國之善歌者。」《初學記》卷一五、《太平御覽》卷五七二、《太平廣記》卷二〇四、南宋皇都風月主人《緑窗新話》卷下《韓娥有繞梁之音》引《博物志》「譚」並作「談」。

〔二〕旨，《初學記》、《御覽》、《廣記》、《事類賦注》卷一一、《緑窗新話》及《列子》作「技」。

〔三〕此句原無，據《廣記》、《列子》補。《緑窗新話》作「自謂及之」。

〔四〕「弗止」二字原無，據《廣記》、《緑窗新話》及《列子》補。

〔五〕韓娥，《列子》注：「韓國善歌者也。」

〔六〕匱糧，「匱」原譌作「遺」，據《廣記》、《緑窗新話》及《列子》正。《北堂書鈔》卷一〇六引作「糧盡」。

〔七〕雍門，《左傳》襄公十八年杜預注：「雍門，齊城門。」《戰國策·齊策一》高誘注：「雍門，齊西門。」《淮南子·覽冥訓》注同。齊都臨菑（或作「甾」、「淄」），今山東淄博市臨淄區北。

〔八〕以上三字原作「而去」，據《廣記》、《緑窗新話》及《列子》改。

〔九〕人，《稗海》本作「神」。

〔一〇〕旅人，原作「凡人」，據《廣記》改。《緑窗新話》及《列子》作「逆旅人」。

〔一一〕「一里」至此二十五字各本俱脱，據《廣記》補。《緑窗新話》亦有，惟無「相對」二字。

〔一二〕抃（biàn），鼓掌。字又作「拚」。《廣韻》去聲線韻：「拚，擊手。抃，上同。」《稗海》、《四庫全書》本、《緑窗新話》作「忭」。《廣韻》：「忭，喜貌。」

事又載《列子·湯問》：「薛譚學謳於秦青，未窮青之技，自謂盡之，遂辭歸。秦青弗止，餞於郊衢。撫節悲歌，聲振林木，響遏行雲。薛譚乃謝求反，終身不敢言歸。秦青顧謂其友曰：『昔韓娥東之齊，匱糧，過雍門，鬻歌假食。既去，而餘音繞梁欐，三日不絶，左右以其人弗去。過逆旅，逆旅人辱之。韓娥因曼聲哀哭，一里老幼，悲愁垂涕相對，三日不食，遽而追之。娥還，復爲曼聲長歌，一里老幼，喜躍抃舞，弗能自禁，忘向之悲也，乃厚賂發之。故雍門之人至今善歌哭，放娥之遺聲。』」唐李伉《獨異志》卷中引《列子》韓娥事，文略。按：《博物志》卷八「孔子東遊」條稱出《列子》，書中事同《列子》所載者尚夥，是此薛譚事亦採自《列子》。今本《列子》所載周穆王西見西王母及盛姬諸事見於晉初出土之《穆天子傳》，西極化人事出佛經，皆非戰國人語，故論者多以爲此書係張湛僞造。然張湛東晉人，在張華後，華不得預採其書。意湛纂《列子》並非鑿空虛造，定有古本《列子》爲據。湛序稱得《列子》殘卷三種，乃不似故弄狡獪。

《宋書》卷一九《樂志一》亦載：「周衰，有秦青者善謳，而薛談學謳於秦青，未窮青之伎而辭歸。青餞之於郊，乃撫節悲歌，聲震林木，響遏行雲。薛談遂留不去，以卒其業。又有韓娥者，東之齊，至雍門，匱糧，乃鬻哥（按：「歌」之古字）假食。既而去，餘響繞梁，三日不絕，左右謂其人不去也。過逆旅，逆旅人辱之，韓娥因曼聲哀哭。一里老幼，悲愁垂涕相對，三日不食，遽而追之。韓娥還，復爲曼聲長哥。一里老幼，喜躍抃舞不能自禁，忘向之悲也，乃厚賂遣之。故雍門之人善哥哭，效韓娥之遺聲。」

又梁蕭繹《金樓子》卷五《志怪篇》云：「秦青謂友人曰：『韓娥東之齊，至雍門鬻歌，既而餘響繞梁，三日不絕。遇逆旅人辱之，娥因舉聲哀哭。一哭，老少悲愁，三日不食。娥復舉聲長歌，一里抃舞，不能自禁，忘向之悲也，乃厚賂之。雍門人至今善歌。』」

千日酒

昔劉玄石於中山酒家酤酒〔一〕，酒家與千日酒，忘言其節度。歸至家當醉，不醒數日〔二〕，而家人不知，以爲死也，權葬之。酒家計千日滿，乃憶玄石前來酤酒，醉向醒耳。往視之，云玄石亡來三年，已葬。於是開棺，醉始醒。俗云：「玄石飲酒，一醉千日。」（卷一〇《雜説下》，士禮居本卷五）

〔一〕劉玄石，《北堂書鈔》卷一四八與《太平廣記》卷二三三引皆無姓（見附録）。中山，漢高祖置郡，景帝改國，治盧奴縣（今河北定州市），魏晉仍之。

〔三〕此四字據《廣記》補。

《北堂書鈔》、《太平廣記》所引文句多異，今移録如左：

《書鈔》引云：「有玄石從中山酒家酤酒，酒家與千日酒。往玄石家問之，答云玄石亡來三年，之服已闋。乃與家人至塚，掘而開之，玄石始起于棺内。」

《廣記》引云：「昔有人名玄石，從中山酒家酤酒。酒家與千日酒，忘語其節。至家醉卧，不醒數日，家人不知，以爲死也，具棺殮葬之。酒家至千日，乃憶玄石前來沽酒，醉當醒矣。遂往索玄石家而問之，云石亡已三年，今服闋矣。於是與家人至玄石墓，掘冢開視。玄始醒，起于棺中。」

千日酒事，張華同時人左思《魏都賦》亦有。《文選》卷六《魏都賦》云：「醇酎中山，流湎千日。」李善注云：「中山出好酎酒。其俗傳云：昔有人曰玄石者，從中山酒家酤酒。酒家與之千日之酒，語其節度，比歸數百里，可至於醉。如其言飲之，至家而醉。其家不知其醉，以爲死也，棺斂而葬之。中山酒家計向千日，憶曰：『玄石前來酤酒，其醉向解也。』遂往問。其鄰人曰：『玄石死來三年，服已闋矣。』於是與其家至玄石冢上，掘而開其棺，玄石於是醉始解，起於棺中。其俗語曰：『玄石飲酒，一醉千日。』」

唐初句道興《搜神記》云：「昔有劉義狄者，中山人也。甚能善造千日之酒，飲者醉亦千日。時青州劉玄石善能飲酒，故來就狄飲千日之酒。狄語玄石曰：『酒沸未定，不堪君喫。』玄石再三求乞取嘗，狄自取一盞與嘗，飲盡。玄石更索，狄知克醉，語玄石曰：『今君已醉，待醒更來，當共君同飲。』玄石嗔而遂去。玄石至家，乃即醉死。家人不知來由，遂即埋之。至三年，狄往訪，之玄石家，借問玄石。家人驚怪，玄石死來，今見三載，服滿以除脱訖，於今始覓。狄具言曰：『本共君飲酒之時，計應始醒，但往發冢破棺，看之的不死尔。』家人即如狄語，開冢看之，玄石面上白汗流出，開眼而卧，遂起而言曰：『你等是甚人，向我前頭？飲酒醉卧，今始得醒。』冢上人看來，得醉氣，猶三日不醒。是人見者，皆云異哉。」

八卷本《搜神記》（《稗海》）卷三亦載，本句本，云：「狄希，中山人也。能造千日酒，飲之亦千日醉。時有州人姓玄名石，好飲酒，欲飲於希家。翊日，往求之。希曰：『我酒發來未定，不敢飲君。』石曰：『縱未熟，且與一盃得否？』希聞此語，不免飲之。既盃復索，曰：『美哉！可更與之。』希曰：『且歸，别日當來。只此一盃，可眠千日也。』石即别，似有怍色。旋至家，已醉死矣。家人不知疑，哭而葬之。經三年，希曰：『玄石必應酒醒，宜往問之。』既往石家，語曰：『石在否？』家人皆怪之，曰：『玄石亡來，服已闋矣。』希驚曰：『酒之美矣，而致醉眠千日。計日今合醒矣。』乃命家人鑿塚，破棺看之。即見塚上汗氣徹天，遂命發塚。方見開目張口，引聲而言曰：『快哉！醉我也。』因問希曰：『你作何物也，令我一盃大醉，今日方醒？日高幾許矣？』墓上人皆笑之，被石酒氣衝入鼻中，亦各醉卧三月。世人之異事，可不録乎！」按：明刊《搜神記》卷一九即取八卷本，文字微有删節，「玄石」改作「劉玄石」，蓋據《博物志》。

六朝《雜鬼神志怪》亦有千日酒傳説，係另事。《北堂書鈔》卷一四八引曰：「齊人田乃已釀千日酒，過飲一斗，醉卧千日乃醒也。」南宋蔡夢弼《杜工部草堂詩箋》卷三一《垂白》注亦引，題作《鬼神志怪集》，釀酒者作齊人田氏。竇苹《酒譜・外篇下》則又引作《鬼神玄怪録》，云：「齊人因（按：疑「田」字之譌）乃能之，爲千日酒，飲過一升醉卧。有故人趙英飲之，踰量而去，其家以爲死，埋之。計千日當醒，往至其家。破冢出之，尚有酒氣。」

明馮夢龍《古今譚概》（又名《古今笑》）《荒唐部・奇酒》引《博物志》文，又載此事，云：「齊人田及之，能爲千日酒，飲過一升，醉卧千日。有故人趙英飲之，逾量而去，其家以尸埋之。及之計千日當醒，往至其家。破冢出之，尚有酒氣。」

清梁章鉅《浪跡三談》卷五《千日酒》條云：「左太沖《魏都賦》云：『醇酬中山，流湎千日。』《博物志》亦載劉玄石千日酒事，皆沿誤也。《周禮・酒正》注云：『清酒，今中山冬釀，接夏而成。』疏云：『昔酒爲久，冬釀接春，清酒久於昔酒。』是酒名千日者，極言其釀日之久，後人乃附會爲一醉千日之説耳。」考證千日酒之來源，可爲參考。

八月槎

舊説云：天河與海通，近世有人居海渚〔一〕者，年年八月有浮槎來，甚大，往反不失期〔二〕。人有奇志，立飛閣於查上〔三〕，多齎糧，乘槎而去。十餘日中，猶觀星月日辰，自後茫茫忽忽，亦不覺晝夜。

去十餘日，奄〔四〕至一處，有城郭狀，屋舍甚嚴。遥望宫中多織婦，見一丈夫牽牛，渚次飲之。牽牛人乃驚問曰：「何由此至？」此人具説來意，并問此是何處，答曰：「君還至蜀郡，訪嚴君平〔五〕，則知之。」竟不上岸，因還如期。

後至蜀，問君平，曰：「某年月日，有客星犯牽牛宿〔六〕。」計年月，正是此人到天河時也。（卷一〇《雜説下》，士禮居本卷三）

〔一〕渚，水中小洲。《爾雅·釋水》：「水中可居者曰洲，小洲曰渚。」此指海島。水邊亦曰渚。《稗海》、《四庫全書》本作「濱」。

〔二〕「年年」至此，原作「年年八月有浮槎去來，不失期」，據《初學記》卷六引校補。

〔三〕飛閣，高閣。《太平御覽》卷六〇引作「屋」，《杜工部草堂詩箋》卷九《喜晴》注引作「樓閣」。查，通「槎」，木筏也。《廣韻》下平聲麻韻：「楂，水中浮木……槎、查，同。」《漢魏叢書》、《四庫全書》、《百子全書》等本及梁宗懍《荆楚歲時記》隋杜公瞻注（無出處）、《藝文類聚》卷八又卷九四、南宋祝穆《古今事文類聚》前集卷一一引悉作「槎」。

〔四〕奄（yǎn），忽也，遽也。

〔五〕嚴君平，名遵（一作「尊」），西漢蜀人，賣卜於成都市，揚雄少時從遊學。《漢書》卷七二載其事略。

〔六〕客星，忽隱忽現之星，即新星。牽牛宿（xiù），牽牛星，又稱牛郎星，即河鼓二，西名爲天鷹星座α星。又二十八宿之牛宿，亦稱牽牛，屬摩羯星座。《六帖》卷二引作「牽牛星」，《草堂詩箋》卷九《喜晴》注引作「牛宿」，卷三〇《秋日夔府詠懷》及卷三二《秋興》注引作「牛女」，女指織女星，即天琴星座α星。《玉燭寶典》卷七、《類聚》卷八又卷九四、《事類賦注》卷六引作「牛斗」，《初學記》卷六、《御覽》卷八又卷六〇引作「斗牛」。斗，斗宿，緊臨牛宿，屬同一星座。

《博物志》後，此傳説發生演化，添出織女支機石，又稱乘槎人是張騫。《六帖》卷二引《集林》（宋劉義慶）曰：「昔有一人尋河源，見婦人浣紗，問之，曰：『此天河也。』乃與一石而歸。問嚴君平，君平曰：『此織女支機之石也。』」（按：《御覽》卷八亦引，又《分類補註李太白詩》卷二〇《遊太山六首》：「舉手弄清淺，誤攀織女機。」楊齊賢注亦引《集林》此文。）陳陰鏗《詠石詩》：「天漢支機罷。」即用此典。此已見演化之迹，然尚未涉及張騫。庾肩吾《奉使江州舟中七夕》云：「九江逢七夕，初弦值早秋。天河來映水，織女欲攀舟。漢使俱爲客，星槎共逐流。莫言相送浦，不及穿針樓。」漢使即張騫，知梁時已傳爲張騫之事。又庾信《楊柳歌》：「流槎一去上天池，織女支機當見隨。」《七夕》：「星槎通漢使，機石逐仙槎。」用事悉同乃父。

隋杜公瞻注《荆楚歲時記》引《博物志》文，載入張騫尋河源，得織女支機石之事，見宋人書徵引。今本則云「舊説天河與海通」云云，事同《博物志》今本，無涉張騫，且亦未稱引《博物志》。兹將諸書所引及辨證之語録左：

《御覽》卷五一引《荆楚歲時記》曰：「張騫尋河源，得一石，示東方朔，朔曰：『此石是天上織女支機石，何至於此？』」(按：所引實爲注文，非宗懔本文，昔人常混爲一。)

胡仔《苕溪漁隱叢話》前集卷二一云：「《緗素雜記》(黄朝英撰)、《學林新編》(王觀國撰)二家辨證乘槎事，大同小異。余今采摭其有理者，共爲一説。案張茂先《博物志》曰：『舊説天河與海通(下略)。』所載止此而已。而《荆楚歲時記》直曰：張華《博物志》云：『漢武帝令張騫窮河源，乘槎經月而去。至一處，見城郭如官府，室内有一女織，又見一丈夫牽牛飲河。騫問云：「此是何處？」答曰：「可問嚴君平。」織女取楮機石與騫而還。後至蜀問君平，君平曰：「某年月日，客星犯牛斗。」所得楮機石，爲東方朔所識，並其證焉。』案騫本傳及《大宛傳》，騫以郎應募使月氏，爲匈奴所留，十餘歲得還。騫身所至者大宛、大月氏、大夏、康居，而傳聞其旁大國五六，具爲天子言其地形所有，并無乘槎至天河之説。而宗懔乃傅會以爲武帝、張騫之事，又益以楮機石之説，何邪？」(按：《緗素雜記》、《學林新編》今本無。)

陳元靚《歲時廣記》卷二七云：「張茂先《博物志》：『舊説天河與海通……』宗懔作《荆楚歲時記》，乃引《博物志》，直謂張騫乘槎，宗懔不知何據？趙璘《因話録》亦嘗辨此事。」又云：「《荆楚歲時記》：『漢武帝令張騫使大夏，尋河源，乘槎經月而去。至一處，見城郭如官府，室内有一女織，又見一丈夫牽牛飲河。騫問曰：「此是何處？」答曰：「可問嚴君平。」織女取楮機石與騫而還。後至蜀問君平，君平曰：「某年月日，客星犯牛女。」所得楮機石爲東朔所識。』按騫本傳及《大宛傳》……並無乘槎至天河之謂，而宗懍乃傅會以爲武帝、張騫之事，又益以楮機石之説。《藝苑雌黄》云，今成都嚴真觀有一石呼爲支機石，相傳云漢君平留之。」

《古今事文類聚》前集卷一一，周密《癸辛雜識》前集《乘槎》條，皆有相似記載，從略。

因隋前已傳張騫乘槎得支機石事，杜公瞻又據以注《荆楚歲時記》，故唐人亦盛有此説。李瀚《蒙求》（《古本蒙求》）卷上《博望尋河》曰：「前漢張騫奉使西域，因窮河源，武帝封博望侯，遂得支機石歸。」唐詩用此典者屢見不鮮，杜詩尤多。如：

《宋之問集》卷上《明河篇》：「明河可望不可親，願得乘槎一問津。更將織女支機石，還訪成都賣卜人。」

《杜工部草堂詩箋》卷一一《有感》：「乘槎斷消息，無處覓張騫。」卷一七《秋興》：「奉使虛隨八月槎。」卷一九《秋日夔府詠懷》：「查上似張騫。」卷三二《天池》：「欲問支機石。」等等。

《李義山詩集》卷六《海客》：「海客乘槎上紫氛，星娥罷織一相聞。只應不憚牽牛妒，聊用支機石贈君。」

司馬貞作《史記·大宛列傳》述贊，亦竟採之：「大宛之跡，元因博望，始究河源，旋窺海上。」

趙璘《因話録》卷五爲此而辨云：「《漢書》載張騫窮河源，言其奉使之遠，實無天河之説。惟張茂先《博物志》説近世有人居海上，每年八月見海槎來，不違時。齎一年糧，乘之到天河，見婦人織，丈夫飲牛。遣問嚴君平，云某年某月某日客星犯牛斗，即此人也。後人相傳云得織女支機石，持以問君平，都是憑虚之説。今成都嚴真觀有一石，俗呼爲支機石，皆目云當時君平留之。寶曆中，余下第還家，於京洛途中逢官差遞夫舁『張騫槎』。先在東都禁中，今准詔索有司取進，不知是何物也。前輩詩往往有用張騫槎者，相襲謬誤矣。縱出雜書，亦不足據。」

所謂嚴真觀支機石及「張騫槎」，唐五代他書亦有載。如：

李綽《尚書故實》云：「司馬天師名承禎，字紫微……天降車，上有字曰『賜司馬承禎』。尸解去日，白鶴滿庭，異香郁烈。承禎號白雲先生，故人謂車爲『白雲車』。至文宗朝，并『張騫海槎』同取入内。」

《太平廣記》卷四〇五引《洞天集》曰：「『嚴遵仙槎』，唐置之於麟德殿，長五十餘尺，聲如銅鐵，堅而不蠹。李德裕截細枝尺餘，刻爲道像，往往飛去復來，廣明已來失之，槎亦飛去。」

前蜀杜光庭《道教靈驗記》云：「成都卜肆支機石，即海客攜來，自天河所得，織女令問嚴君平者也。君平卜肆，即今成都小西門之北、福感寺南嚴真觀是也。有嚴君通仙井，《圖經》謂之嚴仙井，及支機石存焉。太尉燉煌公好奇尚異，多得古物，命工人所取支機一片，欲爲器用，以表奇異。工人鐫刻之際，忽若風瞀，墜於石側，如此者三。公知其靈物，不復敢取，至今所刻之迹在焉。復令人穿掘其下，則風雷震驚，咫尺昏曀，遂不敢犯。」

明何宇度《益部談資》卷中亦云：「支機石在城西隅，即嚴真觀，今以一亭覆之。高不盈尺丈，頑石無他奇。」其石至今猶存，在成都西郊文化公園，成都並有支機石街。

明曹學佺《蜀中廣記》卷四一記嚴遵敷衍此事云：「初，博望侯張騫使大夏，窮河源，歸舟中載一大石，以示君平。君平咄嗟良久，曰：『去年八月，有客星犯牛女，意者其君乎？此織女支機石也。』博望侯曰：『然吾窮河源至一處，見女子織錦，丈夫牽牛。吾問此何地，女子答曰：「此非人間也，何以到此？」因指一石曰：「吾以此石寄汝舟上，汝還，以問蜀人嚴君平，必爲汝道其詳。」』君平曰：『吾怪去年客星入牛女，乃汝乘槎，已到日月之旁矣。』遂相與詫異。」

《博物志》之後諸書所記，亦有沿襲舊説而不云張騫及支機石者，如唐李伉《獨異志》卷上云：「海若居海島。每至八月即有流槎過，如是累年，不失期。其人齎糧乘槎而往。及至一處，見有人飲牛於河，又見織女。問其處，飲牛之父曰：『可歸問蜀嚴君平，當知之。』其人歸詣君平，君平曰：『某年月日，有客星犯斗牛，計時即汝也。』其人乃知隨流槎至天津。」

元王伯成撰雜劇《張騫泛浮槎》，演張騫乘槎事（元鍾嗣成《録鬼簿》、明朱權《太和正音譜》著録，佚），清丁耀亢亦有《星漢槎》傳奇（莊一拂《古典戲曲存目彙考》卷一一著録，佚），李文瀚有《銀漢槎》傳奇（同上書卷一二，存），佚名《博望乘槎》雜劇，亦同類題材（《清代雜劇全目》著録，存）。又，清蔡榮蓮有雜劇《支機石》（《清代雜劇全目》，存），袁蟫有同名傳奇（《古典戲曲存目彙考》卷一二，佚）。

陸氏異林

是書不見著録,今存一則佚文,《三國志》卷一三《魏書·鍾繇傳》、《太平御覽》卷八一九又卷八八七並有引。魯迅輯入《古小説鈎沉》。末云「叔父清河太守説如此」,裴松之注:「清河,陸雲也。」《晉書》卷五四《陸雲傳》:「成都王穎表爲清河内史。」晉時諸王國之内史當太守之任。陸雲乃陸機弟,作者爲陸機子。據《晉書》卷五四《陸機傳》,機有子二人名蔚、夏,不知兩兄弟孰爲作者。陸機、陸雲兄弟並陸機二子均被司馬穎所殺,時在西晉惠帝太安二年(三〇三)。

鍾繇

鍾繇〔一〕嘗數月不朝會,意性異常。或問其故,云:「常有好婦來,美麗非凡。」問者曰:「必是鬼物〔二〕,可殺之。」婦人後往,不即前,止户外。繇問何以,曰:「公有相殺意。」繇曰:「無此。」乃勤勤呼之,乃入。繇意恨恨〔三〕,有不忍之心,然猶斫之,傷髀〔四〕。婦人即出,以新綿拭血,竟路。明日,使人尋跡之。至一大冢,木中有好婦人,形體如生人,著白練衫〔五〕,丹繡裲襠〔六〕，傷左髀〔七〕，以裲襠中綿拭血。叔父清河太守〔八〕説如此。（據中華書局點校本《三國志》卷一三《魏志・鍾繇傳》裴松之注引《陸氏異林》，又《太平御覽》卷八一九及卷八八七並引）

〔一〕鍾繇（yáo），字元長，潁川長社（今河南長葛市東）人。仕漢魏，官至太傅，封定陵侯，卒謚成侯。裴注所引原無姓，據《御覽》引補。

〔二〕物，怪也，故有怪物、物怪之稱。《史記》卷五五《留侯世家》太史公云：「學者多言無鬼神，然言有物。」司馬貞《索隱》：「物謂精怪及藥物也。」人鬼與物怪連稱曰鬼物或鬼魅。

〔三〕恨恨，惆悵之意。原引只一「恨」字，據《御覽》卷八八七補。

〔四〕髀（bì），大腿。《御覽》卷八一九作「胛」，清鮑崇城校刊本作「脚」。

〔五〕此句《御覽》卷八八七作「衣青絹衫」。

〔六〕裲襠（liǎng dāng），又作「兩當」，背心，又名半臂。劉熙《釋名・釋衣服》：「裲襠，其一當胸，其一當背也。」《御覽》卷八一九作「兩當」。

〔七〕此句《御覽》卷八一九作「傷一脚」，與前云「胛」不吻。

〔八〕《晉書》卷五四《陸雲傳》：「成都王穎表爲清河内史。」《晉書》卷三《武帝紀》：太康十年（二八九）十一月，「改諸王國相爲内史」。卷二四《職官志》：「諸王國以内史掌太守之任。」諸王國内史掌民政，當郡太守之任，故稱雲爲清河太守。清河，西漢置郡，東漢改國，晉沿之，治所在清陽（今河北清河縣東南）。

劉義慶《幽明録》採此事。《太平廣記》卷三一七引曰：「鍾繇忽不復朝會，意性有異於常。寮友問其故，云常有婦人來，美麗非凡間（按：鈔宋本、《筆記小説大觀》本作「問」，連下讀）者。曰：『必是鬼物，可殺之。』後來止户外，曰：『何以有相殺意？』元常（按：當作「長」）曰：『無此。』慇懃呼入。意亦有不忍，乃微傷之。便出去，以新綿拭血，竟路。明日使人尋跡，至一大冢。棺中一婦人，形體如生，白練衫，丹繡裲襠。傷一髀，以裲襠中綿拭血。自此便絶。」

明刊《搜神記》卷一六輯入此條，實據《魏書》注輯録，文字全同，唯據本傳補鍾繇字里。

王浮　神異記

《神異記》史志無目，《太平御覽》、《太平廣記》、《太平寰宇記》等書引數則，《御覽》卷八六七稱「王浮《神異記》」，《太平御覽經史圖書綱目》亦著録王浮《神異記》。《古小説鉤沉》輯録八則。按志怪以「神異」爲名者甚衆，但以經、記、傳、録别之，類書徵引多相淆亂，《鉤沉》所輯不盡出於王書，亦有漏輯。

王浮，西晉惠帝時五斗米道士，爲祭酒。與僧帛遠每争佛道邪正，乃造《老子化胡經》謗佛。佛徒恨之入骨，造言浮死於地獄受罪。事迹略載於劉義慶《幽明録》、梁釋僧祐《出三藏記集》卷一五《法祖法師傳》、釋慧皎《高僧傳》卷一《帛遠傳》、唐釋法琳《辯正論》卷五《佛道先後篇》及陳子良注。《神異記》所記虞洪丹丘茗事，時在晉懷帝永嘉中，是書殆作於懷、愍之時。

丹丘茗

永嘉中〔一〕，餘姚人虞洪入山採茗〔二〕，遇一道士，牽三青牛〔三〕，引洪至瀑布山〔四〕，曰：「予，丹丘子〔五〕也。聞子善具飲，常思見惠。山中有大茗，可以相給。祈子他日有甌犧〔六〕之餘，乞相遺也。」因立奠祀〔七〕。後常令〔八〕家人入山，獲大茗焉。（據《百川學海》本唐陸羽《茶經》卷下《七之事》引《神異記》，亦見《茶經》卷中《四之器》，無出處，又《太平寰宇記》卷九八、《太平御覽》卷四一又卷八六七、《太平廣記》卷四一二引《顧渚山記》、《輿地紀勝》卷一二並引，《御覽》卷四一譌作《神異經》，卷八六七撰名題王浮）

〔一〕此三字原引無，據《茶經》卷中《四之器》補。永嘉，晉懷帝年號，起三〇七年，止三一三年。

〔二〕餘姚，縣名，今浙江餘姚市。虞洪，《顧渚山記》引作「虞茫」。茗，茶也。《茶經》卷上《一之源》曰：「茶者，南方之嘉木也。……其名一曰茶，二曰檟，三曰蔎，四曰茗，五曰荈。」

〔三〕三青牛，《寰宇記》、《御覽》卷四一、《輿地紀勝》引作「三青羊」，《顧渚山記》引作「三百青羊」。

〔四〕瀑布山，《寰宇記》卷九八《台州・天台縣》曰：「瀑布山，亦天台之別岫也。西南瀑布懸流，千丈飛瀉，遠望如布。」《御覽》卷四一作「天台瀑泉」，《顧渚山記》全句作「飲瀑布水」。參見《搜神後記・袁栢根碩》及注。

〔五〕丹丘子，道士之號。神仙之地常名曰丹丘。《楚辭・遠遊》：「仍羽人於丹丘兮，留不死之舊鄉。」王逸注：「丹丘，晝夜常明也。」王嘉《拾遺記》卷一：「有丹丘之國，獻碼碯甕，以盛甘露。」羽客道流亦常以丹丘爲號，《廣記》卷二九七引《神告録》有丹丘子，李白有《元丹丘歌》等詩。天台山確亦有丹丘，産茶，《御覽》八六七、《事類賦注》卷一七引《天台記》：「丹丘出大茗，服之生羽翼。」孫綽《遊天台山賦》曰：「訪羽人於丹丘，尋不死之福庭。」意者天台傳爲仙地，故羽客之流以《楚辭》之丹丘名其地，而此丹丘子者，又得名於所居之所也。

〔六〕甌犧，瓦盆與木杓，皆爲茶具，此代指茶。《茶經》卷中《四之器》：「犧，木杓也。今常用以梨木爲之。」明馮時可《茶録》（《説郛續》卷三七）：「芘莉，一曰篣筤，茶籠也。犧，木杓也，瓢也。」《顧渚山記》「犧」譌作「犠」。

《寰宇記》、《御覽》卷八六七乃引作「蟻」，甌蟻指甌中茶沫，亦代指茶。
〔七〕此句《顧渚山記》作「因立茶祠」。
〔八〕令，《寰宇記》、《御覽》卷四一、《顧渚山記》皆作「與」。

馮時可《茶録》曰：「永嘉中，餘姚人虞洪入瀑布山採茗，遇一修真道士，云：『吾丹丘子，祈子他日甌犧之餘，乞相遺也。』故知神仙之貴茶久矣。」取《茶經》。

《搜神後記》有一事與此相仿，第所遇者爲毛人，兹録於下，以資比較：「晉孝武帝世，宣城人秦精，嘗入武昌山中採茗。忽見一人，身長一丈，通體皆毛，從山北來。精見之，大怖，自謂必死。毛人徑牽其臂，將至山曲，示以大叢茗處，放之便去。精因留採。須臾復來，乃探懷中橘二十枚與精，甘美異常。精甚怖，負茗急歸。」（《新輯搜神後記》卷一）

郭璞　玄中記

一題郭氏《玄中記》、《玄中要記》，清人避諱改作《元中記》。《隋志》、兩《唐志》無目，《崇文總目》地理類著録《玄中記》一卷，不題撰人，《通志·藝文略》同。《太平御覽經史圖書綱目》及《太平廣記引用書目》均作《郭氏玄中記》，未具其名。刘宋劉敬叔《異苑》卷三已有引，且其記事多同《山海經》郭璞注。南宋羅泌《路史發揮》卷二《論槃瓠之妄》羅苹注曰：「《玄中》之書，《崇文總目》曰不知撰人名氏，然書傳所引皆云《郭氏玄中記》，而《山海經》注狗封氏事與《記》所言一同，知爲景純。」考爲郭璞，頗是。魯迅謂「六朝人虛造神仙家言，每好稱郭氏，殆以影射郭璞」（《中國小説史略》），説非。

是書久佚，《説郛》卷四《墨娥漫録》摘録四條。明末毛扆《汲古閣珍藏祕本書目》著録精鈔《玄中記》一本，當是明人輯本。《重編説郛》卷六〇輯十七條。清人輯本有茆泮林《十種古逸書》本（《玄中記》一卷、《補遺》一卷），黄奭《漢學堂叢書》本（《郭氏玄中記》一卷），馬國翰《玉函山房輯佚書》本（《玄中記》一卷），葉德輝《觀古堂所著書》本（《郭氏玄中記》一卷，又載《郋園先生全書》）。魯迅《古小説鈎沉》亦有輯本，凡輯七十一條。

郭璞事迹具《晉書》卷七二本傳。璞字景純，河東聞喜（今屬山西）人。生於西晉武帝咸寧二年（二七六），卒於東晉明帝太寧二年（三二四）。惠帝末避河東亂過江，爲宣城太守殷祐參軍，復隨遷石頭督護。懷帝永嘉初王導佐琅玡王司馬睿(晉元帝)鎮建鄴,引爲參軍。晉元帝即位後用爲佐著作郎,遷尚書郎。丁母憂去職,未服闋而大將軍王敦起爲記室參軍。永昌元年(三二二)敦起兵武昌作難,璞歸休建康,頗受明帝賞識。太寧二年(三二四)敦再作亂,使璞筮吉凶,璞曰「無成」,遂被斬。敦亂平,追贈弘農太守。後世稱爲郭記室或郭弘農。郭璞爲兩晉之際著名文學家,本傳稱其「詞賦爲中興之冠」,「爲中興才學之宗」,其《遊仙詩》極負盛名。《隋書·經籍志》著録《晉弘農太守郭璞集》十七卷,後散佚,明人張溥輯《郭弘農集》二卷。璞亦博物家、訓詁家,注《山海經》、《穆天子傳》、《爾雅》、《方言》等,今悉見存。復長陰陽卜筮之學,爲著名數術家,著有《周易新林》九卷、《易洞林》三卷等,均佚。

《玄中》一書正是方輿、動植與方術之混合,與《博物志》同爲晉世地理博物體志怪之代表。葉德輝稱其「恢奇瑰麗,彷彿《山海》、《十洲》諸書」(《輯郭氏玄中記序》)。

姑獲鳥

天下有女鳥,名曰姑獲〔一〕。姑獲鳥夜飛晝藏,蓋鬼神類。衣毛爲鳥,脱毛爲女人。名爲天帝少女〔二〕,一名夜行遊女〔三〕,一名鈎皇鬼〔四〕,一名隱飛鳥〔五〕。喜以陰雨夜過,飛鳴徘徊人村里,唤「得來」者是也。是鳥純雌無雄,不産,陰氣毒化生。喜落毛羽中塵,置人兒衣中,便令兒作癇病,必死,即化爲其兒也〔六〕。今時小兒之衣不欲夜露者,爲此物愛以血點其衣爲誌，即取小兒也〔七〕。故世人名爲鬼鳥〔八〕，荆州〔九〕爲多。

昔豫章〔一〇〕男子，見田中有六七女人，不知是鳥，扶匐〔一一〕往。先得其所解毛衣，取藏之，即往就諸鳥。各走就毛衣，衣此飛去。一鳥獨不得去，男子取以爲婦，生三女〔一二〕。其母後使女問父，知〔一三〕衣在積稻下，得之，衣之而飛去。後以衣迎三女，三女兒得衣飛去〔一四〕。（據中華書局影印宋本《太平御覽》卷九二七引《玄中記》，又《荆楚歲時記》注、《水經注》卷三五《江水》、唐孫思邈《備急千金要方》卷一一、王燾《外臺秘要方》卷三五、段公路《北户録》卷一、《御覽》卷八八三、《重修政和證類本草》卷一九引陳藏器語、日人丹波康賴《醫心方》卷二五並引）

〔一〕以上九字，據《千金要方》補。《外臺秘要方》、《醫心方》作「天下有女鳥，一名姑獲」。《千金要方》「姑獲」注：「《肘後子母祕録》作『烏獲』。」

〔二〕天帝少女，《千金要方》作「天帝女」，《荆楚歲時記》注作「天地女」，「地」字譌。《酉陽雜俎》前集卷一六《羽篇》亦作「天帝女」，見附録。《御覽》卷八八三作「帝少女」。

〔三〕夜行遊女，《水經注》「行」作「飛」。《御覽》卷八八三作「夜遊」。

〔四〕鉤皇鬼，原作「釣星」，《御覽》卷八八三作「鉤星」，《千金要方》作「釣星鬼」，《外臺秘要方》作「鉤星鬼」，《醫心方》（據葉德輝輯本）作「鉤皇鬼」。按：作「鉤皇」爲是，據《醫心方》改。「鉤皇」即「姑獲」，音轉也。然「鉤皇」不辭，疑爲「鉤魂」之音轉。《政類本草》卷一九引唐陳藏器《本草拾遺》云「姑獲能收人魂魄」，可證。

〔五〕隱飛鳥，《北户録》、《證類本草》引無「鳥」字。

〔六〕「喜以陰雨夜過」至此，原作「無子，喜取人子養之以爲子」。《千金要方》云：「喜以陰雨夜過，飛鳴徘徊人村里，唤『得來』者是也。鳥淳雌無雄，不産，陰氣毒化生。喜落毛羽於人中庭，置兒衣中，便令兒作癇病，必死，即化爲其兒也。」《外臺秘要方》云：「喜以陰雨夜過，飛鳴徘徊人村里，唤『得來』也。是鳥純雌無雄，不産。喜落毛羽於中庭，置入兒衣中，便使兒作癇，必死，即化爲其兒也。」《醫心方》云：「喜以陰雨夜過，飛鳴徘徊人村里，唤『得來』者是也。是鳥專雌無雄，不産。喜落毛羽中塵置人兒衣中，便使兒作癇病，必死，便化爲其兒也。」按：《水經注》卷三五《江水》云：「……陽新縣，故豫章之屬縣矣，地多女鳥。《玄中記》曰：『陽新男子於水次得之，遂與共居，生二女，悉衣羽而去。豫章間養兒，不露其衣，言是鳥落塵於兒衣中，則令兒病，故亦謂之夜飛遊女矣。』」。《千金要方》、《外臺秘要方》之「中庭」，《醫心方》作「中塵」，《水經注》亦作「塵」字，作「塵」是，「庭」字形譌也。今從《千金要方》等三書，參酌三書文字補綴。

〔七〕「今時」至此從《北户録》引。《御覽》二引俱作「人養小兒不可露其衣，此鳥度，即取兒也」，《證類本草》作「有小子之家，則血點其衣以爲誌，今時人小兒衣不欲夜露者，爲此也」，《荆楚歲時記》作「有小兒之家，即以血點其衣以爲誌」。按：《千金要方》作「是以小兒生至十歲，衣被不可露也，七八月尤忌」，《外臺秘要方》、《醫心方》同，無「也」字，《外臺秘要方》「被」作「裳」，疑非原文。

〔八〕此句據《荆楚歲時記》補。《證類本草》作「時人亦名鬼鳥」。

〔九〕荆州，漢置，晉時治江陵縣（今湖北荆州市）。晉懷帝時轄境包括今湖南、湖北、四川、貴州、河南境内十四郡國。

〔一〇〕豫章，郡名，漢初置，治南昌（今江西南昌市）。《水經注》作「陽新」。按：陽新縣三國吴置，在今湖北陽新縣西南。漢時其地屬豫章郡，吴、晉屬武昌郡（吴改名江夏郡）。《搜神記》作「豫章新喻縣」，見附録。按：

《晉書·地理志下》作「新諭」，屬安成郡。《宋書·州郡志二·江州》：「安成太守，孫皓寶鼎二年，分豫章、廬陵、長沙立。……新喻侯相，吴立。」《太平寰宇記》卷一〇九：「新喻縣……本漢宜春縣之地，屬豫章郡。吴孫皓分宜春立新喻縣，屬安城縣（按：當作安成郡）。」是新喻縣地，漢時屬豫章郡宜春縣。吴、晉之新喻縣，在今江西新余市西南。

〔一一〕扶匐，義同「匍匐」，《御覽》卷八八三作「匍匐」。

〔一二〕三女，《水經注》作「二女」。

〔一三〕知，原作「取」，據《北户録》、《御覽》卷八八三正。

〔一四〕按：《御覽》卷九二七引此文末注云：「今謂之鬼車。」鬼車非姑獲鳥，又名九頭鳥。段公路《北户録》卷一云：「鬼車，一名鬼鳥。今猶九首，能入人屋收魂氣。爲犬所噬一首，常下血，滴人家則凶。《荆楚歲時記》夜聞之捩狗耳，言其畏狗也。《白澤圖》云昔孔子、子夏所見，故歌之。其圖九首，今呼爲九頭鳥也。」段成式《酉陽雜俎》卷一六、劉恂《嶺表録異》卷中並亦有記。《荆楚歲時記》云：「正月夜多鬼鳥度，家家槌牀打户，捩狗耳，滅燈燭，以禳之。」此正指鬼車，然杜公瞻注引《玄中記》姑獲鳥事，遂誤爲一矣。陳藏器《本草拾遺》云：「《荆楚歲時記》云姑獲夜鳴，聞則捩耳，乃非姑獲也，鬼車鳥耳。二鳥相似，故有此同。」（《證類本草》卷一九引）鬼車、姑獲皆爲鵂（即猫頭鷹）之幻化，故杜注混而爲一，《御覽》所注承其誤耳。

《搜神記》云：「豫章新喻縣男子，見田中有六七女，皆衣毛衣。不知是鳥，匍匐往，得其一女所解毛衣，取藏之。即往就諸鳥，諸鳥各飛去，一鳥獨不得去，男子取以爲婦，生三女。其母後使女問父，知衣在積稻下，得之，衣而飛去。後復以衣迎三兒，亦得飛去。」（《新輯搜神記》卷二〇）

唐陳藏器《本草拾遺》云："「姑獲，能收人魂魄。今人一云乳母鳥，言産婦死變化作之，能取人之子以爲己子，胸前有兩乳。」(《證類本草》卷一九引)

段成式《酉陽雜俎》前集卷一六《羽篇》云："「夜行遊女，一曰天帝女，一名釣星。夜飛晝隱，如鬼神。衣毛爲飛鳥，脱毛爲婦人。無子，喜取人子，胸前有乳。凡人飴小兒不可露處，小兒衣亦不可露曬。毛落衣中，當爲鳥祟，或以血點爲誌。或言産死者所化。」

劉恂《嶺表録異》卷中云："「鵂鶹，即鴟也……晝日目無所見，夜則飛撮蚊䖟，乃鬼車之屬也，皆夜飛晝藏。或好食人爪甲，則知吉凶，凶者輒鳴於屋上，其將有咎耳。故人除指甲埋之户内，蓋忌此也。亦名夜行遊女，與嬰兒作祟，故嬰孩之衣不可置星露下，畏其祟耳。」

段公路《北户録》卷一云："「《博物志》又云：『鵂鶹鳥，一名鵄鵂。晝日無所見，夜則目至明。人截手爪棄露地，此鳥夜至人家拾取視之，則知有吉凶，凶者輒更鳴其家，有殃也。』《莊子》云：『鵄鵂夜撮蚤察毫末，晝出瞑目而不見丘山。』言性殊也。陳藏器引《五行書》：『除手爪埋之户内，恐爲此鳥所得。』其鵂鶹即姑獲、鬼車、鵄鵂類也。」以上皆唐人對姑獲之記載。

元林坤《誠齋襍記》卷上云："「陽縣地多女鳥。新陽男子于水次得之，遂與共居。生二女，悉衣羽而去。豫章間養兒不露其衣，言是鳥落塵于兒衣中，則令兒病。故亦謂之飛夜游女。」蓋本《水經注》而有譌誤。

南宋朱翌《猗覺寮襍記》卷下云："「嶺外人家，嬰兒衣暮則急收，不可露夜。土人云，有蟲名暗衣，見小兒衣必飛毛著其上,兒必病寒熱,久則瘦不可療。其形如大蝴蝶。又《水經》:豫章遻陽縣(按:《水經注》原云富水「西北流遻陽新縣」,此誤以「遻陽」爲縣名)多女鳥。《玄中記》曰新陽男子於水際得之,與共居,生二女,悉衣羽而去。豫章間養兒不露其衣,言是鳥落塵於兒衣中,令兒病,亦謂之夜飛游女。由此觀之,乃暗衣也。」乃將嶺南之「暗衣」與女鳥視爲一物。

姑獲鳥傳説,乃人鳥戀愛之首次見於記載者。宋傳奇《王謝傳》、《聊齋誌異·竹青》等都以人鳥戀愛爲題材。而豫章男子得毛衣獲婦情節,亦爲後世傳説所襲用。如唐句道興《搜神記》「田崑崙」條,記天女三姊妹化鶴,脱衣於池中洗浴,田崑崙匍匐取得小者之天衣,天女遂許爲妻,顯見本乎《玄中》此記。

桃都山

東南有桃都山〔一〕,山上有大桃樹〔二〕,名曰桃都,枝相去三千〔三〕里。上有一天雞,日初出,光照此木,天雞則鳴,天下雞皆隨而鳴也〔四〕。

下有二神,左名隆,右名窔〔五〕,並執葦索,以伺不祥之鬼,得而煞之。今人正朝〔六〕作兩桃人立門旁,以雄雞毛〔七〕置索中,蓋遺象也〔八〕。(據《四部叢刊初編》景印明鈔本《齊民要術》卷六及《古逸叢書》本影印隋杜臺卿《玉燭寶典》卷一引《玄中記》,又《藝文類聚》卷九一、《太平御覽》卷二九又卷九一八、《事類賦注》卷一八、《説郛》卷四引《玄中記》)

〔一〕桃都山，或稱度索山。後傳山在天台，見附録。

〔二〕東南桃樹，《神異經·東荒經》亦載之，云：「東方有樹，高五十丈，葉長八尺，名曰桃，其子徑三尺二寸。和核羹食之，令人益壽。」王嘉《拾遺記》卷三亦云：「扶桑東五萬里，有磅磄山，上有桃樹百圍，其花青黑，萬歲一實。」

〔三〕千，《説郛》作「十」，當譌。

〔四〕「天下」二字《齊民要術》無，據《類聚》、《御覽》卷九一八、《事類賦注》、《説郛》補。按：《玄中記》另條亦載天雞事：「蓬萊之東，岱輿之山，上有扶桑之樹。樹高萬丈，樹巔常有天雞，爲巢於上。每夜至子時，則天雞鳴，而日中陽烏應之。陽烏鳴，則天下之雞皆鳴。」（《古玉圖譜》卷二四引）此在扶桑者，異於桃都天雞。扶桑雞《神異經·東荒經》亦有記，所言又異，云：「扶桑山有玉雞，玉雞鳴則金雞鳴，金雞鳴則石雞鳴，石雞鳴則天下之雞悉鳴，潮水應之矣。」後世於今浙江慈溪市附會出仙雞山。南宋王象之《輿地紀勝》卷一一《慶元府·景物下》云：「扶桑雞在慈溪西二十五里仙雞山。夏侯曾先《地志》云：上有石井，末有銅井，皆非人力所能與。旁有石雞館，云是扶桑鳥飛下，因以爲名。」

〔五〕窔，字書無此字。按：諸書所載二神，多爲荼與（後誤作「神荼」）、鬱壘（「壘」又作「櫑」、「雷」、「律」等），《玄中記》獨出新稱，所據不詳。

〔六〕正朝，即正旦，農曆正月初一。

〔七〕雄雞毛，《玉燭寶典》引作「雄雞」，今從《御覽》卷二九引。

〔八〕此句據《御覽》卷二九，「象」譌作「勇」。《玉燭寶典》作「又此像也」。按：俗以桃辟邪，由來頗古。《左傳》昭公四年：「桃弧棘矢，以除其災。」杜預注：「桃弓棘箭，所以禳除凶邪。」《周禮·夏官·戎右》：「贊牛耳、桃茢。」鄭玄注：「桃，鬼所畏也。茢，苕帚，所以掃不祥。」《藝文類聚》卷八六引《莊子》佚文：「插桃枝于户，連灰其下……鬼畏之。」古人解釋桃何以能使鬼畏之，衆説紛紜。《初學記》卷二八引《本草》曰：「梟桃在樹不落，殺百鬼。」又引《典術》曰：「桃者，五木之精也，故厭伏邪氣，制百鬼。故今人作桃符著門以厭邪，此仙木也。」清梁紹壬《兩般秋雨盦隨筆》卷八云：「殯除桃茢，門設桃符，相傳桃可辟鬼。按《淮南・詮言訓》：『羿死于桃棓。』注：『棓，大杖，以桃木爲之，以擊殺羿，由是以來，鬼畏桃也。』」説頗新異，然意有未盡。《山海經・西次三經》云：「東望恒山四成，有窮鬼居之，各在一搏。」郭璞注：「『搏』猶『脅』也，言羣鬼各以類聚，處山四脅，有窮其總號耳。」羿號有窮氏，是羿爲桃杖擊殺，死後爲羣鬼之首，故鬼皆畏桃也。至《黄帝書》、《山海經》佚文、《括地圖》(見附録)、《玄中記》諸記，乃復有桃都、度朔之説。煞鬼之二神居於桃樹之下，故鬼畏桃。桃樹有雞，故又畏雞，董勛《問禮俗》云正旦爲雞日，畫雞於門。鬼之畏雞，猶有説焉，《拾遺記》卷一《唐堯》云：秖支國有重明鳥，狀如雞，鳴似鳳，能搏逐猛獸虎狼，使妖災羣惡不能爲害。國人刻木鑄金爲此鳥之狀，置於門户，則魑魅醜類自然退伏。今人每歲元日，或刻木鑄金，或圖畫爲雞於牖上，此之遺像。説各不同，正可見古傳説之博麗也。宋戴埴《鼠璞》卷下《桃符》亦辨桃可制鬼之由，可參看。

桃都山事出《括地圖》，《玉燭寶典》卷一引曰：「桃都山有大桃樹，槃屈三千里，上有金雞。日照入，此雞則鳴，于是晨雞悉鳴。下有二神，一名鬱，一名壘，並執葦索，以伺不祥之鬼，得而煞之。」《荆楚歲時記》、《御覽》卷二九亦引，文句大同。其神之名不同《玄中》，亦異乎他書，乃將鬱壘析爲二人。雞爲金雞，亦與《玄中》之天雞相異。

嗣後任昉《述異記》卷下、梁元帝《金樓子》卷五《志怪篇》亦並有載。《述異記》僅記前半天雞事，全同《玄中記》；《金樓子》所載較全，云：「東南有桃都山，山有大桃樹，上有天雞。日初出照此桃，天雞即鳴，天下之雞感之而鳴。樹下有兩鬼，對樹持葦索，取不祥之鬼食之。今人正旦作兩桃梗，以索中置雄雞，法乎此也。」

後世傳桃都山在天台。南宋王象之《輿地紀勝》卷一二《台州・景物下》云：「桃都山，按《郡國志》在台州。山上有大桃木，上有天雞。日初出，照桃木，天雞。」

度朔山事始載於《黄帝書》及《山海經》（今本無）。應劭《風俗通義・祀典》引《黄帝書》（按：《漢書・藝文志》小説家有《黄帝説》，疑即此書）曰：「上古之時，有荼與、鬱壘昆弟二人，性能執鬼。度朔山上有桃樹，二人於樹下簡閲百鬼，無道理妄爲人禍害，荼與、鬱壘縛以葦索，執以食鬼。」次則劭述云：「於是縣官常以臘除夕飾桃人，垂葦茭，畫虎於門，皆追效於前事，冀以禦凶也。」按：《續漢書・禮儀志中》劉昭注引《風俗通》，「壘」作「櫑」；《類聚》卷八六、《御覽》卷九六七、《路史餘論》卷三《神荼欝壘》引《風俗通》又作「律」。「壘」、「櫑」與「律」，一聲之轉。《路史》「荼與」作「荼」，蓋誤以「與」字爲連詞。或有稱爲「神荼」者，乃先誤其名爲「荼」，復增「神」字以爲雙名耳。唐釋慧琳《一切經音義》卷一一引干寶《搜神記》及《風俗通義》云：「《黄帝書》云：『上古之時，有二神人，一名荼與，二名鬱壘，一名鬱律。度朔山，山上有大桃樹，二人依樹而住。於樹東北有大穴，衆鬼皆出入此穴。荼與、鬱壘主統領簡擇萬鬼。鬼有妄禍人者，則縛以葦索，執以飴虎。於是黄帝作禮敺之，立桃人於門户，畫荼與、鬱壘與虎以象之。』今俗法，每以臘終除夕，飾桃人，垂葦索，畫虎於門，左右置二燈，象虎眼，以祛不祥。」明謂二神一名荼與，一名鬱壘，尤可證曰「荼」曰「神荼」之誤。至其引文不盡合今本《風俗通》，蓋櫽栝《風俗》、《搜神》二書故也（今本《搜神記》係明人輯録，未輯此條）。二神名，義之爲何，不可曉。《路史餘論・神荼鬱壘》云：「蓋神荼者，伸舒也；而鬱律者，苑結之謂也。」强爲曲解，不可從，而楊升庵乃竊其説入己書（《楊升庵全集》卷七一《神荼》）。

《山海經》佚文首見東漢王充《論衡・訂鬼篇》引。云：「《山海經》又曰：『滄海之中，有度朔之山。上有大桃木，其屈蟠三千里。其枝間東北曰鬼門，萬鬼所出入也。上有二神人，一曰神荼，一曰鬱壘，主閲領萬鬼。惡害之鬼，執以葦索，而以食虎。於是黄帝乃作禮以時驅之，立大桃人，門户畫神荼、鬱壘與虎，懸葦索，以禦凶魅。』」《亂龍篇》亦述其意曰：「上古之人，有神荼、鬱壘者，昆弟二人，性能執鬼。居東海度朔山上，立桃樹下，簡閲百鬼。鬼無道理，妄爲人禍，荼與鬱壘縛以盧索，執以食虎。故今縣官斬桃爲人，立之户側，畫虎之形，著之門闌。」《謝短篇》亦稱「歲終逐疫……使立桃象人於門户……掛蘆索於户上，畫虎於門闌」。

《史記》卷一《五帝本紀》「東至于蟠木」裴駰《集解》引作《海外經》：「東海中有山焉，名曰度索。上有大桃樹，屈蟠三千里。東北有門，名曰鬼門，萬鬼所聚也。天帝使神人守之，一名神荼，一名鬱壘，主閲領萬鬼。若害人之鬼，以葦索縛之，射以桃弧，投食虎也。」《續漢書・禮儀志中》「設桃梗、鬱櫑、葦茭」劉昭注引《山海經》曰：「東海中有度朔山，上有大桃樹，蟠屈三千里。其卑枝門曰東北鬼門，萬鬼出入也。上有二神人，一曰神荼，一曰鬱櫑，主閲領衆鬼之惡害人者，執以葦索，而用食虎。於是黄帝法而象之，敺除畢，因立桃梗於門户上，畫鬱櫑持葦索，以御凶鬼，畫虎於門，當食鬼也。」三者皆作「神荼」，疑所據《山海經》，已經漢人妄改。

嚴可均校本《初學記》卷二八引《山海經》該文片斷，云：「東海有山，名度索。山有大桃實，楃盤三千里，曰蟠桃。」《類聚》卷八六引此條，未具出處，「楃槃」作「屈盤」。南宋施元之《施註蘇詩》卷一四亦有引，文字大同。按：《史記》所云「蟠木」，即蟠桃也。

東漢衛宏《漢舊儀》亦載度朔山，當亦採自《黄帝書》或《山海經》。《齊民要術》卷一〇引曰：「東海之内度朔山，上有桃，屈蟠三千里。其卑枝間曰東北鬼門，萬鬼所出入也。上有二神人，一曰荼，二曰鬱櫑，主領萬鬼。鬼之惡害人者，執以葦索，以食虎。黄帝法而象之，因立桃梗於門户，上畫荼、鬱櫑，持葦索，以禦凶鬼，畫虎於門，當食鬼也。」

張衡《東京賦》云：「度朔作梗，守以鬱壘，神荼副焉，對操索葦。」薛綜注：「東海中度朔山，有二神，一曰神荼，二曰鬱壘。領衆鬼之惡害者，執以葦索，而用食虎。」

《戰國策·齊策三》「桃梗」高誘注云：「東海中有山，名度朔。上有大桃，屈蟠三千里。其卑枝間東北曰鬼門，萬鬼所由往來也。上有二神人，一曰荼與，一曰鬱雷，主治害鬼。故使世人刊此桃梗，畫荼與、鬱雷首，正歲置門户。」

蔡邕《獨斷》曰：「歲竟十二月……立桃人、葦索、儋牙虎，神荼、鬱壘以執之。儋牙虎，神荼、鬱壘二神：海中有度朔之山，上有桃木，蟠屈三千里。卑枝東北有鬼門，萬鬼所出入也。神荼、鬱壘二神居其門，主閲領諸鬼。其惡害之鬼，執以葦索，食虎。故十二月歲竟，常以先臘之夜，逐除之也。乃畫荼、壘，并懸葦索於門户，以禦凶也。」（按：原文有脱譌。）

以上漢人語，皆本《山海經》、《黄帝書》爲説。其後仍多有記載。《荆楚歲時記》（《寶顔堂祕笈》本）云：「（正月初一）帖畫雞，或斫鏤五彩及土雞於户上。造桃板著户，謂之仙木。繪二神貼户左右，左神荼，右鬱壘，俗謂之門神。」杜公瞻注云：「按莊周云：『有掛雞於户，懸葦索於其上，插桃符於旁，百鬼畏之。』又魏時人問議郎董勛云：『今正臘旦，門前作煙火、桃神、絞索、松柏，殺雞著門户，逐疫禮歟？』勛答曰：『禮：十二月索室逐疫，釁門户，磔雞熯火行，故作助行氣。桃，鬼所惡，畫作人首，可以有所收縛不死之祥。又桃者五行之精，能制百怪，謂之仙木。』」下引《括地圖》、《風俗通》，略。《玉燭寶典》卷一亦載此等風俗。唐段成式《酉陽雜俎》前集卷一四《諾臯記上》、南宋李石《續博物志》卷五等乃載二神事。《雜俎》僅作「神荼、鬱壘領萬鬼」一句，《續博物志》云：「海中有度朔山，上有桃木，蟠屈三千里。枝東北鬼門，萬鬼所出入也。荼與、鬱壘居其門，執葦索以食鬼。故十有二月歲竟，臘之夜，遂以荼、壘并掛葦索於門。」

古傳制鬼之神頗多，《神異經》之尺郭，《述異記》之鬼母（見後），唐時始傳之鍾馗，皆與桃都、度朔二神相類。晉崔豹《古今註》卷下有神巫竇眊，以木棒殺鬼，令人思及殺羿之桃棓。文曰：「程雅問：『拾櫨木一名無患者，何也？』答曰（按：以上四字原脱）：『昔有神巫，名曰竇眊，能符劾百鬼，得鬼則以此爲棒殺之。世人相傳，以此木爲衆鬼所畏，競取爲器，用以却厭邪鬼，故號曰無患也。』」又載後唐馬縞《中華古今註》卷中，作「拾櫨鬼木」。

葛洪　神仙傳　據《景印文淵閣四庫全書》本

今存，十卷。葛洪《神仙傳序》、《抱朴子外篇・自叙》、《晉書》卷七二本傳俱云十卷，《隋書・經籍志》雜傳類、《舊唐書・經籍志》、《新唐書・藝文志》道家類、《册府元龜・國史部・採撰一》、《郡齋讀書志》傳記類、《宋史・藝文志》道家類同。《日本國見在書目録》雜傳類析爲二十卷。《崇文總目》道書類、《通志・藝文略》道家類、明焦竑《國史經籍志》道家類有葛洪《神仙傳略》一卷，當是節本，殆與今存《説郛》本相類。

現存主要版本均原刊於明世。一爲《四庫全書》本，出明末毛晉所刊，凡八十四人；一爲《廣漢魏叢書》本，凡九十二人，後又刊於《增訂漢魏叢書》、《龍威秘書》、《説庫》。均有自序。二本差異很大。按《雲笈七籤》卷一〇九節録二十一人，全在庫本中，次序大體吻合，文字接近。《説郛》卷四三摘録本（只摘名號梗概，有自序）亦八十四人，見於庫本者八十一人，缺三人，多出庫本者三人，次序大體一致，是則庫本來源較古。《漢魏》本則據《太平廣記》、《歷世真仙體道通鑑》等輯録而成，頗有僞濫，雜凑之本也。又有《藝苑捃華》本，五卷，二十九人，即《漢魏》本前五卷。《道藏精華録》本乃取《漢魏》本，又增若士、華子期二人，凡九十四人。《五朝小説・魏晉小説》雜傳家、《重編説郛》卷五八收一卷本，乃删自《説郛》本，七十九人，有序。宋代《紺珠集》卷二摘録三十五條，凡三十一人，《類説》卷三摘録四十五條，凡四十一人,多有出自其他仙傳者,蓋宋世《神仙傳》已爲後人竄亂增益。以上諸本所載可信者凡九十九傳。然據唐梁肅《神仙傳論》(《文苑英華》卷七三九)云,《神仙傳》凡一百九十人,五代天台道士王松年《仙苑編珠序》云一百一十七人。元趙道一《歷世真仙體道通鑑序》云所紀千有餘人,乃道士故爲大言,不可信。《神仙傳》佚文多見諸書,唐王懸河《三洞珠囊》、《仙苑編珠》、《太平御覽》、宋道士陳葆光《三洞羣仙録》等引本書頗夥,其中多有佚文,可據補遺。

葛洪,字稚川,丹陽句容(今江蘇句容市)人。生於晉武帝太康四年(二八三),卒於康帝建元元年(三四三),年六十一。從祖葛玄,號葛仙公,吴道士。少家貧好學,尤好神仙導養之法,早年從學於葛玄弟子鄭隱,後又師事南海太守鮑靚,娶其女。惠帝時參與平定石冰,有功加伏波將軍。光熙元年(三〇六)嵇含爲廣州刺史,表洪爲參軍,洪留廣州多年,頻爲節將邀用皆不就,後還鄉里。建興元年(三一三)琅琊王司馬睿(晉元帝)爲左丞相,辟爲掾,以平石之功,賜爵關内侯。東晉成帝咸和初(三二六),司徒王導召補州主簿,轉司徒掾,遷諮議參軍。著作郎干寶薦洪才堪國史之任,選爲散騎常侍,領大著作,洪以年老欲煉丹固辭不就。聞交阯出丹砂,求爲句漏令。後至廣州,刺史鄧嶽留不聽去,隱羅浮山煉丹,自號抱朴子。嶽表補東官太守,辭不就。臨終前作書與嶽言當遠行尋師,嶽至已卒,世以爲尸解得仙。事迹見《晉書》卷七二、《抱朴子外篇·自叙》、何法盛《晉中興書》(湯球輯本)卷七、《太平寰宇記》卷一六

○引袁彦伯《羅浮記》。

洪究覽典籍,著述頗富,《晉書》本傳稱「博聞深洽,江左絶倫,著述篇章富於班、馬,又精辨玄賾,析

理入微」。著有《抱朴子》七十卷，《神仙傳》、《良吏傳》、《隱逸傳》、《集異傳》各十卷，《肘後要急方》四卷，《金匱藥方》一百卷，《漢書抄》三十卷，《西京雜記》二卷，此外「所著碑誄詩賦百卷，移檄章表三十卷」。《抱朴子外篇·自叙》云：「至建武中乃定，凡著《内篇》二十卷、《外篇》五十卷……又撰俗所不列者，爲《神仙傳》十卷。」《外篇·自叙》作於《内篇》、《外篇》成書之後，《自叙》云「今齒近不惑」，以三十九歲計，時乃元帝太興四年(三二一)。然則洪撰《神仙傳》約在元帝太興年間(三一八—三二一)，時官丞相掾。其後可能又有增補。

《神仙傳》上承《列仙傳》，叙事遠較《列仙》詳備。將仙傳類雜傳體志怪小説發揚光大，於後世影響頗巨，代有造作焉。

皇初平

皇初平〔一〕者，丹谿〔二〕人也。年十五，而家使牧羊。有道士見其良謹，便將至金華山〔三〕石室中。四十餘年，忽然〔四〕不復念家。其兄初起，入山索初平，歷年不能得見。後在市中，有道士善卜，乃問之曰：「吾有弟名初平，因令牧羊失之，今四十餘年，不知死生所在。願道君爲占之。」道士曰：「金華山中有一牧羊兒，姓皇名初平，是卿弟非耶〔五〕？」初起聞之驚喜，即隨道士去尋求，果得相見。

兄弟悲喜，因問弟曰：「羊皆何在？」初平曰：「羊近在山東。」初起往視，了不見羊，但見白石無數〔六〕。還謂初平曰：「山東無羊也。」初平曰：「羊在耳，但兄自不見之。」初平便乃俱往看之，乃叱曰：「羊起〔七〕！」於是白石皆變爲羊，數萬頭〔八〕。初起曰：「弟獨得神通如此，吾可學否？」初平曰：「唯好道便得耳。」初起便棄妻子，留就初平〔九〕，共服松脂、茯苓〔一〇〕。至五千日〔一一〕，能坐在立亡，行於日中無影〔一二〕，而有童子之色。

後乃俱還鄉里，諸親死亡略盡，乃復還去。臨去，以方授南伯逢。易姓爲赤，初平改字爲赤松子，初起改字爲魯班〔一三〕。其後傳服此藥而得仙者，數十人焉。（卷二）

〔一〕皇初平，《廣漢魏叢書》本卷二、《説郛》卷四三《神仙傳》、《初學記》卷二九、《蒙求注》卷中、《施註蘇詩》卷一四《和子由送將官梁左藏仲通》注引《神仙傳》姓作「黄」。按：《雲笈七籤》卷一〇九《神仙傳》、《藝文類聚》卷九四、《仙苑編珠》卷上、《太平廣記》卷七、《太平御覽》卷六七四又卷九〇二、《事類賦注》卷七、胡仔《苕溪漁隱叢話》後集卷三〇、任淵《山谷内集詩注》卷一〇《戲答俞清老道人寒夜三首》之三注、史容《山谷外集詩注》卷七《汴岸置酒贈黄十七》注、李劉《四六標準》卷二〇《代回成都黄待制》注、卷四〇《代回婺州趙守》注、鄧名世《古今姓氏書辯證》卷一五、王應麟《姓氏急就篇》卷上等引《神仙傳》及元趙道一《歷世真仙體道通鑑》卷五並作「皇初平」。唐宋書多作皇姓，當從之。

〔二〕丹谿，水名，在今浙江義烏市境。《真仙通鑑》注云：「一云蘭溪。」蘭溪，《太平寰宇記》卷九七《婺州·蘭溪縣》云龍丘山下有蘭溪。今稱蘭江。

〔三〕便，原作「使」，據《漢魏》本、《類聚》、《初學記》、《廣記》改。金華山，在今浙江金華市北。一名常山，又作長山。《元和郡縣圖志》卷二六《婺州·金華縣》：「金華山在縣北二十里，赤松子得道處，出龍鬚草。」杜光庭《名山洞天福地記》以爲三十六小洞天之末：「第三十六洞，金華山，周迴一百五十里，名金華洞元之天，在婺州金華縣。」參見附録。

〔四〕忽然，不經意。《七籤》、《真仙通鑑》作「倏然」。倏然，超脱貌。

〔五〕耶，《廣記》、《漢魏》本作「疑」。

〔六〕無數，《七籤》、《真仙通鑑》作「壘壘」。

〔七〕以上五字，《類聚》作「乃往，言叱叱羊起」，《初學記》作「平言叱叱羊起」，《七籤》、《山谷外集詩注》、《真仙通鑑》作「初平言叱叱羊起」。

〔八〕以上十一字，《類聚》、《蒙求注》、《七籤》、《山谷外集詩注》、《真仙通鑑》作「於是白石皆起，成羊數萬頭」，《初學記》作「於是白石皆起，成數萬頭羊」，《御覽》卷九〇二作「白石一時皆起，成羊數萬頭」，《事類賦注》作「石皆起，成羊數萬頭」，《山谷内集詩注》作「白石皆起，成羊数萬頭」。

〔九〕此句《廣記》、《漢魏》本作「留住就初平學」。

〔一〇〕松脂，《七籤》、《御覽》卷九〇二作「松柏」。茯苓，菌類，寄生於松根，作塊如拳，有赤白二種，可入藥。神仙服食家以松脂、茯苓爲仙藥。《抱朴子·仙藥》云：「仙藥……次則松柏脂、茯苓。」

〔一一〕五千日，《廣記》、《漢魏》本作「五百歲」，《仙苑編珠》、《七籤》、《真仙通鑑》作「萬日」，《御覽》卷九〇二、《施註蘇詩》作「五萬日」。

〔一二〕按：《山海經·大荒西經》云：「壽麻正立無景，疾呼無響。」郭璞注：「言其禀形氣有異於人也。《列仙傳》曰玄俗無景。」《淮南子·墬形訓》云：「建木在都廣，衆帝所自上下，日中無景，呼而無嚮。」《拾遺記》卷一云：「溟海之北，有勃鞮之國。人皆衣羽毛，無翼而飛，日中無影，壽千歲。」

〔一三〕以上二句《仙苑編珠》引作「初平改姓赤氏，號松子，初起號赤須子」。(按：下又云「今婺州赤松觀是其地也」，乃編者王松年語。)赤松子、赤須子皆仙人。《列仙傳》卷上云：「赤松子，神農時雨師也。服水玉，以教神農，能入火自燒。往往至崑崙山上，常止西王母石室中，隨風雨上下。炎帝少女追之，亦得仙俱去。至高辛時復爲雨師，今之雨師本是焉。」卷下云：「赤須子者，豐人也。豐中傳世見之，云秦穆公時主魚吏也。數道豐界災害水旱，十不失一。臣下歸向，迎而師之，從受業。問所長，好食松實、天門冬、石脂，齒落更生，髮墮再出，服霞絶穀。後遂去吴山下，十餘年，莫知所之。」魯班，又名公輸般(又作「盤」)，春秋魯國巧匠。《孟子·離婁上》：「公輸子之巧。」趙岐注：「公輸子，魯班，魯之巧人也，或以爲魯昭公之子。」

《太平御覽》卷六六三引《真誥》：曰：「皇初平者，丹谿人。年十五，家使牧羊。有道士見其良謹，便將至金華山石室中，四十餘年，不復念家。其兄初起，尋索歷年，後見市中一道士言其處，初起即隨去得見。語畢，問羊何在，曰：『近在東耳。』初起往視之，但見白石。初平乃往，叱石爲羊數萬頭。初起知得仙道，便辭家，共服松脂、茯苓，至五百歲。初平改字爲赤松子，初起改字爲赤魯班。」按：《真誥》梁陶弘景撰，原書具在，無此，疑本《神仙傳》文，誤屬《真誥》耳。

五代杜光庭《洞天福地岳瀆名山記·三十六洞天》(《道藏》本)云：「金華山，金華洞元洞天，五十里，在婺州金華縣，有皇初平赤松觀。」

《太平寰宇記》卷九七《婺州·金華縣》云：「長山，在縣南二十里，一名金華山，即黄初平、初起遇道士，教以仙方處。《吴録·地理志》云：『常山，仙人採藥處，謂之長山。山南有春草巖、折竹巖，巖間不生蔓草，盡出龍鬚，云赤松羽化處。』」又云：「赤松澗，赤松子遊金華山，以火自燒而化，故山上有赤松之祠。澗自山而出，故曰赤松澗。」

南宋史容《山谷外集詩注》卷七注云：「按《楊文公談苑》，金華山乃皇初平叱石之地，有石如羊形者，人争求以爲玩好。有内侍掌市征於婺州，輟己俸，募人求得耳角尾足皆具如真羊者數枚，歸闕獻之。太祖曰：『此墓田中物也。』杖其内侍。神仙之説固多渺茫，而皇初平事信而有證，此其彰彰者也。」

倪守約《赤松山志·二皇君》云：「丹谿皇氏，婺之隱姓也。皇氏顯於東晉，上祖皆隱德不仕。明帝太寧三年四月八日，皇氏生長子，諱初起，是爲太皇君。成帝咸和三年八月十三日生次子，諱初平，是爲小皇君。二君生而穎悟，俊拔秀聳，有異相。小君年十五，家使牧羊。遇一道士，愛其良謹，引入於金華山之石室，蓋赤松子幻相而引之。小君即煉質其中，絶棄世塵，追求象罔。且謂朱髓之訣，指掌而可明；上帝之庭，鞠躬而自致。積世累功，踰四十稔，大君念小君之不返，巡歷山水，尋覓蹤跡，而不得見。後於市中，復遇一道士，善卜，就占之，道士曰：『金華山中有牧羊兒，非卿弟耶？』遂同至石室。此亦赤松子幻相而引之。兄弟相見，且悲且喜。大君問曰：『羊何在？』小君曰：『近在山東。』及大君往視,了無所見,惟見白石無數。還謂小君曰:『無羊。』小君曰:『羊在耳,但兄自不見。』便俱往山東。小君言:『叱吒!』於是白石皆起,成羊數萬頭。今臥羊山即是其所。大君曰:『我弟得神通如此,吾可學否?』小君曰:『惟好道便得。』大君便棄妻子,留就小君,共服松脂、茯苓。至五千日,能坐在立亡,日中無影,有童子之色。修道既成,還鄉省親,則故老皆無者。今石室之下有洞焉,蓋二君深隱之祕宫也。二君以服脂苓方教授弟子南伯逢等。其後傳授又數十人得仙。《神仙傳》曰:二君得道之後,大君號魯班,小君亦號赤松子。此蓋二君不眩名驚世,故詭姓遁身,以求不顯。此乃祖述赤松子稱黄石公之遺意也。二君道備,於松山絶頂爲煉丹計。丹成,大君則鹿騎,小君則鶴駕,乘雲上昇。今大賁山即是也。二君既仙,同邦之人相與謀而置棲神之所,遂建赤松宫,偕其師赤松子而奉事焉。召學其道者而主之。自晉而我朝,香火綿滋。道士常盈,百敬奉之心,未有涯也。」所叙多道教誇張語,且言二皇生年頗謬。若此,葛洪作皇初平傳之時,其人尚未出生也。

《歷世真仙體道通鑑》卷五有《皇初平》,文同《雲笈七籤》,惟末云:「金華山,今屬婺州,見有石羊存焉。一云茶陵雲陽山黄初平,號赤松子,治南嶽之陽,即此地,有松高萬丈。」「一云」乃别一説,以皇爲黄,以茶陵雲陽山爲修道之所。

晚唐曹唐有《黄初平将入金華山》詩,云:「莫道真遊煙景賒,瀟湘有路入金華。溪頭鶴樹春常在,洞口人家日自斜。一水暗鳴閒遶澗,五雲長往不還家。白羊成隊難收拾,喫盡溪邊巨勝花。」(《才調集》卷四)

《東坡全集》卷九四有《顧愷之畫黄初平牧羊圖贊》，云：「先生養生如牧羊，放之無何有之鄉。止者自止行者行，先生超然坐其旁，挾策讀書羊不亡。化而爲石起復僵，流涎磨牙笑虎狼。先生指呼羊服箱，號稱雨工行四方。莫隨上林芒屩郎，鼽門舐地尋鹽湯。」

南宋陳巖肖《庚溪詩話》卷下云：「林懿成……嘗爲婺州守，題赤松山皇初平祠云：『路轉溪廻草木香，有人荷笠山之陽。定知我是金華守，笑道牧民如牧羊。』又云：『羽仗霓旌去不還，空餘匊水落人間。至今山下無苦旱，便是田家九轉丹。』詩語佳而意新。」

皇初平又演爲威少卿、成君平事。南宋蔡夢弼《杜工部草堂詩箋》卷二《送孔巢父》注引盛弘之《荆州記》曰：「鵝羊山，石皆成鵝羊形。云昔有威少卿者，年十四五，兄令牧羊。見一老人，謂曰：『汝有仙骨，可相隨去。』市人報其兄。兄至山，見少卿。送兄出，問羊在否，指謂石，使令隨兄去。」

宋阮閲《詩話總龜》前集卷一六引《幽閑鼓吹》云：「鵞羊山，在長沙縣北二十里，本名東華山，亦謂之石寶山。上有仙壇、丹竈。《湘中别記》云：昔郡人成君平，年十五，兄使牧鵝羊。忽遇一仙翁，相將入此山。兄後尋至山中，見君平，因問所牧鵞羊何在。弟拍白石曰：『此是也。』遂驅起，令隨兄去。旬日却還山下，復化爲石。今猶存焉。因名此山爲鵞羊山。」又引畢田（北宋人）詩云：「羽客何年此鍊丹，尚留空竈鎮孱顔。雲中雞犬仙應遠，山下鵞羊石轉頑。湘渚幾因滄海變，遼城無復令威還。何年仙馭還來此，盡遺飛騰上九關。」（按：《幽閑鼓吹》唐張固撰，今本脱載。）陳葆光《三洞羣仙録》卷一九亦引《幽閑鼓吹》，文同。《歷世真仙體道通鑑》卷五亦據《詩話總龜》撰《成君平》。

王遠

王遠字方平，東海〔一〕人也。舉孝廉〔二〕，除郎中〔三〕，稍加至中散大夫〔四〕。博學五經，尤明天文、圖讖、《河》《洛》之要，逆知天下盛衰之期，九州吉凶，觀諸掌握。後棄官，入山修道。道成，漢孝桓帝〔五〕聞之，連徵不出。使郡牧〔六〕逼載，以詣京師。遠低頭閉口，不肯答詔。乃題宮門扇板四百餘字，皆説方來〔七〕之事。帝惡之，使人削之，外字始去，内字復見，字墨皆徹入板裏〔八〕。

方平無復子孫，鄉里人累世相傳共事之。同郡故太尉公陳耽〔九〕，爲方平架道室，旦夕朝拜之，但乞福消灾，不從學道。方平在耽家四〔一〇〕十餘年，耽家無疾病死喪，奴婢皆然〔一一〕。六畜繁息，田蠶萬倍，仕宦高遷。後語耽云：「吾期運將盡當去，不得復停，明日日中當發也。」至時，方平死。耽知其化去，不敢下著地，但悲涕歎息曰：「先生捨我去耶？我將何如〔一二〕？」具棺器，燒香，就床上衣裝之。至三日三夜，忽失其尸，衣帶不解，如蛇蜕耳。方平去後百餘日，耽亦死。或謂耽得方平之道化去，或謂方平知耽將終，委之而去也。

其後，方平欲東之括蒼山〔一三〕。過吴，往胥門〔一四〕蔡經家。經者小民也，骨相當仙，方平知之，故住其家。遂語經曰：「汝生命應得度世，故欲取汝以補仙官〔一五〕。然汝少不知道，今氣少肉多，不得上昇，當爲尸解耳。尸解一劇〔一六〕須臾，如從狗竇中過耳。」告以要言，乃委經去。

後經忽身體發熱如火，欲得水灌。舉家汲水以灌之，如沃燋石。似此三日中，消耗骨立。乃入室，以被自覆，忽然失其所在。視其被中，惟有皮頭足具，如今蟬蛻也。去十餘年，忽然還家。去時已老，還更少壯，頭髮還黑〔一七〕。語其家云：「七月七日，王君當來過。到其日，可多作數百斛飲食，以供從官。」乃去。

到期日，其家假借盆甕，作飲食數百斛，羅列覆置庭中。其日，方平果來。未至經家〔一八〕，則聞金鼓簫管人馬之聲。比近，皆驚不知何所在。及至經家，舉家皆見。方平著遠遊冠，朱服，虎頭鞶囊〔一九〕，五色綬，帶劍，少鬚，黃色〔二〇〕，長短中形人也。乘羽車〔二一〕，駕五龍，龍各異色。麾節幡旗，前後導從。威儀奕奕，如大將軍也。有十二玉壺〔二二〕，皆以臘蜜封其口。鼓吹皆乘麟〔二三〕，從天上下懸集，不從道行也〔二四〕。既至，從官皆隱，不知所在，惟見方平坐耳。

須臾，引見經父母兄弟。因遣人召麻姑相問〔二五〕，亦莫知麻姑是何神也。言：「王方平敬報，久不在民間，今集〔二六〕在此，想姑能暫來語否？」有頃信還，但聞其語，不見所使人也。答言：「麻姑再拜，比不相見，忽已五百餘年。尊卑有序，脩敬無階。思念久〔二七〕，煩信承來在彼，登當傾倒〔二八〕。而先被詔〔二九〕，當案行蓬萊，今便暫往。如是當還，還便親覲，願未即去。」

如此兩時間〔三〇〕，麻姑來。來時，亦先聞人馬之聲。既至，從官當半於方平也。麻姑至，蔡經亦舉家見之。是好女子，年十八九許。於頂中作髻，餘髮散垂至腰。其衣有文章，而非錦綺，光彩耀日〔三一〕，不可名字，皆世所無有也。入拜方平，方平爲之起立。坐定，召進行厨〔三二〕，皆金玉盃盤無限也。餚膳多是諸花菓，而香氣達於内外。擘脯而行〔三三〕之，如行㹮炙〔三四〕，云是麟脯也〔三五〕。麻姑自説：「接待〔三六〕以來，已見東海三爲桑田。向到蓬萊，水又淺於往昔會時略半也〔三七〕，豈將復還爲陵陸乎？」方平笑〔三八〕曰：「聖人皆言海中行復揚塵也。」

麻姑欲見蔡經母及婦姪〔三九〕。時經弟婦新産數十日〔四〇〕，麻姑望見乃知之，曰：「噫！且止勿前。」即求少許米。至得米，便以撒地，謂以米祛其穢也。視米，皆成真珠〔四一〕。方平笑曰：「姑故少年也〔四二〕，吾老矣，不喜復作此曹輩狡獪〔四三〕變化也。」

方平語經家人曰：「吾欲賜汝輩酒。此酒乃出天厨，其味醇醲〔四四〕，非俗人所宜飲，飲之或能爛腸。今當以水和之，汝輩勿怪也。」乃以一升酒，合水一斗攪之，以賜經家人。

人飲一升許，皆醉，良久酒盡。方平語左右曰：「不足，復還取也。」以千錢與餘杭姥相聞，求其酤酒。須臾信還，得一油囊酒，五斗許。信傳餘杭姥答言：「恐地上酒不中尊者飲耳。」

又麻姑手爪不如人爪〔四五〕，形皆似鳥爪。蔡經中心私言：「若背大癢時，得此爪以爬背，當佳也。」方平已知經心中所言，即使人牽經鞭之，曰：「麻姑神人也，汝何忽謂其爪可以爬背耶？」便見鞭著經背，亦不見有人持鞭者。方平告經曰：「吾鞭不可妄得也。」

經比舍有姓陳，失其名字。嘗罷尉〔四六〕，聞經家有神人，乃詣門扣頭，求乞拜見。於是方平引前與語〔四七〕，此人便乞得驅使，比於蔡經。方平曰：「君且起，可向日立。」方平從後視之，曰：「噫！君心不正，影不端〔四八〕，終不可教以仙道也。當授君地上主者之職。」臨去，以一符并一傳〔四九〕著小箱中，以與陳尉。告言：「此不能令君度世，止能令君竟本壽〔五〇〕，壽自出百歲也。可以消灾治病。病者命未終及無罪犯者，以符到其家，便愈矣。若有邪鬼血食作禍者，帶此傳，以勑社吏，當收送其鬼〔五一〕。君心中亦當知其輕重，臨時以意治之。」陳尉以此符治病有效，事之者數百家。陳尉壽一百一十一歲而死，死後其子孫行其符，不復效矣。

方平去後，經家所作飲食數百斛在庭中者悉盡，亦不見人飲食之也。經父母私問經曰：「王君是何神人？復居何處？」經答曰：「常治崑崙山，往來羅浮山〔五二〕、括蒼山。此三山上，皆有宮殿，宮殿一如王宮。王君常任天曹事，一日之中，與天上相反覆者數遍〔五三〕。地上五嶽生死之事，悉關王君〔五四〕。王君出時，或不盡將百官，惟乘一黄麟，將士數十人侍〔五五〕。每行常見山林在下，去地常數百丈。所到，山海之神皆來奉迎拜謁，或有干道白言〔五六〕者。」

後數〔五七〕年，經復暫歸家。方平有書與陳尉，真書廓落〔五八〕，大而不工〔五九〕。先是，無人知方平名遠者，起此，乃因陳尉書知之。其家於今，世世存録王君手書及其符傳於小箱中，秘之也。（卷三）

〔一〕東海，郡名。秦置，治郯縣（今山東郯城縣北）。

〔二〕孝廉，漢代選拔官吏實行察舉制，即由丞相、列侯、刺史、守相等推舉，經過考核而任用。主要科目有孝廉、賢良文學、秀才等。《漢書·武帝紀》：「元光元年冬十一月，初令郡國舉孝廉各一人。」顔師古注：「孝謂善事父母者，廉謂清潔有廉隅者。」

〔三〕除，授官。郎中，皇帝侍從，參與謀議。

〔四〕稍，漸也。中散大夫，隸屬光禄勳，掌顧問應對。

〔五〕漢孝桓帝，即劉志，一四六年至一六七年在位。

〔六〕郡牧，指郡太守與州牧。州牧即州刺史。漢武帝置州刺史，成帝時改稱州牧。東漢復置刺史，靈帝時改稱州牧。桓帝時仍稱刺史，此用後改之稱。《雲笈七籤》卷一〇九《神仙傳》、《太平廣記》卷七引《神仙傳》、《廣漢魏叢書》本卷二《王遠》及《七籤》卷八五《尸解·王方平》作「郡國」。

〔七〕方來，未來。

〔八〕此句之下《廣記》、《漢魏》本多「削之愈分明」一句。

〔九〕陳耽，《後漢書·靈帝紀》：「（熹平三年）二月己巳，大赦天下。太常陳耽爲太尉。」李賢注：「耽字漢公，東海人也。」按：桓帝時陳耽未爲太尉，此亦爲作者用其後來官銜。

〔一〇〕四，《七籤》作「三」。

〔一一〕然，《七籤》作「安然」。

〔一二〕如，《廣記》、《七籤》、《漢魏》本作「怙」。

〔一三〕括蒼山，在今浙江麗水市東南。

〔一四〕往，《廣記》、《七籤》、《漢魏》本作「住」。胥門，吴縣（今江蘇蘇州市）西南門，春秋吴國時即有此門。舊題唐陸廣微《吴地記》：「胥門，本伍子胥宅，因名。石碑見存。出太湖等道，水陸二路，今陸廢。」宋范成大《吴郡志》卷三：「胥門，伍子胥宅在其傍。《吴地記》云石碑見在，今亡。此門出太湖道也。今水陸二門皆塞，而新姑蘇臺館乃據其上。」

〔一五〕仙官，《廣記》、《七籤》、《漢魏》本作「官僚」。官僚，此亦指仙官。

〔一六〕一劇，一甚。一、劇，皆爲極、甚之義。

〔一七〕以上八字《廣記》、《漢魏》本作「容色少壯，鬢髮鬒黑」。

〔一八〕此句下《七籤》多「一時間」三字。《廣記》卷六〇引《神仙傳》、《漢魏》本卷七《麻姑》、《墉城集仙録》卷四《麻姑》此句作「將至一時頃」。

〔一九〕鞶（pán）囊，古時官員用以盛印綬之革囊。《宋書·禮志五》：「鞶，古制也。漢代著鞶囊者，側在腰間，或謂之傍囊，或謂之綬囊，然則以此囊盛綬也。」虎頭鞶囊，乃飾以虎頭圖樣者也。班固《與竇憲箋》：「固於張掖縣，受賜所服物虎頭繡鞶囊一雙。」「囊」原譌作「裳」，據《廣記》卷七及卷六〇、《七籤》、《漢魏》本《王遠》及《麻姑》、范成大《吴郡志》卷四〇引《神仙傳》、《集仙録》、《太平御覽》卷六六四引《靈寶赤書》正。

〔二〇〕黄色，《集仙録》作「黄白色」。

〔二一〕羽車，車蓋裝飾以羽毛之車。《七籤》作「羽蓋之車」，《集仙録》作「羽蓋車」。

〔二二〕十二玉壺，《集仙録》、《七籤》作「十二隊五百士」，《廣記》卷七、《漢魏》本《王遠》作「十二伍佰」。五百、伍佰，官員儀仗中導引開道之役卒。《後漢書》卷七八《宦者列傳·曹節傳》：「越騎營五百妻有美色，破石從求之，五百不敢違。」李賢注引韋昭《辯釋名》：「五百，字本爲『伍』。伍，當也；伯，道也。使之導引當道中以驅除也。」按：《紺珠集》卷二《神仙傳》、《類説》卷三《神仙傳》、葉廷珪《海録碎事》卷一三上引《神仙傳》、《錦繡萬花谷》前集卷四引《神仙傳》皆云「持玉壺十二」。

〔二三〕麟，《廣記》卷七、《漢魏》本《王遠》作「龍」。

〔二四〕以上二句《廣記》卷七、《漢魏》本《王遠》作「從天而下，懸集於庭。從官皆長丈餘，不從道衢」，《廣記》卷六〇、《漢魏》本《麻姑》、《集仙録》同，唯「衢」作「行」。

〔二五〕問，唐顔真卿《顔魯公集》卷一三《撫州南城縣麻姑山仙壇記》引葛稚川《神仙傳》作「聞」。聞，通「問」，慰問。

〔二六〕集，《仙壇記》、《集仙録》、《廣記》卷七、《七籤》、《吴郡志》、《漢魏》本《王遠》作「來」。

〔二七〕久，此字原無，據《仙壇記》、《七籤》補。

〔二八〕登當，登時，即刻。傾倒，傾心、心儀，心向往之。《廣記》卷七、《吴郡志》、《漢魏》本《王遠》作「食頃即到」。《仙壇記》、《廣記》卷六〇、《漢魏》本《麻姑》作「登山顛倒」。「顛倒」出《詩經·齊風·東方未明》：「東方未明，顛倒衣裳。」形容起身急促，忙亂中穿錯衣裳。《集仙録》作「登頃即到」。登頃，立刻。《七籤》作「故當躬到」。

〔二九〕詔，原譌作「記」，據《七籤》、《御覽》引《靈寶赤書》正。《廣記》卷七、卷六〇，《吴郡志》，《漢魏》本《王遠》、《麻姑》，「被詔」皆作「受命」。《集仙録》作「受帝命」。

〔三〇〕間，《廣記》卷七、《漢魏》本《王遠》作「聞」，連下讀。

〔三一〕日，《廣記》卷七、卷六〇，《漢魏》本《王遠》、《麻姑》作「目」。

〔三二〕召，《仙壇記》、《廣記》卷七、《七籤》、《吴郡志》、《漢魏》本《王遠》、《御覽》引《靈寶赤書》作「各」。行厨，神仙出行可隨時召來之天厨食物。

〔三三〕行，布也，布菜。《御覽》卷八六二引葛洪《神仙傳》、《廣記》卷七、《漢魏》本《王遠》作「食」。

〔三四〕此四字原作「如松栢炙」，《七籤》作「如行栢炙」，《廣記》卷六〇、《漢魏》本《麻姑》作「如柏靈」，《集仙録》作「如栢炙」，並誤。《初學記》卷二六引作「如巧狛炙」。按：「狛」同「貊」。《釋名·釋飲食》：「貊炙，全體炙之，各自以刀割，出於胡貊之爲也。」《新輯搜神記》卷一四《胡器胡服》：「羌煮、貊炙，戎翟之食也。」貊，北方少數民族。「松栢」當爲「行狛」之譌，據《初學記》、《七籤》改。《初學記》之「巧」蓋「行」字之譌。

〔三五〕《北堂書鈔》卷一四五引此句上有「指炙」二字。

〔三六〕待，《仙壇記》，《廣記》卷七又卷六〇，《吴郡志》，《漢魏》本《王遠》、《麻姑》及《集仙録》作「侍」。

〔三七〕此句《七籤》作「水乃淺於往者，會將略半也」。
〔三八〕笑，《廣記》卷七、《漢魏》本《王遠》作「嘆」。
〔三九〕婦姪，《仙壇記》作「婦」，《廣記》卷七、《吴郡志》、《漢魏》本《王遠》作「婦等」，《御覽》卷八〇三引《神仙傳》、《事類賦注》卷九引作「經弟婦」，《七籤》作「經婦」。
〔四〇〕數十日，《廣記》卷七、《漢魏》本《王遠》作「數日」，《御覽》卷八〇三、《事類賦注》作「十數日」。
〔四一〕真珠，《仙壇記》、《廣記》卷七、《吴郡志》、《漢魏》本《王遠》作「丹砂」。
〔四二〕此句《七籤》作「麻姑故作少年戲也」。
〔四三〕狡獪，遊戲、戲耍。陸游《老學庵續筆記》云：「《麻姑傳》：王方平曰：『吾子不喜作狡獪事。』蓋古謂戲爲狡獪。《列異傳》云『北地傳書，小女折荻作鼠以狡獪』是也（按：原爲「北地傳尚書小女，嘗折荻作鼠以狡獪」，見《廣記》卷三六〇引）。今人間爲小兒戲爲狡頑，蓋本於此。或謂奸猾爲狡獪，則失之。」按：六朝恒用此語，《廣記》卷三二四引《幽明録》「劉雋」條云：「門前有三小兒，皆可六七歲，相牽狡獪。」《南史》卷五《齊廢帝鬱林王紀》云：「與羣小共作諸鄙褻擲塗、賭跳、放鷹、走狗雜狡獪。」皆是也。
〔四四〕釀，原作「醲」，當譌，據《御覽》卷七六五引葛洪《神仙傳》、《廣記》卷七又卷六〇、《七籤》、《吴郡志》、《漢魏》本《王遠》及《麻姑》、《集仙録》改。
〔四五〕不如人爪，《七籤》作「不似人」。
〔四六〕尉，《廣記》卷七、《吴郡志》、《錦繡萬花谷》前集卷四、《漢魏》本《王遠》作「縣尉」。
〔四七〕此句「引」字前《廣記》卷七、《吴郡志》、《漢魏》本《王遠》有「使」字，《御覽》卷七三七引《神仙傳》有「遣人」二字。

〔四八〕以上七字《七籤》作「君心邪，不正於經」。
〔四九〕傳，憑證。
〔五〇〕竟本壽，《七籤》作「延壽」。
〔五一〕傳，《七籤》作「符」。 㪍，同「勑」、「敕」。 社吏，即社公，掌管一方之土地小神。 以上十二字《廣記》卷七、《漢魏》本《王遠》作「便帶此符，以傳㪍吏，遣其鬼」，《御覽》卷七三七作「君便以符帶此傳，以㪍社吏，當收送其鬼」，《吴郡志》作「便以傳敕吏遣其鬼」。
〔五二〕羅浮山，在今廣東增城市東，爲道教名山。
〔五三〕數遍，《廣記》卷七、《吴郡志》、《漢魏》本《王遠》作「十數過」，《七籤》作「數十過」。
〔五四〕此句《廣記》卷七、《吴郡志》、《漢魏》本《王遠》作「皆先來告王君」，《七籤》作「皆先來關王君」。 關，禀報。
〔五五〕此句《廣記》卷七、《吴郡志》、《漢魏》本《王遠》作「將十數侍人」，《七籤》作「將十數人」。
〔五六〕干道白言，道上干謁陳事。 「干」原譌作「千」，「白言」原闕，據《七籤》補正。
〔五七〕數，《廣記》卷七、《七籤》、《漢魏》本《王遠》作「數十」。
〔五八〕真書，隸書。 《廣記》卷七、《漢魏》本《王遠》「真」作「其」。 廓落，宏闊。
〔五九〕工，《七籤》作「楷」。 楷，端正。 《御覽》引《靈寶赤書》作「正」。

王遠、蔡經、麻姑事，先見於《列異傳》。《太平御覽》卷三七〇引曰：「神仙麻姑降東陽蔡經家，手爪長四寸。 經意曰：『此女子實好佳手，願得以搔背。』麻姑大怒。 忽見經頓地，兩目流血。」又卷三七五引曰：「蔡經與神交，神將去，家人見經詣井上飲水，上馬而去。 視井上，俱見經皮如蛇蜕，遂不還。」

又卷三四五引曰:「有神王方平,降陳節方家。以刀一口,長五尺,一長五尺三寸,名泰山環,語節方曰:『此刀不能爲餘益,然獨卧可使無鬼,入軍不傷。勿以入厠溷,且不宜久服,三年後求者急與。』果有戴卓(按:《四庫全書》本作載車)以錢百萬請刀。」所引三節除麻姑爪略同,其餘皆不見《神仙傳》。

唐王懸河《三洞珠囊》卷八引《神仙傳》云「仙人麻姑,侍從女子」,以麻姑爲王方平侍女。五代杜光庭《墉城集仙録》卷四《麻姑》,節自《神仙傳》,《太平廣記》卷六〇所引《麻姑》與之文同,唯首云「麻姑者,乃上真元君之亞也」,乃杜光庭援入道教之説。南宋高似孫《緯略》卷六引《王氏神仙傳》(杜光庭)云王方平過蔡經家遣人召麻姑,亦採自《神仙傳》。

《御覽》卷六六四引《靈寶赤書》,卷六六六引《道學傳》,均亦採其事。

元趙道一《歷世真仙體道通鑑》卷五《王遠》、《蔡經》皆據《雲笈七籤》卷一〇九《神仙傳》採録。《王遠》末注:「《忠州圖經》云禹廟景德觀,前漢王方平得道之山,舊名仙都宫。宋真宗咸平元年,賜太宗皇帝御書一百二十卷,景德元年賜今額。」忠州,治今重慶市忠縣。《蔡經》注云:「平江府有蔡經宅。」平江府,治今江蘇蘇州市。《歷世真仙體道通鑑》後集卷三《麻姑》云:「麻姑,乃王方平之妹,修道得仙,年可十八許。於頂中作髻,餘髮散垂至腰。其衣有文章,光彩耀日,世所無有也。昔方平降蔡經家,遣使邀麻姑同宴。各進行廚,皆金盤玉杯,餚饍多是諸花,而香氣達于内外,擘麟脯,如行柏炙,進天酒,如飲瓊漿。麻姑曰:『接侍以來,見東海三爲桑田,向到蓬萊,水乃淺於往日,會將減半也,將復揚塵也。』麻姑手爪頗似鳥爪,蔡經心言:『背痒時得此爪以爬背,當佳也。』方平已知經心中所言,即使神吏鞭之，曰：『麻姑神人也，汝可萌妄想哉！』宣州有麻姑仙壇，建昌軍有麻姑山，靈迹非止一處。宋徽宗政和間，寵褒麻姑爲真寂沖應元君。寧宗嘉泰間，改封虛寂沖應真人。」本《神仙傳》，然稱麻姑乃王方平之妹，不知何據。宣州，治今安徽宣城市宣州區。建昌軍，治今江西撫州市南城縣。

麻姑、王方平、蔡經等遺迹歷代多見記載。

梁任昉《述異記》卷上云：「濟陽山，麻姑登仙處。俗説山上千年金雞鳴，玉犬吠。」

唐顔真卿《顔魯公集》卷一三《撫州南城縣麻姑山仙壇記》云：「麻姑者，葛稚川《神仙傳》云……大曆三年，真卿刺撫州。按《圖經》南城縣有麻姑山，頂有古壇，相傳云麻姑於此得道。壇東南有池，中有紅蓮，近忽變碧，今又白矣。池北下壇，傍有杉松皆偃蓋，時聞步虛鐘磬之音。東南有瀑布，淙下三百餘尺。東北有石崇觀，高石中猶有螺蚌殼，或以爲桑田所變。……」

唐陸廣微《吴地記》云：「蔡經宅，在吴縣西北五十步。經後漢人，有道術，煉大丹，服昌蒲得仙。今蔡仙鄉，即其隱處也。」吴縣，今蘇州市。

《雲笈七籤》卷二八《二十四治》云：「第八真多治。山在懷安軍金堂縣，去成都一百五十里。山有芝草神藥，得服之，令人壽千歲。山高二百八十丈。前有池水，水中神魚五頭。昔王方平於此與太上老君相見。治應斗宿，女人發之，治王七十年。」金堂縣，今四川成都市金堂縣西。

又卷二七司馬紫微《洞天福地天地宫府圖·三十六小洞天》：「第二十八麻姑山洞，周迴一百五十里，名曰丹霞天，在撫州南城縣，屬王真人治之。」又《七十二福地》：「第十丹霞洞，在麻姑山，是蔡經真人得道之處。至今雨夜,多聞鐘磬之聲,屬蔡真人治之。」

又卷一一七《道教靈驗記·段相國報願修忠州仙都觀驗》云:「忠州酆都縣平都山仙都觀,前漢真人王方平、後漢真人陰長生得道昇天之所。」(按:《道教靈驗記》杜光庭撰。)酆都縣,今屬重慶市。

杜光庭《名山洞天福地記》曰:「第二十八洞麻姑山,周迴一百五十里,名丹霞之天,在撫州南城縣。」《道藏》本末有「麻姑上昇」一句。

杜光庭《録異記》卷六云:「繁陽山麻姑洞,即二十四化之第一陽平之别名也,在繁水之陽,因以爲名。……其洞本名麻姑洞,山側有麻姑宅基,蓋修道之所也。」繁陽山,在今四川新都縣南。

北宋樂史《太平寰宇記》卷一〇〇《建昌軍·南城縣》云:「麻姑山,在縣西南二十二里。」所叙全同顔記。又卷二〇《登州·牟平縣》云:「大崑崙山,在縣東南四十里。按仙經云姑餘山,因麻姑曾于此山修道上昇,有餘址尚在,因以爲名。後代以『姑餘』、『崑崙』聲相類而俗名。又有小崑崙相連。」牟平縣,今屬山東烟臺市。

南宋范成大《吴郡志》卷九云:「蔡經宅,在朱明寺西。」又卷四〇云:「《吴地記》云經幼學玄,老工方術,變水成玉,變石成金,服水玉得真仙。今吴縣有蔡仙鄉。」

《錦繡萬花谷》後集卷二七《宫觀》云:「建昌軍麻姑壇,咸平中改名仙都觀。」

王象之《輿地紀勝》卷二《臨安府·仙釋》引《吴記》云:「織里有蔡經宅,杭州餘杭縣故基存焉。吴天璽二年,有神仙四人,自稱曰東方朔等,往來經所居。孫皓將亡,四人者預以告經,遂蛇蜕而往。」餘杭縣，今浙江杭州餘杭區。又本卷《景物下》云：「仙姥岩，在府西五里。《神仙傳》云王方平過蔡經家，以千錢與餘杭姥，求沽酒，須臾得五斗。又古傳有農姥居此，采衆花釀酒。」

又卷一二《台州・景物下》云：「麻姑巖，在天台縣西南二十五里，一名仙姑，巨石谽谺，矯如人立。昔麻姑訪王方平於此巖，其上有洞，麻姑像存焉。」天台縣，今屬浙江台州市。

又卷二六《隆興府・仙釋》云：「麻姑觀，在進賢縣東南。周時舉記云：麻姑名山有三，一在宣城，是爲沖昇之地；一在盱江，是爲得道之地；一在豫章進賢，是爲經遊之地。」進賢縣今屬江西南昌市，在南城縣西北。盱江即汝水，在南城縣東。宣城縣，即今安徽宣城市宣州區。

又卷三五《建昌軍・古迹》云：「麻姑山，在南城縣西南十里。」又云：「麻姑廟，本蔡經宅。唐開元時，道士鄧紫陽遺奏，云乞立廟於壇側，玄宗從之。」又《仙釋》云：「麻姑仙……元豐、元祐、宣和累封真寂沖應元君。」

祝穆《方輿勝覽》卷一《臨安府・古跡》云：「仙姥墩，在府西五里。按葛洪《神仙傳》，王方平過蔡經家，以千錢與餘杭姥，求沽酒。須臾信還，得酒五斗許。又東晉初有裴氏姥，不知何許人，居此墩，采衆花醖酒沽，貧者貰與。經數年，忽有三人至姥所，各飲數斗不醉。謂姥曰：『予非常士，知姥當仙，故来相命。』因授藥數丸。姥餌之，月餘不知所在。」

又卷二一《建昌軍・山川》云：「麻姑山，在城西南十五里，高九里五十步，周廻四百一十四里。至山麓，有尋真亭。……入山門，榜曰『丹霞小有洞天』。……路之東南隅，則碧蓮池，《仙壇記》所謂紅蓮變白今又碧之處也。玳瑁石介其左。由池畔坦途，一望間有會仙亭。入觀門，澗水冬夏長流，乃蔡經宅，麻姑、王方平所會之處。」

陳耆卿《赤城志》卷二二《山・仙居》云：「麻姑巖，在縣西南二十五里，一名仙姑。巨石谽谺，矯如人立。昔麻姑訪王方平、蔡經，嘗隱於此，故以名巖。其上有洞，旁兩石相峙，高深各踰丈，俗呼風門，有麻姑像存焉。」仙居縣，今屬浙江台州市，在括蒼山西北。又卷二五《水・仙居》：「蔡經井有九，在縣東一十七里。舊傳每汲其一，八皆波動。兵火後存其五爾。」又卷三〇《宫觀・仙居》云：「隱真宫，在縣東南二十里，舊名隱玄。梁天監五年建，本吴蔡經故宅。先是，有漢人王遠得道飛昇，三國時遊括蒼山，過經家，謂曰：『汝有仙骨而未知道。』以金丹餌之。及卒，舉棺甚輕。啓函，視無有。越四年復返，姿益少，謂家人曰：『七月七日王真人當來。』其日王果至，駕五色龍，旌節導從甚都。召經父兄見之。又遣人召麻姑至，曰：『不接奉五百年矣。』乃迭進肴饍，有金盤玉斝焉。王又以酒一斗，匀水五升，飲經家人。」又卷三一《祠廟・僊居》云：「麻姑廟，在縣西南二十五里麻姑山。」

方仁榮、鄭珤《景定嚴州續志》卷九《分水縣・祠廟》云：「麻姑廟，在生仙裹鄉，去縣四十里。」分水縣，即今浙江桐廬縣分水鎮。

潛説友《咸淳臨安志》卷二四《山川三・餘杭縣》云：「阿姥堆，在縣西五里，高六十丈，周廻一里。按葛洪《神仙傳》云，王方平過蔡經家，以千錢與餘杭老姥市酒，得五斗許。」又卷六九《人物十・方外》云：「蔡經，吴人也。《吴記》云織田有蔡經宅，杭州餘杭縣故基存焉。吴大(按：當作「天」)璽二年，有神仙四人，自稱曰東方朔等，往來經所居。孫皓將亡，四人預以告經，遂虵蜕而往。（原注：升仙年代與《神仙傳》小異。）又有沽酒阿母，亦在縣界。王方平、麻姑嘗宴于經家，取阿母酒，和天上酒以飲也。（原注：《神仙傳拾遺》。按：顔魯公《麻姑壇記》王方平過括蒼蔡經家。今台之仙居，括蒼洞之陽，有經故宅，爲隱真宮是也。此云宅在餘杭，與顔記不合，豈仙家居無常所而各記之耶？）」

陳田夫《南嶽總勝集·紫虚閣》云：「閣下有石壇，舊記云夫人（魏華存）昔自撫州乘雲飛至此……今撫州山有穴，深廣狀斯石也。或云沖寂元君麻姑送夫人乘雲至此，雲遂化爲石也，一云麻姑石，在觀之西山上。按《内傳》（《南嶽魏夫人内傳》），夫人姓魏諱華存，字賢安，任城人，即晉武帝左僕射魏舒之女，封上真司命紫虚元君之職，又加名山之封，位約諸侯。沖寂元君麻姑大仙，爲其佐治，今閣上亦有麻姑像，與夫人並列。」

洪邁《夷堅丙志》卷四《麻姑洞婦人》云：「青城山相去三十里有麻姑洞，相傳云亦姑修真處也。丈人觀道士寇子隆，獨往瞻謁，至中塗，遇村婦數輩，自山中擔蘿蔔中出，弛擔牽裳，就道上清泉，跣足洗菜。見子隆至，問：『尊師何往？』曰：『將謁麻姑。』一婦笑曰：『姑今日不在山，無用去。』取蘿蔔一顆授子隆，曰：『可食此。』食之遂行，竊自念曰：『彼皆村野愚婦，豈識麻姑爲何人，得非戲我歟？』忽焉如悟，回首視之，無所見矣。自是神清氣全，老無疾病。爲人章醮，自稱火部尚書。壽過百歲，隆興中乃卒。」

明田汝成《西湖遊覽志餘》卷一五云：「蔡經者，餘杭人，嗜學仙術。王方平偕其妹麻姑降經家。

姑手爪似鳥,經見之,念背癢時好以此爪爬之。方平即知,乃鞭經曰:『麻姑仙人也,何敢如是!』宴畢,命駕昇天。經尋亦蜕去。其所居地,名織田。」

唐曹唐有《王遠宴麻姑蔡經宅》詩,曰:「好風吹樹杏花香,花下真人道姓王。大篆龍蛇隨筆札,小天星斗滿衣裳。閒抛南極歸期晚,笑指東溟飲興長。要喚麻姑同一醉,使人沽酒向餘杭。」

明秦淮寓客《緑窗女史》卷一〇《神仙·仙姬》、《五朝小説·魏晉小説》雜傳家、《重編説郛》卷一一三收《麻姑傳》一篇,署晉葛洪,即《漢魏》本自《廣記》輯出之《麻姑》。

麻姑,小説、戲曲多演之。如《聊齋誌異》、《鏡花緣》等小説中均叙及麻姑,清許善長有《茯苓仙》傳奇(《碧聲吟館六種》)演麻姑事。

壺公

壺公者,不知其姓名。今世所有《召軍符》、《召鬼神治病玉府〔一〕符》,凡二十餘卷,皆出於壺公,故揔名爲《壺公符》〔二〕。汝南〔三〕費長房,爲市掾〔四〕,時忽見公從遠方来,入市賣藥,人莫識之。其賣藥口不二價,治百病皆愈。語買藥者〔五〕曰:「服此藥,必吐出某物,某日當愈。」皆如其言。得錢日收數萬〔六〕,而隨施與市道貧乏飢凍者,所留者甚少〔七〕。常懸一空壺於坐上〔八〕,日入之後,公輒轉足跳入壺中〔九〕,人莫知所在。唯長房於樓上見之,知其非常人也。長房乃日日自掃除公座前地，及供饌物〔一〇〕，公受而不謝。如此積久，長房不懈，亦不敢有所求。

公知長房篤信，語長房曰：「至暮無人時更來。」長房如其言而往。公語長房曰：「卿見我跳入壺中時，卿便隨我跳，自當得入。」長房承公言，爲試展足，不覺已入。既入之後，不復見壺，但見樓觀五色，重門閣道〔一一〕。見公左右侍者數十人。公語長房曰：「我仙人也，忝天曹職。所統供事不勤，以此見謫，暫還人間耳。卿可教，故得見我。」長房不〔一二〕坐，頓首自陳：「肉人無知，積劫厚〔一三〕，幸謬見哀愍，猶如剖棺布氣，生枯起朽。但見〔一四〕臭穢頑弊，不任驅使。若見憐念，百生之厚幸也。」公曰：「審爾大佳，勿語人也。」

公後詣長房於樓上，曰：「我有少酒，汝相共飲之。酒在樓下。」長房遣人取之，不能舉。益至數十人，莫能得上。長房白公，公乃自下，以一指提上，與長房共飲之。酒器不過如蜯大〔一五〕，飲之至旦〔一六〕不盡。公告長房曰：「我某日當去，卿能去否？」長房曰：「思去之心，不可復言。惟欲令親屬不覺不知，當作何計？」公曰：「易耳。」乃取一青竹杖與長房〔一七〕，戒之曰：「卿以竹歸家，便〔一八〕稱病。後日，即以此竹杖置卧處，嘿然便來。」長房如公所言。而家人見此竹，是長房死了，哭泣殯之〔一九〕。

長房隨公去，恍惚不知何所之。公獨留之於羣虎中，虎磨牙張口，欲噬長房，長房不懼。明日，又内長房石室中，頭上有大石，方數丈，茅繩懸之，諸蛇並往嚙，繩欲斷，而長房自若。公往，撰〔二〇〕之曰：「子可教矣。」乃命噉溷，溷臭惡非常，中有蟲長寸許。長房色難之，公乃嘆謝遣之，曰：「子不得仙也，今以子爲地上主者，可壽數百餘歲。」爲傳封符一卷，付之曰：「帶此可舉〔二一〕諸鬼神，嘗〔二二〕稱使者，可以治病消災。」長房憂不能到家，公以竹杖與之，曰：「但騎此，到家耳。」長房辭去，騎杖，忽然如睡，已到家。家人謂之鬼，具述前事。乃發視，棺中惟一竹杖，乃信之。長房以所騎竹杖投葛陂〔二三〕中，視之乃青龍耳。長房自謂去家一日，推之〔二四〕，已一年矣。

長房乃行符，收鬼治病，無不愈者。每與人同坐共語，而目瞋訶遣〔二五〕。人問其故，曰：「怒鬼魅之犯法耳〔二六〕。」汝南郡中常有鬼怪，歲輒數來。來時導從威儀如太守，入府打鼓，周行内外，匝〔二七〕乃還去，甚以爲患。後長房詣府君，而正值此鬼來到府門前。府君馳入，獨留長房。鬼知之，不敢前。欲去，長房厲聲呼：「便〔二八〕捉前來！」鬼化作老公〔二九〕，乃下車，把版〔三〇〕伏庭中，叩頭乞得自改。長房呵曰：「汝死老鬼，不念温涼〔三一〕，無故導從，唐突官府。君知當死否？急復真形！」鬼須臾成大鼈，如車輪，頭長丈餘〔三二〕。長房〔三三〕急復令還就人形。以一札符付之，令送與葛陂君〔三四〕。鬼叩頭流涕，持札去。使人〔三五〕追視之，以札立陂邊，以頸繞札〔三六〕而死。

東海來旱〔三七〕，長房後到東海，見其民請雨，謂之曰：「東海君有罪，吾前繫於葛陂，今當赦之，令其作雨〔三八〕。」於是即有大雨。長房曾與人共行，見一書生，黄巾被裘，無鞍騎馬，下而叩頭。長房曰：「促還他馬，赦汝罪。」人問之，長房曰：「此貍耳，盗社公馬也。」又嘗與客坐，使至市市鮓〔三九〕，頃刻而還。或一日之間，人見在千里之外者數處〔四〇〕。

（卷九）

〔一〕玉府，「玉」原作「王」，據《太平廣記》卷一二引《神仙傳》、《廣漢魏叢書》本卷五《壺公》改。玉府，仙人宫府。

〔二〕壺公符，葛洪《抱朴子内篇・遐覽篇》：「《壺公符》二十卷。」按：道教以符始出老子，《遐覽篇》云：「鄭君（鄭隱）言符出於老君，皆天文也。老君能通於神明，符皆神明所授。」

〔三〕汝南，郡名，漢初置，治平輿縣（今屬河南）。

〔四〕市掾，市吏，管理市場之差吏。

〔五〕買藥者，「買」原譌作「賣」。《廣記》、《漢魏》本作「買人」，據正。

〔六〕數萬，五代王松年《仙苑編珠》卷下引作「數十萬」。

〔七〕此句《廣記》、《漢魏》本作「唯留三五十」。

〔八〕壺，瓠也，即葫蘆。《詩經・豳風・七月》：「七月食瓜，八月斷壺。」毛傳：「壺，瓠也。」坐上，《廣記》、《漢魏》本作「屋上」，《仙苑編珠》作「座前」。坐，同「座」。

〔九〕按：人入壺中，《洞冥記》卷四有類似記述，云：「唯有一女人愛悦於帝，名曰巨靈。帝傍有青珉唾壺，巨靈乍出入其中。」古印度之「梵志吐壺」，壺中有女人，亦此類也，見本書《靈鬼志·外國道人》附録。

〔一〇〕此句《初學記》卷二六、《太平御覽》卷八六〇、南宋祝穆《古今事文類聚》續集卷一七引作「并進餅」、《御覽》卷三九四引作「并進餅餌」。

〔一一〕以上二句《廣記》、《漢魏》本作「唯見仙宫世界，樓觀重門閣道」。《仙苑編珠》作「但見樓觀五色重門，日月明朗」，蓋增飾之詞。

〔一二〕不，《廣記》、《漢魏》本作「下」。

〔一三〕此三字《廣記》、《漢魏》本作「積罪却厚」。

〔一四〕見，《廣記》、《漢魏》本作「恐」。

〔一五〕此句《廣記》、《漢魏》本作「酒器如拳許大」。

〔一六〕旦，《廣記》、《漢魏》本作「暮」。

〔一七〕此句《齊民要術》卷一〇引作「公乃書一青竹」。書指書符。

〔一八〕便，原作「使」，據《廣記》、《漢魏》本改。

〔一九〕以上十五字，《廣記》、《漢魏》本作「去後，家人見房已死，屍在牀，乃向竹杖耳，乃哭泣葬之」。按：《御覽》卷七一〇引《神仙傳》曰：「費長房欲求道，而顧家憂。壺公乃斷一青竹杖，與長房身等，使懸之舍後。家人見，以爲縊死，大小驚號，遂殯葬之。長房立其傍，人無見者。」《事類賦注》卷一四引同。此乃《後漢書》文(見附録)，誤屬之《神仙傳》耳。

〔二〇〕撰，持，握。《御覽》卷五一引《神仙傳》、《廣記》、《漢魏》本作「撫」。

〔二一〕舉，動用之意。《廣記》、《漢魏》本作「主」。

〔二二〕嘗，通「常」。《廣記》、《漢魏》本作「常」。

〔二三〕葛陂（bēi），池名，在今河南新蔡縣西北，參見附録。《説文》十四上自部：「陂……从自皮聲，一曰池也。」大陂曰湖。

〔二四〕此二字《廣記》、《漢魏》本作「推問家人」。

〔二五〕此句《廣記》、《漢魏》本作「呵責嗔怒」。

〔二六〕此句《廣記》、《漢魏》本作「嗔鬼耳」。

〔二七〕匝，周遍，完備。《廣記》、《漢魏》本作「爾」。

〔二八〕便，原作「使」，據《御覽》卷九三二引《神仙傳》、《廣記》、《漢魏》本改。

〔二九〕「化作老公」四字原闕，據《御覽》卷九三二補。

〔三〇〕版，手板，官員所用。《御覽》卷九三二作「板」。

〔三一〕温涼，疾苦之意。《御覽》卷九三二作「良善」，《廣記》、《漢魏》本作「温良」。

〔三二〕以上十七字原闕，據《廣記》、《漢魏》本補。《御覽》卷九三二作「復汝真形。此鬼須臾即成大鼈，如車輪，頸長一丈許」。

〔三三〕此二字據《御覽》卷九三二補。

〔三四〕葛陂君，葛陂水神。水神山神多曰君，如東海君、青洪君、廬山君、度朔君等。

〔三五〕人，原譌作「以」，據《御覽》卷九三二、《廣記》、《漢魏》本正。

〔三六〕札，《御覽》卷九三二作「株」，《廣記》、《漢魏》本作「樹」。

〔三七〕東海，郡名，治郯縣（今山東郯城縣北）。此句原作「東海君來旱」，《廣記》、《漢魏》本作「東海大旱三年」，「君」字衍，删。

〔三八〕以上十九字《廣記》、《漢魏》本作「東海神君前來淫葛陂夫人，吾係之，辭狀不測，脱然忘之，遂致久旱。吾今當赦之，令其行雨」。

〔三九〕鮓（zhǎ），《釋名・釋飲食》：「鮓，葅也，以鹽、米釀魚以爲葅，熟而食之也。」

〔四〇〕「長房曾與人共行」以下，《廣記》、《漢魏》本作「房有神術，能縮地脉，千里存在，目前宛然，放之復舒如舊也」。

壺公、費長房事古書頗多載述，兹録於左。

《太平廣記》卷四六八引《列異傳》曰：「汝南有妖，常作太守服，詣府門椎鼓，郡患之。及費長房來，知是魅，乃呵之。即解衣冠叩頭，乞自改。變爲老鼈，大如車輪。長房令復就太守服，作一札，敕葛陂君。叩頭流涕，持札去。視之，以札立陂邊，以頸繞之而死。」《藝文類聚》卷九六引作《列仙傳》，文同，唯首多「費長房能使社公」一句，當爲《列異傳》之譌。

又《廣記》卷二九三引《列異傳》曰：「費長房能使鬼神。後東海君見葛陂君，淫其夫人，於是長房敕繫三年，而東海大旱。長房至東海，見其請雨，乃敕葛陂君出之，即大雨也。」《太平御覽》卷八八二亦引，文同。

《藝文類聚》卷七二引《列異傳》曰：「費長房又能縮地脈，坐客在家，至市買鮓，一日之間，人見之千里外者數處。」《御覽》卷八六二亦引。

張華《博物志》卷五《方士》曰：「魏王所集方士，名上黨王真、隴西封君達、甘陵甘始、魯女生、譙國華佗字元化、東郭延年、唐霅、冷壽光、河南卜式、張貂、薊子訓、汝南費長房、鮮奴辜、魏國軍吏河南趙聖卿、陽城郄儉字孟節、盧江左慈字元放。」

葛洪《抱朴子內篇・論仙》曰：「近世壺公將費長房去，及道士李意期將兩弟子，皆在郫縣。其家各發棺視之，三棺遂有竹杖一枝，以丹書於杖。」按：《御覽》卷六六四引此文誤作《神仙傳》，辭亦有異，云：「壺公謝元，歷陽人也，費長房師之。及道士李意期，將兩弟子去。積年，長房及兩弟子皆隱變解化。」

《後漢書・方術列傳下》云：「費長房者，汝南人也。曾爲市掾。市中有老翁賣藥，懸一壺於肆頭。及市罷，輒跳入壺中。市人莫之見，唯長房於樓上覩之，異焉。因往再拜，奉酒脯。翁知長房之意其神也，謂之曰：『子明日可更來。』長房旦日復詣翁，翁乃俱入壺中。唯見玉堂嚴麗，旨酒甘肴，盈衍其中，共飲畢而出。翁約不聽與人言之。後乃就樓上候長房曰：『我神仙之人，以過見責，今事畢當去，子寧能相隨乎？樓下有少酒，與卿爲別。』長房使人取之，不能勝，又令十人扛之，猶不舉。翁聞，笑而下樓，以一指提之而上。視器如一升許，而二人飲之，終日不盡。長房遂欲求道，而顧家人爲憂。翁乃斷一青竹，度與長房身齊，使懸之舍後。家人見之，即長房形也，以爲縊死，大小驚號，遂殯葬之。長房立其傍，而莫之見也。於是遂隨從入深山，踐荆棘。於羣虎之中留使獨處，長房不恐。又臥於空室，以朽索懸萬斤石於心上。衆蛇競來齧索且斷，長房亦不移。翁還，撫之曰：『子可教也。』復使食糞，糞中有三蟲，臭穢特甚,長房意惡之。翁曰:『子幾得道,恨於此不成,如何!』長房辭歸,翁與一竹杖曰:『騎此任所之,則自至矣。既至,可以杖投葛陂中也。』(李賢注:陂在今豫州新蔡縣西北。)又爲作一符,曰:『以此主地上鬼神。』長房乘杖,須臾來歸,自謂去家適經旬日,而已十餘年矣。即以杖投陂,顧視則龍也。家人謂其久死,不信之。長房曰:『往日所葬,但竹杖耳。』乃發冢剖棺,杖猶存焉。遂能醫療衆病,鞭笞百鬼,及驅使社公。或在它坐,獨自恚怒,人問其故,曰:『吾責鬼魅之犯法者耳。』汝南歲歲常有魅,僞作太守章服,詣府門椎鼓者,郡中患之。時魅適來,而逢長房謁府君,惶懼不得退,便前解衣冠,叩頭乞活。長房呵之云:『便於中庭正汝故形!』即成老鼈,大如車輪,頸長一丈。長房復令就太守服罪。付其一札,以勑葛陂君。魅叩頭流涕,持札植於陂邊,以頸繞之而死。後東海君來見葛陂君,因淫其夫人,於是長房劾繫之三年,而東海大旱。長房至海上,見其人請雨,乃謂之曰:『東海君有罪,吾前繫於葛陂,今方出之,使作雨也。』於是雨立注。長房曾與人共行,見一書生黄巾被裘,無鞍騎馬,下而叩頭。長房曰:『還它馬,赦汝死罪。』人問其故,長房曰:『此狸也,盜社公馬耳。』又嘗坐客,而使至宛市鮓,須臾還,乃飯。或一日之間,人見其在千里之外者數處焉。後失其符,爲衆鬼所殺。」

梁吴均《續齊諧記》云:「汝南桓景,隨費長房遊學累年,長房謂曰:『九月九日,汝家中當有災,宜急去。令家人各作絳囊,盛茱萸以繫臂,登高飲菊花酒,此禍可除。』景如言,齊家登山。夕還,見雞犬牛羊一時暴死。長房聞之曰:『此可代也。』今世人九日登高飲酒,婦人帶茱萸囊,蓋始於此。」

《御覽》卷九二引《方輿記》曰:「新蔡縣葛陂,費長房化竹之所,後漢於此立葛陂縣。」

《水經注》卷二一《汝水》云：「昔費長房爲市吏，見王壺公懸壺郡市，長房從之，因而自遠同入此壺。隱淪仙路，骨謝懷靈，無會而返。雖能役使鬼神，而終同物化。」又云：「濦水又東南左池爲葛陂，陂方數十里，水物含靈，多所苞育。昔費長房投杖于陂，而龍變所在也。又劾東海君于是陂矣。」按：云壺公姓王，與稱姓謝（見後）頗異。

唐李瀚《蒙求》卷中「壺公謫天」注「後漢費長房，見市中有老翁賣藥」云云，未著所出，當引自《後漢書》。又卷下「長房縮地」注引《神仙傳》事略。

唐李吉甫《元和郡縣圖志》卷一〇《蔡州·平輿縣》云：「葛陂，周迴三十里，在縣東北四十里，費長房投杖成龍處。」

北宋樂史《太平寰宇記》卷一一《蔡州·平輿縣》云：「葛陂，在縣東北四十里，費長房投杖成龍處。」又《新蔡縣》云：「葛陂，周圍三十里。後漢費長房，汝南人，爲市掾，從壺公學道不成，思家辭歸，壺公與一竹杖，曰：『騎此任所之，則自至矣。既至，可以杖投葛陂中。』長房乘杖須臾歸，自謂適經旬日，而已十餘年矣。即以杖投陂中，顧乃成龍矣。後漢曾于此立葛陂縣。」

北宋王存等《元豐九域志》卷一《蔡州》云：「懸壺觀，即費長房舊宅，猶有懸壺樹存焉。」又載蔡州有費長房墓。

馬永易《實賓録》卷九云：「壺公，真人謝元，號壺公。初，汝南費長房爲市掾，忽見公從遠方來賣藥，人莫識之。藥無二價，所治百病皆愈。常懸一壺於屋上，日入之後，公輒蹙入。人無見者，惟長房於樓上見之，知非常人。乃逐日身自掃除，拜進餅，公受餅而不謝。如此積久。一日，見召長房入壺中，授以主鬼治病之道法。長房百歲而卒，今爲地下主者。」

南宋陳葆光《三洞羣仙録》卷四引《丹臺新録》曰：「謝元一，號壺公，即孔子三千弟子之數也。常懸一空壺，市肆貨藥，日入之後，公輒蹙入壺中。舉市無人見者，惟費長房於樓上見之，往拜焉，以師事之。」又曰：「汝南費長房爲市掾，時遇壺公。公知其篤信，語長房曰：『我蹙入壺時，卿便効我，自當得入。』既入壺之後，不復見壺，但見瓊樓金闕，物象妍秀，玉童玉女夾侍。公語長房曰：『我仙人也。君好道否？』長房哀懇，授以劾鬼治病之術，但不得仙道耳。又以一竹杖與之：『騎此到家訖，以杖投葛陂中。』長房如其言，投於陂中，遂化龍去。」

又卷七引《丹臺新録》曰：「後漢費長房既遇仙翁，欲求道而顧家人爲憂，翁乃斷一青竹，與長房身齊，使掛之舍後，家人見即其形也，以爲縊死矣，遂葬之。長房隨入深山，羣虎中留使獨處，長房不恐；又卧於空室，以朽索引萬斤石於心上，衆蛇來齧索斷，長房亦不移。翁曰：『子可教也。』復使食糞，糞中有蟲甚長，長房意惡之。翁曰：『子幾得道，恨此不成。』長房辭歸。長房能縮地脈，數千里奄在目前，放之還舒也。」

李石《續博物志》卷六云：「世傳費長房得符於壺公，以是制服百鬼。其後鬼竊其符，因以殺長房。」

佚名《錦繡萬花谷》後集卷二七云：「葛仙觀，《信州圖經》云費長房投杖化龍之所。」信州，唐置，治上饒縣（今江西上饒市西北）。

元趙道一《歷世真仙體道通鑑》卷二〇有《壺公》，同《後漢書》。又引吴均《續齊諧志》汝南桓景事，末復云：「今建寧府有登高山存焉。」又曰：「《丹臺録》云壺公姓謝名元一。又興化軍有壺公山，昔有人遇壺公引至山頂，見宫闕樓殿，曰：『此壺中日月也。』又有壺公廟存焉。一云蔡州懸壺觀，即費長房舊隱，有懸壺樹。信州靈陽觀亦云費長房竹杖化龍處，未知其故也。」興化軍，治莆田縣（今福建莆田市）。

曹毗　杜蘭香傳

《杜蘭香傳》，又稱《杜蘭香别傳》、《神女杜蘭香傳》。東晉曹毗撰。原傳不傳，《藝文類聚》、《太平御覽》、《太平廣記》等書引用佚文頗多，經整理尚較完整。

曹毗，《晉書》卷九二《文苑》有傳。字輔佐，譙國（治今安徽亳州市）人。魏大司馬曹休玄孫（一説曾孫）。少好文籍，善屬詞賦。歷仕郎中、佐著作郎、句章令、太學博士、尚書郎、鎮軍大將軍從事中郎、下邳太守，官至光録勳。約卒於哀帝興寧三年（三六五）後至簡文帝咸安二年（三七二）前，大約享年六十餘歲。《晉書》本傳云「凡所著文筆十五卷，傳於世」。《隋書·經籍志》著録晉光禄勳《曹毗集》十卷，又《晉曹毗集》四卷，兩《唐志》作《曹毗集》十五卷。《隋志》又著録《論語釋》一卷、《曹氏家傳》一卷。撰有志怪小説集《志怪》，佚文存一事，魯迅《古小説鉤沉》輯入。

《晉書》本傳稱：「郡察孝廉，除郎中，蔡謨舉爲佐著作郎。父憂去職，服闋，遷句章令，徵拜太學博士。時桂陽張碩爲神女杜蘭香所降，毗因以二篇詩嘲之，並續蘭香歌詩十篇，甚有文彩。」據《晉書》卷七七《蔡謨傳》，蔡謨在成帝咸和三年（三二八）冬爲太常，領祕書監。其舉毗爲佐著作郎當在此時，不得晚於咸和四年（佐著作郎屬祕書監）。毗爲太學博士，最早殆在四五年後，此时聞杜蘭香事。然則此傳大約作於成帝咸和（三二六—三三四）末。《晉書·文苑傳》史臣曰「曹毗沈研祕笈」，其述神女之事良有以也。

以體式論之，《杜蘭香傳》乃屬單篇雜傳小説，其題材則爲語怪搜神，與夫西晉張敏《神女傳》一脈相承也。

神女姓杜字蘭香[一]，自稱南陽[二]人。以建興四年[三]春，數詣南郡張傳[四]。傳年十七。望見其車在門外，婢通言：「阿母[五]所生，遣授配君，君不[六]可不敬從。」傳先改名碩。碩呼女前，視可十八九[七]，説事邈然久遠。自云家昔在青草湖[八]，風溺大小盡没。香時年三歲，西王母接而養之於崑崙之山，於今千歲矣[九]。有婢子[一〇]二人，大者萱支，小者松支。鈿車[一一]青牛，上飲食皆備。作詩曰：「阿母處靈岳，時遊雲霄際。衆女侍羽儀，不出墉宮[一二]外。飄輪送我來，豈[一三]復恥塵穢。從我與福俱，嫌我與禍會。」爲詩贈碩云：「縱轡代摩奴，須臾就尹喜[一四]。」摩奴是香御車奴，曾忤其旨，是以自御[一五]。

香降張碩[一六]，賚瓦榼酒、七子檦[一七]，氣芳馨[一八]。檦多菜而無他味，亦有世間常菜，輒有三種色，或丹或紫，一物與海蛤相象。常食粟飯，并有非時果味[一九]。碩云食之亦不甘，然一食七八日不飢。

蘭香與碩織成袴衫[二〇]。

至其年八月旦來，復作詩曰：「逍遥雲霧間，呼嗟發九嶷〔二一〕。流女不稽路〔二二〕，弱水〔二三〕何不之。」出署豫子〔二四〕三枚，大如雞子，云：「食此令君不畏風波，辟寒温〔二五〕。」碩食二，欲留一，不肯，令碩盡食〔二六〕。言：「本爲君作妻，情無曠遠，以年命未合，其小乖。太歲東方卯〔二七〕，當還求君。」

碩問禱祀何如〔二八〕，香曰：「消摩〔二九〕自可愈疾，淫祀無益。」香以藥爲消摩。香戒張碩曰：「不宜露頭食也〔三〇〕，不宜露頭上廁，夜行必以燭。若脱誤，當跪拜謝〔三一〕。」

杜蘭香降張碩〔三二〕，碩妻無子，取妾，妻妒無已。碩謂香：「如此云何？」香曰：「此易治耳。」言卒而碩妻患創委頓。碩曰：「妻將死如何？」香曰：「此創所以治妬，創已亦當瘥。」數日之間，創損而妻無妬心。遂生數男。

香降張碩〔三三〕，碩既成婚，香便去，絶不來。年餘，碩船行，忽見香乘車於山際。碩不勝驚喜，遥往造香，見香悲喜，香亦有悦色。言語頃時，碩欲登其車，其婢舉扞之〔三四〕，嶷然山立。碩復欲車前上，車奴攘臂排之，於是遂退。

碩説如此〔三五〕。（據《齊民要術》卷一〇引《杜蘭香傳》，《北堂書鈔》卷一四三、卷一四八引曹毗《杜蘭香傳》，《藝文類聚》卷八一引曹毗《杜蘭香傳》，又卷七一、卷七九、卷八二引《杜蘭香别傳》，《六帖》卷一〇引曹植〔毗〕，《太平御覽》卷三九六引曹毗《神女杜蘭香傳》，又卷七五九、卷七六一、卷八四九、卷

九八四、卷九八九引曹毗《杜蘭香傳》，又卷五〇〇、卷八一六、卷九六四引《杜蘭香傳》，又卷七六九、卷九七六引《杜蘭香別傳》，又卷一八六引「曹毗曰」，《太平廣記》卷二七二引《杜蘭香別傳》，《説郛》卷七《諸傳摘玄・杜蘭香別傳》）

〔一〕自此至下文「當還求君」，據《類聚》卷七九引《杜蘭香別傳》輯。《説郛》卷七《諸傳摘玄・杜蘭香別傳》文同。此句原只「杜蘭香」三字，據《御覽》卷三九六引曹毗《神女杜蘭香傳》改。《御覽》卷九六四引《杜蘭香傳》同，「字」作「名」。

〔二〕南陽，郡國名。戰國秦置，治宛縣（今河南南陽市）。西晉改爲國。杜姓出南陽。唐林寶《元和姓纂》卷六《杜》：「漢御史大夫周，本居南陽，以豪族徙茂陵。」

〔三〕建興，西晉愍帝司馬鄴年號（三一三—三一七），四年是三一六年。

〔四〕南郡，戰國秦置。晉治江陵縣（今湖北荆州市）。此二字《類聚》卷七九、《説郛》原無，據《御覽》卷八一六引《杜蘭香傳》補。

〔五〕阿母，指西王母。杜蘭香實是西王母養女。張傳，《説郛》「傳」作「傅」。

〔六〕不，此字《類聚》卷七九原闕，據《説郛》補。

〔七〕十八九，《説郛》作十七八。

〔八〕青草湖，一名巴丘湖。位於今洞庭湖東南，湘水所滙。

〔九〕「自云」至此，據《御覽》卷三九六補。

〔一〇〕婢子，《類聚》卷七九原作「婦子」，據《説郛》改。

〔一一〕鈿（diàn）車，用金銀珠玉等鑲嵌裝飾之車。

〔一二〕墉宫，西王母所居墉城之宫。《十洲記》載崑崙山有墉城，金臺玉樓，西王母所治。《漢武帝内傳》載墉宫女子王子登爲西王母所使，從崑崙山來。五代杜光庭有《墉城集仙録》，專記女仙。

〔一三〕豈，《説郛》作「且」。

〔一四〕尹喜，《史記·老子列傳》：「至關，關令尹喜曰：『子將隱矣，彊爲我著書。』」《列仙傳》卷上《關令尹》：「關令尹喜者，周大夫也。善内學，常服精華，隱德修行。時人莫知老子西遊，喜先見其炁，知有真人當過，物色而遮之，果得老子。老子亦知其奇，爲著書授之。後與老子俱遊流沙化胡，服苣巨勝實，莫知其所終。尹喜亦自著書九篇，號《關令子》。」《漢書·藝文志》道家類著録《關尹子》九篇，注：「名喜，爲關吏。老子過關，喜去而從之。」

〔一五〕「爲詩贈碩云」至此，據《御覽》卷五〇〇引《杜蘭香傳》補。按：《御覽》引曰：「晉太康中，蘭香降張碩，爲詩贈碩云……」作「太康中」誤。太康，晉武帝司馬炎年號(二八〇—二八九)。

〔一六〕自此至「七八日不飢」，據《類聚》卷八二引《杜蘭香别傳》補，《御覽》卷九七六引《杜蘭香别傳》大同。

〔一七〕瓦榼(kē)，陶製盛酒或水之器具。《御覽》卷七六一引曹毗《杜蘭香傳》作「元榼」。樏(lěi)，盛食品之扁盒，中有隔，隔成若干部分，以盛放各種不同食品，視其數量多少稱七子樏、九子樏等。以上七字《御覽》卷七五九引曹毗《杜蘭香傳》作「賚方九子樏、七子樏」。

〔一八〕此三字據《書鈔》卷一四八引曹毗《杜蘭香傳》補。

〔一九〕以上兩句據《齊民要術》卷一〇引《杜蘭香傳》補改。《御覽》卷九六四同，唯無「味」字。《類聚》卷八二、《御覽》卷九七六闕「常食粟飯」，「果味」作「菜」。

〔二〇〕此句據《御覽》卷八一六引《杜蘭香傳》補。織成，一種名貴絲織物。以彩絲金縷交織出花紋圖案。

〔二一〕九嶷，《說郛》作「九疑」。九嶷山，一作九疑山，在今湖南寧遠縣南。相傳舜南巡，死後葬於此，故爲神靈之地。《九歌・湘君》：「九嶷繽兮並迎，靈之來兮如雲。」

〔二二〕流女，義同「遊女」。《詩經・周南・漢廣》：「漢有游女，不可求思。」謂遊蕩之女。《類聚》卷七九原作「流汝」，據《説郛》改。《緑窗女史》卷一〇及《重編説郛》卷一一三曹毗《杜蘭香傳》作「遊女」。不稽路，謂遊無定所，不查考路途也。

〔二三〕弱水，傳説中之水名，在崑崙山。《山海經・大荒西經》：「昆侖之丘……其下有弱水之淵環之。」郭璞注：「其水不勝鴻毛。」

〔二四〕署豫子，《御覽》卷九八九引曹毗《杜蘭香傳》作「署預實」，《説郛》作「薯蕷子」。署豫，即薯蕷，亦作「署預」、「藷藇」、「藷藇」、「藷藇」。多年生纏繞藤本，地下有圓柱形肉質塊莖，含澱粉，可供食用，亦可入藥。所謂「子」、「實」即指此塊莖，亦稱山藥、薯藥。

〔二五〕以上三字《御覽》卷九八九作「可以辟霧露」。

〔二六〕以上九字《御覽》卷九八九作：「懷一欲以歸，香曰：『可自食，不得持去。』」

〔二七〕太歲東方卯，即太歲在卯。古人用太歲紀年法，將黄道附近一周天分爲十二等分，以十二地支配之。假設歲星自東向西運行，每十二年一周天，運行至卯，即是太歲在卯。此位置爲十二次中之大火位置，大致與二十八宿之氐、房、心、尾四宿對應，此四宿均屬東方蒼龍。

〔二八〕此句至「香以藥爲消摩」，據《類聚》卷八一引曹毗《杜蘭香傳》輯，《説郛》同。禱祀，《御覽》卷九八四引曹毗《杜蘭香傳》作「壽」，元林坤《誠齋雜記》卷上作「禱」。

〔二九〕摩，《御覽》卷九八四作「磨」，下同。

〔三〇〕以上十一字據《書鈔》卷一四三引曹毗《杜蘭香傳》輯。《御覽》卷八四九引曹毗《杜蘭香傳》略同。

〔三一〕以上四句據《御覽》卷一八六引「曹毗曰」輯，「以」字原無，據《六帖》卷一〇引曹植(當爲「毗」字之譌)補。「上」字《六帖》作「入」。

〔三二〕自此至「遂生數男」，據《廣記》卷二七二引《杜蘭香别傳》輯。

〔三三〕自此至「於是遂退」，據《類聚》卷七一引《杜蘭香别傳》輯，《御覽》卷七六九引《杜蘭香别傳》文字大同。

〔三四〕舉扞之，《御覽》卷七六九作「舉手排之」。

〔三五〕此句據《御覽》卷五〇〇輯。

《説郛》卷七《諸傳摘玄》摘《杜蘭香别傳》兩節，文字與《類聚》卷七九、卷八一所引幾同，蓋取自《類聚》。《緑窗女史》卷一〇及《重編説郛》卷一一三曹毗《杜蘭香傳》，均取《説郛》。明刊《搜神記》卷一，亦合此兩節爲一篇，蓋據《類聚》或《説郛》濫輯，而妄以杜蘭香爲漢時人，又誤南陽爲南康、建興爲建業。

杜蘭香之事在後代仍有流傳。《類説》卷四〇《稽神異苑·杜蘭香在白帝君所》引《征途記》曰：「晉張碩與杜蘭香相别後，於巴縣見一青衣，云：『蘭香在白帝君所。若聞白帝野寺鐘聲隨風而來，則蘭香亦隨風而至。』際(按：《類説》明嘉靖伯玉翁鈔本作「除」)夜，果聞鐘聲，蘭香亦至焉。」按：《稽神異苑》摘編前人書而成，原書已佚。舊題南齊焦度撰，不可信，可能是陳人焦僧度撰。所引《征途記》不詳何人作。《太平御覽》卷七五引《郡國志》曰：「金陵西浦，亦云項口，即張碩捕魚遇杜蘭香處也。」《太平寰宇記》卷九〇《昇州・上元縣》亦引。以張碩爲金陵西浦捕魚人，顯然是後世傳聞。

《太平寰宇記》卷八九《潤州・丹徒縣》引《異苑》（劉宋劉敬叔）曰：「交州阮郎，晉永和中出都，至西浦泊舟，見一青衣女子，云：『杜蘭香遺信託好君子。』郎愕然曰：『蘭香已降張碩，何以敢爾？』女曰：『見伊年命不修，必遭凶厄。欽聞姿德，志相存益。』郎彎弓射之，即馳牛奔轂，軒遊霄漢。後郎尋被害也。」

前蜀杜光庭《墉城集仙録》卷五《杜蘭香》云：「杜蘭香者，不知何許人也。有漁父者，於湘江洞庭投綸自給。一旦，於洞庭之岸，聞兒啼哭聲，四顧無人，惟三歲女子在於岸側。漁父憐而舉之還家，養育十餘歲，天姿奇偉，靈顔姝瑩，迨天人也。忽有青童靈人，自空玄而下，來集其家，携女而去。臨昇天，謂其父曰：『我仙女杜蘭香也。有過謫于人間，玄期有限，今將去矣。』於是淩空而去。自後時亦還家。其後於洞庭包山降張碩家，碩蓋修道者也。蘭香降之三年，授以舉形飛化之道，碩亦得仙。初降時，留玉簡、玉唾盂、紅火浣布，以爲登真之信焉。又一夕，命侍女齎黄鱗羽帔、絳履玄冠、鶴氅之服、丹玉珮、揮靈劍，以授於碩，曰：『此上仙之所服，非洞天之所有也。』不知張碩仙官定何班品，傳記未顯，難得詳載也。漁父亦自老益少，往往不食，亦學道江湘間，不知所之矣。」（按：《太平廣記》卷六二、《太平御覽》卷六七六有引。）元趙道一《歷世真仙體道通鑑》後集卷五《杜蘭香》，即删取《墉城集仙録》而成。按：《集仙録》云其後於洞庭包山降張碩家，洞庭包山即太湖洞庭西山，而楚地洞庭湖之山乃君山，包山當爲君山之誤。唐牛僧孺《玄怪録》卷二《柳歸舜》敘柳在君山遇鸚鵡仙鳥，一鳥云「杜蘭香教我真籙」，分明以君山爲杜蘭香居止之處。

北宋張君房編《麗情集》，中有《賈知微》一篇，原作者不詳。《麗情集》原書已散佚，此篇見於《類説》卷二九、《紺珠集》卷一一摘録《麗情集》及《歲時廣記》卷七、《孔帖》卷八等節引，《異聞總録》卷二亦載，文字較詳，當亦本《麗情集》，拙著《宋代傳奇集》據《異聞總録》、《類説》卷二九等校輯如下：「开寶中，賈知微寓舟洞庭，因吟《懷古詩》云：『極目煙波是九嶷，吟魂愁見暮鴻飛。二妃有恨君知否？何事經旬去不歸？』即岳陽，因賦詩云：『湖平天遣草如雲，偶泊巴陵舊水濱。可惜仙娥差用意，張碩不是有才人。』俄見蓮舟，有數女郎鼓瑟而下。生目送之，舟通西岸，即曾城夫人京兆君宅。生趍堂，見備筵饌。有三女郎，一稱曾城夫人杜蘭香，一稱湘君夫人，一稱湘夫人。二妃誦李群玉《黄陵廟詩》曰：『黄陵廟前青草春，黄陵女兒茜裙新。輕舟短棹唱歌去，水遠天長愁殺人。』酒行，各請吟詩。生曰：『偶棹扁舟泛渺茫，不期有幸跡仙鄉。玉堂久照星辰聚，雪扇雙開日月長。豈只恩憐爲上客，又容懽笑宴中堂。預愁明發分飛去，衣上人聞有異香。』湘君曰：『南望蒼梧慘玉容，九嶷山色互重重。須知暮雨朝雲處，不獨陽臺十二峰。』湘夫人曰：『夜唱蓮歌入洞庭，採蓮人旅著青蘋。長歌一棹空歸去，莫把蓮花讓主人。』京兆君曰：『一解征鴻下蓼汀，便隨仙馭返曾城。傷心遠別張生去，翻得人間薄倖名。』詩畢，二湘夫人別去，京兆君邀生止宿。明日，賈與夫人別，命青衣以秋雲羅帕裹定年丹五十粒贈生，曰：『此羅是織女繅玉蠶繭織成，遇雷雨密收之。其仙丹每歲但服一粒，則保一年。』生既受，吟詩謝曰：『丹是曾城定年藥，帕爲織女秋雲羅。勤拳致贈東行客，以表相思恩愛多。』乃拜別去。離岸百步，回視夫人宅，已失矣。後大雷雨，見篋間一物如雲烟，騰空而去。」

按：曾城又作「增城」，相傳西王母所居之崑崙山有曾城九重(《淮南子·墬形訓》)。杜蘭香乃西王母養女，故以曾城爲號。至於稱京兆君者，則取杜姓郡望。

歷代詩人多有詠杜蘭香者。唐曹唐有《玉女杜蘭香下嫁於張碩》詩云：「天上人間兩渺茫，不知誰識杜蘭香。來經玉樹三山遠，去隔銀河一水長。怨入清塵愁錦瑟，酒傾玄露醉瑶觴。遺情更説何珍重，擘破雲鬟金鳳凰。」又《張碩重寄杜蘭香》云：「碧落香銷蘭露秋，星河無夢夜悠悠。靈妃不降三清駕，仙鶴空成萬古愁。皓月隔花追歎别，飛煙籠樹省淹留。人間何事堪惆悵，海色西風十二樓。」

宋曾極《金陵百詠·西浦》(原注：張碩遇杜蘭香處。)云：「珠璫錯落江皋佩，羅襪輕盈洛浦妝。欲採蘋花擲春信，停橈難覓杜蘭香。」

蘇泂《泠然齋詩集》卷六《金陵雜興二百首》中云：「張碩風流隱釣緡，漁郎回首漫紛紛。杜蘭香去知何在，惆悵西江一浦雲。」

明徐熥《幔亭集》卷八《玉女杜蘭香下嫁張碩》云：「黄金釵股紫金鈿，忽駕鸞車降碧烟。百尺虹橋天上路，萬條花燭世間緣。雲璈曲妙調龍琯，露液杯濃啓鳳筵。却笑裴郎仙分淺，一雙玉杵種多年。」又《張碩重寄杜蘭香》云：「渺渺靈蹤去不還，空勞珍重碧雲鬟。人間無路通瑶闕，夢裏何因見玉顔。蘭露半銷香冉冉，花風初度珮珊珊。欲將一札傳青鳥，知住蓬萊第幾山。」

干寶　搜神記

據中華書局李劍國輯校《新輯搜神記》本

又稱《搜神録》，東晉干寶撰。原書三十卷，見《晉書》本傳、《建康實録》卷七、《册府元龜》卷五五五《國史部·採撰一》及《隋書·經籍志》雜傳類、《日本國見在書目録》雜傳家、《舊唐書·經籍志》雜傳類鬼神家、《新唐書·藝文志》小説家類、《通志·藝文略》傳記類冥異屬。《遂初堂書目》小説類亦有《搜神記》，無撰人、卷數。《崇文總目》小説類、《中興館閣書目》小説家類著録《搜神總記》十卷，《崇文總目》釋云：「不著撰人名氏，或題干寶撰，非也。」《宋史·藝文志》小説類著録作干寶《搜神總記》十卷，注「不知作者」，蓋據《崇文總目》而妄加撰名。《遂初堂書目》小説類又有《搜神摭記》，疑即《搜神總記》。《搜神總記》書名卷數均與《搜神記》不合，蓋别一書。南宋初朱勝非《紺珠集》卷七摘録干寶《搜神記》十一條，曾慥《類説》卷七摘録《搜神記》十二條，其中攙入他書，疑非據原書而摘。元末陶宗儀《説郛》卷四摘録三條，全同《類説》。是則是書南宋已佚。

明《文淵閣書目》卷一六道書類著録《搜神記》一部一册，高儒《百川書志》卷一一子部神仙類著録《搜神記》二卷，干寶編，周弘祖《古今書刻·書坊》雜書類著録《搜神記》，《趙定宇書目》著録《稗統續編》中有《搜神記》一本，凡此皆非干寶書，乃元明間流行之道書《搜神記》諸本也。尚有八卷本《搜神記》，題晉干寶撰，收刊於《廣漢魏叢書》、《稗海》、《增訂漢魏叢書》、《説庫》。此本雜湊句道興本《搜神記》及他書而成，殆宋人僞造之贋本，與干書了不相干。

明人胡應麟曾輯録《搜神記》，胡震亨、姚士粦加以修訂，萬曆中刊於《祕册彙函》，二十卷，明末毛晉又刊入《津逮祕書》。其編爲二十卷者，蓋所見《晉書·干寶傳》作二十卷耳。胡震亨與樊維城於天啓中又刊入《鹽邑志林》，合爲上下兩卷。此本爲濫僞之書，不唯輯録未備，錯謬百出，且大量條目濫取他書。誠如魯迅所云，「是一部半真半假的書籍」(《中國小説的歷史的變遷》)。胡刊二十卷本後又收入《四庫全書》、《學津討原》、《百子全書》等。張海鵬《學津討原》本各條加有標目。另《五朝小説·魏晉小説》、《重編説郛》卷一一七、《鮑紅葉叢書》、《無一是齋叢鈔》、《古今説部叢書》等收一卷本，乃二十卷本之摘録本。一九七九年中華書局出版汪紹楹校注本(以《學津討原》本爲底本)，於二十卷本各條來源及文字譌誤加以考辨，補輯佚文三十四條。二〇〇七年復出版李劍國《新輯搜神記》(與《新輯搜神後記》合編)，於《搜神記》重作校輯，編爲三十卷(二〇〇八年第二次印刷本小有修補)。

干寶事迹具《晉書》卷八二本傳及劉宋何法盛《晉中興書》(《世説新語·排調篇》注、《文選》卷四九干令升《晉紀·論晉武帝革命》注引)、唐許嵩《建康實録》卷七等。寶字令升。原籍汝南郡新蔡縣(今屬河南)，漢末先人避亂南徙海鹽(今浙江海鹽市東北、平湖市東南)，遂爲海鹽人。祖統，仕吴爲奮武將軍，封都亭侯。父瑩，字明叔，曾任海鹽令、丹楊丞、立節都尉。兄慶，曾爲晉豫寧令。寶約生於吴末，幼年父亡。少勤學，博覽書記，性好陰陽術數，曾向韓友學占卜之術。懷帝永嘉中以才器召爲佐著作郎。五年(三一一)杜弢據長沙反，荆州刺史陶侃討杜，寶亦預之。愍帝建興三年(三一五)平杜，因功賜爵關内侯。晉王建武元年（三一七）十一月置史官，王導薦以著作郎領國史。成帝咸和初（三二六），以家貧求補山陰令，後遷始安太守。咸康元年（三三五），王導司徒府置左右長史，被召爲司徒右長史。約在咸康一二年，遷官散騎常侍，兼領著作郎。咸康二年（三三六）三月卒。

寶爲著名史學家、小説家，著作頗多，達二十餘種，最著者爲《晉紀》二十卷及《搜神記》三十卷，惜全部散佚，今存全爲輯本。《搜神》之作，始於建武元年以著作郎領修國史之時，其成在咸康一、二年間。是書採集「古今神祇靈異人物變化」（《晉書》本傳），旨在「明神道之不誣」（自序），然内容贍富，佳作頻見，文筆直而能婉，堪稱六朝志怪之冠。其影響之巨，難盡言也。

丁令威

遼東〔一〕城門有華表柱，忽有一白鶴〔二〕集柱頭。時有少年舉弓欲射之，鶴乃飛，徘徊空中而言曰：「有鳥有鳥丁令威，去家千歲〔三〕今來歸，城郭如故人民非〔四〕，何不學仙塚壘壘〔五〕？」遂高上沖天而去。後人於華表柱立二鶴，至此始矣。今遼東諸丁，云其先世有升仙者，不知名字。（卷一）（原據《藝文類聚》卷七八、唐寫本類書殘卷伯二五二四號、《三洞羣仙録》卷三、《古文苑》卷九《遊仙詩》章樵注、《九家集註杜詩》卷二九注、《古今事文類聚》前集卷三四、《古今合璧事類備要》前集卷五〇、《羣書類編故事》卷一〇、《古詩紀》卷一四一、《古樂苑》卷五一、《琅邪代醉編》卷

二一、《稗史彙編》卷一五九、《山堂肆考》卷一五〇引《搜神記》,《類聚》卷九〇、《事類賦注》卷一八、《九家集註杜詩》卷三一注,《山谷詩集注》卷一一注、《山谷外集詩註》卷九注、《後山詩註》卷二注、《增廣箋註簡齋詩集》卷一七其三注、《增修箋註妙選羣英草堂詩餘》前集下注、《雲谷雜紀》卷三、《野客叢書》卷一九、百卷本《記纂淵海》卷九七、《唐詩鼓吹》卷一注、《天中記》卷五八引《續搜神記》,及《古今事文類聚》後集卷四二引《續神記》,《六帖》卷九四引校輯)

〔一〕遼東,初爲郡,戰國燕置,治襄平(今遼寧遼陽市),西晉改國。

〔二〕白鶴,《三洞羣仙録》作「仙鶴」。

〔三〕歲,《記纂淵海》作「里」。

〔四〕此句《草堂詩餘》「郭」作「中」;《三洞羣仙録》、《雲谷雜紀》、《山谷詩集注》「如故」作「猶是」。《合璧事類備要》、《野客叢書》、《山堂肆考》作「皆是」。

〔五〕此句《類聚》卷九〇作「何不學仙去,空伴塚纍纍」。北宋張君房《雲笈七籤》卷一一〇《洞仙傳·丁令威》、元趙道一《歷世真仙體道通鑑》卷一一《丁令威》作「何不學仙離塚纍」。

丁令威事後世多有演飾傅會。

《雲笈七籤》卷一一〇《洞仙傳·丁令威》云:「丁令威者,遼東人也。少隨師學得仙道,分身任意所欲。嘗蹔化爲白鶴,集郡城門華表柱頭,言:『我是丁令威,去家千歲今來歸,城郭如舊人民非,何不學仙離塚纍？』」夫左元放爲羊，令威爲鶴，斯並一時之迹耳，非永爲羊鶴也。遼東諸丁譜載令威漢初學道得仙矣。」元趙道一《歷世真仙體道通鑑》卷一一《丁令威》同。

五代王松年《仙苑編珠》卷上引《飛天仙人經》云：「丁令威七歲入山求道，千年化鶴歸鄉，下華表杜頭歌曰：『我是昔日丁令威，學道千年今始歸也。』」

《遼史》卷三八《地理志二・東京道・東京遼陽府・鶴野縣》云：「昔丁令威家此，去家千年，化鶴來歸，集於華表柱，以咮畫表云：『有鳥有鳥丁令威，去家千年今來歸，城郭雖是人民非，何不學仙塚纍纍？』」清厲鶚《遼史拾遺》卷一三引《全遼志》曰：「華表山，在城東六十里，因丁令威化鶴得名，俗呼爲横山。」

唐陸廣微《吴地記》云：「法海寺，濟陽丁法海舍宅所置。法海蓋丁令威之裔……浮圖下有令威煉丹井也。」

北宋朱長文《吴郡圖經續記》卷中《寺院》云：「澄照寺，在長洲縣西北陽山下，方俗以爲丁令威所居。《圖經》：吴縣界有丁令威宅，此殆是歟？錢氏時有泉出於寺中，因名仙泉，後改曰澄照寺。」

南宋范成大《吴郡志》卷八《古蹟》云：「丁令威宅，在陽山文殊法海寺，有煉丹井存焉，號令威井。」（按：本書卷一五《山》云：「秦餘杭山，即陽山也。」卷三四《郭外寺》云：「法海寺，在吴縣西七十里洞庭東山。」）

龔明之《中吴紀聞》卷六亦云：「陽山法海寺，乃丁令威宅，鍊丹井存焉，號丁令威泉。井水至今甘美，雖旱不竭。」

王象之《輿地紀勝》卷五《平江府・古迹》云："令威宅，在吴縣。界有丁令威故宅，今爲澄照寺，中有仙泉。"

明王鏊《姑蘇志》卷八《山上》："陽山，一名秦餘杭山，一名萬安，在城西北三十里。高八百五十餘丈，逶迤二十餘里。以其背陰面陽，故曰陽。亦云四飛，以四面視之，勢若飛動也。……東北有白鶴山，以丁令威宅名山。"

按：以上皆言吴縣（今江蘇蘇州市）有丁令威宅及其煉丹井。所謂丁令威宅實是丁法海宅之譌傳，乃又傳會出丁令威煉丹井。

《輿地紀勝》卷一八《太平州・景物下》云："靈墟山，在當塗縣東北三十五里，世傳丁令威得道飛昇之所，山椒有壇址，猶存。"《仙釋》又云："丁令威，本遼東人，學道登仙於靈墟山。後化鶴歸遼，集華表柱云：『有鳥有鳥丁令威，去家千年今始歸，城郭如故人民非，何不學仙塚纍纍？』"

祝穆《方輿勝覽》卷一五《太平州・山川》："靈墟山，在當塗南十里。《郡志》：『丁令威，遼東人。學道登仙於靈墟山。後化鶴歸遼，集華表柱，歌云："有鳥有鳥丁令威，去家千年今始歸，城郭如故人民非，何不學仙冢累累？"』"

按：以上言丁令威學道成仙於當塗縣靈墟山。當塗縣今屬安徽，靈墟山在縣城東三十里。

施宿等《會稽志》卷八《寺院・諸暨縣》云："咸通西岳院，在縣東北六十里，本丁令威鍊丹之地，丹井存焉。"又卷一一《井・諸暨縣》云："丁令威井，在縣東北咸通寺側。"又卷一八《拾遺》云："西巖院在諸暨縣西，有丁令威丹井。」按：此言諸暨縣有丁令威丹井，諸暨縣今爲市，屬浙江紹興市。

羅濬《寶慶四明志》卷一四《奉化縣》云：「梅山，縣南二十五里。……山之西號丁令威，俗傳令威嘗化鶴止此，有丹井在其旁。一勺之泉，常隨海潮上下，父老傳以爲海眼。」按：此言奉化縣有丁令威丹井。奉化縣今爲市，屬浙江。

明董斯張《吴興備志》卷三二《匡籍譌・西吴里語》云：「彭祖、丁令威、廉頗、伍員、荆軻、藺相如、蕭何、嚴光、石崇、毛寶、王僧辯、狄仁傑，俱云吴興人，此何異盲婦弄琵琶演小説耶？」按：丁令威既爲仙人，且有化鶴之異，宜乎遺迹廣布各地。里語固如此，不足怪也。

李白有《靈墟山》詩詠丁令威事，詩曰：「丁令辭世人，拂衣向仙路。伏鍊九丹成，方隨五雲去。松蘿蔽幽洞，桃杏隱深處。不知曾化鶴，遼海歸幾度？」（《李太白全集》卷二二，又作李赤詩，見《全唐詩》卷四七二）《全唐文》卷七六二有宋言《鶴歸華表賦》。

東晉葛洪《神仙傳》卷九《蘇仙公》（《廣漢魏叢書》本）載桂陽蘇耽成仙後化鶴歸郡，頗類丁令威：「自後有白鶴來止郡城東北樓上，人或挾彈彈之，鶴以爪攫樓板，似漆書云：『城郭是，人民非，三百甲子一來歸，吾是蘇君彈何爲！』」

焦湖廟巫

焦湖〔一〕廟有一柏枕，或云玉枕，枕有小坼〔二〕。時單父縣人楊林〔三〕爲賈客，至廟祈求。

巫〔四〕謂曰：「君欲好婚否？」林曰：「幸甚。」巫即遣林近枕邊，因入坼中，遂見朱門瓊室。有趙太尉在其中，即嫁女與林。生六子，皆爲祕書郎。

歷數十年，竝無思鄉之志。忽如夢覺，猶在枕傍，林愴然久之。（卷二）（原據《太平寰宇記》卷一二六引《搜神記》、《幽明録》、《太平廣記》卷二八三引《幽明録》校輯）

〔一〕焦湖，即巢湖，因其地本爲巢縣地，後陷爲湖，故名。在今安徽合肥市東南、巢湖市西。

〔二〕坼（chè）：裂縫。

〔三〕單父縣，秦置，今山東單縣。楊林，《北堂書鈔》卷一三四引《幽明録》作「湯林」，「湯」當爲「楊」字形譌。

〔四〕巫，《書鈔》作「祝」。祝，祠廟中掌祭祀祝禱者，後世俗稱香火。

此事後採入《幽明録》，《太平廣記》卷二八三有引，文同《太平寰宇記》。然《北堂書鈔》卷一三四所引《幽明録》文字頗異，録下備考：「焦湖廟祝有柏枕，三十餘年。枕後一小坼孔。縣民湯林行賈，經廟祈福。祝曰：『君婚姻未？可就枕坼邊。』令林入坼内，見朱門瓊宮瑶臺，勝於世。見趙太尉，爲林婚，育子六人，四男二女。選林祕書郎，俄遷黄門郎。林在枕中，永無思歸之懷，遂遭違忤之事。祝令林出外間，遂見向枕。謂枕内歷年載，而實俄忽之間矣。」

唐人沈既濟撰《枕中記》，機杼於此。《聊齋誌異》卷四又有《續黄粱》。

五代王仁裕《開元天寶遺事》卷上《遊仙枕》亦載一奇枕,云:「龜兹國進奉枕一枚,其色如碼碯,温温如玉,其製作甚樸素。若枕之,則十洲三島、四海五湖,盡在夢中所見。帝因立名爲遊仙枕。後賜與楊國忠。」

胡母班

胡母班〔一〕,曾至太山之側,忽於樹間逢一絳衣騶〔二〕,呼班云:「太山府君召。」班驚愕,逡巡未答。復有一騶出呼之,遂隨行。數十步,騶請班暫瞑目。少頃,便見宫室,威儀甚嚴。班乃入閤拜謁,主爲設食,語班曰:「欲見君無他,欲附書與女婿耳。」班問:「女郎何在?」曰:「女爲河伯婦。」班曰:「輒當奉書,不知何緣得達?」答曰:「今適河中流,便扣舟呼青衣,當自有取書者。」班乃辭出。昔騶復令閉目,有頃,忽如故道。

遂西行,如神言而呼青衣。須臾,果有一女僕出,取書而没。少頃復出,云:「河伯欲暫見君。」婢亦請瞑目,遂拜謁河伯。河伯乃大設酒食,詞旨慇懃。臨别,謂班曰:「感君遠爲致書,無物相奉。」於是命左右:「取吾青絲履來。」甚精巧也,以貽班。班出,瞑然忽得還舟。

遂於長安經年而還,至太山側,不敢潛過,遂扣樹,自稱姓名:「從長安還,欲啓消息。」須臾，昔騶出，引班如向法而進，因致書焉。府君謂曰：「當別遣報。」班語訖，如廁，忽見其父著械徒作，此輩數百人。班進拜，流涕問：「大人何因及此？」父云：「吾死，不幸見譴三年，今已二年矣，困苦不可處。知汝今爲明府所識，可爲吾陳之，乞免此役，便欲得社公〔三〕耳。」班乃依教，叩頭陳乞。府君曰：「死生異路，不可相近，身無所惜。」班苦請，方許之。於是辭出，還家。

歲餘，兒子死亡略盡。班惶懼，復詣太山，扣樹求見，昔騶遂迎之而見。班乃自說：「昔辭曠拙〔四〕，及還家，兒死亡至盡。今恐禍故未已，輒來啓白，幸蒙哀救。」府君拊掌大笑曰：「昔語君『生死異路，不可相近』故也。」即敕外召班父，須臾至庭中。問之：「昔求還里社，當爲門户作福，而孫息死亡至盡，何也？」答云：「久別鄉里，自忻得還，又遇酒食充足，實念諸孫，召而食之耳。」於是代之，父涕泣而出，班遂還。後有兒，皆無恙。（卷六）（原據《太平廣記》卷二九三、《天中記》卷八引《搜神記》及《太平御覽》卷六九七引《列異傳》校輯）

〔一〕胡母班，漢末人。胡母，複姓。《後漢書》卷七四上及《三國志》卷六《袁紹傳》載，班董卓時爲執金吾，袁紹使河内太守王匡殺之。《後漢書》注引《漢末名士録》曰：「胡母班，字季友，泰山人，名在八廚。」又引《謝承書》（謝承《後漢書》）曰：「班，王匡之妹夫。匡受紹旨，收班繫獄……班遂死於獄。」《三國志》注引《漢末名士録》乃謂班字季皮，是也。班，通「斑」，斑紋也。獸皮有斑。

〔二〕騶(zōu)，騶從、騶騎，侍從達官之騎士。絳衣，大紅衣，騶騎所服。

〔三〕社公，社神、土地神。《禮記·郊特牲》：「社祭土而主陰氣。」孔穎達疏引許慎曰：「今人謂社神爲社公。」社公乃鄉里之土神，土地總神則爲后土。

〔四〕曠拙，粗疏失當。

此記採自《列異傳》。《太平御覽》卷六九七引曰：「胡母班爲太山府君賫書，請河伯，貽其青絲履，甚精巧也。」非全文。《剪燈叢話》卷四、《五朝小説·魏晉小説》傳奇家有《泰嶽府君記》，取自明刊《搜神記》卷四，妄題撰人爲晉庾翼。

文中之扣樹傳書情節，頗具異趣。晉樂資《春秋後傳》亦有文石款梓傳書之事。《水經注》卷一九《渭水》引曰：「使者鄭容入柏谷關，至平舒置，見華山有素車白馬，問鄭容安之，答曰：『之咸陽。』車上人曰：『吾華山君使，願託書致鄗池君。子之咸陽過鄗池，見大梓下有文石，取以款列梓，當有應者，以書與之。勿妄發，致之得所欲。』鄭容行至鄗池，見一梓下，果有文石。取以款梓，應曰：『諾。』鄭容如睡覺，而見宮闕，若王者之居焉。謁者出，受書入。有頃，聞語聲言祖龍死。」《北堂書鈔》卷一六〇、《初學記》卷五、《御覽》卷五一又卷九五八、《事類賦注》卷七亦引，或作「鄭客」。

扣樹傳書情節在六朝鬼神故事中，已成模式，時或可見。又如劉敬叔《異苑》卷五「江伯神」條云：「秦時，中宿縣十里外有觀亭，江神祠壇，甚靈異。經過有不恪者，必狂走入山，變爲虎。晉中朝，有質子將歸洛，反路，見一行旅，寄其書云：『吾家在觀亭，亭廟前石間有懸藤即是也。君至，但扣藤，自有應者。』及歸如言，果有二人從水中出，取書而没。尋還云：『河伯欲見君。』此人亦不覺，隨去。便覩屋宇精麗，飲食鮮香，言語接對，無異世間。今俗咸言，觀亭有江伯神也。」事又載《水經注·溱水》、《太平廣記》卷二九一引《南越志》。

唐人小説用此情節者愈多，最著者乃李朝威《洞庭靈姻傳》（《柳毅傳》）。柳毅爲龍女傳書洞庭君，解帶三擊橘樹，俄有武夫出於波間，領入龍宮。又有戴孚《廣異記·三衛》（《廣記》卷三〇〇引）之三衛爲華岳第三新婦傳書與北海，扣海池樹入宮，同書《謝二》（《廣記》卷四七〇引）之東京士人爲謝二傳書，叩柳入魏王池，皆同一機杼也。

趙公明參佐

散騎侍郎、汝南王祐〔一〕，疾困，與母辭訣。既而聞有通賓者，曰某郡某里某人，嘗爲別駕〔二〕，祐亦雅〔三〕聞其姓字。有頃，奄然來至，曰：「與卿士類，有自然之分，又州里〔四〕，情便款然。今年國家有大事，出三將軍，分佈徵發。吾等十餘人，爲趙公明府參佐〔五〕。至此倉卒，見卿有高門大屋，故來投。與卿相得，大不可言。」祐知其鬼神，曰：「不幸篤疾，死在旦夕。遭卿，以性命相乞。」答曰：「人生有死，此必然之事，死者不繫生時貴賤。吾今見領兵千人，須卿，得度簿相付。如此地〔六〕難得，不宜辭之。」祐曰：「老母年高，兄弟無有，一旦死亡，堂前無供養。」遂歔欷，不能自勝。其人愴然曰：「卿位爲常伯〔七〕，而家無餘財。向聞與尊夫人〔八〕辭訣，言辭哀苦。然則卿國士也，如何可令死？吾當相爲。」因起去：「明日更來。」

其明日又來，祐曰：「卿許活吾，當卒恩不？」答曰：「大老子〔九〕業已許卿，當復相欺耶？」見其從者數百人，皆長二尺許，烏衣軍服，赤油爲誌。祐家擊鼓禱祀，諸鬼聞鼓聲，皆應節起舞，振袖颯颯有聲。祐將爲設酒食，辭曰：「不須。」因復起，謂祐曰：「病在人體中如火，當以水解之。」因取一盃水，發被灌之。又曰：「爲卿留赤筆十餘枝，在薦下。可與人使簪之，出入辟惡災，凡舉事者皆無恙。」因道曰：「王甲李乙，吾皆與之。」遂執祐手與辭。

時祐得安眠。夜中忽覺，即呼左右，令開被：「神以水灌我，將大沾濡。」開被而信有水，在上被之下、下被之上，不浸，如露之在荷。量之，得三升七合。於是疾三分愈二，數日大除。凡其所道當取者，皆死亡，唯王文英〔一〇〕半年後乃亡。所道與赤筆人，雖經疾病及兵亂，皆亦無恙。

初，有妖書云：「上帝以三將軍趙公明、鍾士季〔七〕，各督數萬鬼兵取人，莫知所在。」祐病差見此書，與所道趙公明合焉。（卷六）（原據《太平御覽》卷六〇五、《太平廣記》卷二九四、《事類賦注》卷一五、《文房四譜》卷一引《搜神記》及《天中記》卷三八校輯）

〔一〕散騎侍郎、汝南王祐，據《晉書》卷五九《汝南王亮傳》，司馬祐，即汝南威王，汝南文成王司馬亮孫，汝南懷王司馬矩之子。祐字永猷。兩晉間歷仕揚武將軍、鎮軍將軍、左軍將軍。明帝太寧中進號衛將軍，加散騎常侍。成帝咸和元年（三二六）卒。此作散騎侍郎，與《晉書》不合。散騎侍郎，魏始置，與散騎常侍、侍中等侍從皇帝左右，行規諫，備顧問。祐父、祖於惠帝永平元年（二九一）爲楚王瑋所害，故此但言其母而不及其父。下文復言「兄弟無有」，《晉書》本傳載司馬矩之子只及祐而不言他人。

〔二〕別駕，州刺史之貳，總理衆務。

〔三〕雅，甚，頗。

〔四〕州里，鄉里，同鄉。古以二千五百家爲州，二十五家爲里，故云。《周禮·地官·大司徒》：「令五家爲比，使之相保；五比爲閭，使之相受；四閭爲族，使之相葬；五族爲黨，使之相救；五黨爲州，使之相賙；五州爲鄉，使之相賓。」賈公彦疏：「二千五百家爲州，立一中大夫爲州長。」。《周禮·地官·遂人》：「五家爲鄰，五鄰爲里。」

〔五〕趙公明，陶弘景《真誥》卷一〇云：「五方諸神趙公明等」。注：「趙公明，今《十二百官儀》乃以爲温鬼之名。」温，瘟疫。後世傳爲財神，又稱趙公元帥、趙玄壇，乘黑虎，持鞭。參佐，部下。

〔六〕地，但也。《漢書》卷七四《丙吉傳》「西曹地忍之」顔師古注：「李奇曰：地，猶第也。師古曰：第亦但也，語聲之急也。」

〔七〕常伯,周指天子左右大臣。《尚書·立政》:「王左右常伯、常任。」孔穎達疏:「王之親近左右,常所長事,謂三公也。」後稱皇帝近臣爲常伯。

〔八〕夫人,指司馬祐母。王侯之妻稱夫人。

〔九〕大老子,參佐自稱,謂忠厚長者。《宋書》卷五七《沈曇慶傳》:「常謂子弟曰:『吾處世無才能,政圖作大老子耳。』世以長者稱之。」

〔一〇〕王文英,《北堂書鈔》卷一三四引《洞林》(郭璞《易洞林》)曰:「丞相從事中郎王文英」,當即其人。

〔一一〕鍾士季,名會,潁川長社人,鍾繇子,官至司徒,與鄧艾滅蜀,謀逆被殺。見《三國志》卷二八本傳。按:《真誥》卷一六《闡幽微》所列鬼官鬼將,諸如賈誼、孔融、蔣濟、曹仁、庾元規、温嶠、陶侃等等,皆世之聞人,此以鍾會爲鬼將,亦出同轍。《歷世真仙體道通鑑》卷一八《張天師》載鬼帥凡八人,趙、鍾二人亦在内,云:「時有八部鬼帥,各領鬼兵,動億萬數,周行人間。劉元達領鬼行雜病,張元伯行瘟病,趙公明行下痢,鍾子(士)季行瘍腫,史文業行暴汗寒瘧,范巨卿行酸痟,姚公伯行五毒,李公仲行狂魅赤眼:皆五行不正殃禍之氣。」又按:三將軍僅出二名,當脱一人。

《剪燈叢話》卷四、《五朝小説·魏晉小説》傳奇家有《烏衣鬼軍記》,題晉李朏,乃取自明刊《搜神記》卷五而獨立成篇,撰人妄加耳。

白水素女

謝端,晉安〔一〕侯官人也。少喪父母,無有親屬,爲隣〔二〕人所養。至年十七八,恭謹自守，不履非法，始出作居。未有妻，鄉人共愍念之，規爲娶婦，未得。端夜卧早起，躬耕力作，不捨晝夜。後於邑下得一大螺〔三〕，如三升壺〔四〕，以爲異物，取以歸，貯甕中畜之。

十數日，端每早至野，還見其户中有飯飲湯火，盤饌甚豐，如有人爲者，端謂是隣人爲之惠也。數日如此，端便往謝隣人，隣人皆曰：「吾初不爲是，何見謝也？」端又以爲隣人不喻其意。然數爾不止，後更實問，隣人笑曰：「卿以自娶婦，密著室中炊爨，而言吾人爲炊耶？」端默然，心疑不知其故。

後方以雞初鳴出去，平早潛歸，於籬外竊窺其家，見一少女美麗，從甕中出，至竈下燃火。端便入門，徑造甕所視螺，但見殼。仍到竈下問之曰：「新婦〔五〕從何所來，而相爲炊？」女人惶惑，欲還甕中，不能得，答曰：「我天漢中白水素女〔六〕也。天帝哀卿少孤，恭慎自守，故使我來，權相爲守舍炊烹，十〔七〕年之中使卿居富得婦，自當還去。而卿今無故竊相伺掩，吾形已見，不宜復留，當相委去。雖爾，後自當少差〔八〕，勤於田作，漁採治生。今留此殼去，以貯米穀，常可不乏。」端請留，終不肯。時天忽風雨〔九〕，翕然〔一〇〕而去。

端爲立神座，時節祭祀。居常饒足，不致大富耳。於是鄉人以女妻端。端後仕至令長〔一一〕云。今道中素女〔一二〕是也。（卷七）（原據《藝文類聚》卷九七、《北户録》卷二、《太平廣記》卷六二、《太平御覽》卷八及卷九四一、《太平寰宇記》卷一〇〇、《元豐九域志》卷九、《三洞羣仙録》卷一、

《輿地紀勝》卷一二八、《方輿勝覽》卷一〇、《淳熙三山志》卷六、百卷本《記纂淵海》卷九九、《榕陰新檢》卷一三引《竹窗雜録》、《明一統志》卷七四《福州府・山川》、《山堂肆考》卷二〇引《搜神記》校輯）

〔一〕晉安，郡名，晉初置，治侯官縣（今福建福州市）。

〔二〕隣，《北户録》、《御覽》卷九四一作「鄉」。

〔三〕此句《寰宇記》作「於此釣得一螺」，「此」指螺江，又稱釣螺江。江名乃後起，因謝端事而得名。疑釣螺乃樂史援入後世增飾之説，非原文。《元豐九域志》繫事於「螇江」下，云：「《搜神記》云閩人謝端釣得異螇，因名之。」疑「螇」乃「螺」之譌。《淳熙三山志》則作「江濱得大螺一」，江名「螺女江」，要皆宋人俗説也。

〔四〕如三升壺，《類聚》、《天中記》作「如斗許」，《北户録》作「如三㪷盆」，《御覽》卷九四一作「如三升盆」，《寰宇記》、《竹窗雜録》、《山堂肆考》作「大如斗」，《輿地紀勝》、《方輿勝覽》、《明一統志》作「如斗」。

〔五〕新婦，六朝時對婦女之統稱。

〔六〕天漢，銀河。白水，亦指銀河。素女，神女，仙女。

〔七〕十，《三洞羣仙録》作「數」。

〔八〕少差（shǎo chài），稍好。

〔九〕雨，《北户録》作「雷」。

〔一〇〕翕（xī）然，忽然。

〔一一〕令長，《漢書》卷一九上《百官公卿表》：「縣令長皆秦官，掌治其縣。萬户以上爲令，秩千石至六百石；減萬户爲長，秩五百石至三百石。」後泛指縣令。

〔一二〕素女，素女祠也。

本事出西晉束皙《發蒙記》。《初學記》卷八引曰：「侯官謝端，曾於海中得一大螺，中有美女，云：『我天漢中白水素女。天矜卿貧，令我爲卿妻。』」

梁任昉《述異記》卷上亦云：「晉安郡有一書生謝端，爲性介潔，不染聲色。嘗於海岸觀濤，得一大螺，大如一石米斛。割之，中有美女，曰：『予天漢中白水素女。天帝矜卿純正，令爲君作婦。』端以爲妖，呵責遣之。女歎息升雲而去。」

《太平寰宇記》卷一〇〇《福州・侯官縣》云：「螺江，在州西北二十五里。《搜神記》云：『閩人謝端少孤，于此釣得一螺，大如斗。置之甕中，每日見盤饌甚豐。後歸，忽見一少女美麗，燃竈之次。女曰：「我是白水素女。天帝哀君少孤，遣妾與君具饍。今既已知，妾當化去。留殼與君，其米常滿。」瑞得其米，資及子孫。因名釣螺江。』」

《輿地廣記》卷三四《福州・侯官縣》云：「有閩山、螺江。昔閩人謝端釣得異螺，因名之。」

《東坡詩集註》卷四《虔州八景圖》「碧溪青嶂遶螺亭」師尹注云：「福州謝端，孑然一身。釣于江上，獲一巨螺，其大如斗。置之於家，不以爲異。出歸則飲食盈案。端潛伺之，有好女子，具饌於室。執而問焉，女曰：『我乃螺女，水神也。天帝閔君之孤，遣爲具食，君已悉，我亦當去。』乃留空螺，曰：『君有所求，當取於螺中。』因出門，不復見。後端有乏，探螺皆如意。傳數世猶在。號江曰螺女江，洲曰螺女洲，廟曰螺女廟。其地在虔州西南。」(按：任昉《述異記》卷上云：「螺亭在南康郡。昔有五女採螺爲業，曾宿此亭。夜聞空中風雨聲，乃見衆螺張口而至，便亂噉其肉，明日惟有骨存焉。故號此亭爲螺亭。」《太平御覽》卷四八引《南康記》亦載此事，乃稱大石臨水號螺亭，山名螺亭石山。南康郡即宋之虔州，今江西贛州市。東坡詩之虔州螺亭，即南康螺亭。《太平寰宇記》卷一〇八《虔州・贛縣》云：「螺亭石山，在縣南七十里，有大石臨水，號曰螺亭。」師尹以謝端事注螺亭，甚誤。)

唐皇甫氏《原化記》亦載白螺女事，情事相類。《廣記》卷八三引曰：「常州義興縣有鰥夫吴堪，少孤無兄弟，爲縣吏，性恭順。其家臨荆溪。常於門前，以物遮護溪水，不曾穢污。每縣歸，則臨水看翫，敬而愛之。積數年，忽於水濱得一白螺，遂拾歸，以水養。自縣歸，見家中飲食已備，乃食之。如是十餘日。然堪爲隣母哀其寡獨，故爲之執爨，乃卑謝隣母。母曰：『何必辭，君近得佳麗修事，何謝老身？』堪曰：『無。』因問其母，母曰：『子每入縣後，便見一女子，可十七八，容顔端麗，衣服輕豔，具饌訖，即却入房。』堪意疑白螺所爲，乃密言於母曰：『堪明日當稱入縣，請於母家自隙窺之，可乎？』母曰：『可。』明旦詐出，乃見女自堪房出，入廚理爨。堪自門而入，其女遂歸房不得。堪拜之，女曰：『天知君敬護泉源，力勤小職，哀君鰥獨，勑余以奉媲。幸君垂悉，無致疑阻。』堪敬而謝之。自此彌將敬洽。閭里傳之，頗增駭異。時縣宰豪士，聞堪妻美，因欲圖之。堪爲吏恭謹，不犯笞責。宰謂堪曰：『君熟於吏能久矣，今要蝦蟆毛及鬼臂二物，晚衙須納。不應此物，罪責非輕。』堪唯而走出，度人間無此物，求不可得，顔色慘沮。歸述於妻，乃曰：『吾今夕殞矣！』妻笑曰：『君憂餘物，不敢聞命，二物之求，妾能致矣。』堪聞言，憂色稍解。妻曰：『辭出取之。』少頃而到。堪得以納令，令視二物，微笑曰：『且出。』然終欲害之。後一日，又召堪曰：『我要蝸斗（按：當作「禍斗」）一枚，君宜速覓此，若不至，禍在君矣。』堪承命奔歸，又以告妻。妻曰：『吾家有之，取不難也。』乃爲取之。良久，牽一獸至，大如犬，狀亦類之。曰：『此蝸（禍）斗也。』堪曰：『何能？』妻曰：『能食火，奇獸也。君速送。』堪將此獸上宰，宰見之怒曰：『吾索蝸（禍）斗，此乃犬也。』又曰：『必何所能？』曰：『食火，其糞火。』宰遂索炭燒之，遣食。食訖，糞之於地，皆火也。宰怒曰：『用此物奚爲？』令除火埽糞。方欲害堪，吏以物及糞，應手洞然，火飆暴起，焚爇牆宇，煙焰四合，彌亘城門。宰身及一家，皆爲煨燼。乃失吴堪及妻。其縣遂遷於西數步，今之城是也。」按：此事前半顯以白水素女爲本，後半蝸（禍）斗云云，乃俚俗之增飾，尤見情趣。今世民間猶傳田螺姑娘事。小小情事而千載不廢，民間故事之生命力，於此可見。

又《廣記》卷四七一引《集異記・鄧元佐》，亦爲螺女事，第其女非仙而係螺精耳。大略謂鄧元佐於一蝸舍逢女子，女子食之與寢。鄧覺而卧田中，旁有螺大如升，吐所食之物，盡青泥也。

《雲笈七籤》卷一八《老子中經上・第十九神仙》曰：「經曰：兩腎間名曰大海，一名弱水，中有神龜，呼吸元氣，流行作爲風雨，通氣四支，無不至者。上有九人，三三爲位。左有韓衆，右有范蠡，中有太城子。左爲司徒公，右爲司空公。中有太一君，左有青腰玉女，右有白水素女。……」道教乃將白水素女作爲臟内之神。

丁姑

淮南全椒縣〔一〕有丁新婦者,本丹陽〔二〕丁氏女,年十六適全椒謝家。其姑嚴酷,每使役,皆有程限,或違頃刻,仍便笞捶。不可堪處,以九月七日自經而死。遂有靈響聞於民間,仍發言於巫祝曰:「念人家婦女,工作不已,使避九月七日,勿用作。」

吴平〔三〕後,其女幽魂思鄉欲歸。永平〔四〕元年九月七日,見形,著縹衣,戴青蓋,從一婢。至牛渚津〔五〕求渡,有兩男子共乘船捕魚,仍呼求載。兩男子笑,共調弄之,言:「聽我爲婦,即當相渡也。」丁嫗〔六〕曰:「謂汝是佳人,而無所知。汝是人,當使汝入泥死;是鬼,使汝入水。」便却入草中。

須臾,有一老翁乘船載葦又至,嫗從索渡,翁曰:「船上無裝,豈可露渡?恐不中載耳。」嫗言無苦。翁因出葦半許,安處著船中,徑渡之,至南岸。臨去,語翁曰:「吾是鬼神,非人也,自能得過,然宜使民間粗相聞知。翁之厚意,出葦相渡,深有慙感,當有以相謝者。翁速還去,必有所見,亦當有所得也。」翁曰:「媿燥濕〔七〕不至,何敢蒙謝!」翁還西岸,見兩少男子覆水中。進前數里,有魚千數〔八〕,跳躍水邊,風吹置岸上,翁遂棄葦載魚以歸。於是丁嫗遂還丹陽。

今江南人皆呼爲「丁姑」，九月七日不用作事，咸以爲息日也。今所在祠之。（卷七）（原據《太平廣記》卷二九二、《太平寰宇記》卷一二八、《輿地紀勝》卷四二引《搜神記》校輯）

〔一〕淮南，漢爲國，魏改郡，治壽春縣（今安徽壽縣）。全椒縣，今屬安徽。

〔二〕丹陽，郡名，西漢置，治宛陵（今安徽宣城市宣州區），吴移治建業（今南京市）。丹陽郡屬縣亦有丹陽，又稱小丹陽，即今安徽當塗縣東北之小丹陽鎮。

〔三〕吴平，晉武帝太康元年（二八〇）平吴。

〔四〕永平，晉惠帝年號，只一年，即二九一年。

〔五〕牛渚津，在安徽當塗西北牛渚山下，爲長江著名津渡。

〔六〕嫗，《廣記》鈔宋本作「姬」，下同。《寰宇記》、《輿地紀勝》作「姑」。按：嫗、姑皆爲婦女通稱，姬則爲其美稱。

〔七〕燥濕，猶言寒温，爲當時口語。「燥濕不至」即照顧不周之意。《三國志》卷五七《吴書·駱統傳》：「勸權以尊賢接士，饗賜之日，可人人别進，問其燥濕。」

〔八〕此句《寰宇記》作「有魚數千頭」，《輿地紀勝》作「小魚數千頭」。

《五朝小説·魏晉小説》雜傳家有晉殷基《丁新婦傳》，乃取自明刊《搜神記》卷五，撰名妄題。

成公智瓊

魏濟北國從事掾〔一〕弦超，字義起。以嘉平〔二〕中夜獨宿，夢有神女來從之。自稱天上玉女，東郡〔三〕人，姓成公，字智〔四〕瓊。早失父母，天帝哀其孤苦，遣令下嫁從夫。義起當其夢也，精爽感悟，嘉其美異，非常人之容。覺寤欽想，若存若亡。如此三四夕。

一旦，顯然來遊，駕輜軿車〔五〕，從八婢，服綾羅綺繡之衣，姿顔容體，狀若飛仙。自言年七十，視之如十五六女。車上有壺榼、清白琉璃五具〔六〕，飲啗奇異，饌具醴酒，與義起共飲食。謂義起曰：「我天上玉女，見遣下嫁，故來從君。不謂〔七〕君德，蓋宿時感運，宜爲夫婦。不能有益，亦不能爲損。然行來常可得駕輕車乘肥馬，飲食常可得遠味異膳，繒素常可得充用不乏。然我神人，不能爲君生子，亦無妒忌之性，不害君婚姻之義。」遂爲夫婦。

贈其詩一篇，其文曰：「飄飄浮勃逢〔八〕，敖曹雲石〔九〕滋。芝英不須潤，至德與時期。神仙豈虚降，應運來相〔一〇〕之。納我榮五族，逆我致禍災。」此其詩之大較。其文二百餘言，不能悉録。又注《易》七卷，有卦有象，以彖爲屬〔一一〕，故其文言既有義理，又可以占吉凶，猶揚子之《太玄》、薛氏之《中經》〔一二〕也。義起皆能通其旨意，用之占候。

作夫婦經七八年。父母爲義起取婦之後，分日而燕，分夕而寢。夜來晨去，倏忽若飛，唯義起見之，他人不見也。雖居闇室，輒聞人聲，常見蹤跡，然不覩其形。每義起當有行來〔一三〕，智瓊已嚴駕於門，百里不移兩時，千里不過半日。

義起後爲濟北王門下掾，文欽作亂，景帝東征〔一四〕，諸王見移于鄴宮〔一五〕，官屬亦隨監國〔一六〕西徙。鄴下狹窄，四吏共一小屋。義起獨卧，智瓊常得往來，同室之人，頗疑非常。智瓊止能隱其形，不能藏其聲，且芬香之氣，達於室宇，遂爲伴吏所疑。後義起嘗使至京師，空手入市，智瓊給其五匹弱緋、五端絪紵〔一七〕，采色光澤，非鄴市所有。同房吏問意狀，義起性疎辭拙，遂具言之。吏以白監國，委曲問之，亦恐天下有此妖幻，不咎責也。

後夕歸，玉女已求去，曰：「我神仙人〔一八〕也，雖與君交，不願人知。而君性疏漏，我今本末已露，不復與君通接。積年交結，恩義不輕，一旦分別，豈不愴恨。勢不得不爾，各自努力矣。」呼侍御人〔一九〕下酒啗食。發簏，取織成裙衫兩襠〔二〇〕遺義起，又贈詩一首。把臂告辭，涕零溜漓，肅然升車，去若飛流。義起憂感積日，殆至委頓。

去後積五年，義起奉國使至洛，到濟北魚山〔二一〕下。陌上西行，遥望曲道頭，有一馬車，似智瓊。驅馳前至，視之，果是玉女也。遂披帷相見，悲喜交至。控左授綏〔二二〕，同乘至洛，遂爲室家，克復舊好。至太康〔二三〕中猶在，但不日日往來，每於三月三日、五月五日、七月七日、九月九日、月旦、十五，輒下往來，來輒經宿而去。

張敏爲之賦神女，其序曰〔二四〕：「世之言神仙者多矣，然未之或驗也。至如弦氏之婦，則近信而有徵者。甘露〔二五〕中，河濟間往來京師者，頗説其事，聞之常以鬼魅之妖耳。及遊東土，論者洋洋，異人同辭，猶以流俗小人好傳浮僞之事，直謂訛謠，未遑考核。會見濟北劉長史，其人明察清信之士也。親見義起，受其所言，讀其文章，見其衣服贈遺之物，自非義起凡下陋才所能搆合也。又推問左右知識之者，云當神女之來，咸聞香薫之氣，言語之聲，此即非義起淫惑夢想明矣。又人見義起强甚，雨行大澤中而不沾濡，益怪之。夫鬼魅之近人也，無不羸病損瘦，今義起平安無恙，而與神人飲燕寢處，縱情兼慾，豈不異哉！余覽其歌詩，辭旨清偉，故爲之作賦。」賦曰：「皇覽余之純德，步朱闕之峥嶸。靡飛除而入祕殿，侍太極之穆清。帝愍余之勤肅，將休余於中州。託玄静以自處，寔應夫子之好仇〔二六〕。於是主人憮然而問之曰：『爾豈是周之褒姒、齊之文姜〔二七〕，孽婦淫鬼，來自藏乎？儻亦漢之遊女〔二八〕、江之娥皇，猷真傣〔二九〕、倦仙侍乎？』於是神女乃歛袂正襟而對曰：『我實貞淑，子何猜焉！且辯言知禮，恭爲令則；美姿天挺，盛飾表德。以此承歡，君有何惑？』爾乃敷茵席，垂組帳。嘉旨既設，同牢〔三〇〕而饗。微聞芳澤，心盪意放。於是尋房中之至嬿，極長夜之懽情。心眇眇以忽忽，想北里之遺聲〔三一〕。既澮泊於幽默，揚覺寐而中驚。賦斯時之要妙，進偉服之紛敷。俛撫衽而告辭，仰長歎以欷吁。乘雲霧而變化，遥弃我其焉如。」

弦超爲神女所降，論者以爲神仙，或以爲鬼魅，不可得正也。著作郎干寶以《周易》筮之，遇《頤》之《益》。以示同寮郎〔三二〕，郭璞曰：「《頤》貞吉，正以養身，雷動山下，氣性唯新。變而之《益》，延壽永年，乘龍銜風，乃升於天：此仙人之卦也〔三〕。」（卷七）（原據《藝文類聚》卷七九、《法苑珠林》卷五、《太平御覽》卷六七七、《古詩紀》卷一四四、《西晉文紀》卷六引《搜神記》，《北堂書鈔》卷一二九引張敏《神女傳》，《太平御覽》卷七六一引《列異傳》，《太平廣記》卷六一引《集仙録》，《御覽》卷三九九、卷七二八引《智瓊傳》，《太平寰宇記》卷一三、《樂府詩集》卷四七引《述征記》，《海録碎事》卷一三上引，《藝文類聚》卷七九引晉張敏《神女賦》，《文選》卷三〇謝靈運《擬魏太子鄴中集詩・擬陳琳詩》注引張敏《神女賦》，《樂府詩集》卷四七引張茂先《神女賦序》校輯）

〔一〕濟北國，漢置，治盧（今山東長清市），劉宋改爲郡。從事掾，佐吏。

〔二〕嘉平，魏齊王芳年號（二四九—二五四）。

〔三〕東郡，治濮陽縣（今河南濮陽市西南），西晉改濮陽國。

〔四〕智，《珠林》作「知」，「知」通「智」。

〔五〕輜軿（zī píng）車，婦女所乘之車，有帷幕遮掩。

〔六〕榼（kē），酒器。清白琉璃五具，用青白色琉璃製成之各種器皿。清，通「青」。《御覽》卷七六一引《列異傳》作「青」。五，表示多數。

〔七〕謂，爲也。

〔八〕此句《類聚》、《珠林》、《古詩紀》「逢」作「述」。按：勃指勃海，《史記・封禪書》：「蓬萊、方丈、瀛洲，此三神山者，其傅在勃海中，去人遠……諸仙人及不死之藥皆在焉。」逢，借作「蓬」，《墨子・耕柱》：「逢逢白雲。」

孫詒讓《閒詁》：「逢、蓬通。」作「述」譌。

〔九〕敖曹，同「嗷嘈」，喧聲。雲石，石磬，八音之一，泛指樂器。

〔一〇〕相，助也。

〔一一〕卦，《周易》中以陽爻（⚊）與陰爻（⚋）相配，所成之符號曰卦。象，含有象徵意義之卦爻之形象。解釋卦爻象徵意義之文辭曰象辭或象傳。彖（tuàn），統論一卦要義之文辭，又稱彖辭、彖傳。

〔一二〕揚子，揚雄。《太玄》，《太玄經》，十卷，仿《周易》而作。薛氏《中經》，不詳。

〔一三〕行來，來往也。此處乃偏義複詞，偏指「行」，即出門。《廣記》黄晟校刊本、《四庫全書》本作「求」，義亦通。

〔一四〕《三國志》卷四《魏書·高貴鄉公髦紀》：「（正元）二年春正月乙丑，鎮東將軍毌丘儉、揚州刺史文欽反。戊寅，大將軍司馬景王（按：即司馬師）征之。」又見《晉書》卷二《景帝紀》。正元二年乃二五五年。

〔一五〕鄴宫，漢獻帝建安十八年（二一三），曹操爲魏公，定都於鄴，建宫室，魏建，都洛陽，鄴仍爲五都之一。鄴都舊址在今河北臨漳縣鄴城鎮東。

〔一六〕監國，魏派往諸王國執行監察任務的使者，稱監國使者、監國謁者。

〔一七〕弱緋，紅色細帛。弱，細而薄。《文選·吴都賦》：「蕉葛升越，弱於羅紈。」李善注：「蕉葛，葛之細者。升越，越之細者。」緋，帛紅色，此指紅色之帛。端，帛之長度單位。《左傳》昭公二十六年杜預注：「二丈爲一端，二端爲一兩，所謂匹也。」絪紵，做褥、墊之苧麻布。

〔一八〕神仙人，《珠林》作「神人」。

〔一九〕侍御人，婢仆。

〔二〇〕織成，一種名貴織物，製品多爲貴族服飾。兩襠，又作「裲襠」。《釋名》卷五《釋衣服》：「裲襠，其一當胸，其一當背也。」王先謙《釋名疏證補》引皮錫瑞曰：「『裲襠』字，古作『兩當』。」王先謙曰：「案：即唐宋時之半背，今俗謂之背心。當背當心，亦兩當之義也。」

〔二一〕魚山，又名吾山、魚條山，在今山東東阿縣。東阿時屬濟北國。《太平寰宇記》卷一三《鄆州・東阿縣》：「魚山，一名吾山。……魏陳思王曹植嘗登此山，有終焉之志，遂塟其西，亦其所封國也。周迴十二里。」

〔二二〕左，左驂。駕車之馬，兩旁者曰驂，中間者曰服。綏，車上索，備登車牽引之用。《儀禮・士昏禮》：「壻御婦車授綏，姆辭不受。」鄭玄注：「壻御者親而下之。綏，所以引升車者。僕人之禮，必授人綏。」弦超坐於御者座位（在左）親自駕車，並將車綏授與智瓊，引其升車，行僕人之禮，以示對智瓊之敬愛。

〔二三〕太康，晉武帝司馬炎年號（二八〇—二八九）。

〔二四〕《珠林》作「張茂先爲作《神女賦》」，《墉城集仙録》作「張茂先爲之賦神女，其序曰」。按：《神女賦》乃西晉張敏作，而誤爲張茂先（即張華，華字茂先）。見附録。張敏，太原中都（今山西平遥縣西南）人。仕歷平南將軍參軍、太子舍人、濟北國長史。晉武帝咸寧中（二七五—二八〇）爲尚書郎，領祕書監。太康初（二八〇）出爲益州刺史。有《張敏集》五卷，佚。見南宋洪邁《容齋五筆》卷四《晉代遺文》、清嚴可均輯《全晉文》卷八〇張敏小傳、《文選》卷五六張孟陽《劍閣銘》注引臧榮緒《晉書》、《晉書》卷五五《張載傳》、《隋書・經籍志》別集類。

〔二五〕甘露，魏高貴鄉公曹髦年號（二五六—二六〇）。

〔二六〕夫子，對丈夫之稱呼，指弦超。《孟子・滕文公下》：「女子之嫁也，母命之，往送之門，戒之曰：『往之女家，必敬必戒，無違夫子！』」下文「主人」亦以稱弦超，謂家主。好仇，好配偶。《詩經・國風・周南・關雎》：「窈窕淑女，君子好逑。」《禮記・緇衣》引作「君子好仇」。鄭玄注：「仇，匹也。」

〔二七〕褒姒，周幽王寵妃，褒國人，姒姓，伐褒所得。性不好笑，幽王舉烽火戲召諸侯，乃大笑。後申侯與犬戎攻周，幽王又舉烽火，諸侯以爲戲，不至，遂被殺。見《史記》卷四《周本紀》。文姜，春秋齊僖公女，嫁魯桓公。桓公與文姜如齊，文姜與兄齊襄公私通，桓公謫之。文姜告襄公，襄公宴桓公，使公子彭生殺之。見《左傳》桓公十八年。

〔二八〕漢之遊女，見本書《列仙傳・江妃二女》。

〔二九〕真僁，「僁」字當譌，疑爲「伴」字。《説文・夫部》：「㚘，竝行也。從二夫。輦字從此。讀若伴侶之伴。」蓋後又加人旁爲「⿰亻㚘」，因譌作「僁」。「僁」，「愆」之俗寫。真伴，仙人伴侶。唐釋貫休《禪月集》卷一五《偶作因懷大同道友》：「天童好真伴，何日更相親？」南宋王明清《玉照新志》卷五：「記得潛虛真伴侶，出門争贈買山錢。」

〔三〇〕牢，居室。《焦氏易林》卷一《需》之《大壯》：「婚姻合配，同枕共牢。」

〔三一〕北里，《史記》卷三《殷本紀》：「帝紂……好酒淫樂，嬖於婦人。愛妲己，妲己之言是從。於是使師涓作新淫聲，北里之舞，靡靡之樂。」曹植《七啓》：「亦將有才人妙妓，遺世越俗，揚北里之流聲，紹陽阿之妙曲。」左思《詠史八首》之四：「南鄰擊鐘磬，北里吹笙竽。」

〔三二〕同寮郎，著作郎干寶之同僚。建武元年（三一七）十一月干寶爲著作省著作郎，領修國史，佐著作郎（後改稱著作佐郎）有郭璞、虞預、朱鳳、吴震等。

〔三三〕自「弦超爲神女所降」至此一段，乃干寶篇末所繫論讚。

晉初張敏作《神女傳》及《神女賦》，張華續《列異傳》採入此事。干寶此文當採自張敏原作或《列異傳》。《北堂書鈔》卷一二九引張敏《神女傳》一節：「班義起感神女智瓊，智瓊復去，賜義起織成裙衫。」

《太平御覽》卷七六二引《列異傳》曰：「濟北弦超，神女來遊，車上有壺榼，青白琉璃五具。」亦爲片斷。前蜀杜光庭《墉城集仙録》原書亦載智瓊事，今本闕，見引於《太平廣記》卷六一，注出《集仙録》，題《成公智瓊》，文句與《法苑珠林》所引《搜神記》大同，而頗有詳於《珠林》處。《墉城集仙録》序稱「編記古今女仙得道事實」，所記多據神仙傳記與志怪小説。自序言及十餘種書，中有《搜神記》，知智瓊事採自《搜神記》也。《藝文類聚》卷七九節引晉張敏《神女賦》，前有序；《集仙録》只録序，較《類聚》完整。《搜神記》當亦採入賦及序。

《御覽》卷三九九引《智瓊傳》曰：「弦超字義超（起），夢神女從之。自稱天上玉女，姓成（成公）字智瓊，早喪父母，天帝愍之，遣令得下嫁。如此三四旦，覺寤欽想。顯然來遊，乃駕輜軿車，從八婢，自言『我天帝玉女』，遂爲夫婦。贈詩三百餘言，又著《易》七卷，超皆能通其旨。」又卷七二八引曰：「弦超爲神女所降，論者以爲神仙，或以爲鬼魅，不可得正也。著作郎干寶以《周易》筮之，遇《頤》之《益》。以示同寮郎，郭璞曰：『《頤》貞吉，正以養身，雷動山下，氣性唯新。變而之《益》，延壽永年，乘龍銜風，乃升於天：此仙人之卦也。』」此傳撰人不詳，疑爲干寶後人，鈔《搜神記》耳。或所謂《智瓊傳》者，實即《搜神記》之《智瓊傳》也。

晉郭緣生《述征記》亦記其事，《太平寰宇記》卷一三《鄆州·東阿縣》引曰：「濟北郡史延（弦）超，魏嘉平中有神女成公智瓊降之。超同室疑其有姦，以告監國，詰問，超具言之，智瓊乃絶。後五年，超使將至洛西，到濟北魚山下陌（陌）上。遥望曲道頭有車馬，似智瓊，前到果是。同乘至洛，克復舊好。太康中仍存。」（按：《樂府詩集》卷四七亦引，作「弦超」。）乃採《搜神記》或《列異傳》。元林坤《誠齋襍記》卷上云：「弦超夢神女從之，自稱天上玉女，東郡人，姓成公，字智瓊。蚤失父母，天帝哀其孤苦，令得下嫁超。當其夢也，嘉其非常，覺寤欽想，如此三四夕。一旦顯然來，駕輜軿車，從八婢，服羅綺之衣，狀若飛仙。自言年十七，遂爲夫婦。」明秦淮寓客編《緑窗女史》卷一〇、自好子《剪燈叢話》卷四、《五朝小説·魏晉小説》傳奇家有晉賈善翔《天上玉女記》一篇，實即從明刊《搜神記》卷一抽出而妄加撰人。詹詹外史《情史類略》卷一九《天上玉女》，乃取《太平廣記》所引《集仙録》。

董永

董永〔一〕父亡，無以葬，乃自賣爲奴。主知其賢，與錢千萬遣之。永行三年喪畢，欲還詣主，供其奴職。道逢一婦人曰：「願爲子妻。」遂與之俱。主謂永曰：「以錢丐君矣。」永曰：「蒙君之恩，父喪收藏。永雖小人，必欲服勤致力，以報厚德。」主曰：「婦人何能？」永曰：「能織。」主曰：「必爾者，但令君婦爲我織縑〔二〕百匹。」於是永妻爲主人家織，十日而百匹具焉。主驚，遂放夫婦二人而去。

行至本相逢處，乃謂永曰：「我是天之織女，感君至孝，天使我償之。今君事了，不得久停。」語訖，雲霧四垂，忽飛而去。（卷八）（原據《太平廣記》卷五九、《少室山房筆叢》卷四一《莊嶽委談下》、《稗史彙編》卷六四引《搜神記》，《法苑珠林》卷四九、《太平御覽》卷四一一、句道興《搜神記》引劉向《孝子傳》，《御覽》卷八一七、唐寫本《孝子傳》、唐寫本伯二五二四號類書殘卷《孝感篇》引《孝子傳》，《古本蒙求注》卷中引校輯）

〔一〕董永，《法苑珠林》卷四九引劉向《孝子傳》注云：「鄭緝之《孝子感通傳》曰永是千乘人。」《太平御覽》卷四一一引劉向《孝子圖》亦稱「千乘人」。千乘（shèng），縣名，秦置，今山東淄博市高青縣高苑鎮北。西漢置郡，治千乘。

〔二〕縑，雙絲細絹。《釋名·釋采帛》：「縑，兼也，其絲細緻，數兼於絹，染兼五色，細緻不漏水也。」

明張鼎思《琅邪代醉編》卷三五引《搜神記》曰：「董永，東漢末人。性孝，貸主人萬錢葬父，許身爲奴。道遇一女，求爲妻。同造主人，織縑三百，一月而畢。辭永去曰：『我天之織女也。』生一子名仲，深于天文術數之學。」此蓋據後世傳聞而轉述，非干書原文。

董永事原出劉向《孝子圖》（又作《孝子傳》），《太平御覽》卷四一一引曰：「前漢董永，千乘人。少失母，獨養父。父亡，無以葬，乃從人貸錢一萬。永謂錢主曰：『後若無錢還君，當以身作奴。』主甚憫之。永得錢葬父畢，將往爲奴，於路忽逢一婦人，求爲永妻。永曰：『今貧若是，身復爲奴，何敢屈夫人之爲妻。』婦人曰：『願爲君婦，不恥貧賤。』永遂將婦人至。錢主曰：『本言一人，今何有二？』永曰：『言一得二，理何乖乎？』主問永妻曰：『何能？』妻曰：『能織耳。』主曰：『爲我織千疋絹，即放爾夫妻。』於是索絲，十日之内，千疋絹足。主驚，遂放夫婦二人而去。行至本相逢處，乃謂永曰：『我是天之織女，感君至孝，天使我償之。今君事了，不得久停。』語訖，雲霧四垂，忽飛而去。」（按：「前漢」二字係後人所加。）

《法苑珠林》卷四九及句道興《搜神記》（《敦煌變文集》卷八）並亦引，文句多所不同，亦録於左：

《珠林》引劉向《孝子傳》曰：「董永者，少偏孤，與父居。乃肆力田畝，鹿車載父自隨。父終，自賣於富公，以供喪事。道逢一女，呼與語云：『願爲君妻。』遂俱至富公。富公曰：『女爲誰？』答曰：『永妻，欲助償債。』公曰：『汝織三百疋，遣汝。』一旬乃畢。女出門，謂永曰：『我天女也，天令我助子償人債耳。』語畢，忽然不知所在。」（按：《珠林》於「董永者」下注云：「鄭緝之《孝子感通傳》曰永是千乘人。」）

句道興《搜神記》：「昔劉向《孝子圖》曰：有董永者，千乘人也。少失其母，獨養老父，家貧困苦。至於農月，與轆車推父於田頭樹蔭下，與人客作，供養不闕。其父亡歿，無物葬送，遂從主人家典田，貸錢十萬文。語主人曰：『後無錢還主人時，求與歿身主人爲奴，一世償力。』葬父已了，欲向主人家去。在路逢一女，願與永爲妻。永曰：『孤窮如此，身復與他人爲奴，恐屈娘子。』女曰：『不嫌君貧，心相願矣，不爲恥也。』永遂共到主人家。主人曰：『本期一人，今二人來，何也？』主人問曰：『女有何伎能？』女曰：『我解織。』主人曰：『與我織絹三百疋，放汝夫妻歸家。』女織經一旬，得絹三百疋。主人驚怪，遂放夫妻歸還。行至本相見之處，女辭永曰：『我是天女，見君行孝，天遣我借君償債。今既償了，不得久住。』語訖，遂飛上天。前漢人也。」（按：此經增飾，非原文也。）

唐寫本《孝子傳》亦引《孝子傳》，是書無撰名，不知屬誰氏。文較詳，當亦經唐人增飾。兹録於下：

「董永，千乘人也。少失其母，獨養於父。家貧傭力，篤於孝養。至於農月，永以鹿車推父至於畔上，供養如故。後數載，父殁，葬送不辦，遂與聖人貸錢一萬，即千貫也，將殯其父。葬殯已畢，遂來償債。道逢一女，願欲與永爲妻。永曰：『僕貧寒如是，父終無已殯送，取主人錢一萬，今充身償債爲奴，烏敢屈娘子。』婦人曰：『心所相樂，誠不恥也。』永不得已，遂與婦人同詣主人。主人曰：『汝本言一身，今二人同至，何也？』永曰：『買一得二，何怪也？』『有何所解也？』答曰：『會織絹。』主人云：『但與織絹三百疋，放汝夫妻皈還。』織經一旬，得絹三百疋。主人驚怪，遂放二人歸迴。至於本期之處，妻辭曰：『我天之織女。見君至孝，天帝故遣我助君償債。今既免子之難，不合久在人間。』言訖，由升天，永掩淚不已。天子徵永，拜爲御史大夫。」（《敦煌變文集》卷八）

曹植《靈芝篇》詠董永事，云：「董永遭家貧，父老財無遺。舉假以供養，傭作致甘肥。債家填門至，不知何用歸。天靈感至德，神女爲秉機。」

梁蕭繹《金樓子·志怪篇》亦記梗概：「神女爲董永織縑而免災。」唐釋法琳《辯正論·十喻篇》亦稱：「董永孝敬於天女。」

唐寫本董永變文(《敦煌變文集》卷一)敷衍其事，多有變化。云永十五雙親亡，賣身殯葬耶孃。路逢女人，自云天堂感其行孝，遣己下界爲妻。織錦償債已，二人歸至永莊，仙女留下小孩別去。其子名董仲，七歲時別父覓母，就孫賓求卜。賓云其母同二女人至阿耨池澡浴，命其隱於樹下，抱取其中紫衣，其女即母也。女見兒，以其不宜住此，與金瓶而遣歸下界，令交付孫賓。金瓶忽出天火，燒却孫賓卜書(按：此以意度之，原文不明)，因此不再能占知天上之事。原文僅存唱詞，且多脱譌，文長不録，撮述大意如上。

《古本蒙求注》卷中(《佚存叢書》本)「董永自賣」注，事同《孝子傳》，唯稱永乃後漢人。(按：《學津討原》本作「漢董永」。)明詹詹外史《情史類略》卷一九《織女》亦載其事，無異辭。

元趙道一《歷世真仙體道通鑑》後集卷二《織女》曰：「漢書：董永少失母，養父。家貧傭力，至農月以小車推父，置田頭陰樹下，而營農作。父死後，自主人貸錢一萬，自賣身爲奴，遂得錢葬父。還，於路忽見一婦人，姿容端正，求爲永妻，永乃與俱詣主人。主人令永妻織絹六百匹：『放汝夫妻。』乃當機織，一月畢。主人深怪其速疾，遂放之。相隨至舊相見之處，而辭永曰：『我天之織女。緣君至孝，天帝令助君償債。』言訖，凌空而去。今泰州有漢董永所居，天女繅絲井存焉。」泰州，今江蘇泰州市。

東漢武梁祠畫像石亦有董永圖像，永父坐獨輪車上，手持鳩杖，車上置一陶罐，董永站立父前，身朝脚下竹笥，回首望父。董永上空有一仙女，肩生雙翼，俯身朝下。圖中有題曰：「董永，千乘人也。」

董永事漢以來廣泛流傳，俗間傅會遺迹及祠廟遍布各地。董永傳爲千乘人，故山東多傳其事。

元于欽《齊乘》卷五《丘壠》云：「董永墓，博興南三十五里。世説永東漢人，鬻身以葬親。般陽長山南，又有冢廟。皆出野語。」博興縣原名博昌縣，西漢屬千乘郡，隋唐屬青州，今屬濱州市。般陽縣，西漢屬濟南郡，治今淄博市西南淄川區，南朝宋移治今濰坊市臨朐縣東南。

《明一統志》卷二二《濟南府・祠廟》云：「董永廟，在長山縣南三十里。世説永東漢千乘人，鬻身以葬母，感織女爲之配。又博興亦有其冢。」長山縣，今濱州市鄒平縣。又卷二四《青州府・人物》載董永，稱千乘人。

雍正修《山東通志》卷二一《秩祀志・濟南府・長山縣》亦載：「董孝子祠，在縣南二十里，祀漢孝子董永。」又《青州府・博興縣》：「董公廟，在縣東北三十里，祀漢董永。廟西北三里有槐陰碑，相傳織女下配處。」又卷三二《陵墓志・青州府・博興縣》：「董永墓，在縣東二十里崇德社。按永東漢千乘人，故樂安城即千乘也。舊《通志》云在長山縣南三十里，又一在魚臺縣西二十里董氏村，一在淄川。」魚臺縣治，原在今濟寧市魚臺縣西舊城集，乾隆二十一年（一七五六）移今魚臺縣西南魚城。淄川縣今爲區，屬淄博市。

乾隆修《大清一統志》卷一二七《濟南府二・陵墓》亦載：「董永墓，在長山縣東南三十里。《府志》：永墓有三，一在博興，一在魚臺，其在長山者，墓所方十餘里，秋晚無霜。」又一三五《青州府二・陵墓》載：「董永墓，在博興縣南三十五里。般陽長山南，又有冢廟。皆出齊東野語。」按：以上博興、淄川、鄒平諸地，皆在古千乘周邊，唯魚臺在其西南，相去甚遠。

按：研究者或以爲千乘縣即今山東濱海市博興縣，見高漢君等《漢孝子董永及其故里的考證》、漢孝子董永及其故里論證會《關於〈漢孝子董永及其故里的考證〉的意見書》，載李建業、董金豔主編《董永與孝文化》，齊魯書社，二〇〇三年版。《漢孝子董永及其故里的考證》稱，《博興縣誌·人物志》中載：「永墓在今崇德社（今陳户鎮），去墓數里有董家莊，永故宅也。」董家莊在今博興縣陳户鎮（位於縣城北約三十華里），董家莊原有董公廟。《山東通志》載「董永廟在城東北三十里，祀董永」，即指此地。《山東通志》載：「仙孝祠在西門，内祀漢孝子董永。」原祠已圮，明代知縣翁兆雲重修，康熙四年博興知縣蔣維藩又重修。今博興縣建有董永博物館。高青、博興二縣相臨，據《中國歷史地圖集》，漢千乘縣距今高青較博興爲近。《中國歷史大辭典》《歷史地理》分册「千乘縣」條注爲「治今山東高青縣高苑鎮北」。

今湖北孝感市得名於董永孝感故事，遺迹亦甚多。

明陳士元《江漢叢談》卷二：「《孝順事實》云：董永，千乘人。東漢末，奉其父避兵居安陸。父亡無以葬，從里人裴氏貸錢，約以身爲奴償之。得錢五千，葬父畢，往爲奴。於路忽逢一婦人求爲永妻，永曰：『今貧若是，身復爲奴，不敢屈辱。』婦曰：『不耻貧賤。』永與俱往，錢主曰：『本言一人，今乃有二。』永曰：『言一得二，有何乖乎？』主問永婦何能，婦曰：『能織。』主曰：『爲我織絹三百疋，即放汝歸。』索絲，一月之内織畢。主驚，遂放夫婦歸。行舊相逢處，婦謂永曰：『我天之織女。感君至孝，天遣爲君妻償債。君事畢，不得久停。』語訖，雲霧四起，騰空而去。後世以永故，名其邑爲孝感。」按：孝感縣五代後唐改孝昌縣置，今爲市，其地在今安陸市東南，相距不遠。明代二縣同屬德安府，清代孝感屬漢陽府。

《明一統志》卷六一《德安府·祠廟》：「董永廟，在孝感縣治北。本朝正統間，因禱雨有感新建。」又《陵墓》：「董永墓，在孝感縣東北一十里廣陽鄉。其左有冢，相傳永父墳。舊有石表久廢。本朝知縣羅勉培土立碑以表之。」又《山川》：「董家湖，在孝感縣東五里，因董永得名。」又《流寓》有董永事迹，云：「董永，千乘人。東漢末，奉其父避兵來居安陸。家貧，傭耕以養其父。父殁，貸錢於里之富人裴氏，許身爲奴以償，所貸得錢五千營葬。迺感天帝，令織女爲配，遂織絹于裴氏。既償錢以贖永身，遂辭永，騰霄而去。」

雍正修《湖廣通志》卷二五《祀典志·漢陽府·孝感縣》：「忠孝祠，在縣學左。舊專祀漢孝子董永。」又卷八一《陵墓志·漢陽府》：「孝子董永墓，在孝感縣東十里廣陽鄉。其左有塚，相傳爲永父塚。」又卷六二《孝子志·漢陽府》：「漢董永，《天中記》、《孝子傳》：青州千乘人。早喪母。靈帝中平中，黄巾起，渤海騷動，永奉父來徙。家貧，傭耕以養。父殁，不能葬，貸錢里富人裴氏，約身爲奴償之。既葬，如裴氏，道逢一婦人，求爲妻。永曰：『吾有父而不能養，父殁而又不能有其身，吾應愧死，奈何屈辱？』婦爲懇欵諭之，永謝不可得，乃與俱往。裴詫曰：『許一人鬻而益以一乎？婦何能？』吾實不能荒飽若。』永曰：『婦解織。』裴難之曰：『能爲我織絹三百緡，免若僕。』婦遂索絲，纔彌月事竣。裴大驚異，放永歸。婦中途謂永曰：『我天孫也，無閲人問世之理。天帝感君純孝，而以煢然一身，俾益裴富人。富人實勤操作，子何以償？故不愛予一人經緯，取而代之，以明沖漢之無所負子也。吾不能久稽報命。』言訖，騰空去。南宋以故名其地曰孝昌。永歿，葬父墓側。相傳董家湖，舊有裴港，即其處，祀鄉賢。」

《大清一統志》卷二六二《漢陽府·流寓》亦載：「漢董永，青州千乘人。奉父徙居安陸，歿不能葬，鬻身傭工，以營葬事。」卷二六一《漢陽府·山川》：「董家湖，在孝感縣東五里，以孝子董永得名。又縣東北十里有理絲橋，水源出縣東北四十里牛跡山，南流入董家湖。」

安陸一帶還傳有董永子董仲之事。南宋王象之《輿地紀勝》卷八四《郢州·仙釋》云：「董仲符，漢董永之子也，母乃天之織女。故生而神靈，數篆符以鎮邪怪。嘗遊京山潼泉，以地多蛇毒，書二符以鎮之，害遂絶。今篆石在京山之巔。」《明一統志》卷六〇《承天府·仙釋》、《湖廣通志》卷七四《仙釋志》亦載。《湖廣通志》卷八《山川志·安陸府·京山縣》又云：「董仲符石，縣南五十里。地多蛇虺，漢董永子仲過此，嘗書二符於石上，其害遂絶。」京山縣唐宋爲郢州治所，明清屬承天府、安陸府，今屬荆門市。

董永遺迹見於他處者略述如下。見於今江蘇者：

《元豐九域志》卷五《楚州》有董永廟。楚州，治今江蘇淮安市。

《真仙通鑑》云泰州乃董永所居，且有天女繰絲井。此説歷代方志亦有記。南宋祝穆《方輿勝覽》卷四五《泰州·井泉》：「天女繰絲井，在西溪鎮西廣福院。相傳漢董永所居，井即天女汲以繰絲者。」《明一統志》卷一二《揚州府·山川》：「繰絲井，在泰州西溪鎮。世傳漢董永寓居于此，家貧父亡，貸主人萬錢葬父，許身爲奴。道遇一女求爲妻，同造主人，約織縑三百匹以償所貸。一月而畢，遂辭永曰：

『我天之織女也。帝以君孝，遣我助之。』言訖，凌雲而去。井即女所汲以繅絲者。」《江南通志》卷三三《輿地志·古蹟四·揚州府》：「繅絲井，在泰州東臺場西谿鎮。相傳漢董永偕天女往傭時，汲此井以繅絲。水源廣不竭，每蠶熟時，井有白草根長丈餘，如絲然。」又卷四〇《輿地志·淮安府》：「董孝子祠，在泰州西溪鎮，祀漢董永。」

《明一統志》卷一二《揚州府·陵墓》：「董永墓，在如皋縣北一百二十里。」如皋今爲市，屬江蘇，在泰州東南。

南宋周應合《景定建康志》卷二二《城闕志三·臺觀》：「董永讀書堂，在溧陽縣西四十里，林木茂翳。」元張鉉《至大金陵新志》卷一二上《古蹟志》亦云：「董永讀書堂，在溧陽州西四十里，林木茂翳。」溧陽今爲市，屬江蘇。

舊題張泌《妝樓記·半陽泉》條云：「半陽泉：世傳織女送董子經此，董子思飲，舀此水與之，曰寒。織女因祝水令暖，又曰熱。乃拔六英寶釵祝而畫之，於是半寒半熱，相和與飲。」按：《景定建康志》卷一八《山川志二》：「半陽湖，一名半湯湖，在城東北四十里，周迴十五里。水同一壑，而冷熱相半。……《輿地志》及《南徐州記》云，江乘縣南有半陽泉，半冷半熱。熱處可爛物，冷處如冰。熱處魚入冷處即死，冷處魚入熱處亦死。」江乘縣，治今江蘇句容市北。

《江南通志》卷三九《輿地志·鎮江府》：「董永墓，在丹陽縣延陵鎮南。」丹陽縣，即今江蘇丹陽市，在句容東。按：以上楚州、泰州、如皋、溧陽、丹陽，除楚州在淮南外，皆在江蘇南部長江南北。

見於今河南者：

《録異記》卷八《墓》：「蔡州西北百里平輿縣界有仙女墓，即董仲舒爲母追塟衣冠之所。傳云董永初居玄山，仲舒既長，追思其母，因築墓焉。秦宗權時，或云仲舒母是天女，人間無墓，恐是仲舒藏神符靈藥及陰陽秘訣於此。宗權命裨將領卒百餘人往發掘之，即時注雨，六旬不止，竟施工不得。是歲，淮西妨農，因致大饑焉。」

《元豐九域志》卷一《蔡州》載新蔡縣有董永墓。新蔡縣位於河南南部。

《明一統志》卷三一《汝寧府·古蹟》：「二孝莊，在汝陽縣西。漢孝子蔡順、董永所居。」《大清一統志》卷一六八《汝寧府·古蹟》：「二孝莊，在府西三十五里。漢孝子蔡順、董永嘗寓于此，因名。」又同卷《陵墓》：「董永墓，在汝陽縣西二里。」又卷一六九《汝寧府二·流寓》：「漢董永，千乘人。少失母，漢末奉父避兵，寓居汝南。」《河南通志》卷四九《陵墓·汝寧府》：「董永墓，在府城西北三十五里。永，孝子。」汝陽縣爲汝寧府治，今河南汝南市，在新蔡西北。

《河南通志》卷五二《古蹟下·汝寧府》：「仙女池，在西平縣城東南一十里。相傳董永遇仙女於此。」西平縣今屬駐馬店市，在汝南西北。

又卷四九《陵墓·許州》：「董永墓，在長葛縣城東一十五里董村鎮西南。」長葛今爲市，屬許昌市，在西平西北。

又卷四八《祠祀·開封府》：「董孝子廟，在通許縣，祀漢孝子董永。」通許縣，今屬開封市。

見於河北、山西、陝西者：

《太平寰宇記》卷六六《瀛州·河間縣》：「董永冢，漢景帝時孝子，卒葬于此。」河間今爲市，屬河北。

《山西通志》卷一四三《孝義三·蒲州府》載董永事迹，卷一七三《陵墓二·蒲州府·萬泉縣》載：「孝子董永墓，相傳在上孝村，有碑剥落。」《大清一統志》卷一〇一《蒲州府·陵墓》：「董永墓，在萬泉縣東三十里上孝村，有碑，今剥落。」萬泉縣，今山西運城市萬榮縣。

《陝西通志》卷二八《祠祀一·鳳翔府·麟遊縣》：「織女祠，在縣東十里董永墓側。相傳董永因貧典身葬父，爲人治絲，晝夜勤苦。天感其孝，遣仙女配永機織，償足而去。時人異之，立廟以祀。」麟遊縣今屬陝西寶雞市。

《清平山堂話本》有《董永遇仙記》話本，大加演飾。宋元戲文《董秀才遇仙記》（錢南揚《宋元戲文輯佚》），明傳奇顧覺宇《織錦記》（一名《天仙記》，《曲海總目提要》卷二五，佚），佚名《槐陰記》（《堯天樂》，心一子《遇仙記》（《明清傳奇鈎沉》），清傳奇《賣身記》（《古典戲曲存目彙考》卷一三，佚），乃至今黄梅戲《天仙配》等，均衍董永故事。

東海孝婦

《漢書》載：東海〔一〕孝婦，養姑甚謹。姑曰：「婦養我勤苦，我已老，何惜餘年，久累年少。」遂自縊死。其女告官云：「婦殺我母。」官收繫之，拷掠毒治。孝婦不堪楚毒，自誣服之。時于公〔二〕爲獄吏，曰：「此婦養姑十餘年，以孝聞徹，必不殺也。」太守不聽。于公争不得理，抱其獄辭哭於府而去。

自後郡中枯旱三年。後太守至，思求其所咎，于公曰：「孝婦不當死，前太守枉殺之，咎當在此。」太守即時身祭孝婦之墓，未反而大雨焉。

長老傳云：孝婦名周青〔三〕。青將死，車載十丈竹竿，以懸五旛。立誓於衆曰：「青若有罪，願殺血當順下；青若枉死，血當逆流。」既行刑已，其血青黄，緣旛竹而上極標，又緣旛而下云爾。（卷八）（原據《法苑珠林》卷四九、《天中記》卷二三、卷二四引《搜神記》、《琅邪代醉編》卷五引《續搜神記》校輯）

〔一〕東海，郡名，秦置，治郯縣（今山東郯城縣北）。

〔二〕于公，即于定國父。《漢書》卷七一《于定國傳》曰：「于定國字曼倩，東海郯人。其父于公爲縣獄吏、郡決曹。決獄平，羅文法者，于公所決皆不恨。郡中爲之生立祠，號曰于公祠。」劉向《説苑》卷五《貴德》云東海下邳（今江蘇睢寧縣西北）人。

〔三〕周青，《法苑珠林》百卷本及《四部叢刊》百二十卷本作「用青」，《四庫全書》本作「周青」，《天中記》卷二三同。《琅邪代醉編》則作「用青」。按：《太平御覽》卷四一五、卷六四六，《天中記》卷二四引王韶之《孝子傳》作

「周青」。今姑定其姓爲「周」，然作「用青」亦不誤，古有用姓。《廣韻》卷四用韻：「又姓，漢有用蚪，爲高唐令。」

東海孝婦事，漢時盛傳。其原型爲齊寡婦事。《淮南子·覽冥訓》曰：「庶女叫天，雷電下擊景公，臺隕，支體傷折，海水大出。」高誘注云：「庶賤之女，齊之寡婦，無子不嫁，事姑謹敬。姑無男有女，女利母財，令母嫁婦，婦益不肯。女殺母以誣寡婦。婦不能白明冤結，叫天，天爲作雷電，下擊景公之臺。隕，壞也。毀景公之支體，海水爲之大溢出也。」《文選》卷三九江淹《詣建平王上書》：「庶女告天，振風襲於齊臺。」李善注引作「許慎曰」，文稍簡。

《太平御覽》卷九、《事類賦注》卷二引《史記》曰：「庶女者，齊之寡婦，養姑。姑女利母財而殺母，以告寡婦。婦不能自解，以冤告天，而大風襲於齊殿。」按：《史記》今本無此。

東海孝婦事首見劉向《説苑》卷五，蓋《漢書》所本，曰：「東海有孝婦，無子少寡，養其姑甚謹。其姑欲嫁之，終不肯。其姑告鄰之人曰：『婦養我甚謹，我哀其無子，守寡日久。我老，累丁壯，奈何？』其後，母自經死。母女告吏曰：『婦殺我母。』吏捕孝婦，孝婦辭不殺姑。吏毒治，孝婦自誣服。具獄以上府，于公以爲養姑十年，以孝聞，此不殺姑也，太守不聽。數争不能得，於是于公辭疾去吏。太守竟殺孝婦。郡中枯旱三年。後太守至，卜求其故，于公曰：『孝婦不當死，前太守强殺之，咎當在此。』於是殺牛祭孝婦冢，太守以下自至焉。天立大雨，歲豐熟。郡中以此益敬重于公。」

《漢書・于定國傳》曰：「東海有孝婦，少寡亡子，養姑甚謹，姑欲嫁之，終不肯。姑謂鄰人曰：『孝婦事我勤苦，哀其亡子守寡。我老，久累丁壯，奈何？』其後姑自經死。姑女告吏：『婦殺我母。』吏捕孝婦，孝婦辭不殺姑。吏驗治，孝婦自誣服。具獄上府，于公以爲此婦養姑十餘年，以孝聞，必不殺也。太守不聽，于公争之弗能得，乃抱其獄具哭於府上，因辭疾去。太守竟論殺孝婦。郡中枯旱三年。後太守至，卜筮其故，于公曰：『孝婦不當死，前太守强斷之，咎當在是乎？』於是太守殺牛，自祭孝婦冢，因表其墓。天立大雨，歲熟。郡中以此大敬重于公。」

周青事係另一傳説，劉宋王韶之《孝子傳》載之尤詳。《御覽》卷四一五引曰：「周青，東郡人。母疾積年，青扶持左右，四體羸瘦。村里乃歛錢，營助湯藥。母痊，許嫁同郡周少君。少君疾病，未獲成禮，乃求青母見青，囑託其父母，青許之，俄而命終。青供爲務，十餘年中，公姑感之，勸令更嫁，青誓以匪石。後公姑並自殺。女姑告青害殺，縣收栲棰，遂以誣款。七月，刑青於市，青謂監殺曰：『乞樹長竿，繫白幡。青若殺公姑，血入泉；不殺者，血上天。』血乃緣幡竿上天。」《御覽》卷六四六又引，周青夫作周小君。干寶所記，乃捏合二事爲一。

晉虞預《會稽典録》又載上虞寡婦事，亦此類。《御覽》卷六四五引曰：「孟嘗仕郡户曹史。上虞有寡婦雙，養姑至孝。姑卒病亡，其女言縣，以雙煞其母。縣不理斷，結竟言郡，郡報治罪。嘗諫，以爲此婦素名孝謹，此必見誣。固諫不聽，遂抱其獄文書，哭於府門。後郡遭大旱三年，上虞尤甚。太守殷丹下車訪問，嘗具陳雙不當死，誅姑之女，改葬孝婦。丹如其言，天應雨注。」事又載《後漢書》卷七六《循吏·孟嘗傳》：「孟嘗字伯周，會稽上虞人也……仕郡爲戶曹史。上虞有寡婦，至孝養姑。姑年老壽終，夫女弟先懷嫌忌，乃誣婦厭苦供養，加鴆其母，列訟縣庭。郡不加尋察，遂結竟死罪。嘗先知枉狀，備言之於太守，太守不爲理。嘗哀泣外門，因謝病去。婦竟冤死。自是郡中連旱二年，禱請無所獲。後太守殷丹到官，訪問其故。嘗詣府，具陳寡婦冤誣之事，因曰：『昔東海孝婦感天致旱，于公一言，甘澤時降。宜戮訟者，以謝冤魂，庶幽枉獲申，時雨可期。』丹從之，即刑訟女而祭婦墓，天應澍雨，谷稼以登。」《六帖》卷四七《冤獄》亦陳大略，稱「養姑事同東海孝婦」。

晉時又有陝婦人事。《晉書》卷九六《列女傳》云：「陝婦人，不知姓字，年十九。劉曜時嫠居陝縣，事叔姑甚謹。其家欲嫁之，此婦毀面自誓。後叔姑病死。其叔姑有女在夫家，先從此婦乞假不得，因而誣殺其母，有司不能察而誅之。時有羣鳥悲鳴尸上，其聲甚哀，盛夏暴尸十日不腐，亦不爲蟲獸所敗，其境乃經歲不雨。曜遣呼延謨爲太守，既知其冤，乃斬此女，設少牢以祭其墓，謚曰『孝烈貞婦』，其日大雨。」

又《晉書》卷九〇《良吏傳》云曹攄爲臨淄令，辨究寡婦冤情，亦屬同類：「曹攄，字顏遠，譙國譙人也。……太尉王衍見而器之，調補臨淄令。縣有寡婦，養姑甚謹。姑以其年少，勸令改適，婦守節不移。姑愍之，密自殺。親黨告婦殺姑，官爲考鞫。寡婦不勝苦楚，乃自誣。獄當決，適值攄到，攄知其有冤，更加辨究，具得情實，時稱其明。」

後人曾立孝婦廟。《太平寰宇記》卷二二《海州·東海縣》云：「孝婦廟，在縣北三十三里巨平村北。」又卷一二三《揚州·江都縣》：「孝婦祠，《漢書》：于公以爲孝婦必不敢殺姑，後祭之，即雨也。」

按：海州東海縣即今江蘇連雲港市東南南城鎮，漢時屬東海郡，然與郯縣非一地。揚州江都縣即今江蘇揚州市，遠在郯縣東南。

元王實甫、梁進之、王仲元均有《于公高門》雜劇(《録鬼簿》)，本東海孝婦事而作，皆佚，關漢卿《竇娥冤》(《元曲選》)，亦脱胎於此。清陳賨、王曦之《東海記》，則又演爲傳奇，今悉存(《古典戲曲存目彙考》卷一一)。

李寄

東越閩中有庸嶺〔一〕，高數十里。其下〔二〕北隙中有大蛇，長七八丈，圍一丈〔三〕。土俗常病〔四〕，東冶都尉〔五〕及屬城長吏多有死者。祭以牛羊，故〔六〕不得福。或與人夢，或下喻巫祝，欲得啖童女年十二三者。都尉令長〔七〕並共患之，然氣厲〔八〕不息。共請求人家生婢〔九〕子，兼有罪家女養之，至八月朝，祭送蛇穴口。蛇輒夜出，吞嚙之。累年如此，前後已用九女。一歲，將祀之〔一〇〕，復預募索，未得其女。將樂縣〔一一〕李誕家有六女，無男，其小女名寄，應募欲行，父母不聽。寄曰：「父母無相〔一二〕，唯生六女，無有一男，雖有如無。女無緹縈〔一三〕濟父母之功，既不能供養，徒費衣食。生無所益，不如早死。賣寄之身，可得少錢，以供父母，豈不善耶？」父母慈憐，終不聽去。

寄自潛巖〔一四〕，不可禁止。寄乃行告貴〔一五〕，請好劍及咋〔一六〕蛇犬。至八月朝，便詣廟中坐，懷劍將犬。先作數石米餈〔一七〕，疾資切。用蜜灌之，以置穴口。蛇夜便出，頭大如囷〔一八〕，目如二〔一九〕尺鏡。聞餈香氣，先啖食之。寄便放犬，犬就嚙咋，寄從後斫，得數創。創痛急，蛇因踴出，至庭〔二〇〕而死。寄入視穴，得其九女髑髏，悉舉出，咤言曰：「汝曹怯弱，爲蛇所食，甚可哀愍。」於是寄女緩步而歸。

越王聞〔二一〕之，聘寄女爲后，拜其父爲將樂令，母及姊皆有賜賞。自是東冶無復妖邪之物。其歌謠至今存焉。（卷一七）（原據《北堂書鈔》卷一二二、《藝文類聚》卷九四、《法苑珠林》卷三一、《太平御覽》卷三四四、卷四三七、卷四四一、卷九〇五引《搜神記》、《天中記》卷五六引《搜神記》、《坤元録》、《太平寰宇記》卷一〇一、《太平御覽》卷四七引《括地志》、《太平廣記》卷二七〇、《榕陰新檢》卷一〇引《法苑珠林》、《青瑣高議》前集卷三《李誕女》、《輿地紀勝》卷一三四校輯）

〔一〕東越，西漢小國，越王句踐之後，在今浙江東南及福建一帶，國都東冶（今福建福州市）。閩中，今福建一帶。原爲秦閩中郡。《史記》卷一一四《東越列傳》載：漢擊項籍，騶無諸、騶摇率越人佐漢。高祖五年（前二〇二），立無諸爲閩越王，王閩中故地，都東冶。惠帝三年（前一九二）立摇爲東海王，都東甌，俗號東甌王。武帝建元三年（前一三八）東甌舉國内徙江淮間。建元六年閩越王郢弟餘善殺郢降漢，乃立無諸孫繇君丑爲越繇王，立餘善爲東越王，二國並處。元鼎六年（前一一一）餘善反，漢討之，元封元年（前一一〇）餘善爲部下所殺，其民徙處江淮，東越亡。下文越王即東越王餘善。庸嶺，又名烏嶺、烏頭嶺、烏嶺山，在今福建邵武市西北，參見附録。

〔二〕下，《珠林》《四庫全書》本（卷四二）作「西」。

〔三〕圍一丈，《書鈔》、《類聚》、《御覽》卷三四四、卷四三七、卷九〇五，《天中記》俱作「大十餘圍」，《御覽》卷四四一作「大十圍」。

〔四〕病，《珠林》作「懼」。

〔五〕都尉，郡軍事長官。

〔六〕故，依然。

〔七〕令長，縣令、縣長。《漢書·百官公卿表》：「縣令、長，皆秦官，掌治其縣。萬户以上爲令，秩千石至六百石；減萬户爲長，秩五百石至三百石。」

〔八〕氣厲，疾癘災疫。「厲」通「癘」。

〔九〕家生婢，奴婢所生之女，男曰家生奴。《漢書》卷三一《陳勝傳》：「秦令少府章邯免驪山徒人、奴産子，悉發擊楚軍。」顔師古注：「奴産子，猶今人云家生奴也。」

〔一〇〕以上五字《珠林》各本及《御覽》卷四四一皆作「爾時」。

〔一一〕將樂縣，三國吴始置，今屬福建三明市。按：東越時已有將樂之名。《太平寰宇記》卷一〇〇《南劍州·將樂縣》云：「將樂縣，三鄉。其地在越已有將樂之名。按：《後漢書》云永安三年（二六〇）析建安之校鄉立將樂縣。舊屬閩國，晉屬晉安。」將樂有越王宫苑。《寰宇記》又云：「高平苑，蕭子開《建安記》云越王畧於將樂野宫高平苑，爲越王校獵之所。」

〔一二〕相，命相。此句《廣記》作「無相留」，《青瑣高議》、《榕陰新檢》作「毋相留」。

〔一三〕緹縈，姓淳于，西漢醫學家淳于意少女，臨淄（今山東淄博市臨淄區北）人。劉向《列女傳》載，齊太倉令淳于意五女無男，文帝時獲罪下獄，當受肉刑，緹縈隨父至長安，上書願入官爲婢，以贖父罪。帝憐之，詔除肉刑，意乃得免。《史記·孝文本紀》、《漢書·刑法志》並載此事。

〔一四〕嚴，裝束，整飭。

〔一五〕此句《珠林》《大正藏》本作「乃往告貴」，《廣記》及《御覽》卷四四一作「寄乃行」。

〔一六〕咋（zé），咬，嚙。

〔一七〕石，《書鈔》、《類聚》、《御覽》卷三四四、卷四三七、《天中記》作「斛」。餈（cí），糯米餅。《說文》五下食部：「餈，稻餅也。」段玉裁注：「以稬米蒸孰，餅之如麪餅曰餈，今江蘇之餈飯也。」

〔一八〕囷（qūn），圓形糧囤。《御覽》卷三四四作「囤」。

〔一九〕二，《御覽》卷四四一作「三」。

〔二〇〕庭，指穴前平地。

〔二一〕聞，《御覽》卷九〇五、《天中記》作「奇」。

《太平寰宇記》卷一〇一《邵武軍·邵武縣》曰：「烏嶺山，在縣西北三百里。烏嶺峻極，不通牛馬，以其與烏君山接，因此爲名。魏王泰《坤元録》（按：即《括地志》）云：『邵武有庸嶺，一名烏頭嶺。北隰中有大蛇，長七八丈，爲患，都尉長吏多致死者。巫言啖童女，其都尉令長遂估賃人家婢子養之，八月祭送蛇穴，已九女矣。將樂縣李誕有六女，無男，小女名奇。及受僱應之，奇買好劍，仍作數石米餈，用蜜灌之,以置穴口。蛇夜出,目如三尺鏡,奇放犬咋蛇,奇從後以劍斫之。蛇踊出,至庭而死。』」又《御覽》卷四七引《坤元録》曰:「邵武北有庸嶺,一名烏嶺。北隰中有大蛇,爲將樂令李誕女所殺者。」按:女名作「奇」,當譌。

北宋劉斧《青瑣高議》前集卷三《李誕女》,同《搜神記》。明馮夢龍《智囊補》卷二六《閨智部》亦有《李誕女》。

《剪燈叢話》卷四、《五朝小説·魏晉小説》有《東越祭蛇記》一篇,署名晉干寶,取自明刊本《搜神記》卷一九。

倪彦思家魅

吴時,嘉興〔一〕倪彦思,居縣西埏里。有鬼魅在其家,與人語,飲食如人,唯不見形。彦思奴婢有竊罵大家〔二〕者,云今當以語。彦思治之,無敢詈之者。彦思有小妻,魅從求之,彦思乃迎道士逐之。酒殽既設,魅乃取廁中草糞,布著其上。道士便盛擊鼓,召請諸神。魅乃取伏虎〔三〕,於神座上吹作角〔四〕聲音。有頃,道士忽覺背上冷,驚起解衣,乃伏虎也。於是道士罷去。

彦思夜於被中竊與嫗語,共患此魅。魅即屋梁上謂彦思曰:「汝與婦道吾,吾今當截汝屋梁。」即隆隆有聲。彦思懼梁斷，取火照視，魅即滅火，截梁聲愈急。彦思懼屋壞，大小悉遣出，更取火視，梁如故。魅大笑，問彦思：「復道吾不？」

郡中典農〔五〕聞之曰：「此神正當是狸物耳。」此魅即往謂典農曰：「汝取官若干百斛穀，藏著某處。爲吏污穢，而敢論吾！今當白於官，將人〔六〕取汝所盗穀。」典農大怖而謝之，自後無敢道。三年後去，不知所在。（卷一八）（原據《太平廣記》卷三一七引《搜神記》校輯）

〔一〕嘉興，縣名，吴始置，屬吴郡，今浙江嘉興市南。

〔二〕大家，奴婢對主人之稱。

〔三〕伏虎，便壺。明朱謀㙔《駢雅》卷四：「伏虎、楲窬，溺器也。」又稱虎子，《西京雜記》卷四：「漢朝以玉爲虎子，以爲便器。」

〔四〕角，一種軍中樂器。《廣韻》入聲覺韻「角」字釋云：「大角，軍器。徐廣《車服儀制》曰：『角，前世書記所不載，或云本出羌胡，以驚中國之馬也。』」

〔五〕典農，即典農校尉。吴於屯田之郡置典農校尉，職權相當太守。

〔六〕人，《廣記》鈔宋本（嚴一萍《太平廣記校勘記》）作「入」。

《録異傳》亦載，本《搜神記》，曰：「吴時，嘉興倪彦思，忽有鬼魅在家，能爲人語，飲食如人，惟不見形。思乃延道士逐之。酒餚既設，道士便擊鼓，召請諸神。魅乃取伏虎，於神坐上吹作角聲，以亂鼓音。有頃，道士忽覺背中冷，驚起解衣，乃伏虎也。」（《古小説鈎沉》本，據《北堂書鈔》卷一三五、《太平御覽》卷七一二引輯）

明人僞造《奇鬼傳》，矯題唐杜青荑撰，載《合刻三志》志鬼類、《唐人説薈》一五集。中有《倪彥思》，取自《太平廣記》。

宋大賢

南陽西鄂有一亭〔一〕，人不可止，止則害人〔二〕。邑人宋大賢，以正道自處，不可干。嘗宿亭樓，夜坐鼓琴而已，不設兵仗。至於夜半時，忽有鬼來登梯，與大賢語，瞋〔三〕目磋齒，形貌可惡。大賢鼓琴如故，鬼乃去。於市取死人頭來，還語大賢曰：「寧可行小熟啗〔四〕？」因以死人頭投大賢前。大賢曰：「甚佳，吾暮卧無枕，正當得此。」鬼復去，良久乃還，曰：「寧可共手搏耶？」大賢曰：「善。」語未竟，大賢前便逆捉其脅〔五〕，鬼但急言：「死！死！」大賢遂殺之。明日視之，乃是老狐也。因止亭毒，更無害怖〔六〕。（卷一八）（原據《法苑珠林》卷三一引《搜神記》、《太平廣記》卷四四七引《法苑珠林》校輯）

〔一〕南陽，戰國秦置，治宛縣（今河南南陽市），西晉改爲國。西鄂，縣名，西漢置，治今南陽市北鄂城寺。亭，秦漢在城市與鄉村設置的治安機構，兼有接納宿客功能，屬縣管轄。鄉亭一般每隔十里一設，視人口疏密而增減。

〔二〕害人，《廣記》作「有禍」。

〔三〕瞋，《廣記》作「矃」。

〔四〕寧可，肯不肯。小熟啗，煮熟了吃一點。此句《珠林》《四庫全書》本及《廣記》作「寧可少睡耶」。

〔五〕脅，《廣記》作「腰」。《廣記》鈔宋本（嚴一萍《太平廣記校勘記》）作「脅」。

〔六〕以上二句《廣記》作「自此亭舍更無妖怪」，《珠林》《四庫全書》本同，唯「此」作「是」。

斑狐書生

張華字茂先，范陽〔一〕人也。惠帝時爲司空〔二〕。于時燕昭王〔三〕墓前，有一斑狐〔四〕，積年能爲幻化。乃變作一書生，欲詣張公。過問墓前華表〔五〕曰：「以我才貌，可得見張司空否？」華表曰：「子之妙解，無爲不可。但張司空智度，恐難籠絡，出必遇辱，殆不得返。非但喪子千歲之質，亦當深誤老表。」書生不從，遂詣華。

華見其總角〔六〕風流，潔白如玉，舉動容止，顧盼生姿，雅重之。於是論及文章，辨校聲實〔七〕，華未嘗聞此。復商略三史〔八〕，探賾百家，談老莊之奧區，披風雅之絕旨，包十聖〔九〕，貫三才〔一〇〕，箴八儒〔一一〕，擿五禮〔一二〕，華無不應聲屈滯。乃歎曰：「天下豈有此年少！

若非鬼怪，則是狐狸。」書生乃曰：「明公當尊賢容衆，嘉善而矜不能，奈何憎人學問？墨子兼愛，其若是耶？」言卒便請退。華已使人防門，不得出。既而又謂華曰：「公門置甲兵蘭錡〔一三〕，當是疑於僕也。將恐天下之人捲舌而不言，智謀之士望門而不進，深爲明公惜之。」華不應，而使人禦防甚嚴。

時有豐城令雷煥〔一四〕，字孔章，博物士也。華謂孔章曰：「今有男子，少美高論。」孔章謂華曰：「當是老精。聞魑魅忌狗，可試之。」華曰：「狗所別者數百年物耳，千年老精不復能別。唯有千年枯木，照之則形見。聞燕昭王墓前有華表柱，向千年，可取照之，當見。」乃遣人伐之。

使人既至，聞華表歎曰：「老狐自不自知，果誤我事。」于華表穴中得青衣小兒，長二尺餘。將還，未至洛陽，而變成枯木。遂燃以照之，書生乃是一斑狐。茂先歎曰：「此二物不值我，千年不復可得。」（卷一八）（原據《太平御覽》卷九〇九、《古今事文類聚》後集卷三七、《古今合璧事類備要》別集卷七八、《韻府羣玉》卷三、《山堂肆考》卷二一九引《搜神記》、《琱玉集》卷一二引《晉抄》、《太平廣記》卷四四二引《集異記》以及《續齊諧記》校輯）

〔一〕范陽，郡名。魏置，治涿縣（今河北涿州市），西晉改爲國。按：張華爲范陽方城縣人，方城治今河北廊坊市固安縣南。

〔二〕惠帝，司馬衷，二九〇至三〇六年在位。司空，官名，三公之一。魏晉南北朝爲名譽宰相，位居一品。

〔三〕燕昭王，姓姬名職，戰國燕國國君，前三一一至前二七九年在位。

〔四〕斑狐，《集異記》、《晉抄》、《續齊諧記》俱作「斑狸」。《青瑣高議》别集卷五《張華相公》作「狐」，八卷本《搜神記》作「狐狸」、「狸」。見附録。

〔五〕華表，亦稱和表、桓表、表木，立於亭傳、府衙、墓門前，以爲表識。《古今註》卷下云：「今之華表木……以横木交柱頭，狀若花也，形似桔槔，大路交衢悉施焉，或謂之表木。」

〔六〕總角，古時兒童束髮兩結如角，故稱總角。《詩經·齊風·甫田》：「婉兮孌兮，總角丱兮。」鄭玄箋：「總角，聚兩髦也。」孔穎達疏：「總角聚兩髦，言總聚其髦以爲兩角也。」男子二十成年行冠禮，方去總角。《陳書》卷二〇《韓子高傳》：「子高年十六，爲總角，容貌美麗，狀似婦人。」

〔七〕聲實，名實。戰國時，名家（或稱形名、刑名）辯名實，名實常稱作聲實。《吕氏春秋·先識覽·正名》云：「是刑名異充而聲實異謂也。」魏晉時，名實仍是時髦話題，西晉歐陽建即是有名於當世之名實論者。老狐辨校聲實，正反映出當時風氣。

〔八〕三史，六朝人以《史記》、《漢書》、《東觀漢記》爲三史。《三國志》卷四二《蜀書·孟光傳》：「無書不覽，尤鋭意三史，長於漢家舊典。」唐世《東觀漢記》亡佚，遂以范曄《後漢書》代之。

〔九〕十聖，魏晉有「七聖」、「九聖」之説。《三國志》卷一六《魏書·杜恕傳》：「雖歷六代而考績之法不著，闕七聖而課試之文不垂。」《資治通鑑》卷七三魏明帝景初元年胡三省注：「七聖，堯、舜、禹、湯、文、武、周公。」葛洪《抱朴子·釋滯》：「九聖共成《易經》，足以彌綸陰陽。」指伏羲、神農、黄帝、堯、舜、禹、文王、周公、孔子。疑「七聖」加伏羲、神農、黃帝爲「十聖」。

〔一〇〕三才，天、地、人之謂也。《周易·説卦》：「是以立天之道，曰陰與陽；立地之道，曰柔與剛；立人之道，曰仁與義。兼三才而兩之，故《易》六畫而成卦。」

〔一一〕八儒，孔子之後儒家八個流派。《韓非子·顯學》：「自孔子之死也，有子張之儒，有子思之儒，有顏氏之儒，有孟氏之儒，有漆雕氏之儒，有仲良氏之儒，有孫氏之儒，有樂正氏之儒。」

〔一二〕五禮，所指有二：一指禮之五類。《周禮·春官·小宗伯》：「掌五禮之禁令。」賈公彦疏引先鄭（鄭衆）云：「五禮：吉、凶、賓、軍、嘉者。」二指禮之五等。《尚書·臯陶謨》：「自我五禮。」傳：「公、侯、伯、子、男五等之禮。」孔穎達疏引鄭玄曰：「五禮，天子也，諸侯也，卿大夫也，士也，庶民也。」

〔一三〕蘭錡，《文選》卷二《西京賦》：「武庫禁兵，設在蘭錡。」薛綜注：「錡，架也。武庫，天子主兵器之官也。」李善注：「劉逵《魏都賦》注曰：『受他兵曰蘭，受弩曰錡。』」蘭錡，即兵器架，借指兵器。《續齊諧記》作「闌錡」，「蘭」通「闌」。

〔一四〕豐城，豐城，縣名，時屬豫章郡。今爲市，屬江西。雷煥，《晉書》卷三六《張華傳》載，煥豫章人，妙達緯象。與張華登樓觀斗牛間紫氣，知爲寶劍之精上徹於天。華補其爲豐城令，於豐城掘得寶劍一雙，名龍泉、太阿。煥自佩一劍，與華一劍。華誅，失劍所在。煥卒，其子華持劍經延平津，劍躍入水，但見二龍各長數丈云云。又有《雷煥別傳》，《太平御覽》有引。

《太平御覽》卷九〇九所引《搜神記》頗簡：「燕昭王墓有老狐，化男子詣張華講説。華恠之，謂雷孔章曰：『今有男子，少美高論。』孔章曰：『當是老精，聞燕昭王墓有華表柱，向千年，可取照之，當見。』如言，化爲狐。」

劉宋郭季産《集異記》載此事，《太平廣記》卷四四二引《集異記》曰：「張華字茂先，晉惠帝時爲司空。于時燕昭王墓前有一斑狸，積年能爲幻化，乃變作一書生，欲詣張公。過問墓前華表曰：『以我才貌，可得見張司空否？』華表曰：『子之妙解，爲無不可。但張司空智度，恐難籠絡，出必遇辱，殆不得返。非但喪子千歲之質，亦當深誤老表。』書生不從，遂詣華。華見其總角風流，潔白如玉，舉動容止，顧盼生姿，雅重之。於是論及文章，辨校聲實，華未嘗聞此。復商略三史，探賾百家，談老莊之奥區，披風雅之絶旨，包十聖，貫三才，箴八儒，擿五禮，華無不應聲屈滯。乃歎曰：『天下豈有此年少！若非鬼怪，則是狐狸。』書生乃曰：『明公當尊賢容衆，嘉善而矜不能，奈何憎人學問？墨子兼愛，其若是耶？』言卒便請退。華已使人防門，不得出。既而又謂華曰：『公門置甲兵欄騎，當是疑于僕也。將恐天下之人捲舌而不言，智謀之士望門而不進，深爲明公惜之。』華不應，而使人禦防甚嚴。豐城令雷煥，博物士也，謂華曰：『聞魑魅忌狗，所別者數百年物耳，千年老精不復能別，唯有千年枯木，照之則形見。燕昭王墓前華表，已當千年。』乃遣人伐之。使人既至，華表歎曰：『老狸自不自知，果誤我事。』于華表空中得青衣小兒，長二尺餘。將還至洛陽，而變成枯木。燃之以照書生，乃是一斑狸。茂先歎曰：『此二物不值我，千年不可復得。』」

《琱玉集》卷一二引《晉抄》曰：「張華字茂先，晉時范陽人也，晉惠帝時爲司空。燕昭王墓前有一斑狸，能爲幻化；墓有華表，亦知未然之事。狸謂華表曰：『視我之貌，可得見晉帝未？』華表答曰：

『今若去,非但喪子千年之質,亦當深悮老表。』狐狸不聽,華表曰:『視子之貌,妙解無窮,然張司空智度,恐難籠絡,子未須去。』狐狸不聽,華表曰:『今若去,非但喪子千年之姿,亦當深悮老鄙。』狐狸遂變作一書生,可十六七許,童顔總髮,往見張華。華見其總角,容姿潔白,舉趍鏘,視盼分明,言談辯捷,高(「商」字之譌)略三史,深貫百家,藴積三才,苞含十聖,兼達五禮,洞曉八儒,談莊老之妙玄,釋真如之絶旨。張華於是愕然,莫知所問,乃歎曰:『天下豈有如此年少也!若非鬼魅,當是狐狸。』書生又曰:『明公當尊賢容衆,嘉善而矜不能,奈何憎人學乎?』言竟而退。華已使人守門,書生既不得出,又謂華曰:『門置甲兵,人設蘭錡,當是有疑於僕也。僕亦聽公所疑,將恐才辯之人,卷舌而不談,智謀之士,望門而却走,深爲公惜之。』華終不聽,而更使防御甚急。時有豐城令雷孔章,謂華曰:『若是鬼魅狐狸,可試之以狗。』華曰:『狗者唯知百年事,此乃千歲精,不復可别。唯有千年枯木照之,則形見矣。燕昭王墓前華表,似應千年。』乃遣往伐。使人既至,華表歎曰:『老狸不自知,果悟(「悮」字之譌)我也。』既斫華表,於樹空中得一青衣小兒,長二尺餘。將送,未至洛陽變成枯木。燃之以照書生,乃是大斑狸,遂即煞之也。張華歎曰:『此之二物若不值我,復經千年,則不復可得矣。』」(按:《晉抄》疑即《晉書鈔》,《隋書·經籍志》雜史類著録《晉書鈔》三十卷,梁豫章内史張緬撰。)

梁吴均《續齊諧記》云:「張華爲司空。于時燕昭王墓前有一斑狸,化爲書生,欲詣張公。過問墓前華表曰:『以我才貌,可得見司空耶?』華表曰:『子之妙解,無爲不可。但張公制(當作「智」)度,恐難籠絡,出不(當作「必」)遇辱,殆不得返。非但喪子千年之質,亦當深誤老表。』狸不從,遂見。華見其容止風流，雅重之。於是論及文章聲實，華未嘗勝；次復商略三史，探貫百氏，包十聖，洞三才，華無不應聲屈滯。乃歎曰（按：下有脱文）：『明公乃尊賢容衆，嘉善矜不能，奈何憎人學問？墨子兼愛，其善是也。』言卒便退。華已使人防門，不得出。既而又問華曰：『公門置兵甲闌錡，當是疑僕也。恐天下之人卷舌而不談，智謀之士望門而不進，深爲明公惜之。』華不答，而使人防禦甚嚴。豐城令雷煥，博物士也，謂華曰：『聞魅鬼忌（下脱「狗」字），所别者數百年物耳，千年老精不復能别，惟千年枯木照之，則形見。昭王墓前華表已當千年。』使人伐之。至聞華表言曰：『老狸不自知，果誤我事。』於華表穴中得青衣小兒，長二尺餘。使還，未至洛陽而變成枯木。遂燃以照之，書生乃是一斑狸。茂先歎曰：『此二物不值我，千年不復可得。』」

按：《集異記》、《晉抄》、《續齊諧記》所載，文句大同，《續齊諧記》尤近《集異記》，唯稍簡耳，《晉抄》乃似有增飾。三書當據干書，故本篇校輯主要依據《集異記》。

八卷本《搜神記》卷四亦載此事，所據似乃爲句道興之《搜神記》（句書殘卷無），文句全異，事亦有差，亦鈔於下，以爲參考：「燕惠王墓上有狐狸，已經千餘歲，神變無比，世罕有之。聞晉司空張華博學多才，狐狸化爲一少年書生，才容奇美，乘馬而出。墓前過去，華表神謂曰：『子欲何之？』狸曰：『我聞晉司空張華博學多才，今欲詣門，與之談論。』木精曰：『張司空之才難可比也，若去，非但喪汝二軀，我亦遭累。』狸曰：『縱伊廣覽，豈能勝予？終爲之而旋爲累子矣。』木精曰：『實謂「自貽伊戚」，其可乎？不取吾言，終有悔日。』狸不答而去。乃持刺謁華。華引入談論，三日不屈。華甚疑之：『此必妖也。』乃掃榻延留，留人防禦。時雷孔章來訪華，華以書生白之：『此必妖異。』孔章聞此語，忽然大笑曰：『公爲國之棟梁，吐飡納士，賢者進用，不肖者黜退，何故妬賢嫉能，不以己之不才，而言人之妖異？如此爲天下笑耳。』華益加防衛，勿遣東西。孔章曰：『若疑之，何不呼獵犬試之？』乃命犬以試，竟無憚色。狸曰：『我之才智，天地産之，反以爲妖，以犬試我，遮莫千試萬慮，其能爲患乎？』華聞益怒，曰：『此必真妖也。』乃曰：『是百年之精，獵犬見之即變；若千年之妖，以千年神木火照之即變。』章曰：『千年神木何由可得？』華曰：『世説燕惠王塚前有華表木，已經千年。』發遞馬使，往取其木。使欲至木所，空中有一青衣小兒來，問使曰：『君何來也？』使曰：『張司空忽有二少年，多才巧辭，疑是妖異，使我取華表照之。』青衣曰：『老狸不智，不聽我言，今日禍已及我，其可逃乎！』乃發聲而泣，倏然不見。使乃伐其木，木中血流。使將木歸，照之，其精乃變，華乃烹之。」

北宋劉斧《青瑣高議》别集卷五《張華相公》（題下注：用華表柱驗狐精。）所演亦爲此事，然與上述諸記俱不同，亦録於此：「晉時，有客艤御溝岸下，夜將半，有人切切語言，客望之，乃一狐坐於華表柱下。狐云：『吾今已百歲矣，所聞所見亦已多矣。』曰：『將詣丞相張公。』華表柱忽發聲云：『張華相公博物，汝慎勿去。』狐云：『吾意已決。』柱云：『汝去，他日無累老兄。』狐乃去。客爲丞相公乃是表親，不知相公（按：此處有脱譌）。一日，見有若士人者詣張公。既坐，辯論鋒起，往往異語出於義外，公歎服。私念：『此乃秀民，若居於中，豈不聞其名乎？此必怪也。』乃呼吏視之，云：『汝爲吾平人津岸東南角華表枯木。』其人已變色。少選將至，公命視之，其人惶愧下階，化爲老狐竄去。客乃出謂公曰：『向宿于橋旁，已聞呱呱不□□□□□入火焚燒柱，而狐何故化去？』公曰：『惟怪知怪，惟精知精。茲已百餘歲矣，焚其柱，狐□柱之言，其怪乃化去也。』即知狐之爲怪，並今日也。議曰：妖魅之變化，其詳論足以感人。自非博物君子，孰能知之？」

《太平寰宇記》卷六九《幽州·薊縣》云：「燕昭王冢，《九州要記》云：古漁陽北有無終山，山上有昭王冢。前有千歲狐化爲書生，謁張華，華識之，因以昭王冢前華表木照之，遂變。」按：《九州要記》撰人不詳，王謨《漢唐地理書鈔》以爲晉人樂資撰。此乃言昭王冢在無終山，可補諸記之闕。無終山即天津薊縣之盤山，所謂昭王冢早已不存。

《剪燈叢話》卷四、《五朝小説·魏晉小説》傳奇家有《古墓斑狐記》，題晉郭頒，實是取自明刊《搜神記》卷一八。

又傳董仲舒察狸怪事，與此相似。《新輯搜神記》卷一八云：「董仲舒嘗下帷獨詠，忽有客來詣，語遂移日。風姿音氣，殊爲不凡。與論《五經》，究其微奧。仲舒素不聞有此人，而疑其非常。客又云：『欲雨。』仲舒因此戲之曰：『巢居知風，穴居知雨。卿非狐狸，則是鼷鼠。』客聞此言，色動形壞，化成老狸，蹶然而走。」《廣記》卷四四二、《御覽》卷九一二引《幽明録》亦載，乃據《搜神記》。

又見《琱玉集》卷一二引《前漢書》云：「董仲姓董字仲舒，前漢廣川人也。居室讀書，忽有一客來見仲舒。客曰：『天將欲雨。』舒答曰：『巢居知風，穴處知雨。卿非狐狸，則是其甥舅耳。』客聞此語，色動形戰，即化爲老狸而走也。」唐韓鄂《歲華紀麗》卷二亦有記，無出處：「昔董仲舒讀書於窗下，有人自外詣之，曰：『今日必雨。』仲舒曰：『吾聞巢居知風，穴居知雨。君非狐狸，必是老鼠。』遂窺之，見其人化爲野狐而去。」

鼉婦

鄱陽〔一〕人張福，舡行還野水邊。忽見一女子，甚有容色，自乘小舟，來投福，云：「日暮畏虎，不敢夜行。」福曰：「汝何姓，作此輕行？無笠雨駛，可入，見就避雨。」因共相調，遂入就福寢，以所乘小舟繫福舡邊。三更許，雨晴月照，福視婦人，乃見一大白鼉〔二〕，枕福臂而卧。福驚起，欲執之，遽走入水。向小舟乃是一枯槎段，長丈餘。（卷一九）（原據《太平廣記》卷四六八、《太平御覽》卷九三二、百卷本《記纂淵海》卷九九引《搜神記》校輯）

〔一〕鄱陽，秦置番陽縣，兩漢改「番」爲「鄱」。孫權置鄱陽郡，治鄱陽縣。鄱陽縣南臨鄱水。今爲市，屬江西。

〔二〕鼉，又稱鼉龍，即揚子鱷，俗呼猪龍婆。

秦巨伯

琅邪〔一〕秦巨伯，年六十。嘗夜行飲酒，道經蓬山廟〔二〕。忽見其兩孫迎之，扶持百餘步，便捽伯頸著地，罵：「老奴，汝某日捶我，我今當殺汝。」伯思惟，某時信捶此孫。伯乃佯死，乃置伯去。伯歸家，欲治兩孫，孫驚惋叩頭，言：「爲子孫，寧可有此！恐爲鬼魅，乞更試之。」伯意悟。

數日，乃詐醉，行此廟間。復見兩孫來，扶持伯。伯乃急持，動作不得。達家，乃是兩偶〔三〕也。伯著火炙之，腹背俱焦坼。出著庭中，夜皆亡去，伯恨不得之。

後月，又佯酒醉夜行，懷刃以去，家不知也。極夜不還，其孫恐又爲此鬼所困，乃俱往迎之，伯乃刺殺之。（卷一九）（原據《太平廣記》卷三一七引《搜神記》校輯）

〔一〕琅邪（yá），又作「瑯琊」、「瑯邪」，郡名，秦置，治琅邪縣（今山東膠南市西南夏河），西漢移治東武（今諸城市），東漢改國，治開陽（今臨沂市北），晉仍之。琅邪縣西晉省。

〔二〕蓬山，即蓬萊山，傳説中海上三神山之一。《漢書·地理志上》琅邪郡朱虛縣（晉屬東莞郡）有三山祠，當亦爲蓬山廟之類。

〔三〕偶，木偶。廟中木製偶像。

本事出《吕氏春秋》卷二二《慎行論·疑似》：「梁北有黎丘部，有奇鬼焉，喜效人之子姪昆弟之狀。邑丈人有之市而醉歸者，黎丘之鬼效其子之狀，扶而道苦之。丈人歸，酒醒而誚其子曰：『吾爲汝父也，豈謂不慈哉！我醉，汝道苦我，何故？』其子泣而觸地曰：『孽矣！無此事也！昔也往責於東邑，人可問也。』其父信之，曰：『譆！是必夫奇鬼也，吾固嘗聞之矣。』明日端復飲於市，欲遇而刺殺之。明旦之市而醉，其真子恐其父之不能反也，遂逝迎之。丈人望其真子，拔劍而刺之。」

《新輯搜神記》卷一八《吳興老狸》條載爲鬼魅所惑，兒誤殺其父，亦同類故事，兹録於下：「吳興一人，有二男，田中作。作時，見父來罵詈打拍之。兒歸以告母，母問其父，父大驚，知是鬼魅，便令兒斫之，鬼便寂不復往。父憂恐兒爲鬼所困，便自往看。兒謂是鬼，便殺而埋之。鬼便歸，作其父形，且語其家：『二兒已得殺妖矣。』兒暮歸，共相慶賀，遂積年不覺。後有一師過其家，語二兒云：『君尊侯有大邪氣。』兒以白父，父大怒。兒出，以語師，令速去。師便作聲入，父即成大老狸，入牀下，遂擒殺之。往所殺者，乃真父也，改殯治服。一兒遂自殺，一兒忿懊亦死。」

《太平廣記》卷三五三引《稽神録》（南唐徐鉉）「望江李令」條，事亦似之，云：「望江李令者，罷秩居舒州。有二子，甚聰慧。令嘗飲酒暮歸，去家數百步，見二子來迎，即共禽而毆之。令驚大怒，大呼，而遠方人絶，竟無知者。且行且毆，將至家，二子皆却走而去。及入門，二子復迎於堂下，問之，皆云未嘗出門。後月餘，令復飲酒於所親家，因具白其事，請留宿，不敢歸。而其子恐其及暮歸，復爲所毆，即俱往迎之。及中途，見其父，怒曰：『何故暮出？』即使從者擊之，困而獲免。明日令歸，益駭其事。不數月，父子皆卒。郡人云：『舒有山鬼，善爲此厲。』蓋黎丘之徒也。」

南宋洪邁《夷堅支志庚》卷六《譚法師》亦復相類，云：「德興海口近市處，居民黃翁有二子，服田力稽，以養其親。在村農中差爲贍給。又於三里外買一原，其地肥饒。二子種藝麻粟，朝往暮歸。久而以爲不便，乃創築茅舍，宿食於彼。翁念其勤苦，時時攜酒或烹茶往勞之。路隔高嶺，極險峻。子勸止勿來，翁曰：『汝竭力耕田，專爲我故，我那得漠然不顧哉！』自後其來愈密。正當天寒，二子共議，使老人跋涉如此，於心終不安，捨之而歸。翁問何以去彼，具以誠告。翁曰：『後生作農業是本分事，我元不到汝邊，常以念念，可惜有頭無尾。』二子驚異，詢其妻，皆云：『□翁不曾出。』始大駭。復爲翁述所見，翁曰：『聞人説此地亦有狐狸作怪，化形爲人。汝如今再往原上，若再敢弄汝，但打殺了不妨。』子復去。迨晚翁至，持斧迎擊于路，即死，埋諸山麓。明日歸，翁曰：『夜來有所見乎？』曰：『殺之矣。』翁大喜，二子亦喜。遂益治原隰，爲卒歲計。然翁所爲浸浸改常。家有兩犬，俊警雄猛，爲外人所畏。翁惡之，犬亦常懷搏噬之意。其一乘其迎吠，翁使婦餌以糟蔵，運椎擊其腦。既又曰：『吠我者乃見存之犬，不可恕。』婦引留之，不聽，皆死焉。固已竊訝，且頻與婦媟謔，將呼使侍寢。里中譚法師者，俗人也，能行茅山法，雖非道士，而得此稱。黄翁待之厚，來必留飲。是時訪翁，辭以疾作不出，凡三至皆然。已而又過門，徑登床引被自覆。譚曰：『此定有異。』就房外持呪捧杯水而入，覺被内戰灼，形軀漸低。噀水揭視，拳然一老狐也，執而鞭殺之。而尋父所在，弗得。試發葬處，則父尸存焉，已敗矣。蓋二子再入原時，真父往視，既戕之，狐遂據其室。予記唐小説所書黎丘人、張簡等事，皆此類云。」

按：黎丘人出《吕氏春秋》，洪邁誤記。張簡事出唐張鷟《朝野僉載》，《廣記》卷四四七引曰：「唐國子監助教張簡，河南緱氏人也。曾爲鄉學講《文選》。有野狐假簡形，講一紙書而去。須臾簡至，弟子怪問之,簡異曰:『前來者必野狐也。』講罷歸舍,見妹坐絡絲,謂簡曰:『適煮菜冷,兄來何遲?』簡坐,久待不至,乃責其妹,妹曰:『元不見兄來,此必是野狐也,更見即殺之。』明日又來,見妹坐絡絲,謂簡曰:『鬼魅適向舍後。』簡遂持棒,見真妹從厠上出來,遂擊之。妹號叫曰:『是兒。』簡不信,因擊殺之。問絡絲者,化爲野狐而走。」

蠶馬

尋舊説云:太古之時,有大人遠征,家無餘人,唯有一男一女,并牡馬一疋,女親養之。窮居幽處,女思念其父,乃戲馬曰:「爾能爲我迎得父還,吾將嫁汝。」既承此言,馬乃絶韁而去,徑至父所。父見馬驚喜,因取而乘之。馬望所自來,悲鳴不息。父曰:「此馬無事如此,我家得無有故乎?」乃亟乘以歸。

爲畜生有非常之情,故厚加芻養。馬不肯食,每見女出入,輒喜怒奮擊,如此非一。父怪之,密以問女,女具以告父,必爲是故也。父曰:「勿言,恐辱家門,且莫出入。」於是伏弩射而殺之,曝皮於庭〔一〕。

父行,女與隣女之皮所戲,以足蹙之曰:「汝是畜生,而欲取人爲婦耶?招此屠剥,如何自苦?」言未及竟,馬皮蹶然而起,卷女以行。隣女忙怕,不敢救之,走告其父。父還求索，已出失之。後經數日，得於大樹枝閒，女及馬皮盡化爲蠶，而績於樹上。其蠒綸理厚大，異於常蠶。隣婦取而養之，其校數倍[二]。因名其樹曰桑。桑者，喪也[三]。由斯百姓競種之，今世所養是也。言桑蠶者，是古蠶之餘類也。

案《天官》：「辰爲馬星。」《蠶書》曰：「蠶曰龍精。月當大火，則浴其種。」是蠶與馬同氣也。《周禮》馬質職掌「禁原蠶者」，注云：「物莫能兩大，禁原蠶者，爲其傷馬也[四]。」漢禮，皇后親採桑，祀蠶神，曰苑窳婦人、寓氏公主[五]。公主者，女之尊稱也；苑窳婦人，先蠶[六]者也。故今世或謂蠶爲女兒者，是古之遺言也[七]。（卷二〇）（原據《類説》卷四〇《稽神異苑》、《齊民要術》卷五、《玉燭寶典》卷二、《法苑珠林》卷六三、《藝文類聚》卷八八、《太平御覽》卷七六六及卷八二五、《事物紀原》卷九、《海録碎事》卷一七、《鼠璞》卷下、《天中記》卷五一引《搜神記》及《紺珠集》卷七《搜神記》校輯）

〔一〕庭，《鼠璞》作「苞中」，《海録碎事》作「庖中」。《墉城集仙録》卷六《蠶女》作「庭中」。

〔二〕校，效益，收益。此句《珠林》《大正藏》本「校」作「核」，《四庫全書》本、《法苑珠林校注》（中華書局二〇〇三年版）本及《天中記》作「收」。《類聚》、《御覽》卷七六六作「其收亦倍」，《御覽》卷八二五及《中華古今註》卷下作「其收二倍」。

〔三〕《宋書》卷三二《五行志三》：「案劉向説，桑者喪也。」説本此。

〔四〕「案天官」至此，係本《周禮·夏官司馬·馬質》「禁原蠶者」鄭玄注文。原文曰：「原，再也。《天文》：『辰爲馬。』《蠶書》：『蠶爲龍精。月直大火，則浴其種。』是蠶與馬同氣。物莫能兩大，禁再蠶者，爲傷馬與？」

賈公彦疏：「云《天文》辰爲馬』者，月值大火爲二月，則浴其種，即《内宰》云『仲春詔后帥外内命婦始蠶於北郊』是也……云『是蠶與馬同氣』者，以其俱取大火，是同氣也。云『物莫能兩大』者……是無並大之義也。云『禁再蠶者，爲傷馬與』者，二者既同氣，不可兩大，而禁再蠶，明恐傷馬。」按：辰爲二十八宿之一，又稱大火星，即心宿。大火又爲十二次之一，包括東方蒼龍房、心、尾三宿，房宿凡四星，又稱天駟，也稱爲辰星，故稱「辰爲馬」。月值大火，指月亮位在心宿，即農曆二月。浴種，浴蠶種，汰弱留强也。二月浴蠶，其時又值大火，且辰爲龍，蠶爲龍精，故云「蠶馬同氣」。原蠶，再蠶，二蠶，即夏蠶。古人禁飼再蠶，蓋爲保護桑樹。《淮南子·泰族訓》云：「原蠶一歲再收，非不利也，然而王法禁者，爲其殘桑也。」鄭注以爲再蠶傷馬，殊爲穿鑿。

〔五〕漢祀蠶神之儀見《續漢書·禮儀志上·先蠶》：「是月（三月），皇后帥公卿諸侯夫人蠶，祠先蠶，禮以少牢。」劉昭注引《漢舊儀》曰：「春蠶生而皇后親桑於苑中，蠶室養蠶千簿以上，祠以中牢羊豕，祭蠶神曰菀窳婦人、寓氏公主，凡二神。」《玉燭寶典》卷二引《淮南萬畢術》亦曰：「蠶神名菀窳。」《晉書》卷一九《禮志上》作「苑窳婦人」，云：「漢儀，皇后親桑東郊苑中，蠶室祭蠶神，曰苑窳婦人、寓氏公主，祠用少牢。」「菀」同「苑」。「窳」音「yǔ」，「窊」音「wā」，皆爲低洼地之義。

〔六〕先蠶，最先教民養蠶者，祀以爲神。南北朝後以黄帝妻嫘祖（又作累祖、雷祖）爲先蠶。元王禎《農書》卷一云：「古者蠶祭皆無主名，至後周，壇祭先蠶以黄帝元妃西陵氏爲始，是爲先蠶，歷代因之。嘗謂天駟爲蠶精，元妃西陵氏始蠶，實爲要典。若夫漢祭菀窳婦人、寓氏公主，蜀有蠶女馬頭娘，又有謂三姑爲蠶母者，此皆後世之溢典也。」

〔七〕自「案天官」至此，乃讚論。按：以蠶爲女兒，始於戰國世。《山海經·海外北經》云：「歐絲之野在大踵東，一女子跪據樹歐絲。」注：「言噉桑而吐絲，蓋蠶類也。」《荀子·蠶賦》：「身女好而頭馬首。」不唯以蠶爲女，且復以之爲馬也。蓋蠶體白似女膚，養蠶又爲婦女事，故謂蠶爲女兒也。

南宋祝穆《古今事文類聚》前集卷三六引《圖經》云：「高辛時，蜀有蠶女，不知姓氏。父爲人所掠，唯所乘馬在。女念父不食，其母因誓於衆曰：『有得父還者，以此女嫁之。』馬聞其言，驚躍振迅，絶其拘絆而去。數日，父乃乘馬而歸。自此馬嘶鳴不肯齕。母以誓衆之言告父，父曰：『誓於人，不誓於馬，安有人而偶非類乎！能脱我於難，功亦大矣，所誓之言不可行也。』馬跑，父怒，欲殺之，馬愈跑，父射殺之，曝其皮於庭。皮蹶然而起，卷女飛去。旬日，皮復棲於桑上，女化爲蠶，食桑葉，以絲成繭，以衣被於人間。一日，蠶女乘雲駕此馬，侍衛數十人，謂父母曰：『太上以我身心不忘義，授以九宫仙嬪矣，無復憶念也。』今冢在什邡、綿竹、德陽三縣界。每歲祈蠶者，四方雲集。蜀之風俗，宫觀諸化塑女像，披馬皮，謂之馬頭娘，以祈蠶焉。」《羣書類編故事》卷二三亦引，文同。此蠶馬傳説之演化。

《太平廣記》卷四七九引《原化傳拾遺》（《仙傳拾遺》之誤，五代杜光庭）曰：「蠶女者，當高辛帝時，蜀地未立君長，無所統攝，其人聚族而居，遞相侵噬。蠶女舊蹟，今在廣漢。不知其姓氏。」以下情事全同《圖經》。末又云：「《稽聖賦》曰『安有女，感彼死馬，化爲蠶蟲，衣被天下』是也。」（按：《稽聖賦》，顔之推撰。）

杜光庭《墉城集仙録》卷六《蠶女》同此，唯首云：「蠶女者，乃是房星之精也。」末云：「俗云閣其尸於樹，謂之桑樹，恥化爲蟲，故謂之蠶。《稽聖賦》云『爰有女人，感彼死馬，化爲蠶蟲，衣被天下』是也。《陰陽書》云蠶與馬同類，乃知是房星所化也。」

五代馬縞《中華古今註》卷下載：「程雅問蠶：蠶爲天駟星化，何云女兒？」答辭「太古時人遠征云云，本《搜神記》。

宋戴埴《鼠璞》卷下云：「唐《乘異集》載蜀中寺觀多塑女人披馬皮，謂馬頭娘，以祈蠶。《搜神記》載女思父，語所養馬：『若得父歸，吾將嫁汝。』馬迎得父，見女輒怒，父殺馬，曝皮於苞中。皮忽卷女飛去桑間，俱爲蠶。俗謂蠶神爲馬明菩薩以此。然《周禮·馬質》『禁原蠶』注：『《天文》：辰爲馬。蠶爲龍精，月直大火，蠶馬同氣。物不能兩大，禁再蠶者爲傷馬。』舊祀先蠶與馬同祖，亦未可知。」

曾慥《類説》卷三六《蜀本紀》云：「蠶女冢在綿竹縣。塑女子像，披以馬皮，俗號爲馬頭娘廟。」（按：非揚雄《蜀王本紀》本文。）

陳葆光《三洞羣仙録》卷九引《女仙傳》、元佚名《夷堅續志》前集卷二《馬頭娘子》、趙道一《歷世真仙體道通鑑》後集卷二《蠶女》、明詹詹外史《情史類略》卷二三《情通類·蠶》，均因襲舊文，原文不録。《剪燈叢話》卷四、《五朝小説·魏晉小説》傳奇家有《太古蠶馬記》，題吴張儼，乃取自明刊二十卷本《搜神記》卷一四。又《合刻三志》志奇類、《唐人説薈》一二集、《龍威秘書》四集、《藝苑捃華》等收有僞題唐孫頠《神女傳》，中有《蠶女》，即《廣記》卷四七九所引《原化傳拾遺》。

河間男女

武帝世[一]，河間郡[二]有男女相悦，許相配適。既而男從軍，積年不歸。父母以女別適人，女不願行。父母逼之而去，無幾而憂死。

其男戍還，問女所在，其家具説之。乃至塚所，始欲哭之敘哀，而已不勝其情。遂發塚開棺，女即時蘇活。因負還家，將養數日，平復。其夫聞，乃往求之。其人不還，曰：「卿婦已死，天下豈聞死人可復活耶？此天賜我，非卿婦也。」於是相訟。郡縣不能決，以讞廷尉〔三〕。廷尉奏以精誠之至〔四〕，感於天地，故死而更生。在常理之外，非禮之所處，刑之所裁，斷以還開塚者。（卷二一）（原據《法苑珠林》卷七五、《太平御覽》卷八八七、《太平廣記》卷三七五引《搜神記》及《廣記》卷一六一引《法苑珠林》校輯）

〔一〕武帝世，《宋書·五行志五》作「晉惠帝世」，《晉書·五行志下》作「元康中」，元康乃惠帝年號。

〔二〕河間郡，漢置，或又爲國，晉因之，治樂城縣（今河北獻縣東南）。《宋志》、《晉志》云「梁國女子」，以爲梁國人。梁國，漢置，晉因之，治睢陽縣（今河南商丘市南）。

〔三〕讞（yàn），呈報。廷尉，秦漢爲九卿之一，又稱爲大理，掌刑法。魏晉沿置。據《續漢書·百官志二》，郡國決獄有疑，皆由廷尉平議。

〔四〕《宋志》、《晉志》云「祕書郎王導議曰」。按：《宋志》所記此事當別有所據，非本本書，《晉志》乃襲《宋志》。《晉書》卷六五《王導傳》載：「王導……年十四，陳留高士張公見而奇之……司空劉寔尋引爲東閤祭酒，遷祕書郎、太子舍人、尚書郎，並不行。」王導咸康五年（三三九）薨，年六十四，應生於武帝咸寧二年（二七六），十四歲時爲武帝太康十年（二八九），兩年後武帝崩矣。據《晉書》卷四一《劉寔傳》，惠帝元康九年（二九九）策拜劉寔爲司空，《晉書·惠帝紀》乃稱永康元年（三〇〇），是則王導遷祕書郎殆在惠帝永康前後。《宋志》

所記乃晉惠帝時事，稱祕書郎王導議自可，而本書爲晉武帝時事，斷不當涉祕書郎王導也。諸書所引皆作「廷尉」，明刊《搜神記》據《宋志》、《晉志》而改「廷尉」爲「祕書郎王導」，誤甚。《四庫全書》本《御覽》卷八八七亦作「祕書郎王導」，疑爲四庫館臣據明本《搜神記》妄改。

《宋書》、《晉書》《五行志》所記爲梁國女子事。《宋書·五行志五》云：「晉惠帝世，梁國女子許嫁，已受禮娉，尋而其夫戍長安，經年不歸。女家更以適人，女不樂行，其父母逼强，不得已而去，尋得病亡。後其夫還，問女所在，其家具説之。其夫徑至女墓，不勝哀情，便發冢開棺，女遂活，因與俱歸。後婿聞之，詣官争之，所在不能決。祕書郎王導議曰：『此是非常事，不得以常理斷之，宜還前夫。』朝廷從其議。」《晉書·五行志下》悉取《宋書》文，唯首作「元康中」。

南宋李石《續博物志》卷二亦載，云：「晉元康中，梁國女子許嫁而夫戍，經年不歸。女家更强以適人，尋病亡。夫還問女所在。夫徑至墓開棺，女遂活，因與俱歸。後壻聞知，詣官争之。王導曰：『此非常事，不可以常理斷之，宜還前夫。』」

句道興《搜神記》殘卷及八卷本《搜神記》卷二記秦始皇時王道憑（又作王道平）事，與此相類。句本曰：「昔有秦始皇時，有王道憑者，九嵕縣人也。少小之時，共同村人唐叔諧女文榆花色相知，共爲夫婦。道憑乃被征討，没落南蕃，九年不歸。文榆父母見憑不還，欲聘與劉元祥爲妻。其女先與王憑志重，不肯改嫁。父母憶逼，遂適與劉元祥爲妻。已經三年，女即恚死。死後三年，王憑遂却還家，借問此女在否。村人曰：『其女適與劉元祥爲妻，已早死來三年。』憑遂訪知墳墓處，往到墓前三喚女名，悲哭哽噎，良久乃甦。遶墳三匝，遂啓言曰：『本存終始，生死契不相違。吾爲公事牽纏，遂使許時離隔。望同昔日，暫往相看。若有神靈，使吾覩見；若也無神，從此永別。』其女郎遂即見身，一如生存之時，問訊起居：『本情契要至重，以緣父母憶逼，爲君永世不來，遂適與劉氏爲妻，已經三年。日夕相憶情深，恚怨而死，今即來還，遂爲夫婦。速掘墓破棺，我必活矣。』憑曰：『審如此語，實是精靈通感，天地希有。一人信者，立身之本。』憑遂即發冢破棺，女郎即起結束，隨憑還家。其後夫劉元祥驚怪，深悵異哉。經州下辭，言王憑，州縣無文可斷，遂奏秦始皇。始皇判與王道憑爲妻。得一百十年而命終也。」

八卷本曰：「秦始皇時，有王道平，長安人也。少小之時，與同村人唐叔偕女，小名父喻，容色俱美，誓爲夫婦。尋王道平被差征伐，落陷南國，九年不歸。其父母見女長成，即聘與劉祥爲妻。與道平言誓甚重，不肯改事。父母逼迫不免，出嫁劉祥。經三年，忽忽不樂，常思道平，忿怨之深，悒怏而死。死經三載，道平還家，乃詰鄉人：『此女何在？』鄉人曰：『此女意在於君，被父母凌逼，嫁與劉祥，今已死矣。』平問：『墓在何處？』鄉人引往墓所。平悲號哽咽，三呼女名，繞墓悲苦，不能自止。平乃祝曰：『我與汝立誓天地，保其終身。豈料官有牽纏，致令乖隔，使汝父母嫁與劉祥。既不契於初心，死生永訣。然汝有靈聖，使我見汝生平之面；若無神靈，從茲而別。』言訖，又復哀泣。逡巡，其女魂靈自墓而出，問平：『何處而來？良久契闊。本與君誓爲夫婦，以結終身，爲父强逼，乃出聘劉祥。已經三年，日夕憶君成病，結恨致死，乖隔幽途。然念君宿願不忘，再求相慰。妾身未損，可以再生，還爲夫婦。

且速開冢破棺，出我即活。』道平審言，乃啓墓門，捫看之，其女果活。乃結束，隨道平還家。其夫劉祥聞之驚怪，申訴州縣。檢律斷之，無條，乃録狀奏王。王乃斷還王道平爲妻。壽年一百二十歲。實謂精貫於天地，而獲感應如此耳。」按：明陳耀文《天中記》卷一九引《搜神記》此事，即據八卷本。胡震亨刊《搜神記》卷一五據《天中記》輯入，誤也。《情史類略》卷一〇《情靈類》有《唐文喻》，注出《搜神記》，乃據胡刊本。

鵠奔亭

漢九江何敞爲交趾刺史〔一〕，行部到蒼梧高要縣〔二〕，暮宿鵠奔亭〔三〕。夜猶未半，有一女子從樓下出，呼曰：「明使君〔四〕，妾冤人也！」須臾，至敞所卧床〔五〕下跪曰：「妾本居廣信縣，脩里人。早失父母，又無兄弟，嫁與同縣施氏，薄命先死。有雜繒百十疋〔六〕，及婢致富一人。妾孤窮羸弱，不能自振，欲之傍縣賣繒。從同縣男子王伯賃牛車一乘，直錢萬二千，載繒，妾乘車，致富執轡，乃以前年四月十日到此亭外。時日暮，行人斷絶，不敢復進，因即留止。致富時暴得腹痛，妾之亭長舍乞漿取火，而亭長龔壽操刀〔七〕持戟，來至車傍，問妾曰：『夫人何從來？車上何載？丈夫何在？何故獨行？』妾應曰：『何勞問之？』壽因持妾臂曰：『年少愛有色，冀可樂也〔八〕。』妾懼怖不應〔九〕，壽即持刀刺脅下，一瘡〔一〇〕立死。又刺致富，亦死。壽掘樓下合埋，妾在下，婢在上。取財物而去，殺牛燒車，車釭〔一一〕及牛骨貯在亭東空井中。妾既冤死，痛感皇天，無所告訴，故來自歸於明使君。」敞曰：「今欲發之，汝何以爲驗？」女子曰：「妾上下著白衣、青絲履，皆未朽也。妾姓蘇，名娥，字始珠〔一二〕。願訪鄉里，以散〔一三〕骨歸死夫。」掘之，果然。

敞乃馳還，令吏捕壽，考問具服。問廣信縣〔一四〕，與娥語合。壽父母兄弟，皆捕繫獄。敞表：「壽常律殺人，不至於族。然壽爲惡，隱密經年，王法所不得治〔一五〕。今〔一六〕鬼神自訴者，千載無一。請皆斬之，以明鬼神，以助陰教〔一七〕。」上報〔一八〕聽之。

初掘時，有雙鵠奔其亭，故曰「鵠奔亭」。（卷二二）（原據《太平御覽》卷八八四、《太平寰宇記》卷一五九、《輿地紀勝》卷九六、《方輿勝覽》卷三四、《明一統志》卷八一、《天中記》卷一四、《新編古今奇聞類紀》卷一〇、《山堂肆考》卷一七二、《東漢文紀》卷九引《搜神記》及《法苑珠林》卷七四引《冤魂志》校輯）

〔一〕九江，郡名。秦置，治壽春縣（今安徽壽縣）。魏改淮南郡。交趾刺史，漢武帝所置十三刺史部之一，治蒼梧郡廣信縣（今廣西梧州市）。東漢建安八年（二〇三）改爲交州，治蒼梧廣信縣，十六年，徙治南海番禺縣（今廣東廣州市）。何敞，《文選》卷三九江淹《詣建平王上書》注、《太平御覽》卷一九四引謝承《後漢書》作「周敞」，《北堂書鈔》卷七九引《漢書》、《異傳》（《後漢書》、《列異傳》之誤）譌作「周勃」。按：《書鈔》卷九三引謝承《後漢書》：「陳茂，性永有異志，交趾刺史吴郡周敞辟爲别駕從事。」而《書鈔》卷三五、《藝文類聚》卷一○○引《搜神記》有吴郡人何敞。《搜神記》此條襲自《列異傳》，疑亦應作「周敞」，其姓形譌爲「何」。而譌作「何敞」者，蓋因後漢有扶風人何敞，正直能「舉冤獄」，其行一也（見《後漢書》卷四三《何敞傳》）。《水經注》卷三七《泿水》略記此事，亦作「何敞」，則其誤已久，是故隋顔之推《冤魂志》（《法苑珠林》卷七四引，又《太平廣記》卷一二七引《還冤記》，即《冤魂志》）亦承本書傳本之誤。唯敞之所出有九江、吴郡之異，不可解也。

〔二〕行部，巡行所轄地區，考核政績，瞭解民情。《漢書》卷七六《王尊傳》：「琅邪王陽爲益州刺史，行部至邛郲九折阪。」《後漢書》卷三一《蘇章傳》：「順帝時遷冀州刺史，故人爲清河太守，章行部，案其姦臧。」高要縣，蒼梧郡屬縣，今廣東肇慶市。

〔三〕鵠奔亭，鄉亭名。亭乃漢代縣轄治安機構，亦接待來往官員行旅居住，有亭長。《御覽》卷一九四引謝承《後漢書》作「鵠巢亭」，《御覽》末注：「《列異傳》曰鵠奔亭。」《冤魂志》作「鵲奔亭」。按：《冤魂志》襲自《搜神記》，當亦作「鵠」，形譌耳。

〔四〕明，賢明。使君，漢代對刺史、太守之尊稱。

〔五〕床，坐卧之具，與後世用以睡眠之牀不同。《説文》六上木部：「牀，安身之几坐也。」段玉裁注：「牀之制略同几而庳於几，可坐。……牀亦可卧，古人之卧，隱几而已，牀前有几。」《釋名·釋牀帳》：「人所坐卧曰牀，牀者裝也，所以自裝載也。」

〔六〕繒，絲織品總稱。《御覽》《四庫全書》本、鮑崇城校刊本及《寰宇記》、《輿地紀勝》、《方輿勝覽》及《珠林》引《冤魂志》「十」作「二十」，《廣記》引《還冤記》「繒」下有「帛」字。

〔七〕刀，《廣記》引《還冤記》作「戈」。按：《續漢書·百官志五》：「亭有亭長，以禁盗賊。」注引《漢舊儀》云：

「尉、游徼、亭長皆習設備五兵。五兵：弓弩、戟、楯、刀劍、甲鎧。」

〔八〕此句《珠林》引《冤魂志》作「寧可相樂耶」。

〔九〕此句《珠林》引《冤魂志》作「妾時怖懼，不肯聽從」。

〔一〇〕瘡，同「創」，傷也。《珠林》引《冤魂志》作「創」。

〔一一〕車釭（gāng），車輪中車轂内外口之鐵圈，用以穿軸。《説文》十四上金部：「釭，車轂中鐵也。」《廣記》引《還冤記》作「杠」，亦指車釭。《寰宇記》作「扛」，同「杠」。

〔一二〕《水經注》云「廣信蘇施妻始珠」，《輿地廣記》卷三五同，「始珠」上有「名」字；《南村輟耕録》卷一四引《風俗通》作「蘇珠娘」，皆有異。

〔一三〕散，《寰宇記》作「骸」。

〔一四〕此句《珠林》引《冤魂志》作「下廣信縣驗問」。

〔一五〕此句《御覽》作「王法自所不免」，此從光緒八年刊本《寰宇記》及《輿地紀勝》。《寰宇記》嘉慶八年刊本作「王法所不容」。《珠林》引《冤魂志》作「王法所不能得」。

〔一六〕今，《御覽》《四庫全書》本、《寰宇記》、《輿地紀勝》作「令」，嘉慶八年刊本《寰宇記》作「致令」。

〔一七〕陰教，冥冥中之教化。《珠林》引《冤魂志》「教」作「殺」，《廣記》引《還冤記》作「誅」。

〔一八〕報，判決。

何敞事先載於漢末應劭《風俗通》，元末陶宗儀《南村輟耕録》卷一四引曰：「漢何敞爲鬼蘇珠娘，按誅亭長龔壽。」

謝承《後漢書》、《列異傳》亦載。《文選》卷三九江淹《詣建平王上書》：「鵠亭之鬼，無恨於灰骨。」李善注引謝承《後漢書》曰：「蒼梧廣信女子蘇娥，行宿高安(按：當作「要」)鵠巢亭，爲亭長龔壽所殺，及婢致富，取財物，埋致樓下。交阯刺史周敞行部宿亭，覺壽姦罪，奏之殺壽。」末注云：「《列異傳》曰鵠奔亭。」又見《書鈔》卷七九、《御覽》卷一九四引，《書鈔》書名譌作《漢書》、《異傳》，周敞作「周勃」。《水經注》卷三七《泿水》云：「縣(高要)有鵠奔亭。廣信蘇施妻始珠，鬼訟於交州刺史何敞處。事與斄亭女鬼同。」

隋顏之推《冤魂志》亦記云：「漢世，何敞爲交趾刺史，行部蒼梧郡高要縣，暮宿鵠奔亭。夜猶未半，有一女子從樓下出，自云：『妾姓蘇名娥，字始珠，本廣信縣修里人。早失父母，又無兄弟，夫亦久亡。有雜繒百二十匹，及婢一人，名致富。妾孤窮羸弱，不能自振，欲往傍縣賣繒，就同縣人王伯賃車牛一乘，直錢萬二千，載妾並繒，令致富執轡，乃以前年四月十日到此亭外。于時日暮，行人既絶，不敢前行，因即留止。致富暴得腹痛，妾往亭長舍乞漿取火。亭長龔壽操刀持戟，來至車傍，問妾曰：「夫人從何所來？車上何載？丈夫安在？何故獨行？」妾應之曰：「何故問之？」壽因捉妾臂曰：「少愛有色，寧可相樂耶？」妾時怖懼，不肯聽從。壽即以刀刺脅，一創立死，又殺致富。壽掘樓下，埋妾并婢，取財物去，殺牛燒車，車釭及牛骨貯亭東空井中。妾死痛酷，無所告訴，故來自歸於明使君。』敞曰：『今欲發汝屍骸，以何爲驗？』女子曰：『妾上下皆著白衣、青絲履，猶未朽也。』掘之果然。敞乃遣吏捕壽，拷問具服。下廣信縣驗問，與娥語同。收壽父母兄弟，皆繫獄。敞表：『壽殺人，於常律不致族誅。

但壽爲惡，隱密經年，王法所不能得。鬼神訴，千載無一，請皆斬之，以助陰殺。』上報聽之。」（《珠林》卷七四引，《廣記》卷一二七亦引，作《還冤記》）

唐李吉甫《元和郡縣圖志》卷三四《端州・高要縣》云：「鵠奔亭，在縣西八里。漢交趾刺史何敞辨死女子冤，即此處也。」

宋歐陽忞《輿地廣記》卷三五《端州・高要縣》云：「鵠奔亭，漢交阯刺史何敞行部，夜半有婦人訴冤，自謂廣信蘇施妻，名始珠。敞命掘之，有雙鵠奔其處。」其説兼採《水經注》及《寰宇記》。

《緑窗女史》卷九、《剪燈叢話》卷四、《五朝小説・魏晉小説》傳奇家有《蘇娥訴冤記》，題晉干寶，據明胡震亨刊《搜神記》卷一六輯，而自製篇名。

明人有《鵠奔亭蘇娥自訴》雜劇（《今樂考證》著録），佚。

《後漢書》卷八一《獨行・王忳傳》、《水經注》卷一八《渭水》、《冤魂志》有斄亭女鬼訴冤事，與此相似。兹將《冤魂志》所記録於下：「漢時有王忳，字少林，爲郿縣令。之縣，到斄亭（原譌作「鳌」），亭常有鬼，數數殺人。忳宿樓上，夜有女子稱欲訴冤，無衣自蓋。忳以衣與之，乃進曰：『妾本涪令妻也，欲往之官，過此亭宿。亭長殺妾大小十餘口，埋在樓下，奪取衣裳財物。亭長今爲縣門下遊徼。』忳曰：『當爲汝報之，勿復妄殺良善耶。』鬼投衣而去。忳旦收遊徼詰問，即服。收同謀十餘人，并殺之。掘取諸喪，歸其家殯葬。亭永清寧。人謡曰：『信哉少林世無偶，飛被走馬與鬼語。』飛被走馬，别爲他事，今所不録。」（《珠林》卷七四引，《廣記》卷一二七亦引，闕出處）

紫珪

吳王夫差〔一〕小女，名紫珪〔二〕。童子〔三〕韓重有道術，紫珪悦之，許與韓重爲婚。韓重乃學於齊魯之間，臨去，屬其父求婚。王怒，不與女，紫珪結氣亡，葬于閶門〔四〕之外。

重三年歸，聞其死哀慟，至紫珪墓所哭祭之。紫珪忽魂出冢傍，見重流涕。重與言，乃左〔五〕顧宛頸而歌曰：「南山有鳥〔六〕，北山張羅。鳥既高飛，羅將奈何。志欲〔七〕從君，讒言孔多。悲結生疾〔八〕，没命黄壚〔九〕。命之不造，寃如之何！」「羽族之長，名爲鳳凰。一日失雄，三年感傷。雖有衆鳥，不爲匹雙。故見鄙姿，逢君輝光。身遠心近〔一〇〕，何嘗〔一一〕暫忘！」遂邀重入冢。三日三夜，重請還。臨去，紫珪取徑寸明珠並崑崙玉壺以送重〔一二〕。

重賫二物詣夫差，夫差大怒，按其發冢。紫珪見夢於父，以明重之事。夫差異之，悲咽流涕，因捨重，以子婿之禮待之。（卷二三）（原據《藝文類聚》卷八四，《太平御覽》卷五七三、卷七六一、卷八〇三、卷八〇五，《吳郡志》卷四七、卷一〇，《姑蘇志》卷五九，《古詩紀》卷二、卷一四四《紫玉歌》，《古樂苑》卷五二《紫玉歌》引《搜神記》，《永樂大典》卷二二五六、卷一三一三六引《稽神異苑》，《太平廣記》卷三一六，《吳郡志》卷四七，《吳都文粹》卷一〇，《才鬼記》卷一引《録異傳》，《五色線》卷中，《天中記》卷一九引校輯）

〔一〕夫差，春秋吴國末代君王，闔閭子，前四九五至前四七三年在位，越滅吴，自殺。見《史記》卷三一《吴太伯世家》。

〔二〕紫珪，《類聚》、《御覽》、《姑蘇志》、《古詩紀》、《古樂苑》皆引作「玉」，《太平寰宇記》卷九一引《山川記》亦作「玉」，《五色線》（無出處）、《吴郡志》、《稽神異苑》、《天中記》（無出處）乃作「紫珪」。《天中記》末注：「《搜神記》作紫玉。」《樂府詩集》卷八三作「紫玉」，《古詩紀》、《古樂苑》歌名《紫玉歌》，當本《樂府詩集》。

〔三〕童子，未成年男子。《詩·衛風·芄蘭》：「童子佩觿。」孔穎達疏：「童者，未成人之稱，年十九以下皆是也。」男子二十歲行冠禮，始爲成年人。

〔四〕閶門，吴都吴（今蘇州市）西門。陸廣微《吴地記》云：「閶門，亦號破楚門。吴伐楚大軍從此門出。」

〔五〕左，旁，側。

〔六〕烏，《廣記》引《録異傳》作「烏」，《吴郡志》、《姑蘇志》、《古詩紀》、《古樂苑》、《才鬼記》、《天中記》、《琅邪代醉編》並作「烏」，《樂府詩集》載《紫玉歌》亦作「烏」。

〔七〕志欲，《吴郡志》、《姑蘇志》、《琅邪代醉編》作「志願」。《樂府詩集》、《古詩紀》卷一四四、《古樂苑》、《天中記》作「意欲」，《古詩紀》、《古樂苑》注：「一作『志願』。」《才鬼記》注：「志欲，《搜神記》作『意欲』。」

〔八〕此句《吴郡志》、《姑蘇志》、《琅邪代醉編》「結」作「怨」。《樂府詩集》、《古詩紀》、《古樂苑》、《才鬼記》、《天中記》「生疾」作「成疹」，《才鬼記》注：「一作『生疾』。」

〔九〕黄壚，猶言黄泉。壚，土之黑剛者。《古樂苑》注：「命，一作『身』。」《古詩紀》、《才鬼記》注亦云。《琅邪代醉編》「壚」作「墟」。

〔一〇〕近，《古詩紀》卷一四四、《古樂苑》、《才鬼記》注：「近，一作『邇』。」《姑蘇志》作「邇」。

〔一一〕嘗，《才鬼記》注：「嘗，《記》作『曾』，一作『當』。」《記》指《搜神記》。《樂府詩集》、《古詩紀》卷一四四、《古樂苑》作「曾」，《古詩紀》、《古樂苑》注：「曾，一作『當』。」《吴郡志》、《姑蘇志》、《琅邪代醉編》、《天中記》作「當」。

〔一二〕崑崙玉壺，用崑崙山所産玉所製之壺。古傳崑崙山産玉。《史記》卷八七《李斯列傳》：「今陛下致昆山之玉，有隨和之寶。」《御覽》卷八〇五「壺」作「盂」，《吴郡志》作「玉壺」，《金樓子・志怪篇》云：「夫差之女死，以玉壺送葬。」《永樂大典》卷二二五六引《稽神異苑》作「白玉壺」。《五色線》、《天中記》此句作「贈以徑寸珠並白玉壺」。按：《録異傳》所送之物無崑崙玉壺，見附録。

《搜神》此事，後亦見《録異傳》，《廣記》卷三一六引曰：「吴王夫差小女曰玉，年十八。童子韓重，年十九，玉悦之，私交信問，許爲之妻。重學於齊魯之間，屬其父母使求婚。王怒不與，玉結氣死，葬閶門外。三年重歸，問其父母，父母曰：『王大怒，玉結氣死，已葬矣。』重哭泣哀慟，具牲幣往弔。玉從墓側形見，謂重曰：『昔爾行之後，令二親從王相求。謂必克從大願，不圖别後，遭命奈何。』玉左顧宛頸而歌曰：『南山有烏，北山張羅。志欲從君，讒言孔多。悲結生疾，没命黄壚。命之不造，冤如之何！羽族之長，名爲鳳凰。一日失雄，三年感傷。雖有衆鳥，不爲匹雙。故見鄙姿，逢君輝光。身遠心近，何嘗暫忘。』歌畢，歔欷涕流，不能自勝。要重還冢，重曰：『死生異道，懼有尤愆，不敢承命。』玉曰：『死生異路，吾亦知之。然一别永無後期，子將畏我爲鬼而禍子乎？欲誠所奉，寧不相信！』重感其言，送之還冢。玉與之飲讌，三日三夜，盡夫婦之禮。臨出，取徑寸明珠以送重，曰：『既毁其名，又絶其願，復何言哉！願郎自愛。若至吾家，致敬大王。』重既出，遂詣王，自説其事。王大怒曰：『吾女既死，而重造訛言，以玷穢亡靈。此不過發冢取物，託以鬼神。』趣收重，重脱走，至玉墓所訴玉。玉曰：『無憂。今歸白王。』玉粧梳忽見，王驚愕悲喜，問曰：『爾何緣生？』玉跪而言曰：『昔諸生韓重來求玉，大王不許。今名毀義絶，自致身亡。重從遠還，聞玉已死，故齎牲幣，詣冢弔唁。感其篤終，輒與相見，因以珠遺之。不爲發冢，願勿推治。』夫人聞之，出而抱之，正如烟然。」視原作多有增益。明本《搜神記》即據《廣記》輯録。

元林坤《誠齋襍記》卷上亦記之，文簡甚。

明人僞造署爲唐常沂之《靈鬼志》（載《合刻三志》志鬼類、《唐人説薈》一六集、《龍威秘書》四集），據《廣記》所引《録異傳》而採入。《豔異編》卷三六《韓重》、《情史類略》卷一〇《吴王女玉》，亦取自《廣記》。《緑窗女史》卷七、《剪燈叢話》卷五、《五朝小説·魏晉小説》傳奇家收有《吴女紫玉傳》，乃據明刊本《搜神記》卷一六「紫玉」輯，妄題撰人爲漢趙曄，蓋以趙曄撰《吴越春秋》而假其名也。

紫玉故事，脱胎於東漢趙曄《吴越春秋》及袁康、吴平《越絶書》。《吴越春秋》卷四《闔閭内傳》曰：「吴王有女滕玉。因謀伐楚，與夫人及女會。蒸魚，王前嘗半而與女，女怒曰：『王食魚辱我，不忘久生。』乃自殺。闔閭痛之，葬於國西閶門外。鑿池積土，文石爲椁，題凑爲中，金鼎玉杯、銀樽珠襦之寶皆以送。女乃舞白鶴於吴市中，令萬民隨而觀之。」唐陸廣微《吴地記》引此，下又云：「後陷成湖，今號女墳湖。」

陸龜蒙《甫里先生文集》卷一一《和女墳湖詩》云：「水平波淡遶迴塘，鶴殉人沈萬古傷。應是離魂雙不得，至今沙上少鴛鴦。」題下自注：「即吳王葬女之所。」中用化鶴事。《吳地記》又云：「女墳湖，在吳縣西北六里。」下引《越絶書》曰：「夫差小女字幼玉，見父無道，輕士重色，其國必危，遂願與書生韓重爲偶。不果，結怨而死。夫差思痛之，金棺銅槨，葬閶門外。其女化形而歌曰：『南山有鳥，北山張羅。鳥既高飛，羅當奈何。志願從君，讒言孔多。悲怨成疾，没身黄坡。』」已與《搜神》情事相去無幾。《越絶書》今本不載，卷二《外傳記・吳地傳》云：「闔廬子女冢，在閶門外，舞鶴吳市。」《太平御覽》卷六六引《吳地記》曰：「吳王葬女，取土成湖。」又引《郡國志》云：「三女墳在郭西。云闔閭食蒸魚羹，留半賜三女。三女怨，自殺。王痛之，葬於郭西，文石爲槨，金印玉牒，銀樽朱盤，悉以送葬。」又引云：「葬女時，有白鶴舞吳市，因入羨門，悉化爲犬。」

樂史《太平寰宇記》卷九一《蘇州・吳縣》云：「吳王女墓，在閶門外。按《山川記》云：『夫差小女曰玉，女年十八，童子韓重私悦之，王怒，女結恨而死。葬後，重往弔之，女形見，贈徑寸明珠。』」

王象之《輿地紀勝》卷五《平江府・古迹》云：「玉女塚，在吳縣闔閭門外。吳王有女自殺，王痛之，葬以金鼎玉杯、銀樽珠襦之寶以送之。舞白鶴於吳市，令萬人隨觀，遂使俱入墓門，因塞之。」

范成大《吳郡志》卷一八《川》云：「女墳湖，在吳縣西北，昔吳王葬女處。」又卷三九《冢墓》云：「吳女墓在閶門外。闔廬女曰滕玉，王與夫人及女會，食蒸魚。王前嘗半而與女，女怒曰：『王食魚辱我。』乃自殺。闔閭痛之，葬於國西閶門外，鑿池積土……取土時其地爲湖，號女墳湖。《吳地記》曰：

『吴王葬女，取土成湖。』」

《吴郡志》卷四七《異聞》引《稽神異苑》曰：「宋劉元，字幼祖。少好雲水，與劉裕善，而輕何無忌，遂不相得，乃去裕。遊吴郡虎丘山，心欲留焉。夜臨風長嘯，望月鼓琴於劍池上。忽聞環珮音，一女子衣紫羅之衣，垂鈿帶，拜謂元曰：『吴王愛女，願來相訪。』元曰：『吴王愛女，豈非韓重妻紫珪耶？』少頃，紫珪至，便與元同行。恍惚間及一門，約去虎丘二三里。雖見宫闕，唯聞風聲。女謂元曰：『聞君與劉裕相得，裕是王者，然與何無忌不美，此人恐爲君患。若北還仕魏朝，官亦不減牧伯。』曉忽不見，乃在一大陵松樹下。元乃北歸，後仕魏，累青州刺史。」（按：《異苑》卷六「劉元」條即此，文字大同，作「紫玉」。今本《異苑》亦明人胡震亨等據舊輯本訂補，多濫取他書。此條殆據《吴郡志》引《稽神異苑》而改「珪」爲「玉」。）此説乃後世好事者所爲託借古人也。

盤瓠

高辛氏〔一〕有老婦人，居於王宫。得耳疾歷時，醫爲挑治，出頂蟲〔二〕，大如繭。婦人去後，盛以瓠蘺〔三〕，覆之以盤。俄爾頂蟲乃化爲犬，其文五色，因名「盤瓠」，遂畜之。時戎吴〔四〕盛强，數侵邊境，遣將征討，不能擒勝。乃募天下有能得戎吴將軍首者，購金千斤，封邑萬户，又賜以少女。

後盤瓠銜得一頭，將造王闕。王診視之，即是戎吴。「爲之奈何？」羣臣皆曰：「盤瓠是畜，不可官秩，又不可妻，雖有功，無施也。」少女聞之，啓王曰：「大王既以我許天下矣，盤瓠銜首而來，爲國除害，此天命使然，豈狗之智力哉！王者重言，霸者重信，不可以子女微軀，而負明約於天下，國之禍也。」王懼而從之，令少女隨盤瓠。

盤瓠將女上南山，山草木茂盛，無人行迹。於是女解去上衣〔五〕，爲僕鑒之結〔六〕，著獨力〔七〕之衣，隨盤瓠昇山入谷，止於石室之中。王悲思之，遣往視覓，天輒風雨，嶺震雲晦，往者莫至。蓋經三年，産六男六女。盤瓠死後，自相配偶，因爲夫妻。織績木皮，染以草實。好五色衣服，裁制著用，皆有尾形。經後母歸，以語王。王遣追之男女〔八〕，天不復雨。衣服褊褳〔九〕，言語侏離〔一〇〕，飲食蹲踞，好山惡都。王順其意，有詔賜以名山廣澤，號曰「蠻夷」。

蠻夷者，外癡内黠，安土重舊。以其受異氣於天命，故待以不常之律。田作賈販，無關繻符傳〔一一〕、租税之賦。有邑君長，皆賜印綬。冠用獺皮，取其遊食於水。今即梁、漢、巴、蜀、武陵、長沙、廬江〔一二〕羣夷是也。用糝〔一三〕雜魚肉，叩槽而號，以祭盤瓠，其俗至今。故世稱「赤髀横裙〔一四〕，盤瓠子孫」。（卷二四）（原據《藝文類聚》卷九四、《法苑珠林》卷六、《初學記》卷二九、《六帖》卷九八、《太平御覽》卷七五八及卷九〇五、《古今事文類聚》後集卷四〇、《古今合璧事類備要》別集卷八四、《韻府羣玉》卷一一、《山堂肆考》卷二二二引《搜神記》,《後漢書·南蠻傳》注、《路史發揮》卷二引《風俗通義》,《後漢書·南蠻傳》注引《魏略》,《後漢書·南蠻傳》注、《御覽》卷七八五引干寶《晉紀》,《後漢書·南蠻傳》,《天中記》卷五四引《後漢》校輯)

〔一〕高辛氏,即帝嚳。《史記》卷一《五帝本紀》:「帝嚳高辛者,黄帝之曾孫也。」

〔二〕此三字《六帖》作「有物」,《御覽》卷七五八作「得卵」。

〔三〕瓠蘺,《類聚》、《魏略》作「瓠」,《初學記》、《御覽》卷七五八及卷九〇五、《古今事文類聚》、《古今合璧事類備要》「蘺」作「離」,《珠林》、《大正新脩大藏經》本作「籬」。瓠即瓢葫蘆,剖之可爲瓢,瓠蘺當爲瓢一類盛物器具。

〔四〕戎吴,《後漢書·南蠻傳》云犬戎之將吴將軍,見附録。

〔五〕上衣,《後漢書·南蠻傳》作「衣裳」。

〔六〕僕鑒之結,《後漢書》李賢注:「僕鑒、獨力,皆未詳。流俗本或有改『鑒』字爲『豎』者,妄穿鑿也。」結,通「髻」。僕鑒當係髻名,其義不詳。

〔七〕獨力,《珠林》「力」作「拗」,《大正藏》本作「拘」。

〔八〕此句《珠林》《四庫全書》本作「王遣迎諸男女」。

〔九〕褊褳(biǎn lián),衣服窄小貌。《説文》衣部:「褊,衣小也。」《後漢書》作「班蘭」。班蘭,同「斑爛」、「斒爛」、「斑爛」,色彩錯雜貌。

〔一〇〕侏離,《後漢書》李賢注:「蠻夷語聲也。」

〔一一〕關繻(rú)符傳(zhuàn),出入關津之憑證,以帛、竹等爲之。

〔一二〕梁，州名，曹魏分益州置，治沔陽縣（今陝西勉縣東），晉太康移南鄭縣（今漢中市東）。漢，漢中郡，戰國秦置，治南鄭縣（今漢中市），晉屬梁州。巴，郡名，戰國秦置，治江州縣（今重慶市嘉陵江北岸），三國蜀移治南岸。蜀，郡名。戰國秦置，治成都縣（今四川成都市）。武陵，郡名，西漢置，治義陵縣（今湖南漵浦縣南），東漢徙臨沅（今常德市西）。長沙，郡名，秦置，治臨湘縣（今長沙市）。廬江，郡名，漢武帝於江北置，治舒縣（今安徽廬江縣西南），西晉時治舒城縣（今安徽舒城縣）。

〔一三〕糝（sǎn），飯粒。

〔一四〕赤髀横裙，赤髀謂赤腿，横裙謂横布爲裙。布横幅短窄，圍腰爲裙，故裙短也。

盤瓠事前此漢末應劭《風俗通義》、魏魚豢《魏略》、晉郭璞《玄中記》及干寶《晉紀》均紀載，《後漢書》採入《南蠻傳》（卷八六）。《南蠻傳》云：「昔高辛氏有犬戎之寇，帝患其侵暴，而征伐不剋。乃訪募天下，有能得犬戎之將吴將軍頭者，購黄金千鎰，邑萬家，又妻以少女。時帝有畜狗，其毛五采，名曰槃瓠。下令之後，槃瓠遂銜人頭造闕下。羣臣怪而診之，乃吴將軍首也。帝大喜，而計槃瓠不可妻之以女，又無封爵之道，議欲有報而未知所宜。女聞之，以爲皇帝下令，不可違信，因請行。帝不得已，乃以女配槃瓠。槃瓠得女，負而走入南山，止石室中。所處險絶，人蹟不至。於是女解去衣裳，爲僕鑒之結，著獨力之衣。帝悲思之，遣使尋求，輒遇風雨震晦，使者不得進。經三年，生子一十二人，六男六女。槃瓠死後，因自相夫妻。織績木皮，染以草實，好五色衣服，製裁皆有尾形。其母後歸，以狀白帝，於是使迎致諸子。衣裳斑蘭，語言侏離，好入山壑，不樂平曠。帝順其意，賜以名山廣澤。其後滋蔓，號曰蠻夷。外癡内黠，安土重舊。以先父有功，母帝之女，田作賈販，無關梁符傳、租稅之賦。有邑君長，皆賜印綬，冠用獺皮。名渠帥曰精夫，相呼爲姎徒。今長沙、武陵蠻是也。」按：《説文》女部：「姎，女人自稱，姎，我也。从女，央聲。」

李賢注引《魏略》曰：「高辛氏有老婦，居王室，得耳疾，挑之，乃得物大如繭。婦人盛瓠中，覆之以槃。俄頃化爲犬，其文五色，因名曰槃瓠。」

又引干寶《晉紀》曰：「武陵、長沙、盧江郡夷，槃瓠之後也。雜處五溪之内。槃瓠憑山阻險，每每常爲害。糅雜魚肉，叩槽而號，以祭槃瓠。俗稱『赤髀横裙』，即其子孫。」（按：《太平御覽》卷七八五亦引。）

李注又謂「此已上並見《風俗通》也」。今本不載，佚耳。南宋羅泌《路史發揮》卷二《論槃瓠之妄》云：「應劭書遂以爲高辛氏之犬名曰槃瓠，妻帝之女，乃生六男六女，自相夫婦，是爲南蠻。」然則《魏略》、《搜神》、《晉紀》、《後漢書·南蠻傳》皆本《風俗通》也。

《玄中記》所記乃别一傳説系統，由民族推原神話演爲遠國異民傳説。《古小説鉤沉》輯本云：「狗封氏者，高辛氏有美女，未嫁。犬戎爲亂，帝曰：『有討之者，妻以美女，封三百户。』帝之狗名槃護，（原注：《御覽》引作「槃瓠」。）三月而殺犬戎，以其首來。帝以爲不可訓民，乃妻以女，流之會稽東南二萬一千里，得海中土，方三千里，而封之。生男爲狗，生女爲美女。封爲狗民國。」又郭璞注《山海經·海内北經》「犬封國」云：「昔盤瓠殺戎王，高辛以美女妻之，不可以訓，乃浮之會稽東海中，得三百里地封之。生男爲狗，女爲美人，是爲狗封之國也。」《路史發揮》謂「郭璞、張華、干寶、范曄、李延壽、梁載言、樂史等，各自著書，枝葉其説」。是則張華《博物志》亦有其事，然今本不載，佚文亦不見。

後世書記盤瓠及其遺迹、後裔者尚夥。《後漢書·南蠻傳》注引黄閔《武陵記》曰：「山（辰州盧溪縣武山）高可萬仞，山半有槃瓠石室，可容數萬人，中有石牀、槃瓠行蹟。」李賢按曰：「山窟前有石羊、石獸，古蹟奇異尤多。望石窟大如三間屋，遥見一石仍似狗形，蠻俗相傳，云是槃瓠像也。」注又引《荆州記》（宋盛弘之）曰：「沅陵縣居酉口，有上就、武陽二鄉，唯此是槃瓠子孫，狗種也。二鄉在武溪北。」

《水經注》卷三七《沅水》云：「水又逕沅陵縣西，有武溪，源出武山，與酉陽分山。水源石上有盤瓠蹟猶存矣。盤瓠者，高辛氏之畜狗也，其毛五色。高辛氏患犬戎之暴，乃募天下有能得犬戎之將軍吴將軍頭者，妻以少女。下令之後，盤瓠遂銜吴將軍之首於闕下。帝大喜，未知所報。女聞之，以爲信不可違，請行，乃以配之。盤瓠負女入南山上石室中，所處險絶，人蹟不至。帝悲思之，遣使不得進。經二年，生六男六女。盤瓠死，因自相夫妻。織績木皮，染以草實，好五色衣，裁製皆有尾。其母白帝，賜以名山。其後滋蔓，號曰蠻夷。今武陵郡夷，即盤瓠之種落也。其狗皮毛，嫡孫世寶録之。」

沈約《宋書》卷九七《夷蠻傳》云：「荆、雍州蠻，槃瓠之後也，分建種落，布在諸郡縣。」又見唐李延壽《南史》卷七九《夷貊傳下》。

《隋書·地理志下》云："諸蠻本其所出，承盤瓠之後，故服章多以班布爲飾。其相呼以蠻，則爲深忌。……其死喪之紀，雖無被髮袒踊，亦知號叫哭泣。始死，即出屍於中庭，不留室内。斂畢，送至山中，以十三年爲限。先擇吉日，改入小棺，謂之拾骨。拾骨必須女壻，蠻重女壻，故以委之。拾骨者除肉取骨，棄小取大。當葬之夕，女壻或三數十人，集會於宗長之宅，著芒心接籬，名曰茅綏。各執竹竿，長一丈許，上三四尺許，猶帶枝葉。其行伍前却，皆有節奏，歌吟叫呼，亦有章曲。傳云盤瓠初死，置之於樹，乃以竹木刺而下之，故相承至今，以爲風俗。隱諱其事，謂之刺北斗。"

唐樊綽《蠻書》卷一〇引《後漢書·南蠻傳》，文句頗異，計已摻入當時傳聞："昔高辛氏，有戎寇吴將軍，爲（按：當作「帝」）患其侵暴，乃下勑曰：『有人得戎寇吴將軍頭者，賜金百鎰，封邑萬家，妻以少女。』時帝有犬名盤瓠，後遂之寇所，因嚙得吴將軍頭來，其寇遂平。帝大喜，因以官爵賚賜，犬不起。帝少女聞之，奏曰：『皇帝信不可失。深憂犬之爲患。』帝曰：『當殺之。』女曰：『殺有功之犬，失天下之信矣。』帝曰：『善乎！』因請匹之。帝不得已，乃以配盤瓠。盤瓠得女，負入南山，處於石室，其處險阻，不通人蹟。後生十二子，六男六女，自相匹偶。緝草木皮以爲衣。帝賜以南山，仍起高欄爲居止之。其後滋蔓，自爲一國。"

又引王通明《廣異記》曰："高辛時，人家生一犬，初如小特。主怪之，棄於道下。七日不死，禽獸乳之，其形繼日而大，主人復收之。當初棄道下之時，以盤盛，葉覆之。因以爲瑞，遂獻於帝，以盤瓠爲名也。後立功，嚙得戎寇吴將軍頭。帝妻以公主，封盤瓠爲定邊侯。公主分娩七塊肉，割之有七男。長大各認一姓，今巴東姓田、雷、再、向、蒙、旻、叔孫氏也。其後苗裔熾盛，從黔南逾昆、湘、高麗之地，自爲一國。幽王爲犬戎所殺，即其後也。盤瓠皮骨今見在黔中，田、雷等家時祀之。」其説大異。

段成式《酉陽雜俎》前集卷四《境異》云：「峽中俗，夷風不改。武寧蠻好着芒心接離，名曰苧綏。嘗以稻記年月，葬時以笄向天，謂之刺北斗。相傳盤瓠初死，置於樹，以笄刺之下，其後化爲象。」盤瓠死化爲象，殊稱新異。

樂史《太平寰宇記》卷一七八《四夷・南蠻》、歐陽忞《輿地廣記》卷二八《辰州》亦皆有記，悉取《後漢書》、《水經注》説，不録。

《路史發揮・論槃瓠之妄》云：「有自辰、沅來者，云盧溪縣之西百八十里有武山焉，其崇千仞。遥望山半石洞罅啓，一石貌狗，人立乎其傍，是所謂槃瓠者。今縣之西南三十里，有槃瓠祠，棟宇宏壯，信之天下有奇蹟也。」羅苹注引《辰州圖經》曰：「隍石窟如三間屋，一石狗形，蠻俗云槃瓠之像。今其中種有四：一曰七村歸明户，起居飲食類省民，但左衽；二曰施溪、武源歸明蠻人；三曰山猔；四曰犵獠。雖自有區别，而衣服趍向，大略相似。土俗以歲七月二十五日種類四集，扶老攜幼，宿於廟下五日，祠以牛彘酒鮓，椎鼓踏歌，謂之『様様』，蠻語祭也。」

《靖州圖經》（清陳運溶《麓山精舍叢書》輯本）云：「蠻皆槃瓠之餘種，故其族類尚有犵狑、犵獠之號。」

鄭仲《桂陽志》（陳運溶輯本）云：「峒猺，斑爛其衣，侏離其言，稱槃王子孫。」

范成大《桂海虞衡志》云：「猺，本五溪槃瓠之後，其壤接廣右者，静江之興安、義寧、古縣，融州之融水、懷遠縣界，皆有之。生深山重溪中，椎髮跣足，不供征役，各以其遠近爲伍。」元周致中《異域志》卷下《盤瓠》曰：「帝嚳高辛氏宫中，老婦耳内有聹耳，掏出如繭，以瓠盛之，以盤覆之。有頃，化爲五色之犬，因名瓠犬。時有犬戎吴將軍寇邊，帝曰：『得其頭，吾以女妻之。』瓠犬俄啣人頭詣闕下，乃吴將軍之首也。帝不得已，以女妻之。瓠犬負女入南山穴中，三年生六男六女。其母復以狀白帝，於是帝封於長沙。武陵蠻今其國人，是其裔也。」明王圻《三才圖會・人物》卷一二《盤瓠》亦載，同《異域志》。

清陸次雲《峒溪纖志》卷上又云：「苗人，盤瓠之種也。帝嚳高辛氏以盤瓠有殲溪蠻長之功，封其地，妻以女，生六男六女，而爲諸苗祖。」

八卷本《搜神記》卷三亦有「盤瓠」條，大異於《搜神記》等，今迻録於下：「昔高辛氏時，有房王作亂，憂國危亡。帝乃召募天下，有得房氏首者，賜金千金，分賞美女。羣臣見房氏兵强馬壯，難以獲之。辛帝有犬，字曰盤瓠，其毛五色，常隨帝出入。其日忽失此犬，經三日以上，不知所在。帝甚怪之。其犬走投房王，房王見之大悦，謂左右曰：『辛氏其喪乎！犬猶棄之投吾，吾必興也。』房氏乃大張宴會，爲犬作樂。其夜，房氏飲酒而卧，盤瓠咬王首而還。辛見犬銜房首，大悦，厚與肉糜飼之，竟不食。經一日，帝呼犬，亦不起。帝曰：『如何不食？呼又不來，莫是恨朕不賞乎？今當依召募賞汝物，得否？』盤瓠聞帝此言，即起跳躍。帝乃封盤瓠爲會稽侯，美女五人，食會稽郡一千户。後生三男六女。其男當生之時，雖似人形，猶有犬尾。其後子孫昌益，號爲犬戎之國。周幽王爲犬戎所殺。只今土蕃，乃盤瓠之孕也。」（按：八卷本多取句道興《搜神記》，此記接近王通明《廣異記》，又云「只今土（吐）蕃」，係唐人傳説，似亦出句書。）

三王墓

楚干將莫耶〔一〕，爲楚王〔二〕作劍，三年乃成。王怒，欲殺之。其劍有雄雌。其妻重身當産，夫語妻曰：「吾爲王作劍，三年乃成，王怒，往必殺我。汝若生子是男，大，告之曰：『出户望南山，松生石上，劍在其背。』」於是即將雌劍，往見楚王。楚王大怒，使相之，劍有二，雄雌，雌來雄不來。王怒，誅殺之。

莫耶子名赤比〔三〕，後壯，問其母曰：「吾父所在？」母曰：「汝父爲楚王作劍，三年乃成，王怒，殺之。去時囑我：『語汝子：出户望南山，松生石上，劍在其背。』」於是子出户南望，不見有山，但覩堂前松柱下，石砥之上，則以斧破其背，得劍，日夜思欲報楚王。

楚王夢見一兒，眉閒廣尺〔四〕，欲報讎，王即購之千金。兒聞之，亡去。入山行歌〔五〕，客有逢者，謂：「子年少，何哭之甚悲耶？」曰：「吾干將莫耶子也。楚王殺吾父，吾欲報之。」客曰：「聞王購子頭千金，將子頭與劍來，爲子報之。」兒曰：「幸甚。」即自刎，兩手捧頭及劍奉之，立僵〔六〕。客曰：「不負子也。」於是屍乃仆。

客持頭往見楚王，楚王大喜。客曰：「此乃是勇士頭也，當於湯鑊煮之。」王如其言煮頭，三日三夕〔七〕不爛，頭踔〔八〕出湯中，躓目大怒。客曰：「此兒頭不爛，願王自臨視之，是必爛也。」王即臨之，客以劍擬王，王頭墮湯中。客亦自擬己頸，頭復墮湯。三皆俱〔九〕爛，不可識別。分其湯肉葬之，故通名「三王墓」。今在汝南北宜春縣〔一〇〕界。（卷二五）（原據《法苑珠林》卷二七引《搜神記》校輯）

〔一〕干將莫耶，「莫」又作「鏌」，「耶」又作「邪」、「鋣」。《太平御覽》卷三四三引《孝子傳》：「父干將，母莫耶。」東漢趙曄《吴越春秋》卷四《闔閭内傳》：「莫耶，干將之妻也。」張華《博物志》卷六：「莫邪，干將妻也。」而《漢書》卷四八《賈誼傳》：「莫邪爲鈍兮。」顔師古注：「應劭曰：莫邪，吴大夫也。作寶劍，因以冠名。」似以莫邪爲干將之名，干將則姓也。

〔二〕楚王，《御覽》卷三四三引《列士傳》作「晉君」，《孝子傳》作「晉王」，然《分門集註杜工部詩》卷一五《前出塞九首》杜修可注引《烈（列）士傳》作「楚王」。按：或又謂干將爲韓王劍師，《文選》卷七《子虛賦》郭璞注引張揖曰：「干將，韓王劍師也。」大抵傳聞異辭，不足怪爾。

〔三〕赤比，《列士傳》、《孝子傳》、《御覽》卷三六五引《列仙（異）傳》作「赤鼻」，《孝子傳》又稱「眉間赤名赤鼻」。《御覽》卷三六五引《吴越春秋》佚文、《杜工部詩》注引《烈（列）士傳》、《增廣分門類林雜説》卷一引《孝子傳》作「眉間尺」。

〔四〕此句《御覽》引《列士傳》作「眉廣三寸」,《北堂書鈔》卷一二三引《列士傳》「三」作「二」。《列仙(異)傳》作「眉間一尺」,《杜工部詩》引《烈(列)士傳》作「眉間廣一尺」,《類林雜説》引《孝子傳》作「眉間闊一尺」。

〔五〕《列士傳》云「乃逃朱興山中」。朱興,不詳。

〔六〕立僵,《珠林》《大正新脩大藏經》本作「立不僵」。

〔七〕三日三夕,《吴越春秋》佚文、《類林雜説》引《孝子傳》作「七日七夜」。

〔八〕踔(chuō),跳躍。

〔九〕皆俱,同義複詞。《弘明集》卷五晉桓譚《新論形神》:「又不時勤苦過度,是以身生子,皆俱傷而筋骨血氣不充强,故多凶短折,中年夭卒。」《雲笈七籤》卷八《釋三十九章經》:「皇清乃上清三仙皇之真人也,洞真乃上清元老之君也,皆俱合生於太無之外,俱合死於廣漢之上。」

〔一〇〕汝南,郡名,漢置,治平輿縣(今屬河南)。北宜春縣,漢置宜春縣,東漢改作北宜春,南朝宋省,在今河南汝南市西南。

干將事戰國當已有傳。《荀子·性惡篇》曰:「闔閭之干將、莫邪、鉅闕、辟閭,此皆古之良劍也。」《莊子·達生》曰:「復讎者不折鏌干。」《戰國策·趙策三》曰:「夫吴干之劍,肉試則斷牛馬,金試則截盤匜。」《荀子·勸學篇》楊倞注引作「吴干將之劍」。又《齊策五》云:「今雖干將、莫邪,非得人力,則不能割劌矣。」其中干將、莫邪雖多爲劍名,然亦見出彼時定廣傳其事,第書記有闕耳。西漢劉向《列士傳》始記干將被殺、其子復讎事,《北堂書鈔》卷一二二及《太平御覽》卷三四三有引。

《御覽》引曰：「干將莫耶爲晉君作劍，三年而成。劍有雌雄，天下名器也。乃以雌劍獻君，留其雄者。謂其妻曰：『吾藏劍在南山之陰，北山之陽，松生石上，劍在其中矣。君若覺殺我，尔生男，以告之。』及至君覺，殺干將。妻後生男，名赤鼻，具以告之。赤鼻斫南山之松，不得劍，思於屋柱中得之。晉君夢一人，眉廣三寸，辭欲報讎。購求甚急，乃逃朱興山中。遇客，欲爲之報，乃刎首。將以奉晉君，客令鑊煑之，頭三日三日（按：當作「夕」）跳不爛。君往觀之，客以雄劍倚擬君，君頭墮鑊中，客又自刎。三頭悉爛，不可分別。分葬之，名曰『三王冢』。」末注：「《列異傳》曰『莫耶爲楚王作劍，藏其雄者』，《搜神記》亦曰『爲楚王作劍』，餘悉同也。」《御覽》卷三六五又引「干將子赤鼻，眉廣三寸」二句。《分門集註杜工部詩》卷一五《前出塞》九首其八「雄劍四五動」杜修可注引《烈（列）士傳》與此大異，云：「眉間尺者，謂眉間廣一尺也，楚人干將鏌鋣之子。楚王夫人常於夏納涼而抱鐵柱，心有所感，遂懷孕，後産一鐵。楚王命鏌鋣鑄此精爲雙劍，三年乃成。劍一雌一雄，鏌鋣乃留雄而以雌進楚王。劍在匣中常有悲鳴，王問羣臣，羣臣對曰：『劍有雌雄，鳴者雌，憶其雄也。』王大怒，收鏌鋣殺之。眉間尺乃爲父殺楚王。」黄少度注又引曰：「劍有雌雄，雄干將，雌莫耶。」《御覽》卷三六五又引《列仙傳》曰：「莫耶子赤鼻，眉間一尺。」「仙」當爲「異」字之誤。

《御覽》卷三四三引《孝子傳》曰：「眉間赤名赤鼻，父干將，母莫耶。父爲晉王作劍，藏雄送雌。母孕尺，父曰：『男，當告之曰：出户望南山，松上（按：當作「生」）石上，劍在其巔。』及産，果男。母以告尺，尺破柱得劍，欲報晉君。客有爲報者，將尺首及劍見晉君。君怒烹之，首不爛。王臨之，客以擬王，王首墮湯中，客因自擬之。三首盡糜，不分，乃爲三冢，曰三王冢也。」按：劉向等撰有《孝子傳》多種，疑此乃向書。

金王朋壽《增廣分門類林雜説》卷一《孝行篇》引《孝子傳》乃云：「眉間尺，謂眉間闊一尺也，楚人干將莫邪之子也。楚王夫人嘗於夏取涼而抱鐵柱，心有所感，遂懷孕。後産一鐵。楚王命莫邪鑄此鐵爲雙劍，三年乃成。劍一雌一雄，莫邪乃留雄，而以雌進楚王。劍在匣中常有悲鳴。王問羣臣，對曰：『劍有雌雄，鳴者雌，憶其雄也。』王大怒，即收莫邪殺之。莫邪知其應，乃以雄劍藏屋柱中，柱下有石礎。因囑妻曰：『卿懷孕，若生男，可語之曰：日出北户，南山之松，松生於石，劍在其中。』妻後生男，眉間廣一尺。年十五，問母父在時事，母因述前事。乃思惟，剖柱得劍。日夜欲報殺楚王。王嘗聞有一人，眉廣一尺，欲來殺王，王乃購募覓其人，乃宣言：『能得眉間尺者，賜金千斤，分國共治。』眉間尺聞，乃便起入山。路逢一客，客問曰：『汝是孝子眉間尺否？』答曰：『是。』客曰：『吾能爲子報讎。』眉間尺曰：『父無分寸之罪，枉被荼毒。君今惠念，何所用耶？』客曰：『欲得子頭并子劍。』眉間尺乃與劍并頭，客受之。與王，王大賞之。即以鑊煮其頭，七日七夜不爛。客曰：『此頭不爛，須王自臨之。』王即往臨看之，客於後以劍擬之，王頭即墮鑊中。二頭相齩，客恐眉間尺不勝，乃自復劍擬頭，頭復墮鑊中，三頭相齩。經七日後，乃一時俱爛。乃分葬之，在汝南宜春縣，今三王墓是也。」事同《杜工部詩》注引《烈士傳》，而較之完整。《類林》引有蕭廣濟《孝子傳》，似此《孝子傳》即蕭氏所撰者，蕭氏晉人也。

東漢趙曄《吴越春秋》卷四《闔閭内傳》載：「干將者，吴人也，與歐冶子同師，俱能爲劍。越前來獻三枚，闔閭得而寶之。以故使劍匠作二枚，一曰干將，二曰莫耶。莫耶，干將之妻也。干將作劍，采五山之鐵精，六合之金英，候天伺地，陰陽同光，百神臨觀，天氣下降，而金鐵之精不銷淪流，於是干將不知其由。莫耶曰：『子以善爲劍聞於王，使子作劍，三月不成，其有意乎？』干將曰：『吾不知其理也。』莫耶曰：『夫神物之化，須人而成，今夫子作劍，得無得其人而後成乎？』干將曰：『昔吾師作冶，金鐵之類不銷，夫妻俱入冶爐中，然後成物。至今後世即山作冶，麻絰萲服，然後敢鑄金於山。今吾作劍不變化者，豈若斯耶？』莫耶曰：『師知爍身以成物，吾何難哉！』於是干將妻乃斷髮剪爪，投於爐中，使童女童男三百人鼓橐裝炭，金鐵乃濡，遂以成劍。陽曰干將，陰曰莫耶；陽作龜文，陰作漫理。干將匿其陽，出其陰而獻之，闔閭甚重。」詳載干將夫婦鑄劍過程。

《御覽》卷三六四引《吴越春秋》佚文又載眉間尺復仇事：「眉間尺逃楚入山，道逢一客。客問曰：『子眉間尺乎？』答曰：『是也。』『吾能爲子報讎。』尺曰：『父無分寸之罪，枉被荼毒。君今惠念，何所用耶？』客曰：『須子之頭，並子之劍。』尺乃與頭。客與王，王大賞之。即以鑊煮其頭，七日七夜不爛。客曰：『此頭不爛者，王親臨視之。』王即看之。客於後以劍斬王，頭入鑊中。二頭相齧，客恐尺不勝，自以劍擬頭入鑊中，三頭相咬。七日後，一時俱爛。乃分葬汝南宜春界，並三冢。」

《越絶書》卷一一《外傳記寶劍》又載：「楚王召風胡子而問之曰：『寡人聞吴有干將，越有歐冶子，此二人甲世而生，天下未嘗有，精誠上通，天下爲烈士。寡人願齎邦之重寶，皆以奉子，因吴王請此二人作鐵劍，可乎？』風胡子曰：『善。』於是乃令風胡子之吴，見歐冶子、干將，使之作鐵劍。歐冶子、干將鑿茨山，洩其溪，取鐵英，作爲鐵劍三枚，一曰龍淵，二曰泰阿，三曰工布。畢成，風胡子奏之楚王。楚王見此三劍之精神，大悦風胡子。」

張華《博物志》卷六《器名考》亦云：「風胡子因吴請干將、歐冶子作。干將陽，龍文；莫邪陰，漫理。此二劍吴王使干將作。莫邪，干將妻也。」下注云：「夫妻甚喜作劍也。」説本《越絶書》。

六朝及唐宋地書多載其遺址，至本事則或襲舊聞，或取新説。

唐陸廣微《吴地記》云：「匠門又名干將門……闔閭使干將於此鑄劍。材五山之精，合五金之英，使童女三百人祭爐神。鼓橐，金銀不銷，鐵汁不下。其妻莫邪曰：『鐵汁不下□有計？』干將曰：『先師歐冶鑄劍之穎，不銷，親鑠耳。以□□成物□□可女人聘爐神，當得之。』莫邪聞語，□入爐中，鐵汁出。遂成二劍，雄號干將，作龜文；雌號莫邪，鰻文。餘鑄得三千，並號□□文劍。干將進雄劍於吴王而藏雌劍，時時悲鳴，憶其雄也。」

宋樂史《太平寰宇記》卷一二《宋州·宋城縣》云：「三王陵，在縣西北四十五里。晉《北征記》（伏滔）云：『魏惠王徙都於此，號梁王，爲眉間赤、任敬所殺。三人同葬，故謂之三王陵。』」按：宋城縣原稱睢陽縣，隋改宋城縣，在今河南商丘市南。地占不同《吴越》、《搜神》，説亦大異。

又卷一〇五《太平州·蕪湖縣》云：「楚干將墳，在縣東北九里。楚干將鏌鋣之子，復父仇三人，以三人頭共葬在宜春縣，即蕪湖也。」蕪湖今屬安徽。（按：「宜春縣」原譌作「宣城縣」，中華書局點校本據宋版等校改。宜春縣東漢改北宜春縣，在今河南汝南市西南，并非蕪湖。蕪湖縣西漢置，治今安徽蕪湖市東，三國吴移今蕪湖市。）

卷四三《晉州・臨汾縣》云：「夏水池，《郡國志》（晉袁山松）云：『縣西南三十里，有大池，其水六畜不敢飲，一名翻鑊池，即煮眉間赤頭處，鑊翻因成池，池水上猶有脂潤。』」臨汾今屬山西。

卷五六《磁州・邯鄲縣》云：「干將城，在縣東二十二里。《洺州記》云：『城南門外有干將劍爐及淬劍池。』」邯鄲今屬河北。

南宋龔明之《中吴紀聞》卷五云：「干將墓，在今匠門城東數里。頃有人畊其傍，忽見青蛇上其足，其人遽以刀殲之，上之半躍入草中，不復可尋。徐觀其餘，乃折劍也。至莫欲持歸，亦不復見。方子通有詩具載其事。」

范成大《吴郡志》卷三《城郭》云：「匠門又曰干將門，《續經》止曰將門，吴王使干將鑄劍於此，故曰將門，今謂之『匠』，音之訛。」又卷二九《土物上》云：「干將墓，在匠門外東數里。承平時人耕其旁，忽有青蛇繞足。其人驚，遽以刀斷之，其前半躍入草中不復見。徐視其餘，乃折劍一段。至暮欲持歸，亦忽失之。方惟深有詩具載其事。」

王象之《輿地紀勝》卷一八《太平州・古迹》云：「楚干將墓，《晏公類要》云在蕪湖縣東北九里，楚干將鏌鋣之子復父讎三人，以三人頭共葬，在宜春縣，即蕪湖也。《圖經》云在赤鑄山。」

《剪燈叢話》卷五、《五朝小説・魏晉小説》傳奇家有《楚王鑄劍記》，題漢趙曄，乃取自明刊本《搜神記》卷一一。馮夢龍《古今譚概・荒唐部》亦有《眉間尺》，略同《吴越春秋》佚文。

韓馮夫婦

宋時大夫韓馮〔一〕，娶妻而美〔二〕，康王〔三〕奪之。馮怨〔四〕，王囚之，論爲城旦〔五〕。妻密遺馮書，繆〔六〕其辭曰：「其雨淫淫，河大水深，日出當心。」既而王得其書，以示左右，左右莫解其意。臣蘇賀對曰：「『其雨淫淫』，言愁且思也；『河大水深』，不得往來也；『日出當心』，心有死志也。」俄而馮乃自殺。

其妻乃陰腐其衣。王與之登臺，妻遂自投臺下，左右攬之，衣不中手而死。遺書於帶曰：「王利其生，妾利其死，願以屍骨，賜馮合葬。」王怒弗聽，使里人埋之，冢相望也。王曰：「爾夫婦相愛不已，若能使冢合，則吾弗阻也。」

宿昔之閒〔七〕，便有文梓木〔八〕生於二冢之端，旬日而大盈抱，屈體以相就，根交於下，枝錯於上。又有鴛鴦〔九〕，雌雄各一，恒棲樹上，晨夜不去，交頸悲鳴，音聲感人〔一〇〕。宋人哀之，遂號其木曰「相思樹〔一一〕」。相思之名，起於此也。今睢陽〔一二〕有韓馮城，其歌謡至今存焉。（卷二五）（原據《永樂大典》卷一四五三六引《稽神異苑》、《藝文類聚》卷四〇、《法苑珠林》卷二七、《北户録》卷三、《嶺表録異》卷中、《獨異志》卷中、《太平御覽》卷五五九及卷九二五、《太平寰宇記》卷一四、《海録碎事》卷二二上、《六帖補》卷一〇、《古今事文類聚》後集卷四六、《古今合璧事類備要》別集卷六八、百卷本《記纂淵海》卷九七、《韻府羣玉》卷六、《唐詩鼓吹》卷六王初《青帝》注、《天中記》卷一八、《皇霸文紀》卷六、《駱丞集》卷二《棹歌行》注、日本慶安五年刻本《遊仙窟》注引《搜神記》校輯）

〔一〕韓馮，《御覽》卷九二五、《寰宇記》、《唐詩鼓吹》、《皇霸文紀》「馮」作「憑」。《唐詩鼓吹》末注：「韓憑亦名朋。」《嶺表録異》作「朋」，注：「一云『馮』。」《古今事文類聚》亦作「朋」，注：「一作『憑』。」《古今合璧事類備要》同，唯「一作『憑』」在正文。《記纂淵海》作「憑」，注：「一作『朋』。」《獨異志》、《海録碎事》、《韻府羣玉》、《駱丞集》注亦作「朋」。按：「馮」通「憑」，唐世又轉音爲「朋」，敦煌寫本有《韓朋賦》（《唐代變文集》卷二）。明楊慎《古音駢字》卷上《十蒸·韓朋》云：「韓憑，《搜神記》。古『朋』字亦有『憑』音。」

〔二〕《皇霸文紀》稱「韓憑妻何氏」。按：諸引俱不言韓妻姓氏，而《天中記》卷一八引《九國志》、《玉臺新詠》曰：「韓馮，戰國時爲宋康王舍人，妻何氏美。」又卷一五引《彤管新編》曰：「韓憑爲宋康王舍人，妻何氏美。」《九國志》，宋路振撰，今本無此，蓋佚文。《玉臺新詠》無《烏鵲歌》，疑出處有誤。《彤管新編》明張之象編（按：《四庫全書總目》卷一九二《總集類存目》著録八卷，提要稱輯録自周迄元詩歌、銘頌、辭賦、贊誄、序誡、書記、奏疏、表）。《皇霸文紀》明梅鼎祚編，蓋亦取《九國志》或《天中記》。又《分類補註李太白詩》卷四《白頭吟》宋楊齊賢注所載與《九國志》大同，亦云「妻何氏美」。諸書所載增入青陵臺、《烏鵲歌》，皆後起之説，何氏者當亦後世增飾。胡震亨刊本《搜神記》卷一一作「娶妻何氏美」，當據《天中記》增補韓妻姓氏，未妥。

〔三〕康王，名偃，戰國宋國國君，前三二八年逐其兄剔成肝自立爲君，十一年（前三一八）稱王，後又稱東帝，旋改王。前二八六年，齊湣王聯合魏楚滅宋，殺康王，在位凡四十三年（按：此據《史記·六國年表》，《宋微子世家》作四十七年）。康王荒淫酷虐，《史記·宋微子世家》稱其「淫於酒婦人，羣臣諫者輒射之，於是諸侯皆曰『桀宋』」。

〔四〕怨，《遊仙窟》注作「怒」。

〔五〕論，判罪。城旦，一種徒刑。《史記·秦始皇本紀》：「黥爲城旦。」裴駰《集解》引如淳曰：「《律説》：『論決爲髡鉗，輸邊築長城，晝日伺寇虜，夜暮築長城。』城旦，四歲刑。」

〔六〕繆，通「繚」。「繚其辭」即故意使詞語意思曲折隱晦，亦即作隱語。《御覽》卷五五九、《遊仙窟》注作「謬」。謬，通「繆」。

〔七〕宿昔之閒，猶言早晚之閒。宿昔，極短時間，「昔」通「夕」。《遊仙窟》注作「一夕」。

〔八〕文梓木，有文理之梓木也。《墨子·公輸》：「荆有長松、文梓、楩柟、豫章。」《嶺表録異》、《御覽》卷九二五作「梓木」；《珠林》、《藝文類聚》作「交梓木」；《遊仙窟》注、《天中記》作「大梓木」。

〔九〕此句《御覽》卷九二五作「有鳥如鴛鴦」。

〔一〇〕按：《嶺表録異》所引止於「朝暮悲鳴」，下云：「南人謂此禽即韓朋夫婦之精魂，故以韓氏名之。」《古今事文類聚》、《古今合璧事類備要》所引全同《嶺表録異》，唯删「故以韓氏名之」一句。此二句乃《嶺表録異》作者劉恂語，非干寶原文，南人者嶺表人也。又按：《古詩爲焦仲卿妻作》云：「兩家求合葬，合葬華山傍。東西植松柏，左右種梧桐。枝枝相覆蓋，葉葉相交通。中有雙飛鳥，自名爲鴛鴦。仰頭相向鳴，夜夜達五更。行人駐足聽，寡婦起傍徨。」與韓馮夫婦化鴛鴦相類。六朝尚有其他傳説採用此等幻想形式，詳見附録。

〔一一〕按：草木之以「相思」爲名者甚多。梁任昉《述異記》卷上曰：「昔戰國時，魏國苦秦之難。有民從征，戍秦久不返，妻思而卒。既葬，冢上生木，枝葉皆向夫所在而傾，因謂之相思木。今秦趙間有相思草，狀如石竹，而節節相續，一名斷腸草，又名愁婦草，亦名霜草，人呼爲寡婦莎，蓋相思之流也。」唐段公路《北户録》卷三曰：「相思子，有蔓生者，與龍腦相宜，能令香不耗。」又紅豆亦稱相思子。

〔一二〕睢陽，原名商丘，宋國國都，戰國改爲睢陽，秦置爲縣，在今河南商丘市南。

韓馮傳説來源甚早。一九七九年敦煌馬圈灣漢代烽燧遺址出土西漢竹簡，其中有韓朋故事。殘簡文字爲：「書，而召韓倗問之。韓倗對曰：臣取婦二日三夜，去之來遊，三年不歸，婦」。（甘肅省文物考古研究所編《敦煌漢簡》下册，中華書局，一九八一年）觀此二十七字殘文，其事當遠較今所知者爲詳。《列異傳》載有此事，《藝文類聚》卷九二引曰：「宋康王埋韓馮夫婦，宿夕文梓生。有鴛鴦雌雄各一，恒棲樹上，晨夕交頸，音聲感人。」（按：《古小説鈎沉》漏收），雖係節録，猶可得見爲《搜神記》所本。《永樂大典》卷一四五三六引《稽神異苑》，其所引《搜神記》頗異，曰：「晉康王以韓馮妻美納之，遣馮運土，築吴公臺。後病死，其妻請臨葬，遂投墜而卒，遺書于王曰：『王利其生，不利其死，願以屍骸，賜馮合葬。』王不許，使人埋之，令塚相望。既而王謂之：『爾夫婦相從，則吾不利。』一夕，忽有梓樹生於二塚之上，後合抱，身亞相就。因此有雌雄鴛鴦，於樹上交頸悲鳴。因呼爲相思樹。」按：《稽神異苑》南朝人作，摘編諸書而成，疑所據《搜神記》版本有異，而《大典》引用又事删削也。《獨異志》卷中所引《搜神記》亦多異辭，曰：「宋康王以韓朋妻美而奪之，使朋築青淩臺，然後殺之。其妻請臨喪，遂投身而死，王令分埋臺左右。期年，各生一梓樹。及大，樹枝條相交，有二鳥哀鳴其上，因號之曰相思樹。」按：《獨異志》晚唐李伉作，引書多不據原文，率意所爲，青淩臺之説即本晉袁山松《郡國志》。

《太平寰宇記》卷一四《濟州・鄆城縣・青陵臺》下引《郡國志》曰：「宋王納韓憑之妻，使憑運土，築青陵臺。至今臺蹟依然（案：嘉慶八年刊本「然」作「約」）。」《六帖補》卷一〇云：「《齊州圖經》曰：『鄆城南有青陵臺、韓憑塚。』按《搜神記》云：『宋康王取韓憑妻，使憑運土築此臺。……』」蓋據《寰宇記》爲説。

《寰宇記》卷一四又載鄆城縣有韓憑冢，引《搜神記》云：「宋大夫韓憑娶妻美，宋康王奪之。憑怨王，自殺。妻陰腐其衣，與王登臺，自投臺下。左右攬之，著手化爲蝶。」又引云：「憑與妻各葬相望，冢樹自然交柯，有鴛鴦鳥棲其上，交頸悲鳴。」據唐人所傳，增出化蝶情事。

化蝶之説見《李義山詩集》卷六《青陵臺》：「青陵臺畔日光斜，萬古真魂倚暮霞。莫許韓憑爲蛺蝶，等閑飛上别枝花。」是知唐人所傳韓馮事，添出化蝶情事。

唐人猶傳有韓朋鳥。劉恂《嶺表録異》卷中云：「韓朋鳥者，乃鳧鷖之類。此鳥每雙飛，泛溪浦。水鳥中鸂鶒、鴛鴦、鵁鶄，嶺北皆有之，惟韓朋鳥未之見也。」《李長吉歌詩》卷二《惱公》曰：「緑樹養韓馮。」

唐俗賦《韓朋賦》（《敦煌變文集》卷二）乃韓馮傳説之演化。大意謂賢士韓朋仕宋，三年不歸，妻貞夫思夫而寄書。朋得書心悲，不慎失之，爲宋王所得。王愛其文美，遣梁伯騙得貞夫來，立爲皇后。囚朋，使築清陵之臺。貞夫見朋，裂裙裾作書，射之臺下，朋得書自死。貞夫求葬之以禮，王許之。葬日貞夫投壙中，宋王使人取之不獲，唯得青白二石。分别埋於道東西，各生桂樹、梧桐，枝根相交。王遣伐之，二札落水，變爲雙鴛鴦。王得其一羽，以之拂項，其頭自落，未及三年，宋國亦亡云。

《紺珠集》卷一〇僧贊寧《物類相感志》云：「宋韓朋妻美，康王奪之，妻自殺。王埋之，經宿生樹，枝體相交。王欲伐之，化爲鴛鴦飛去。」《類説》卷二三《物類相感志》亦載。

明陳耀文《天中記》卷一八引《九國志》（宋路振）、《玉臺新詠》曰：「韓馮，戰國時爲宋康王舍人，妻何氏美。王欲之，捕舍人築青陵臺。何氏作《烏鵲歌》以見志，遂自縊死：『南山有烏，北山張羅。烏自高飛，羅當奈何。烏鵲雙飛，不樂鳳凰。妾是庶人，不樂宋王。』」又卷一五引《彤管新編》曰：「韓憑爲宋康王舍人，妻何氏美，王欲之，捕舍人築青陵臺。何氏作《烏鵲歌》以見志，遂自縊死，韓亦死。」又增出《烏鵲歌》。

元林坤《誠齋襍記》卷上全取《九國志》所記，云：「韓憑爲宋康王舍人，妻何氏美。王欲之，捕舍人築青陵臺。何氏爲《烏鵲歌》，歌曰：『烏鵲雙飛，不樂鳳凰。妾是庶人，不樂宋王。』」

《分類補註李太白詩》卷四《白頭吟》：「古來得意不相負，祇今惟見青陵臺。」宋楊齊賢注：「戰國韓憑，爲宋康王舍人，妻何氏美。王欲之，使舍人築青陵臺。何作詩曰：『南山有烏，北山張羅。烏自高飛，羅當奈何。』又：『烏鵲雙飛，不樂鳳凰；妾是庶人，不樂宋王。』遂自縊，韓亦死。王怒埋之，宿夕文木生墳，有鴛鴦棲其上，音聲感人，化爲蝴蝶。臺在開封。」綜合諸説而又自出異辭。

明彭大翼《山堂肆考》羽集卷三四云：「俗傳大蝶必成雙，乃梁山伯、祝英臺之魂。又云韓憑夫婦之魂。」

詹詹外史《情史類略》卷一一《連枝梓雙鴛鴦》云：「韓憑，戰國時爲宋康王舍人，妻何氏，有美色。康王乃築臺望之，竟奪何而囚憑。何氏乃作《烏鵲歌》以見志，曰：『南山有烏，北山張羅。烏自高飛，羅當奈何。』又曰：『烏鵲雙飛，不樂鳳凰；妾是庶人，不樂君王。』後聞憑自殺，乃陰腐其衣，與王登臺，自投臺下。左右引衣，衣絶。得遺書於帶中，曰：『願以尸還韓氏而合葬。』王怒，命分埋之，兩冢相望。經宿，忽有梓木生於兩冢，根交於下，枝連於上。又有烏如鴛鴦，雙棲於樹，朝暮悲鳴。人皆異之曰：『此韓憑夫婦精魂也。』故詩云：『君不見昔時同心人，化作鴛鴦鳥。和鳴一夕不暫離，交頸千年尚爲少。』何氏又有寄憑歌曰：『其雨淫淫，河大水深，日出當心。』康王以問蘇賀，賀曰：『雨淫淫，愁且思也；河水深，不得往來也；日當心，日過午則殂，明有死志也。』韓憑冢，今在開封府。」兼採諸説而成。「君不見昔時同心人」云云，出於唐李德裕《鴛鴦篇》。

舊題元伊世珍《瑯嬛記》卷上云：「韓朋墓木有相思子。有海石，若荳瓣，入醋，能移動者，亦曰相思子。」（按：末注出處爲《採蘭雜志》，實爲杜撰。）

元庾吉甫有雜劇《清陵臺》（《録鬼簿》卷上），已佚。

六朝猶有類似傳聞，録以備考：

《太平廣記》卷三八九引《述異記》（祖沖之），載陸東美夫婦號「比肩人」，見後。同卷又有《共枕樹》，脱出處，係同性戀者：「潘章少有美儀，時人競慕之。楚國王仲先聞其美名，故來求爲友。章許之，因願同學。一見相愛，情若夫妻，便同衾共枕，交好無已。後同死，而家人哀之，因合葬於羅浮山。塚中忽生一樹，柯條枝葉，無不相抱。時人異之，號爲共枕樹。」按：《類説》卷四〇《稽神異苑》（舊題南齊焦度）亦載，文甚簡：「《三吴記》：潘章夫婦死葬，塚木交枝，號並枕樹。」則出《三吴記》也。《誠齋襍記》卷上亦輯有該條，同《廣記》所引，惟稱潘章爲吴人，王仲先爲定國人。

由拳縣

由拳縣〔一〕，秦時長水縣。秦始皇東巡，望氣者云：「五百年後，江東有天子氣。」始皇至，令囚徒十萬人掘汙其地，鑿審山爲硤〔二〕，北迤六十里，至天星河〔三〕止。表以惡名，故改之曰由拳縣，言囚倦也。由拳即嘉興縣〔四〕。

始皇時童謡〔五〕曰：「城門有血，城當陷没爲湖。」有嫗聞之，朝朝往窺。門將欲縛之，嫗言其故。後門將以犬血塗門，嫗見血走去。忽有大水欲没縣，主簿令幹入白令〔六〕，令曰：「何忽作魚〔七〕？」幹曰：「明府亦作魚。」遂淪爲湖。（卷二七）（原據《後漢書·郡國志四》注、《初學記》卷七、《太平御覽》卷六六、《咸淳臨安志》卷二四、《學林》卷六、《嘉禾百咏·由拳廢縣》、

百卷本《記纂淵海》卷七、《明一統志》卷三九、《山堂肆考》卷二六引《搜神記》校輯)

〔一〕由拳縣,《初學記》、《御覽》引作「由權縣」,《後漢書》注等引作「由拳縣」。《水經注》卷二九《沔水》及所引《神異傳》作「由卷縣」。《水經注》云:「由卷縣……即吴之柴辟亭,故就李鄉檇李之地。秦始皇惡其勢王,令囚徒十餘萬人汙其土表,以汙惡名,改曰囚卷,亦曰由卷也。吴黄龍三年,有嘉禾生卷縣,改曰禾興。後太子諱和,改爲嘉興。《春秋》之檇李城也。」《方輿勝覽》卷三引《神異傳》則作「拳」。「卷」通「拳」。《漢書·地理志上》作「由拳」,屬會稽郡,《後漢書·郡國志四》同,屬吴郡。舊治在今浙江嘉興市南。

〔二〕審山,南宋潛説友《咸淳臨安志》卷二七《山川六·鹽官縣》:「審山,在縣東北六十五里。高五十三丈,周回七里三百步。漢審食其墓其間,故名。有僧崇惠庵,基土皆五色。有僧智標塔、秦皇磨劍石。有靈池,水旱不盈涸。」宋之鹽官縣,即今浙江海寧市西南鹽官鎮,在嘉興西南。硤,同「峽」。

〔三〕天星河,宋張堯同《嘉禾百咏·天星河》:「河在郡城内東北,一名天心河。宋《嘉禾志》云:東西廣三十四丈,即始皇發徒所掘,俗謂天心墜穴泉。與海通,故大旱不涸,水草不生。旁有碑,存二十餘字,剥蝕不可讀。」

〔四〕按:南宋潛説友《咸淳臨安志》卷二四《山川三·餘杭縣·由拳山》云:「在縣南二十六里,高一百八十九丈九尺,周回一十五里。按《搜神記》云由拳即嘉興縣,吴大帝時,縣人郭暨猷與由拳山人隱此。因以爲名。」原輯據而補入「由拳即嘉興縣,吴大帝時,縣人郭暨猷與由拳山人隱此」數句。今復細酌,由拳山在餘杭縣南,非在嘉興。《元和郡縣圖志》卷二六《杭州·餘杭縣》云:「由拳山,晉隱士郭文舉所居。旁有由拳村,出好藤紙。」《太平寰宇記》卷九三《杭州·餘杭縣》云:「由拳山,本餘杭山也,一名大辟山。《郡國志》

云青障山，高峻爲最，在縣南十八里。山謙之《吴興記》云晉隱士郭文字文舉，初從陸渾山來居之，王敦作亂，因逸歸入此處。今傍有由拳村，出藤紙。」「吴大帝」云云當非《搜神記》文字，今删。

〔五〕童謡，指流傳於民間之讖語。《説文》虫部：「衣服歌謡艸木之怪謂之祅。」童謡含凶兆，被視爲「妖」，故而《國語·晉語六》云「辨妖祥於謡」。

〔六〕主簿，縣屬官，典領文書簿籍。令幹，姓名，古有令姓。《太平廣記》卷四六八引《神鬼傳》載此事作「何幹」，唐李伉《獨異志》卷中作「全幹」。令，由拳縣令。

〔七〕按：古人有溺水化魚之説，《左傳》昭公元年：「微禹，吾其魚乎！」此言令幹忽呈魚象，即水至將化魚之兆。

此事亦載《神異傳》，《水經注》卷二九《沔水》引云：「由卷縣，秦時長水縣也。始皇時，縣有童謡曰：『城門當有血，城陷没爲湖。』有老嫗聞之，憂懼，旦往窺城門。門侍欲縛之，嫗言如故。嫗去後，門侍殺犬，以血塗門。嫗又往，見血，走去不敢顧。忽有大水，長欲没縣。主簿令幹入白令，令見幹曰：『何忽作魚？』幹又曰：『明府亦作魚。』遂乃淪陷爲谷矣。」

南宋祝穆《方輿勝覽》卷三《嘉興府·谷水》亦引《神異傳》曰：「由拳縣，秦長水縣也。始皇時，縣有童謡曰：『城門當有血，城陷没爲湖。』有老嫗聞之，旦旦往窺城門。門侍欲縛之，嫗言其故。嫗去後，門侍殺犬，以血塗門。嫗又往，見血走去，不敢顧。忽有大水，乃淪陷爲谷矣。」《神異傳》不曉何時何人作，該條《古小説鈎沉》輯入劉之遴《神録》，恐非。

北宋樂史《太平寰宇記》卷二二一《海州·朐山縣》云：「碩護湖在縣一百四十二里。」下引《神異傳》

曰：「始皇時，童謡云：『城門有血，城將陷没。』有一老母聞之，憂懼，每旦往窺城門。門傳兵縛之，母言如故。門傳兵乃殺犬，以血塗門上。母往，見血便走。須臾大水至，郡縣皆陷。老母牽狗北走六十里，至伊萊山得免。」下云：「西南隅今仍有石屋，名曰神母廟，廟前石上，狗跡猶存。」按：朐山縣，秦稱朐縣，在今江蘇連雲港市西南，與由拳邈不相及。然碩護湖亦爲陷湖，且有神母廟，樂史所記蓋據俗間所傳，誤屬之《神異傳》耳。

《太平廣記》卷四六八引《神鬼傳》亦云：「秦時，長水縣有童謡曰：『城門當有血，則陷没爲湖。』有老嫗聞之憂懼，旦旦往窺焉。門衛欲縛之，嫗言其故。嫗去後，門衛殺犬，以血塗門。嫗又往，見血走去，不敢顧。忽有大水，長欲没縣。主簿何幹入白令，令見幹曰：『何忽作魚？』幹曰：『明府亦作魚矣。』遂淪陷爲谷。」《神鬼傳》亦不曉何時何人作，不知是否乃《神異傳》之譌。

唐李伉《獨異志》卷中亦載：「始皇時，長安縣（按：縣名譌）忽有大水漲，而欲没縣。主簿全幹入白，明府謂幹曰：『今日卿何作魚面？』幹曰：『明府亦作魚頭。』言訖，遂陷爲湖。」

陷湖之事早在戰國末即有記，《吕氏春秋·本味篇》載：「有侁氏女子采桑，得嬰兒于空桑之中，獻之其君。其君令烰人養之，察其所以然。曰：其母居伊水之上，孕，夢有神告之曰：『臼出水而東走，毋顧。』明日，視臼出水，告其鄰，東走十里，而顧其邑盡爲水。」此爲陷湖之原型。西漢傳有歷陽縣陷湖事。《淮南子》卷二《俶真訓》載：「夫歷陽之都，一夕反而爲湖。」高誘注曰：「歷陽，淮南國之縣名，今屬江都。昔有老嫗，常行仁義，有二諸生過之，謂曰：『此國當没爲湖。』謂嫗視東城門閫有血，便走上北山，勿顧也。自此嫗便往視門閫，閽者問之，嫗對曰如是。其暮，門吏故殺雞，血塗門閫。老嫗早往視門，見血，便上北山。國没爲湖。」歷陽，今安徽和縣。

梁任昉《述異記》卷上載歷陽湖事，多有異辭：「和州歷陽淪爲湖。昔有書生遇一老姥，姥待之厚。生謂姥曰：『此縣門石龜眼血出，此地當陷爲湖。』姥後數往視之，門吏問姥，姥具答之。吏以硃點龜眼。姥見，遂走上北山，顧城，遂陷焉。今湖中有明府魚、奴魚、婢魚。」

《獨異志》卷上亦載云：「歷陽縣有一媪，常爲善。忽有少年過門求食，待之甚恭。臨去謂媪曰：『時往縣，見門閫有血，即可登山避難。』自是媪日往之，門吏問其狀，媪答以少年所教。吏即戲以雞血塗門閫。明日，媪見有血，乃攜雞籠走山上。其夕，縣陷爲湖。今和州歷陽湖是也。」

陷湖事古傳甚多，又有邛都陷湖、巢湖等。前者出後漢李膺《益州記》，《太平御覽》卷七九一、《太平寰宇記》卷七五《邛州・臨邛縣・邛池》引。《御覽》引曰：「邛都縣下有一老姥，家貧孤獨。每食輒有小虵，頭上戴角，在床間，姥憐飴之。後稍長大，遂長丈餘。令有駿馬，虵遂吸殺之。令因大忿恨，令姥責出虵。姥云在床下，令即掘地。愈大而無所見，令遷怒殺姥。虵乃感人以靈，言瞋令：『何殺我母？當爲母報讎。』此後，每夜輒聞若風，四十許日。百姓相見，咸驚語：『汝頭那忽戴魚？』是夜，方四十里與城一時俱陷爲湖。土人謂之爲陷湖。唯姥宅無恙，訖今猶存。漁人採捕，必依止宿，每有浪，輒居宅側，恬静無他。風静水清，猶見城郭樓櫓畟然。今水淺時，土人没水，取得舊木，堅貞光黑如漆。好事者以爲枕相贈焉。」唐焦璐《窮神祕苑》亦有記，見《太平廣記》卷四五六引。

巢湖事見《太平寰宇記》卷一二六《廬州·合肥縣》:「巢湖,在今縣東南六十里。……耆老相傳曰:居巢縣地,昔有一巫嫗,豫知未然,所説吉凶,咸有徵驗。居巢門有石龜,巫云若龜出血,此地當陷爲湖。未幾之間,鄉邑祭祀。有人以猪血置龜口中,巫嫗見之南走。回顧其地,已陷爲湖。人多賴之,爲巫立廟。今湖中姥之廟是。」《輿地紀勝》卷四五《廬州·景物上》引《九域志》、《方輿勝覽》卷四八《廬州·巢湖》引《郡志》亦略載之。北宋劉斧《青瑣高議》後集卷一《大姆記》所記尤備,云:「究地理,今巢湖古巢州也。或改爲巢邑。一日江水暴泛,城幾没。水復故道,城溝有巨魚,長數十丈,血鬣金鱗,電目赭尾,困卧淺水,傾郡人觀焉。後三日,魚乃死。郡人臠其肉以歸,貨於市,人皆食之。有漁者與姆同里巷,以肉數斤遺母,姆不食,懸之於門。一日,有老叟霜鬢雪鬚,行步語言甚異,詢姆曰:『人皆食魚之肉,爾獨不食懸之,何也?』姆曰:『我聞魚之數百斤者,皆異物也。今此魚萬斤,我恐是龍焉,固不可食。』叟曰:『此乃吾子之肉也,不幸罹此大禍,反膏人口腹,痛淪骨髓,吾誓不捨食吾子之肉者也。爾獨不食,吾將厚報爾。吾又知爾善能拯救貧苦。若東寺門石龜目赤,此城當陷,爾時候之。若然,爾當急去無留也。』叟乃去。姆日日往視,有稚子訝母,問之,姆以實告。稚子欺人,乃以朱傅龜目。姆見,急去出城。俄有小青衣童子曰:『吾龍之幼子。』引姆升山。回視全城,陷於驚波巨浪,魚龍交現。大姆廟今存於湖邊,迄今漁者不敢釣於湖,簫鼓不敢作於船。天氣晴明,尚聞水下歌呼人物之聲。秋高水落,潦静湖清,則屋宇堦砌,尚隱見焉。居人則皆龍氏之族,他不可居,一何異哉!」下又有《大姆續記》,記巢湖神靈異之事。

宋何恪《巢湖神母廟記》(元吴師道《敬鄉録》卷一〇)云:「巢湖或曰焦湖,幅員三百里……神母實尸之神，魏黄初間，隱於巫湖。故巢邑其陷也，或血於石龜之口，神既豫告於人，不之信，擇地之特高者走焉。地陷而神獨免，故人神之於湖之濱。予聞之土人，或水激清，阡陌階麓，歷歷可數。所謂特高之地，即今之姥山，岌然湖心。居民數十家，皆龍氏，他姓莫得居焉。神亦龍氏也。嘗歸其故家，歸則香風芬馥。相脣齒有獨山焉，兩山出没虛無間，皆無草木，崖根翌裂，舟多碎於其下。環湖廟不可指計，而莫盛於中廟。……」元盛如梓《庶齋老學叢譚》卷二亦略載漅湖事。

古又傳擔生事。《水經注》卷一〇《濁漳水》云：「耆宿云：邑（武强縣）人有行于途者，見一小蛇，疑其有靈，持而養之，名曰擔生。長而吞噬人，里中患之，遂捕繫獄。擔生負而奔，邑淪爲湖。縣長及吏，咸爲魚矣。」

《太平廣記》卷四五八引《廣異記》（唐戴孚）亦有記，云：「昔有書生，路逢小蛇，因而收養，數月漸大。書生每自檐之，號曰檐生。其後不可檐負，放之范縣東大澤中。四十餘年，其蛇如覆舟，號爲神蟒。人往於澤中者，必被吞食。書生時以老邁，途經此澤畔，人謂曰：『中有大蛇食人，君宜無往。』時盛冬寒甚，書生謂冬月蛇藏，無此理，遂過大澤。行二十里餘，忽有蛇逐。書生尚識其形色，遥謂之曰：『爾非我檐生乎？』蛇便低頭，良久方去。迴至范縣，縣令問（按：當作「聞」）其見蛇不死，以爲異，繫之獄中，斷刑當死。書生私忿曰：『檐生，養汝翻令我死，不亦劇哉！』其夜，蛇遂攻陷一縣爲湖，獨獄不陷，書生獲免。天寶末，獨孤暹者，其舅爲范令。三月三日，與家人於湖中泛舟，無故覆没，家人幾死者數四也。」南宋李石《續博物志》卷八亦略載。

《青瑣高議》後集卷一猶有《陷池》,記「曹恩殺龍獲天譴」之事:「《郴州圖經》:去州二千里有陷池。嚮有民家殺龍子,一夕大風雷,全家乃陷。《風俗記》:郴人曹恩家有男,捕於水,得魚,長三四尺。烹之,置魚於釜,釜輒鏗然,復沃地。置釜,釜又破。恩弗爲異,鱠而烹食之。俄有怪雲若積墨,起於嶺上,雷聲隱隱,隨之烈火發於屋。恩馳走去,屋乃陷。比鄰之民,見一吏擒恩回,一吏讀案云:『曹恩性原殘狠,心類狠虎,破釜不疑,顧神靈如土塊。持刀自若,戾極凶狠,不可矜恕。』乃擲恩於陷池,比鄰皆見焉。陷池闊不踰一畝,澄泓黑色,其源無窮。漁者常以千丈絲垂之,不極其底。迄今風晦,尚聞人言語,雞犬鳴吠。歲旱,民驅牛入於池,有頃,雷雨大作,俗呼爲洗池雨。」

蘇易

蘇易者,廬陵〔一〕婦人,善看産。夜忽爲虎所取,行六里,至大曠〔二〕,厝易置地,蹲而守。見有牝虎當産,不得解,匍匐欲死,輒仰視。易悟之,乃爲探出之,有三子。生畢,虎負易送還,并〔三〕送野肉於門内。(卷二九)(原據《太平御覽》卷八九二引《搜神記》校輯)

〔一〕廬陵,郡名,漢末孫策分豫章郡置,治石陽縣(今江西吉水縣東北),晉因之。

〔二〕曠,《四庫全書》本作「壙」。壙、曠均指曠野。

〔三〕并,《四庫全書》本及鮑崇城校刊本作「再三」。

王嘉　拾遺記

據中華書局齊治平校注本

又題《拾遺録》、《王子年拾遺記》，十卷，今存，有蕭綺序及叙録。《晉書・王嘉傳》云王嘉「著《拾遺録》十卷，其記事多詭怪，今行於世」。《隋書・經籍志》雜史類著録《拾遺録》二卷，注僞秦姚萇方士王子年撰，此當爲原書之殘本，又著録《王子年拾遺記》十卷，注蕭綺撰，此爲蕭綺整理本，而誤爲蕭綺撰。《日本國見在書目録》雜史家只著録後本，全同《隋志》。二本新舊《唐志》雜史類均有目，《拾遺録》作三卷，疑誤書；《王子年拾遺記》《新志》作《拾遺記》）十卷，注蕭綺録。《拾遺録》二卷或三卷本亡於宋。《册府元龜》卷五五五《國史部・採撰一》載：「王子年撰《拾遺録》二卷。隱士，無官。」《通志・藝文略》傳記類冥異屬亦有《拾遺録》二卷，注僞秦姚萇方士王子年撰，均本《隋志》。十卷本則又見《崇文總目》傳記類、《通志略》傳記類冥異屬、《郡齋讀書志》傳記類、《中興館閣書目》别史類、《直齋書録解題》小説家類、《文獻通考・經籍考》小説家類、《宋史・藝文志》小説類等，書名或作《王子年拾遺記》，或作《拾遺記》。

本書傳世版本，有《古今逸史》、《稗海》、《漢魏叢書》、《廣漢魏叢書》、《四庫全書》、《增訂漢魏叢書》、《祕書廿一種》、《百子全書》等叢書本，皆十卷。《稗海》、《漢魏叢書》本題《王子年拾遺記》，餘皆作《拾遺記》。《稗海》本多有異文，各卷無篇名，無蕭序，蕭録大部删去，係别一系統。《四庫全書》採用《稗海》

本，補序。《歷代小史》本（《王子年拾遺記》）併作一卷，削去蕭綺序録。又有《無一是齋叢鈔》一卷節鈔本（《拾遺記》）。中華書局一九八一年出版齊治平校注本，底本爲明世德堂翻宋本，乃今存最早刻本。齊氏並據《太平廣記》、《太平御覽》等補輯佚文。《紺珠集》卷八摘七十九條，《類説》卷五摘八十二條，《説郛》卷三〇摘二十八條，前二書有八條不見今本，齊氏輯爲佚文。《五朝小説·魏晉小説》、《重編説郛》卷六六、《古今説部叢書》、《舊小説》甲集有《拾遺名山記》八條，乃抽取本書末卷而成。據《直齋書録解題》小説家類，南宋已有《名山記》一卷行世，陳振孫云：「亦稱王子年，即前之第十卷。」《文獻通考·經籍考》作《名山説》。

蕭綺序云原書凡十九卷，二百二十篇，遭戰亂多有亡，今搜檢殘遺，删其繁紊，合爲一部，凡十卷，序而録焉，是則今本爲蕭氏删訂本。胡應麟《少室山房筆叢·四部正譌下》以爲蕭綺撰此書而託之王嘉，不可信。宋晁載之《續談助·洞冥記跋》引唐人張柬之語，稱「虞義造《王子年拾遺録》」，不知有何依據。

《晉書》卷九五《藝術·王嘉傳》載：嘉字子年，隴西安陽（今甘肅秦安縣東北）人。不食五穀，清虚服氣，穴居東陽谷，弟子受業者數百人。後趙石虎之末至長安，隱於終南山、倒虎山。前秦主苻堅累徵不起。後秦姚萇入主長安，頗禮嘉。萇欲殺秦主苻登定天下，以問嘉，不稱旨而斬之。苻登聞其死，設壇哭之，贈太師，謚文。王嘉與釋道安曾有交往，道安亡而嘉死。此事原見於梁釋慧皎《高僧傳》卷五《釋道安傳》。道安卒於晉太元十年（三八五）二月。據《晉書·孝武帝紀》及姚萇、苻堅、苻登等人《載記》，太元九年四月苻堅將姚萇背堅起兵，自立爲王，國號秦。十年八月姚萇殺苻堅，十一年即帝位於長安，改元建初。此年十一月苻登即帝位隴東，二國交戰不已。王嘉被殺最早應在太元十二年。《高僧傳》稱王嘉洛陽人，與《晉書》本傳異。《洞仙傳・王嘉》（《雲笈七籤》卷一一〇）亦謂隴西安陽人。

本書共分三十篇，上自庖犧下迄石趙，歷述各代逸事，史志書目多入於雜史或傳記。雖用史體架構，然其「記事多詭怪」（《晉書》本傳），「殊怪畢舉」（蕭綺序），唐劉知幾《史通・雜述》云：「如郭子橫之《洞冥》、王子年之《拾遺》，全構虚辭，用驚愚俗。」《四庫全書總目提要》卷一四二亦稱：「嘉書蓋仿郭憲《洞冥記》而作，其言荒誕，證以史傳皆不合。」究其體例，實是雜史體志怪小説。然亦如《洞冥記》之多述別國，且載名山之異，亦兼具地理博物小説之體。本書爲六朝志怪上乘之作，作者頗重藻思文心，文字縟麗，鋪彩錯金，藝術風格規撫《洞冥記》、《十洲記》而辭藻更見豐美，誠「豔異之祖」（清譚獻《復堂日記》卷五）也。

蕭綺録或在各條後，或在各篇末，凡三十七則。大抵是就該條或該篇所記之事以作發揮或補證。蕭綺身世不詳，今本或題爲梁人。梁宗室有統、紀、綜等，多文學之士，蕭綺或亦其輩焉。

貫月查

堯登位三十年〔一〕，有巨查浮於西海。查上有光，夜明晝滅。海人望其光，乍大乍小，若星月之出入矣。查常浮繞四海，十二年一周天，周而復始，名曰貫月查〔二〕，亦謂挂星查。

羽人〔三〕棲息其上。羣仙含露以漱，日月之光則如暝矣。虞〔四〕、夏之季，不復記其出没。遊海之人，猶傳其神偉〔五〕也。（卷一《唐堯》）

〔一〕按：《史記》卷一《五帝本紀》裴駰《集解》引徐廣曰：「堯在位凡九十八年。」

〔二〕貫月查，《類説》明嘉靖伯玉翁鈔本卷四《拾遺記》、南宋蔡夢弼《杜工部草堂詩箋》卷四〇《過洞庭湖》注引作「貫月槎」，「查」通「槎」，浮木也。

〔三〕羽人，仙人。《草堂詩箋》卷二三《觀李固請司馬弟山水圖三首》及卷四〇注並引作「飛仙」。按：戰國秦漢人想象之仙人皆生羽翼能飛，故稱羽人。《楚辭・遠遊》：「仍羽人於丹丘兮」。王逸注：「或曰人得道，身生毛羽也。」洪興祖補注：「羽人，飛仙也。」《論衡・無形篇》：「圖仙人之形，體生毛，臂變爲翼，行於雲。」仲長統《昌言》（《意林》卷五）：「得道者生六翮于臂，長毛羽于腹，飛無階之蒼天，度無窮之世俗。」《山海經・海外南經》：「羽民國在其東南，其爲人長頭，身生羽。」郭璞注：「畫似仙人也。」梁殷芸《小説》：「蔡邕作仙人，飛來飛去，甚快樂也。」

〔四〕虞，舜號有虞氏。

〔五〕神偉，《漢魏叢書》、《廣漢魏叢書》、《增訂漢魏叢書》本作「神仙」。

南宋陳葆光《三洞羣仙録》卷八引《仙傳拾遺》（杜光庭）曰：「堯登位三十年，有巨查浮於西海。查上有光，夜明晝滅。海人望其光，乍大乍小，若星月之出入矣。查常浮繞四海，十二年一周天，周而復始，名曰貫月查。」

按：此傳説乃古人關於宇宙飛行器之奇特想象。今之研究不明飛行物及外星人者，乃竟以貫月查爲天外所來之宇宙飛船。古傳説中頗有類今之科學幻想者，《拾遺記》卷四又載：「始皇好神仙之事，有宛渠之民，乘螺舟而至。舟形似螺，沉行海底，而水不浸入，一名淪波舟。」儼然今之潛水艇也。

夷光脩明

越謀滅吴，蓄天下奇寶、美人、異味進於吴〔一〕。得陰峯之瑶，吉皇之驥，湘沅之鱓〔二〕。殺三牲以祈天地，殺龍蛇以祠川岳〔三〕。矯〔四〕以江南億萬户民，輸吴爲傭保。

越又有美女二人，一名夷光，二名脩明〔五〕，即西施、鄭旦〔六〕之别名。以貢於吴。吴處以椒華之房〔七〕，貫細珠爲簾幌，朝下以蔽景，夕捲以待月。二人當軒並坐，理鏡靚〔八〕妝於珠幌之内。竊窺者莫不動心驚魄，謂之神人。若雙鸞之在輕霧，沚水之漾秋蕖〔九〕。

吴王妖惑忘政，及越兵入國，乃抱二女以逃吴苑。越軍亂入，見二女在樹〔一〇〕下，皆言神女，望而不敢侵。今吴城蛇門内有朽株〔一一〕，尚爲祠神女之處。

初，越王入吴國，有丹烏夾王而飛〔一二〕，故勾踐之霸也〔一三〕，起望烏臺，言丹烏之異〔一四〕也。（卷三《周靈王》）

〔一〕按：越王勾踐三年（前四九四），與吴王夫差戰於夫椒（今浙江紹興市北），敗而求和，勾踐與范蠡如吴爲人質，凡三年。返國後與范蠡、文種謀强國滅吴。《國語·越語上》載：句踐使大夫種（文種）行成於吴，稱「願以金玉子女賂君之辱」。又云：「越人飾美女八人，納之太宰嚭。」《史記》卷三一《吴太伯世家》云：「越王句踐率其衆以朝吴，厚獻遺之。」又卷四一《越王句踐世家》：「句踐乃以美女寶器，令種閒獻吴太宰嚭。」《吴越春秋》卷下第九《勾踐陰謀外傳》及《越絶書》卷一二《内經九術》載大夫種獻伐吴九術，其中有「重財幣以遺其君，多貨賄以喜其臣」（《越絶》無下句），「遺美女以惑其心而亂其謀」（《越絶》作「遺之好美以爲勞其志」），「遺之巧工良材，使之起宫室，以盡其材」（《越絶》作「遺之巧匠使起宫室高臺，盡其財，疲其力」）。

〔二〕以上三句原闕，據《稗海》本、《四庫全書》本及《太平廣記》卷二七二引《王子年拾遺記》補。「吉皇」原譌作「古皇」。《稗海》、《四庫全書》本及《廣記》無下文「殺三牲」以下四句。陰峯，不詳。吉皇，神馬名，見前《十洲記》注。鱓，同「鼉」，揚子鰐。

〔三〕川岳，《太平御覽》卷一八五引作「川海」。按：《吴越春秋》伐吴九術，首爲「尊天事鬼以求其福」（《越絶》作「尊天地事鬼神」）。又云：「乃行第一術，立東郊以祭陽，名曰東皇公；立西郊以祭陰，名曰西王母。祭陵山於會稽，祀水澤於江州。」

〔四〕矯，詐也。

〔五〕夷光，《稗海》本譌作「夷老」。「二名脩明」句，《説郛》卷三〇《拾遺記》及《廣漢魏叢書》、《增訂漢魏叢書》本作「二名修明」，「修」、「脩」字同。

〔六〕旦，《説郛》作「妲」。

〔七〕椒華之房，即椒房，后妃居處，取其温香多子之義。《漢書》卷六六《車千秋傳》注：「椒房，殿名，皇后所居也。以椒和泥塗壁，取其温而芳也。」後用爲通稱。《後漢書》卷四一《第五倫傳》注：「后妃以椒塗壁，取其繁衍多子，故曰椒房。」

〔八〕靚（jìng），《玉篇》卷四見部：「靚，裝飾。」

〔九〕此二句據《稗海》、《四庫全書》本補。沚（zhǐ），小洲。蕖，芙蕖，荷花。《廣記》亦引有，前又有「吴王夫差目之」一句，而下接云「妖惑既深，怠於國政」，無下文「吴王妖惑忘政」一句。

〔一〇〕樹，《稗海》、《四庫全書》本、《廣記》作「竹樹」。

〔一一〕蛇門，吴都（今江蘇蘇州市）城門。唐陸廣微《吴地記》云：「蛇門，南面有陸無水，春申君造以禦越軍。在巳地，以屬蛇，因號蛇門。」朽，《廣記》作「折」。

〔一二〕烏，《廣記》卷一三五引《王子年拾遺記》作「鳥」。按：丹烏爲瑞物。《史記》卷四《周本紀》載武王渡河會諸侯於盟津，「有火自上復於下，至於王屋，流爲烏，其色赤，其聲魄云」。

〔一三〕勾踐，越王允常子，又稱菼執，前四九七年至前四六五年在位。滅吴後，大會諸侯於徐州，《史記》卷四一《越王句踐世家》稱「東諸侯畢賀，號稱霸王」。

〔一四〕異，《廣記》卷一三五引作「瑞」。

《左傳》、《國語》、《史記》叙吴越，均不見西施其人。先秦書乃屢言其名，如《管子·小稱》：「毛嬙、西施，天下之美人也。」《墨子·親士》：「西施之沉，其美也。」《孟子·離婁下》：「西子蒙不潔，則人皆掩鼻而過之。」《莊子·齊物論》：「厲與西施，恢恑憰怪，道通爲一。」又《天運》：「西施病心而矉其里，其里之醜人見而美之。」《慎子·威德》：「毛嬙、西施，天下之至姣也。」《荀子·正論》：「好美而惡西施也。」《闞子》(《玉函山房輯佚書》):「西施自窺於井,不恃其美。」《尸子》(《二十二子》):「今之欲見毛嬙、西施,美其面也。」屈原《九章·惜往日》:「雖有西施之美容兮,讒妒入以自代。」宋玉《神女賦》:「西施掩面,比之無色。」《戰國策·齊四》:「世無毛嬙、西施,王宫已充矣。」等等。西施又作先施。《文選·神女賦》注引《慎子》作先施,又《七發》「使先施、徵舒……之徒」注:「皆美女也。先施即西施也。」上述除《墨子》謂西施沉水而死外,餘皆僅出其名,且恒與毛嬙並提,言其美而已。然則西施本春秋戰國傳説中美女,與吴越之争了不相涉。《國語·越語上》但云:「越人飾美女八人,納之大宰嚭。」《史記·越王句踐世家》云:「句踐乃以美女寶器,令種(文種)間獻吴大宰嚭,嚭受。」

《越絶書》、《吴越春秋》始首記西施事迹,將所獻美女坐實爲西施,蓋以其爲家喻户曉之美女也。

東漢初袁康、吴平《越絶書》卷一二《内經九術》云:「越乃飾美女西施、鄭旦,使大夫種獻之於吴王,曰:『昔者越王句踐竊有天之遺西施、鄭旦,越邦洿下,貧窮不敢當,使下臣種載拜獻之大王。』吴王大悦。」又卷八《外傳記地傳》云:「美人宫,周五百九十步,陸門二,水門一。今北壇利里丘土城,句踐所習教美女西施、鄭旦宫臺也。女出於苧蘿山,欲獻於吴,自謂東垂僻陋,恐女樸鄙,故近大道居。去縣五里。」按:《續漢書·郡國志四·會稽郡·餘暨縣》劉昭注:「《越絶》曰西施之所出。」則以西施爲餘暨人,餘暨即今浙江杭州市蕭山區,縣有苧蘿山。諸暨縣亦有是山,又傳爲諸暨(今浙江諸暨市)人(見後)。

西施結局《越絶書》今本不載。《吴地記》云:「縣(嘉興)南一百里有語兒亭。句踐令范蠡取西施以獻夫差,西施於路與范蠡潛通,三年始達於吴,遂生一子。至此亭,其子一歲,能言,因名語兒亭。《越絶書》曰：『西施亡吴國後，復歸范蠡，同泛五湖而去。』」五湖，太湖也。《國語・越語下》：「果興師而伐吴，戰於五湖。」韋昭注：「五湖，今太湖。」《文選》郭璞《江賦》李善注引張勃《吴録》：「五湖者，太湖之别名也。」按：語兒亭事係後世傳聞。《越絶書》卷八云：「女陽亭者，句踐入官於吴，夫人從，道産女此亭，養於李鄉。句踐勝吴，更名女陽，更就李爲語兒鄉。」則與西施無涉。

其後趙曄《吴越春秋》下卷第九《勾踐陰謀外傳》云：「十二年，越王謂大夫種曰：『孤聞吴王淫而好色，惑亂沉湎，不領政事。因此而謀，可乎？』種曰：『可破。夫吴王淫而好色，宰嚭佞以曳心，往獻美女，其必受之。惟王選擇美女二人而進之。』越王曰：『善。』乃使相工索國中，得苧蘿山鬻薪之女，曰西施、鄭旦。飾以羅縠，教以容步，習於土城（元徐天祜注：《越舊經》：「土城在會稽縣東六里。」），臨於都巷，三年學服，而獻於吴。乃使相國范蠡進曰：『越王勾踐竊有二遺女，越國洿下困迫，不敢稽留，謹使臣蠡獻之大王。不以鄙陋寢容，願納以供箕箒之用。』吴王大悦，曰：『越貢二女，乃勾踐之盡忠於吴之證也。』」

《琱玉集》卷一四《美人篇》引《吴越春秋》及《史説》曰：「西施，周時越之美女也。越王句踐以獻吴王，吴王夫差甚愛幸之。西施曾在市，人欲見者乃輸金錢一文，方始得見。」此事今本不載。

明楊慎《丹鉛總録》卷二《西施》云：「後檢《修文御覽》，見引《吴越春秋》逸篇云：『吴亡後，越浮西施於江，令隨鴟夷以終。』」按：《修文御覽》北齊書，久佚，不知升庵從何見之。鴟夷有二解：一爲革囊。《史記》卷六六《伍子胥傳》云：「（子胥）自剄死，吴王聞之大怒，乃取子胥屍盛以鴟夷革，浮之江中。」《集解》：「應劭曰：『取馬革爲鴟夷。鴟夷，榼形。』」升庵以爲「隨鴟夷以終」者，蓋沉西施於江，以報子胥之忠也，正合《墨子》。李商隱《義山詩集》卷六《景陽井》云：「腸斷吴王宫外水，濁泥猶得葬西施。」正用此説。南宋姚寬《西溪叢語》卷上云：「《吴越春秋》云吴亡，西子被殺。」殆亦指沉江。二指范蠡。《史記·句踐世家》云，吴亡後「范蠡浮海出齊，變姓名，自謂鴟夷子皮」。然則「隨鴟夷」者，正《吴地記》引《越絶》「復歸范蠡，同泛五湖」之謂也。杜牧《杜秋娘詩》(《全唐詩》卷五二〇)：「西子下姑蘇，一舸逐鴟夷。」即用此典。

《越絶》、《吴越》、《拾遺》之後，各代地書方志及諸雜書小説，記載西施及其遺迹者極多，紛紜其説，難以盡述，兹檢六朝、唐宋元書所記者，引録於左：

《藝文類聚》卷八引孔皐《會稽記》云：「縣(永興縣)東北六十里有土城山，勾踐索美女以獻吴王，得諸暨羅山賣薪女西施、鄭旦，先教習於土城山。山邊有石，云是西施瀚紗石。」《説郛》卷四《會稽記》、《太平御覽》卷四七引孔曄《會稽記》亦載，作「澣紗石」。《御覽》不云何縣，《説郛》作餘姚縣。《太平寰宇記》云在會稽縣(詳下)。按：永興縣本漢餘暨縣，孫權改爲永興縣，唐改蕭山縣，即今杭州蕭山區。餘姚縣，治今浙江餘姚市姚江北岸。會稽縣，今浙江紹興市。餘姚在會稽東，餘暨在會稽西北。

《御覽》卷四七又引孔曄《會稽記》曰：「諸暨縣北界有羅山。越時西施、鄭旦所居。所在有方石，是西施曬紗處，今名紵羅山。」《北堂書鈔》卷一六〇亦引，文同。《吴越春秋·勾踐陰謀外傳》元徐天祜注引《會稽志》云：「苧蘿山，在諸暨縣南五里。」所記苧蘿山方位不同。按：《會稽記》劉宋孔曄(字靈符）撰（《藝文類聚》引作孔皐，乃「皋」字傳寫之誤）。山陰人，曾爲會稽太守。《宋書》卷五四《孔季恭傳》有其事迹。（參見魯迅輯《會稽郡故書雜集・會稽記序》）《會稽記》云西施諸暨人，此爲首出。

梁任昉《述異記》卷上云：「吴王夫差築姑蘇之臺，三年乃成。周旋詰屈，横亘五里，崇飾土木，殫耗人力，宫妓數千人。上别立春宵宫，爲長夜之飲，造千石酒鍾。夫差作天池，池中造青龍舟，舟中盛陳妓樂，日與西施爲水嬉。吴王於宫中作海靈館、館娃閣，銅溝玉檻，宫之楹檻，珠玉飾之。」又云：「吴故宫亦有香水溪。俗云西施浴處，人呼爲脂粉塘。吴王宫人濯妝於此溪上源，至今馨香。」《太平廣記》卷三二六引《窮怪録・劉導》，記沛國人劉導遇西施事。又卷三二七《蕭思遇》記蕭思遇遇西施，注出《博物志》（陳鱣校本作《續博物志》，唐林登作）。二者皆借西施演飾新事。唐范攄《雲溪友議》卷上《苧蘿遇》條記王軒遇西施，亦此類也（並見本書後文）。

陳顧野王《輿地志》云：「諸暨縣苧蘿山，西施、鄭旦所居。」（《吴越春秋・勾踐陰謀外傳》元徐天祜注引）

唐梁載言《十道志》云：「勾踐索美女以獻吴王，得之諸暨苧蘿山，賣薪女也。西施山下有浣紗石。」（《吴越春秋・勾踐陰謀外傳》元徐天祜注引）

唐陸廣微《吴地記》云：「花山，在吴縣西三十里，其山蓊鬱幽邃。晉太康二年，生千葉石蓮花，因名。東二里有胥葬亭，吴越闔閭置。亭東二里有館娃宫，吴人呼西施作娃，夫差置，今靈巖山是也。」

唐無名氏《香譜・香事三》云：「香溪，吴故宫有香溪，是浴西施處，又呼爲脂粉溪。」

宋樂史《太平寰宇記》卷九六《越州・諸暨縣》云：「諸暨縣……界有暨浦諸山，因以爲稱。越王允常所都。苧蘿山，山下有石跡水，是西施浣紗之所，浣紗石猶在。巫里，句踐得西施之所。今有西施家、東施家。」

又卷九六《越州・會稽縣》云：「會稽縣東六里有土城山。勾踐索美女以獻吴王，得諸暨羅山賣薪女西施、鄭旦，先令習禮于土城山。山邊有石，是西施浣紗石。」

又卷九一《蘇州・吴縣》云：「硯石山，在縣西三十里胥門外。山西有石鼓，亦名石鼓山。又有琴臺。《越絶書》云吴人于硯石山置館娃宫。劉逵注《吴都賦》引揚雄《方言》云：『吴有館娃宫，吴人呼美女爲娃。』故《三都賦》云：『幸乎館娃之宫中，張女樂而宴羣臣。』今吴縣有館娃鄉。」又云：「香山，在吴縣西五十里。《吴地記》云吴王遣美人採香於此山，以爲名，故有採香徑。」又云：「石城山，《郡國志》云吴王離宫處此山，越王獻西施于此山。」又云：「香水溪，在郡城西，源自光福塘來，相傳西施浴處。」又云：「響屧廊，在靈巖山。吴王建廊，虚其下，令西施步屧繞之，則有聲。」

又卷九四《湖州・長興縣》云：「藝香山，一名湖陵山，在縣北一十五里，高四百五十尺。張元之《山墟名》云：藝香山，昔西施種香之所。」長興縣，今屬浙江，在湖州市西北。

歐陽忞《輿地廣記》卷二二《杭州・蕭山縣》云：「越人西施出於此縣。」

范成大《吴郡志》卷八《古蹟》云：「《越絶書》云：石城者，闔廬所置美人離城也。《吴地記》云：石城，吴王離宫，越王獻西施於此城。」又云：「館娃宫，《吴越春秋》、《吴地記》皆云闔閭城西有山號硯石山，山在吴縣西三十里，上有館娃宫。又《方言》曰：吴有館娃宫。今靈巖寺即其地也。山有琴臺、西施洞、翫花池，山前有採香徑，皆宫之故跡。」又云：「西施洞，在靈巖山之腰，山即館娃宫所在，故西施洞在焉。」又云：「響屧廊，在靈巖山寺，相傳吴王令西施輩步屧，廊虚而響，故名。」又云：「採香逕，在香山之旁，小溪也。吴王種香於香山，使美人泛舟於溪以採香。今自靈巖山望之，一水直如矢，故俗又名箭涇。香水溪在吴故宫中，俗云西施浴處，人呼爲脂粉塘。吴王宫人濯妝於此溪上，源至今馨香。古詩云：『安得香水泉，濯郎衣上塵。』」又云：「美女宫，夫差所作土城，周五百九十步，勾踐所進美女西施、鄭旦之宫室也。」

王象之《輿地紀勝》卷一〇《紹興府·景物上》云：「浣浦，一名浣江，在諸暨東南一里，俗傳西子浣紗之所。」又《景物下》云：「浣紗石，在會稽若耶溪，一名西施石。又諸暨苧羅山下又有浣紗石，一名西施石。」又云：「苧羅山，在諸暨南五里。勾踐索美女以獻吴王，得苧羅山賣薪女西施、鄭旦。蕭山縣亦有此山。」

舊題元伊世珍《瑯嬛記》卷中引《採蘭雜志》云：「西施舉體有異香，每沐浴竟，宫人争取其水，積之罌甕，用松枝灑於帷幄，滿室俱香。罌甕中積久，下有濁滓，凝結如膏。宫人取以曬乾，香踰於水，謂之沉水。製錦囊盛之，佩於寶襪。交趾蜜香樹木沉者曰沉水，亦因此借名。」

按：自《越絶書》之後，西施以一烏有人物而進入吴越鬭争之史實，遂被真實化、歷史化，而吴越鬭争之史實，緣西施之故乃被傳説化矣。古文獻記事每虚實雜糅，傳説與歷史交織，治史者不能不辨也。

古人以獻吴美女之無名爲憾，借古美女西施名號以實其事，吴越兵戈，遂添香豔。而夫差緣西施而亡吴，亦正見女色亡國之意，與夫夏桀妺喜、商紂妲己、周幽褒姒，恰成儕伍，再增一段風流公案也。此中實見古人之文化心理，好事好異，獵奇獵豔，而於美色，賞玩之復禁忌之，二端並存焉。

西施所出，一説餘暨，一説諸暨，前者早出而後者最傳。其事本爲傳説，自當傳聞異辭。明末清初毛奇齡蕭山人也，曾力辨西施出自蕭山。《浙江通志》卷一五《山川・紹興府・蕭山縣》云：「苧蘿山，《嘉泰會稽志》：『在縣南三十里，有西施廟。一在諸暨。』《輿地廣紀》：『西子出蕭山縣。』毛奇齡《蕭山縣志刊誤》：『山有西施宅，宅前有紅粉石。西施屬諸暨，本之《十道圖經》。吾謂施斷屬蕭不屬諸者，考《後漢書・郡國志》，於「會稽郡餘暨縣」下云：《越絶書》曰蕭山西施之所出。此亦信史之一端也。』」毛奇齡《西河集》卷一二九有《苧蘿小姑》詩，序云：「西施住蕭山之苧蘿村，其地在蕭山城南二十五里。前有苧蘿山，山下有紅粉石，斜傍溪流，相傳西施居其間。章懷太子注《後漢書》，引故《越絶》曰：蕭山西施之所出。孔靈符妄據異説，謂在諸暨者，謬也。（原注：《舊唐書》又誤以蕭山爲諸暨所分，亦並無其事。詳見《蕭山縣志刊誤》。）施亡後，鄉人思之，爲立祠溪傍，以其爲鄉所出。女名小姑神，比之鍾山蔣侯妹稱青溪小姑之例。……」而主諸暨者乃又紛紛辯駁，聚訟不已，良可歎哉！

唐人詩多有詠西施者，如：宋之問《浣紗篇贈陸上人》：「越女顔如花，越王聞浣紗。國微不自寵，獻作吴宫娃。山藪半潛匿，苧蘿更蒙遮。一行霸句踐，再笑傾夫差。豔色奪人目，斅嚬亦相誇。一朝還舊都，靚粧尋若耶。鳥驚入松網，魚畏沈荷花。……」（《全唐詩》卷五一）樓煩《西施石》：「西施昔日浣紗津，石上青苔思殺人。一去姑蘇不復返，岸旁桃李爲誰春。」（《全唐詩》卷二〇三）陳羽《吴城覽古》：「吴王舊國水煙空，香徑無人蘭葉紅。春色似憐歌舞地，年年先發館娃宫。」（《全唐詩》卷三四八）《李太白全集》卷一七《送祝八之江東賦得浣紗石》云：「西施越溪女，明豔光雲海。未入吴王宫殿時，浣紗古石今猶在。」卷二二《西施》：「西施越溪女，出自苧蘿山。秀色掩今古，荷花羞玉顔。浣紗弄碧水，自與清波閑。皓齒信難開，沉吟碧雲間。句踐徵絶豔，揚蛾入吴關。提攜館娃宫，杳渺詎可攀。一破夫差國，千秋竟不還。」

南宋皇都風月主人《緑窗新話》卷下《越國美人如神仙》，注出《王子年拾遺記》，文同《廣記》卷二七二引。《豔異編》卷五宫掖部《越王》，乃取自《拾遺記》今本。

戲曲演西施者如：宋元戲文《范蠡沉西施》（《寒山堂曲譜》），關漢卿《進西施》（《録鬼簿》、《太和正音譜》），吴昌齡《沉西施》（《傳奇彙考標目》），均佚。明汪道昆《陶朱公五湖泛舟》雜劇（《盛明雜劇》），清徐石麒《浮西施》雜劇（《清人雜劇》），明梁辰魚《浣紗記》傳奇（《古本戲曲叢刊》），佚名《倒浣紗》傳奇（同上），悉存。

沐胥國尸羅

燕昭王七年〔一〕，沐胥之國〔二〕來朝，則申毒國〔三〕之一名也。有道術人名尸羅，問其年，云百三十歲〔四〕。荷錫〔五〕持缾，云發其國五年，乃至燕都〔六〕。

善衒惑之術〔七〕。於其指端出浮屠〔八〕十層,高三尺,及諸天神仙,巧麗特絶。人皆長五六分,列幢蓋〔九〕,鼓舞,繞塔而行,歌唱之音,如真人矣。尸羅噴水爲雰霧,暗數里間。俄而復吹爲疾風,雰霧皆止〔一〇〕。又吹指上浮圖,漸入雲裏。又於左耳出青龍,右耳出白虎。始出〔一一〕之時,纔一二寸,稍至八九尺。俄而風至雲起,即以一手揮之,即龍虎皆入耳中〔一二〕。又張口向日,則見人乘羽蓋,駕螭〔一三〕、鵠,直入於口内。復以手抑胸上,而聞懷袖之中,轟轟雷聲。更張口,則向見羽蓋、螭鵠,相隨從口中而出。

尸羅常坐日中,漸漸覺其形小,或化爲老叟,或變〔一四〕爲嬰兒。倏忽而死,香氣盈室。時有清風來,吹之更生,如向之形〔一五〕。呪術衒惑,神怪無窮。(卷四《燕昭王》)

〔一〕「燕昭王」三字原無,據上文添補。燕昭王七年爲公元前三〇五年。

〔二〕沐胥,《漢魏叢書》本作「沭胥」,《太平御覽》卷三七五引同。《類説》卷五《拾遺記》作「休胥」,《太平廣記》卷二八四引作「沐骨」。

〔三〕申毒,《稗海》本、《四庫全書》本作「身毒」,又稱天竺,即印度。

〔四〕《廣記》作「百四十歲」,《御覽》卷三六七引作「九萬歲」,見後注。

〔五〕錫,錫杖,亦稱聲杖、鳴杖、禪杖,僧人所用之手杖。杖高齊眉,頭有錫環,振之有聲。本爲行乞之用,後用爲法器。

〔六〕燕都，薊，今北京西南隅。

〔七〕衒惑之術，又稱幻術，即魔術。西漢通西域，幻術傳入中國。《史記》卷一二三《大宛列傳》載：「安息王……以大鳥卵及黎軒善眩人獻於漢。」（又見《漢書》卷九六上《西域傳上》）《舊唐書》卷二九《音樂志二》云：「幻術皆出西域，天竺尤盛。漢武帝通西域，始以善幻人至中國。安帝時天竺獻伎，能自斷手足，刳腸胃。自是歷代有之。」志怪書中記西域幻術者，除《拾遺》此記，《搜神記》、《靈鬼志》、《搜神後記》、《幽明録》等皆有之。

〔八〕浮屠，又作浮圖、佛圖，梵語佛之音譯，亦指佛塔。

〔九〕幢蓋，旌旗與傘蓋，以羽飾之，用爲儀仗。

〔一〇〕以上四句，《御覽》卷三六七引作「沐胥國人年九萬歲。以口噴水爲雨，紛漫數十里，俄而口吹爲風，而雨皆止」。

〔一一〕出，各本俱譌作「入」，齊治平以意改作「出」。按：《御覽》卷三六六引作「初出之時」，作「出」。

〔一二〕以上六句《御覽》卷三六六引作「龍虎初出之時，如繩（蠅）緣頰，手捋面，而龍虎皆飛，去地十餘丈。而雲氣繞龍，風來吹虎。俄而以手一揮，龍虎皆還入耳」，頗多異辭。

〔一三〕螭，龍類。《説文》十三上虫部：「螭，若龍而黄，北方謂之地螻……或云無角曰螭。」《文選·上林賦》「蛟龍赤螭」郭璞注：「文穎曰：龍子爲螭。張揖曰：赤螭，雌龍也。」説相異。

〔一四〕「變」字原脱，據《廣記》及《稗海》本、《四庫全書》本補。

〔一五〕自「或化爲老叟」至此，《御覽》卷三七五引作「沐胥國人，忽復化爲老叟，俄而即死，自臭爛盈屋。人有除燒其骸骨於糞土之中，復還爲人矣」。

騫霄國畫工

始皇元年〔一〕，騫霄國〔二〕獻刻玉善畫工，名烈裔〔三〕。使含丹青以漱地，即成魑魅及詭怪羣物之象；刻玉〔四〕爲百獸之形，毛髮宛若真矣。皆銘其臆前，記以日月。工人以指〔五〕畫地，長百丈，直如繩墨。方寸之内，畫以四瀆〔六〕五岳列國之圖。又畫爲龍鳳〔七〕，騫翥若飛，皆不可點睛〔八〕，或點之，必飛走也。

始皇嗟曰：「刻畫之形，何得飛走？」使以淳漆各點兩玉虎一眼睛，旬日則失之，不知所在。山澤之人云：「見二白虎，各無一目，相隨而行，毛色相似〔九〕，異於常見者。」至明年，西方獻兩白虎，各無一目。始皇發檻視之，疑是先所失者，乃刺殺之。檢其臆〔一〇〕前，果是元年所刻玉虎。迄胡亥〔一一〕之滅，寶劍神物，隨時散亂也。（卷四《秦始皇》）

〔一〕始皇，嬴政，公元前二四六年即王位，二十六年（前二二一）爲始皇帝，三十七年（前二一〇）卒。始皇元年爲前二二一年。《太平御覽》卷三六七、卷七五〇、卷七五二、卷八九一引作「二年」。

〔二〕騫霄，《御覽》卷八九一作「騫消」，卷七五〇作「賽消」，卷七五二作「騫消」，卷三六七作「賽消」。

〔三〕烈裔，原無「烈」字。按：《御覽》卷三六七、卷七五〇，《太平廣記》卷二一〇並引作「烈裔」，據補。又《御覽》卷七五二、卷八九一「烈」作「裂」。

〔四〕玉，《廣記》卷二八四引作「石」。

〔五〕指，《廣記》卷二八四作「絹」。

〔六〕四瀆，《爾雅·釋水》：「江、淮、河、濟爲四瀆。四瀆者，發源注海者也。」

〔七〕鳳，《百子全書》本作「虎」。

〔八〕此句《廣記》卷二八四作「皆不得作目」。

〔九〕此句《廣記》卷二八四、《稗海》本、《四庫全書》本作「毛色形相」。

〔一〇〕臆，原作「胸」，《廣記》卷二八四、《稗海》本、《四庫全書》本作「臆」，與前「銘其臆前」相應，據改。

〔一一〕胡亥，秦始皇次子，即秦二世，公元前二一〇年至前二〇七年在位，爲趙高所逼自殺。

《御覽》、《廣記》引此文，多有異辭，煩於校語中盡數説明，特録於次：

《廣記》卷二一〇引曰：「秦有烈裔者，騫霄國人，秦皇帝時，本國進之。口含丹墨，噀壁以成龍獸。以指歷地，如繩界之，轉手方圓，皆如規度。方寸内有五岳四瀆，列國備焉。善畫龍鳳，軒軒然唯恐飛去。」

《御覽》卷七五〇引與此大同，首作「秦始皇二年，騫涓國獻善畫者，名烈裔」。又卷三六七引至「噴壁即成龍雲之像」，文同卷七五〇引。

《御覽》卷八九一引云：「始皇二年，騫涓國畫工者名裂裔。刻白玉兩虎，削玉爲毛，有如真矣，不點兩目睛。始皇使餘工夜往點之爲睛，旦往，虎即飛去。明年，南郡有獻白虎二頭，始皇使視之，乃是先刻玉。始皇命去目睛,二虎不能復去。」又卷七五二所引與此彷彿。

古傳晉顧愷之、梁張僧繇點睛事與此相類,録以備考:

沈約《俗説》云:「顧虎頭爲人畫扇,作嵇、阮,都不點眼睛,便送還扇主,曰:『點睛便能語也。』」(《北堂書鈔》卷一三四引,又《御覽》卷七五〇引)

唐張彦遠《歷代名畫記》卷七云:「武帝崇飾佛寺,多命僧繇畫之……金陵安樂寺四白龍不點眼睛,每云點睛即飛去。人以爲妄誕,固請點之。須臾,雷電破壁,兩龍乘雲騰去上天,二龍未點睛者見在。」

又有蔡女仙事,《廣記》卷六二引《仙傳拾遺》(前蜀杜光庭)曰:「蔡女仙者,襄陽人也。幼而巧慧,善刺繡,隣里稱之。忽有老父詣其門,請繡鳳。眼畢功之日,自當指點。既而繡成,五綵光焕。老父觀之,指視安眼。俄而功畢,雙鳳騰躍飛舞,老父與仙女各乘一鳳,昇天而去。時降於襄陽南山林木之上,時人名爲鳳林山。後於其地置鳳林關,南山側有鳳臺。勑於其宅置静貞觀,有女仙真像存焉。云晉時人也。」

李夫人

漢武帝思懷往者李夫人〔一〕,不可復得。時始穿昆靈之池〔二〕,泛翔禽之舟〔三〕。帝自造歌曲,使女伶歌之。時日已西傾,涼風激水,女伶歌聲甚遒,因賦《落葉哀蟬〔四〕》之曲曰:

「羅袂兮無聲，玉墀兮塵生。虛房冷而寂寞，落葉依於重扃〔五〕。望彼美之女兮安得，感余心之未寧。」帝聞唱動心，悶悶不自支持，命龍膏之燈以照舟內，悲不自止。親侍者覺帝容色愁怨，乃進洪梁之酒，酌以文螺之巵。——巵出波祇之國〔六〕，酒出洪梁之縣，此屬右扶風〔七〕，至哀帝〔八〕廢此邑。南人受此釀法。今言雲陽〔九〕出美酒，兩聲相亂矣。

帝飲三爵，色悅心歡，乃詔女伶出侍。帝息於延涼室，臥夢李夫人授帝蘅蕪之香。帝驚起，而香氣猶著衣枕，歷月不歇。帝彌思求，終不復見，涕泣洽〔一〇〕席。遂改延涼室爲遺芳夢室。

初，帝深嬖李夫人，死後常思夢之，或欲見夫人。帝貌顦顇，嬪御不寧。詔李少君〔一一〕與之語曰：「朕思李夫人，其可得見乎？」少君曰：「可遥見，不可同於帷幄。」帝曰：「一見足矣，可致之。」少君曰：「黑河之北，有暗海之都也，出潛英之石〔一二〕，其色青，輕如毛羽。寒盛則石温，暑盛則石冷。刻之爲人像，神悟〔一三〕不異真人。使此石像往，則夫人至矣。此石人能傳譯人言語，有聲無氣，故知神異也。」帝曰：「此石像可得否？」少君曰：「願得樓船百艘，巨力千人，能浮水登木者，皆使明於道術，齎不死之藥。」

乃至暗海，經十年〔一四〕而還。昔之去人，或升雲不歸，或託形假死，獲反者四五人。得此石，即命工人依先圖刻作夫人形。刻成，置於輕紗幙裏，宛若生時。帝大悅，問少君曰：「可得近乎？」少君曰：「譬如中宵忽夢，而晝可得近觀乎？且〔一五〕此石毒，宜遠望，不可逼也。勿輕萬乘之尊，惑此精魅之物。」帝乃從其諫。見夫人畢，少君乃使舂此石人爲丸〔一六〕，服之，不復思夢。乃築靈夢臺〔一七〕，歲時祀之。（卷五《前漢上》）

〔一〕李夫人，本倡女，樂工李延年妹，妙麗善舞，頗受寵於漢武帝。早卒，追贈孝武皇后。夫人，嬪妃稱號。《後漢書》卷九七上《外戚傳上》云：「適（嫡）稱皇后，妾皆稱夫人。」

〔二〕昆靈之池，即昆明池。《漢書》卷六《武帝紀》載元狩三年，「發謫吏，穿昆明池」。注引臣瓚曰：「《西南夷傳》有越嶲、昆明國，有滇池，方三百里。漢使求身毒國而爲昆明所閉，今欲伐之，故作昆明池象之，以習水戰。在長安西南，周回四十里。《食貨志》又曰：時越欲與漢用船戰，遂乃大修昆明池也。」《西京雜記》卷一云：「武帝作昆明池，欲伐昆吾夷，教習水戰……池周迴四十里。」《漢武故事》（《古小説鈎沉》本）云：「鑿昆池，積其土爲山，高三十餘丈。」

〔三〕翔禽之舟，《太平御覽》卷七六九引作「翔螭舟」。

〔四〕落葉哀蟬，《御覽》卷七六九作「葉落哀蟬」。

〔五〕扃（jiōng），本指門栓，《説文》十二上户部：「扃，外閉之關也。」段玉裁注：「關者，以木横持門户也。」引申爲門户義。

〔六〕波祇之國，《洞冥記》卷一云：「波祇國，亦名波弋國，獻神精香草。」

〔七〕右扶風，漢三輔（京兆、左馮翊、右扶風）之一，相當於郡，治長安（今西安市西北郊）。按：《漢書・地理志上》載右扶風所轄凡二十一縣，中無洪梁縣。

〔八〕哀帝，劉欣，前七年至前一年在位。

〔九〕雲陽，縣名，秦置，在今陝西淳化縣西北。西漢屬左馮翊。

〔一〇〕洽，濕也，潤也。

〔一一〕李少君，齊人，方士。《史記》卷二八《封禪書》云：「是時李少君亦以祠竈、穀道、卻老方見上，上尊之。少君者，故深澤侯（趙將夕）舍人，主方。」（亦見《史記》卷一二《孝武本紀》、《漢書》卷二五上《郊祀志上》。）《神仙傳》卷六《李少君傳》云：「李少君者，齊人也。漢武帝招募方士，少君於安期先生得神丹爐火之方……以方上帝……天子甚尊敬之。」《漢武故事》亦記其事迹。《太平廣記》卷七一、《太平御覽》卷八一六乃引作「董仲君」。清王士禛《居易録》卷二八亦稱：「漢武帝李夫人事，《史·武紀》、《封禪書》作少翁，桓譚《新論》作李少君，《拾遺記》作董仲君。」按：董仲君亦爲武帝時方士，《漢武内傳》語及其人（名譌作「董仲舒」）。《神仙傳》卷一〇《董仲君傳》云：「董仲君者，臨淮人也。少行氣煉形，年百餘歲不老。常見誣繫獄，佯死臭爛生蟲，獄家舉出，而後復生，尸解而去。」《抱朴子·論仙》引董仲舒（君）《李少君家録》，是其卒在少君後。

〔一二〕以上三句據《稗海》本、《四庫全書》本及《太平廣記》卷七一引補（《廣記》「暗海」作「對野」），原僅有「暗海有潛英之石」一句。黑河，在今甘肅省，又名甘州河、張掖河。暗海之都，不詳，當係傳説中海名，因在極北處，日光不及，故曰暗海。都，海水、河水匯聚處。潛英，精華潛伏之意，因其石在暗海，故云。

〔一三〕悟，《稗海》本、《四庫全書》本、《廣記》作「語」。

〔一四〕十年，《御覽》卷八一六引無「十」字。

〔一五〕「且」字原無，據《百子全書》本補。

〔一六〕丸,《廣記》作「九段」。

〔一七〕靈夢臺,《廣記》作「夢靈臺」。

《史記》卷二八《封禪書》云:「齊人少翁,以鬼神方見上。上有所幸王夫人,夫人卒,少翁以方蓋夜致王夫人及竈鬼之貌云,天子自帷中望見焉。」乃少翁、王夫人,非李少君、李夫人也。少翁封文成將軍,爲武帝誅殺。

《史記》卷一二《孝武本紀》(褚少孫補)全取《封禪書》。《漢書》卷二五上《郊祀志上》乃易王夫人爲李夫人。又卷九七上《外戚傳·孝武李夫人傳》云:「上思念李夫人不已,方士齊人少翁,言能致其神。乃夜張燈燭,設帷帳,陳酒肉,而令上居他帳遥望。見好女,如李夫人之貌,還幄坐而步。又不得就視,上愈益相思悲感,爲作詩曰:『是邪?非邪?立而望之,偏何姗姗其來遲!』令樂府諸音家絃歌之。上又自作賦,以傷悼夫人。」按:《資治通鑑考異》卷一「四年,少翁以方夜致鬼如王夫人之貌」注云:「《漢書》以此事置《李夫人傳》中,古今相承,皆以爲李夫人事。《史記·封禪書》:『少翁見上,上有所幸王夫人卒,少翁以方夜致王夫人及竈鬼之貌云。』按:李夫人卒時,少翁死已久,《漢書》誤也,今從《史記》。」明詹詹外史《情史類略》卷九亦載,末附《拾遺》此記後半石像事。

《漢武故事》(《古小説鉤沉》本)云:「李夫人死,少翁云能致其神,乃夜張帳明燭,令上居他帳中,遥見李夫人,不得就視也。」《故事》云「齊人李少翁」,言其姓李。

《説郛》卷五二《漢孝武故事》云：「齊人李少翁，年二百餘歲，色若童子，拜爲文成將軍。歲餘術未驗，上漸厭倦。會所幸李夫人死，上甚思悼之。少翁云能致其神，乃夜張帳明燭，具酒食，令上居他帳中，遥見李夫人，不得就視也。上愈益相思，悲感作賦曰：『美聯娟以修嫮兮，命樔絶而勿長。飾新宫以延貯兮，泯不歸乎故鄉。慘鬱鬱其蕪穢兮，隱處幽而懷傷。釋輿馬于山椒兮，奄修夜之不陽。』云云。」（按：此賦亦載於《漢書・李夫人傳》，係全文。）

桓譚《新論》亦載李夫人事，然原書佚，引文互有出入。《文選》卷二三潘安仁《悼亡詩》：「獨無李氏靈，髣髴覩爾容。」注引《桓子新論》曰：「武帝所幸李夫人死，方士李少君言能致其神。乃夜設燭張帷，令帝居他帳，遥見好女，似夫人之狀，還帳坐也。」《太平御覽》卷六九九亦引作李少君，《北堂書鈔》卷一三二則作李少翁。

王充《論衡》卷一八《自然》云：「武帝幸王夫人，王夫人死，思見其形。道士以方術作夫人形，形成，出入宫門。武帝大驚，立而迎之，忽不復見。」與諸説頗異。

《御覽》卷七〇〇引《漢武内傳》佚文曰：「李夫人既死，帝思之，命工人作夫人形狀，置於輕紗幕中，宛然如生，帝大悦。」

《新輯搜神記》卷二云：「漢武帝幸李夫人，夫人後卒，帝哀思不已。方士少翁言能致其神，乃施帷帳，明燈燭。帝遥望，見美女居帳中，如李夫人之狀，而不得就視之。」

《古文苑》卷八漢武帝《落葉哀蟬曲》：「羅袂兮無聲，玉墀兮塵生。虚房冷而寂寞，落葉依於重扃。

望彼美之女兮安得，感余心之未寧。」題下注曰：「此曲必爲李夫人作。《外戚傳》云李夫人少而蚤卒，上思念不已，令方士齊人少翁夜致其神。作詩，令樂府諸音家絃歌之。」

宋王十朋《東坡先生詩集註》卷二五《岐亭道上見梅花戲贈季常》程縯注云：「李夫人死，漢武帝念之不已，乃令方士作返魂香，燒之夫人乃降。」後世傳聞，愈出愈奇矣。

東漢郭憲《洞冥記》卷三「夢草」條又記武帝思李夫人别一事：「有夢草，似蒲色紅，晝縮入地，夜則出。亦名夢懷，懷其葉則知夢之吉凶，立驗也。帝思李夫人容不可得，朔乃獻一枝。帝懷之，夜果夢夫人，因改曰懷夢草。」唐段成式《酉陽雜俎》前集卷一九《草篇》亦載。

唐詩多有詠李夫人者。如：

李賀《李夫人歌》：「紫皇宫殿重重開，夫人飛入瓊瑶臺。綠香繡帳何時歇，青雲無光宫水咽。翩聯桂花墜秋月，孤鸞驚啼商絲發。紅壁闌珊懸珮璫，歌臺小妓遥相望。玉蟾滴水雞人唱，露華蘭葉參差光。」（《全唐詩》卷三九〇）

白居易《新樂府·李夫人》：「漢武帝初喪李夫人，夫人病時不肯别，死後留得生前恩。君恩不盡念未已，甘泉殿裏令寫真。丹青畫出竟何益，不言不笑愁殺人。又令方士合靈藥，玉釜煎鍊金鑪焚。九華帳深夜悄悄，反魂香降夫人魂。夫人之魂在何許，香煙引到焚香處。既來何苦不須臾，縹緲悠揚還滅去。去何速兮來何遲，是耶非耶兩不知。翠蛾髣髴平生貌，不似昭陽寢疾時。魂之不來君心苦，魂之來兮君亦悲。背燈隔帳不得語，安用暫來還見違。傷心不獨漢武帝，自古及今皆若斯。君不見穆王三日哭，重壁臺前傷盛姬。又不見泰陵一掬淚，馬嵬坡下念楊妃。縱令妍姿豔質化爲土，此恨長在無銷期。生亦惑，死亦惑，尤物惑人忘不得。人非木石皆有情，不如不遇傾城色。」（《全唐詩》卷四二七）

鮑溶《李夫人歌》：「璿閨羽帳華燭陳，方士夜降夫人神。葳蕤半露芙蓉色，窈窕將期環珮身。麗如三五月，可望難親近。嚬黛含犀竟不言，春思秋怨誰能問。欲求巧笑如生時，歌塵在瑟空銜絲。神來未及夢相見，帝比初亡心更悲。愛之欲其生又死，東流萬代無迴水。宮漏丁丁夜向晨，煙消霧散愁方士。」（《全唐詩》卷四八五）

張祜《李夫人詞》：「延年不語望三星，莫説夫人上涕零。争奈世間惆悵在，甘泉宮夜看圖形。」（《全唐詩》卷五一一）

曹唐《漢武帝思李夫人》：「惆悵冰顔不復歸，晚秋黄葉滿天飛。迎風細荇傳香粉，隔水殘霞見畫衣。白玉帳寒鴛夢絶，紫陽宫遠雁書稀。夜深池上蘭橈歇，斷續歌聲徹太微。」（《全唐詩》卷六四〇）

《豔異編》卷六收入此文，題《武帝》。《情史類略》卷六《李夫人》亦採入部分文字。元李文蔚《李夫人》（《録鬼簿》）、明吴仁仲《再生緣》（《遠山堂劇品》）、王驥德《金屋招魂》（同上）、王衡《再生緣》（《盛明雜劇》），皆演李夫人事。

怨碑

日南〔一〕之南，有淫泉〔二〕之浦。言其水浸殷從地而出成淵，故曰「淫泉」。或言此水甘軟，男女飲之則淫。其水小處，可濫觴褰涉〔三〕，大處可方舟沿泝〔四〕，隨流屈直。其水激石之聲，似人之歌笑，聞者令人淫動，故俗謂之「淫泉」。

時有鳧雁，色如金，羣飛戲於沙瀨。羅者得之，乃真金鳧也。當〔五〕秦破驪山之墳，行野者見金鳧向南而飛，至淫泉。後寶鼎〔六〕元年，張善〔七〕爲日南太守，郡民有得金鳧以獻。張善該博多通，考其年月，即秦始皇墓之金鳧也。

昔始皇爲塚，斂天下瓌異，生殉工人，傾遠方奇寶於塚中，爲江海川瀆，及列山岳之形。以沙棠、沉檀〔八〕爲舟楫，金銀爲鳧雁，以瑠璃雜寶爲龜魚。又於海中作玉象、鯨魚，銜火珠爲星，以代膏燭，光出墓中，精靈之偉也。

昔生埋工人於塚內〔九〕，至被開時皆不死。工人〔一〇〕於塚內琢石，爲龍鳳仙人之像，及作碑文辭讚。漢初發此塚，驗諸史傳，皆無列仙龍鳳之製，則知生埋匠人之所作也。後人更寫此碑文，而辭多怨酷之言，乃謂爲「怨碑」。《史記》畧而不録。（卷五《前漢上》）

〔一〕日南，郡名，西漢置，治西卷（今越南平治天省廣治河與甘露河合流處），轄境相當今越南中部。

〔二〕淫泉，《稗海》本、《四庫全書》本作「淫淵」。《太平廣記》卷二二五引《拾遺録》作「淫泉」，然標題作「淫淵浦」。

按：唐初避唐高祖李淵諱，或改「淵」爲「泉」，疑原本作「淵」，傳鈔中唐人改作「泉」也。

〔三〕濫觴，謂水小僅可浮起酒杯。北魏酈道元《水經注・江水一》：「江水自此已上至微弱，所謂發源濫觴者也。」褰涉，謂水淺可提衣而涉。《詩經・鄭風・褰裳》：「子惠思我，褰裳涉溱。」

〔四〕方舟，兩船並行。《詩經・邶風・谷風》：「就其深矣，方之舟之。」《莊子・山木》：「方舟而濟於河，有虚船來觸舟，雖有惼心之人，不怒。」成玄英疏：「兩舟相並曰方舟。」沿泝，順流而下與逆流而上。

〔五〕當，《稗海》本、《四庫全書》本、《廣記》作「昔」。

〔六〕寶鼎，三國吴末帝孫皓年號（二六六—二六九）。

〔七〕張善，《三國志》、《晉書》等史書無此人，蓋失載。

〔八〕沙棠，木名。《山海經・西次三經》：「昆侖之丘……有木焉，其狀如棠，黄華赤實，其味如李而無核，名曰沙棠，可以禦水，食之使人不溺。」郭璞注：「言體浮輕也。沙棠爲木，不可得沈。」《洞冥記》卷一：「或以沙棠爲枻檝，或以木蘭文柘爲櫓棹。」沉檀，即紫檀，産於熱帶，其木紅紫，質堅重，入水則沉。

〔九〕此句《廣記》作「先所埋工匠於塚内」，上又有「皆生埋巧匠於塚裏，又列燈燭，如皎日焉」數語。

〔一〇〕工人，《廣記》作「巧人」。

始皇墓葬，《史》、《漢》皆有記。《史記》卷六《秦始皇本紀》曰：「九月，葬始皇酈山。始皇初即位，穿治酈山。及并天下，天下徒送詣七十餘萬人，穿三泉，下銅而致椁，宫觀百官奇器珍怪徙臧滿之。令匠作機弩矢，有所穿近者輒射之。以水銀爲百川江河大海，機相灌輸，上具天文，下具地理。以人魚膏爲燭，度不滅者久之。二世曰：『先帝後宫非有子者，出焉不宜。』皆令從死，死者甚衆。葬既已下，或言工匠爲機，臧皆知之，臧重即泄。大事畢，已臧，閉中羨，下外羨門，盡閉工匠臧者，無復出者。樹草木以象山。」《漢書》卷三六《楚元王傳》附《劉向傳》，載成帝時劉向上疏曰：「秦始皇帝葬於驪山之阿，下錮三泉，上崇山墳，其高五十餘丈，周回五里有餘。石槨爲游館，人膏爲燈燭，水銀爲江海，黄金爲鳧雁。珍寶之臧，機械之變，棺槨之麗，宫館之盛，不可勝原。又多殺宫人，生薶工匠，計以萬數。天下苦其役而反之，驪山之作未成，而周章之師至其下矣。項籍燔其宫室營宇，往者咸見發掘。其後牧兒亡羊，羊入其鑿，牧者持火照求羊，失火燒其臧槨。」

薛靈芸

文帝所愛美人，姓薛名靈芸〔一〕，常山〔二〕人也。父名鄴〔三〕，爲酇鄉亭長〔四〕，母陳氏，隨鄴舍於亭傍。居生窮賤，至夜每聚鄰婦夜績，以麻蒿自照。靈芸年至十五〔五〕，容貌絶世，鄰中少年夜來竊窺〔六〕，終不得見。

咸熙元年〔七〕，谷習〔八〕出守常山郡，聞亭長有美女而家甚貧。時文帝選良家子女，以入六宫〔九〕。習以千金寶賂聘之，既得，乃以獻文帝。靈芸聞别父母，歔欷累日，淚下霑衣。至升車就路之時，以玉唾壺承淚，壺則紅色〔一〇〕。既發常山，及至京師〔一一〕，壺中淚凝如血。帝以文車十乘迎之，車皆鏤金爲輪輞〔一二〕，丹畫其轂，軛前有雜寶爲龍鳳，銜百子鈴，鏘鏘和鳴，響於林野。駕青色騈蹄〔一三〕之牛，日行三百里。——此牛尸屠國〔一四〕所獻，足如馬蹄也。道側燒石葉之香——此石重疊，狀如雲母，其光氣辟惡厲之疾，此香腹題國所進也。

靈芸未至京師數十里，膏燭之光，相續不滅，車徒咽〔一五〕路，塵起蔽於星月，時人謂爲「塵宵」。又築土爲臺，基高三十〔一六〕丈，列燭於臺下，名曰「燭臺」，遠望如列星之墜地。又於大道之傍，一里一銅表，高五尺，以誌里數。故行者歌曰：「青槐夾道多塵埃，龍樓鳳闕望崔嵬。清風細雨雜香來，土上出金火照臺。」此七字是妖辭〔一七〕也。爲銅表誌里數於道側，是「土上出金」之義；以燭置臺下，則火在土下之義。漢火德王，魏土德王，火伏而土興，「土上出金」，是魏滅而晉興也〔一八〕。

靈芸未至京師十里，帝乘雕玉之輦，以望車徒之盛。嗟曰：「昔日言『朝爲行雲，暮爲行雨』〔一九〕，今非雲非雨，非朝非暮。」改靈芸之名曰夜來。入宮後，居寵愛。外國獻火珠龍鸞之釵，帝曰：「明珠翡翠尚不能勝，況乎龍鸞之重。」乃止不進。

夜來妙於鍼工〔二〇〕，雖處於深帷重幄〔二一〕之内，不用燈燭之光，裁製立成。非夜來縫製，帝則不服。宮中號爲「鍼神」也。（卷七《魏》）

〔一一〕文帝，魏文帝曹丕。美人，嬪妃官名。《三國志》卷五《后妃傳》云：「太祖建國，始命王后，其下五等，有夫人,有昭儀,有倢伃,有容華,有美人。」文帝、明帝又有增設,夫人以下凡十二等,美人居其五,官視二千石。薛靈芸,《三國志》無其人。宋馬永易《實賓録》(《説郛》卷三)引《拾遺》、南宋祝穆《古今事文類聚》續集卷三、謝維新《古今合璧事類備要》别集卷六作「薛靈芝」(並無出處),當誤。

〔二〕常山,郡名,漢初置,治真定縣(今河北正定縣南),武帝時移治元氏縣(今河北元氏縣西北)。

〔三〕鄴,《太平御覽》卷八二六、《太平廣記》清孫潛鈔宋本(嚴一萍《太平廣記校勘記》)卷二七二引作「業」。

〔四〕酇鄉,《御覽》卷八二六作「鄭鄉」。亭長,秦漢於城市與鄉村設亭,由縣直接管轄,主要用於治安管理,亦兼掌官員百姓行旅住宿。設於城市者名都亭,設於鄉下者名鄉亭。鄉亭一般每隔十里一設,而視情增損。亭長乃亭長官,爲低級吏員。

〔五〕年至十五,《御覽》卷三八一又卷八二六引作「年十七」。

〔六〕此句《廣記》作「閭中少年多以夜時來窺」。

〔七〕按:咸熙爲魏元帝曹奂年號(二六四—二六五),原文誤。文帝年號爲黄初(二二〇—二二六)。

〔八〕谷習,《三國志》無此人。

〔九〕六宫,《周禮·天官·内宰》:「詔王后帥六宫之人。」又:「以陰禮教六宫。」本指天子后寢宫,凡六,正寢一,燕寢五,後泛言后妃所居。

〔一〇〕此句《廣記》作「壺中即如紅色」,《御覽》卷三八一又卷七〇三無「中」字,《稗海》本、《四庫全書》本作「壺即紅色」。

〔一一〕京師,指洛陽,時爲魏都。

〔一二〕輞,車輪外框。《釋名·釋車》:「輞,罔也,罔羅周輪之外也。」

〔一三〕駢蹄，牛蹄二趾合并。

〔一四〕尸屠國，《漢魏叢書》、《稗海》、《四庫全書》等本及《廣記》作「尸塗國」。

〔一五〕咽(yè)，《廣記》作「噎」，《廣記》鈔宋本及《拾遺記》《稗海》本、《四庫全書》本作「喧」。

〔一六〕三十，《御覽》卷一七八作「四十」。

〔一七〕妖辭，預示凶禍之言辭。《説文》十三上虫部「蠥」字釋：「衣服歌謠艸木之怪謂之祅(妖)。」

〔一八〕按：戰國齊人鄒衍以五行(金木水火土)相克配合朝代更替，創五德終始説，秦首行之，爲水德。漢立，或以爲水，或以爲土，或以爲火，懸而未決，直至劉秀時，方定爲火德，《後漢書》卷一上《光武帝紀上》云：「(建武二年)壬子，起高廟，建社稷於洛陽，立郊兆于城南，始正火德，色尚赤。」魏文受禪，定爲土德，尚黄。《三國志·魏書·文帝紀》注引《獻帝傳》云：「以延康元年爲黄初元年，議改正朔，易服色，殊徽號，同律度量，承土行。」魏明帝時，張掖出石，有文「述大金，大討曹，金但取之」云云，人以爲此魏晉代興之符，云「金者，晉之行也」(見《魏書·明帝紀》注及《宋書·符瑞志上》)。然晉代魏後，並未宣布改制，《晉書》卷三《武帝紀》云：「大晉繼三皇之蹤，蹈舜禹之跡，應天順時，受禪有魏，宜一用前代正朔服色，皆如虞遵唐故事。」

〔一九〕此二句出宋玉《高唐賦》，楚懷王遊高唐，夢巫山之女曰：「妾在巫山之陽，高丘之阻，旦爲朝雲，暮爲行雨，朝朝暮暮，陽臺之下。」

〔二〇〕鍼工，《廣記》作「女功」，鈔宋本作「針功」，《御覽》卷八三〇作「針巧」。

〔二一〕重幄，此二字原無，據《稗海》本、《四庫全書》本、《廣記》補。《御覽》卷八三〇作「重幕」。

唐陸龜蒙《小名録》云：「美人姓薛名靈芸。靈芸年十七，容貌絶世。時文帝選良家子，以入六宫。

靈芸別父母升車，以玉唾壺承淚，壺皆紅色。帝遣文車十乘以迎靈芸。芸去京十里，帝乘雕玉之輦，以望車徒之盛美，曰：『昔言朝爲行雲，暮爲行雨，今非雲非雨，非朝非暮。』因易名爲夜來。夜來妙於針工，非夜來裁製，帝不服也，宮中號爲『針神』。」全本《拾遺記》。

蘇鶚《蘇氏演義》卷下云：「魏文帝宮中絶寵者，有莫瓊樹、薛夜來、陳尚衣、段巧笑四人，日夕在側。瓊樹乃製蟬鬢，縹緲如蟬翼，故曰蟬鬢；巧笑始作錦衣絲履，紫粉拂面；尚衣能歌舞；夜來善爲衣裳：一時冠絶。」又載五代馬縞《中華古今註》卷中。

舊題元伊世珍《瑯嬛記》卷中載：「夜來初入魏宮，一夕，文帝在燈下詠，以水晶七尺屏風障之。夜來至，不覺面觸屏上，傷處如曉霞將散。自是宮人俱用臙脂倣畫，名曉霞粧。」注出《採蘭雜志》。又載舊題張泌《妝樓記》，文同。以上二説頗稱新異。

南宋皇都風月主人《緑窗新話》卷下《薛靈芸容貌絶世》載其事，注出《王子年拾遺記》。

明秦淮寓客《緑窗女史》卷二、《五朝小説·魏晉小説》傳奇家有王嘉《薛靈芸傳》，據《拾遺記》今本收入。《豔異編》卷八《薛靈芸》，主要據《廣記》。詹詹外史《情史類略》卷五亦收入，題《魏文帝》，文同《豔異編》。

翔風

石季倫愛婢名翔風〔一〕，魏末於胡中得〔二〕之，年始十歲，使房内〔三〕養之。至十五，無有比其容貌，特以姿態見美。妙別玉聲，巧觀金色。石氏之富，方比王家〔四〕，驕侈當世，珍寶奇異，視如瓦礫，積如糞土，皆殊方異國所得，莫有辯〔五〕識其出處者。乃使翔風別其聲色，悉知其處〔六〕。言西方、北方，玉聲沉重而性温潤，佩服者益人性靈；東方、南方，玉聲輕潔而性清涼，佩服者利人精神。石氏侍人，美艷者數千人，翔風最以文辭擅愛。石崇嘗語之曰：「吾百年之後，當指白日〔七〕，以汝爲殉。」答曰：「生愛死離，不如無愛，妾得爲殉，身其何朽！」於是彌見寵愛。

崇嘗擇美容姿相類者十〔八〕人，裝飾衣服大小一等，使忽視不相分別，常侍於側。使翔風調玉以付工人，爲倒龍之珮，縈金爲鳳冠之釵，言刻玉爲倒龍之勢，鑄金釵象鳳皇之形〔九〕。結袖繞楹而舞，晝夜相接，謂之「恒〔一〇〕舞」。欲有所召，不呼姓名，悉聽珮聲，視釵色，玉聲輕者居前，金色艷者居後，以爲行次而進也。使數十人各含異香，行而語笑，則口氣從風而颺。又屑沉水之香〔一一〕，如塵〔一二〕末，布象牀上〔一三〕，使所愛者踐之。無迹者賜以真珠百琲〔一四〕，有迹者節其飲食，令身輕弱。故閨中相戲曰：「爾非細骨輕軀，那得百琲真珠？」

及翔風年三十，妙年者争嫉之，或者云胡女不可爲羣，競相排毁。石崇受譖潤〔一五〕之言，即退翔風爲房老〔一六〕，使主羣少。乃懷怨而作五言詩曰：「春華誰不美〔一七〕，卒傷秋落時。突烟還自低[一八]，鄙退豈所期。桂芳[一九]徒自蠹，失愛在蛾眉。坐見芳時歇，憔悴空自嗤。」石氏房中並歌此爲樂曲，至晉末乃止。(卷九《晉時事》)

〔一〕石季倫，名崇，季倫其字。渤海南皮(今河北南皮縣東北)人，仕晉累遷至侍中。任荆州刺史間，劫掠財富無數。惠帝永康元年(三〇〇)，爲趙王司馬倫所殺。《晉書》卷三三有傳。翔風，《太平廣記》卷二七二引作「翾風」。

〔二〕得，《稗海》本、《四庫全書》本及《廣記》上有「買」字。

〔三〕房内，《稗海》本、《四庫全書》本作「内房」。

〔四〕方，《廣記》作「財」。按：《晉書》本傳云：「(崇)財産豐積，室宇宏麗，後房百數，皆曳紈繡，珥金翠，絲竹盡當時之選，庖膳窮水陸之珍，與貴戚王愷、羊琇之徒以奢靡相尚。」本傳與《世説》均載有崇與王愷鬭富事。

〔五〕辯，《廣記》作「辨」。齊治平校注本據《廣記》改作「辨」，按：「辯」通「辨」，不必改。

〔六〕此句《稗海》本、《四庫全書》本作「悉知其所出之地」，《廣記》引同，惟「悉」作「並」。

〔七〕指白日，《詩經·王風·大車》：「穀則異室，死則同穴，謂予不信，有如皦日。」皦日即白日，指白日而盟誓也。

〔八〕十，《廣記》作「數十」。

〔九〕形，原作「冠」，據《廣記》改。

〔一〇〕恒，《廣記》作「常」。

〔一一〕屑，《廣記》及《太平御覽》卷三八八引作「篩」。沉水之香，即沉香。晉嵇含《南方草木狀》卷中：「交趾有蜜香樹，幹似柜柳，其花白而繁，其葉如橘。欲取香，伐之經年，其根幹枝節各有别色也。木心與節堅黑，沉水者爲沉香。」

〔一二〕塵，《御覽》作「麋」。

〔一三〕牀，《類説》卷五《拾遺記》作「席」。《御覽》引全句作「布置席上」。

〔一四〕琲(bèi)，貫珠。《文選·吴都賦》：「珠琲闌干。」劉逵注：「琲，貫也，珠十貫爲一琲。」《廣韻》賄韻：「琲，珠五百枚。」《集韻》隊韻：「珠百枚曰琲。一説珠十貫爲一琲。」諸説數目各異。《廣記》作「粒」，下同。

〔一五〕譖潤，《説郛》卷三〇《拾遺記》作「譖浸」。《論語·顔淵》：「浸潤之譖。」鄭玄注：「譖人之言，如水之浸潤，漸以成之。」

〔一六〕房老，又曰房長，婢妾之長。明王志堅《表異録》卷三：「婢妾年久而衰退者，謂之房長，亦曰房老。」

〔一七〕美，《稗海》本、《四庫全書》本、《廣記》作「羡」。

〔一八〕突，高貌。《廣記》此句作「哽咽追自泣」。

〔一九〕芳，《廣記》作「芬」。

唐陸龜蒙《小名録》記此事略。《緑窗女史》卷一一有晉王嘉《翔風傳》，文同《漢魏叢書》等本。《豔異編》卷一六《翾風》、《情史類略》卷一四《翾風》，取自《廣記》，《情史》係節録。又《情史》卷五《石崇》，亦據《廣記》節録。

孔約　志怪

《隋書·經籍志》雜傳類著録《志怪》四卷,注孔氏撰。《舊唐書·經籍志》雜傳類、《新唐書·藝文志》小説家類同。書當佚於宋。《通志·藝文略》傳記類冥異屬乃據《隋志》著録。《太平御覽經史圖書綱目》亦著録《孔氏志怪》,《初學記》卷三〇又作《孔氏志》,《藝文類聚》卷八九作《孔氏志怪記》,皆不稱其名,唯《太平廣記》卷二七六引《晉明帝》,注出孔約《志怪》,知其名約。《古小説鉤沉》有輯本,凡十則。其「落民」條引於《酉陽雜俎》卷四,作《于氏志怪》,魯迅以爲「于氏疑是孔氏之訛」,非是。乃指干寶《搜神記》也。

孔約生平無考。《太平御覽》卷九三一引《孔氏志怪》「謝宗」條,首云「會稽吏謝宗」,《太平廣記》卷四六八引《志怪》作「會稽王國吏謝宗赴假」。會稽王即東晉簡文帝司馬昱。成帝咸和元年(三二六)封會稽王,咸安元年(三七一)冬十一月即皇帝位。可知孔約乃成帝以後人。《世説·排調》注引《孔氏志怪》干寶感父婢復生而作《搜神記》事,是則孔約乃在干寶之後。

謝宗

會稽吏謝宗赴假吴中〔一〕,獨在舡〔二〕。忽有女子,姿性妖婉,來入舡。問宗:「有佳絲否？欲市之〔三〕。」宗因與戲，女漸相容。留在舡宿，歡宴繼〔四〕曉。因求宗寄載，宗便許之。自爾舡人恒夕但聞言笑，兼芬馥氣。至一年，往來同宿。密伺之，不見有人。方知是邪魅，遂共掩〔五〕之。良久，得一物，大如枕。須臾又得二物，並小如拳。以火視之，乃是三龜。宗悲思，數日方悟。自説此女子一歲生二男，大者名道愍，小者名道興。既爲龜，送之於江。（據中華書局影印宋本《太平御覽》卷九三一引《孔氏志怪》）

〔一〕會稽，郡名。晉時治山陰縣（今浙江紹興市）。按：《太平廣記》卷四六八引《志怪》作「會稽王國吏謝宗赴假」。謝宗當實有其人，「會稽吏」亦即「會稽王國吏」。國吏，王國之吏員。會稽王即東晉簡文帝司馬昱。元帝永昌元年（三二二）封琅邪王，咸和元年（三二六）徙封會稽王。廢帝即位，復徙封琅邪，而封王子昌明爲會稽王，昱固讓，雖封琅邪而不去會稽之號。咸安元年（三七一）冬十一月己酉即皇帝位。（見《晉書·簡文帝紀》）吴中，吴郡，治吴縣（今江蘇蘇州市）。

〔二〕舡，同「船」。清鮑崇城校本作「船」。

〔三〕《詩經·衛風·氓》：「氓之蚩蚩，抱布貿絲。匪來貿絲，來即我謀。」女子就宗市絲，亦爲此意。又，以「絲」諧「思」，六朝民歌多用之，如《子夜歌》：「前絲斷纏綿，意欲結交情。春蠶易感化，絲子已復生。」

〔四〕繼，鮑本作「既」。

〔五〕掩，進襲，捕捉。

《太平廣記》卷四六八「謝宗」條，注出《志怪》，與此事同文異，移録於下：「會稽王國吏謝宗赴假，經吴皐橋，同船人至市，宗獨在船。有一女子，姿性婉娩，來詣船，因相爲戲。女即留宿歡讌。乃求寄載，宗許之。自爾船人夕夕聞言笑。後逾年，往來彌數。同房密伺，不見有人，知是邪魅，遂共掩被。良久，得一物，大如枕。須臾又獲二物，並小如拳。視之，乃是三龜。宗悲思，數日方悟，向説如是云：此女子一歲生二男，大者名道愍，小者名道興。宗又云：此女子及二兒，初被索時大怖，形並縮小，謂宗曰：『可取我枕投之。』時族叔道明爲郎中令，籠三龜示之。」按：此《志怪》不似《孔氏志怪》，不詳何氏作。明吴大震《廣豔異編》卷二四據《太平廣記》卷四六八輯入。

祖台之 志怪

《晉書》卷七五《王國寶傳》附《祖台之傳》稱台之「撰志怪書行於世」，不云卷數。《隋書・經籍志》雜傳類著録《志怪》二卷，《舊唐書・經籍志》雜傳類、《新唐書・藝文志》小説家類作四卷，當係析其卷帙。《通志・藝文略》傳記類冥異屬據《隋志》著録。《古小説鈎沉》輯十五則。《重編説郛》卷一一七輯祖台之《志怪録》九則（後又收入《古今説部叢書》），有誤輯。

台之字元辰，范陽遒縣（今河北淶水縣）人。祖沖之曾祖。東晉孝武帝太元中（三七六—三九六）爲尚書左丞，在宴席上遭中書令王國寶淩辱不敢言，詔以台之懦弱非監司體與國寶並免官，時約在太元末。安帝時爲御史中丞，官至侍中、光禄大夫。事見《晉書》卷七五《王國寶傳》、卷六〇《范泰傳》，《南史》卷七二《祖沖之傳》。《隋志》别集類有《晉光禄大夫祖台之集》十六卷，亡。「陳悝」條記隆安（三九七—四〇一）中事，可知書當作於晉末。

江黄

隆安〔一〕中，丹徒民陳悝〔二〕，於江邊作魚簄〔三〕。潮去，於簄中得一女人，長六尺，有容色，無衣服。水去不能動，卧沙中，與語不應。人有就辱之。悝夜夢云：「我是江黄〔四〕，昨失道落君⿱竹尾，小人遂見加淩，今當白尊神殺之。」悝不敢移，潮來自逐水去。奸者尋病死。

(據中華書局影印宋本《太平御覽》卷六八引祖台之《志怪》)

〔一〕隆安，晉安帝司馬德宗年號(三九七—四〇一)。

〔二〕丹徒民，此三字原無，據《説郛》卷四鄭常《洽聞記》、卷七五《洽聞記》、《太平廣記》卷二九五引《洽聞記》補。丹徒，縣名，今江蘇鎮江市丹徒區。陳悝(kuī)，《説郛》作「陳理」。

〔三〕魚⿱竹尾，捕魚器具。《詩經·邶風·谷風》：「毋發我笱。」笱，竹編魚籠，大口窄頸，腹大而長，魚能入不能出，魚⿱竹尾亦此類。《御覽》「⿱竹尾」下注云「正匪切」，音「zhuǐ」。《洽聞記》作「簄」(hù)，見附録。

〔四〕按：古傳有鮫人、人魚、馬人等。鮫人見前《洞冥記》；人魚，《太平廣記》卷四六四引《洽聞記》(唐鄭遂，一作鄭常)曰：「海人魚，東海有之，大者長五六尺，狀如人，眉目口鼻手爪頭，皆爲美麗女子，無不具足。皮肉白如玉，無鱗，有細毛，五色輕軟，長一二寸。髮如馬尾，長五六尺。陰形與丈夫女子無異。臨海鰥寡多取得，養之於池沼。交合之際，與人無異，亦不傷人。」馬人，五代馬縞《中華古今註》卷下曰：「馬人皆有鱗甲，如大鯉魚，但手足耳鼻似人不異，視之良久，乃入水。」晉崔豹《古今註》卷下作「人馬」。又有藻居、水居，見後《幽明録》。此江黄者，蓋亦誇傳此等人形水生動物也。

《説郛》卷四鄭常《洽聞記》云：「隆安中，丹徒民陳理於江邊作魚簄，潮出，簄中得一女，長六尺，有容色，無衣裳，水去不動，卧沙中。夜夢云：『我江黄也，昨失路落君簄，潮來今當去。』」又載卷七五《洽聞記》。《太平廣記》卷二九五亦引，文稍詳，與祖台之《志怪》文字大同，曰：「隆安中，丹徒民陳悝，於江邊作魚簄。潮去，於簄中得一女，長六尺，有容色，無衣裳。水去不能動，臥沙中，與語不應。有一人就姦之。悝夜夢云：『我江神也，昨失路，落君簄中。小人辱我，今當白尊神殺之。』悝不敢歸，得潮來，自逐水而去。姦者尋亦病死矣。」

鬼子

廷尉徐元禮〔一〕嫁女，從祖與外兄孔正陽共詣徐家。道中有土牆，見一小兒倮身正赤，手持刀，長五六寸，坐牆上磨甚駃〔二〕，獨語。因跳車上曲蘭〔三〕中坐，反覆視刀，輒舐之。至徐家門前桑樹下，又跳下，坐灰中，復更磨刀。

日晡〔四〕，新婦就車中。見小兒持刀入室，便刺新婦，新婦應刀而倒。扶還，解衣視，心〔五〕腹紫色，如酒槃大，有頃便亡。鬼子出門儛〔六〕刀，上有血，塗桑樹，火燃，斯須燒盡。

（據《太平御覽》卷三四五引祖台《志怪》）

〔一〕廷尉，官名，又名廷尉卿、大理，秦漢魏晉均置，掌司法。徐元禮，史無此人。

〔二〕坐，《四庫全書》本作「企」。駃，同「快」。

〔三〕蘭，同「欄」。

〔四〕日晡（bū），申時，下午三時至五時。「晡」又作「餔」。《淮南子·天文訓》：「日……至於悲谷，是謂餔時。」高誘注：「悲谷，西南方之大壑。」《說文》五下食部：「餔，申時食也。」蓋其時當餔，故曰餔時也。

〔五〕心，《四庫全書》本作「小」。

〔六〕儛，同「舞」。

荀氏　靈鬼志

《隋書·經籍志》雜傳類著録《靈鬼志》三卷，荀氏撰，《舊唐書·經籍志》雜傳類、《新唐書·藝文志》小説家類同，《太平御覽經史圖書綱目》亦有《荀氏靈鬼志》。《通志·藝文略》傳記類冥異屬據《隋志》著録。是書不見南宋書徵引，當亡於北宋。《古小説鉤沉》輯《靈鬼志》二十四條，多有誤輯。《世説》注引四條皆題作《靈鬼志·謡徵》，是則原書分篇。

荀氏，不詳何人。「外國道人」事在東晉孝武帝太元十二年（三八七），疑此書作於東晉末期安帝之時。

嵇康

嵇康〔一〕燈下彈琴，忽有一人，長丈餘，著黑單衣，革帶。康熟視之，乃吹火滅之，曰：「恥與魑魅爭光！」

嘗行，去洛〔二〕數十里，有亭名月華〔三〕。投此亭，由來殺人。中散心神蕭散〔四〕，了無懼意。至一更操琴，先作諸弄，雅聲逸奏。空中稱善，中散撫琴而呼之：「君是何人？」答云：「身是故人〔五〕，幽没於此。聞君彈琴，音曲清和，昔所好，故來聽耳。身不幸非理就終，形體殘毁，不宜接見君子。然愛君之琴，要當相見，君勿怪惡之。君可更作數曲。」中散復爲撫琴，擊節，曰：「夜已久，何不來也？形骸之間，復何足計！」乃手挈其頭曰：「聞君奏琴，不覺心開神悟，怳若蹔生。」遂與共論音聲之趣，辭甚清辯。謂中散曰：「君試以琴見與。」乃彈《廣陵散》〔六〕。便從受之，果悉得。中散先所受引，殊不及。與中散誓，不得教人。

天明，語中散：「相與雖一遇於今夕，可以遠同千載。於此長絶，不勝悵然！」（據中華書局汪紹楹點校本《太平廣記》卷三一七引《靈鬼志》）

〔一〕嵇康，字叔夜，譙郡銍縣（今安徽宿州市西南）人。生於魏文帝黄初四年（二二三），卒於元帝景元三年（二六二）。仕魏爲中散大夫，世稱嵇中散。爲「竹林七賢」之一。與司馬氏不合，被司馬昭所殺。康長於詩文，有《嵇中散集》十卷存世。又曉音律，善操琴，作有《琴賦》。《晉書》卷四九有傳。

〔二〕洛，談愷刻本作「路」，明沈與文野竹齋鈔本、清孫潛鈔宋本（嚴一萍《太平廣記校勘記》）作「洛」。按：《晉書》本傳亦作「洛」（見附録），今改。洛，洛陽。

〔三〕月華，《晉書》本傳作「華陽」。

〔四〕蕭散，蕭灑，灑脱。

〔五〕故人，亡故之人。明鈔本、鈔宋本作「古人」，義同。

〔六〕《廣陵散》，《世説·雅量》云：「嵇中散臨刑東市，神氣不變，索琴彈之，奏《廣陵散》。曲終曰：『袁孝尼（準）嘗請學此散，吾靳固不與，《廣陵散》於今絶矣！』」又見《晉書》本傳。似《廣陵散》乃嵇康自度之琴曲。曲名之義，宋沈括《夢溪筆談》卷五考云：「《盧氏雜説》：『韓皐謂嵇康琴曲有《廣陵散》者，以王陵、毌丘儉輩皆自廣陵敗散，言魏散亡自廣陵始，故名其曲曰《廣陵散》。』以余考之，散自是曲名，如操、弄、摻、淡、序、引之類。故潘岳《笙賦》：『輟張女之哀彈，流《廣陵》之名散。』又應璩《與劉孔才書》云：『聽《廣陵》之清散。』知散爲曲名明矣。或者康借此名以諫諷時事，散取曲名，『廣陵』乃其所命，相附爲義耳。」《廣陵散》唐世猶存，《文選》卷一八嵇康《琴賦》：「若次其曲引所宜，則《廣陵》止息。」李善注：「《廣陵》等曲，今並猶存，未詳所起。」崔令欽《教坊記》亦有《廣陵散》曲。顧況《華陽集》卷下《王氏廣陵散記》云：「衆樂，琴之臣妾也；《廣陵散》，曲之師長也。琅琊王淹兄女未笄，忽彈此曲，不從地出，不從天降，如有宗師存焉。」

《太平御覽》卷五七九、《事類賦注》卷一一、《永樂琴書集成》卷一七引此事並作《靈異志》，魯迅《古小説鉤沉》輯入《靈鬼志》，蓋以「異」乃「鬼」之譌也。按：《御覽》等所引，文句與《靈鬼志》多有不同。《北史》卷八三《文苑·許善心傳》云煬帝「敕善心與崔祖濬撰《靈異記》十卷」。《隋志》雜傳類亦著録《靈異記》、《靈異録》各十卷，無撰名。《御覽》等所引《靈異志》，殆即許書。

《御覽》等所引《靈異志》無首尾兩段文字，兹將《御覽》所引録下：「嵇中散神情高邁，任心遊憩。嘗行西南，去洛數十里，有亭名華陽，投宿。夜了無人，獨在亭中。此亭由來殺人，宿者多凶。至一更中操琴，先作諸弄，而聞空中稱善。中散撫琴而呼之曰：『君何不來？』此人便云：『身是古人，幽没於此數千年矣。聞君彈琴，音曲清和，故來聽耳。而就終殘毁，不宜以接侍君子。』向夜，髣髴漸見，以手持其頭。遂與中散共論聲音，其辭清辯。謂中散：『君試過琴。』於是中散以琴授之。既彈，悉作衆曲，亦不出常，唯《廣陵散》絶倫。中散纔從受之，半夕悉得。與中散誓，不得教他人，又不得言其姓也。」《事類賦注》所引稍略。

嵇康逢鬼事最先見於東晉裴啓《語林》，云：「嵇中散夜燈火下彈琴，忽有一人面甚小，斯須轉大，遂長丈餘，黑單衣皁帶。嵇視之既熟，吹火滅，曰：『吾恥與魑魅争光。』」又云：「嵇中散夜彈琴，忽有一鬼著械來，歎其手快，曰：『君一弦不調。』中散與琴調之，聲更清婉。問其名不對，疑是蔡邕伯喈，伯喈將亡，亦被桎梏。」（《鈎沉》輯本）後事鬼爲蔡邕，又無涉《廣陵散》。

今本《異苑》卷六、卷七亦載嵇康此二事，前事文同《語林》。後事（卷七）云：「嵇康字叔夜，譙國人也。少嘗晝寢，夢人身長丈餘，自稱：『黄帝伶人，骸骨在公舍東三里林中，爲人發露，乞爲葬埋，當厚相報。』康至其處，果有白骨，脛長三尺，遂收葬之。其夜復夢長人來，授以《廣陵散》曲。及覺，撫琴而作，其聲正妙，都不遺忘。高貴鄉公時，康爲中散大夫。後爲鍾會所讒，司馬文王誅之。」按：劉敬叔《異苑》久佚，今本最初刊於《祕册彙函》，乃胡震亨、姚士粦等在宋鈔本（當爲輯本）基礎上增訂而成，多濫取他書。前條實取《語林》，非《異苑》。後條見明陳耀文《天中記》卷四二引《異苑》，文同。敦煌文書斯二〇七二號佚類書《占夢》引《異苑》「嵇康少時白日夢見丈夫」云云，即此事。

《説郛》卷三《幽明録》記燈下見鬼事（《古小説鈎沉》漏收），文同《靈鬼志》。又《廣記》卷三二四引《幽明録》曰：「會稽賀思令善彈琴。嘗夜在月中坐，臨風撫奏。忽有一人形器甚偉，著械有慘色，至其庭，稱善。便與共語，自云是嵇中散，謂賀云：『卿下手極快，但于古法未合。』因授以《廣陵散》。賀因得之，於今不絶。」情事亦異，授散者乃康本人。此事《御覽》卷五七九、《永樂琴書集成》卷一七亦引，文同，《御覽》誤作《世説》。

《御覽》卷五七九又引《大周正樂》曰：「嵇康字叔夜，有邁俗之志，爲中散大夫，或傳晉人，非也。常宿王伯通館，忽有八人云：『吾有兄弟爲樂人。不勝羇旅，今授君《廣陵散》。』甚妙，今代莫測。」説又新異。

《晉書·嵇康傳》載：「初，康嘗遊于洛西，暮宿華陽亭，引琴而彈。夜分，忽有客詣之，稱是古人，與康共談音律，辭致清辯。因索琴彈之，而爲《廣陵散》，聲調絶倫。遂以授康，仍誓不傳人，亦不言其姓字。」蓋採自《靈異記》。

元趙道一《歷世真仙體道通鑑》卷三四《嵇康》云：「康向南行，至會稽王伯通家求宿。伯通造得一館，未得三年，每夜有人宿者，不至天明即死。伯通見此凶，遂嘗閉之。至是康留宿館中，一更後乃取琴彈，二更時見有八鬼從後館出。康懼之，微祝『元亨利貞』三遍，乃問鬼曰：『王伯通造得此館，成來三年，每夜有人宿者死，總是汝八鬼殺之。』鬼曰：『我非殺人鬼，是舜時掌樂官，兄弟八人，號曰「伶倫」。舜受佞臣之言，枉殺我兄弟，在此處埋。主人王伯通造館不知，向我上築牆，壓我悶。我見有人宿者，出擬告之，彼見我等，自懼而死，即非我等殺之。今願先生與主人説，取我等骸骨，遷別處埋葬。期半年，主人封爲本郡太守。今賞先生一《廣陵曲》，天下妙絶。』康聞知大悦，遂以琴與鬼。鬼彈一遍，康即能彈。彈至夜深。伯通向宅中忽聞琴聲美麗，乃披衣起坐聽琴音，深怪之。乃問康，康答曰：『主人館中殺人鬼，我今見之矣。』伯通曰：『何以見之？』康具言其事。明日，伯通使人掘地，果見八具骸骨。遂別造棺，就高潔處遷埋。後晉文帝時伯通果爲太守。康爲中散大夫，帝令康北面受詔，教宮人曲，康不肯教。帝後聽佞臣之言，殺康於市中，康遂抱琴而死。葬後開棺，空不見尸。」又云：「初，康嘗遊洛西，暮宿華陽亭，引琴而彈。夜分，忽有客詣之，稱是古人。與康共談音律，辭致清辯。因索琴彈之，而爲《廣陵散》，聲調絶倫。遂以授康，仍誓不傳人，亦不言其姓字。」按：前事採《大周正樂》，後事採《晉書》。

《合刻三志》志鬼類、《唐人説薈》一六集等説部叢書收有《靈鬼志》一卷，係纂集《太平廣記》鬼事而成，書中亦收入《靈鬼志》之《嵇康》，而妄題撰人爲唐常沂。馮夢龍《古今譚概·越情部》載有前事。明沈楏有雜劇《補廣陵散》（《古典戲曲存目彙考》卷六），演此。

外國道人

太元十二年〔一〕，有道人〔二〕外國來，能吞刀吐火，吐珠玉金銀。自説其所受術，師白衣〔三〕，非沙門也。嘗〔四〕行，見一人擔擔，上有小籠子，可受升〔五〕餘。語擔人云：「吾步行疲極，欲暫寄君擔上〔六〕。」擔人甚怪之，慮是狂人，便語云：「自可爾耳，君欲何許自厝〔七〕耶？」其答云：「若見許，正欲入籠子中。」籠不便〔八〕，擔人逾怪其奇：「君能入籠中，便是神人也〔九〕。」下擔，入籠中，籠不更大，其亦不更小，擔之亦不覺重於先。

既行數十里〔一〇〕，樹下住食，擔人呼共食，云：「我自有食。」不肯出，止住籠中。出飲食器物羅列，餚饍豐腆亦辦〔一一〕，反呼擔人食。未半，語擔人：「我欲與婦共食。」即復口出一女子，年二十許，衣裳容貌甚美，二人便共食。食欲竟，其夫便卧。婦〔一二〕語擔人：「我有外夫，欲來共食，夫覺，君勿道之。」婦便口中出一年少丈夫，共食。籠中便有三人，寬急之事，亦復不異。有頃，其夫動，如欲覺，其婦便以外夫內口中。夫起〔一三〕，語擔人曰：「可去。」即以婦內口中，次及食器物。

此人既至國中，有一家大富，貨財巨萬，而性慳悋，不行仁義〔一四〕。語擔人：「吾試爲君破奴慳囊〔一五〕。」即至其家。有好馬，甚珍之，繫在柱下〔一六〕。忽失去，尋索不知處。明日，見馬在五升甖〔一七〕中，終不可破取，不知何方得取之〔一八〕。便語言：「君作百人廚，以周窮乏〔一九〕，馬得出耳。」主人即狼狽作之。畢，馬還在柱下。

明旦，其父母老在堂上，忽復不見，舉家惶怖，不知所在。開粧器〔二〇〕，忽見父母在澤壺〔二一〕中，不知何由得出。復往守請之，其云：「當更作千人飲食，以餉百姓窮者〔二二〕，乃當得出。」既作，其父母自在牀上。(據中華書局周叔迦等校注本《法苑珠林》卷六一引《靈鬼志》，又《太平御覽》卷三五九、卷七三七並引，卷三五九題作《荀氏靈鬼志》)

〔一〕太元，東晉孝武帝司馬曜年號(三七六—三九六)。十二年爲三八七年。《御覽》卷三五九引作「泰元中」。

〔二〕原無「有」字，據《御覽》卷三五九、卷七三七引補。道人，道術之人。魏晉泛指僧道，此指沙門，即僧。

〔三〕師，《四部叢刊初編》本(卷七六)作「即」。白衣，佛家以稱在家俗人，與僧人相對。

〔四〕嘗，此字原無，據《御覽》卷三五九補。

〔五〕升，《御覽》卷三五九作「斗」。

〔六〕此句原作「寄君擔」，據《御覽》卷三五九補三字。

〔七〕厝，同「措」，置也。《御覽》卷三五九作「居」。

〔八〕此三字原無，據《御覽》卷七三七補。

〔九〕「其奇」至此原無，據《御覽》卷三五九補。

〔一〇〕數十里，《御覽》卷七三七無「十」字。

〔一一〕辦，備也。

〔一二〕婦，《御覽》卷七三七作「嬌」。

〔一三〕「其婦」至此十一字原作「其婦以外夫起」，有脱文，據《御覽》卷七三七補。

〔一四〕此句原無，據《御覽》卷三五九補。

〔一五〕囊，此字原無，據《御覽》卷三五九補。

〔一六〕下，《御覽》卷七三七作「上」。又卷三五九引此句作「在枊下繫」。枊音「àng」。《玉篇》卷一二木部：「枊，繫馬柱。」

〔一七〕五升甖（yīng），《御覽》卷三五九作「五斗甖」。中華書局校注本據改。按：五斗容積過大，作五升是，今回改。甖，陶製容器，小口大腹。

〔一八〕以上八字原無，據《御覽》卷三五九補。

〔一九〕此句《御覽》卷七三七作「以周一窮乏」，鮑崇城校本「一」下有「方」字。《御覽》卷三五九作「周餉窮困者」，上句末有「食」字。

〔二〇〕粧器，盛放梳粧用品之器。《御覽》卷七三七作「裝器」。裝，修飾，打扮。

〔二一〕澤壺，裝潤髮及潤面油膏之壺。澤，潤也。

〔二二〕此句原作「餄百窮者」，據《御覽》卷七三七補二字。

外國道人事頗類古印度《舊雜譬喻經》（《大正新脩大藏經》卷四）卷上「梵志吐壺」事，見出印度佛教故事對志怪之影響痕迹。其文録於下：「昔有國王，持婦女急。正夫人謂太子：『我爲汝母，生不見國中，欲一出，汝可白王。』如是至三。太子白王，王則聽。太子自爲御車出，羣臣於道路奉迎爲拜，夫人出其手開帳，令人得見之。太子見女人而如是，便詐腹痛而還。夫人言：『我無相甚矣！』太子自念：『我母尚如此，何況餘乎！』夜便委國去，入山中遊觀。時道邊有樹，下有好泉水，太子上樹，逢見梵志獨行來，入水池浴。出飯食，作術吐出一壺，壺中有女人。與於屏處作家室，梵志遂得卧。女人則復作術，吐出一壺,壺中有年少男子,復與共卧,已便吞壺。須臾,梵志起,復内婦著壺中,吞之已,作杖而去。太子歸國白王,請道人及諸臣下,持作三人食,著一邊。梵志既至,言:『我獨自耳。』太子曰:『道人當出婦共食。』道人不得止,出婦。太子謂婦:『當出男子共食。』如是再三,不得止,出男子共食,已便去。王問太子:『汝何因知之?』答曰:『我母欲觀國中,我爲御車,母出手令人見之。我念女人能多欲,便詐腹痛還。入山見是道人藏婦腹中,當有姦。如是,女人姦不可絶,願大王赦宫中,自在行來。』王則勑後宫中,欲行者從志也。師曰:『天下不可信女人也。』」

吴均《續齊諧記·陽羨書生》,亦演此事,見後。

明馮夢龍《古今譚概》(又名《古今笑》)之《靈迹部·外國道人》,取自《御覽》卷七三七,有所删削。

周子長

周子長[一],僑居武昌五丈浦東堈頭[二]。咸康三年[三],子長至寒溪浦中嵇家[四],家去五丈數里,合暮還五丈。未達,減一里許,先是空堈,忽見四匝瓦屋當道,門卒便捉子長頭。子長曰:「我是佛弟子,何故捉我?」吏問曰:「若是佛弟子,能經唄[五]不?」子長先能誦《四天王》及《鹿子經》[六],便爲誦之三四過。捉故不置,知是鬼,便罵之曰:「武昌癡鬼!語汝,我是佛弟子,爲汝誦經數偈[七],故[八]不放人也?」捉者便放,不復見屋。

鬼故逐之，過家門前，鬼遮不得入門，亦不得作聲。而心〔九〕將鬼至寒溪寺中過，子長便擒鬼胸，復駡曰：「武昌癡鬼！今當將汝至寺中和尚前了之。」鬼亦擒子長胸，相拖度〔一〇〕五丈塘，西行。後諸鬼謂捉者曰：「放爲〔一一〕，西將牽我入寺中。」捉者曰：「已擒，不放〔一二〕。」子長故復語後者曰：「寺中正有道人輩〔一三〕，乃未肯畏之？」後一鬼小語曰：「汝近城東看道人〔一四〕，面何以得敗〔一五〕？」便共大笑。子長比達家，已三更盡矣〔一六〕。（據《法苑珠林校注》卷六五引《靈鬼志》，又《太平廣記》卷三一八亦引）

〔一〕《珠林》所引前原有「晉」字，係《珠林》作者道世所加，今删。《廣記》所引無「晉」字。

〔二〕武昌，縣名，吴置，爲武昌郡治所，即今湖北鄂州市。五丈浦，《太平寰宇記》卷一一二《鄂州·武昌縣》云：「五丈湖，在縣東。有長湖，通江南，冬即乾涸。陶侃作塘以遏水，於是水不竭。」《廣記》「丈」譌作「大」。堈（gāng），《廣記》作「岡」。

〔三〕咸康，東晉成帝司馬衍年號（三三五—三四二），三年爲三三七年。

〔四〕寒溪浦，《寰宇記》卷一一二《武昌縣》云：「寒溪浦，在縣西二里樊山下。有寒溪，盛暑之月，嘗有寒氣。」《廣記》作「寒溪」。嵇，《珠林》譌作「愁」，據《廣記》改。

〔五〕經唄（bài），誦經。

〔六〕《四天王》，佛經名，今存，載《大正新脩大藏經》卷一五。《鹿子經》，原經不存，慧琳《一切經音義》卷六〇一存其殘文。《廣記》譌作「庶子經」。

〔七〕偈(jì),佛經頌詞。

〔八〕故,豈也。

〔九〕心,意欲。《廣記》無此字。

〔一〇〕度,通「渡」,《廣記》作「渡」。

〔一一〕爲,句末語氣詞。

〔一二〕以上七字《珠林》作「捉者已放」,據《廣記》補三字。

〔一三〕道人輩,《廣記》作「禿輩」。按:周子長爲佛弟子,不應稱道人爲「禿輩」,疑《廣記》有誤。

〔一四〕看道人,《廣記》作「逢禿時」。

〔一五〕和尚削髮而破面相,故鬼有「面敗」之譏。

〔一六〕此句原作「三更盡」,據《廣記》補二字。

戴祚　甄異傳

是書又有記、志、録等稱。《隋書・經籍志》雜傳類著録《甄異傳》三卷，晉西戎主簿戴祚撰。《舊唐書・經籍志》雜傳類、《新唐書・藝文志》小説家類、《册府元龜》卷五五五《國史部・採撰一》、《通志・藝文略》傳記類冥異屬，俱作三卷。書佚於宋。《古小説鉤沉》輯十七條，有漏輯者。《重編説郛》卷一一八、《龍威秘書》輯戴祚《甄異記》五條，除《夏侯》（《藝文類聚》卷八六引）外，其餘均非本書文字。

戴祚《晉書》無傳，《隋志》稱其爲晉西戎主簿。《册府元龜》作西戎太守。按晉世軍府主簿總領府事，位當太守。《隋志》地理類著録戴祚《西征記》一卷，又戴延之《西征記》二卷，是知祚字延之。新舊《唐書》又著録戴延之《洛陽記》一卷。據唐封演《封氏聞見記》卷七載，戴祚江東人，晉末從劉裕西征姚泓。據《晉書・安帝紀》、《宋書・武帝紀》及《廬陵孝獻王義真傳》，東晉義熙十二年（四一六）中外大都督劉裕西征後秦主姚泓，明年克長安，擒姚泓，以桂陽公劉義真行都督雍涼秦三州等諸軍事、安西將軍、領護西戎校尉、雍州刺史。祚爲西戎校尉府主簿，即爲劉義真部下。據《宋書・廬陵孝獻王義真傳》，劉義真尋又都督司雍秦并涼五州軍事，爲建威將軍、司州刺史。護西戎校尉兼任雍州刺史，治長安（《晉書・職官志》），義真既已移鎮司州，當不再任護西戎校尉。戴祚此書作於西戎校尉府主簿任上，時當在義熙十三年也。

謝允

歷陽謝允〔一〕，字道通。年十五，爲蘇峻〔二〕賊軍王免所掠，賣屬東陽蔣鳳家〔三〕。嘗行山中，見虎檻〔四〕中狗，竊念狗餓，以飯飴之。入檻，方見虎，攀木仰看。允謂虎曰：「此檻木爲汝施，而我幾死其中，汝不殺我，我放汝。」乃開檻出虎。

賊平之後，允詣縣，别良善〔五〕。烏傷〔六〕令張球不爲申理，桎梏栲〔七〕楚。允夢見人曰：「此中易入難出。汝有慈心，當救拯。」覺〔八〕見一少年，通身黄衣，遥在栅外，時進獄中與允言語〔九〕。獄吏知是異人，以告令長，令長由此不敢枉〔一〇〕。

允蒙理還都，西上武當山〔一一〕。太尉庾公〔一二〕聞而愍之，給其粮資〔一三〕，隨到襄陽〔一四〕。見道士，説：「吾師戴先生孟盛子〔一五〕非世間人也，勑：『若有西上欲見我者，可將來。』得無是君〔一六〕？」允因隨去，入武當山。齋戒三日，進見先生，乃是昔日所夢人也。問允：「復見黄童不〔一七〕？」因賜以神藥三丸，服之便不飢渴，無所思欲。先生亦無常處，時有祥雲紫氣蔭其上，或聞芳香之氣，徹於山谷。（據中華書局影印宋本《太平御覽》卷四三引《甄異傳》，又《太平廣記》卷四二六引《甄異記》）

〔一〕歷陽，縣名，今屬安徽。又郡名，西晉置，治歷陽縣。謝允，東晉道士，詳附録。

〔二〕蘇峻，字子高，長廣挺縣（今山東烟臺市萊陽市南）人。東晉元帝時任冠軍將軍、大司農等。成帝咸和三年（三二八）叛亂，攻入建康，專擅朝政，旋爲陶侃、温嶠擊滅。《晉書》卷一〇〇有傳。

〔三〕東陽，郡名，吴置，治長山縣（今浙江金華市）。此句《廣記》引作「爲奴於蔣鳳家」。

〔四〕檻，捕獸籠。《廣記》作「穽」。

〔五〕別良善，謂要求恢復自由身份。古謂清白人家爲良家，而以奴婢等爲賤民。

〔六〕烏傷，《御覽》原引作「烏程」。按：《晉書·地理志下》東陽郡無烏程縣，烏程屬吴興郡，而東陽郡有烏傷縣（今浙江義烏市），梁陶弘景《真誥》卷一四正作「烏傷」（見附録），據正。

〔七〕栲，通「拷」。《廣記》此句作「考訊無不至」。

〔八〕覺，原作「廻」，《廣記》作「覺」，於義爲長，從改。

〔九〕「遥在」至此，《廣記》作「遥在栅外與允語」。

〔一〇〕以上二句，「以告令長令長」六字原無，據《廣記》補。《廣記》「枉」作「誣辱」。令長，即縣令。漢代縣萬户以上爲令，萬户以下爲長。

〔一一〕武當山，位於今湖北省西北部丹江口市境内，屬大巴山東段，共十二峯。漢以來道徒多修行於此，爲道教名山。參見附録。

〔一二〕庚公，庚亮。字元規，潁川鄢陵（今河南鄢陵縣西北）人。歷仕元、明、成三朝，官至司空、征西將軍。咸康六年（三四〇）卒，追贈太尉。《晉書》卷七三有傳。《廣記》作「唐公亮」，姓譌，清孫潛鈔宋本作「庚」，見嚴一萍《太平廣記校勘記》。

〔一三〕此句《廣記》作「給以資履」。

〔一四〕襄陽，縣名，襄陽郡之郡治，今湖北襄陽市。

〔一五〕戴先生，即戴孟。《神仙傳》卷一〇云：「戴孟，本姓燕，名濟，字仲微，漢明帝時人也。入華山及武當山，受裴君《玉珮金鐺經》，及受《石精金光符》，復有《太微黄書》，能周遊名山。」見素子《洞仙傳》、《真誥》卷一四事迹略同。《洞仙傳》又謂戴孟字成子，武威人。按：戴孟當係東晉道士，道家謊稱其爲漢人，蓋爲宣揚不死之説耳。此作「盛子」，與《洞仙傳》不合，必有一譌。

〔一六〕「吾師」至此《廣記》作「吾師戴先生者，成人君子。嘗言有志者與之俱來，得非爾耶」。

〔一七〕此句《廣記》作「欲見黄衣童否」。《真誥》卷一四云：「黄衣童子者，即玉珮金鐺之官。」按：黄衣童即謝允所釋之虎。

《水經注》卷二八《沔水》云：「武當山，一曰太和山，亦曰嵾上山，山形特秀，又曰仙室。《荆州圖副記》曰：『山形特秀，異於衆嶽，峯首狀博山香爐，亭亭遠出，藥食延年者萃焉。晉咸和中，歷陽謝允舍羅邑宰，隱遁斯山，故亦曰謝羅山焉。』」

《真誥》卷一四《稽神樞四》云：「戴公掐腹有十數卷書，是《太微黄書》耳。此人即謝允之師也。」注：「謝允字道通，歷陽人。小時爲人所略，賣往東陽。後告官被誣，在烏傷獄事。將欲入死，夜有老公授其符，又有黄衣童子去來，於是得免。咸康中至襄陽，入武當山，見戴孟，孟即先來獄中者，因是受道。又出仕作歷陽、新豐、西道三縣，所在多神驗。年七十餘，猶不老，後乃告終也。」

南宋陳葆光《三洞羣仙録》卷一九引《道學傳》云：「歷陽謝允當，見餓虎閉在檻穽，允當愍虎之窮，開而出之，虎伏地良久乃去。」按：名作「允當」，「當」疑作「嘗」，連下讀。下文「允當」緣上誤也。元趙道一《歷世真仙體道通鑑》卷七曰：「戴孟，武當山道士，字成子，武威人也。……謝允常師事之。允字道通，歷陽人。幼時爲人所掠，賣往東陽。久之告官被誣，陷烏傷獄。將入死，夜有老翁授其符，又有黄衣童子往來，於是得免。晉成帝咸康中，至襄陽武當山，見戴孟，觀其風骨，即先來獄中授符者，乃孟耳。執弟子禮，求授道要。後出仕作歷陽、新豐、西道三縣，所至多神驗。允年七十猶不老；孟則或隱或顯，莫知所之。《真誥》云黄衣童子者，即玉珮金璫之官耳。」

陶潛《搜神後記》記有謝允得道後異事，云：「謝允從武當山還，在桓宣武座。有言及左元放爲曹公致鱸魚者，允便云：『此可得耳。』求大甕盛水，以朱書符投水中。俄有一雙鯉魚，鼓鬐躍出。即命作膾，一坐皆得遍異味。鉤鵒鳴於譙王無忌子婦屋上，謝允作符懸其處。」（《新輯搜神後記》卷一）

阿褐

吴縣張牧，字君林〔一〕，居東鄉楊里。隆安中，忽有鬼來助驅使。林原有舊藏器物，中破甑〔二〕已無所用，鬼使撞甕底穿爲甑。比家人起，飯已熟。此鬼無他須，唯啗甘蔗。

自稱「高褐」，主人因呼「阿褐」〔三〕。或云此鬼爲反語，「高褐」者「葛號」〔四〕。丘壠累積，尤多古冢，疑此物是其鬼也。林母〔五〕獨見之，形是〔六〕少女，年可十七八許，面青黑色，遍身青衣。

乃令林家取白甖，盛水半，以絹覆頭〔七〕。明旦視之，錢滿甖〔八〕。林家素貧，遂致富。嘗語：「毋惡我，日月盡自去。」後果去〔九〕。（據中華書局汪紹楹點校本《太平廣記》卷三二一引《甄異記》，又《太平御覽》卷七五八、卷九七四引《甄異傳》）

〔一〕以上七字《廣記》原引作「吴縣張君林」，據《御覽》卷九七四引補。《御覽》卷七五八「君林」作「君才」。
〔二〕甑（zèng），蒸食炊器，底有七孔。
〔三〕此句據《御覽》卷九七四補。
〔四〕「高褐」相切得「葛」，「褐高」相切得「號」。
〔五〕母，原作「每」，《廣記》清孫潛鈔宋本（嚴一萍《太平廣記校勘記》）、《御覽》卷九七四作「母」，據改。
〔六〕是，原作「如」，據鈔宋本、《御覽》卷九七四改。
〔七〕以上三句原作「盛水覆頭」，據《御覽》卷七五八補三字。
〔八〕此句原作「有物在中」，鈔宋本作「則作甖」。《御覽》卷七五八作「錢滿甖」（鮑崇城本下有「皆金」二字），據改。
〔九〕此句鈔宋本作「愴事告別」。

《録異傳》亦載，《御覽》卷七五七引曰：「隆安中，吴縣張君林，忽有鬼來助其驅使。林家甑破，無可用，鬼乃撞盆底穿，以充甑。」引文不完。

梁蕭繹《金樓子·志怪篇》云：「鬼來求助張林，使鬼而致富。」

秦樹

沛郡人秦樹者〔一〕，家在曲阿〔二〕小辛村。義熙中〔三〕，嘗自京歸。未至二十里許，天暗失道。遥望火光，往投之。見一女子秉燭出，云：「女弱獨居，不得宿客。」樹曰：「欲進路，礙夜，不可前去，乞寄外住。」女然之。

樹既進坐竟，以此女獨處一室，慮其夫至，不敢安眠。女曰：「何以過嫌，保無慮，不相誤也。」爲樹設食，食物悉是陳久。樹曰：「承未出適，我亦未婚，欲結大義，能相顧否？」女笑曰：「自顧鄙薄，豈足伉儷！」遂與寢止。

向晨樹去，乃俱起執别。女泣曰：「與君一覩，後面莫期。」以指環一雙贈之，結置衣帶，相送出門。樹低頭急去，數十步，顧其宿處，乃是冢墓。居數日，亡其指環，結帶如故。

（據《太平廣記》卷三二四引《甄異録》，又《太平御覽》卷七一八引《甄異傳》）

〔一〕沛郡,西漢置,治相(今安徽濉溪縣西北),東漢改國,東晉復爲郡。秦樹,《御覽》引作「秦拊」。

〔二〕曲阿,縣名,又名雲陽,秦始置,今江蘇丹陽市。

〔三〕此三字據《御覽》補。義熙,東晉安帝司馬德宗年號(四〇五—四一八)。

今本《異苑》卷六亦載,文同《廣記》,乃濫輯。明吴大震《廣豔異編》卷三四據《廣記》採入,題《秦樹》。

楊醜奴

河南楊醜奴〔一〕,常詣章安湖〔二〕拔蒲。將暝,見一女子,衣裳不甚鮮潔,而容貌美。乘船載蓴,前就醜奴。家湖側,逼暮不得返,便停舟寄住。借食器以食,盤中有乾魚生菜。食畢,因戲笑。醜奴歌嘲之,女答曰:「家在西湖側,日暮陽光頽。託蔭遇良主,不覺寬〔三〕中懷。」俄滅火共寢。覺有臊氣,又手指甚短,乃疑是魅。此物知人意,遽出户,變爲獺,徑走入水。(據《太平廣記》卷四六八引《甄異志》)

〔一〕河南,郡名,漢置,治雒陽(今河南洛陽市東北)。又縣名,漢置,在今洛陽西郊。《幽明録》作「河東常醜奴」,見附録。

〔二〕章安湖，據《幽明録》，湖在章安縣。章安縣，漢置，在今浙江臨海市東南。《輿地紀勝》卷一二《台州·景物上》云：「東湖，在臨海縣東三里。」然則章安湖者即此東湖也。

〔三〕寬，《廣記》清孫潛鈔宋本（嚴一萍《太平廣記校勘記》）作「寫」。

《幽明録》（《古小説鈎沉》輯本）云：「河東常醜奴，寓居章安縣，以採蒲爲業。將一小兒湖邊拔蒲，暮恒宿空田舍中。時日向暝，見一女子，容姿殊美，乘一小船，載蓴徑前，投醜奴舍寄住。醜奴嘲之，滅火共卧。覺有臊氣，又指甚短，惕然疑是魅。女已知人意，便求出户，變而爲獺。」今本《異苑》卷八亦載，實乃濫取《幽明録》以冒。

獺精故事，除本書所選《幽明録》「吕球」一條外，《搜神記》之丁初事，亦相彷彿，兹録於下：「吴郡無錫有上湖大陂，陂吏丁初，天每大雨，輒循隄防。春盛雨，初出行塘。日暮間，顧後有小婦人，姿容可愛，上下青衣，戴青傘，追後呼：『初掾待我。』初時悵然，意欲留伺之，復疑本不見此，今忽有婦人冒陰雨行，恐必鬼物。初便疾行，顧見婦人，追之亦速。初因急走，去之轉遠，顧視婦人，乃自投陂中，氾然作聲，衣蓋飛散，視是大蒼獺，衣傘皆荷葉也。此獺化爲人形，數媚年少者也。」（《新輯搜神記》卷一九）

南北朝編第三

陶潛　搜神後記

據中華書局李劍國輯校《新輯搜神後記》本

又題《續搜神記》，梁、唐人又多稱作《搜神録》。《隋書·經籍志》雜傳類著録《搜神後記》十卷，陶潛撰，《日本國見在書目録》同，兩《唐志》等均無目，《通志·藝文略》傳記類冥異屬據《隋志》著録。梁釋慧皎《高僧傳序》云「陶淵明《搜神録》」，《高僧傳》末附王曼穎《致慧皎書》亦云「元亮之説」。隋蕭吉《五行記》「車甲」(《太平廣記》卷四四三引)引陶潛《搜神記》。唐初釋道宣《集神州三寶感通録》卷下《神僧感通録》著録有《搜神録》，下注陶元亮。法琳《破邪論》卷下著録「彭澤令陶元亮撰《搜神録》」。玄宗時徐堅等撰《初學記》引有陶潛《搜神後記》、陶潛《搜神記》。昔人多以爲《後記》作者非陶潛，乃「贋撰嫁名」之作，非是。

是書宋已散佚。明代胡震亨《祕册彙函》刊《搜神後記》十卷，後又收入《津逮祕書》、《學津討原》、《四庫全書》、《百子全書》。此係明人輯録本，輯録者當亦出胡應麟手，應麟輯録《搜神記》時亦輯《後記》也。刊入《祕册彙函》時當亦經胡震亨、姚士粦濫加增補，二十餘條係他書文字。其與《搜神記》、《異苑》

性質相同，均爲「半真半假」之書。

《唐宋叢書》、《重編説郛》（卷一一七）、《龍威秘書》、《鮑紅葉叢書》、《無一是齋叢鈔》、《古今説部叢書》、《晉唐小説暢觀》等收一卷本，《五朝小説·魏晉小説》本二卷，而内容與之無異，又有《增訂漢魏叢書》二卷本，以上均爲十卷本之删節本。臺灣文史哲出版社一九七八年出版王國良《搜神後記研究》，下編《校釋》以《學津討原》本爲底本進行校釋，增卷十一《補遺》，補佚文十八條。中華書局一九八一年出版汪紹楹校注本，亦以《學津討原》本爲底本，對各條皆有考辨校釋，並補輯佚文六條。二〇〇七年復出版李劍國《新輯搜神後記》十卷（與《新輯搜神記》合編），對《後記》重作校輯。

陶潛一名淵明，字元亮，或曰字淵明，世號靖節先生。尋陽柴桑（今江西九江市）人，曾祖乃東晉大司馬陶侃。生於晉哀帝興寧三年（三六五），卒於宋文帝元嘉四年（四二七）。曾任州祭酒、鎮軍參軍、建威參軍、彭澤令，安帝義熙二年（四〇六）去職歸隱，義熙末征著作佐郎，不就，隱居鄉里直至下世。事迹具顔延之《陶徵士誄》、蕭統《陶淵明傳》、《蓮社高賢傳》及《晉書》卷九四、《宋書》卷九三、《南史》卷七五《隱逸傳》。著有《陶淵明集》，《隋志》著録九卷，今存七卷。《後記》有多條事在元嘉中，當作於入宋後，是晚年遺興之作。

是書踵武干寶，以爲《搜神記》之繼作。其涉獵之廣泛，文詞之雋雅，亦足稱干書之亞也。

袁栢根碩

會稽剡縣民袁栢〔一〕、根碩二人獵，經深山重嶺甚多。見一群山羊，六七頭，遂經一石橋，橋甚狹而峻，羊去，根等亦隨，渡向絶崖。崖正赤壁立，名曰赤城〔二〕。上有水流下，廣狹如疋布，剡人謂之瀑布〔三〕。羊徑有山穴，如門，豁然而過。既入，内甚平敞，草木皆香。有一小屋，二女子住其中，年皆十五六，容色甚美，著青衣。一名瑩珠，一名□□〔四〕。見二人至，忻然云：「早望汝來。」遂爲室家。

忽二女出行，云：「復有得壻者，往慶之。」曳屐於絶巖上行，琅琅然。二人思歸，潛去歸路。二女已知，追還〔五〕。乃謂曰：「自可去。」乃以一腕囊與根〔六〕，語曰：「慎勿開也。」於是得歸。

後出行，家人開其囊，囊如蓮花，一重去復一重〔七〕，至五盡〔八〕，中有小青鳥飛去。根還知此，悵然而已。後根於田中耕，家依常餉之，見在田中不動，就視，但有皮殼，如蟬蜕也〔九〕。（卷一）（原據《太平御覽》卷四一引《續搜神記》校輯）

〔一〕剡（shàn）縣，西漢置，今浙江嵊州市，因剡溪而得名，屬會稽郡。袁栢，《御覽》《四庫全書》本、鮑崇城校刊本「栢」作「相」。

〔二〕赤城，山名，天台山之南門。《文選》卷一一孫綽《遊天台山賦》：「赤城霞起而建標，瀑布飛流以界道。」李善注：「支遁《天台山銘序》曰：『往天台，當由赤城山爲道徑。』孔靈符《會稽記》曰：『赤城，山名，色皆赤，狀似雲霞。懸霤千仞，謂之瀑布，飛流灑散，冬夏不竭。』《天台山圖》曰：『赤城山，天台之南門也。』」

〔三〕瀑布，見上，其山名瀑布山，《天台山圖》云：「瀑布山，天台之西南峯，水從南巖懸注，望之如曳布。」參見本書《神異記·丹丘茗》注。

〔四〕《御覽》原脱一女名字，今姑補如此。王國良《搜神後記研究》謂：「疑當作『一名瑩，一名珠』。」

〔五〕以上六字《四庫全書》本作「二女追還已知」。

〔六〕腕，《四庫全書》本作「絳」。按：下文所叙爲根碩事，則得腕囊者唯根耳。

〔七〕此句《四庫全書》本作「一重去一重復」。

〔八〕盡，《四庫全書》本作「重」。

〔九〕按：清俞樾《茶香室叢鈔》卷一四云：「此與劉、阮事相似，惜不叙袁相所終耳。」劉、阮事見後《幽明録》。

《玉燭寶典》卷八引《志怪》云：「囊似蓮花，中有青鳥。」是《志怪》亦記此事。《古小説鈎沉》將此二語録入《雜鬼神志怪》之「鄧紹」條，非是。

入仙窟事，《列仙傳》已有之（卷下《邗子傳》），然遇仙女則以《拾遺記》爲早。卷一〇《洞庭山》云：「其山（洞庭山）又有靈洞，入中常如有燭於前。中有異香芬馥，泉石明朗。採藥石之人入中，如行十里，迥然天清霞耀，花芳柳暗，丹樓瓊宇，宫觀異常。乃見衆女，霓裳冰顔，艷質與世人殊别。來邀採藥之人，飲以瓊漿金液，延入璇室，奏以簫管絲桐。餞令還家，贈之丹醴之（疑爲「爲」字之譌）訣。雖懷慕戀，且思其子息，却還洞穴，還若燈燭導前，便絶饑渴，而達舊鄉。已見邑里人户，各非故鄉鄰，唯尋得九代孫。問之，云：『遠祖入洞庭山採藥不還，今經三百年也。』其人説於鄰里，亦失所之。」

南朝此類傳説甚多，如《幽明録》之《劉晨阮肇》、《黄原》，見後。

韶舞

滎陽〔一〕人姓何，忘其名，有名聞士也。荆州辟爲别駕〔二〕，不就，隱遁養志。嘗至田舍，人收穫在場上。忽有一人，長一丈，黄疏〔三〕單衣，角巾〔四〕，來詣之。翩翩舉其兩手，並舞而來，語何云：「君嘗見《韶舞》〔五〕不？此是《韶舞》。」且舞且去。何尋逐，徑向一山。山有一穴，裁容人。其人即〔六〕入穴，何亦隨之。初入甚急，前輒開廣，便失人。見有良田數十頃。何遂墾作，以爲世業。子孫於今賴之。（卷一）（原據《太平御覽》卷五七四及卷八二一、《天中記》卷四三引《續搜神記》校輯）

〔一〕滎陽，縣名，秦置，今河南滎陽市東北，魏晉爲滎陽郡治所。

〔二〕荆州，晉時治江陵縣（今湖北荆州市），領有今兩湖等廣大地區。别駕，州之佐官，位居州佐之首，權位頗重。

〔三〕黄疏，黄色粗帛。《釋名》卷四《釋采帛》：「紡麤絲織之曰疏。疏，寥也，寥寥然也。」

〔四〕角巾，頭巾之有角者，古時隱者之服。《晉書》卷三四《羊祜傳》：「既定邊事，當角巾東路，歸故里，爲容棺之墟。」

〔五〕《韶》乃舜樂。《尚書·益稷》：「簫韶九成。」僞孔傳：「《韶》，舜樂名。」《論語·八佾》：「《韶》盡美矣，又盡善也。」邢昺疏：「《韶》，舜樂名。韶，紹也，德能紹堯，故樂名《韶》。」《韶舞》即《韶樂》之舞，古者樂舞一體。淵明常標榜「曩古之世」，自稱「羲皇上人」，此乃以《韶舞》暗示堯舜古世也。

〔六〕即，《四庫全書》本《御覽》卷八二一作「命」。

《詩經・魏風・碩鼠》已有「樂土」、「樂國」之詠，初見烏托邦社會理想之胚胎，陶氏此《韶舞》則着意描寫世外樂園，與《桃花源記》命意仿佛。書中尚有《梅花泉》一條，亦其類也，兹録於下，以資參考：「長沙醴陵縣有小水一處，名梅花泉。有二人乘舡取樵，見岸下土穴中水流出，有新斫木片逐水流。上有深山，有人迹。樵人異之，相謂曰：『可試入水中，看何由爾。』一人便以笠自鄣入穴，纔容人。行數十步，便開明朗然，不異世上。」

腹瘕病

昔有一人，與奴俱得腹瘕病〔一〕，治不能愈。奴既死，令剖腹視之，得一白鼈，赤眼，甚鮮明。乃試以諸毒藥澆灌之，並内藥於鼈口，悉無損動，乃繫鼈於牀脚。

忽有一客，乘白馬來看之。既而馬溺〔二〕濺鼈，鼈乃惶遽，疾走避溺。既繫之不得去，乃縮頸藏脚，不敢動。病者察之，謂其子曰：「吾疾或可救。」乃試取白馬溺以灌鼈，須臾，鼈消滅，成數升水。病者乃頓飲升餘白馬溺，病即豁然除。（卷二）（原據《太平御覽》卷七四三、

《太平廣記》卷二一八、《稗史彙編》卷五一引《續搜神記》，《御覽》卷九三二引《志怪》校輯）

〔一〕腹瘕（jiǎ）病，古稱腹中結塊或生蟲爲瘕。《山海經·南山經》：「佩之無瘕疾。」郭璞注：「瘕，蟲病也。」《玉篇》疒部：「瘕……腹中病也。」《御覽》卷七四三引作「心瘕病」，今從《廣記》、《稗史彙編》。瘕乃腹病，非心病也。《志怪》作「心腹病」。

〔二〕溺，同「尿」。

此事又載《志怪》，《御覽》卷九三二引曰：「昔有人與奴俱得心腹病，治不能痛。奴死，乃剖腹視之，得一白鱉，赤眼，甚鮮淨。以諸藥内鱉口中，終不死。後有人乘白馬來者，馬溺濺，鱉縮頭藏脚。乃試取馬溺灌之，豁然消成水。病者頓飲一升即愈。」

關於腹瘕病，本書尚有二事，今録於下：

《斛茗瘕》：「桓宣武有一督將，因時行病後虚熱，更能飲複茗，必一斛二斗乃飽，裁減升合，便以爲大不足。非復一日，家貧。後有客造之，正遇其飲複茗，亦先聞世有此病，乃令更進五升。乃大吐，向所飲都盡，有一物隨吐後出，如升大，有口，形質縮縐，狀似牛肚。客乃令置之於盆中，以一斛二斗複茗澆之，此物噏之都盡，而止覺小脹。又增五升，便悉混然，從口中湧出。既吐此物，病遂差。或問之曰：『此何病？』答云：『此病名斛茗瘕。』」

《蕨蛇》：「太尉郗鑒鎮丹徒也，嘗出獵。時二月中，蕨始生。有一甲士折一莖食之，即覺心中淡淡欲吐。因歸家，仍成心腹疾。經半年許，忽大吐，吐一赤蛇，長尺餘，尚活動摇。乃掛著屋簷前，汁稍稍出，蛇漸燋小。經一宿視之，乃是一莖蕨，猶昔之所食也，病遂除差。」《廣記》卷二一八引《志怪》亦此類：「後漢末，有人得心腹瘕病，晝夜切痛，臨終敕其子曰：『吾氣絶後，可剖視之。』其子不忍違言，剖之，得一銅鎗，容數合許。後華佗聞其病而解之，因出巾箱中藥，以投鎗，鎗即成酒焉。」（《北堂書鈔》卷一三五、《御覽》卷七四三並引，《書鈔》作《孔氏志怪》）

阿香

義興〔一〕人姓周，永和年中出都〔二〕，乘馬，從兩人行。未至村，日暮，道邊有一新小草屋，見一女子出門望，年可十六七，姿容端正，衣服鮮潔。見周過，謂曰：「日已暮，前村尚遠，臨賀詎得至？」周便求寄宿，此女爲然火作食。

向至一更，聞外有小兒唤「阿香」聲，女應曰：「諾。」尋云：「官唤汝推雷車。」女乃辭行，云：「今有官事，當去。」夜遂大雷雨。

向曉女還。周既上馬，自異其處，返尋，看昨所宿處，止見一新塚，塚口有馬跡〔三〕及餘草，周甚驚惋。至後五年，果作臨賀〔四〕太守。（卷三）（原據《北堂書鈔》卷一五二、《藝文類聚》卷

二、《法苑珠林》卷四六、《初學記》卷一、《六帖》卷二、《天中記》卷二引《續搜神記》,《太平廣記》卷三一九引《法苑珠林》,《太平御覽》卷一三、《事林廣記》前集卷一、《錦繡萬花谷》前集卷二、《古今事文類聚》前集卷四、《古今合璧事類備要》前集卷三、《韻府羣玉》卷六、《山堂肆考》卷六引《搜神記》,《紺珠集》卷七干寶《搜神記》、《類説》卷七《搜神記》,《咸淳毗陵志》卷三〇《紀遺》校輯)

〔一〕義興,郡名,西晉置,治陽羨縣(今江蘇宜興市)。

〔二〕永和,東晉穆帝司馬聃年號(三四五—三五六)。都,京城,東晉京城爲建康,即今江蘇南京市。《廣記》引《法苑珠林》作「郭」,而據嚴一萍《太平廣記校勘記》,鈔宋本作「都」。《咸淳毗陵志》引(無出處)作「邑」。邑指陽羨縣,郭則指陽羨城之郭(外城)。

〔三〕跡,《珠林》《大正新脩大藏經》本及《廣記》作「尿」。

〔四〕臨賀,郡名,吴置,治臨賀縣(今廣西賀州市東南賀街鎮)。

南宋羅燁《新編醉翁談録》甲集卷一《小説開闢》著録小説話本名目,煙粉類中有《推車鬼》,疑即演此事。

虹丈夫

廬陵巴丘〔一〕人陳濟者,作州吏。其婦姓秦,獨在家。忽疾病,恍惚發狂,後漸差。常有一丈夫，長大，儀貌端正，著絳碧袍，采色炫燿，來從之。後常相期於一山澗間。至於寢處，不覺有人道相感接，忽忽如眠耳。如是積年。秦每往期會，不復畏難。比鄰人觀其所至，輒有虹見。秦云：「至水側，丈夫有金瓶，引水共飲。」後遂有娠。生兒如人，多肉，不覺有手足。濟尋假還，秦懼見之，乃内兒著甕〔二〕中。因見此丈夫，以金瓶與之，令覆兒。濟時醉眠在牖下，聞人與秦語，語聲至愴，濟亦不疑也。又丈夫語秦云：「兒小，未可得將去。不須作衣，我自衣之。」即以絳囊與裹之，令可時出與乳。于時風雨晦冥，鄰人見虹下其庭。秦常能辨佳食肴饌，豐美有異於常。丈夫復少時來，將兒去，亦風雨晦冥，人見二虹出其家。數年而來省母。

後秦適田，見二虹於澗，畏之。須臾，見丈夫云：「是我，無所畏。」從此遂踈。（卷三）

（原據《初學記》卷二、《山堂肆考》卷六引《續搜神記》，《太平御覽》卷一四引《搜神記》，《天中記》卷三引《神異傳》、《搜神記》，《太平廣記》卷三九六引《神異録》校輯）

〔一〕廬陵，郡名，東漢置，治石陽縣（今江西吉水縣東北），晉因之。巴丘，縣名，今江西峽江縣。

〔二〕甕，《廣記》作「盆」。

《太平廣記》卷三九六引《神異録》曰：「廬陵巴丘人陳濟，爲州吏，其婦秦在家。一丈夫長大端正，著絳碧袍，衫色炫耀，來從之。後常相期於一山澗。至於寢處，不覺有人道相感接。如是積年。村人觀其所至，輒有虹見。秦至水側，丈夫有金瓶，引水共飲，後遂有身。生兒如人，多肉。濟假還，秦懼見之，内于盆中。丈夫云：『兒小，未可得我去。自衣。』即以絳囊盛，時出與乳之。時輒風雨，隣人見虹下其庭。丈夫復少時來，將兒去，人見二虹出其家。數年而來省母。後秦適田，見二虹於澗，畏之。須臾，見丈夫云：『是我，無所畏。』從此乃絶。」明吴大震編《廣豔異編》卷六《陳濟妻》與此全同。

伯裘

酒泉郡〔一〕每太守到官，無幾輒卒死。後有渤海陳斐〔二〕見授此郡，憂愁不樂。將行，就卜者占其吉凶。卜者〔三〕曰：「遠諸侯，放伯裘，能解此〔四〕，則無憂。」斐仍不解此語，卜者報曰：「君去自當解之。」

斐既到官，侍醫有張侯，直醫〔五〕有王侯，卒有史侯、董侯，斐心悟曰：「此所謂『諸侯』矣。」乃遠之。即卧，思「放伯裘」之義，不知何謂。至夜半後，有物來上斐被上。斐覺，便以被冒取之。其物跳踉，音郎〔六〕，訇訇作聲。外人聞，持火入，欲殺之。魅乃言曰：「我實無惡意，但欲試府君耳。聽一相赦，當深報府君恩。」斐曰：「汝爲何物？而忽干犯太守？」

魅曰：「我本千歲狐〔七〕也，今變爲魅，垂垂化爲神，而正觸府君威怒，甚遭困厄，聽一放我。我字伯裘〔八〕，有年矣。若府君有急難，但呼我字，當自解矣。」斐乃喜曰：「真『放伯裘』之義也。」即便放之，小開被，忽然有赤光如震電，從户出。

明日，夜有擊户者，斐問曰：「誰？」答曰：「伯裘也。」問曰：「來何爲？」答曰：「白事。」問曰：「白何事？」答曰：「北界有賊發，奴也。」斐案發則驗。後每事先以語斐，於是酒泉境界無毫髮之姦，而咸曰「聖府君」〔九〕。

後經月餘，主簿李音私通斐侍婢，既而驚懼，慮爲伯裘所白，遂與諸侯謀殺斐。伺旁無人，便使諸侯持杖直入，欲格殺之。斐惶怖，即呼：「伯裘，來救我！」即有物如曳一疋絳，割然〔一〇〕作聲，音、侯〔一一〕伏地失魂，乃以次縛取之。考問來意故，皆服首。云斐未到官，音已懼失權，與諸侯謀殺斐。會諸侯見斥，事不成。斐即殺音等。伯裘乃謝斐曰：「未及白音姦情，乃爲府君所召，雖效微力，猶用慙惶。」

後月餘，與斐辭曰：「今得爲神矣，當上天去，不得復與府君相見往來也。」遂去不見。

（卷六）（原據《法苑珠林》卷五〇引《搜神異記》，《太平御覽》卷九〇九，《太平廣記》卷四四七，《海録碎事》卷九下、卷一三下引《搜神記》校輯）

〔一〕酒泉郡，西漢置，治禄福縣（晉改福禄縣，今甘肅酒泉市）。西晉末淪没，東晉、劉宋時先後屬前涼、西涼、北涼、北魏。

〔二〕渤海，郡名，漢置，治南皮縣（今河北南皮縣東北）。陳斐，《珠林》、《海録碎事》卷一三下作「陳裴」。

〔三〕卜者，《廣記》作「日者」。日者，亦即卜者。《史記》卷一二七《日者列傳》裴駰《集解》：「古人占候卜筮，通謂之日者。」

〔四〕能解此，《珠林》下有「者」字。

〔五〕直醫，值日醫生。「直」通「值」。

〔六〕音郎，此注見《御覽》。《御覽》所引《續搜神記》及《搜神記》多有注文，不知何人加。《四庫全書》本及鮑崇城刊本「郎」作「狼」。

〔七〕千歲狐，《珠林》作「百歲狐」（《四庫全書》本乃作「千歲狐」），《御覽》作「百年狐」（《四庫全書》本乃作「千年狐」）。按：《太平廣記》卷四四七引《玄中記》：「（狐）千歲即與天通，爲天狐。」伯裘後上天爲神，應是千歲狐。

〔八〕伯裘，此狐之名字，裘取狐裘之義，伯言其行大。《詩經·豳風·七月》：「取彼狐貍，爲公子裘。」《禮記·玉藻》：「君衣狐白裘……錦衣狐裘，諸侯之服也。」

〔九〕聖府君，《珠林》作「聖君出」，《四庫全書》本乃作「聖府君」，《御覽》作「聖君」。

〔一〇〕剨（huō）然，象聲詞。

〔一一〕音侯，《四庫全書》本作「諸侯」。

蛟子

長沙有人，忘其姓名，家住江邊。有女子渚次澣紗〔一〕，覺身中有異，復不以爲患，遂妊身。生三物，皆如鮧夷、提二音。魚〔二〕。女以己所生，甚憐異之，乃着藻槃〔三〕水中養之。經三月，此物遂大，乃是蛟子〔四〕。各有字，大者爲「當洪」，次者名「破阻」，小者名「撲岸」。天暴雨水，三蛟一時俱出，遂失所在。後天欲雨，此物輒來。女亦知其當來，便出望之。蛟子亦出頭望母，良久方復去。經年，後女亡，三蛟子一時俱至其墓所哭之，經日乃去。聞其哭聲，狀如狗號。（卷七）

（原據《太平御覽》卷九三〇、《太平廣記》卷四二五引《續搜神記》校輯）

〔一〕此句《廣記》作「有女下渚澣衣」。女子，女兒。《左傳》襄公二十六年：「宋芮司徒生女子，赤而毛，棄諸堤下。」

〔二〕鮧（tí）魚，即鮎魚。《集韻》「齊」韻：「鮷、鮧、鯷，魚名。《説文》：大鮎也。或作鮧、鯷。」《爾雅翼·釋魚二》：「鮧魚，偃額，兩目上陳，頭大，尾小，身滑無鱗，謂之鮎魚，言黏滑也。」《廣記》作「鰕魚」。鰕（xiā），《爾雅·釋魚》：「鯢大者謂之鰕。」

〔三〕藻槃，即澡盤，盥洗用具。《廣記》作「澡盤」。

〔四〕蛟子，小蛟。《説文》虫部：「蛟，龍屬，無角曰蛟。……池魚滿三千六百，蛟來爲之長，能率魚而飛。」

袁山松《郡國志》載一事彷彿於此，《太平御覽》卷五二引曰：「梁州女郎山，張魯女浣衣石上，女便懷孕。魯謂邪淫，乃放之。後生二龍。及女死將殯，柩車忽騰躍昇此山，遂葬焉。其水旁浣衣石猶在，謂之女郎山。」

又南唐徐鉉《稽神録》卷三《史氏女》亦相類似：「溧水五壇村人史氏女，蒔花困倦，偃息樹下。見一物，鱗角爪距可畏，來據其上，已而有娠。生一鯉魚，養於盆中，數日益長，乃置投金瀨中。頃之，有人刈草，誤斷其尾，魚即奮躍而去，風雨隨之，入太湖而止。家亦漸富。其後女卒，每寒食，其魚輒從羣魚至一墓前。至今每閏年一至爾。」（《太平廣記》卷四七一有引）

楊生狗

晉太和〔一〕中，廣陵〔二〕人楊生養一狗，甚憐愛之，行止與俱。後生飲酒醉，行經大澤草中，眠不能動。時冬月，有野火起，風又猛〔三〕。狗周章〔四〕號喚，生醉不覺。前有一坑水，狗便走往眠水中，還以身壓〔五〕生左右。如此數四，周旋跬步〔六〕，草皆沾濕着地。火尋過去〔七〕。生醒，方見之。

他日又闇行，墮空井中，狗呻吟徹曉。須臾，有人逕過，怪犬向井號，往視見生。生曰：「君可出我，當厚報君。」人問：「以何物見與？」生云：「唯君耳。」人曰：「以此狗見與，便當相出。」生曰：「此狗曾活我於已死，不得相與，餘即無惜，任君所須也。」人曰：「若爾，便不成相出〔八〕。」狗因下頭目井，生知其意，乃語路人：「以狗相與。」人乃出之，繫狗而去。卻後五日，狗夜走還。（卷七）（原據《藝文類聚》卷九四、《太平御覽》卷九〇五、《太平廣記》卷四三七、《古今事文類聚》後集卷四〇、《古今合璧事類備要》別集卷八四、《羣書類編故事》卷二四、《天中記》卷五四等引《續搜神記》校輯）

〔一〕太和，東晉廢帝司馬奕年號（三六六—三七一）。
〔二〕廣陵，西漢置國，治廣陵（今江蘇揚州市），東漢改郡。
〔三〕以上十字《廣記》作「時方冬燎原，風勢極盛」。
〔四〕周章，環繞。明鈔本《廣記》作「周匝」。
〔五〕壓，《類聚》、《事文類聚》、《事類備要》、《類編故事》、《天中記》、《山堂肆考》卷二二二作「灑」。
〔六〕跬（kuǐ）步，半步，此指小步、碎步。
〔七〕此句《廣記》作「火至免焚」。
〔八〕以上七字《廣記》作「路人遲疑未答」。

句道興《搜神記》載李純犬事，與此相似，録於下：「昔有吴王孫權時，有李純者，襄陽紀南人也。有一犬字烏龍，純甚憐愛，行坐之處，每將隨。後純婦家飲酒醉，乃在路前野田草中倒卧。其時襄陽太守劉遐出獵，見此地中草木至深，不知李純在草醉卧，遂遣人放火燒之。然純犬見火來逼，與口曳純牽脱，不能得勝。遂於卧處直北相去六十餘步，有一水潤，其犬乃入水中，宛轉欲濕其體，來向純卧處四邊草上，周遍臥處令草濕。火至濕草邊，遂即滅矣。純得免難，犬燃死。太守及鄉人等與造棺木墳墓，高千餘尺，以禮葬之。今紀南有義犬冢，即此是也。聞之者皆云：『異哉，狗犬猶能報主之恩，何況人乎！』」

八卷本《搜神記》卷五亦載此事：「昔吴王孫權時，有李信純，是襄陽紀南人也。家養一犬，字曰黑龍，愛之尤甚，行坐相隨，飲饌之間，皆分與食。忽一日，於城外飲酒大醉，歸家不及，臥草中。時遇太守鄧瑕出獵，見田草深，不知人在草中醉眠，遣人縱火爇之。信純臥處，恰當順風。犬見火來，乃以口拽純衣，純亦不動。臥處北有一溪，相去三五十步，犬即奔往，入水濕身，走來臥處，周迴以身濕之。火至濕處即滅，獲免主人大難。犬運水困乏，致斃於側。俄爾信純醒來，見犬已死，遍身毛濕，甚訝其事。因四迴，覩犬蹤蹟，因爾慟哭。聞於太守，太守憫之，曰：『犬之報恩甚於人，人不知恩，豈如犬乎！』即命具棺槨衣衾葬之。今紀南有義犬塚，高十餘丈。」（按：明刊《搜神記》卷二〇輯入此條，誤也。）

李仲文女

武都〔一〕太守李仲文，在郡喪女，年十八，權假葬郡城北。後有張世之代爲郡，世之男字子長，年二十，侍從。在廏〔二〕中，夢一女，年可十七八，顔色不常。自言前府君女，不幸早亡，會今當更生，心相愛樂，故來相就。如此五六夕。忽然晝見，解衣服，薰香殊絶。遂爲夫妻，寢息，衣皆有汙，如處女焉。

後仲文婦遣婢視女墓，因過世之婦相聞〔三〕。入廄中，見此女一隻履在子長牀下。取之啼泣，呼言發塚。持履歸，以示仲文。仲文驚愕，遣問世之：「君兒何由得亡女履耶？」世之呼問兒，具陳本末。李、張並謂可怪，發棺視之，女體已生肉，顔姿如故，右脚有履，左脚無也。

後夕，子長夢女來曰：「夫婦情至謂偕老，而無狀忘履，以致覺露。我比得生，今爲所發。自爾之後，遂死肉爛，不得生矣。萬恨之心，當復何言！」泣涕而别。（卷八）（原據《法苑珠林》卷七五、《太平御覽》卷八八七引《續搜神記》，《太平廣記》卷三一九引《法苑珠林》校輯）

〔一〕武都，郡名，西漢置，晉時治下辨縣（今甘肅成縣西）。

〔二〕廄，《廣記》作「廨」，《御覽》作「郡」。按：廄，馬舍。官府馬廄有屋舍可以居處。《晉書·胡威傳》：「父質，以忠清著稱。……質之爲荆州也，威自京都定省……既至，見父，停廄中十餘日。」《宋書·五行志一》：「晉安帝義熙七年，晉朝拜授劉毅世子。毅以王命之重，當設饗宴親，請吏佐臨視。至日，國僚不重白，默拜於廄中。」

〔三〕相聞，問候，探訪。《廣記》「聞」作「問」。

事又載明吴大震《廣豔異編》卷三四、詹詹外史《情史類略》卷一三，分别題《張子長》、《李仲文女》，均鈔自《太平廣記》。

徐玄方女

東平馮孝將爲廣陵太守〔一〕，兒名馬子，年二十餘。獨卧廐中，夜夢見一女子，年十八九，言：「我是前太守北海〔二〕徐玄方女，不幸早亡，亡來出入四年〔三〕。爲鬼所枉殺，案生録，當年八十餘，聽我更生。要當有依憑了〔四〕，乃得生活，又應爲君妻。能從所委，見救活不？」馬子答曰：「可爾。」遂與馬子尅期〔五〕當出。

至期日，牀前地頭髪正與地平〔六〕，令人掃去，逾分明，始悟是所夢見者。遂屏除左右，人便漸漸額出，次頭面出，一炊頃，形體頓出。馬子便令前坐對榻上，陳説語言，奇妙非常。遂與馬子寢息，每誡云：「我尚虚，君當自節。」問：「何時得出？」答曰：「出當得本生日。」生日尚未至，遂住廐中。言語聲音，人皆聞之。

女計生日至，具教馬子出己養之方法，語畢拜去。馬子從其言，至日，以丹雄雞一隻、黍飯一盤、清酒一升，醊〔七〕其喪前，去廐十餘步。祭訖，掘棺出，開視，女身體完全如故。徐徐抱出，著氈帳中，唯心下微暖，口有氣。令婢四人守養護之。常以青羊乳汁瀝其兩眼，始開，口能咽粥，積漸能語。二百日中持杖起行，一期〔八〕之後，顏色肌膚氣力悉復常。乃遣報徐氏，上下盡來。選吉日下禮聘，爲三日〔九〕，遂爲夫婦。生二男一女。長男字元慶〔一〇〕，永嘉初爲祕書郎中〔一一〕。小男字敬度，作太傅掾〔一二〕。女適濟南〔一三〕劉子彥，徵士延世〔一四〕之孫也。（卷八）（原據《法苑珠林》卷七五、《太平御覽》卷八八七引《續搜神記》，《太平廣記》卷三七五引《法苑珠林》，《廣記》卷二七六引《幽明録》校輯）

〔一〕東平，初爲國，西漢置，治無鹽縣（今山東東平縣東），劉宋改郡。廣陵，《幽明録》作「廣平」（見附録）。廣平郡魏置，治曲梁縣（今河北永年縣東南舊永年）。

〔二〕北海，西漢置郡，東漢改國，晉因之，治劇縣（今山東昌樂縣東南）。

〔三〕此句《御覽》作「來至今四年」。出入，乃約略估計之辭，《韓非子·十過篇》：「獻公不幸離羣臣，出入十年矣。」

〔四〕了，了結，結果。

〔五〕尅期，約定時間。尅，同「剋」。

〔六〕此句前一「地」字《廣記》作「有」。《御覽》作「牀前地髣髴如人，正與地平」，《四庫全書》本作「牀前頭髮如人，正與地平」。按：徐女自地下浮出的奇異方式在唐人小説中仍有描寫。《驚聽録·李仲通婢》（《太平廣記》卷三七五）載，李仲通婢死，埋於鄢陵。「家人掃地，見髮出土中，頻掃不去。因以手拔之，鄢陵婢隨手而出，昏昏如醉」。

〔七〕醊（zhuì），以酒酹地而祭。

〔八〕一期（jī），一年。

〔九〕爲三日，漢魏六朝婚俗，三日成禮，期間宴集賓客，三日後正式成爲夫婦。本書《盧充》：「時爲三日，供給飲食。」《搜神記・紫珪》：「遂邀重入塚。三日三夜，重請還。」《世説・文學篇》：「婚後三日，諸婿大會。」皆是也。

〔一〇〕元慶，《御覽》及《廣記》鈔宋本（嚴一萍《太平廣記校勘記》）「慶」作「度」。

〔一一〕永嘉，西晉懷帝年號（三〇七—三一三）。祕書郎中，《御覽》、《廣記》無「中」字。《通志略・職官略・祕書郎》云：「晉祕書郎掌中外三閣經書，校閲脱誤，進賢一梁冠，絳朝服。亦曰郎中。武帝分祕書圖籍，例爲甲乙丙丁四部，使祕書郎中各掌其一。」祕書郎屬祕書省。

〔一二〕太傅掾，太傅屬員。晉制，太子太師、太傅、太保爲三師，輔導太子。

〔一三〕濟南，郡名，西漢置，治東平陵縣（今山東章丘市西），西晉末徙歷城縣（今濟南市）。

〔一四〕徵士，不就徵聘之士，即隱士。劉延世，名兆。《三國志》卷一一《魏書・王脩傳》注引《漢晉春秋》：「裒（王裒）與濟南劉兆字延世，俱以不仕顯名。」

《太平廣記》卷二七六引《幽明録》曰：「廣平太守馮孝將，男馬子。夢一女人，年十八九歲，言：『我乃前太守徐玄方之女，不幸早亡，亡來四年。爲鬼所枉殺，按生籙，乃壽至八十餘。今聽我更生，還爲君妻，能見聘否？』馬子掘開棺視之，其女已活，遂爲夫婦。」（按：明刊《異苑》卷八輯入，實據《廣記》引《幽明録》。）

《廣豔異編》卷一八、《情史類略》卷一〇亦載，分别題《徐太守女》、《馬子》，乃據《廣記》引《法苑珠林》。

徐玄方之女事與李仲文女事相類，唯李仲文女未得復生耳。冥合事有鍾繇、紫珪、談生、盧充等，傳説甚多。開棺復生事亦夥，如《博物志》卷七漢冢宫人、范明友奴、奚儂女，《搜神記》河閒女子、李娥、史姁（《列異傳》作「史均」）、顔畿、杜錫婢，《孔氏志怪》干瑩婢等事皆是。至冥合而又開棺復生，陶潛此二記爲較早之傳説。此類異聞後世亦多。

《廣記》卷三八六引《廣異記》（唐戴孚）曰：「吉州劉長史，無子，獨養三女，皆殊色，甚念之。其長女年十二，病死官舍中。劉素與司丘（按：當爲「兵」）掾高廣相善，俱秩滿，與同歸。劉載女喪還。高廣有子，年二十餘，甚聰慧，有姿儀。路次豫章，守冰不得行，兩船相去百餘步，日夕相往來。一夜，高氏子獨在船中披書，二更後有一婢，年可十四五，容色甚麗，直詣高云：『長史船中燭滅，來乞火耳。』高子甚愛之，因與戲調，妾亦忻然就焉，曰：『某不足顧，家中小娘子艷絶無雙，爲郎通意，必可致也。』高甚驚喜，意爲是其存者，因與爲期而去。至明夜，婢又來曰：『事諧矣，郎可便待。』高甚踴躍，立候於船外。時天無纖雲，月甚清朗。有頃，遥見一女自後船出，從此婢直來。未至十步，光彩映發，馨香襲人。高不勝其意，便前持之，女縱體入懷，姿態横發。乃與俱就船中，倍加款密。此後夜夜輒來，情念彌重。如此月餘日，忽謂高曰：『欲論密事，得無嫌難乎？』高曰：『固請説之。』乃曰：『兒本長史亡女，命當更生，業得承奉君子。若垂意相採，當爲白家令知也。』高大驚喜，曰：『幽明契合，千載未有，方當永同枕席,何樂如之!』女又曰:『後三日必生,使爲開棺,夜中以面乘霜露,飲以薄粥,當遂活也。』高許諾。明旦,遂白廣。廣未之甚信,亦以其絶異,乃使詣劉長史,具陳其事。夫人甚怒曰:『吾女今已消爛,寧有玷辱亡靈乃至此耶!』深拒之。高求之轉苦。至夜,劉及夫人俱夢女曰:『某命當更生,天使配合,必謂喜而見許,今乃靳固如此,是不欲某再生耶?』及覺,遂大感悟,亦以其姿色衣服,皆如所白,乃許焉。至期,乃共開棺,見女姿色鮮明,漸有暖氣。家中大驚喜。乃設幃幕於岸側,舉置其中。夜以面承露,晝哺飲,父母皆守視之。一日,轉有氣息,稍開目,至暮能言。數日如故。高問其婢,云:『先女死,屍柩亦在舟中。』女既蘇,遂臨,悲泣與決。乃擇吉日,遂於此地成婚。後生數子。因名其地,號爲禮會村也。」卷三三〇引同書《張果女》亦相類。

南宋郭彖《睽車志》卷四載:「有士人寓迹三衢佛寺,忽有女子夜入其室。詢其所從來,輒云所居在近。詰其姓氏,即不答,且云:『相慕而來,何乃見疑?』士人惑之。自此,比夜而至,第詰之,終不言。居月餘,士人復詰之,女子乃曰:『方將自陳,君宜勿訝。我實非人,然亦非鬼也,乃數政前郡倅馬公之第幾女,小字絢娘。死于公廨,叢塗于此,即君所居之隣空室是也。然將還生,得接燕寢之久,今體已甦矣。君可具斤鍤,夜密發我棺,我自于中相助。然棺既開,則不復能施力矣,當懵然如熟寐。君但逼耳連呼我小字及行第,當微開目。即擁致卧榻,飲之醇酒,放令安寢,既寤,即復生矣。君能相從,再生之日,君之賜也,誓終身奉箕帚。』士人如其言,果再生。且曰:『此不可居矣。』脱金握臂,俾士人辦裝,與俱遁去。轉徙湖湘間,數年生二子。其後馬倅來衢,遷葬此女,視殯有損,棺空無物,大驚。聞官,盡逮寺僧鞫之，莫知所以。馬亦疑，若爲盜發取金帛，則不應失其屍。有一僧默念，數歲前士人隣居久之，不告而去。物色訪之，得之湖湘間。士人先孑然，復疑其有妻子，問其所娶，則云馬氏女也。因逮士人，問得妻之由。女曰：『可併以我書寄父，業已委身從人，惟父母勿念。』父得書，真其亡女筆札。遣老僕往視，女出與語，問家人良苦，無一遺誤。士人略述本末，而隱其發棺一事。馬亦惡其涉怪，不復終詰，亦忌見其女，第遣人問勞之而已。」

明湯顯祖《牡丹亭》傳奇，柳夢梅與杜麗娘先幽媾而後掘墳開棺，麗娘復生，關目全似上述諸事。清俞樾《茶香室叢鈔》卷一七謂《睽車志》事乃《牡丹亭》藍本，絢娘即麗娘也，而湯氏本人乃明謂麗娘事脱胎於李仲文女、馮孝將男事。《牡丹亭題詞》云：「傳杜太守事者，彷彿晉武都守李仲文、廣州守馮孝將兒女事，予稍爲更而演之。至於杜守收拷柳生，亦如漢睢陽王收拷談生也。」

劉他苟家鬼

樂安劉他苟〔一〕，家在夏口〔二〕。忽有一鬼，來住劉家。初因闇，髣髴見形如人，著白布袴。自爾後，數日一來，不復隱形，便不去。喜偷食，不以爲患，然且難之，初不敢呵罵。吉翼子者，强梁不信鬼，至劉家，謂主人：「卿家鬼何在？喚來，今爲卿罵之。」即聞屋梁作聲。時大有客，共仰視，便紛紜擲一物下，正著翼子面，視之，乃主人家婦女褻衣，惡猶著焉。衆共大笑爲樂，吉大慙，洗面而去。

有人語劉：「此鬼偷食，乃食盡，必有形之物，可以毒藥中之。」劉即於他家煮冶葛〔三〕，取二升汁，密齎還家。向夜，令舉家作糜〔四〕。食餘一甌，因瀉冶葛汁着内，著於几上，以盆覆之。至人定〔五〕後，更聞鬼從外來，發盆取糜。既訖，擲破甌出去。須臾，聞在屋頭吐，嗔怒非常，便棒打窗户。劉先以防備，與鬭，亦不敢入户。至四更中寂然，然後遂絶。（卷九）（原據《北堂書鈔》卷一四四、《初學記》卷二六、《太平御覽》卷八五九、《太平廣記》卷三一九、《天中記》卷四六引《續搜神記》校輯）

〔一〕樂安，原爲國，東漢置，治臨濟縣（今山東高青縣高宛鎮西北），後改郡，西晉復爲國，移治高苑縣（今鄒平縣東北）。劉宋又改郡，移千乘縣（今廣饒縣北）。劉他苟，《廣記》作「劉他」，當脱一字。《初學記》作「劉池苟」。《述異記》、《廣古今五行記》作「劉遁」（見附録）。

〔二〕夏口，古城，故址在今武漢市黄鵠山（即蛇山）東北。《廣記》引作「下口」。

〔三〕冶葛，又作野葛，一名鉤吻，有毒。王充《論衡·言毒》：「草木之中有巴豆、野葛，食之湊懣，頗多殺人。」又云：「毒螫渥者……在草則爲巴豆、冶葛。」《南方草木狀》卷上：「冶葛，毒草也。蔓生，葉如羅勒，光而厚。一名胡蔓草。」

〔四〕糜，粥也。《釋名·釋飲食》：「糜，煮米使糜爛也。」

〔五〕人定，亥時，即夜間九時至十一時。《古詩爲焦仲卿妻作》：「寂寂人定初。」

《太平御覽》卷九九〇引《述異記》（南齊祖沖之）曰：「晉義熙中，有劉遁者，居江陵。忽有鬼來遁宅上。遁貧無竈，以升鎗煮飯，飯欲熟，輒失之。尋覓，於籬下草中但得餘空鎗。遁密市治葛，煮以作糜，鬼復竊之。於屋北得鎗，仍聞吐聲，從此寂絶。」

《太平廣記》卷三二二引《廣古今五行記》（唐竇維鋈）曰：「安帝義熙中，劉遁母憂在家，常有一鬼來住遁家，搬徙牀几，傾覆器物，歌哭駡詈。好道人之陰私，僕役不敢爲罪。遁令弟守屋，遁見繩繫弟頭，懸著屋梁。狼狽下之，因失魂，踰月乃差。遁每爨，欲熟輒失之。遁密市野葛煮作糜，鬼復竊之，於屋北乃聞吐聲。從此寂滅。故世傳劉遁藥鬼。遁後爲劉毅參軍，爲宋高祖所殺。」按：此乃同一事之别聞，多有異情。

明馮夢龍《古今譚概・妖異部・藥鬼》即此事，文字頗簡。

盧充

盧充者〔一〕，范陽〔二〕人。家西三十里，有崔少府墓〔三〕。充年二十時，先冬至一日，出宅西獵戲。見有一麞，舉弓便射之。射已，麞倒而復走起，充步步趁之，不覺遠去。忽見道北一里許，高門〔四〕，瓦屋四周，有如府舍，不復見麞。到門中，有一鈴下〔五〕唱：「客前。」充問鈴下：「此何府也？」鈴下對曰：「崔少府府也。」充曰：「我衣弊惡，那得見貴人？」須臾，復有一人捉一襆〔六〕新衣，曰：「府君以此衣將迎郎君〔七〕。」充便取著，盡皆可體。進見少府，具展姓名。少府賜坐，爲設酒。酒炙數行，少府語充曰：「尊府君不以僕門鄙陋，近得書，爲君索小女爲婚，故相迎耳。」充起謙讓，少府便出書示之。父亡時充雖小，然已識父手跡，便即歔欷，無復辭託。少府便敕内：「盧郎已來，便可使女郎莊嚴〔八〕，既就東廊。」至黄昏，内白女郎嚴飾竟。少府語充：「君可至東廊。」既至廊，婦已下車，立席頭，即共拜。時爲三日，供給飲食。

三日畢，還見少府，少府謂充曰：「君可歸去。若女有娠相，生男，當以相還，無相疑；生女，當自留養。」勑外嚴車送客，充便辭出。少府送至中門，執手涕零，離别之感，無異生人。出門見一犢車，駕青牛。又見本所著衣及弓箭，故在門外。尋遣傳教，將一人捉襆衣與充，相問曰：「姻援〔九〕始爾，别甚悵恨。今故致衣一襲，被褥自副〔一〇〕。」充便上車去，馳如電逝。須臾至家，母見悲喜，推問其故，充悉以狀對。知少府是亡人，所見屋宅，並皆墳墓，追以懊惋。

别後四年，至三月三日〔一一〕，充臨水戲。忽見傍水有二犢車，乍沈乍浮。既而上岸，四坐皆見。而充往開其車後户，見崔氏女，與其三歲男兒共載。充見之忻然，欲捉其手。女舉手指後車曰：「府君，見之。」即迴視，便見少府，充便趨往問訊。女抱兒以還充，又與金鋺别，並贈詩一首曰：「煌煌靈芝質，光麗何猗猗〔一二〕！華豔當時顯，嘉異〔一三〕表神奇。含英未及秀，中夏罹霜萎。榮耀長幽滅，世路永無施。不悟陰陽運，哲人忽來儀〔一四〕。會淺離别速，皆由靈與祇。何以贈余親，金鋺可頤兒。愛恩從此别，斷腸傷肝脾。今時一别後，何得重會時？」充取兒、鋺及詩畢，忽不見二車處。充將兒還，四坐謂是鬼魅，僉遥唾之，而兒形貌如故。問兒：「誰是汝父？」兒逕就充懷。衆初怪惡，傳省其詩，慨然歎死生之玄通，人鬼之合禮也。

充後乘車詣市賣鋺，高舉其價，不欲速售，冀有識者。欻有一老婢識此鋺，問充得鋺之由。還白大家〔一五〕曰：「市中見一人乘車，賣崔氏女郎棺中金鋺。」大家即是崔氏親姨母也。遣兒視之，果如婢言。乃上車叙其姓名，語充曰：「昔我姨姊，少府女，未出而亡〔一六〕，家親痛之，贈一金鋺著棺中。今視卿鋺甚似，可説得鋺本末不？」充以事對，此兒亦爲悲咽。便齎還白母，母即令詣充家迎兒還。五親悉集。兒有崔氏之狀，又復似充之貌。兒鋺俱驗。姨母曰：「此我外甥也。我甥三月末間産，父曰：『春煖温也，願休〔一七〕强也。』即字温休。温休者是幽婚也〔一八〕，其兆先彰矣。」

兒大，遂成令器，歷數郡二千石〔一九〕，皆著績。子孫冠蓋，相承至今。其後植，字子幹，爲漢尚書，子毓，爲魏司空〔二〇〕，有名天下。（卷一〇）（原據《藝文類聚》卷四、《法苑珠林》卷七五、

《太平御覽》卷三〇、《事類賦注》卷四、《天中記》卷四、《山堂肆考》卷一〇引《續搜神記》,《六帖》卷四、《歲華紀麗》卷一、《御覽》卷八八四、《太平廣記》卷三一六、《歲時廣記》卷一九引《搜神記》,《世説新語·方正篇》注引《孔氏志怪》,《琱玉集》卷一二引《世説》等校輯)

〔一〕此句《珠林》前原有「晉時有」三字,乃道世所加,今删。《蒙求集註》卷上引《孔氏志怪》(《古本蒙求》譌作《孫氏志怪》)前有「漢」字,《琱玉集》稱「盧充,後漢范陽人也」。

〔二〕范陽,縣名,秦置,治今河北定興縣西南固城鎮,屬廣陽郡,三國魏屬范陽郡。

〔三〕以上十字《蒙求》注、《分門類林雜説》卷一三引《孔氏志怪》作「家西四十里有崔少府女墓」。少府,漢代爲九卿之一,秩中二千石,掌宫廷財政。

〔四〕以上九字《珠林》作「忽見道北一里門」。《類聚》、《世説》注引《孔氏志怪》作「忽見一里門」。《御覽》卷三〇、《事類賦注》、《天中記》作「忽見一黑門」,「黑」乃「里」之譌。

〔五〕鈴下,衛士。

〔六〕捉,握,持。《御覽》卷八八四、《廣記》作「投」,《世説》注引《孔氏志怪》作「提」。襆(fú),包袱。

〔七〕此句《御覽》卷八八四作「府君以此繫郎」,《四庫全書》本「繫」作「遺」;《廣記》作「府君以遺郎」。

〔八〕莊嚴,裝飾周正。

〔九〕姻援,即姻緣。《宋書》卷九五《索虜傳》:「至此非唯欲功名,實是貪結姻援。」《魏書》卷五八《楊椿傳》:「吾自惟文武才藝、門望姻援,不勝他人。」又卷一〇三《蠕蠕傳》:「予成知悔前非,遣使請和,求結姻援。」《珠林》《大正新脩大藏經》本「援」作「媛」。姻媛,亦姻緣之意。《太平廣記》卷三四四引《河東記·成叔弁》:

「有田家郎君願結姻媛。」《廣記》中華書局點校本、《四庫全書》本、《筆記小説大觀》本作「姻緣」。

〔一〇〕自副，成套。《世説》注、《琱玉集》作「一副」。

〔一一〕三月三日，即上巳節，古頗重之。初爲三月第一個巳日，魏以後定爲三月三日。《後漢書·禮儀志上》曰：「是月上巳，官民皆絜於東流水上，曰洗濯祓除去宿垢疢爲大絜。」梁宗懔《荆楚歲時記》曰：「三月三日，士民竝出江渚池沼間，爲流杯曲水之飲。」《宋書·禮志二》曰：「舊説後漢有郭虞者，有三女。以三月上辰産二女，上巳産一女。二日之中而三女竝亡，俗以爲大忌，至此月此日不敢止家，皆於東流水上爲祈禳，自潔濯，謂之禊祠。分流行觴，遂成曲水。史臣案《周禮》女巫掌歲時祓除釁浴，如今三月上巳如水上之類也。釁浴謂以香薰草藥沐浴也。《韓詩》曰：『鄭國之俗，三月上巳，之溱洧兩水之上，招魂續魄，秉蘭草，拂不祥。』此則其來甚久，非起郭虞之遺風、今世之度水也。……自魏以後，但用三日，不以巳也。」梁吴均《續齊諧記》亦記有此節之由來，云：「晉武帝問尚書郎摯虞仲治：『三月三日曲水，其義何旨？』答曰：『漢章帝時，平原徐肇以三月初生三女，至三日俱亡。一村以爲怪，乃相與至水濱盥洗，因流以濫觴。曲水之義蓋在此矣。』帝曰：『若如所談，便非嘉事也。』尚書郎束皙進曰：『仲治小生，不足以知此。臣請説其始：昔周公成洛邑，因流水泛酒，故逸詩云：「羽觴隨波流。」又秦昭王三月上巳置酒河曲，見金人自河而出，奉水心劍曰：「令君制有西夏。」及秦霸諸侯，乃因此處立爲曲水。二漢相緣，皆爲盛事。』帝曰：『善。』賜金五十斤。左遷仲治爲城陽令。」然此乃傳聞，不足信也。南宋王楙《野客叢書》卷一六《上巳祓除》云：「自漢以前，上巳不必三月三日，必取巳日。自魏以後，但用三月三日，不必巳也。」

〔一二〕猗猗，《詩經·衛風·淇奥》：「緑竹猗猗。」毛傳：「猗猗，美盛貌。」

〔一三〕異，《珠林》作「會」。

〔一四〕哲人，才識卓越之人，此指盧充。儀，來也。《方言》卷一：「儀、佫，來也。陳潁之間曰儀，自關而東，周鄭之郊、齊魯之間，或謂佫曰懷。」

〔一五〕大家，奴僕對主人之稱呼。

〔一六〕以上十一字《廣記》作「昔我姨嫁少府，女未出而亡」。

〔一七〕休，美也，祥也。

〔一八〕按：此乃「反語」，即反切。古音「温」與「婚」韻母同，而與「幽」聲母同，「休」與「幽」、與「婚」亦然。「温」之聲母與「休」之韻母相切得「幽」字，「休」之聲母與「温」之韻母相切得「婚」字。

〔一九〕二千石，漢世九卿、郎將、郡守秩二千石。分三等：中二千石，月得百八十斛（十斗）；二千石，百二十斛；比二千石，百斛。遂以二千石稱郡守。

〔二〇〕《後漢書》卷六四《盧植傳》：植字子幹，涿郡涿（今河北涿州市）人。少事馬融。靈帝時歷仕太守、議郎、侍中、尚書，獻帝初平三年（一九二）卒。《三國志》卷二二《魏書·盧毓傳》：植子毓，字子家，仕魏爲太守、侍中、僕射、吏部尚書、光禄大夫、司空，高貴鄉公甘露二年（二五七）卒，謚成侯。孫藩嗣。毓子欽、珽。魏元帝咸熙（二六四—二六五）中欽爲尚書，珽爲泰山太守。裴注引《世語》曰：「欽泰始中爲尚書僕射，領選，咸寧四年（二七八）卒。追贈衞將軍、開府。」引《晉諸公傳》曰：欽子浮，「朝廷器重之，就家以爲國子博士，遷祭酒，永平中爲祕書監。珽子皓、志，並至尚書」。又引《諶別傳》曰：「諶（志子）善文章。洛陽傾覆，北投劉琨，琨以爲司空從事中郎。琨敗，諶歸段末波。元帝之初，累召爲散騎中書侍郎，不得南赴。永和六年（三五〇），卒於胡中，子孫過江。」盧氏從植至諶，五世皆高官。

《世説新語・方正篇》云：「盧志於衆坐，問陸士衡：『陸遜、陸抗是君何物？』答曰：『如卿於盧毓、盧珽。』士龍失色。既出户，謂兄曰：『何至如此？彼容不相知也。』士衡正色曰：『我父祖名播海内，寧有不知？鬼子敢爾！』識者疑二陸優劣，謝公以此定之。」陸機罵盧志「鬼子」，知西晉已傳盧氏先人冥婚生子事。

東晉孔約《志怪》（《孔氏志怪》）已載此事，見《世説新語・方正篇》注、《分門類林雜説》卷一三、《杜工部草堂詩箋》卷二七注、《蒙求》注卷上引。《琱玉集》卷一二引《世説》，實即《世説》注。《搜神後記》當採自孔約《志怪》。

明刊《搜神記》、《搜神後記》皆輯入此事，前者文繁後者文簡。

明梅鼎祚《才鬼記》卷一《崔少府君女》，注《搜神記》，乃轉引《廣記》。又引《孔氏志怪》，乃轉引《世説》注。《豔異編》卷三六《盧充》、詹詹外史《情史類略》卷二〇《崔少府女》，皆亦據《廣記》。《五朝小説・魏晉小説》志怪家及《重編説郛》卷一一七《續幽明録》（妄題唐劉孝孫）之《盧充》，明冰華居士《合刻三志》志鬼類、清蓮塘居士《唐人説薈》一五集等所收《才鬼記》（妄題唐鄭蕡）之《盧充》，均亦取自《廣記》。

劉義慶　幽明録

《幽明録》又題作《幽冥録》、《幽冥記》，宋劉義慶撰。是書《宋書》卷五一、《南史》卷一三《劉義慶傳》未録。《隋書·經籍志》雜傳類著録《幽明録》二十卷，劉義慶撰。兩《唐志》作三十卷，蓋分卷不同，《新志》改入小説家類。唐釋法琳《破邪論》卷下云：「宋臨川康王義慶撰《宣驗記》一部，又撰《幽明録》一部。」道宣《集神州三寶感通録》卷下亦著録《宣驗記》及《幽明録》，前者作者譌作劉度（按：一本作「劉度之」），後者作宋臨川（按：一本作「臨川王」）。以後書目不見著録，唯《通志·藝文略》傳記類冥異屬據《隋志》著録。當佚於南宋。南宋洪邁《夷堅三志辛序》云：「《幽明録》今無傳於世。」唐宋類書等引有佚文。曾慥《類説》卷一一摘録《幽明録》六條。《説郛》卷三《談壘》摘《幽明録》三條（第一條嵇康、阮德如事合爲一條）。今存各本皆輯本。《重編説郛》卷一一七、《五朝小説·魏晉小説》輯十一條（《魚報》誤輯《太平御覽》卷六七引辛氏《三秦記》），屬選輯性質。清胡珽《琳琅祕室叢書》刊本（據錢曾述古堂鈔本）輯一百五十八條。王仁俊《玉函山房輯佚書補編》從《太平寰宇記》卷一一五輯「蘆塘」一條。魯迅《古小説鉤沉》輯二百六十五則，有漏輯誤輯者。

劉義慶，彭城（今江蘇徐州市）人。生於晉安帝元興二年（四〇三），卒於宋文帝元嘉二十一年（四四四）。宋宗室，長沙景王道憐第二子，出嗣臨川王道規，永初元年（四二〇）襲封臨川王。歷仕侍中、丹陽尹等，先後爲荆州、江州、南兗州刺史，並帶都督，加開府儀同三司。卒贈司空，謚康王。事迹具《宋書》卷五一、《南史》卷一三本傳。義慶好文學，聚招才學之士，袁淑、陸展、何瑜、鮑照等皆引爲佐史國臣。著述頗多，傳稱文辭「足爲宗室之表」。著有《徐州先賢傳贊》九卷、《江左名士傳》一卷、《集林》二百卷、《後漢書》五十八卷、文集八卷（見本傳及《隋志》、《唐志》）。小説除《幽明録》，尚有《宣驗記》十三卷、《世説新語》八卷、《小説》十卷。《世説》今存，作三卷，餘皆佚。

《幽明録》之名，取義於《周易・繫辭》：「是故知幽明之故。」注：「幽明者，有形無形之象。」内容包羅萬象，博採廣收，文辭焕發，乃志怪佳製。若論南朝稗家巨擘，非義慶莫當焉。

藻居

漢武帝與羣臣宴於未央〔一〕，方噉黍臛〔二〕。忽聞人語云：「老臣冒死自訴。」不見其形。尋覓良久，梁上見一老翁，長八九寸，面目赬皺，鬚髮皓白，拄杖僂步，篤老之極。帝問曰：「叟姓字何？居在何處？何所病苦，而來訴朕？」翁緣柱而下，放杖稽首，嘿而不言。因仰頭視屋，俯指帝脚，忽然不見。帝駭愕，不知何等，乃曰：「東方朔必識之。」於是召方朔以告。朔曰：「其名爲『藻居』〔三〕，水木之精。夏巢幽林，冬潛深河。陛下頃日〔四〕頻興造宫室，斬伐其居，故來訴耳。仰頭看屋，殿名未央也；而復俯指陛下脚者，足也，願陛下宫室足于此〔五〕。」帝感之，既而息役。

幸瓠子河〔六〕，聞水底有弦歌聲，肴饍芬芳〔七〕。前梁上翁及年少數人，絳衣素帶，纓佩甚鮮，皆長八九寸，有一人長尺餘，淩波而出，衣不霑濡，或有挾樂器者。帝方食，爲之輟膳，命列坐於食案前〔八〕。帝問曰：「聞水底奏樂，爲是君耶？」老翁對曰：「老臣前昧死歸訴，幸蒙陛下天地之施，即息斧斤，得全其居，不勝歡喜，故私相慶樂耳。」帝曰：「可得奏樂否？」曰：「故賫樂來，安敢不奏！」其最長人便治〔九〕弦而歌，歌曰：「天地德兮垂至仁，愍幽魄兮停斧斤。保窟宅兮庇微身，願天子兮壽萬春！」歌聲小大，無異於人，清徹繞越梁棟。又二人鳴管撫節，調契聲諧。帝歡悦，舉觴並勸曰：「不德不足當雅貺。」老翁等並起拜受爵，各飲數升不醉。獻帝一紫螺殼，中有物，狀如牛脂。帝問曰：「朕闇，無以識此物。」曰：「東方生知之耳。」帝曰：「可更以珍異見貽。」老翁顧命取洞穴之寶。一人受命，下没淵底。倏忽還到，得一大珠，徑數寸，明耀絶世。帝甚愛翫。翁等忽然而隱。

帝問朔：「紫螺殼中何物？」朔曰：「是蛟龍髓。以傅面，令人好顏色。又女子在孕，産之必易。」會後宫産難者，試之，殊有神效。帝以脂塗面，便悦澤。又曰：「何以此珠名洞穴珠？」朔曰：「河底有一穴，深數百丈，中有赤蚌，蚌生珠，故以名焉。」帝既深歎此事，又服朔之奇識。（據中華書局汪紹楹點校本《太平廣記》卷一一八引《幽明録》，又《北堂書鈔》卷一

四四、《藝文類聚》卷八四、《太平御覽》卷二二二又卷八五〇又卷八八六、《事類賦注》卷九並引

〔一〕「與羣臣」三字《廣記》原引無，據《書鈔》、《御覽》卷二二二及卷八八六引補。《御覽》卷八五〇乃作「與近臣」。未央，宫殿名。《三輔黄圖》卷二《漢宫》載：「高祖七年（前二〇〇）蕭何造未央宫，立東闕、北闕、前殿、武庫、太倉，周迴二十八里。至孝武時又增修。《西京雜記》卷一云：「未央宫周迴二十二里九十五步五尺，街道周迴七十里。臺殿四十三，其三十二在外，其十一在後宫。池十三，山六。池一、山一亦在後宫。門闥凡七十五。」新莽末毁於兵火。故址在今西安市西北郊漢長安故城内西南隅。

〔二〕黍膗（huò），加黍米之肉羹。《説文》四下肉部：「膗，肉羹也。」七上米部「糂」字段注：「古之羹必和以米。」「膗」又作「臛」，《書鈔》、《御覽》俱引作「臛」。又，《御覽》卷二二二引《窮神祕苑》引此句作「方食棗」。

〔三〕藻居，原作「藻」。《御覽》卷八八六引曰「其名爲藻，兼水木之精也」，亦名藻。又卷二二二引曰「此水木之精，其名藻兼」，蓋以「兼」字屬上句而誤爲「藻兼」耳（《鉤沉》正誤爲「藻兼」）。按：《北堂書鈔》卷一五八引祖台之《志怪》作「其名藻居，兼水木之精」（見附録），是其名應作「藻居」，以藻爲居，正合「夏巢幽林，冬潛深河」之性。《廣記》、《御覽》皆脱「居」字，今據《志怪》補正。

〔四〕頃日，近日。

〔五〕「仰頭」至此，原無「殿名未央也」一句。《御覽》卷八八六作「仰視屋者，殿名未央也；俯視脚者，脚，足也，願止足於此也」，卷二二二引作「所視殿名未央，下視脚者，足於此也」。今據《御覽》前引補「殿名未央也」。祖台之《志怪》云：「曰仰視殿屋，殿名未央，訴陛下方侵其居宅未央也；俯指陛下脚者，足也，願陛下宫殿足於此，不願更造也。」文義較勝。

〔六〕瓠子河，古水名，自今河南濮陽市南分黄河水，東北入今山東注入濟水，後湮。《史記》卷二六《河渠書》載：西漢元光中黄河決入瓠子河，元封二年，發卒數萬塞決，漢武帝親臨，作《瓠子歌》。本文云「幸瓠子河」，指此。《西京雜記》卷二云：「瓠子河決，有蛟龍從九子自決中遂上入河，噴沫流波數十里。」所記爲河決時之異聞。《類聚》、《事類賦注》引作「河渚」，《御覽》卷八八六譌作「河者」，鮑崇城本作「渚」。祖台之《志怪》作「河都」。

〔七〕此四字據《御覽》卷八八六補。

〔八〕前，《御覽》卷八八六作「上」。

〔九〕治，此字原無，據《御覽》卷八八六補。

此事先載於祖台之《志怪》，《北堂書鈔》卷一五八引曰：「漢武帝與近臣宴會于未央殿，忽聞人語云：『老臣冒死自陳。』乃見屋梁上有一老翁，長八九寸，拄杖僂步，篤老之極。緣柱而下，放杖稽首，嘿而不言。因仰首視殿屋，俯指帝脚，忽然不見。東方朔曰：『其名藻居，兼水木之精。春巢幽林，冬潛深河。今造宫室，斬伐其居，故來訴於帝。曰仰視殿屋，殿名未央，訴陛下方侵其居宅未央也；俯指陛下脚者，足也，願陛下宫殿足於此，不願更造也。』上爲之息宫寢之役。居少時，帝親幸河都，聞水底有絃歌之聲，又有善芥（按：有脱譌）。須臾，前梁上老翁及年少數人，絳衣素帶，纓佩乘藻，甚爲鮮麗，淩波而出，衣不沾濡。帝問曰：『聞水底奏樂聲，爲君耶？』老翁對曰：『老臣前昧死歸訴，幸蒙陛下天地之施，即止息斧斤，得全其居宅，不勝嘉歡，故私相慶樂耳。』獻帝一紫螺殼，狀如牛脂。帝曰：『朕闇，無以識君，東方生知耳。君可思以吴□貽之。』老翁乃顧命取洞穴之寶。一人即受命，下汲泉底，倏忽還到，奉大珠徑寸，明耀絶世。帝甚翫焉。問朔：『何以識此珠爲洞穴之寶？』朔曰：『河底有洞穴之寶。』帝以五千萬錢賜朔，取其珠。」

梁任昉《述異記》卷下亦云：「漢武宴於未央宮，忽聞人語云：『老臣負自訴。』不見其形。良久，見梁上一老翁，長八九寸，面皺鬚白，拄杖僂步至前。帝問曰：『叟何姓名？所訴者何？』翁緣柱放杖，叩頭不言。因仰視屋，俯視帝脚，忽不見。帝駭懼，問東方朔，朔曰：『其名爲藻，兼水木之精也。陛下頃來頻興宮室，斬伐其居，故來訴耳。仰頭看屋而後視陛下脚者，願陛下宮室足於此，不欲更造。』帝乃息役。後帝幸瓠子河，聞水底有絃歌之聲，置肴膳芬芳於帝前。前梁上翁及數年少，絳衣紫帶佩纓，皆長八寸，一人最長，長尺餘，淩波而出，衣不沾濕，或挾樂器。帝問之曰：『向所聞樂，是公等奏耶？』對曰：『臣前昧死歸訴，蒙陛下息斤斧，得全其居，故相慶樂耳。』遂奏樂，獻帝洞穴珠一枚，遂隱不見。帝問方朔：『何謂洞穴珠？』朔曰：『河底有一穴，深數百丈，中有赤蚌，蚌生此珠，徑寸，明耀絶世矣。』帝遂寶愛此珠，置於内庫。」

唐焦璐《窮神祕苑》嘗引《幽明録》此事，見《御覽》卷二二。

明吴大震輯《廣豔異編》卷一取入，題《未央老翁》。馮夢龍《古今譚概·荒唐部》亦略載之，題《藻兼》。

晉崔豹《古今註》卷下載水君，五代馬縞《中華古今註》卷下作水居，亦藻居之類。曰：「水君（居），狀如人，乘馬，衆魚皆遵從之，一名魚伯，大水乃有之。漢末有人於河際見之。」

黄金潭金牛

巴丘縣自金崗以上二十里〔一〕，名黄金潭，莫測其深。上有瀨，亦名黄金瀨。古有釣於此潭，獲一金鎖，引之，遂滿一舡。有金牛出，聲貌奔壯〔二〕。釣人波駭〔三〕，牛因奮勇，躍而還潭。鎖將乃盡，釣人以刀斫得數尺。潭、瀨因此取名。（據上海古籍出版社版汪紹楹點校本《藝文類聚》卷八三引《幽明録》，又《太平御覽》卷八一一又卷九〇〇、《事類賦注》卷九並引）

〔一〕巴丘縣，時屬廬陵郡，今江西峽江縣。金崗，《御覽》卷八一一、《事類賦注》引作「百金崗」，乃以「自」字作「百」。二十里，《御覽》卷九〇〇作「卅里」。

〔二〕「貌」字原無，據《御覽》、《事類賦注》補。

〔三〕波駭，震動驚駭之意。《事類賦注》作「駭懼」。

《幽明録》尚有牛渚津金牛事類此，《類聚》卷八三引曰：「淮牛渚津水極深，無可筭計。人見一金牛，形甚瑰壯，以金爲鎖絆。」《御覽》卷七一又卷八一一亦引。

當塗亦有金牛渚。《太平寰宇記》卷一〇五《太平州・當塗縣》曰：「牛渚山，在縣北三十五里，突出江中，謂爲牛渚圻……《輿地志》云：『牛渚山首有人潛行，去此處連洞庭，旁通無底，見有金牛狀異，乃驚怪而出。』」又云：「金牛渚，在縣西北十里，東方朔《神異記》云有銅，與金相似。又云昔有金牛起于此山，入牛渚。坎穴猶存。」

《御覽》卷八九九引袁喬《江賦》注曰：「吴時有錢約釣於牛渚，獲一金鎖，引之則金牛，汎然而出，約懼而捨。因以爲名。」《五色線》卷上亦云：「袁嶠《江賦》有金牛渚，張安見金牛帶鎖於水上，因名。」亦爲牛渚金牛事。

古傳鎖牛出水事極多，不止巴丘、牛渚。

《御覽》卷六六引鄧德明《南康記》曰：「贛潭，在郡下。昔有長者，於此潭以釣爲事，恒作《漁父歌》，其聲慷慨。忽聞綸動，須臾一物，形似小水牛，眼光如鏡，或言水犀，浮躍逐綸，角帶金鏁。釣客因引得鏁出水，數十丈，鏁斷，餘數丈，盡是珍寶。」

贛潭當在贛縣（西晉在今江西贛州市東北贛江北岸，東晉移治今贛州市），其時爲南康郡治。《輿地志》所載乃作儲潭。《御覽》卷四八引曰：「儲潭山……常有漁者釣於此潭，得金鎖縈，引舟中，向數百丈。忽一物隨鎖而來，其形如水牛，眼赤角白。及見人驚駭拽走，而漁者以刀斷得數尺，不知其所由然也。」《寰宇記》卷一〇八《虔州・贛縣》云：「儲潭祠，在縣北二十里。」

《御覽》卷九〇〇引郭季産《集異記》曰：「兖州人船行，忽見水上有浮鎖，牽取得數許丈，乃得一白牛，與常牛無異，而形甚光鮮可愛。知是神物，乃放之。牛于是入水，鎖亦隨去。」兖州，魏晉治廩丘縣（今山東鄆城縣西北），劉宋移治瑕丘城（今山東兖州市）。

餘。後人往往見牛夜出,光曜數十里也。」九真,郡名,在今越南。

《御覽》同卷又引劉欣期《交州記》云:「九真居鳳山夷人,有一嫗向田,見金牛出食,斫得鼻鎖長丈餘。後人往往見牛夜出,光曜數十里也。」九真,郡名,在今越南。

又引竺法真《登羅山疏》曰:「增城縣南有烈清洲,洲南又有牛潭。漁人見金牛常出水盤石上。義熙中,縣民張安釣此潭,於石上躡得金鏁,大如指,長數十尋,尋之不已。俄有物從水中引之,力不能禁,以刀斫斷,唯得數尺,遂致大富。後義興周靈分亦好釣,嘗見此牛寢伏石上,旁有金鎖。往掩之,得二丈許。遂以財雄,爲南江都尉。」增城縣今爲市,屬廣東。

《羅浮山記》亦載牛潭金牛事,《御覽》卷六六引曰:「牛潭,深洞無極,北岸有石,周圍長三丈許。漁人見牛自水而出,盤於此石。」

唐梁載言《十道志》亦有記,《太平廣記》卷四三四引曰:「增城縣東北二十里,深洞無底。北岸有石,周圍三丈。漁人見金牛自水出,盤于此石。義熙中,縣人常於此潭石得金鏁,尋之不已。俄有牛從水中引之,握不禁,以刀扣斷,得數段,人遂致富。其後義興周靈甫常見此牛宿伏石上,旁有金銀如繩焉。靈甫素驍勇,往掩之,此牛掣斷其鏁,得二丈許,遂以財雄也。」

《寰宇記》卷一〇〇《福州·閩縣》云:「金鏁江,在州西二十里。《閩中記》云:『昔有漁父垂釣,得金鏁,引鏁盡,見金牛奔涌。漁者急挽至岸,牛斷,猶得鏁長二尺。晉康帝詔于此立廟,其神甚靈。』」《閩中記》,唐林諝撰。閩縣,今福建福州市。

劉敬叔《異苑》卷二云:「晉康帝建元中,有漁父垂釣,得一金鎖,引鎖盡,見金牛,急挽出,牛斷,猶得鎖長二尺。」未言其地，蓋亦閩縣也。

或但言水中出牛，而不云及金鎖，此等記載亦夥。如《御覽》卷九〇〇引劉道真《錢塘記》云：「明聖湖有金牛，嘗有見者，神化莫測，遂以名湖。」

又引史荃《武昌郡記》曰：「武昌牛崗，古老相傳云有金牛出此，今半已崩破，坑大數十丈，牛因躍出，踐崗邊石，遺迹尚在。」

《廣記》卷四三四引《渚宮故事》云：「桓玄在南，常出詣殷荆州。於鶴穴逢一老翁，羣驅青牛，形色瓌異。玄即以所乘牛易取，乘之至靈溪，駿駛非常。玄息駕飲牛，牛走入水不出。桓使覘守，經日絶迹。當時以爲神物。」

又引《稽神録》云：「京口居人晚出江上，見石公山下有二青牛，腹嘴皆紅，戲於水際。一白衣老翁長可三丈，執鞭於其旁。久之，翁迴顧見人，即鞭二牛入水，翁即跳躍而上。倏忽漸長，一舉足，徑上石公山頂，遂不復見。」

唐段成式《酉陽雜俎》續集卷八云：「勾漏縣大江中有潛牛，形似水牛，每上岸鬭，角軟還入江水，角堅復出。」

或又言山中金牛，非在水中。如《御覽》卷六四四引劉欣期《交州記》曰：「居風山，去郡四里。夷人從太守裴庠求市此山，云出金，既不許。尋有一嫗行田，見金牛出食，斫得鼻鏁長丈餘。後人往往見牛夜出，其色光耀數十里。」

《寰宇記》卷一四六《荆州·當陽縣》引《荆州記》云:「紫蓋山有金牛,每雲晦日,輒見金牛出食,光照一山。即金之精爾。」

唐李公佐《古岳瀆經》所寫楚州龜山下渦水神無支祁,與巴丘等處金牛事頗似,疑據此而衍,惟易牛爲猿耳。略云:「永泰中,李湯任楚州刺史,時有漁人夜釣於龜山之下,其釣因物所制,不復出。漁者健水,疾沉於下五十丈,見大鐵鏁,盤繞山足,尋不知極。遂告湯。湯命漁人及能水者數十,獲其鏁,力莫能制。加以牛五十餘頭,鏁乃振動,稍稍就岸。時無風濤,驚浪翻涌,觀者大駭。鏁之末見一獸,狀有如猿,白首長鬐,雪牙金爪,闖然上岸,高五丈許,蹲踞之狀若猿猴。但兩目不能開,兀若昏昧,目鼻水流如泉,涎沫腥穢,人不可近。久乃引頸伸欠,雙目忽開,光彩若電,顧視人焉,欲發狂怒。觀者奔走,獸亦徐徐引鏁,拽牛入水去,竟不復出。」後公佐得古《岳瀆經》,知其獸爲無支祁,禹鏁於龜山足下云。唐李肇《國史補》卷上亦云:「楚州有漁人,忽於淮中釣得古鐵鎖,挽之不絶。以告官,刺史李陽大集人力引之,鎖窮,有青獮猴躍出水,復没而逝。後有驗《山海經》云:『水獸好爲害,禹鎖於軍山之下,其名無支奇。』」

劉晨阮肇

漢明帝永平五年〔一〕,剡縣劉晨〔二〕、阮肇,共入天台山取穀皮〔三〕。迷不得返。經十三〔四〕日,糧乏盡,飢餒殆死。遥望山上有一桃樹,大有子實,而絶巖邃澗〔五〕,永〔六〕無登路。

攀緣藤葛，乃得至上。各噉數枚，而飢止體充。

復下山，持杯取水，欲盥嗽〔七〕，見蕪菁葉從山腹流出，甚鮮新。復一杯流出，有胡麻飯糝〔八〕。相謂曰：「此必去人徑不遠〔九〕。」便共沒水，逆流行二三里，得度山。出一大溪邊，有二女子，姿質妙絕。見二人持杯出，便笑曰：「劉、阮二郎捉向所失流杯來。」晨、肇既不識之，緣〔一〇〕二女便呼其姓，如似有舊，乃相見忻喜〔一一〕。而悉問來何晚，因邀還家。

其家銅〔一二〕瓦屋，南壁及東壁下各有一大牀，皆施絳羅帳，帳角懸鈴，金銀交錯。牀頭各有十侍婢，敕云：「劉、阮二郎經涉山岨〔一三〕，向雖得瓊實，猶尚虛弊，可速作食。」食胡麻飯、山羊脯、牛肉，甚甘美。食畢行酒。有一羣女來，各持三五〔一四〕桃子，笑而言：「賀汝婿來。」酒酣作樂。劉、阮忻怖交并〔一五〕。至暮，令各就一帳宿，女往就之。言聲清婉，令人忘憂。

至十日後，欲求還去。女云：「君已來是，宿福所牽，何復欲還耶〔一六〕？」遂停半年。氣候草木，常是春時，百鳥啼鳴，更懷悲思，求歸甚苦。女曰：「罪牽君〔一七〕，當可如何！」遂呼前來女子，有三四十人，集會奏樂，共送劉、阮，指示還路。

既出，親舊零落，邑屋改異，無復相識。問訊得七世孫，傳聞上世入山，迷不得歸。至晉太元八年〔一八〕，忽復去，不知何所。（據中華書局版周叔迦等校注《法苑珠林》卷三一引《幽明録》，又《藝文類聚》卷七、《六帖》卷五、《太平御覽》卷四一又卷九六七、《事類賦注》卷二六並引，《六帖》、《御覽》卷九六七作《幽冥録》）

〔一〕漢明帝，即劉莊。永平（五八—七五）五年乃六二年。「明帝」二字《珠林》原引無，據《六帖》、《御覽》卷四一引補。

〔二〕劉晨，《御覽》卷九六七引作「劉晟」，注云：「音成。」

〔三〕天台山，在今浙江天台市北，屬仙霞嶺東支。自古傳爲仙山，道徒多集於此。《文選》卷一一孫綽《遊天台山賦序》云：「天台山者，蓋山嶽之神秀者也。涉海則有方丈、蓬萊，登陸則有四明、天台，皆玄聖之所遊化，靈仙之所窟宅。」「取穀皮」三字《珠林》引無，據《御覽》卷四一又卷九六七引補，卷四一「穀」作「穀」（即「穀」字）。穀，木名，又稱楮、構，其皮稱穀皮（又作「穀皮」），可製衣，亦可造紙。陸璣《毛詩草木鳥獸蟲魚疏》云：「今江南人績其皮以爲布，又擣以爲紙，謂之穀皮紙。」漢魏六朝時，其皮常用以製巾，稱穀皮巾，隱者服之。《後漢書》卷八三《逸民·周黨傳》：「建武中，徵爲議郎，以病去職，遂將妻子居黽池。復被徵，不得已，乃著短布單衣、穀皮綃頭待見尚書。」注：「以穀樹皮爲綃頭也。」《梁書》卷五一《處士·張孝秀傳》：「孝秀性通率，不好浮華，常冠穀皮巾，躡蒲履，手執并櫚皮麈尾，服寒食散，盛冬能卧於石。」《南史》卷四九《劉訏傳》：「訏嘗著穀皮巾，披納衣，每遊山澤，輒流連忘反。」

〔四〕三，《御覽》卷四一作「餘」。

〔五〕此句據《御覽》卷四一及卷九六七補。

〔六〕永，《御覽》卷四一作「了」。

〔七〕嗽，通「漱」，《御覽》卷四一作「漱」。

〔八〕胡麻，芝麻。神仙家稱作巨勝，以爲仙品。葛洪《抱朴子内篇・仙藥》：「巨勝一名胡麻，餌服之不老。」魏伯陽《周易參同契・二土全功章》：「巨勝尚延年，還丹可入口。」糝（sǎn），飯粒，又作「糂」。《説文》七上米部：「糂……粒也。」

〔九〕以上十字原闕，據《御覽》卷四一補。

〔一〇〕緣，因爲，由於。校注本據《高麗藏》本删，誤也。今回補。

〔一一〕忻喜，此二字原引無，據《御覽》卷四一補。

〔一二〕銅，《御覽》卷四一作「筒」。筒瓦，瓦形如圓筒者。

〔一三〕岨（qū），同「砠」，戴土之石山，此泛言山。《御覽》卷四一作「阻」。

〔一四〕三五，原引作「五三」，《御覽》卷四一作「三五」，從改。

〔一五〕此句原闕，據《御覽》卷四一補。

〔一六〕「至十日後」至此原闕，據《御覽》卷四一補。

〔一七〕罪，俗世罪孽。牽，牽挽。

〔一八〕太元八年，三八三年。太元，東晉孝武帝年號（三七六—三九六）。

《太平廣記》卷六一引此事作《神仙記》，書不詳；明鈔本作《搜神記》，恐誤。其文曰：「劉晨、阮肇，入天台採藥，遠不得返。經十三日，饑。遥望山上有桃樹子熟，遂躋險援葛至其下，噉數枚，饑止體充。欲下山，以杯取水，見蕪菁葉流下，甚鮮妍。復有一杯流下，有胡麻飯焉。乃相謂曰：『此近人矣。』遂渡山,出一大溪,溪邊有二女子,色甚美。見二人持盃,便笑曰:『劉、阮二郎捉向杯來。』劉、阮驚。二女遂忻然如舊相識,曰:『來何晚耶?』因邀還家。東南二壁各有絳羅帳,帳角懸鈴,上有金銀交錯,各有數侍婢使令。其饌有胡麻飯、山羊脯、牛肉,甚美。食畢行酒。俄有羣女持桃子,笑曰:『賀汝壻來。』酒酣作樂。夜後各就一帳宿,婉態殊絶。至十日求還,苦留半年。氣候草木,常是春時,百鳥啼鳴,更懷鄉,歸思甚苦。女遂相送,指示還路。鄉邑零落,已十世矣。」

《分門類林雜説》卷一五、《重修政和證類本草》卷二四《胡麻》、《輿地紀勝》卷一二《台州・景物下》及《仙釋》、《古本蒙求》卷中等書引此事並題作《續齊諧記》。今本無,佚文也。《證類本草》、《輿地紀勝》引文俱簡。《類林雜説》作「永安十五年」,譌。《證類本草》剡縣譌作「釗縣」。《輿地紀勝》作「永平中」,後作「晉元康元年」。《古本蒙求》所引特詳,兹移録如次:「漢明帝時,永平十五年,剡縣有劉晨、阮肇,入天台山採藥,迷失道路,糧食乏盡。望山頭有一桃樹,二人共取桃食,如覺少健。下山得澗水飲之,并各澡洗。又見蔓菁葉從山腹流出,次又有一杯流出,中有胡麻飯屑。二人相謂曰:『去人不遠。』因各入水,水深四尺許。行一里,又度一山,出大溪。見二女子,顔容絶妙。便喚劉、阮姓名,如有交舊,歡悦問曰:『劉郎等來何晚?』因邀過家。廳館服飾,無不精華。東西各有床,帳帷幔七寶瓔珞,非世所有。左右侍直青衣,竝皆端正,都無男兒。須臾,下胡麻飯、山羊脯,食之甚美,又設甘酒。又有數仙客,投三五桃子,至女家,云來慶女婿。各出樂器,歌調作樂。既向暮,仙女各還去。劉、阮就所邀女宿,言語巧美,又行夫婦之道。住十五日,求還。女曰:『今來至此,皆是宿福所招,得與仙女交接,流俗何可樂？』遂住半年。天氣和適，常如二三月中，百鳥哀鳴，能不悲思，求去甚切。女云：『罪根未滅，使君等如此。』更喚諸仙女，作絃歌共送劉、阮，云：『從此山東洞口去不遠，至大道。』隨其言，果得還家鄉。都無相識，鄉里怪異。乃驗七世子孫，云傳聞上世祖翁入山不出，不知所在。今乃是既無親屬栖宿，欲還女家，尋山路不獲。至太康八年，失二人所在。」（《佚存叢書》）

《類説》卷六《傳記》云：「漢明帝時，劉晨、阮肇同入天台，見二女，出胡麻飯、山羊脯，設桃及酒甚美。踰年乃歸，鄉里皆變，推尋其家，已經七代孫也。」（按：《傳記》即唐劉餗《隋唐嘉話》，今本無此文，内容亦與全書旨向不合，當非出本書。）

五代王松年《仙苑編珠》卷上云：「劉晨、阮肇，剡縣人也。採藥於天姥岑，迷入桃源洞，遇諸仙。經半年却歸，已見七代孫子。」本《幽明録》爲説而又發生演化。

南宋皇都風月主人《緑窗新話》卷上《劉阮遇天台女仙》、宋末羅燁《新編醉翁談録》辛集卷一《劉阮遇仙女于天台山》亦載，事同。《新話》注出《齊諧記》，脱「續」字。

元趙道一《歷世真仙體道通鑑》卷七《劉晨》，亦以《續齊諧記》爲據，與《蒙求》所引，文句大同，從略。《情史類略》卷一九《天台二女》與《廣記》同。

劉、阮事言神仙者常引爲美談，於天台山等處附會遺迹甚多。又傳天姥峯乃其遇仙處。

前蜀杜光庭《洞天福地記·七十二福地》云：「天姥岑，在台州天台南，劉、阮迷路處。」

南宋王象之《輿地紀勝》卷一二《台州·景物上》云：「桃源，在郡圃。守黄㽦植桃百餘，蓋倣劉、阮故事。有詩云:『本自深山老圃來,偶分符竹到天台。漫山幸可容桃李,莫待劉郎去後栽。』」《景物下》云:「劉阮洞,在天台縣西北二十里。漢永平中,劉晨、阮肇入山採藥失道,見桃食之,覺身輕。行數里至溪滸,有二女方笄,笑迎以歸。留半載謝去,至家子孫已七世矣。見《續齊諧記》。」又《古迹》:「劉阮廟,在天台縣西北三十里雙闕下,世傳二仙所至即其處。」又卷一〇《紹興府·景物上》:「桃源,在嵊縣南三里,《舊經》云劉、阮剡縣人,入天台山,此其居也,林槩《越中》詩所謂『桃花源静客忘歸』是也。」

祝穆《方輿勝覽》卷八《台州》云:「劉阮山,在縣(天台縣)西北二十里。先是漢永平,有劉晨、阮肇入山採藥。失道食盡,見桃食之,覺身輕。行數里,至溪滸,持盃取水,見一盃流出,有胡麻糝。溪邊有二女子,笑曰:『劉、阮二郎,捉向所失流杯來。』便迎歸。作食,有胡麻飯、山羊脯,甚美。後欲求去,會集奏樂,共送劉、阮,指示元路。既出,無復相識,至家,子孫已七世矣。」

陳耆卿《嘉定赤城志》卷三《橋梁·寧海》:「桃源橋,在縣東一百九十步,夾岸多桃花。舊傳水之源出天台,因取劉、阮事而名。」又卷二一《山·天台》:「劉阮洞,在縣西北二十里。先是漢永平中,有劉晨、阮肇入山採藥,失道,見桃實食之,覺身輕。行數里,至溪滸,有二女方笄,笑迎以歸。留半載謝去,至家,子孫已七世矣。見《續齊諧記》。國朝景祐中,僧明照亦因採藥,見金橋跨水,有二女戲水上,恍然如故事焉。乃疏鑿爲亭,植桃紛擁。令鄭至道,爲即景物之勝,隨處命名,時人争爲賦詩。今舊觀湮没,惟亭存。」下引鄭至道《記》云:「劉阮洞,其傳久矣。余竊邑於此,訪於故老,往往不知其所在。比按圖得之,以詢護國寺僧介豐。乃曰:『洞居寺之東北二里,斜行山谷,隱於榛莽間,人迹罕及。景祐中，先師明照大師嘗採藥，見金橋跨水，光彩眩目。二女未笄，戲於水上，如劉、阮所見。此水，仙之洞府也。元祐二年春，廼鑿山開道，立亭於其上。環亭夾道，植桃數百本，所以追遺迹、續故事也。』越明年三月十日丁丑，寺僧報桃花盛開，並以其景物之盛求名焉。余率縣尉縉雲郭儀彥文、監征開封曹宲得之来遊，而黄巖縣主簿西安王沔之彦楚，與其弟宣德郎知金華縣事漢之彦昭繼至，乃相與幅巾杖藜，徜徉行歌，沿澗而上，觀淥波之漣漪，聽寒音之潺湲。微風過之，餘韻清遠，飄飄然猶鏘佩環而朝玉闕也，遂名之曰鳴玉澗。澗之東有塢，植桃數畦，花光射日，落英繽紛，點綴芳草，流紅縹緲，隨水而下。此昔人食桃輕舉之地也，遂名之曰桃花塢。自塢以北，行數百步，攢峯疊翠，左右迴擁。中有澗流，隨山曲折，而遊人之道從之。及水窮而道盡，則有潭清澈淵澄，可鑒毛髮。羣山倒影，浮碧搖蕩。中有洞門，潛通山底，其深不測。雖淫霖暴注而不盈，大旱焦山而不涸。此寺僧見金橋之地也，遂名之曰金橋潭。潭之南滸，水淺見沙，中有盤石三，不没者數寸，可坐以飲。自上流盃盤，隨流蕩漾，必經三石之間。俯而掇之，如在几案。此羣仙會飲之地也，遂名之曰會仙石。據石之端，仰而視之，三峯鼎峙，峻極雲漢，寒光襲人，虚碧相映，危崖蕩花，紅雨散亂。其東峯則孤危峭拔，儀狀奇偉，上有雙石，如綰鬟髻，遂名之曰雙女峯。其西峯則壁立千尋，上連巨嶽，朝陽方升，先得清照，遂名之曰迎陽峯。其中峯則居中處焉，以雙女、迎陽爲之輔翼。羣山之翠，合而有之，遂名之曰合翠峯。三峯之間，林麓踈廣，草石瑰異，左連瓊臺雙闕之山，右接石橋合澗之水。採芝茹木，擷翠佩芳。杖屨輕而白雲隨，笑語高而山谷應。倏然而往，直欲跨雙鳧，御清風，逍遥乎不死之鄉，而不知塵境之卑蹙，涉世之有累也，遂名之曰迷仙塢。自塢以出,至於迎陽峯之下,有石偃於山腹,廣袤數丈。寺僧因石址,結亭於其上,畫桷雕楹,翬飛鳥革。前臨清泚,瓦影浮動,魚跳圓波,光弄樽俎。浮盃之迹,顧指在目,遂名之曰浮盃亭。……」又卷三一《祠廟門·天台》:「劉阮廟,在縣西北三十里雙闕下。元祐二年建。世傳二仙所至,即其處。」

唐元稹作有《劉阮妻(一作「山」)》二首:「仙洞千年一度開,等閒偷入又偷迴。桃花飛盡東風起,何處消沈去不來。」「芙蓉脂肉緑雲鬟,罨畫樓臺青黛山。千樹桃花萬年藥,不知何事憶人間。」《全唐詩》卷四二二)

曹唐有《大遊仙》七律五首(《才調集》卷四),詠劉阮事。《劉晨阮肇遊天台》:「樹入天台石路新,雲和草静逈無塵。煙霞不省生前事,水木空疑夢後身。往往雞鳴巖下月,時時犬吠洞中春。不知此地歸何處,須就桃源問主人。」《劉阮洞中遇仙人》:「天和樹色靄蒼蒼,霞重嵐深路渺茫。雲實滿山無鳥雀,水聲沿澗有笙簧。碧沙洞裏乾坤别,紅樹枝前日月長。願得花間有人出,免令仙犬吠劉郎。」《仙子送劉阮出洞》:「殷勤相送出天台,仙境那能却再來。雲液既歸須强飲,玉書無事莫頻開。花當洞口應長在,水到人間定不迴。惆悵溪頭從此别,碧山明月照蒼苔。」《仙子洞中有懷劉阮》:「不將清瑟理霓裳,塵夢那知鶴夢長。洞裏有天春寂寂,人間無路月茫茫。玉沙瑶草連溪碧,流水桃花滿澗香。曉露風燈易零落,此生無處訪劉郎。」《劉阮再到天台不復見諸仙子》:「再到天台訪玉真,青苔白石已成塵。笙歌寂寞唯深洞,雲鶴蕭條絶舊隣。草樹總非前度色,煙霞不似往年春。桃花流水依然在,不見當時勸酒人。」

宋元以下小説、雜劇、傳奇多有演劉、阮事者。《寶文堂書目》著録《劉阮仙記》，係宋元話本，已佚。馬致遠、陳伯將均有《悮入桃源》雜劇（《録鬼簿》、《録鬼簿續編》），汪元亨撰有《桃源洞》雜劇（《録鬼簿續編》），明佚名有《相送出天台》雜劇（《遠山堂劇品》），均佚。又明王子一有《悮入桃源》（《元曲選》），楊之炯有《天台奇遇》（《古本戲曲叢刊》），悉見存。

《聊齋誌異》卷三《翩翩》叙羅子浮入深山洞府，得逢仙女翩翩，結好而生子，後攜子歸，復尋之，洞口雲迷而返。異史氏（蒲松齡）評曰：「……雲迷洞口，無蹟可尋，睹其景況，真劉、阮返棹時矣。」雖不能謂脱化於劉阮之事，然蒙其影響，蒲氏亦不諱矣。

黄原

漢時，太山〔一〕黄原，平旦開門，忽有一青犬在門外伏，守備如家養。原紲犬，隨鄰里獵。日垂夕，見一鹿，便放犬。犬行甚遲，原絶力逐，終不及。行數里，至一穴，入百餘步，忽有平衢，槐柳列植，行〔二〕墻迴匝。原隨犬入門，列房櫳户，可有數十間，皆女子，姿容妍媚，衣裳鮮麗。或撫琴瑟，或執博碁〔三〕。

至北閤，有三間屋，二人侍直，若有所伺。見原，相視而笑云〔四〕：「此青犬所引〔五〕致妙音婿也。」一人留，一人入閤。須臾，有四婢出，稱：「太真夫人白黄郎，有一女，年已弱笄〔六〕，冥數應爲君婦。」既暮，引原入内。内有南向堂，堂前有池，池中有臺，臺四角有徑尺穴，穴中有光，照映帷席。妙音容色婉妙，侍婢亦美。交禮既畢，宴寢如舊。

經數日，原欲暫還報家。妙音曰：「人神道異，本非久勢。」至明日，解珮分袂，臨階涕泗：「後會無期，深加愛敬。若能相思，至三月旦，可修齋潔。」四婢送出門。半日至家，情念恍惚。每至其期，常見空中有軿車，髣髴若飛。（據《法苑珠林校注》卷三一引《幽明録》，又《太平廣記》卷二九二引《法苑珠林》）

〔一〕太山，即泰山，郡名，治奉高縣（今山東泰安市東南）。

〔二〕行，《廣記》引《珠林》作「垣」。

〔三〕博碁，博戲之棋子，「碁」同「棋」。博即六博、陸博，古時一種棋類遊戲，凡十二子，六白六黑，兩人相博，每人六子。「博」又作「簙」。

〔四〕云，此字原無，據《廣記》補。

〔五〕引，此字原無，據《廣記》補。

〔六〕弱笄，女子十五歲。弱，年少。古者女子十五歲結髮插笄表示成人，可以出嫁，其時尚弱，故稱弱笄。

《合刻三志》志奇類、《唐人説薈》一二集、《龍威秘書》四集、《藝苑捃華》有《神女傳》，乃明人僞造，題唐孫頠輯。中《太真夫人》，即《太平廣記》所引《法苑珠林》此文。《情史類略》卷一九亦從《廣記》取入，題《妙音》。

河伯女

陽羨縣〔一〕小吏吴龕，有主人在溪〔二〕南。嘗以一日乘掘頭舟過水〔三〕，溪内忽見一五色浮石。取内牀頭，至夜化成一女子，自稱是河伯女〔四〕。（據中華書局點校本《初學記》卷五引劉義慶《幽明録》，又《北堂書鈔》卷一三七、《太平御覽》卷五二、《事類賦注》卷七並引）

〔一〕陽羨縣，秦置，今江蘇宜興市，晉、南朝爲義興郡治。

〔二〕陽羨境内多溪，《太平寰宇記》卷九二《常州·宜興縣》云：「《風土記》云陽羨縣小溪九所，是爲三湖九溪。今縣内只有六溪，餘三溪不知其處。」六溪爲荆溪、圻溪、慈湖溪、陽溪、章溪、洑溪。

〔三〕「乘」字原闕，據《書鈔》引補。掘頭舟，頭尾平秃之簡陋小船。《書鈔》、《御覽》作「掘頭舡」。

〔四〕此句原闕，據《書鈔》補。

《異苑》卷二云：「陽羨縣小吏吴龕，於溪中見五色浮石，因取内牀頭，至夜化成女子。」按：此實據《事類賦注》卷七引《幽明録》而濫輯。

《太平御覽》卷七〇三引《續齊諧記》（梁吴均）佚文云：「武昌小吏吴龕，渡水得五色石。夜化爲女子，稱是龕婦。至家見婦翁，被白羅袍，隱漆几，銅唾壺，狀如天府，自稱河伯（按：脱「女」字）。」梁任昉《述異記》卷下云：「陽羨縣小吏吴龕，家在溪南。偶一日以掘頭船過水，溪内忽見一五色浮石，龕遂取歸，置於牀頭。至夜化爲一女子，至曙仍是石。後復投於本溪。」

按：河伯女事，韻致頗佳，惜乎所記均簡，難睹其詳矣。

彭娥

晉永嘉之亂〔一〕，郡縣無定主，强弱相暴。宜陽縣〔二〕有女子，姓彭名娥，父母昆弟十餘口，爲長沙賊所攻〔三〕。時娥負器出汲於溪，聞賊至，走還，正見塢壁〔四〕已破，不勝其哀。與賊相格，賊縛娥，驅出溪邊，將殺之。溪際有大山，石壁高數十丈，娥仰天呼曰：「皇天寧有神不〔五〕？我爲何罪，而當如此？」因奔走向山。山立開，廣數丈，平路如砥。羣賊亦逐娥入山，山遂隱〔六〕合，泯然如初，賊皆壓死山裹，頭出山外〔七〕。娥遂隱不復出。娥所捨汲器化爲石，形似雞，土人因號曰石雞山〔八〕，其水爲娥潭〔九〕。（據中華書局周叔迦等校注本《法苑珠林》卷三二引《幽明録》，又《太平御覽》卷八八八、《太平廣記》卷一六一又卷三九七

並引，《廣記》卷一六一作《幽冥録》

〔一〕永嘉之亂，西晉懷帝永嘉中，内亂外患頻仍，外族入侵，軍閥叛亂，流人造反。五年（三一一），漢主匈奴人劉聰遣石勒滅晉軍十餘萬，又遣劉曜攻破洛陽，俘懷帝，殺王公士民三萬餘。史稱永嘉之亂。

〔二〕宜陽縣，即宜春縣，晉太康元年（二八〇）改宜陽，今江西宜春市。

〔三〕長沙賊，指杜弢起義軍。永嘉五年正月，湘州流人杜弢據長沙反，攻城掠地。孝愍帝建興三年（三一五），荆州刺史陶侃攻杜弢，弢敗走，道死。或稱逃遁不知所在。見《晉書·懷帝紀》、《孝愍帝紀》及卷一〇〇《杜弢傳》。攻，《廣記》卷一六一引作「殺」，卷三九七引作「擄」。

〔四〕塢（wù）壁，土障，築於村鎮外以爲防禦之用。《廣記》卷一六一作「牆壁」。

〔五〕以上十一字《廣記》卷三九七作：「娥仰呼皇天：『山靈有神不？』」

〔六〕隱，《四部叢刊初編》景印徑山寺本（卷四三）作「崩」。

〔七〕外，原譌作「入」，據《廣記》卷三九七及《御覽》正。

〔八〕石雞山，《御覽》作「雞山」。

〔九〕娥潭，《廣記》卷一六一作「女娥潭」。

士人甲

晉元帝〔一〕世，有甲者〔二〕，衣冠族姓。暴病亡，見人將上天，詣司命〔三〕。司命更推校，算曆未盡,不應枉召,主者發遣令還。甲尤脚痛,不能行,無緣得歸。主者數人共愁,相謂曰:「甲若卒以脚痛不能歸,我等坐枉人之罪。」遂相率具白司命。司命思之良久,曰:「適新召胡人康乙〔四〕者,在西門外,此人當遂死,其脚甚健,易之,彼此無損。」主者承敕出,將易之。胡形體甚醜,脚殊可惡,甲終不肯。主者曰:「君若不易,便長決留此耳。」不獲已,遂聽之。主者令二人〔五〕並閉目,倏忽,二人脚已各易矣。仍即遣之。

豁然復生,具爲家人説。發視,果是胡脚,叢毛連結,且胡臭。甲本士,愛翫手足,而忽得此,了不欲見。雖獲更活,每惆悵,殆欲如死。旁人見識此胡者,死猶未殯,家近在茄子浦〔六〕。甲親往視胡尸,果見其脚著胡體,正當殯斂,對之泣。

胡兒並有至性,每節朔〔七〕,兒並悲思,馳往抱甲脚號咷。忽行路相逢,便攀援啼哭。爲此每出入時,恒令人守門,以防胡子。終身憎穢,未嘗悮視,雖三伏盛暑,必復〔八〕重衣,無暫露也。(據中華書局汪紹楹點校本《太平廣記》卷三七六引《幽明録》)

〔一〕晉元帝,即司馬睿,三一七年至三二二年在位。

〔二〕甲者,某甲。

〔三〕司命,司人生死之神。古以文昌六星之第四星爲司命。《史記·天官書》:「斗魁戴匡六星曰文昌宫……

四曰司命。」司馬貞《索隱》引《春秋元包命》：「司命主老幼。」一説三台之上台二星。《晉書·天文志上》：「三台……上台爲司命，主壽。」後演爲文昌帝君。

〔四〕康乙，西域康居國人來華，常以「康」爲姓，如吴僧康僧會即康居人。康居，約在今巴爾喀什湖與咸海之間。

〔五〕「人」字原闕，據《廣記》清孫潛鈔宋本（嚴一萍《太平廣記校勘記》）補。

〔六〕茄（jiā）子浦，唐段成式《酉陽雜俎》前集卷一九《草篇》：「《水經》云：石頭西對蔡浦，浦長百里，上有大荻浦，下有茄子浦。」《晉書》卷六七《郗鑒傳》：「陶侃爲盟主，進鑒都督揚州八郡軍事……率衆渡江，與侃會於茄子浦。」又名茄子洲。《景定建康志》卷一九《洲浦》：「茄子洲，在城西南十三里，周回一十二里。」在今南京市西南大江中。

〔七〕節朔，節日與朔日（初一），泛指節日。此指祭死者之節日，如清明節之類。《梁書》卷三六《孔休源傳》：「其年五月卒，時年六十四，遺令薄葬，節朔薦蔬菲而已。」

〔八〕復，鈔宋本作「服」。

舒禮

晉巴丘縣有巫師舒禮，永昌元年〔一〕病死，土地神〔二〕將送詣太山。俗人謂巫師爲道人〔三〕。路過冥司福舍〔四〕門前，土地神問吏：「此是何等舍？」門吏曰：「道人舍。」土地神曰：「是人亦是道人。」便以相付。禮入門，見數千閒瓦屋〔五〕，皆懸竹簾，自然床榻〔六〕，男女異處。有誦經者，唄偈〔七〕者，自然飲食者,快樂不可言。禮文書名已,至太山門,而又身不至到。推[八]土地神,神云:「道見數千間瓦屋,即問吏,言是道人,即以付之。」於是遣神更録取。禮觀未徧,見有一人,八手四眼,捉金杵逐,欲撞之,便怖,走還出門。神已在門迎,捉送太山。

太山府君問禮:「卿在世間,皆何所爲?」禮曰:「事三[九]萬六千神,爲人解除、祠祀[一〇],或殺牛犢、豬羊、雞鴨。」府君曰:「汝佞神殺生[一一],其罪應上熱鏉[一二]。」使吏牽著鏉所。見一物,牛頭人身[一三],捉鐵叉,叉禮著鏉上[一四]。宛轉,身體燋爛,求死不得。已經一宿二日[一五],備極冤楚[一六]。

府君問主者:「禮壽命應盡?爲頓奪其命?」較録籍,餘算八年。府君曰:「録來!」牛頭人復以鐵叉叉著鏉邊。府君曰:「今遣卿歸,終畢餘算,勿復殺生淫祀[一七]。」禮忽還活,遂不復作巫師。(據《法苑珠林校注》卷六二引《幽冥記》,又《太平御覽》卷七三五、《太平廣記》卷二八三引《幽明録》)

〔一〕永昌,東晉元帝年號,凡一年,即三二二年。「永昌」上原有「晉」字,與前重出,今删。

〔二〕土地神,又稱土地,管一方土地之神。本屬中國鬼神系統,佛教亦取之,若泰山神然。

〔三〕魏晉時巫師、道徒及僧人皆稱道人,乃道術之人之義,故下文有土地神誤將舒禮送入福舍之事。

〔四〕「冥司」二字原無，據《廣記》補。福舍，僧人死後在冥間所住處。《幽明録》「趙泰」條（《廣記》卷一〇九引）云：「人死有三惡道，殺生禱祠最重。奉佛持五戒十善，慈心佈施，生在福舍，安穩無爲。」《御覽》作「禮舍」。

〔五〕此句《廣記》作「見千百間屋」。

〔六〕自然，自由不拘，舒適。榻，同「榻」，《御覽》作「榻」。

〔七〕唄偈（bài jì），歌詠頌詞。唄，梵文「唄匿」省稱，唱也。偈，「偈陀」省稱，頌詞。每偈四句，每句三、四、五、六、七言不等。《廣記》作「唄唱」，《御覽》作「唱偈」。

〔八〕推，推問，詢問。

〔九〕三，《御覽》作「一」。

〔一〇〕解除，禳解祛除災病。祠祀，祭祀。《論衡·解除》云：「世信祭祀，謂祭祀必有福。又然解除，謂解除必去凶。」

〔一一〕此句原闕，據《廣記》補。

〔一二〕鏊（ào），同「鏊」，烙餅平底鍋。《玉篇》金部：「鏊，餅鏊也。」

〔一三〕牛頭人身，牛頭人形之獄卒。又有馬面者，俗稱牛頭馬面。《楞嚴經》卷七：「牛頭獄卒，馬頭羅刹。」

〔一四〕此句《廣記》作「捉禮投鐵牀上」。

〔一五〕此句《廣記》作「經累宿」。

〔一六〕此句原闕，據《廣記》補。

〔一七〕淫祀，不合祀典之濫祀。淫，過度，無節制。《禮記·曲禮》：「非其所祭而祭之，名曰淫祀。」《風俗通義·祀典》引《禮記》、《國語》，謂天地、社稷、山川之神皆在祀典。又云至漢平帝時，所祀者「天地六宗已下及諸小神凡千七百所」。民間所祀之神尤多，因地因時而異，往往不在祀典，此之謂淫祀。巫祝借淫祀蠱惑百姓。如《風俗通義·怪神》云：「會稽俗多淫祀，好卜筮，民一以牛祭。巫祝賦斂受謝，民畏其口，懼被祟，不敢拒逆。是以財盡於鬼神，産匱於祭祀。」

參軍鸜鵒

晉司空桓豁在荆〔一〕，有參軍剪五月五日鸜鵒舌〔二〕，教令學語，遂無所不名，與人相問〔三〕。顧參軍善彈琵琶，鸜鵒每立聽移時，又善能效人語聲。司空大會吏佐，令悉效四坐語，無不絕似。有生齃鼻〔四〕，語難學，學之不似，因内頭於甕中以效焉，遂與齃者語聲不異。主典人〔五〕於鸜鵒前盜物，參軍如廁，鸜鵒伺無人，密白主典人盜某物，參軍銜之而未發〔六〕。後盜牛肉，鸜鵒復白，參軍曰：「汝云盜肉，應有驗〔七〕。」鸜鵒曰：「以新荷裹着屏風後。」檢之果獲，痛加治。而盜者患之，以熱湯灌殺。

參軍爲之悲傷累日，遂請殺此人，以報其怨。司空言〔八〕曰：「原殺鸜鵒之痛，誠合治殺；不可以禽鳥故，極之於法。」令止五歲刑也。（據中華書局影印宋本《太平御覽》卷九二三引《幽明録》，又《藝文類聚》卷四四、《六帖》卷九五、《北户録》卷一注、《太平廣記》卷四六二、《御覽》卷五八三又卷七四〇並引）

〔一〕桓豁，字朗子，東晉權臣桓温弟。簡文帝時爲右將軍，桓温以豁監荆、揚、雍州軍事，領護南蠻校尉、荆州刺史。孝武帝時遷征西大將軍、開府。卒贈司空。《晉書》卷七四有傳。司空，又稱大司空，三公之一（餘爲大司馬、大司徒），掌國務。荆，荆州，《類聚》、《六帖》、《廣記》、《御覽》卷五八三又卷七四〇並引作「荆州」。西漢置荆州刺史部，東漢治漢壽縣（今湖南常德市東北）。劉表刺荆州，徙襄陽（今湖北襄陽市），吴又置於南郡江陵縣（今湖北荆州市）。晉時州治屢遷。晉初治襄陽，後徙江陵。陶侃爲荆州刺史，嘗移鎮沌口（今湖北武漢市漢陽區東南），王敦移治武昌（今湖北鄂州市），或又在夏口（今湖北武漢市蛇山東北）。桓温平蜀，復鎮江陵。太元初桓沖又移上明（今湖北松滋縣北），十四年（三八九）王忱還江陵。（以上據《南齊書》卷一四《州郡志下》）桓豁鎮荆在桓温後，桓沖前，州治當在江陵。

〔二〕參軍，諸王及將軍開府者之幕僚，參謀軍事。桓豁時爲荆州刺史，亦開設府署，自選幕僚，故有參軍。鸜鵒（qú yù）《類聚》、《北户録》注作「鴝鵒」，即八哥，剪舌可使學人語。《北户録》注引《淮南萬畢術》曰：「寒皋斷舌，可使語。寒皋一曰鴝鵒。」《禽經》曰：「鴝鵒剔舌而語。」注：「《山海經》謂之鸐鵒。今人育其雛，以竹刀剔舌本，發之言語。謝尚能作鴝鵒舞之。」《荆楚歲時記》云：「五月五日……取鴝鵒教之語。」注：「此月鴝鵒子毛羽新成，俗好登巢取養之，以教其語也。」《異苑》卷三亦云：「五月五日翦鴝鵒舌，教令學人語，聲尤清越，雖鸚鵡不能過也。」

〔三〕此句原闕，據《類聚》、《御覽》卷五八三補；《類聚》「問」譌作「閔」。

〔四〕此句《廣記》引作「時有參佐齆鼻」，《北户録》注作「有一佐䶝鼻」。「齆」、「䶝」同，音「wèng」。《廣韻》去聲送韻：「鼻塞曰䶝。」

〔五〕主典人，管事。

〔六〕「密白」至此，影宋本《御覽》原引作「密白主典人盜如千種一二條列銜之而未發」，字多脱譌，據《四庫全書》本、鮑崇城校刊本改。

〔七〕驗，證也。

〔八〕言，《四庫全書》本、鮑本作「教」。

此事《異苑》卷三亦載，僅至「移時」。按：今本《異苑》乃明人輯録，此條實據《類聚》卷四四引《幽明録》濫輯。

唐余知古《渚宫舊事》卷五曰：「桓豁……在鎮，有參軍以五月五日鸜鵒剪舌養之，令學語。後於豁會，並學坐客。有一客齆鼻，遂入瓮中語，與齆鼻者不異。顧參軍善彈琵琶，鸜鵒每立聽移時。主典盜牛肉，密白以新荷裹置屏風後，盜者以湯液殺之。參軍惋惜，白司空，請殺主典。司空教曰：『原殺鸜鵒之罪，合致檢治。然不可以禽鳥之故，而殛人於法，可五歲刑之。』」

李伉《獨異志》卷上曰：「晉桓豁鎮荆州，有一參軍五月五日採鴝鵒，剪其舌，令學人語，經年遂能言。後因大會，豁出之，令遍學座客話。有一人患齆鼻，鴝乃遽飛入甕中，語與患者無異，舉座皆笑。」本《幽明録》。

《聊齋誌異》卷三《鴝鵒》，亦爲鴝鵒善語故事。

鸚鵡亦善學人語，《異苑》卷三「白鸚鵡」條云：「張華有白鸚鵡，華每出行還，輒説僮僕善惡。後寂無言，華問其故，答曰：『見藏甕中，何由得知？』公後在外，令喚鸚鵡。鸚鵡曰：『昨夜夢惡，不宜出户。』公猶强之。至庭，爲鸇所搏。教其啄鸇脚，僅而獲免。」

又唐張説有傳奇小説《緑衣使者傳》，五代王仁裕《開元天寶遺事》卷上引其梗概云：「長安城中有豪民楊崇義者，家富數世，服玩之屬，僭於王公。崇義妻劉氏，有國色，與隣舍兒李弇私通，情甚於夫，遂有意欲害崇義。忽一日醉歸，寢於室中。劉氏與李弇同謀而害之，埋於枯井中。其時僕妾輩並無所覺，惟有鸚鵡一隻在堂前架上。洎殺崇義之後，其妻却令童僕四散尋覓其夫，遂經府陳詞，言其夫不歸，竊慮爲人所害。府縣官吏日夜捕賊，涉疑之人及童僕輩，經栲捶者百數人，莫究其弊。後來縣官等再詣崇義家檢校，其架上鸚鵡忽然聲『屈』。縣官遂取於臂上，因問其故。鸚鵡曰：『殺家主者劉氏、李弇也。』官吏等遂執縛劉氏，及捕李弇下獄，備招情款。府尹具事案奏聞，明皇歎訝久之。其劉氏、李弇依刑處死，封鸚鵡爲緑衣使者，付後宫養餵。張説後爲《緑衣使者傳》，好事者傳之。」

賈弼

河東賈弼〔一〕，小名翳兒，具諳究世譜〔二〕。義熙中，爲琅邪府〔三〕參軍。夜夢有一人，面齇皰〔四〕，甚多鬚〔五〕，大鼻瞷目〔六〕，請之曰：「愛君之貌，欲易頭，可乎？」弼曰：「人各有頭面，豈容此理！」明晝又夢，意甚惡之〔七〕，乃於夢中許易。

明朝起，自不覺，而人悉驚走藏，云：「那漢何處來〔八〕？」琅邪王大驚，遣傳教呼視。弼到，琅邪遥見，起還内。弼取鏡自看，方知恠異。因還家，家人〔九〕悉驚入内，婦女走藏，曰：「那得異男子〔一〇〕？」弼坐，自陳説良久。並遣人至府檢問〔一一〕，方信。後能半面啼，半面笑〔一二〕。兩手〔一三〕各捉一筆俱書，辭意皆美〔一四〕。此爲異也，餘並如先。俄而安帝崩，恭帝立〔一五〕。（據《太平御覽》卷三六四引《幽明録》，又《藝文類聚》卷一七、《六帖》卷二三、《太平廣記》卷二七六又卷三六〇、《海録碎事》卷九並引，《廣記》卷三六〇誤作《西明雜録》）

〔一〕賈弼，《類聚》、《廣記》卷三六〇作「賈弼之」，《獨異志》同（見附録）。按：《南齊書》卷五二、《南史》卷七二《賈淵（希鏡）傳》稱「祖弼之」，《南史》卷五九《王僧孺傳》乃無「之」字。晉代南北朝士人取名，第二字常爲「之」，然史傳書記每予省略。如東晉祖台之著有《志怪》，《御覽》卷三四五、卷五七三、卷九四八均引作祖台《志怪》。劉宋王韶之（《宋書》卷六〇、《南史》卷二四有傳）常作「王韶」，《類聚》卷二及卷九二引王韶《孝子傳》，卷九七引王韶《始興記》，《御覽》卷四一五及卷六四六引王韶《孝子傳》，卷七七一及卷七七四引王韶《晉書》，又《文心雕龍・史傳篇》云「王韶續末而不終」，均省「之」字。北魏著名道士寇謙之也省稱寇謙。《魏書》卷四二《寇贊傳》：「贊弟謙之，有道術。」而《北史》卷二七作「謙」。《南史》卷六二《朱異傳》：「謙之兄巽之，即異父也。」《梁書》卷三八乃作「父巽」。中華書局點校本校云：「此少一『之』字，六朝人雙名後所帶『之』字，往往可省去，非脱文。」賈弼之，平陽（今山西臨汾市西南）人。東晉孝武帝太元中官員外散騎侍郎（詳見下注）。平陽本屬河東郡，魏正始八年（二四七）分河東郡置平陽郡，治平陽。《晉書・地理志上》司州平陽郡注：「故屬河東，魏分立。」此稱其爲河東人，乃用舊所屬郡名。

〔二〕世譜，世族之譜牒，世族又稱士族。魏晉特重門閥，研究世族譜系之譜學，時爲專學。賈弼之即爲東晉著名譜家。《南史》卷五九《王僧孺傳》云：「始晉太元中，員外散騎侍郎、平陽賈弼篤好簿狀，乃廣集衆家，大搜羣族，所撰十八州一百一十六郡，合七百一十二卷。凡諸大品，略無遺闕，藏在祕閣，副在左户。及弼子、太宰參軍匪之，匪之子、長水校尉深，世傳其業。」唐柳芳《姓系論》亦云。

〔三〕琅邪府，琅邪王之府。安帝時，琅邪王乃司馬德文，安帝（司馬德宗）胞弟。見《晉書》卷一〇《安帝紀》及《恭帝紀》。

〔四〕皻（zhā），面上小瘡。又作「齇」。《集韻》平聲三麻部：「皻、齇、䶥、皶，鼻上皰，或从鼻从肉，亦作皶。」《類聚》、《廣記》卷三六〇作「查」，《廣記》卷二七六作「瘡」，皆譌。皰，《御覽》原引作「皰」。按：「皰」同「皰」、「皶」，疲也，字譌，當爲「皰」字。《類聚》引作「皰」（《廣記》卷二七六譌作「皰」），據正。皰，同「皰」，亦即「疱」。

〔五〕「鬚」字原闕，據《廣記》卷三六〇補，《類聚》作「鬢」。《廣記》卷三六〇作「醜」。

〔六〕瞯（xián）目，目向上翻視。《類聚》作「瞯」，《廣記》卷二七六作「瞯」，字同。《説文》四上目部：「瞯，戴目也。」又斜視亦曰瞯，《方言》：「瞯、睇、睎、略，眄也。……吴揚江淮之間或曰瞯。」《説文》：「江淮之間謂眄曰瞯。」「眄……一曰衺（斜）視也。」

〔七〕「弼曰」以下十九字原闕，據《廣記》卷三六〇補。

〔八〕「藏」以下七字原闕，據《類聚》補。

〔九〕「人」字原闕，據《類聚》、《廣記》卷三六〇補。

〔一〇〕「曰」以下六字原闕，據《廣記》卷三六〇補，《類聚》作「云那得男子」。
〔一一〕此句《廣記》卷三六〇作「并遣至府檢閲」。
〔一二〕以上兩句，《類聚》、《廣記》卷三六〇無「半面啼」，《廣記》卷二七六作「自此後能半面笑啼」，《六帖》、《海録碎事》「半面笑」在「半面啼」之上。
〔一三〕兩手，《類聚》作「兩足手口」，《廣記》卷二七六作「兩手足及口中」。
〔一四〕此句《六帖》、《海録碎事》作「文詞各異」，《廣記》卷二七六作「詞翰俱美」。
〔一五〕以上二句原闕，據《廣記》卷三六〇補。《晉書·恭帝紀》：「恭帝諱德文，字德文，安帝母弟也。初封琅邪王……（義熙）十四年十二月戊寅，安帝崩……即帝位。」

《六帖》卷二三、《海録碎事》卷九、《廣記》卷二七六皆略引大意，文簡，詞句多異。

唐李伉《獨異志》卷上曰：「賈弼之夜夢一人，面貌極醜魄，謂弼之曰：『思以易之，可乎？』夢中微有所諾。及覺，臨鏡大驚，一如夢中見者。左右家人見之，皆奔走。其所異者，兩手各執一筆，書之於紙，俱有理例。徐説之，親戚然後乃信。」

南宋洪邁《夷堅三志辛序》曰：「予固嘗立説，謂古今神奇之事，莫有同者。豈無頗相類？要其歸趣則殊，今乃悟爲不廣。前志書蜀士孫斯文，因謁靈顯王廟，慕悦夫人塑像，夢人持鋸截其頭，别以一頭綴頸上。覺而大駭，呼妻燭視，妻驚怖即死。予嘗識其面於臨安。比讀《太平御覽》所編《幽明録》云：『河東賈弼，小名醫兒，爲瑯琊府參軍。夜夢一人，面醜皰甚多，大鼻瞯目，請之曰：「愛君之貌，願易頭，可乎？」夢中許易之。明朝起，自不覺，而人悉驚走。琅邪王呼視，遥見，起還内。弼取鏡自照，方知怪異。因還家，婦女走藏。弼坐，自陳説良久。遣人至府檢問，方信。後能半面啼，半面笑，兩手各捉一筆俱書。』然則此兩事豈不甚同？謂之古所無則不可也。《幽明録》今無傳於世，故用以序《志辛》云。」

按：孫斯文事載《夷堅丙志》卷四，題曰《孫鬼腦》，云：「眉山人孫斯文，文懿公抃曾孫也，生而美風姿。嘗謁成都靈顯王廟，視夫人塑像端麗，心慕之。私自言曰：『得妻如是，樂哉！』是夕還舍，夢人持鋸截其頭，别以一頭綴項上。覺而摸索其貌，大駭。取燭自照，呼妻視之，妻驚怖即死。紹興二十八年，斯文至臨安，予屢見之於景靈行香處，醜狀駭人，面絶大，深目倨鼻，厚唇廣舌，鬢髮鬅鬙如薑。每啖物時，伸舌捲取，咀嚼如風雨聲，赫然一土偶判官也。畫工圖其形，鬻於市廛以爲笑。斯文深諱前事，人問者，輒曰：『道與之貌也。』楊公全識其未换首時，曰：『與今不類。』蜀人目之爲孫鬼腦云。」

呂球

東平〔一〕呂球，豐財美貌。乘船至曲阿湖〔二〕，值風不得行，泊菰〔三〕際。見一少女，乘船採菱，舉體皆衣荷葉。因問：「姑非鬼耶？衣服何至如此？」女則有懼色，答云：「子不聞『荷衣兮蕙帶，倏而來兮忽而逝〔四〕』乎？」然有懼容，迴舟理棹，逡巡而去。球遥射之，即獲一獺。向者之船，皆是蘋蘩藴藻〔五〕之葉。

見老母立岸側，如有所候望。見船過，因問云：「君向來不見湖中採菱女子耶？」球云：「近在後。」尋射，復獲老獺。居湖次者咸云：湖中常有採菱女，容色過人。有時至人家，結好者甚衆。（據上海古籍出版社汪紹楹點校本《藝文類聚》卷八二引《幽明録》）

〔一〕東平，國名，治無鹽縣（今山東東平縣東）。劉宋改爲東平郡。

〔二〕曲阿湖，即練湖，又名後湖，在丹陽（今爲市，屬江蘇），丹陽原稱曲阿，故名。《太平寰宇記》卷八九《潤州・丹陽縣》云：「後湖，亦名練湖，在縣北百二十步。」《輿地紀勝》卷七《鎮江府・景物上》云：「練塘，即練湖也，在丹陽城一里。……李華爲頌曰：『練塘幅員四十里，菰蒲菱芡之多，龜魚螺鼈之生，饜沃江淮，膏潤數州。』」宋孝武帝劉駿有《曲阿後湖》詩，詩曰：「宵登毗陵路，旦過雲陽郛。平湖曠津濟，菰渚迭明蕪。和風翼歸采，夕氛晦山嵎。鶩瀾翻魚藻，赬霞照桑榆。」（《藝文類聚》卷九引）

〔三〕菰，多年生水草，莖基部肥嫩，可爲蔬菜，稱茭白。果實名菰米，一名雕胡米，可煮食。

〔四〕引詩出《九歌・少司命》。「倏」原作「儵」。王逸注：「儵，一作『倏』。」按：「倏」、「倐」、「儵」字同，忽也。蕙，一名薰草，香草名。莖方形，葉橢圓，夏開花，味極香。古人常以爲佩，故又名佩蘭。湖南零陵多産，故又稱零陵香。

〔五〕蘋，水生草本植物，又名田字草。蘩，白蒿。薀（wēn），水草，又名金魚藻。藻，水藻。此四者古皆用爲食物。《左傳》隱公三年：「苟有明信……蘋蘩薀藻之菜……可薦於鬼神，可羞於王公。」

蘇瓊

晉安帝元興〔一〕中，一人年出二十，未婚對，然目不干色，曾無穢行。嘗行田，見一女甚麗，謂少年曰：「聞君自以柳季〔二〕之儔，亦復有桑中之歡〔三〕耶？」女便歌。少年微有動色。後復重見之，少年問姓，云：「姓蘇名瓊，家在涂中〔四〕。」遂要還盡歡。從弟便突入，以杖打女，即化成雌白鵠〔五〕。（據《太平廣記》卷四六〇引劉義慶《幽冥録》）

〔一〕元興，四〇二—四〇四年，四〇三年曾改號爲大亨。

〔二〕柳季，柳下惠，本名展獲，字禽，一字季，食邑柳下，謚惠，故稱。柳下惠爲春秋魯國士師，古傳其不近女色，坐懷不亂。《詩・小雅・巷伯》：「哆兮侈兮，成是南箕。」毛傳：「魯人有男子獨處于室，鄰之嫠婦又獨處于室。夜暴風雨至而室壞，婦人趨而託之，男子閉户而不納。婦人自牖與之言曰：『子何爲不納我乎？』男子曰：『吾聞之也，男子不六十不閒居，今子幼，吾亦幼，不可以納子。』婦人曰：『子何不若柳下惠然！嫗不逮門之女，國人不稱其亂。』」嫗，抱持於懷，以體暖之。不逮門，不及城門而閉，無宿處也。《荀子・大略》：「柳下惠與後門者同衣而不見疑，非一日之聞也。」後門，即「不逮門」之意。《吕氏春秋・長利》：「戎夷違齊如魯，天大寒而後門。」高誘注：「後門，日夕門已閉也。」陶宗儀《輟耕録》卷四《不亂附妾》：「夫柳下惠夜宿郭門，有女子來同宿，恐其凍死，坐之於懷，至曉不爲亂。」即據「嫗不逮門之女」爲説。

〔三〕桑中之歡，指男女幽會。《詩・鄘風・桑中》：「爰采唐矣，沫之鄉矣。云誰之思，美孟姜矣。期我乎桑中，要我乎上宫，送我乎淇之上矣。」桑中、上宫皆衛國沬邑（沬一作「妹」，即今河南淇縣）之地名。毛傳：「桑中、上宫，所期之地；淇，水名也。」

〔四〕涂中，原譌作「塗中」。涂（chú），涂水，即今滁河，在今江蘇南京市六合區。涂水流域，古稱涂中。《晉書·武帝紀》：「（咸寧五年）十一月，大舉伐吴，遣鎮軍將軍、琅邪王伷出涂中。」

〔五〕白鵠，白鶴，涉禽，又天鵝也。按：白鵠色白，故其精名瓊，瓊者，玉也。其姓蘇者，蘇爲鳥尾。《史記·司馬相如列傳》：「蒙鶡蘇。」裴駰《集解》引徐廣曰：「蘇，尾也。」《集韻》平聲二模韻：「蘇……摯虞曰鳥尾也。」毛羽潔白如瓊，故自稱蘇瓊也。

雨中小兒

元嘉〔一〕初，散騎常侍劉雋〔二〕，家在丹陽。後嘗閑居，而天大驟雨〔三〕，見門前有三小兒，皆可六七歲，相率〔四〕狡獪，而並不沾濡。雋疑非人〔五〕。俄見共争一匏壺子〔六〕，雋引彈彈之，正中壺，霍然不見。雋得壺，因掛閣邊。明日，有一婦人入門，執壺而泣。雋問之，對曰：「此是吾兒物，不知何由在此？」雋具語所以。婦持壺埋兒墓前。間一日，又見向小兒持來門側，舉之，笑語雋曰：「阿儂已復得壺矣！」言終而隱。

（據《太平廣記》卷三二四引《幽明録》，又《太平御覽》卷三五〇引）

〔一〕元嘉，宋文帝劉義隆年號（四二四—四五三）。
〔二〕散騎常侍，魏始置，侍從皇帝左右，掌規諫、表詔等。《御覽》引作「散騎」，省稱也。劉雋，《御覽》作「劉儁」。「雋」、「儁」字同。
〔三〕以上二句原作「後嘗遇驟雨」，據《御覽》改。
〔四〕率，《御覽》作「牽」。
〔五〕此句據《御覽》補。
〔六〕匏（páo）壺子，即瓢葫蘆。《御覽》「匏」作「瓠」。《詩經·邶風·匏有苦葉》：「匏有苦葉。」毛傳：「匏謂之瓠。」

新死鬼

有新死鬼，形瘦疲頓〔一〕。忽見生時友人，死及二十年，肥健。相問訊曰：「卿那爾？」曰：「吾飢餓，殆不自任〔二〕，卿知諸方便〔三〕，故當以法見教。」友鬼云：「此甚易耳，但爲人作怪，人必大怖，當與卿食。」

新鬼往入大墟〔四〕，東頭有一家，奉佛精進〔五〕。屋西廂有磨，鬼就推此磨，如人推法。此家主語子弟曰：「佛憐吾家貧，令鬼推磨。」乃輦麥與之。至夕磨數〔六〕斛，疲頓乃去。遂罵友鬼：「卿那誑我？」又曰：「但復去，自當得也。」

復從墟西頭入一家，家奉道〔七〕，門傍有碓，此鬼便上碓，如人舂狀。此人言：「昨日鬼助某甲，今復來助吾，可輂穀與之。」又給婢簸篩。至夕，力疲甚〔八〕，不與鬼食。鬼暮歸，大怒曰：「吾自與卿爲婚姻，非他比，如何見欺？二日助人，不得一甌飲食。」友鬼曰：「卿自不偶〔九〕耳。此二家奉佛事道，情自難動。今去，可覓百姓家作怪，則無不得。」鬼復去，得一家，門首有竹竿。從門入，見有一羣女子，窗前共食。至庭中，有一白狗，便抱令空中行。其家見之大驚，言自來未有此怪。占云：「有客鬼索食，可殺狗，並甘果酒飯，于庭中祀之，可得無他。」其家如師〔一〇〕言，鬼果大得食。自此後恒作怪，友鬼之教也。（據《太平廣記》卷三二一引《幽明録》）

〔一〕此句原作「形疲瘦頓」，據清孫潛鈔宋本（嚴一萍《太平廣記校勘記》）乙改。
〔二〕任，忍受。鈔宋本作「在」。
〔三〕方便，佛家語，其義爲隨方覓便，見機行事，此處猶言竅門、方法。
〔四〕墟，村落。
〔五〕精進，佛家語，謂修善法，斷惡法，毫不懈怠，誠心盡力。大慈恩寺基法師《觀彌勒上生兜率天經贊》卷下：「精謂精純無惡雜故，進謂升進不懈退故。」
〔六〕數，鈔宋本作「數十」。

〔七〕道，此指佛教，六朝佛教亦稱道。

〔八〕此三字鈔宋本作「得五十斛」。

〔九〕不偶，指運氣不佳。偶，遇也。鈔宋本作「遇」。

〔一〇〕師，巫師。

唐釋法琳《辯正論》卷七陳子良注引《遍略》云：「有新鬼不得飲食，形瘦疲頓。忽逢故友，死來積年，形體肥健，便相問訊，請示活方。久鬼答曰：『爲人作怪，人必大怖，因致飲食，爾乃肥健也。』新鬼便入事佛之家，其家精進，常修善業。屋西有磨，鬼往推之。家主大喜，勑子弟曰：『吾家至貧，善神助磨。』急輦麥與之。至暮，磨數十斛麥，既不得食，疲頓乃去。復到一家，上碓而舂。其家正信，相與喜曰：『昨日某甲家磨，今復來助我舂。』益更輦穀，使婢簸之。至暮，得五十斛米，如是疲弊，又不得食。心中忿怒，不自堪任。夜見久鬼，亟申怨責。久鬼曰：『君自不慮耳。此二家奉佛正信，其心難動，用心一至，亦能感徹，空冥我輩，正當其使。今去可覓門前有竹竿懸斷索灌口者，往彼爲怪。』新鬼用語，至一家，門有竹竿。見一羣女子窗前共食，中庭有一白狗，鬼便令狗在空中行。其家惶怖，競唱云：『生來未見此怪！』卜占云：『客鬼索食，可殺狗煮餅果，於庭中祠之，可得無他。』便如師言。鬼遂得食，復恒飽滿也。」

明人僞纂托名唐杜青荑之《奇鬼傳》，從《廣記》采入此文，題爲《新鬼》（見《合刻三志》志鬼類、《唐人説薈》一五集）。

代郡亭

代郡〔一〕界有一亭，常有恠，不可詣止。有諸生壯勇，行歌止宿〔二〕。亭吏止之，諸生曰：「我自能消此。」乃住宿食。

夜諸生前坐〔三〕，鬼吹五孔笛，有一手，都不能得擫笛。諸生不耐，忽便笑謂鬼曰〔四〕：「汝止有一手，那得遍笛？我爲汝吹來。」鬼云：「爲我少指耶？」乃復引手，即有數十指出〔五〕。

諸生知其可擊，拔劍斫之，得一老雄雞，從者並雞鶵。（據《太平御覽》卷五八〇引《幽明記》，又《太平廣記》卷四六一、《事類賦注》卷一一並引，作《幽明録》）

〔一〕代郡，戰國趙置，秦、西漢治代縣（今河北蔚縣東北代王城），東漢移治高柳縣（今山西陽高縣），三國魏又移治代縣。十六國後燕建興三年（三八八）廢。北魏復置代郡，治平城縣（今山西大同市東北）。

〔二〕止，原譌作「正」，據《事類賦注》正。《廣記》引此句作「暮行，欲止亭宿」。

〔三〕「亭吏」至此據《廣記》補。

〔四〕「鬼曰」二字據《廣記》補。

〔五〕以上二句原作「乃數十指出」，據《廣記》改補。

買粉兒

有人家甚富，止有一男，寵恣過常。遊市，見一女子美麗，賣胡粉〔一〕，愛之。無由自達，乃託買粉，日往市，得粉便去，初無所言。積漸久，女深疑之。明日復來，問曰：「君買此粉，將欲何施？」答曰：「意相愛樂，不敢自達。然恒欲相見，故假此以觀姿耳。」女悵然有感，遂相許以私，尅以明夕。

其夜，安寢堂屋，以俟女來。薄暮果到，男不勝其悦，把臂曰：「宿願始伸於此！」歡踴遂死。女惶懼，不知所以，因遯去，明還粉店。至食時，父母怪男不起，往視，已死矣。

當就殯斂。發篋笥〔二〕中，見百餘裹胡粉，大小一積。其母曰：「殺我兒者，必此粉也！」入市遍買胡粉，次此女，比之，手跡如先。遂執問女曰：「何殺我兒？」女聞嗚咽，具以實陳。父母不信，遂以訴官。女曰：「妾豈復恡死，乞一臨尸盡哀。」縣令許焉。

徑往，撫之慟哭曰：「不幸致此。若死魂而靈，復何恨哉！」男豁然更生，具説情狀。遂爲夫婦，子孫繁茂。（據《太平廣記》卷二七四引《幽明録》）

〔一〕胡粉，鉛粉，古人用以搽面。《釋名·釋首飾》：「胡粉，胡，餬也，脂和以塗面也。」按：賣胡粉者乃小本經紀。《北堂書鈔》卷一三五引《魏名臣奏》云：「今官販賣胡粉，與百姓争錐刀之末利，宜乞停之。」

〔一二〕篋笥（qiè sì），盛物器具。篋，小箱，大曰箱，小曰篋。笥，方形竹器，圓者曰簞。

南宋皇都風月主人《緑窗新話》卷上《郭華買脂慕粉郎》演此事，云：「郭華家富好學，求名不達，遂負販爲商。游京城，入市，見市肆中一女子美麗，賣胭脂粉。華私慕之，朝夕就買。經半年，脂粉堆積房内，財本空竭。此女疑之而問曰：『君買此脂粉，將欲何用？』答曰：『意相愛慕，恨無緣會合，故假此覿姿容耳。然每一歸，必形諸夢寐。』女悵然有感曰：『郎君果有意相憐，妾豈木偶人耶？明日父母偶往親戚處會宴，妾託疾守家。君可從東街多景樓側小門直入，即我屋後花園也。有小亭寂静，可叙綢繆。』及期，華因遇親友話，至已二鼓矣。女久候不來，乃留一鞋而入。華視門扃，扉左得鞋，哽愴歸去，以口吞之，氣噎而絶。翌晨，主人見華尚有餘息，於喉中得鞋。又見胭脂粉多，遂挑鞋於粉肆詢之。其父問女，女不敢隱。父乃同主人歸店視之，華已甦矣。遂命主人爲媒，因嫁爲夫婦。」（按：未注出處。）《豔異編》卷二〇、《情史類略》卷一〇有《買粉兒》，自《廣記》採入。

宋末羅燁《新編醉翁談録》小説名目神仙類有《粉合兒》，疑與此有關，而又涉及神仙。陶宗儀《輟耕録》卷二五《院本名目》、《衝撞引首》中有《憨郭郎》，疑即郭華事。此事元明戲曲屢採之。《古今雜劇》有無名氏《王月英元夜留鞋記》。《南詞叙録》著録《王月英月下留鞋》，乃元南戲，佚。《録鬼簿》著録曾瑞雜劇《才子佳人誤元宵》，佚。《録鬼簿續編》著録明邾經雜劇《胭脂女子鬼推門》，佚。明徐霖有傳奇《留鞋記》，佚（《古典戲曲存目彙考》卷九），童養中有傳奇《胭脂記》，今存，載《古本戲曲叢刊》。《聊齋誌異》卷七《阿繡》，前半云海州劉子固見雜貨肆中一女子姣麗而慕之，日趨肆買香帕、脂粉等類，情事絶似《買粉兒》，乃襲用而運化者也。

石氏女

鉅鹿〔一〕有龐阿者，美容儀。同郡石氏有女，曾内覩阿，心悦之。未幾，阿見此女來詣阿。阿妻極妬，聞之，使婢縛之，送還石家，中路遂化爲煙氣而滅。婢乃直詣石家，説此事。石氏之父大驚曰：「我女都不出門，豈可毁謗如此！」阿婦自是常加意伺察之。居一夜，方值女在齋中，乃自拘執，以詣石氏。石氏父見之愕貽〔二〕，曰：「我適從内來，見女與母共作，何得在此？」即令婢僕於内喚女出，向所縛者，奄然滅焉。父疑有異故，遣其母詰之。女曰：「昔年龐阿來廳中，曾竊視之，自爾彷彿即夢詣阿。及入户，即爲妻所縛。」石曰：「天下遂有如此奇事！夫精情所感，靈神爲之冥著〔三〕，滅者蓋其魂神也。」

既而女誓心不嫁。經年，阿妻忽得邪病，醫藥無徵〔四〕，阿乃授幣石氏女爲妻。（據《太平廣記》卷三五八引《幽明録》）

〔一〕鉅鹿,又作巨鹿,郡名,秦始置,治巨鹿縣(今河北平鄉縣西南平鄉鎮)。
〔二〕愕眙(chì),驚愕。《廣記》原引「眙」譌作「貽」,據清孫潛鈔宋本(嚴一萍《太平廣記校勘記》)、明吴大震《廣豔異編》卷一〇《麗阿》正。
〔三〕靈神,靈魂,亦即下文所云魂神。冥著,不知不覺而顯露也。
〔四〕徵,效也。

此爲最早之離魂故事,爲唐陳玄祐《離魂記》所本。元鄭光祖《倩女離魂》雜劇(《元曲選》)、明瞿佑《剪燈新話》卷一《金鳳釵記》、《初刻拍案驚奇》卷二三《大姐魂遊完宿願,小妹病起續前緣》、《聊齋誌異》卷二《阿寶》等皆有離魂情事。

詹詹外史《情史類略》卷九據《廣記》採入此事。末按云:「離魂之事往往有之,況神情所注,忽然而翔。自然之理,又何怪也。」吴大震《廣豔異編》卷一〇亦採入。

劉義慶　宣驗記

《宣驗記》，《隋書·經籍志》雜傳類著録十三卷，《通志·藝文略》傳記類冥異屬據《隋志》著録。唐釋法琳《破邪論》卷下、道宣《集神州三寶感通録》卷下亦並有目，無卷數。書佚於宋。《五朝小説·魏晉小説》、《重編説郛》卷一一八輯三則，《古小説鉤沉》輯三十五則，有遺。

「安荀」條記元嘉十六年（四三九）事，爲義慶晚年所撰。《宋書》本傳稱義慶「晚節奉沙門頗致費損」，乃佛教信徒。《幽明録》已多記佛徒佛法事，言之不足又專門摭拾應驗事以爲《宣驗記》。法琳《辯正論·十代奉佛上篇》云：「宋世諸王並懷文藻，大習佛經，每月六齋，自持八戒，篤好文雅，義慶最優……著《宣驗記》，贊述三寶。」「釋氏輔教之書」，前此已有謝敷、傅亮、張演《觀世音應驗記》，然《宣驗記》廣搜博採，盛談因果，若論此等志怪書之創作，義慶實有發軔之功。

鸚鵡

有鸚鵡飛集他山，山中禽獸〔一〕輒相愛重。鸚鵡自念：雖樂，不可久也，便去。後數月，山中大火。鸚鵡遥見，便入水霑羽，飛而灑之。天神〔二〕言：「汝雖有志意，何足云也！」對曰：「雖知不能救，然嘗僑居是山。禽獸行善，皆爲兄弟，不忍見耳。」天神嘉感，即爲雨〔三〕滅火。(據上海古籍出版社汪紹楹點校本《藝文類聚》卷九一引《宣驗記》,又《初學記》卷三〇、《六帖》卷九四、《太平御覽》卷九二四並引,《六帖》譌作《靈驗記》)

〔一〕「獸」字《類聚》引無,據《初學記》、《六帖》、《御覽》補。
〔二〕天神,梵語「泥縛多」之意譯,指梵天、帝釋等。
〔三〕「雨」字據《六帖》補。

鸚鵡救火事出吴康僧會譯《舊雜譬喻經》卷上第二十三條,云:「昔有鸚鵡,飛集他山中,山中百鳥畜獸轉相重愛,不相殘害。鸚鵡自念:雖爾不可久也,當歸耳,便去。却後數月,大山失火,四面皆然。鸚鵡遥見,便入水,以羽翅取水,飛上空中,以衣毛間水灑之,欲滅大火,如是往來往來(按:衍二字)。天神言:『咄!鸚鵡,汝何以癡!千里之火,寧爲汝兩翅水滅乎?』鸚鵡曰:『我由知而不滅也。我曾客是山中,山中百鳥畜獸,皆仁善,悉爲兄弟,我不忍見之耳。』天神感其至意,則雨滅火也。」

《異苑》卷三亦載,文同《藝文類聚》所引《宣驗記》,乃濫輯。

《太平御覽》卷九一七引《宣驗記》另事曰:「野火焚山,林中有一雉,入水漬羽,飛以滅火,往來疲乏,不以爲苦。」與鸚鵡事絶似。按:雉事亦係佛教傳説,玄奘《大唐西域記》卷六云:「拘尸那揭羅國城郭頹毁,邑里蕭條,故城甎基周十餘里,居人稀曠,閭巷荒蕪。城内東北隅有窣堵波,無憂王所建,準陀之故宅也。……城西北三四里，渡阿恃多伐底河西岸不遠，至娑羅林，其樹類槲，而皮青白，葉甚光潤，四樹特高，如來寂滅之所也。其大甎精舍中，作如來涅槃之像，北首而卧。傍有窣堵波，無憂王所建。……精舍側不遠，有窣堵波，是如來修菩薩行時，爲羣雉王救火之處。昔於此地有大茂林，毛羣羽族巢居穴處。驚風四起，猛焰飈逸。時有一雉，有懷傷愍，鼓濯清流，飛空奮灑。時天帝釋俯而告曰：『汝何守愚，虚勞羽翮！大火方起，焚燎林野，豈汝微軀所能撲滅！』雉曰：『説者爲誰？』曰：『我天帝釋耳。』雉曰：『今天帝釋有大福力，無欲不遂，救災拯難，若指諸掌。反詰無功，其咎安在？猛火方熾，無得多言！』尋復奮飛，往趣流水。天帝遂以掬水泛灑其林，火滅煙消，生類全命。故今謂之救火窣堵波也。」

吴唐

吴唐，廬陵〔一〕人也。少好驅媒〔二〕獵射，發無不中，家以致富。後春月，將兒出射，正值麀鹿將麑〔三〕。母覺有人氣，呼麑漸〔四〕出。麑不知所畏〔五〕，逕前就媒。唐射麑，即死。鹿母驚還，悲鳴不已〔六〕。唐乃自藏於草中，出麑致〔七〕浄地。鹿母直來地，俯仰頓伏，絶而復起。唐又射鹿母，應弦而倒。

至前塲，復逢一鹿。上弩將放，忽發箭反激，還中其子。唐擲弩抱兒，撫膺而哭。聞空中呼曰：「吴唐，鹿之愛子，與汝何異？」唐驚聽，不知所在。（據中華書局影印宋本《太平御覽》卷九〇六引《宣驗記》，又《事類賦注》卷二三引《冥驗記》。按：《冥驗記》齊竟陵王蕭子良作。「宣」、「冥」二字形近，必有一譌。今姑從《御覽》）

〔一〕盧陵，郡名，晉宋時治石陽縣（今江西吉水縣東北）。

〔二〕媒，獵者用以誘引獵物之動物。

〔三〕麀，牝鹿，即母鹿，引伸爲牝。《説文》十上鹿部：「麀，牝鹿也。从鹿牝省。」段玉裁注：「引伸爲凡牝之偁。」《御覽》原引作「麑」，今從《事類賦注》引。麑（ní），小鹿。

〔四〕漸，通「潛」。

〔五〕畏，原譌作「猥」，據《御覽》《四庫全書》本及《事類賦注》正。

〔六〕「不已」二字據《事類賦注》補。

〔七〕致，放置。《事類賦注》作「值」。

劉敬叔　異苑

據清張海鵬《學津討原》本

《隋書・經籍志》著録《異苑》十卷，宋給事劉敬叔撰。兩《唐志》以下唐宋元史志書目皆無目，唯《通志・藝文略》傳記類冥異屬據《隋志》著録。《太平廣記》、《太平御覽》引用書目著録有《異苑》、劉敬叔《異苑》，其書似仍存於宋初，以後遂散逸。

今傳《異苑》十卷，最早由胡震亨於萬曆間刊入《祕册彙函》，明末毛晉又將此本匯入《津逮祕書》。徐㶿《徐氏紅雨樓書目》著録《異苑》十卷，當即胡刻本。後又收入《四庫全書》、《學津討原》、《古今説部叢書》、《説庫》。《唐宋叢書》、《五朝小説・魏晉小説》、《重編説郛》（卷一一七）所收一卷三十四條，乃節録本。胡震亨刊本非原書，係由胡震亨、姚士粦等人在所得宋鈔本（當爲宋人輯本）基礎上重新校輯修訂而成（見胡氏《異苑題辭》、姚氏《見只編》卷中）。此本大量濫取他書，真僞混雜，與所訂《搜神記》、《搜神後記》一也。中華書局一九九六年出版范寧校點本，以《津逮祕書》本爲底本，並補輯佚文十五條。

劉敬叔史書無傳。胡震亨「匯其事之散在史書者」，爲《劉敬叔傳》。所據多不可尋，不盡可靠。兹稽考諸書所記述其事略。劉敬叔，廣陵江都（今江蘇揚州市西南）人（《太平寰宇記》卷一二三、《嘉靖惟揚志》卷一二、《雍正揚州府志》卷三五、雍正重修《江南通志》卷一九二、乾隆重修《江都縣誌》卷三〇）。晉安帝義熙五年（四〇九），爲南平郡公劉毅郎中令（《冥祥記》、《異苑》卷六），七年因過免官（《宋書・五行志一》、《晉書・五行志上》）。十三年爲長沙景王劉道鄰驃騎參軍（《異苑》卷三）。入宋爲給事黄門侍郎（《隋志》）。《劉敬叔傳》云敬叔起家中兵參軍、司徒掌記，高祖受禪，召爲征西長史，元嘉三年（四二六），入爲給事黄門郎，數年以病免，皆不知何據。據《異苑》卷六卷七，最晚紀年是元嘉二十年（四四三），敬叔當卒於元嘉二十年之後。傳稱太始（即泰始，宋明帝年號，四六五—四七二）中卒于家，誤也。

本書題材廣泛，内容豐富，差可稱異聞之苑。然叙事簡略，《四庫全書總目提要》卷一四二贊其「詞旨簡澹，無小説家猥瑣之習」，正其弊也。

大客

始興郡陽山縣〔一〕有人行田，忽遇一象，以鼻捲之，遥入深山。見一象，脚有巨刺。此人牽挽得出，病者即起，相與躅陸〔二〕，狀若歡喜。前象復載人，就一污濕〔三〕地，以鼻掘出數條長牙〔四〕，送還本處。

彼境田稼〔五〕，常爲象所困。其象俗呼爲「大客」，因語云：「我田稼在此，恒爲大客所犯。若念我者，勿復見侵。」便見躑躅，如有馴解。於是一家業田，絶無其患。（卷三）

〔一〕始興郡，孫吴甘露元年（二六五）分桂陽郡置，治曲江縣（今廣東韶關市東南）。陽山縣，今廣東陽山縣南。

〔二〕躅陸，足踏地也。《太平御覽》卷四七九引作「蹋陸」，義同。

〔三〕污濕，《天中記》卷六〇引作「紆絀」。

〔四〕按：古傳象惜其牙，掘地而藏。《御覽》卷八九〇引《異物志》曰：「俗傳象牙歲脱，猶愛惜之，掘地而藏之。人欲取，當作假牙，潛往易之，覺則不藏。」又引沈懷遠《南越志》曰：「象牙長一丈餘，脱其牙，則深藏之。削木代之可得。不爾，窮其主，得乃已也。」

〔五〕田稼，《御覽》作「苗稷」，《天中記》作「苗稼」。

唐張鷟《朝野僉載》卷五曰：「上元中，華容縣有象入莊家中庭卧。其足下有槎，人爲出之。象乃伏，令人騎，入深山，以鼻掊土，得象牙數十，以報之。」

《太平廣記》卷四四一引《廣異記》（唐戴孚）曰：「閬州莫徭以樵採爲事。常於江邊刈蘆，有大象奄至，捲之上背，行百餘里，深入澤中。澤中有老象，卧而喘息，痛聲甚苦。至其所，下于地，老象舉足，足中有竹丁。莫徭曉其意，以腰繩係竹丁，爲拔出，膿血五六升許。小象復鼻捲青艾，欲令塞瘡。莫徭摘艾熟挼，以次塞之，盡艾方滿。久之，病象能起，東西行立。已而復卧，回顧小象，以鼻指山，呦呦有聲。小象乃去，須臾得一牙至。病象見牙大吼，意若嫌之。小象持牙去。頃之，又將大牙。莫徭呼象爲『將軍』，言未食患饑。象往折山栗數枝食之，乃飽。然後送人及牙還。行五十里，忽爾却轉。人初不了其意，乃還取其遺刀。人得刀畢，送至本處。以頭抵人，左右摇耳，久之乃去。其牙酷大，載至洪州，有商胡求買，累自加直，至四十萬。……」

按：以上二事與「大客」事殊類。象以其牙報恩事古書猶有記，惟報恩情由不同，今並録於下，以爲參考：

《廣記》卷四四一引《廣異記》曰：「安南人以射獵爲業，每藥附箭鏃，射鳥獸，中者必斃。開元中，其人曾入深山，假寐樹下。忽有物觸之，驚起，見是白象，大倍他象，南人呼之爲『將軍』，祝之而拜。象以鼻捲人上背，復取其弓矢藥筒等以授之。因爾遂騁行百餘里，入邃谷，至平石，迥望十里許。兩崖悉是大樹，圍如巨屋，森然隱天。象至平石，戰懼，且行且望。經六七里，往倚大樹，以鼻仰拂人。人悟其意，乃攜弓箭緣樹上，象于樹下望之。可上二十餘丈，欲止，象鼻直指，意如導令復上。人知其意，逕上六十丈。象視畢走去，其人夜宿樹上。至明，見平石上有二目光。久之，見巨獸，高十餘丈，毛色正黑。須臾清朗，昨所見大象，領凡象百餘頭，循山而來，伏于其前。巨獸躩食二象，食畢，各引去。人乃思象意，欲令其射，因傅藥矢端，極力射之，累中二矢。獸視矢吼奮，聲震林木，人亦大呼引獸。獸來尋人，人附樹，會其開口，又當口中射之。獸吼而自擲，久之方死。俄見大象從平石入，一步一望，至獸所，審其已死，以頭觸之，仰天大吼。頃間，羣象五六百輩，雲萃吼叫，聲徹數十里。大象來至樹所，屈膝再拜，以鼻招人，人乃下樹，上其背。象載人前行，羣象從之。尋至一所，植木如隴。大象以鼻揭楂，羣象皆揭，日旰而盡，中有象牙數萬枚。象載人行，數十步内，必披一枝，蓋示其路。訖，尋至昨寐之處，下人於地，再拜而去。其人歸白都護，都護發使隨之，得牙數萬，嶺表牙爲之賤。使人至平石所，巨獸但餘骨存。都護取一節骨，十人舁致之。骨有孔，通人來去。」

又引《紀聞》(唐牛肅)曰：「張景伯之爲和州，淮南多象。州有獵者，常逐獸山中。忽有羣象來圍獵者，令不得去。有大象至獵夫前，鼻絞獵夫，置之於背。獵夫刀仗墜者，象皆爲取送還之。於是馱獵夫徑入深山，羣象送於山口而返。入山五十里，經大磐石，石際無他物，盡象之皮革，餘血肉存焉。獵夫念曰：『得無於此啗我乎？』象負之且過。去石五十步，有大松樹，象以背依樹，獵夫因得登木焉。弓墜於地，象又鼻取，仰送之。獵夫深怪其故。象既送獵夫訖，因馳去。俄而有一青獸，自松樹南細草中出，毳毛髬髵，爪牙可畏，其大如屋，電目雷音，來止磐石，若有所待。有頃，一次象自北而來，遥見猛獸，俯伏膝行。既至磐石，恐懼戰慄。獸見之喜，以手取之，投於空中，投已接取，猶未食噉。獵夫望之，嘆曰：『畜獸之愚，猶請救於人，向來將予於山，欲予斃此獸也。予善其意，曷可不救！』於是引滿，縱毒箭射之，洞其左腋。獸既中箭，來趨獵夫，又迎射貫心，獸踣焉，宛轉而死。小象乃馳還。俄而諸象二百餘頭，來至樹下，皆長跪，展轉獵夫下。前所負象，又以背承之，負之出山，諸象圍繞喧號。將獵夫至一處，諸象以鼻破阜，而出所藏之牙焉，凡三百餘莖，以示獵夫。又負之至所遇處，象又皆跪，謝恩而去。獵夫乃取其牙，貨得錢數萬。」

又引《傳奇》(唐裴鉶)曰：「寶曆中，有蔣武者，循州河源人也。魁梧偉壯，膽氣豪勇，獨處山巖，唯求獵射而已。善於蹶張，每賫弓挾矢，遇熊羆虎豹，靡不應弦而斃。剖視其鏃，皆一一貫心焉。忽有物叩門，甚急速。武隔扉而窺之，見一猩猩跨白象。武知猩猩能言，而詰曰：『與象叩吾門，何也？』猩猩曰：『象有難，知我能言，故負吾而相投耳。』武曰：『汝有何苦？請話其由。』猩猩曰：『此山南二百餘里，有嵌空之大巖穴，中有巴蛇，長數百尺，電光而閃其目，劍刃而利其牙。象之經過，咸被吞噬，遭者數百，無計避匿。今知山客善射，願持毒矢而射之，除得此患，衆各思報恩矣。』其象乃跪地，灑涕如雨。猩猩曰：『山客若許行，便請挾矢而登。』武感其言，以毒淬矢而登。果見雙目在其巖下，光射數百步。猩猩曰：『此是蛇目也。』武怒，蹶張端矢，一發而中其目，象乃負而奔避。俄若穴中雷吼，蛇躍出蜿蜒，或掖或踴，數里之内，林木草芥如焚。至暝蛇殞。乃窺穴側，象骨與牙其積如山。於是有十象，以長鼻各捲其紅牙一枝，跪獻於武。武受之，猩猩亦辭而去。遂以前象負其牙而歸，武乃大有資産。」按：此增猩猩，又易獸爲蛇，蓋採《山海經・海内南經》「巴蛇食象，三歲而出其骨」爲説耳。

紫姑神

世有紫姑神〔一〕，古來相傳云是人家妾，爲大婦所嫉〔二〕，每以穢事相次役，正月十五日感激而死。故世人以其日作其形，夜於厠間或猪欄邊迎之，亦必須浄潔〔三〕。祝曰：「子胥不在——是其婿名也〔四〕，曹姑亦歸——曹即其大婦也〔五〕，小姑可出戲〔六〕。」捉〔七〕者覺重，便是神來。奠設酒果，亦覺貌輝輝有色，即跳躞〔八〕不住。能占衆事，卜未來〔九〕蠶桑。又善射鉤〔一〇〕，好則大儛，惡便仰眠。

平昌〔一一〕孟氏恒不信，躬試往捉〔一二〕，便自躍穿屋〔一三〕而去，永失所在也。（卷五）

〔一〕紫姑神，《玉燭寶典》卷一、《北户録》卷二引作「紫女」。《太平廣記》卷二九二引此文題作《阿紫》。

〔二〕嫉，原校云：「一作『妬』。」按：《寶典》、《荆楚歲時記》俱引作「妬」。《太平御覽》卷八八四引作「姤誣」，姤（gòu），惡也。

〔三〕此句原無，唯《歲時廣記》卷一一引有，據補。

〔四〕此句《歲時記》作「云是其婿」，《寶典》作「云是其夫」。

〔五〕以上二句《歲時記》作「曹夫人已行，云是其婦」（一本作「姑」），《御覽》卷三〇引《荆楚歲時記》亦作「姑」。姑，婆母，誤）；《寶典》引同，脱「人」字，「婦」亦作「姑」。《北户録》作「曹夫人亦歸去，即其大婦也」；《廣記》作「曹姑亦歸去，即其大婦也」；《御覽》卷八八四上句作「曹夫亦歸」，脱「人」字。

〔六〕此句《歲時記》、《寶典》並作「小姑可出」，《御覽》卷三〇引《歲時記》乃作「紫姑可出」。《寶典》注曰：「南方多名婦人爲姑。仙有麻姑，云東海三爲桑田。古樂府云：『黄姑織女遥相見。』吴云淑女總角時唤作小姑子。《續齊諧記》有青溪姑。」按：《搜神記》亦有丁姑（見前）。

〔七〕捉，原作「投」，據《歲時記》、《北户録》、《御覽》卷三〇又卷八八四、《太平廣記》、《歲時廣記》改。

〔八〕跳躞（xiè），跳而行也。躞，躞蹀，行貌。《北户録》、《御覽》卷三〇又卷八八四、《天中記》卷四俱引作「跳躁」。

〔九〕未來，原校云：「一作『行年』。」按：《廣記》乃作「行年」，《御覽》卷八八四作「行來」。

〔一〇〕射鉤，即藏鉤，射，猜也。藏鉤於手令人猜，是古時一種遊戲。李商隱《無題》：「隔座送鉤春酒暖，分曹射覆蠟燈紅。」即此。相傳藏鉤之戲源於漢武帝鉤弋（又作「鉤翼」）夫人。《列仙傳》卷下云：「鉤翼夫人者，齊人也，姓趙。少時好清淨，病卧六年，右手拳屈，飲食少。望氣者云東北有貴人氣，推而得之。召到，姿色甚偉。武帝披其手，得一玉鉤，而手尋展。」《初學記》卷四引《辛氏三秦記》云：「昭帝母鉤弋夫人手拳而國色，今人學藏鉤亦法此。『鉤』亦作『彄』。」《荆楚歲時記》云：「歲前又爲藏彄之戲。」注：「按周處《風土記》曰：『醇以告蜡，竭恭敬于明祀，乃有藏彄。臘日之後，叟嫗各隨其儕爲藏彄，分二曹以校勝負。』《辛氏三秦記》以爲鉤弋夫人所起。周處、成公綏竝作『彄』字，《藝經》、庾闡則作『鉤』字，其事同也。俗云此戲令人生離，有禁忌之家，則廢而不脩。」

〔一一〕平昌，郡名，治安丘縣（今山東安丘市西南），又縣名，屬平昌郡，今安丘市東南。

〔一二〕捉，原作「投」，據《御覽》卷三〇又卷八八四、《太平廣記》、《歲時廣記》改。

〔一三〕穿屋，原作「茅屋」，校云：「一作『穿』。」按：《歲時記》、《寶典》、《太平廣記》俱作「穿屋」，據改。《御覽》卷三〇作「穿頂」，又卷八八四作「穿帳頂」，《天中記》作「穿屋頂」。

《荆楚歲時記》（《寶顔堂祕笈》本）云：「（正月十五）其夕迎紫姑，以卜將來蠶桑，并占衆事。」注：「按：劉敬叔《異苑》云：『紫姑本人家妾……遂穿屋而去。』自爾廁中（一本無「廁中」二字）著以敗衣，蓋爲此也。《洞覽》云是帝嚳女，將死，云生平好樂，至正月半可以衣見迎，又其事也。《雜五行書》廁神名後帝。《異苑》云：『陶侃如廁，見人云後帝，著單衣，平上幘，謂侃曰：「三年莫説，貴不可言。」』（按：見今本卷五）將後帝之靈，憑紫姑而言乎？俗云溷廁之間必須静，然後致紫姑。」

按：《玉燭寶典》卷一於「遂穿屋而去」之後亦云：「自爾正着以敗衣，蓋爲此也。」此非《異苑》語，乃《歲時記》注文語，《寶典》因之。迎紫姑者爲紫姑像著以破衣，其故似因紫姑生前遭虐待，自不得著新衣，此云因其穿屋而去，衣致破敗，亦爲一解。注又引《洞覽》，《歲時廣記》卷一一亦引《時鏡洞覽記》

曰：「帝嚳女將死，云生平好樂，正月十五日可來迎我。」《歲時廣記》有按語云：「二説未知孰是。」《洞覽》以所迎者爲帝嚳女，此説未見流行。紫姑爲大婦害死，死而爲廁神，此頗符合善良百姓之心理，較之荒邈古老之帝嚳女尤爲切實，是故二説中紫姑獨傳。《異苑》又稱廁神爲後帝，按廁神除後帝、紫姑，猶有其他名目。《御覽》卷八八六引《白澤圖》：「廁之精名曰依倚，青衣，持白杖，知其名呼之者除，不知其名則死。」《酉陽雜俎・諾皋記上》：「廁鬼名頊天竺。」「竺」下注：「一曰『筀』。」《柳河東集》卷一七《李赤傳》云李赤入廁遭廁鬼，然未言廁鬼爲誰。佛教乃以烏芻瑟摩明王爲廁神，該明王能除穢，化不潔净爲潔净，故佛家於廁中祠之。

紫姑事唐、宋頗傳。李商隱詩多用紫姑事，如《聖女祠》：「逢迎異紫姑。」《昨日》：「昨日紫姑神去也。」《正月十五夜聞京有燈恨不得觀》：「羞逐鄉人賽紫姑。」所謂賽紫姑，即請紫姑神而行占卜，唐人稱作「紫姑卜」。《北户録》卷二《雞卵卜》云：「卜之流雜書傳虎卜、紫姑卜、牛蹄卜……」

宋人請紫姑之俗頗盛。沈括《夢溪筆談》卷二一云：「舊俗，正月望夜迎廁神，謂之紫姑。亦不必正月，常時皆可召。予少時，見小兒輩等閑則召之，以爲嬉笑。親戚間曾有召之而不肯去者，兩見有此，自後遂不敢召。景祐中，太常博士王綸家因迎紫姑，有神降其閨女，自稱上帝後宮諸女，能文章，頗清麗，今謂之《女仙集》，行於世。其書有數體，甚有筆力，然皆非世間篆隸，其名有『藻牋篆』、『茁金篆』十餘名。綸與先君有舊，予與其子弟遊，親見其筆跡。其家亦時見其形，但自腰以上見之，乃好女子，其下常爲雲氣所擁。善鼓箏，音調淒婉，聽者忘倦。嘗謂其女曰：『能乘雲與我遊乎？』女子許之，乃自其庭中涌白雲如蒸，女子踐之，雲不能載。神曰：『汝履下有穢土，可去履而登。』女子乃韈而登，如履繒絮，冉冉至屋復下。曰：『汝未可往，更期異日。』後女子嫁，其神乃不至。其家了無禍福。爲之記傳者甚詳。此予目見者，粗志於此。近歲迎紫姑仙者極多，大率多能文章歌詩，有極工者，予屢見之。多自稱『蓬萊謫仙』，醫卜無所不能，棊與國手爲敵。然其靈異顯著，無如王綸家者。」

章炳文《搜神祕覽》卷中《紫姑神》云：「紫姑神，世或稱之曰紫仙。南方人孟春之月即請之，以決事，然至利害大者不能言。善書畫，吟詠騷雅之才，尤多清麗。閩中張叔通者，嘗得《賦游武夷山》詩曰：『春雨連宵心慘傷，曉來還喜見天暘。千巖積翠神仙隱，萬木交陰虎豹藏。樵徑也通人上下，溪流不許客相將。隨緣到此隨緣返，一粒還丹在眼旁。』又《贈客》詩曰：『明時抱道不淹留，文藝君須在速修。萬古白雲藏劍氣，願乘車馬出神州。』多假物書於灰燼中，人有求其掾筆者即書於紙。得『禮節永平弟恭福禄勉勵龍虎』十二字。凡書『龍』字，類多不相同。或者問之，答曰：『龍之爲物，變化無窮，豈可拘耶？』若其請致之禮，多繪畫婦人。江鄉之間，人人能之，比寢不録。」

張世南《游宧紀聞》卷三云：「世南少小時，嘗見親朋間，有請紫姑仙。以箸插筲箕，布灰桌上畫之。有能作詩詞者，初間必先書姓名，皆近世文人，如于湖、石湖、止齋者。亦有能作詩賦、時論、記跋之類者，往往敏而工。言禍福，却多不驗。」

洪邁《夷堅支志乙》卷五《紫姑詠手》云：「吉州人家邀紫姑，正作詩，適有美女子在其旁，因請詠手，即書云：『笑折夭桃力不禁，時攀楊柳弄春陰。管絃曲裏傳聲慢，星月樓前斂拜深。綉幕偷回雙舞袖，緑衣閑整小眉心。秋來幾度挑羅襪，爲憶相思放却針。』信筆而成，殊不思索，頗有雅致也。」又《夷堅支志庚》卷二《新建信屠》載：屠者信生殺一女子，投尸江中，以鋸屑糁頸血，抛首於道側。官府命三排岸究詰。有粟七官人善邀紫姑神，得詩曰：「木屑填頭事已深，三君何用苦索心。首身異處分江漢，三七之時得好音。」遂獲殺人者。同卷《蓬瀛真人》亦云祝氏子善邀紫姑。

《許彦周詩話》亦載紫姑神作詩事。

郭彖《睽車志》卷一云：「岳侯死後，臨安雨溪寨軍將子弟，因請紫姑神，而岳侯降之，大書其名，衆皆驚愕。……」

龐元英《文昌雜録》卷一載有迎紫姑問官禄事。

宋人之請紫姑，乃扶乩之術，紫姑變爲乩仙，已與俗間於廁中迎紫姑者不同。宋人並附會出紫姑詳細身世。後世又傳紫姑爲坑三姑。

《東坡續集》卷一二《子姑神記》云：「元豐三年正月朔日，予始去京師來黄州，二月朔至郡。至之明年，進士潘丙謂予曰：『異哉，公之始受命，黄人未知也。有神降于州之僑人郭氏之第，與人言如響，且善賦詩。曰：「蘇公將至而吾不及見也。」已而公以是日至而神以是日去。』其明年正月，丙又曰：『神復降于郭氏。』予往觀之，則衣草木爲婦人，而置筯手中，二小童子扶焉，以筯畫字曰：『妾壽陽人也，姓何氏名媚，字麗卿。自幼知讀書屬文，爲伶人婦。唐垂拱中，壽陽刺史害妾夫，納妾爲侍妾。而其妻妒悍甚，見殺於廁，妾雖死不敢訴也。而天使見之，爲直其冤，且使有所職於人間。蓋世所謂子姑神者，其類甚衆，然未有如妾之卓然者也。公少留，而爲賦詩且舞，以娱公。』詩數十篇，敏捷立成，皆有妙思，雜以嘲笑。問神仙鬼佛變化之理，其答皆出於人意外。坐客撫掌，作道調《梁州》，神起舞中節。曲終再拜以請曰：『公文名於天下，何惜方寸之紙，不使世人知有妾乎？』予觀何氏之生見掠於酷吏，而遇害於悍婦，其怨深矣，而終不指言刺史之姓名，似有禮者。客至逆知其平生，而終不言人之陰私與休咎，可謂智矣。又知好文字而恥無聞於世，皆可賢者。粗爲録之，答其意焉。」

又《天篆記》云：「江淮間俗尚鬼，歲正月必衣服箕箒爲子姑，或所能數數畫字。黄州郭氏神最異，予去歲作《何氏録》（按：指《子姑神記》）以記之。」

佚名《顯異録》亦載紫姑身世，清翟灝《通俗編》卷一九《紫姑》引云：「紫姑，萊陽人，姓何名媚，字麗卿，壽陽李景納爲妾。爲大婦曹氏所嫉，正月十五夜陰殺之廁間。上帝憫之，命爲廁神。故世人以其日作其形于廁間，迎祝以占衆事。」翟灝按云：「俗呼爲坑三姑，三之行次，未見所出。」《古今圖書集成·神異典》卷四〇《雜鬼神部》、俞正燮《癸巳存稿》卷一三《紫姑神》並亦引。（按：錢大昕《補元史藝文志》卷三著録《顯異録》，體元真人撰。）

明人贋作而題唐孫頠撰之《神女傳》（《合刻三志》志奇類、《唐人説薈》一二集、《龍威秘書》四集、《藝苑捃華》），有《紫姑》一篇，即節取《廣記》所引者。

清陳棟有雜劇《紫姑神》，載《清人雜劇》。

陸機

陸機初入洛〔一〕，次河南之偃師〔二〕。時久結陰〔三〕，望道左若有民居，因往投〔四〕宿。見一年少，神姿端遠〔五〕，置《易》投壺。與機言論，妙得玄微〔六〕。機心服其能，無以酬〔七〕抗。乃提緯古今，總驗名實，此年少不甚欣解。

既曉便去，税驂〔八〕逆旅。問逆旅嫗，嫗曰：「此東數十〔九〕里無村落，止有〔一〇〕山陽王家冢爾。」機乃怪悵。還睇昨路，空野霾雲，拱木蔽日。方知昨所遇者，信王弼〔一一〕也。（卷六）

〔一〕陸機，字士衡，吴郡（治今江蘇蘇州市）人。太康末，與弟雲入洛，歷仕著作郎、中書郎等。後投成都王司馬穎，穎表爲平原内史。太安初，穎討長沙王乂，以機爲後將軍、河北大都督，兵敗遭讒，被穎所殺，時年四十三。其弟陸雲字士龍，與兄並稱「二陸」，成都王表爲清河内史。機敗，同時遇害，時年四十二。《晉書》卷五四有傳。原前有「晉清河」三字。按：陸機爲平原内史，不得云「清河」，當爲輯録者妄加。《藝文類聚》卷七九、《太平御覽》卷六一七又卷八八四、《太平廣記》卷三一八引《異苑》並無此三字，據刪。

〔二〕河南，郡名，治洛陽縣（今河南洛陽市東北）。偃師，縣名，今爲市，屬河南洛陽市。

〔三〕此句《類聚》、《御覽》卷八八四作「時夕」，《廣記》作「時陰晦」。

〔四〕投，《類聚》、《御覽》卷八八四作「逗」。逗，止也。

〔五〕端遠，端凝閑遠。《類聚》、《御覽》卷八八四作「端達」。

〔六〕以上二句《類聚》、《御覽》卷八八四作「與機言玄門妙物」。按：魏晉玄學家以《易》、《老》、《莊》爲「三玄」。

〔七〕酬，原譌作「酧」，據以上諸引正。

〔八〕税驂，停息車馬。

〔九〕數十，《廣記》作「十數」。

〔一〇〕止有，《類聚》、《御覽》卷八八四作「正有」，《御覽》卷六一七作「正是」。

〔一一〕王弼，字輔嗣，山陽高平(今山東鄒城市西南)人。魏時著名玄學家，好論儒道，辭才逸辯，曾注《易經》、《老子》，官尚書郎。正始十年(二四九)病卒，年二十四。見《三國志》卷二八《鍾會傳》及注。關於王弼病卒，《幽明録》載有一異聞：「王輔嗣注《易》，輒笑鄭玄爲儒，云：『老奴甚無意。』于時夜分，忽然聞門外閤有著屐聲。須臾進，自云鄭玄，責之曰：『君年少，何以輕穿文鑿句，而妄譏誚老子邪？』極有忿色，言竟便退。輔心生畏惡，經少時，遇厲疾卒。」(《古小説鈎沉》)《類聚》引作「王弼墓」。

《異苑》下文接云：「一説陸雲獨行，逗宿故人家。夜暗迷路，莫知所從。忽望草中有火光，雲時飢乏，因而詣前。至一家，墻院甚整，便寄宿。見一年少，可二十餘，丰姿甚嘉，論叙平生，不異于人，尋共説《老子》，極有辭致。雲出，臨別語云：『我是山陽王輔嗣。』雲出門，迴望向處，止是一塚。雲始謂俄頃，已經三日，乃大怪悵。」按：此節據《太平御覽》卷六一七引《異苑》及《晉書》卷五四《陸雲傳》綴合而成，已失《異苑》之舊，且不應與陸機事合爲一條，故删去。

《御覽》引曰：「陸雲獨於空草中，忽見一家，墻院整頓。雲時飢乏，因而詣前。見一年少，可二十餘，風姿可嘉。論叙平生，不異於人。尋共説《老子》，極有辭致。雲出，臨别語云：『我是山陽王輔嗣。』雲出門，還望向處，正是一冢。雲始謂斯須，已經三日。」

《晉書》曰：「初，雲嘗行，逗宿故人家。夜暗迷路，莫知所從。忽望草中有火光，於是趣之。至一家，便寄宿，見一年少，美風姿，共談《老子》，辭致深遠。向曉辭去，行十許里，至故人家，云此數十里中無人居。雲意始悟。却尋昨宿處，乃王弼冢。雲本無玄學，自此談《老》殊進。」

梁清

安定〔一〕梁清，字道修，居揚州右尚方間桓徐州故宅〔二〕。元嘉十四年〔三〕二月，數有異光，仍聞擘蘿〔四〕聲。令婢子松羅往看，見一〔五〕人，問，云姓華名芙蓉，爲六甲至尊〔六〕所使，從太微紫宫下〔七〕，來過舊居。乃留不去。或鳥頭人身，舉面是毛〔八〕，擲灑糞穢〔九〕。清引弓射之〔一〇〕，應絃而滅，並有絳汁〔一一〕染箭。

又覩一物，形如猴，懸在樹標〔一二〕。令人刺，中其髀，墮地淹没〔一三〕。經日，反〔一四〕從屋上跛行，就婢乞食。團飯授之，頓造〔一五〕二升。經〔一六〕日，衆鬼羣至，醜惡不可稱論。拉攞牀帳〔一七〕，塵石飛揚，累晨不息。

婢採菊，路逢一鬼，著衣幘，乘馬，衞從數十。謂採菊曰：「我是天上仙人，勿名作鬼。」問:「何以恒擲穢汚?」答曰:「糞汚者,錢財之象也;投擲者,速遷之徵也。」頃之,清果爲揚武將軍〔一八〕、北魯郡〔一九〕太守。

清厭毒既久,乃呼外國道人波羅氎〔二〇〕誦呪文。見諸鬼怖懼,踰垣穴壁而走,皆作鳥聲,於此都絶。

在郡少時,夜中,松羅復見威儀器械,人衆數十〔二一〕。一人戴幘,送書粗紙,有七十許字,筆跡婉媚,遠擬羲、獻〔二二〕。又歌云:「坐儂〔二三〕孔雀樓,遥聞鳳凰鼓。下我鄒山〔二四〕頭,彷彿見梁魯〔二五〕。」

鬼有叔操喪,哭泣答吊〔二六〕,不異世人。鬼傳教曾乞〔二七〕松羅一函書,題云「故孔修之死罪白」,箋以吊其叔喪,叙致哀情,甚有詮次。復云:「近往西方,見一沙門,自名大摩刹,問君消息,寄五丸香以相與之。」清先奉使燉煌〔二八〕,憶見此僧。

清有婢産,於此遂絶。(卷六)

〔一〕安定,郡名,魏晉治臨涇縣(今甘肅鎮原縣東南),北魏治安定縣(今甘肅涇川縣北)。

〔二〕揚州,晉治建鄴,後改建康(今江蘇南京市),宋因之。此揚州即指建康。右尚方,《法苑珠林》卷三一引作「右尚坊」。按:漢魏以降有左中右三尚方,屬少府監,掌刀劍器物製造。《通典》卷二七《職官九·諸卿下·少府監》云：「中尚署，《周官》爲玉府，秦置尚方令，漢因之，後漢掌上手工作御刀劍玩好器物及寶玉作器……漢末分尚方爲左中右三尚方，魏晉因之。自過江唯置一尚方，哀帝以隸丹陽尹。宋武帝踐祚，以相府作部配臺謂之左尚方，而本署謂之右尚方，並掌造軍器。」據《宋書·州郡志一》，丹陽尹屬揚州刺史，原爲郡，晉元帝太興元年改爲尹，治建康，是則右尚方在建康。此云揚州右尚方，正指建康之右尚方官署。桓徐州，當指東晉桓沖。《晉書》卷七四《桓沖傳》載：沖字幼子，桓温弟。温薨，孝武帝詔沖爲中軍將軍、都督揚江豫三州軍事、揚豫二州刺史，寧康二年（三七四）解揚州，改授都督徐兗豫青揚五州之六郡軍事、車騎將軍、徐州刺史。

〔三〕元嘉十四年，公元四三七年。元嘉爲宋文帝年號。

〔四〕擗蘿，《太平廣記》卷三二四（闕出處）引作「擗籮」，「擗」（pì）義同「擘」，剖也，裂也；「籮」爲「蘿」之譌。《珠林》「蘿」作「籮」。

〔五〕一，《廣記》作「二」，誤。

〔六〕六甲，道教神名，又有六丁，合稱六丁六甲。六丁爲丁卯、丁巳、丁未、丁酉、丁亥、丁丑，陰神；六甲爲甲子、甲戌、甲申、甲午、甲辰、甲寅，陽神。《道藏》洞真部《無上九霄雷霆玉經》：「六丁玉女，六甲將軍。」至尊，對六甲神之尊稱。

〔七〕太微紫宫，《史記·天官書》：「南宫朱鳥，權、衡。衡，太微，三光之廷。」《索隱》：「宋均曰：太微，天帝南宫也。」此句《廣記》引作「從太微紫室仙人」，與下句連讀。

〔八〕此句《珠林》作「舉視眼搏」，含義不明，有譌。

〔九〕此句《廣記》無，而作「松羅鶩」。

〔一〇〕此句原無「清」字，《珠林》作「清射之」，據補。

〔一一〕汁,《廣記》作「汙」。

〔一二〕以上七字《廣記》引作「彷彿如人行樹摽」。標,樹梢,「摽」同「標」。《珠林》「猴」作「猿」。

〔一三〕淹没,沉没。《珠林》作「奄没」。奄,忽也。

〔一四〕反,《廣記》作「又」。

〔一五〕造,進也。《珠林》作「進」。

〔一六〕經,《珠林》、《廣記》俱作「數」。

〔一七〕拉攞,原作「松羅」,《珠林》同,於義未洽。《廣記》作「拉攞牀障」,據改。攞(luǒ),裂也。原校:「帳」一作「障」。按:《珠林》亦作「障」。

〔一八〕揚武將軍,將軍名號。《宋書·百官志上》:「揚武將軍,光武建武中,以馬成爲之。」《珠林》無「揚」字。

〔一九〕北魯郡,即魯郡,宋時屬兗州,因南徐州有南魯郡,故稱此爲北魯郡,治魯縣(今山東曲阜市)。

〔二〇〕氎(dié),《廣記》作「疊」。

〔二一〕數十,《珠林》作「數萬」,當誤。

〔二二〕羲,王羲之; 獻,王獻之,羲之子。父子俱爲東晉著名書法家,事迹具《晉書》卷八〇本傳。

〔二三〕坐儂,《珠林》作「登阿儂」,「阿」字衍。

〔二四〕鄒山,又名嶧山、鄒嶧山,在今山東鄒城市東南。古者或以鄒山、嶧山爲二山,誤。

〔二五〕梁魯,指魯郡地區,以其地古屬魯國,魯地又有梁丘(在今山東成武縣東北),故稱。

〔二六〕以上九字《廣記》作「鬼有叙弔」。

〔二七〕曾(zēng),乃也。乞(qì),與也。《左傳》昭公十六年「毋或匄奪」疏:「『乞』之與『乞』,一字也,取則入聲,與則去聲也。」

〔二八〕燉煌，鎮名，時屬北魏，治今甘肅敦煌市西北。

《太平廣記》卷三二三引《述異記》（祖沖之），載梁清別事：「宋文帝世，天水梁清，家在京師新亭。臘月將祀，使婢于爨室造食。忽覺空中有物，操杖打婢。婢走告清，清遂往，見甌器自運，盛飲斟羹，羅列案上，聞哺餟之聲。清曰：『何不形見？』乃見一人，著平上幘，烏皮袴褶，云：『我京兆人，亡没飄寄。聞卿好士，故來相從。』清便席地共坐，設肴酒。鬼云『卿有祀事』云云。清圖某郡，先以訪鬼。鬼云：『所規必諧，某月某日除出。』果然。鬼云：『郡甚優閒，吾願周旋。』清答：『甚善。』後停舟石頭，待之五日，鬼不來。于是引路，達彭城，方見至。同在郡數年。還都，亦相隨而返。」《重編説郛》卷一一三録《梁清傳》一篇，題宋劉敬叔，即取自《異苑》卷六。

徐奭

晉懷帝永嘉中〔一〕，徐奭出行田。見一女子，姿色鮮白，就奭言調。女因吟曰：「疇昔聆好音，日月心延佇。如何遇良人，中懷邈無緒。」奭情既諧，欣然延至一屋，女施設飲食而多魚。遂經日不返。兄弟追覓，至湖邊，見與女相對坐。兄以藤杖擊女，即化成白鶴，翻然高飛。奭恍惚，

年餘乃差。（卷八）

〔一〕晉懷帝，即司馬熾，三〇六年至三一二年在位，所用年號爲永嘉。

此條《太平廣記》卷四六〇有引，文同，注出劉敬叔《異苑》。明吴大震《廣豔異編》卷二五據《廣記》輯入。

桓謙

桓謙，字敬祖。太元中〔一〕，忽有人皆長寸餘，悉被鎧持槊，乘具裝馬，從岊〔二〕中出，精光耀日，遊走宅上。數百爲羣，部障〔三〕指麾，更相撞刺。馬既〔四〕輕快，人亦便捷。能緣几〔五〕登竈，尋飲食之所。或有切肉，輒來叢聚。力所能勝者，以槊刺取，逕入穴中〔六〕。蔣山〔七〕道士朱應子，令作沸湯，澆所入處，寂不復出。因掘之，有斛許大蟻死在穴中。謙後以門釁同滅〔八〕。（卷八）

〔一〕以上八字，「桓謙字敬祖」五字原在「晉太元中」下。《藝文類聚》卷九七、《太平御覽》卷九四七、《太平廣記》卷四七三、《事類賦注》卷三〇所引皆爲首句，下接云「太元中」，無「晉」字，據改。桓謙，桓沖子，譙國龍亢（今安徽懷遠縣西）人。以父功封宜陽縣開國侯。其從弟桓玄用事，謙爲侍中等。玄篡位，封新安王。劉裕、劉毅起兵討伐，義熙三年（四〇七）爲荆州刺史劉道所斬。桓氏諸黨先後皆被誅滅。《晉書》卷七四有傳。

〔二〕岊（jié），山角。《説文》九下山部："「岊，陬隅。」《集韻》入聲屑韻作「㠩」、「𡶲」，《類聚》亦作「㠩」。此字下原有校語："「一作『埳』。」按："《廣記》、《御覽》並作「埳」。《玉篇》卷二土部："「埳，苦感切，陷也，亦與『坎』同。」《説文》十三下土部："「坎，埳也。」地面低陷之處。

〔三〕部障，部防。《廣記》作「部陣」。

〔四〕既，原作「即」，《津逮祕書》本及《類聚》、《廣記》並作「既」，據正。

〔五〕几，《類聚》、《御覽》作「机」，《事類賦注》作「機」，字通。

〔六〕此句後《廣記》有「寂不復出，出還入穴」二句，下文「寂不復出」四字《廣記》無。

〔七〕蔣山，即鍾山，孫權避祖諱，以漢末秣陵尉蔣子文死於此而改名，又名紫金山，在今南京市東北。

〔八〕釁，同「衅」，事端，此指叛逆之事。此句《類聚》、《廣記》作「謙後誅滅」。

章沉

臨海樂安章沉〔一〕，年二十餘死，經數〔二〕日，將斂〔三〕而蘇。云被録到天曹，天曹主者是其外兄，斷〔四〕理得免。初到時，有少年女子同被録送，立住門外。女子見沉事散，知有力助，因泣涕，脱金釧一隻〔五〕及臂上雜寶，託沉與主者，求見救濟。沉即爲請之，并進釧物。良久出，語沉已論〔六〕，秋英亦同遣去。秋英即此女之名也。

於是俱去。脚痛疲頓，殊不堪行。會日亦暮，止道側小窟，狀如客舍，而不見主人。沉共宿嬿接，更相問次，女曰：「我姓徐，家在吴縣烏門〔七〕，臨瀆爲居，門前倒棗樹即是也。」明晨各去，遂並活。

沉先爲護軍府吏〔八〕，依假出都，經吴，乃到烏門。依此尋索，得徐氏舍。與主人叙闊〔九〕，問秋英何在。主人云：「女初不出入，君何知其名？」沉因説昔日魂相見之由。秋英先説之，所言因得〔一〇〕，主人乃悟。惟〔一一〕羞不及寢嬿之事，而其鄰人或知，以語徐氏。徐氏試令侍婢數人遞出示沉，沉曰：「非也。」乃令秋英見之，則如舊識。徐氏謂爲天意，遂以妻沉。生子，名曰天賜。（卷八）

〔一〕臨海，郡名，吴置，始治臨海縣，旋徙章安縣（今浙江台州市椒江區章安街）。樂安，縣名，晉康帝時置，今浙江仙居縣。章沉，原校云：「一作『汎』。」《廣記》卷三八六引作「汎」，清孫潛鈔宋本（據嚴一萍《太平廣記校勘記》作「沈」，同「沉」。

〔二〕《廣記》無「數」字。

〔三〕將斂，《廣記》作「未殯」。斂，通「殮」，爲死者著衣入棺。殯，停喪，即停棺於靈堂，又出葬亦曰殯。

〔四〕斷，《廣記》作「料」。

〔五〕一隻，《廣記》作「三隻」，《甄異傳》作「二雙」，見附録。

〔六〕論，判決。

〔七〕吴縣，今蘇州市。烏門，陸廣微《吴地記》、范成大《吴郡志》皆無此門。按：吴縣城北門有平門，一名巫門，以有巫咸墓而得名，疑烏門乃巫門之音譌。

〔八〕護軍府吏，原作「護府軍吏」，據《廣記》改。護軍府，魏晉設護軍將軍，與領軍將軍同掌禁軍，出征則督護諸將。屬官有長史、司馬、功曹、主簿、五官、參軍等。

〔九〕闊，契闊，久别也。久别重逢，陳叙分離曰叙闊。引申爲見面後之寒暄。鈔宋本作「詰」，連下讀。

〔一〇〕得，合也。《廣記》明沈與文野竹齋鈔本作「符」，汪紹楹點校本據改。鈔宋本「因得」作「同符」。

〔一一〕惟，原作「甚」，明鈔本《廣記》作「惟」，於義爲長，據改。

本事出戴祚《甄異傳》。《太平御覽》卷七一八引《甄異記》曰：「欒安章沉病死，未殯而蘇。云被録到天曹，主者是其外兄，斷理得免。見一女子同時被録，乃脱金釧二雙，託沉以與主者，亦得還。遂共讌接。女云家在吴，姓徐名秋英。沉後尋問，遂得之，女父母因以女妻沉。」按：《太平廣記》卷三八六所引，鈔宋本注出《甄異記》，即《甄異傳》。

南宋委心子《新編分門古今類事》卷一六《婚兆門下》引《真（甄）異記》載此事，作「章沉」，文句與《異苑》大同。明吴大震《廣豔異編》卷一八據《廣記》輯入，題《秋英》。詹詹外史《情史類略》卷二《情緣類》亦自《廣記》取入，末云：「先以幽遘，遂及明婚，較諸尋常恩情，更當十倍。」

東陽無疑　齊諧記

《隋書·經籍志》雜傳類著録《齊諧記》七卷，宋散騎侍郎東陽無疑撰。兩《唐志》同，《新志》改入小説家。《通志·藝文略》傳記類冥異屬亦有著録，乃據《隋志》。《太平御覽經史圖書綱目》載有東陽無疑《齊諧記》。《廣韻》卷一上平聲東韻「東」字注云：「宋有員外郎東陽無疑，撰《齊諧記》七卷。」晉宋之時，員外郎乃員外散騎侍郎之簡稱。陳振孫《直齋書録解題》卷一一云：「《唐志》又有東陽無疑《齊諧記》，今不傳。」是佚於宋。南宋初曾慥《類説》卷五摘録《齊諧記》三條，殆據他書。《重編説郛》卷一一五有目無文。馬國翰《玉函山房輯佚書》輯一卷，凡十五則，又載《續金華叢書》。《舊小説》甲集輯有數則。《古小説鈎沉》亦輯十五則，輯録質量遠勝於馬輯本，最爲通行，然有疏誤遺漏。

東陽無疑不見史傳，僅知仕宋爲散騎侍郎。《冥祥記》「劉齡」條記元嘉九年（四三二）劉齡事言及東陽無疑，是無疑由晉入宋也。東陽氏出於東陽郡，佚文有兩條提到東陽郡，則無疑當爲東陽人氏。東陽郡治長山縣，今浙江金華市。

本書取《莊子·逍遥遊》「齊諧者，志怪者也」名之，可謂善立名者。所記爲吴至宋元嘉間異事，殆作於宋文帝元嘉中至孝武帝大明中。

薛道恂

太元元年〔一〕，江夏郡安陸縣薛道恂〔二〕，年二十二。少來了了〔三〕。忽得時行病，差後發狂，百藥治救不損〔四〕，乃復病，狂走猶劇〔五〕。忽失蹤跡，遂變作虎，食人不可復數。有一女子，樹下採桑，虎往取之食。食竟，乃藏其釵釧著山石間〔六〕。後還作人，皆知取之。

經一年，還家爲人。遂出都仕官，爲殿中令史〔七〕。夜共人語，忽道天地變怪之事。道恂自云：「吾昔常得病發狂，遂化作虎，噉人一年。」中兼便叙其處所并人姓名〔八〕。其同坐人，或有食其〔九〕父子兄弟者，於是號泣。捉以付官，遂餓死建康獄中。（據中華書局影印宋本《太平御覽》卷八八八引《齊諧記》，又《太平廣記》卷四二六引）

〔一〕太元，東晉孝武帝年號，元年爲三七六年。

〔二〕江夏郡，西漢始置，晉治安陸縣（今湖北雲夢縣）。薛道恂，《四庫全書》本、鮑崇城刊本「恂」作「詢」，《廣記》引作「師道宣」。

〔三〕來，《廣記》作「未」。了了，魏晉口語，聰明之謂。《世説·言語》：「小時了了，大未必佳。」

〔四〕損，《説文》十二上手部：「損，減也。」

〔五〕「百藥」至此,《四庫全書》本作「百藥治救不痊,乃服散狂走,猶多劇」,鮑本作「百治救不痊,乃服散狂走,猶多劇」。

〔六〕間,原譌作「門」,據《廣記》正。

〔七〕殿中令史,當即殿中都令史。晉於尚書省設殿中都令史八人,協助尚書左右丞管理都省事物,督察諸曹尚書。職權雖重,然用人常輕。

〔八〕此句《四庫全書》本作「中兼道其處并所噉人姓名」,鮑本作「中兼道其處所噉人姓名」。

〔九〕「其」字原無,據《廣記》補。

人化虎事,最早見記於西漢。《淮南子·俶真訓》云:「昔公牛哀轉病也,七日化爲虎,其兄掩户而入覘之,則虎搏而殺之。」高誘注:「江淮之閒公牛氏,有易病化爲虎,若中國有狂疾者,發作有時也。其爲虎者,便還食人,食人者因作真虎,不食人者更復化爲人。公牛氏,韓人。」《太平御覽》卷八九二引《括地圖》云:「越俚之民,老者化爲虎。」又張華《博物志》卷二《異人》曰:「江陵有猛人,能化爲虎。俗又曰虎化爲人,好著紫葛衣,足無踵。」

其後記載愈多,至唐尤盛,張讀《宣室志》之《李徵》(「徵」一作「微」)最爲著名,宋末羅燁《醉翁談録》靈怪類小説《人虎傳》,明東魯古狂生《醉醒石》第六回《高才生傲世失原形,義氣友念孤分半俸》,即演李徵化虎事。延至《聊齋誌異》,亦有《向杲》化虎復仇故事(卷六),惟其旨趣已大異耳。

吕思

國步山有廟，又一亭〔一〕。吕思與少婦投宿，失婦。思逐覓，見一大城，廳事一人，紗帽馮〔二〕几。左右競來擊之，思以刀斫，計當殺百餘人，餘者便乃大走，向人盡成死狸。看向廳事，乃是古始〔三〕大冢。冢上穿，下甚明，見一群女子在冢裏。見其婦如失性人，因抱出冢口。又入抱取於先女子，有數十，中有通身已生毛者，亦有毛脚、面成狸者。

須臾天曉，將婦還亭。亭吏問之，具如此荅。前後有失兒女〔四〕者，零丁〔五〕有數十。吏便斂此零丁，至家口迎此群女，隨家遠近而報之，各迎取於此。後一二年，廟無復靈。（據《太平御覽》卷五九八引《齊諧記》）

〔一〕又一亭，《四庫全書》本作「甚靈」。《古小説鈎沉》「又」作「有」。

〔二〕馮，同「憑」。

〔三〕始，《鈎沉》作「時」。

〔四〕兒女，指女兒、女子。兒女又曰子女，子女亦常作「女子」解。《漢書·武帝本紀》：「朕飾子女以配單于。」

〔五〕零丁，尋人啓事。明方以智《通雅》卷五云：「升庵（楊慎）引《齊諧》曰有失兒女零丁，謝承《後漢書》戴良有失父零丁,猶今之尋人招子也。蓋古以紙書之,懸於一竿,其狀零丁然。」方氏以爲尋人招子懸於竹竿,零丁獨立,故以爲名。按《説文》十四上金部:「鈴,令丁也。」零丁即令丁,尋人者振鈴於途,遍告人衆,而尋人招帖遂亦稱「零丁」矣。

郭季產　集異記

是書史志無目。《太平御覽經史圖書綱目》有郭季產《集異記》（又列《集異記》，亦郭書），佚文凡引十則。《北堂書鈔》、《藝文類聚》、《太平廣記》等亦有引。《古小説鈎沉》輯得十一則，有遺漏。

郭季產，劉宋人，曾爲新興太守，著有《續晉紀》五卷，見《隋書·經籍志》古史類著録。《宋書》、《南史》之《蔡興宗傳》云前廢帝時領軍王玄謨有所親故吏郭季產，當即其人。其兄名郭仲產，宋孝武帝孝建中被誅，見祖沖之《述異記》及唐余知古《渚宫舊事》。

劉玄

中山劉玄〔一〕，居越城〔二〕。日暮，忽見一人〔三〕，著烏袴褶〔四〕來。取火照之〔五〕，面首無七孔，面莽黨〔六〕然。

乃請師筮之。師曰：「此是君家先世物〔七〕，久則爲魅，殺人。及其未有眼目，可早除之。」劉因執縛，刀斲〔八〕數下，乃變爲一枕。此乃是祖父時枕也〔九〕。（據中華書局汪紹楹點校本《太平廣記》卷三六八引《集異記》，又《太平御覽》卷七〇七亦引）

〔一〕前原有「宋」字，乃《太平廣記》編纂者所加，《御覽》引無，據删。中山，國名。治盧奴縣（今河北定州市）。

〔二〕越城，在建康，爲春秋越國所築故城。《太平寰宇記》卷九〇《昇州・上元縣》：「故越城在縣西南七里。《越絶書》云東甌越王所立也，即周元王四年越相范蠡所築，今瓦官門東南國門橋西北。又曹氏《記》云：在秣陵十五里，昔句踐平吴後遣兵戍之，仍築此城，去舊建康宫八里。晉初移丹陽郡，自蕪湖遷城之南。」按：上元、秣陵、丹陽，皆今南京市，劉宋時名建康。

〔三〕「人」字原闕，據《御覽》補。

〔四〕烏袴褶（xí），黑色連衣袴，爲戎服。《通雅・衣服》：「古袴上連衣，故戎衣謂之袴褶。」

〔五〕「照之」二字原闕，據《御覽》補。

〔六〕莽黨，猶儻莽，「黨」通「儻」。《文選》卷一七《洞簫賦》：「彌望儻莽，聯延曠盪。」李善注：「儻莽、曠盪，寬廣之貌。儻，佗朗切。」

〔七〕此句《廣記》原引作「此是家先代時物」，今據《御覽》。按：《廣記》「世」作「代」，疑乃唐人傳鈔時避李世民諱改，而《廣記》仍之。

〔八〕斵，《御覽》作「斫」。

〔九〕此句《御覽》作「乃是其先祖時枕也」。

王琰　冥祥記

《隋書·經籍志》雜傳類著録《冥祥記》十卷，王琰撰。《舊唐志》同，《新唐志》小説家類作一卷，疑譌。《通志·藝文略》傳記類冥異屬亦有目，蓋據《隋志》。本書首見於南齊陸杲《繫觀世音應驗記》，《彭子喬》條云：「義安太守太原王琰，杲有舊，作《冥祥記》，道其族兄璉識子喬及道榮，聞二人説，皆同如此。」此後梁唐間傳播極廣，佛教論傳多言及此書。梁慧皎《高僧傳序》：「太原王琰《冥祥記》。」唐法琳《破邪論》卷下：「太原王琰撰《冥祥記》一部。」道宣《三寶感通録》卷中：「南齊王琰《冥祥記》。」又卷下作《冥祥傳》。唐臨《冥報記序》：「王琰作《冥祥記》。」道世《法苑珠林》卷一〇〇：「《冥祥記》一部十卷，右齊王琰撰。」《新唐志》以後不見著録，宋時唯有《太平廣記》、《太平御覽》等徵引，蓋佚於宋。《類説》卷五摘録四條，《説郛》卷四摘録一條，當轉據他書。

《法苑珠林》、《太平廣記》所引多有舛誤，不少條目實屬《冤魂志》、《冥報記》等書，而《珠林》、《廣記》引本書又常誤作《冥報記》、《述異記》。魯迅自《珠林》、《廣記》、《御覽》等書輯出自序一篇和正文一百三十一條。臺灣王國良《冥祥記研究》（臺北文史哲出版社一九九九年版）在魯迅輯本基礎上補輯二條，是最完備的輯本。此前《重編説郛》卷一一八輯七則，然竄入唐事，又誤題作晉王琰。

王琰史書無傳。據《冥祥記序》、《高僧傳序》、《繫觀世音應驗記》、唐王方慶編《萬歲通天進帖》之王僧虔《太子舍人帖》（《三希堂法帖》）、《隋志》古史類等，可考知其事略。琰本太原（治今山西太原市西南晉源鎮古城營）人。自序稱宋大明七年（四六三）「于時幼小」，按十歲算，當生於宋孝建元年（四五四）。幼年在交阯（治今越南河北省仙游縣東），從賢法師受五戒。約七八歲還京師建康（今南京市），宋明帝泰始末（四七一）移居烏衣。曾游江都、峽表，齊高帝建元元年（四七九）還京師。約在建元、永明間爲太子舍人。居官三載，因家貧求出江州、郢州所統小郡，出爲郢州義安左郡太守。在郡成《冥祥記》十卷。仕梁爲吴興令。著有《宋春秋》二十卷。

王琰篤信佛教，永明中范縝著《神滅論》反佛，他曾著論反駁（《南史》卷五七《范縝傳》）。是書係感於觀世音金像顯驗而作，所謂「循復其事，有感深懷，沿此徵覿，綴成斯記」（自序），所記皆爲佛事，文筆委曲，描摹細密，時有可觀。南北朝「釋氏輔教之書」，此爲翹楚。

趙泰

晉趙泰，字文和，清河貝丘〔一〕人也，祖父京兆太守〔二〕。泰郡察孝廉，公府辟不就。精思典籍，有譽鄉里。當晚乃膺仕〔三〕，終於中散大夫。泰年三十五時，嘗卒心痛，須臾而死。下屍於地，心煖不已〔四〕，屈伸隨人。留屍十日，平旦喉中有聲如雨〔五〕，俄而穌〔六〕活。説初死之時，夢有一人，來近心下。復有二人乘黄馬，從者二人，夾扶泰掖〔七〕，徑將東行。不知可幾里，至一大城，崔嵬高峻，城邑青黑狀錫。將泰向城門入，經兩重門，有瓦屋可數千間。男女大小，亦數千人，行列而立。吏著皂衣，有五六人，條疏姓字，云當以科呈府君。泰名在三十。須臾，將泰與數千人男女一時俱進。府君西向坐，簡〔八〕視名簿訖，復遣泰南入黑〔九〕門。有人著絳衣，坐大屋下，以次呼名，問生時所事：「作何罪？行何福善？諦汝等辭，以實言也。此恒遣六部使者常在人間，疏記善惡，具有條狀，不可得虚。」泰答：「父兄仕宦皆二千石，我少在家，修學而已，無所事也，亦不犯惡。」乃遣泰爲水官監作使〔一〇〕，將二千餘人，運沙裨岸，晝夜勤苦。後轉泰水官都督，知諸獄事。給泰馬兵，令案行地獄。

所至諸獄，楚毒各殊。或針貫其舌，流血竟體，或被頭露髮，裸形徒跣，相牽而行，有持大杖，從後催促。鐵牀銅柱，燒之洞然，驅迫此人，抱卧其上，赴即焦爛，尋復還生。或炎爐巨鑊，焚煮罪人，身首碎墜，隨沸翻轉。有鬼持叉，倚于其側。有三四百人，立于一面，次當入鑊，相抱悲泣。或劍樹高廣，不知限量，根莖枝葉，皆劍爲之。人衆相訾，自登自攀，若有欣競，而身首割截，尺寸離斷〔一一〕。泰見祖父母及二弟在此獄中，相見涕泣。

泰出獄門，見有二人齎文書來，語獄吏，言有三人，其家爲其於塔寺中懸旛燒香，救解其罪，可出福舍。俄見三人自獄而出，已有自然衣服，完整在身。南詣一門，云名開光大舍〔一二〕，有三重門，朱采照發，見此三人即入舍中，泰亦隨入。前有大殿，珍寶周飾，精光耀目，金玉爲牀。見一神人，姿容偉異，殊好非常，坐此座上，邊有沙門立侍甚衆。見府君來，恭敬作禮。泰問：「此是何人，府君致敬？」吏曰：「號名世尊〔一三〕，度人之師。」有頃，令惡道〔一四〕中人皆出聽經。時云有百〔一五〕萬九千人皆出地獄，入百里城。在此到者，奉法衆生也。行雖虧殆，尚當得度，故開經法。七日之中，隨本所作善惡多少，差次免脱。泰未出之頃，已見十人昇虚而去。

出此舍，復見一城，方二百餘里，名爲受變形城。地獄考治已畢者，當於此城更受變報。泰入其城，見有土瓦屋數千區，各有坊巷〔一六〕。正中有瓦屋高壯，欄檻采飾。有數百局吏，對校文書。云殺生者當作蜉蝣，朝生暮死；劫盜者當作豬羊，受人屠割；婬泆者作鶴鶩麞〔一七〕麋；兩舌者作鴟梟鵂鶹〔一八〕；捍債者爲驢騾牛馬〔一九〕。

泰案行畢，還水官處。主者語泰：「卿是長者子，以何〔二〇〕罪過而來在此？」泰答：「祖父兄弟皆二千石，我舉孝廉，公府辟不行。修志念善，不染衆惡。」主者曰：「卿無罪過，故相使爲水官都督。不爾，與地獄中人無以異也。」泰問主者曰：「人有何行，死得樂報？」主者言：「唯奉法弟子，精進持戒，得樂報，無有讁罰也。」泰復問曰：「人未事法時所行罪過，事法之後得除以不？」答曰：「皆除也。」語畢，主者開藤〔二一〕篋，檢泰年紀，尚有餘算三十年在，乃遣泰還。臨別，主者曰：「已見地獄罪報如是，當告世人，皆令作善。善惡隨人，其猶影響，可不慎乎？」

時親表内外候視泰五六十人，同聞泰説。泰自書記，以示時人。時晉太始五年〔二二〕七月十三日也。乃爲祖父母二弟延請僧衆，大設福會。皆命子孫改意奉法，課勸精進。時〔二三〕人聞泰死而復生，多見罪福，互來訪問。時有太中大夫武城〔二四〕孫豐、關内侯常山〔二五〕郝伯平等十人，同集泰舍，款曲尋問，莫不懼然，皆即奉法也。（據中華書局周叔迦等校注《法苑珠林》卷七引《冥祥記》，又《太平廣記》卷三七七引）

〔一〕貝丘，縣名，西漢置，晉屬清河郡，今山東臨清市東南。

〔二〕京兆，漢置京兆尹，三輔之一，治長安縣（今陝西西安市西北）。魏晉改稱京兆郡，長官亦由尹改爲太守。

〔三〕當，原作「嘗」，據《廣記》引正。膺仕，受任。

〔四〕不已，心跳未止也。《廣記》作「不冷」。

〔五〕平旦，《廣記》作「忽然」。雨，《幽明録》作「雷」（見附録）。

〔六〕穌，同「蘇」，蘇醒。《廣記》作「蘇」。

〔七〕掖，通「腋」，《廣記》作「腋」。

〔八〕簡，查閲。《廣記》作「閲」。

〔九〕黑,《廣記》作「里」。

〔一〇〕水官監作使,下文水官都督之屬官。《廣記》「使」作「吏」。按:《法苑珠林》卷七引《净度三昧經》云地獄有五官:「一者鮮官,禁殺;二者水官,禁盜;三者鐵官,禁婬;四者土官,禁兩舌;五者天官,禁酒。」與佛教「五戒」相應。然此水官之職乃治理堤岸,則爲治水之官。

〔一一〕按:《珠林》卷七《地獄部》云:「夫論地獄,幽酸特爲痛切。刀林聳日,劍嶺參天,沸鑊騰波,炎爐起焰,鐵城晝掩,銅柱夜然。如此之中,罪人遍滿,周慞困苦,悲號叫唤。牛頭惡眼,獄卒凶牙,長叉拄肋,肝心碓擣,猛火逼身,肌膚净盡。或復舂頭擣脚,煮魄烹魂,裂膽抽腸,屠身膾肉。如斯之苦,何可言念。於是沈浮鑊湯之裏,偃仰爐炭之中;肉盡戈劍之端,骨碎枯形之側。鐵床之上,詎可安眠;銅柱之間,何宜久附。眼中帶火,啼淚不垂;口裏含煙,叫聲難出。……」描寫地獄景況,可爲參證。

〔一二〕開光大舍,佛家於佛像落成後擇日供奉,稱開光、開光明、開眼。此舍有佛,故用開佛光明之義以爲舍名。

〔一三〕世尊,梵語「薄伽梵」之意譯,對佛之尊稱。隋慧遠《無量壽經義疏》卷上云:「佛備衆德,爲世欽仰,故號世尊。」按:佛本指釋迦牟尼,後用爲泛稱,指一切佛。

〔一四〕惡道,佛教以地獄、餓鬼、畜生爲三惡道,意謂生前作惡,死後入此三途不得超生,又稱惡趣。《大乘義章》卷八云:「乘惡行往,名爲惡道。」《無量壽經》卷下云:「但作衆惡,不修善本,皆悉自然入諸惡趣。」此指地獄惡道。

〔一五〕「百」字《廣記》無。

〔一六〕坊巷,街巷。《廣記》作「房舍」。

〔一七〕麞,《廣記》作「麛」。

〔一八〕兩舌，挑撥離間，播弄是非。《珠林》卷八四《兩舌部》云：「今見流俗之徒，乃專搆屏辭，惡傳彼此，令他眷屬分離，朋友乖散。樂種不和之業，感得生離之苦。縱使善心教離惡人，亦是破壞，有益無罪。……若以惡心令他鬬亂，則是兩舌，得罪最深，謂墮地獄、畜生、餓鬼。」鴟梟鵂鶹（xiū liú），皆爲貓頭鷹。古以爲惡鳥。

〔一九〕捍債，抗賴債務。按：以上謂作惡受變報者來世轉爲畜生，不得爲人。《珠林》卷七〇《惡報部》云：「以此殺生故，於地獄中窮年極劫，具受劇苦。受苦既畢，復墮畜生，作諸牛馬猪羊、驢騾駱駝、鷄狗魚鳥、車螯蛤蜊，爲人所殺；螺蜆之類，不得壽終，還以身肉，供充肴俎。在此禽獸，無量生死，若無微善，永無免期。」又引《地持經》等云殺生、劫盜、邪婬、妄語、兩舌、惡口、無義語、貪欲、瞋恚、邪見等十罪能令衆生墮三惡道。

〔二〇〕何，原譌作「保」，據《四部叢刊初編》景印明徑山寺本及《廣記》改。

〔二一〕藤，徑山寺本作「縢」（téng），纏也，封也。

〔二二〕太始，即泰始，晉武帝司馬炎年號（二六五—二七四），五年爲二六九年。

〔二三〕時，《廣記》作「士」。

〔二四〕太中大夫，魏晉爲七品官，侍從顧問之職。武城，縣名，原名東武城，漢置，屬清河郡，晉太康時去「東」字，今山東武城縣西北。

〔二五〕關内侯，爵名。魏晉爲第十等侯，虛封無食邑，以賞軍功。常山，郡名，漢初置，治真定縣（今河北正定縣南），武帝時移治元氏縣（今河北元氏縣西北）魏還治真定縣。

趙泰事，此前有佚名《趙泰傳》。《法苑珠林》卷六引曰：「泰曾死而絶，有使二人，扶而從西入趣宫治。合有三重黑門，周匝數十里，高梁瓦屋。是日亦有同死者，男女五六千人，皆在門外。有吏著帛單衣，持筆抄人姓名，男女左右别記。謂曰：『莫動。當將汝入，呈太山府君。』名簿在第二十。須臾便至。府君西向坐，邊有持刀直衞左右。主者按名一一呼入，至府君所，依罪輕重，斷之入獄。」按：此文係節録，非全文。當爲晉無名氏據趙泰自述及其他材料所記。

劉義慶《幽明録》亦載趙泰事（《辯正論》卷七《信毁交報篇第八》注、《太平廣記》卷一〇九引），當據《趙泰傳》。《廣記》引《幽冥録》曰：「趙泰字文和，清河貝丘人。公府辟不就，精進典籍，鄉黨稱名。年三十五，宋太始五年七月十三日夜半，忽心痛而死。心上微煖，身體屈伸。停屍十日，氣從咽喉如雷鳴，眼開，索水飲，飲訖便起。説初死時，有二人乘黄馬，從兵二人，但言『捉將去』，二人扶兩腋東行。不知幾里，便見大城，如錫鐵崔嵬。從城西門入，見官府舍，有二重黑門，數十梁瓦屋，男女當五六十。主吏著皁單衫，將泰名在第三十。須臾將入，府君西坐，斷勘姓名。復將南入黑門，一人絳衣，坐大屋下，以次呼名前，問生時所行事，有何罪過，行（脱「何」字）功德，作何善行，言者各各不同。主者言：『許汝等辭。』恒遣六師督録使者，常在人間，疏記人所作善惡，以相檢校。人死有三惡道，殺生、禱祠最重。奉佛持五戒十善，慈心布施，生在福舍，安穩無爲。』泰答：『一無所爲，上不犯惡。』斷問都竟，使爲水官監作吏，將千餘人，接沙著岸上。晝夜勤苦，啼泣悔言：『生時不作善，今墮在此處。』後轉水官都督，總知諸獄事，給馬，東到地獄按行。復到泥犁地獄，男子六千人。有火樹，縱廣五十餘步，高千丈，四邊皆有劍，樹上然火。其下十十五五，墮火劍上，貫其身體。云：『此人咒詛罵詈，奪人財物，假傷良善。』泰見父母及一弟，在此獄中涕泣。見二人賫文書來，敕獄吏，言有三人，其家事佛，爲有寺中懸幡蓋燒香，轉

《法華經》，呪願救解生時罪過，出就福舍。已見自然衣服，往詣一門，云開光大舍。有三重黑門，皆白壁赤柱。此三人即入門。見大殿珍寶耀日，堂前有二獅子併伏，負一金玉牀，云名獅子之座。見一大人，身可長丈餘，姿顔金色，項有日光，坐此牀上。沙門立侍甚衆，四座名真人菩薩。見泰山府君來作禮。泰問吏何人，吏曰：『此名佛，天上天下度人之師。』便聞佛言：『今欲度此惡道中及諸地獄人。』皆令出，應時云有萬九千人，一時得出，地獄即空。見呼十人，當上生天，有車馬迎之，升虚空而去。復見一城，云縱廣二百餘里，名爲受變形城。云生來不聞道法，而地獄考治已畢者，當於此城受更變報。入北門，見數千百土屋，中央有大瓦屋，廣五十餘步。下有五百餘吏，對録人名，作善惡事狀，受是變身形之路，從其所趣去。殺者云當作蜉蝣蟲，朝生夕死，若爲人，常短命；偷盜者作猪羊身，屠肉償人；淫逸者作鵠鶩蛇身；惡舌者作鴟鵂鵂鶹，惡聲，人聞皆呪令死；抵債者爲驢馬牛魚鱉之屬。大屋下有地房北向，一户南向，呼從北户又出南户者，皆變身形作鳥獸。又見一城，縱廣百里，其瓦屋安居快樂。云生時不作惡，亦不爲善，當在鬼趣，千歲得出爲人。又見一城，廣有五千餘步，名爲地中，罰謫者不堪苦痛。男女五六萬，皆裸形無服，飢困相扶，見泰叩頭啼哭。泰按行畢還，主者問：『地獄如法否？卿無罪，故相挽爲水官都督，不爾，與獄中人無異。』泰問：『人生何以爲樂？』主者言：『唯奉佛弟子精進不犯禁戒爲樂耳。』又問：『未奉佛時罪過山積，今奉佛法，其過得除否？』曰：『皆除。』主者又召都録使者，問趙泰何故死來。使開縢檢年紀之籍，云：『有算三十年，横爲惡鬼所取，今遣還家。』由是大小發意奉佛，爲祖及弟懸旛蓋、誦《法華經》作福也。」按：《廣記》云「宋太始五年」，《辯正論》注則作「晉太始五年」。太始即泰始，西晉武帝年號。宋明帝年號亦有泰始，五年乃四六九年。劉義慶卒於元嘉二十一年（四四四），《幽明録》必不能記宋明帝泰始五年之事。蓋《廣記》編纂者妄加「宋」字。魯迅《幽明録》校云：「宋，《論》注作『晉』，誤。」非也。

明吴大震《廣豔異編》卷一八據《太平廣記》輯入。

劉薩荷

晉沙門慧達，姓劉名薩荷〔一〕，西河離石〔二〕人也。未出家時，長於軍旅，不聞佛法，尚氣武〔三〕，好畋獵。年三十一，暴病而死。體尚温柔，家未敢〔四〕殯。至七日而穌。説云：將盡之時，見有兩人執縛將去，向西北行。行路轉高，稍得平衢，兩邊列樹。見有一人，執弓帶劍，當衢而立，指語兩人，將荷西行。見屋舍甚多，白壁赤柱。荷入一家，有女子，美容服，荷就乞食。空中聲言：「勿與之也。」有人從地踊出，執鐵杵〔五〕，將欲擊之。荷遽走，歷入十許家皆然，遂無所得。

復西北行，見一嫗乘車，與荷一卷書，荷受之。西至一家，館宇華整。有嫗坐于户外，口中虎牙。屋内牀帳光麗，竹席青几，復有女子處之。問荷：「得書來不？」荷以書卷與之，女取餘書比之。俄見兩沙門，謂荷曰〔六〕：「汝識我不？」荷答：「不識。」沙門曰：

「今宜歸命釋迦文佛〔七〕。」荷如言發念，因隨沙門俱行。

遥見一城，類長安城，而色甚黑，蓋鐵城也。見人，身甚長大，膚黑如漆，頭髮曳地。沙門曰：「此獄中鬼也。」其處甚寒，有冰如石〔八〕飛散，著人頭頭斷，著脚脚斷，著臂臂斷〔九〕。二沙門云：「此寒冰獄〔一〇〕也。」荷便自識宿命〔一一〕，知兩沙門往維衛佛〔一二〕時，並其師也。作沙彌時〔一三〕，以犯俗罪，不得受戒〔一四〕。世雖有佛，竟不得見從。再得人身〔一五〕，一生羌中，今生晉地〔一六〕。又見從伯，在此獄裏。謂荷曰：「昔在鄴〔一七〕時，不知事佛。見人灌像，聊試學之，而不肯還直〔一八〕，今故受罪。猶有灌福，幸得生天〔一九〕。」次見刀山地獄。次第經歷，觀見甚多。獄獄異城，不相雜厠；人數如沙，不可稱計。楚毒科法，略與經説相符。

自荷履踐地獄，示有光景〔二〇〕。俄而忽見金色，暉明皎然。見一〔二一〕人，長二丈許，相好嚴華，體黄金色。左右並曰：「觀世音〔二二〕大士也。」皆起迎禮。有二沙門，形質相類，並行而東。荷作禮畢，菩薩具爲説法，可千餘言，末云：「凡爲亡人設福，若父母兄弟，爰至七世姻媾親戚、朋友路人，或在精舍，或在家中，亡者受苦，即得免脱。七月望日，沙門受臘〔二三〕，此時設供，彌爲勝也。若制器物，以充供養，器器標題，言爲某人親奉上三寶〔二四〕，福施彌多，其慶逾速。沙門、白衣，見身爲過，及宿世之罪，種種惡業，能於衆中盡自發露，不失事條，勤誠懺悔者，罪即消滅。如其弱顔羞慚，耻於大衆露其過者，可在屏處，默自記説，不失事者，罪亦除滅。若有所遺漏，非故隱蔽，雖不獲免，受報稍輕。若不能悔，無慚愧心，此名執過不反，命終之後，剋墜地獄。又他造塔及與堂殿，雖復一土一木，若染若碧，率誠供助，獲福甚多。若見塔殿或有草穢，不加耘除，蹈之而行，禮拜功德隨即盡矣。」又曰：「經者尊典，化導之津。《波羅蜜經》〔二五〕功德最勝，《首楞嚴》〔二六〕亦其次也。若有善人讀誦經處，其地皆爲金剛，但肉眼衆生，不能見耳。能勤諷持，不墮地獄。《般若》定本〔二七〕及如來鉢，後當東至漢地。能立一善於此經鉢，受報生天，倍得功德。」所説甚廣，略要載之。

荷臨辭去，謂曰：「汝應歷劫，備受罪報。以嘗聞經法，生歡喜心〔二八〕，今當見受輕報，一過便免。汝得濟活，可作沙門。洛陽、臨淄〔二九〕、建業、鄮陰〔三〇〕、成都五處，並有阿育王塔〔三一〕。又吴中兩石像，育王所使鬼神造也，頗得真相。能往禮拜者，不墮地獄。」語已東行，荷作禮而别。

出南大道，廣百餘步，道上行者，不可稱計。道邊有高座，高數十丈，有沙門坐之，左右僧衆，列倚甚多。有人執筆，北面而立，謂荷曰：「在襄陽時，何故殺鹿？」跪答曰：「他人射鹿，我加創〔三二〕耳，又不噉肉，何緣受報？」時即見襄陽殺鹿之地，草樹山澗，忽然滿目。所乘黑馬並皆能言，悉證荷殺鹿年月時日。荷懼然無對。須臾，有人以叉叉之，投鑊湯中。自視四體，潰然爛碎。有風吹身，聚小岸〔三三〕邊，忽然不覺，還復全形。執筆者復謂〔三四〕：「汝又射雉，亦嘗殺鴈。」言已，又投鑊湯，如前爛法。受此報已，乃遣荷去。入一大城，有人居焉。謂荷曰：「汝受輕罪〔三五〕，又得還生，是福力所扶。而今以後，復作罪不？」乃遣人送荷。

荷〔三六〕遥見故身，意不欲還。送人推引，久久乃附形，而得穌活。奉法精勤，遂即出家，字曰慧達。太元末，尚在京師。後往許昌，不知所終。（據《法苑珠林校注》卷八六引《冥祥記》，又唐釋懷信《釋門自鏡録》卷上《晉沙門慧達死入地獄並宿世犯戒事》引）

〔一〕薩荷，王國良校釋：「『薩荷』，《續高僧傳》卷二五作『窣和』；南宋思溪藏本《感通録》卷上作『屑荷』；又卷下作『蘇何』，且云：『蘇何者，稽胡名繭也。』疑薩荷、窣和、屑荷、蘇何，並皆音譯，故其用字無定。」按：磧砂藏本《高僧傳》卷一三《晉竺慧達》作「薩阿」，《大正新脩大藏經》本作「薩河」，道宣《廣弘明集》卷一五及敦煌遺書又作「薩訶」，見附録。按：劉薩荷乃稽胡。《周書》卷四九《異域傳·稽胡》云：「稽胡，一曰步落稽，蓋匈奴别種，劉元海五部之苗裔也。或云山戎赤狄之後。自離石以西，安定以東，方七八百里，居山谷間，種落繁熾。」

〔二〕西河，郡名，又作河西。《自鏡録》引作「河西」。西漢置，治平定縣（今内蒙古準格爾旗西南、陝西府谷縣西北），東漢移治離石縣（今山西吕梁市離石區）。魏復移茲氏縣，晉改名隰城縣（今山西汾陽市）。

〔三〕氣武,《自鏡録》作「武器」。

〔四〕「敢」字據《自鏡録》補。

〔五〕鐵杵,佛教之法器,即金剛杵,又稱金剛。執杵者乃護法神,即所謂金剛力士,亦稱金剛。

〔六〕「曰」字據《自鏡録》補。

〔七〕釋迦文佛,即釋迦牟尼。釋迦,種族名,義爲能;牟尼,尊稱,義爲仁、儒、忍、寂,或譯爲文。釋迦牟尼乃佛教創始人,死後被信徒尊爲佛。

〔八〕石,原作「席」,據《自鏡録》改。

〔九〕此四字原闕,據《自鏡録》補。

〔一〇〕寒冰獄,地獄之一。《珠林》卷七引《問地獄經》云:「十八王者,即主領十八地獄。一,迦延典泥犁;二,屈遵典刀山;三,沸進壽典沸沙;四,沸屎典沸屎;五,迦世典黑耳;六,𡾰嵯典火車;七,湯謂典鑊湯;八,鐵迦然典鐵牀;九,惡生典𡾰山;十,寒冰(原注:經闕王名);十一,毗迦典剥皮;十二,遥頭典畜生;十三,提薄典刀兵;十四,夷大典鐵磨;十五,悦頭典冰地獄;十六,典鐵笧(原注:經闕王名);十七,名身典蛆蟲;十八,觀身典洋銅。」又引《浄度三昧經》云:「復有三十地獄,各有主典。」

〔一一〕此句《自鏡録》作「荷乃内自克責,便識宿命」。

〔一二〕維衛佛,即毘婆尸佛,義爲勝觀,過去七佛之第一佛。

〔一三〕沙彌,未受具足戒之小和尚。女曰沙彌尼。此句《自鏡録》作「于時得作沙門時」。

〔一四〕受戒,指受具足戒。沙彌只受十戒,滿二十歲始受具足戒,又稱大戒,戒條極繁。受具足戒後,始具僧尼資格。

〔一五〕《自鏡録》此句前有「此已來」三字。

〔一六〕地，原作「中」，據《自鏡録》改。

〔一七〕鄴，縣名，在今河北臨漳縣西南鄴鎮東。曹操爲魏公，定都於此。

〔一八〕直，工錢。

〔一九〕天，佛教有五道（或言六道、七道）輪迴之説，即天、人、畜生、餓鬼、地獄。天指三界諸天。善業者入天、人二道。

〔二〇〕示，視也，見也。光景，光影。

〔二一〕「一」字原無，據《自鏡録》補。

〔二二〕「音」字原無，據《自鏡録》補。

〔二三〕臘，即安居，又稱雨安居、夏安居。天竺僧尼於雨期（自五月至八月）禁外出，於寺中修禪，受人供養，是謂安居。在華，安居期在四月十六日至七月十五日。安居爲僧尼一歲之終，猶俗世之臘月也，故又稱臘。

〔二四〕三寶，佛、法、僧。《翻譯名義集》卷一《十種通號》：「《福田論》叙三寶曰：『功成妙智，道登圓覺，佛也；玄理幽微，正教精誠，法也；禁戒守真，威儀出俗，僧也。皆是四生導首，六趣舟航，故名爲寶。』」

〔二五〕《波羅蜜經》，全稱《般若波羅蜜多心經》，或省稱《般若心經》、《心經》，一卷。般若（bō rě），一譯「般羅若」、「波若」、「鉢若」等，義爲智慧。波羅蜜多，省稱「波羅蜜」，乃「到彼岸」、「度無極」（省稱「度」）之意。

〔二六〕《首楞嚴》，經名。全稱《首楞嚴三昧經》。現存後秦鳩摩羅什所譯二卷本。首楞嚴，意爲「健行定」、「勇伏定」，爲修持之法。

〔二七〕定本，經校訂之本。

〔二八〕歡喜,「波牟提陀」之意譯。生歡喜心,謂接於順情之境而身心喜悦也。
〔二九〕臨淄,縣名,又作「臨菑」,城臨菑水,故名。在今山東淄博市臨淄區北。
〔三〇〕鄮陰,即鄮縣,在今浙江寧波市鄞州區東。《太平寰宇記》卷九八《明州》:「鄮縣……漢舊縣,居鄮山之陰。」
〔三一〕阿育王塔,奉祀阿育王之塔。阿育王,又譯阿輸迦、阿恕迦,意譯無憂王、天愛喜見王。紀元前三世紀印度摩揭陀國孔雀王朝國王,扶持佛教頗力,佛徒尊奉之。
〔三二〕創(chuāng),傷害。《自鏡録》作「槍」。
〔三三〕小岸,《自鏡録》作「水岸」。
〔三四〕謂,原作「問」,據《自鏡録》改。
〔三五〕罪,《珠林》高麗藏本及《自鏡録》作「報」。
〔三六〕此字原無,《自鏡録》作「薩荷」,據補「荷」字。

慧達事,此後尚有記載。

梁慧皎《高僧傳》卷一三《興福篇·晉竺慧達》云:「竺慧達,姓劉,本名薩阿,并州西河離石人。少好畋獵。年三十一,忽如暫死。經日還穌,備見地獄苦報。見一道人,云是其前世師,爲其説法訓誨。令出家,往丹陽、會稽、吴郡,覓阿育王塔像,禮拜悔過,以懺先罪。既醒,即出家學道,改名慧達,精勤福業,唯以禮懺爲先。晉寧康中至京師。先是簡文皇帝於長干寺造三層塔,塔成之後每夕放光。達上越城,顧望見此刹杪獨有異色,便往拜敬,晨夕懇到。夜見刹下時有光出,乃告人共掘。掘入丈許,得三石碑。中央碑覆中有一鐵函，函中又有銀函，銀函裏金函，金函裏有三舍利，又有一爪甲及一髮，髮伸長數尺，卷則成螺，光色炫燿。乃周宣王時阿育王起八萬四千塔，即此一也。既道俗歎異。乃於舊塔之西更竪一刹，施安舍利。晉太元十六年，孝武更加爲三層。又昔咸和中，丹陽尹高悝，於張侯橋浦裏掘得一金像，無有光趺，而製作甚工。前有梵書，云是育王第四女所造。悝載像還至長干巷口，牛不復行，非人力所御。乃任牛所之，徑趣長干寺。尒後一年許，有臨海漁人張係世，於海口得銅蓮華趺，浮在水上。即取送縣，縣表上臺，勑使安像足下，契然相應。後有西域五僧詣悝云：『昔於天竺得阿育王像，至鄴遭亂，藏置河邊。王路既通，尋覓失所。近得夢云，像已出江東，爲高悝所得。故遠涉山海，欲一見禮拜耳。』悝即引至長干。五人見像，歔欷涕泣。像即放光，照于堂内。五人云：『本有圓光，今在遠處，亦尋當至。』晉咸安元年，交州合浦縣採珠人董宗之，於海底得一佛光。刺史表上，晉簡文帝勑施此像，孔穴懸同，光色一重。凡四十餘年，東西祥感，光趺方具。達以刹像靈異，倍加翹勵。後東遊吴縣，禮拜石像。此像以西晉將末、建興元年癸酉之歲，浮在吴松江滬瀆口。漁人疑爲海神，延巫祝以迎之，於是風濤俱盛，駭懼而還。時有奉黄老者，謂是天師之神，復共往接，飄浪如初。後有奉佛居士、吴縣民朱應，聞而歎曰：『將非大覺之垂應乎？』乃潔齋，共東靈寺帛尼及信者數人，到滬瀆口，稽首盡虔，歌唄至德。即風潮調静，遥見二人浮江而至，乃是石像。背有銘誌，一名惟衞，二名迦葉。即接還，安置通玄寺。吴中士庶，嗟其靈異，歸心者衆矣。達停止通玄寺，首尾三年，晝夜虔禮，未嘗暫廢。頃之，進（當爲「達」）適會稽，禮拜鄮縣塔。此塔亦是育王所造，歳久荒蕪，示存基墌。達翹心束想，乃見神光焰發，因是修立龕砌。羣鳥無敢棲集,凡近寺側,畋漁者必無所獲。道俗傳感,莫不移信。後郡守孟顗,復加開拓。達東西覲禮,屢表徵驗,精誠篤勵,終年無改。後不知所之。」(《高僧傳合集》,上海古籍出版社影印磧砂藏本)

《梁書》卷五四《諸夷傳·海南傳》云:「其後西河離石縣有胡人劉薩何,遇疾暴亡,而心下猶暖,其家未敢便殯。經十日更蘇,説云:有兩吏見録,向西北行,不測遠近。至十八地獄,隨報重輕,受諸楚毒。見觀世音,語云:『汝緣未盡,若得活,可作沙門。洛下、齊城、丹陽、會稽並有阿育王塔,可往禮拜。若壽終,則不墮地獄。』語竟,如墮高巖,忽然醒寤。因此出家,名慧達。遊行禮塔,次至丹陽,未知塔處。乃登越城四望,見長干里有異氣色,因就禮拜,果是阿育王塔所。屢放光明,由是定知必有舍利。乃集衆就掘之,入一丈,得三石碑,並長六尺。中一碑有鐵函,函中有銀函,函中又有金函,盛三舍利及爪髮各一枚,髮長數尺。即遷舍利近北,對簡文所造塔西,造一層塔。……先是,二年,改造會稽鄮縣塔,開舊塔出舍利,遣光宅寺釋敬脱等四僧及舍人孫照暫迎還臺。高祖禮拜竟,即送還縣,入新塔下。此縣塔亦是劉薩何所得也。晉咸和中,丹陽尹高悝行至張侯橋,見浦中五色光長數尺,不知何怪。乃令人於光處掊視之,得金像,未有光趺。悝乃下車,載像還。至長干巷首,牛不肯進。悝乃令馭人任牛所之,牛徑牽車至寺,悝因留像付寺僧。每至中夜,常放光明,又聞空中有金石之響。經一歲,捕魚人張係世,於海口忽見有銅花趺浮出水上。係世取送縣,縣以送臺,乃施像足,宛然合。會簡文咸安元年,交州合浦人董宗之,採珠没水,於底得佛光豔。交州押送臺,以施像,又合焉。自咸和中得像,至咸安初,歷三十餘年，光趺始具。初，高悝得像後，西域胡僧五人來詣悝，曰：『昔於天竺得阿育王造像，來至鄴下，值胡亂，埋像於河邊，今尋覓失所。』五人嘗一夜俱夢見像曰：『已出江東，爲高悝所得。』悝乃送此五僧至寺，見像，噓欷涕泣。像便放光，照燭殿宇。」《南史》卷七八《夷貊傳上·海南諸國》亦載。

唐釋道宣《續高僧傳》卷二六上《感通上·魏文成沙門釋慧達傳》云：「釋慧達，姓劉名窣蘇骨反和，本咸陽東北三城定陽稽胡也。先不事佛，目不識字。爲人兇頑，勇健多力，樂行獵射。爲梁城突騎，守於襄陽。父母兄弟三人並存，居家大富，豪侈鄉閭，縱横不理。後因酒會，遇疾命終，備覩地獄衆苦之相。廣有別傳，具詳聖迹。達後出家，住于文成郡，今慈州東南高平原，即其生地矣。見有廟像，戎夏禮敬，處于治下安民寺中。曾往吴越，備如前傳。至元魏太武大延元年，流化將訖，便事西返。行及涼州番禾郡東北，望御谷而遥禮之。人莫有曉者，乃問其故。達云：『此崖當有像現。若靈相圓備，則世樂時康；如其有闕，則世亂民苦。』達行至肅州酒泉縣城西七里石澗中死，其骨並碎如葵子大，可穿之。今在城西古寺中塑像。手上寺有碑云：『吾非大聖，遊化爲業。』文不具矣。尒後八十七年，至正光初，忽天風雨，雷震山裂，挺出石像，舉身丈八，形相端嚴，惟無有首。登即選石命工，雕鐫别頭，安訖還落，因遂任之。魏道陵遲，其言驗矣。逮周元年，治涼州城。東七里澗，忽有光現，徹照幽顯。觀者異之，乃像首也。便奉至山巖安之，宛然符會。儀容彫缺四十餘年，身首異所二百餘里，相好還備，太平斯在。保定元年，置爲瑞像寺焉。乃有燈光流照，鍾聲飛響，相續不斷，莫測其由。建德初年，像首頻落。大冢宰及齊王，躬往看之。乃令安處，夜落如故。乃經數十，更以餘物爲頭，終墜於地。後滅佛法，僅得四年，隣國殄喪。識者察之，方知先監。雖遭廢除，像猶特立。開皇之始，經像大弘。莊飾尊儀，更崇寺宇。大業五年，煬帝躬往，禮敬厚施，重增榮麗，因改舊額爲感通寺焉。故令摸寫傳形，量不可測。約指丈八，臨度衆異。致令發信，弥增日新。余以貞觀之初，歷遊關表，故謁達之本廟。圖像儼肅，日有隆敬。自石、隰、慈、丹、延、綏、威、嵐等州，並圖寫其形，所在供養，號爲劉師佛焉。因之懲革胡性，奉行戒約者殷矣。見姚道安製像碑。」（《高僧傳合集》，上海古籍出版社影印磧砂藏本）

道宣《集神州三寶感通録》卷上云：「東晉咸安二年，簡文立塔三層，孝武上金相輪露盤。《冥祥記》云簡文有意興構，未遂而崩。即三層之塔，疑是先立。至孝武太元末，有并州西河沙門劉慧達，本名屑荷，見於僧傳。來尋古塔，莫知其地。乃登越城四望，獨見長干有異氣，便往禮拜而居焉。時於昏夕，每有光明。迂記其處掘之，入地丈許，得三石碑，長六尺。中央一碑，鑿開方孔，内有鐵銀金三函相重。於金函内有三舍利，光明映徹，及爪甲一枚，又有一髮，申可數尺，旋則成螺，光彩照曜。咸以爲育王之所藏也。即從就塔北更築一塔，孝武加爲三層。故寺有兩塔，西邊是育王古塔也。」

又卷中云：「元魏涼州山開出像者。太武大延元年，有離石沙門劉薩訶者，備在僧傳。歷遊江表，禮鄮縣塔。至金陵，開育王舍利。能事將訖西行，至涼州西一百七十里番禾郡界東北，望御谷山遥禮，人莫測其然也。訶曰：『此山崖當有像出。靈相具者，則世樂時平；如其有缺，則世亂人苦。』經八十七載，至正光元年，因大風雨，雷震山巖，挺出石像，高一丈八尺。形相端嚴，唯無有首。登即選石命工，安訖還落。魏道陵遲，其言驗矣。至周元年。涼州城東七里澗，石忽出光，照燭幽顯。觀者異之，乃像首也。奉安像身，宛然符合。神儀雕缺四十餘年，身首異處二百餘里，相好昔虧，一時還備。時有燈光流照，鍾聲飛響，皆莫委其來也。周保定元年，立爲瑞像寺。建德將廢，首又自落。武帝令齊王往驗，乃安首像項，以兵守之，及明還落如故，遂有廢法國滅之徵接焉。備於周釋道安碑。周雖毁教，不及此像。開皇通法，依前置寺。大業五年，煬帝西征，躬往禮覲，改爲感通道場，今仍存焉。依圖擬者非一，及成，長短終不得定云云。」（按：道宣《廣弘明集》卷一五《列塔像神瑞迹》亦載：「凉州西番禾縣瑞石像者。元魏太延中，沙門劉薩訶，行至番禾東北，望御谷山而禮。曰：『此山中有佛像出者，若相不具，國亂人苦。』經八十七載，正光年初，風雨震山，挺出石像，長一丈八尺，形相端嚴，惟無其首。登即命造，隨安隨落。魏道陵遲，分東西矣。後四十年，州東七里澗内，獲石佛首，即以安之，恰然符合。周保定中，像首又落。隋初還復立瑞像寺。煬帝西征過之，改爲感通寺。今圖寫多依量模准。」）

又卷下《神僧感通録》云：「今慈州郭下安仁寺西劉薩何師廟者，昔西晉之末，此鄉本名文成郡，即晉文公避地之所也。州東南不遠，高平原上，有人名薩何。姓劉氏。余至其廟，備盡其緣，諸傳約略得一涯耳。初，何在俗，不異於凡。人懷殺害，全不奉法，何亦同之。因患死，蘇曰：在冥道中見觀世音，曰：『汝罪重，應受苦。念汝無知，且放汝。今洛下、齊城、丹陽、會稽並有育王塔，可往禮拜，得免先罪。』何得活已，改革前習。土俗無佛，承郭下有之，便具問已，方便開喻，通展仁風。稽胡專直，信用其語。每年四月八日，大會平原，各將酒餅，及以浄供。從旦至中，酣飲戲樂，即行浄供，至中便止。過午已後，共相讚佛，歌詠三寶，乃至於曉。何遂出家，法名慧達。百姓仰之，敬如日月。然表異跡，生信愈隆。晝在高塔，爲衆説法；夜入繭中，以自沉隱；旦從繭出，初不寧舍。故俗名爲蘇何聖。蘇何者，稽胡名繭也。以從繭宿，故以名焉。故今彼俗，村村佛堂，無不立像，名胡師佛也。今安仁寺廟，立像極嚴，土俗乞願，萃者不一。每年正月，輿巡村落，去住自在，不惟人功。欲往彼村，兩人可舉，額文則開，顔色和悦，其村一歲死衰則少。不欲去者，十人不移，額文則合，色貌憂慘，其村一歲必有災障。故俗至今常以爲候。俗亦以爲觀世音者，假形化俗，故名惠達。有經一卷，俗中行之，純是胡語，讀者自解。余素聞之親往，三年周遊訪跡，始末斯盡。故黄河左右，慈、隰、嵐、石、丹、延、綏、銀八州之地，無不奉者。皆有行事，如彼説之。然今諸原皆立土塔，上施柏刹，繫以蠶繭，擬達之棲止也。何於本鄉既開佛法，東造丹陽，諸塔禮事已訖，西趣涼州番音槃和御谷，禮山出像。行出肅州酒泉郭西沙礰而卒。形骨小細，狀如葵子，中皆有孔，可以繩連。故今彼俗有災障者，就礰覓之。得之凶亡，不得吉喪。有人覓既不得，就左側觀音像上取之，至夜便失。明旦尋之，還在像手。故土俗以此尚之。」（按：《法苑珠林》卷三一亦引此文。）

明永樂《神僧傳》卷三《慧達》云：「釋慧達，姓劉氏，名窣和，本咸陽東北三城定陽稽胡也。先不事佛，目不識字。後因酒會，疾命終，備覩地獄衆苦之相，因出家爲僧，住於文成郡。至元魏太武太延元年，流化將訖，便事西返。行及涼州番禾郡東北，望御谷而遥禮之。人莫有曉者，乃問其故。達云：『此崖當有像現。若靈相圓備，則世樂時康；如其有闕，則世亂民苦。』爾後八十七年，至正光初，忽天風雨，雷震山裂，挺出石像，舉身丈八，形相端嚴，唯無有首。登即選石命工，雕鐫别頭，安訖還落，因遂住之。魏道淩遲，其言驗矣。逮周元年，治涼州城。東七里澗，忽有光現，徹照幽顯。觀者異之，乃像首也。便奉至山巖安之，宛然符會。相好圓備，太平斯在。保定元年，置爲瑞像寺焉。識者方知其先鑒。達後行至肅州酒泉縣城西七里澗中死，其骨並碎如葵子大，可穿之。今城西古寺中塑像在焉。」乃删節《續高僧傳》。

清修《甘肅通志》卷四一《仙釋》云：「慧達，肅州人，姓劉名窣和。自幼出家爲僧。洪武間遊至涼州，閉關静坐。一日，謂涼州人曰：『明日肅州遭水患，吾當救之。』明寅西向巳時，至肅討來河水漲泛，勢將逼城。慧達至西峯，離城一里許，用手一指，水向北潰，遂不近城。因遂圓寂於此，建有寺塔。人以手迹崖爲古蹟。」

以上所記多涉遺迹，《太平寰宇記》卷三五《丹州・雲巖縣》亦載：「廢可野寺，在縣北十五里，古老相傳劉薩河坐禪處。稽胡呼堡爲可野。四面懸絶，惟有北面一路通人馬。」雲巖縣，今陝西宜川縣西北。

敦煌文書中亦多有劉薩訶相關資料，而在敦煌等地存有大量實物資料，如壁畫、彩塑、碑記等，民間故事廣爲流傳。據學者介紹，東晉隆安三年至元興二年（三九九—四〇三），劉薩訶西行巡禮，經由涼州、甘州、肅州、敦煌、于闐、莎車、疏勒等至印度，塗中與法顯和尚多次相遇。敦煌遺書伯二六八〇、二七五七、三七二七諸卷引道安遺文云：「魏（北魏）時，劉薩河杖錫西遊。……和尚西至五天竺，曾感佛題出現。」義熙十年至劉宋元嘉十三年（四一四—四三六），再度西行。今甘肅武威市博物館存有《御山石佛瑞像因緣記碑》，所記即《續高僧傳》涼州番禾郡御谷出佛像事。此事又見於永昌縣後大寺唐塔壁畫，而在敦煌石窟，以此爲題材之壁畫頗多。此外敦煌石窟壁畫還有石佛浮江、楊都金銅佛像、酒泉郡開山暢流留迹山崖及《劉薩訶和尚因緣變相》等故事，並有「聖者劉薩訶和尚聖容像」。開山暢流，留迹山崖故事，在酒泉至今盛傳。詳見孫修身《從凡夫俗子到一代名僧的劉薩訶》（《文史知識》一九八八年第八期）及其專著《敦煌與中西交通研究》（甘肅教育出版社二〇〇二年版）。

耆域

晉沙門耆域者，天竺人也。自西域浮海而來，將遊關洛〔一〕，達舊襄陽，欲寄載船北渡。船人見梵沙門〔二〕衣服弊陋，輕而不載。比船達北岸，耆域亦上，舉船皆驚。域前行，有兩虎迎之，弭耳掉尾，域手摩其頭，虎便入草。於是南北岸奔往請問，域日無所應答。及去，有數百人追之。見域徐行，而衆走猶不及。

惠帝末，域至洛陽，洛陽道士悉往禮焉。域不爲起，譯語〔三〕譏其服章曰：「汝曹分流佛法〔四〕，不以真誠，但爲浮華，求供養耳。」見洛陽宫，曰：「忉利天宫〔五〕髣髴似此。當以道力成就，而生死力爲之，不亦勤苦乎！」沙門支法淵、竺法興〔六〕，並年少，後至，域爲起立。法淵作禮訖，域以手摩其頭曰：「好菩薩，羊中來〔七〕。」見法興入門，域大欣笑，往迎作禮。捉法興手，舉箸頭上曰：「好菩薩，從天、人中來。」

尚方中有一人，廢病數年，垂死。域往視之，謂曰：「何以墮落，生此憂苦？」下病人於地，卧單席上，以應器〔八〕置腹上，紵布覆之。梵唄三偈訖，爲梵呪可數千語。尋有臭氣滿屋，病人曰：「活矣！」域令人舉布，見應器中如汙泥者。病人遂瘥。長沙太守滕永文〔九〕，先頗精進，時在洛陽，兩脚風攣經年。域爲呪，應時得申〔一〇〕，數日起行。滿水寺中有思惟樹〔一一〕，先枯死，域向之呪，旬日樹還生茂。時寺中有竺法行〔一二〕，善談論，時以比樂令〔一三〕。見域，稽首曰：「已見得道證，願當稟法。」域曰：「守口攝意身莫犯，如是行者度世去。」法行曰：「得道者當授所未聞，斯言八歲沙彌亦以之誦，非所望於得道者。」域笑曰：「如子之言，八歲而致誦，百歲不能行。人皆知敬得道者，不知行之即自得。以我觀之，易耳。妙當在君，豈愠未聞！」

京師貴賤，贈遺衣物，以數千萬億，悉受之。臨去，封而留之，唯作旛八百枚，以駱駝負之，先遣隨估客西歸天竺。又持法興一納袈裟隨身，謂法興曰：「此地方大爲造新之罪，可哀如何！」域發，送者數千人。於洛陽寺中中食〔一四〕訖，取道。

人有其日發長安來，見域在長安寺中。又域所遣估客及駱駝奴達燉煌河上，逢估客弟於天竺來，云近燉煌寺中見域。弟子滐登者，云於流沙〔一五〕北逢域，言語款曲。計其旬日，又域發洛陽時也。而其所行，蓋已萬里矣。（據《法苑珠林校注》卷二八引《冥祥記》）

〔一〕關洛，關中與洛陽。《晉書》卷一四《地理志序》云：「魏武定霸，三方鼎立，生靈版蕩，關洛荒蕪。」

〔二〕梵沙門，印度沙門。梵，梵土，即天竺，指古印度。

〔三〕譯語，操外語而由人譯爲華語也。

〔四〕分流佛法，取佛法入東土，猶水之分流也。

〔五〕忉利天，即三十三天，在須彌山之上，山頂有宮，天帝釋居之。《法苑珠林》卷五《諸天部》引《起世經》云：「須彌山半高四萬二千由旬（按：三十里），有四大天王所居宮殿。須彌山上有三十三天宮殿，帝釋所居。」

〔六〕《高僧傳》卷四《于法蘭》云：「又有竺法興、支法淵、于法道，與蘭同時此德。興以洽見知名，淵以才華著稱，道以義解馳聲矣。」

〔七〕羊中來，謂前身爲羊也。

〔八〕應器，即鉢，鉢爲梵音「鉢多羅」之省。《翻譯名義集》卷七《犍椎道具篇》：「鉢多羅，此云應器。發軫云：應法之器也。謂體、色、量，三皆須應法。體者，大要有二，泥及鐵也；色者，熏作黑赤色或孔雀咽色、鴿色；量者，大受三斗，小受半斗，中品可知。」

〔九〕滕永文，《晉書》卷一〇〇《杜弢傳》載：杜弢反，稱湘州刺史，下長沙、湘州等地而據之。弢遺應詹書，中云「欲遣滕永文、張休豫詣大府，備列起事以來本末」，即此人也。蓋滕永文初守長沙，弢起事後，遂投弢也。

〔一〇〕申，通「伸」。

〔一一〕思惟樹，即菩提樹，常緑亞喬木，實可作念珠。今多産於廣東。佛教謂佛於此樹下思惟得道，故又名思惟樹。《酉陽雜俎》前集卷一八《木篇》云：「菩提樹，出摩伽陀國，在摩訶菩提寺，蓋釋迦如來成道時樹，一名思惟樹。莖幹黄白，枝葉青翠，經冬不凋。至佛入滅日，變色凋落，過已還生。……此樹梵名有二，一曰賓撥梨婆力叉，二曰阿濕曷咃婆力叉。《西域記》謂之卑鉢羅，以佛於其下成道，即以道爲稱，故號菩提。婆力叉，漢翻爲樹。」或言思惟樹乃貝多樹，《太平御覽》卷九六〇引《嵩高山記》曰：「嵩高寺中有思惟樹，即貝多也。如來坐貝多下思惟，因以爲名焉。」按：此乃以貝多與菩提相混，誤也。《雜俎》云：「貝多出摩伽陀國，長六七丈，經冬不凋。此樹有三種，一者多羅婆力叉貝多，二者多梨婆力叉貝多，三者部婆力叉多羅多梨，並書其葉，部闍一色取其皮書之。貝多是梵語，漢翻爲葉，貝多婆力叉者，漢言葉樹也。西域經書，用此三種皮葉，若能保護，亦得五六百年。《嵩山記》稱嵩高寺中有思惟樹，即貝多也，釋氏有《貝多樹下思惟經》，顧徽《廣州記》稱貝多葉似枇杷，並謬。」

〔一二〕竺法行，《高僧傳》卷四《竺法乘》云：「乘同學竺法行、竺法存，並山棲履操，知名當世矣。」

〔一三〕樂令，西晉尚書令樂廣。《晉書》卷四三本傳載：樂廣字彦輔，南陽淯陽人，累遷侍中、河南尹、右僕射、尚書令。廣善談論，每以約言析理，以厭人之心。由此名重於時，與王衍並稱天下風流之首云。按：樂廣官尚書令，故人稱樂令。《世説·文學》云：「客問樂令『旨不至』者，樂亦不復剖析文句，直以麈尾柄確几曰：『至不？』客曰：『至。』樂因又舉麈尾曰：『若至者，那得去？』於是客乃悟服。樂辭約而旨達，皆此類。」又《賞譽上》云：「王夷甫（王衍）自嘆：『我與樂令談，未嘗不覺我言爲煩。』」樂令逸事，《世説》所載頗多。

〔一四〕中食，即齋食，日中而食，故稱中食。

〔一五〕流沙，《水經注》卷四〇《禹貢·山水澤地所在》，經云：「流沙，地在張掖居延縣東北。」注云：「居延澤在其縣故城東北，《尚書》所謂流沙者也，形如月生五日也。弱水入流沙。流沙，沙與水流行也。」按：古書言流沙，地占莫一，要之皆西北之沙漠也。

《高僧傳》卷九《神異上・耆域》云：「耆域者，天竺人也。周流華戎，靡有常所。而倜儻神奇，任性忽俗，迹行不恒，時人莫之能測。自發天竺，至于扶南，經諸海濱，爰及交、廣，並有靈異。既達襄陽，欲寄載過江。船人見梵沙門衣服弊陋，輕而不載。船達北岸，域亦已度。前行見兩虎，虎弭耳掉尾，域以手摩其頭，虎下道而去。兩岸見者，隨從成羣。以晉惠之末，至于洛陽。諸道人悉爲作禮，域胡跪（一本作「踞」）晏然，不動容色。時或告人以前身所更，謂支法淵從牛（按：一本作「羊」）中來，竺法興從人中來。又譏諸衆僧，謂衣服華麗，不應素法。見洛陽宮城，云：『髣髴似忉利天宮，但自然之與人事不同耳。』域謂沙門耆闍蜜曰：『匠此宮者，從忉利天來，成便還天上矣。屋脊瓦下，應有千五百作器。』時咸云昔聞此匠實以作器著瓦下，又云宮成之後尋被害焉。時衡陽太守南陽滕永文在洛，寄住滿水寺，得病經年不差，兩脚攣屈，不能起行。域往看之，曰：『君欲得病疾差不？』因取淨水一杯，楊柳一枝，便以楊柳拂水，舉手向永文而呪。如此者三。因以手搦永文兩膝令起，即起，行步如故。此寺中有思惟樹數十株枯死。域問永文：『此樹死來幾時？』永文曰：『積年矣。』域即向樹呪，如呪永文法，樹尋荑發，扶踈榮茂。尚方暑（按：應作「署」）中，有一人病癥將死，域以應器著病者腹上，白布通覆之，呪願數千言。即有臭氣，薰徹一屋。病者曰：『我活矣！』域令人舉布，應器中有若垽淤泥者數升，臭不可近。病者遂活（按：一本作「瘥」）。洛陽兵亂，辭還天竺。洛中沙門竺法行者，高足僧也，時人方之樂令，因請域曰：『上人既得道之僧，願留一言，以爲永誡。』域曰：『可普會衆人也。』衆既集，域昇高座曰：『守口攝身意，慎莫犯衆惡，修行一切善，如是得度世。』言訖便禪默。行重請曰：『願上人當授所未聞，如斯偈義，八歲童子亦已諳誦，非所望於得道人也。』域笑曰：『八歲雖誦，百歲不行，誦之何益！人皆知敬得道者，不知行之自得道，悲夫！吾言雖少，行者益多也。』於是辭去。數百人各請域中食，域皆許往。明旦，五百舍皆有一域，始謂獨過，後相讎問，方知分身降焉。既發，諸道人送至河南城。域徐行，追者不及。域迺以杖畫地曰：『於斯別矣。』其日有從長安來者，見域在彼寺中。又賈客胡濕登者，即於是日將暮，逢域於流沙。計已行九千餘里。既還西域，不知所終。」

《集神州三寶感通録》卷下云：「晉武帝太康中，沙門耆域者，西域人。浮海東游，達於襄陽。寄載北渡，船人見胡人衣裳弊陋，輕而不載。比達北岸，域已先上。兩虎弭耳逐之，域摩其頭。人問之，無所答。惠帝末，至洛陽。誡諸僧服章華侈，不以佛法爲志。見洛宮，曰：『忉利天宮，髣髴似此，上有千二百作具，本是天匠。當以道力成之，而以生死力作，不亦勤苦乎？』見支法淵，曰：『好菩薩，羊中來。』見竺法興，曰：『好菩薩，天中來。』云云。告人曰：『聖人將去。』京師贈遺億萬，悉受。臨發，封而留之。作大幡八百口，駱駝負而西返。又曰：『此方後大造新罪，可哀如何！』及晉亂鼎沸，斯言不朽。洛陽中食訖，送者無數。耆域徐行，而奔馬不及。後有西來賈客，於流沙北逢。計校其日，乃初發洛陽日也。量其所行，蓋已萬里之外。」

唐段成式《酉陽雜俎》續集卷四《貶誤》云：「相傳云：釋道欽住徑山，有問道者率爾而對，皆造宗極。劉忠州晏，嘗乞心偈，令執鑪而聽。再三稱諸惡莫作，衆善奉行。晏曰：『此三尺童子皆知之。』欽曰：『三尺童子皆知之，百歲老人行不得。』至今以爲名理。予讀《梁元帝雜傳》云：晉惠末，洛中沙門耆域，蓋得道者。長安人與域食於長安寺，流沙人與域食於石人前，數萬里同日而見。沙門竺法行，嘗稽首乞言。域升高坐，曰：『守口攝意，心莫犯戒。』竺語曰：『得道者當授所未聽，今有八歲沙彌，亦以誦之。』域笑曰：『八歲歲而致誦，百歲不能行。』嗟乎！人皆敬得道者，不知行即是得。」

南宋釋志磐《佛祖統紀》卷三六云：「永興元年，西竺沙門耆域至洛陽，指沙門竺法淵曰：『此菩薩羊中來。』見竺法興曰：『此菩薩天中來。』又云：『比丘衣服華麗，大違戒律。』望帝所宮闕曰：『大略似忉利天。疲民之力，不亦侈乎！』未幾，洛陽亂。」

元釋念常《佛祖歷代通載》卷六云：「永平四年，天竺沙門耆域至洛陽，指沙門竺法淵曰：『此菩薩從羊中來。』指竺法興曰：『此菩薩從天中來。』又曰：『比丘衣服華麗，大違戒律，非佛意也。』望見帝都宮室，曰：『大略似忉利天宫。然人天殊分，疲民之力，繕刻如此，不亦侈乎？』未幾而洛陽亂。域辭歸天竺，數百人遮道，請中食乃行，域許之。明日，百餘家域分身同時赴之，家喜其來。及發跡洛南，域徐行，而追者不及。即以杖畫地，曰：『於此訣矣。』是日，有出長安者，見域在寺中。有賈胡濕登者，其夕會域，宿於流沙，蓋一昔萬里。沙門神迹，於此爲顯云。初，域來交、廣，並有靈異。既達襄陽，欲寄載過江，舟人見是胡僧，輕而不渡。及船達岸，域已前行。路見兩虎，虎弭耳掉尾，域以手摩其頭，虎下道而去，見者皆敬焉。」按：惠帝永平無四年，永平元年（二九一）三月改元元康。

元釋覺岸《釋氏稽古略》卷一引本傳云：「元康六年丙辰，西竺沙門耆域，初來交、廣。既達襄陽，此年至洛陽。見比丘衣服華麗，乃曰：『大違戒律，非佛意也。』太守滕永文，兩腿攣屈，經年不能起行，求域治之。域以浄衣楊枝拂之者三，滕即能行。域知世之將亂，乃辭歸天竺。有僧乞言爲誡，域令會衆。衆集，域升座曰：『守口攝身意，慎勿犯衆惡。修行一切善，如是得度世。』言訖便默。衆遮道請中食者數百人，域許之。明日，域分應其家，各喜其來。及發洛南徐行，而追者莫及。域以杖畫地曰：『於此訣矣。』是日，有出長安者，見域在大寺。有賈胡濕登者，其夕會域，宿於流沙。」

《神僧傳》卷一《耆域》云：「耆域者，天竺人也。周流華戎，靡有常所。而倜儻神奇，任性忽俗，跡行不恒，時人莫之能測。自發天竺，至於扶南，經諸海濱，爰涉交、廣，並有靈異。既達襄陽，欲寄載過江。船人見梵沙門，衣服弊陋，輕而不載。船達北岸，域亦已度。前行，見兩虎，虎弭耳掉尾。域以手摩其頭，虎下道而去。兩岸見者，隨從成羣。晉惠之末，至於洛陽。諸人悉爲作禮，域胡踞晏然，不動容色。時或告人以前身所更，謂支法淵從羊中來，竺法與（按：當作「興」）從人中來。又譏諸衆僧，謂衣服華麗，不應素法。見洛陽宮城，云：『髣髴似忉利天宮，但自然之與人事不同耳。』域謂沙門耆闍蜜曰：『匠此宮者，從忉利天來，成便還天上矣。屋脊瓦下，應有千五百作器。』時咸云：昔聞此匠實以作器著瓦下。時衡陽太守南陽滕永文在洛，寄住滿水寺。兩脚攣屈，不能起行。域往視之，曰：『君欲得病差，何不取浄水一杯、楊柳一枝來？』域即以楊枝拂水舉手向永文而呪。如此者三，因以手搦永文膝令起，即時而起，行步如故。此寺中有思惟樹數十株枯死，域問永文：『樹死幾時？』永文曰：『積年矣。』域即向樹呪，如呪永文法。樹尋荑發，扶疏榮茂。尚方暑（按：當作「署」）中有一人病症將死，域以應器著病者腹上，白布通覆之，呪願數千言，即有臭氣，熏徹一室。病者曰：『我活矣。』域令人舉布，應器中有若淤泥者數升，臭不可近，病者遂瘥。洛陽兵亂，辭還天竺。洛中沙門數百人，各請域中食，域皆許往。明旦，五百舍皆有一域。始謂獨過，末相讎問，方知分身降焉。既發，諸道人送至河南城。域徐行，追者不及。域乃以杖畫地，曰：『於斯別矣。』其日，有從長安來者，見域在彼寺中。後有賈客胡濕登，謂於是日將暮，逢域於流沙。計已九千餘里。既還西域，不知所終。」

潁陰民婦

漢濟陰〔一〕丁承，字德慎，建安中爲潁陰〔二〕令。時北界居民婦〔三〕，詣外井汲水。有胡人長鼻深目，左〔四〕過井上，從婦人乞飲。飲訖，忽然不見。婦則腹痛，遂加轉劇，啼呼。有頃，卒然起坐，胡語指麾。邑中有數十家，悉共觀視。婦呼索紙筆來，欲作書。得筆，便作胡書，横行，或如乙，或如巳。滿五紙，投著地。教人讀此書，邑中無能讀者。

有一小兒，十餘歲，婦即指此小兒能讀。小兒得書，便胡語讀之。觀者驚愕，不知何謂。婦教小兒起儛，小兒即起，翹足，以手弄〔五〕相和。須臾各休。

即以白德慎。德慎召見婦及兒，問之，云當時忽忽，不自覺知。德慎欲驗其事，即遣吏齎書詣許下寺，以示舊胡〔六〕。胡大驚，言佛經中間亡失，道遠憂不能得，雖口誦不具足，此乃本書。遂留寫之。（據《法苑珠林校注》卷一八引《冥祥記》）

〔一〕「漢」原作「晉」，梁釋僧祐《出三藏記集》卷五、唐釋智昇《開元釋教録》卷一八云：「昔漢建安末」，據改。濟陰，郡名，或爲國。西漢景帝置國，治定陶縣（今山東定陶縣西北），尋除爲郡。宣帝改置定陶國，哀帝改濟陰郡。東漢明帝復置濟陰國，章帝除爲郡。

〔二〕建安，東漢獻帝年號（一九六—二二〇）。潁陰，原作「凝陰」。按：古無此縣，必誤。下文云縣令遣吏詣許下寺，許即許縣，治今河南許昌市東，兩漢爲潁川郡治。建安元年，曹操迎獻帝都此。魏初改爲許昌縣。該縣當屬是郡，檢《後漢書·郡國志二》，潁川郡領十七縣，中有潁陰。是則《珠林》誤「潁」爲「凝」，今正。

〔三〕按：《出三藏記集》、《開元釋教録》云「濟陰丁氏之妻」，誤。見附録。

〔四〕左，旁也，側也。

〔五〕弄，《大正新脩大藏經》本作「抃」。抃，鼓掌，拍手。

〔六〕舊胡，久住中國之胡人。此爲胡僧。

梁釋僧祐《出三藏記集》卷五《新集安公注經及雜經志録第四》云：「昔漢建安末，濟陰丁氏之妻，忽如中疾。便能胡語。又求紙筆，自爲胡書。復有西域胡人，見其此書，云是經莂（按：「經莂」又作「別經」）。」《開元釋教録》卷一八亦載，文同。

陳秀遠

陳秀遠者〔一〕，潁川人也。嘗爲湘州西曹〔二〕，客居臨湘縣。少信奉三寶，年過耳順，篤業不衰。宋元徽二年[三]七月中，於昏夕閒，閑卧未寢，歎念萬品死生，流轉無定，自惟己身，將從何來。一心祈念，冀通感夢。

時夕結陰，室無燈燭。有頃，見枕邊如螢火者，冏然明照，流飛而去。俄而一室盡明，爰至空中，有如朝晝[四]。秀遠遽起坐，合掌端念[五]，頃見中宁[六]四五丈上，有一橋閣焉，欄檻朱彩[七]，立於空中。秀遠了不覺升動之時，而已自見平坐橋側。見橋上士女往還填衢，衣服粧束，不異世人。末有一嫗，年可三十許，上著青襖，下服白布裳，行至秀遠左邊而立。有頃，復有一婦人，通體衣白布，爲偏環髻，手持華香[八]，當前而立。語秀遠曰：「汝欲覩前身，即我是也。以此華供養佛故，故得轉身作汝。」迴指白嫗曰：「此即復是我先身也。」言畢而去。

去後，橋亦漸隱[九]。秀遠忽然不覺，還下之時，光亦尋滅也。(據《法苑珠林校注》卷三二引《冥祥記》，又《太平廣記》卷一一四引)

〔一〕首原有「宋」字，《廣記》引同。按：《珠林》、《廣記》引事，恒冠朝代名，以明其時。下文已言「宋元徽二年」，此不當重出，今删。

〔二〕湘州，西晉分荆、廣二州置，治臨湘縣(今湖南長沙市)。西曹，即西曹書佐，晉改功曹書佐置，南朝因之。爲州刺史佐吏，掌諸吏及選舉。

〔三〕元徽，宋後廢帝劉昱年號（四七三—四七七），二年爲四七四年。

〔四〕以上二句《廣記》作「連空如畫」。

〔五〕端念，徑山寺本作「喘念」，《大正新脩大藏經》本及《廣記》作「喘息」。

〔六〕中宁（zhù），門屏之間。《法苑珠林校注》據高麗藏本改作「中庭」，蓋不解「宁」義。今回改。《廣記》作「庭中」。

〔七〕此句前原有「又」字，據《大正藏》本及《廣記》删。欄檻朱彩，《廣記》作「危欄彩檻」。

〔八〕華香，花與香，「華」同「花」，《廣記》作「香花」。按：佛徒以花、香供佛。《珠林》卷三六《華香篇》云：「名香鬱馥，似輕雲而散霧；寶華含彩，若倒藕而垂蓮。虔誠供養，同趣法筵，叩頭彈指，俱霑福利也。」

〔九〕以上六字《廣記》作「後指者亦漸隱」。

祖沖之　述異記

《隋書·經籍志》雜傳類著録《述異記》十卷,祖沖之撰,兩《唐志》同,《新志》改入小説家。《通志·藝文略》傳記類冥異屬亦有著録,當據《隋志》。書佚於宋。《古小説鈎沉》輯九十條,其中有誤收任昉同名書者。

祖沖之,事蹟具《南齊書》卷五二、《南史》卷七二《文學傳》。沖之字文遠,東晉侍中祖台之曾孫,范陽遒縣(今河北淶水縣)人。宋文帝元嘉六年(四二九)生,齊東昏侯永元二年(五〇〇)卒。歷仕宋齊二代。宋孝武帝使直華林學省,解褐南徐州迎從事、公府參軍。孝武崩,出爲婁縣令、謁者僕射。官終長水校尉。祖沖之是卓越科學家及文學家,精通算學、曆法,以精確計算圓周率,造《大明曆》,發明指南車、水碓磨、千里船而名聞中外,並擅文章,長著述。據本傳及《隋志》著録,曾注《周易》、《老子》、《莊子》、《論語》、《孝經》、《九章》等書,有《長水校尉祖沖之集》五十一卷,均亡。

張氏少女

潁川庾某〔一〕,宋孝建〔二〕中遇疾亡,心下猶温,經宿未殯。忽然而寤,説初死有兩人黑衣,來收縛之。驅使前行,見一大城,門樓高峻,防衛重複。將庾入廳前,同入者甚衆。廳上一貴人南向坐，侍直數百，呼爲府君。府君執筆，簡閲到者。次至庾，曰：「此人算尚未盡。」催遣之。一人階上來，引庾出。至城門，語吏差人送之。門吏云：「須覆白，然後得去。」門外一女子，年十五六，容色閑麗，曰：「庾君幸得歸，而留停如此，是門司求物。」庾云：「向被録輕來，無所齎持。」女脱左臂三隻金釧，投庾云：「并此與之。」庾問女何姓，云姓張，家在茅渚，昨霍亂亡。庾曰：「我臨亡，遺齎五千錢，擬市材。若更生，當送此錢相報。」女曰：「不忍見君艱厄，此我私物，不煩還家中也。」庾以釧與吏，吏受，竟不覆白，便差人送去。庾與女別，女長歎泣下。

庾既恍惚蘇，至茅渚尋求，果有張氏新亡少女云。（據中華書局汪紹楹點校本《太平廣記》卷三八三引《還冤記》。按：此事非冤報者，當不出顔之推《還冤記》。談愷本、黄晟本俱作《還異記》，中華書局校談本校作《還冤記》，蓋以「異」乃「冤」之字譌，誤甚。許自昌本作《述異記》，是「還」乃「述」字之形譌。《古小説鉤沉・述異記》輯入此條）

〔一〕潁川，郡名，秦置，治陽翟縣（今河南禹州市），魏晉移治許昌縣（今河南許昌市許昌縣東）。庾某，《廣記》題作「庾申」，疑「申」乃「甲」之譌，「庾甲」猶言「庾某」，不曉其名，故以「某」、「甲」呼之也。

〔二〕孝建，宋孝武帝年號（四五四—四五六）。

明吴大震《廣豔異編》卷一八據《太平廣記》輯入，題《庾甲》。

王瑶家鬼

王瑶，宋大明三年〔一〕在都病亡。瑶亡後，有一鬼細長黑色，袒著犢鼻褌〔二〕，恒來其家。或歌嘯，或學人語，常以糞穢投人食中。又于東鄰庾家犯觸人，不異王家時。庾語鬼：「以土石投我，了非所畏；若以錢見擲，此真見困。」鬼便以新錢數十，正擲庾額。庾復言：「新錢不能令痛，唯畏烏錢〔三〕耳。」鬼以烏錢擲之，前後六七過，合得百餘錢。（據《太平廣記》卷三二五引《述異記》）

〔一〕大明，宋孝武帝年號（四五七—四六四），三年乃四五九年。

〔二〕犢鼻褌（kūn），類似今之圍裙，自胸至腿蔽於前而反繫於後，形似牛鼻，故名。《史記·司馬相如列傳》：「相如身自著犢鼻褌，與保庸雜作，滌器於市中。」裴駰《集解》引韋昭曰：「今三尺布作，形如犢鼻矣。」

〔三〕烏錢，舊錢日久色烏也。其成色當重於新錢，故復令鬼擲烏錢。

崔基

清河〔一〕崔基，寓居青州〔二〕。朱氏女姿容絶倫，崔傾懷招攬〔三〕，約女爲妾。後三更中，忽聞扣門外，崔披衣出迎。女雨淚嗚咽，云：「適得暴疾喪亡，忻愛永奪。」悲不自勝。女於懷中抽兩疋絹與崔，曰：「近自織此絹，欲爲君作褌〔四〕衫，未得裁縫，今以贈離。」崔以錦八尺答之。女取錦曰：「從此絶矣！」言畢，豁然而滅。

至旦，告其家。女父曰：「女昨夜忽心痛〔五〕，夜亡。」崔曰：「君家絹帛無零失耶？」答云：「此女舊織餘兩疋絹，在箱中。女亡之始，婦出絹，欲裁爲送終衣，轉盼〔六〕失之。」崔因此具説事狀。（據中華書局影印宋本《太平御覽》卷八一七引《述異記》）

〔一〕清河，漢初置郡，治清陽縣（今河北清河縣東南）。後或爲郡爲國不定。東漢移治甘陵縣，魏改清河縣（今山東臨清市東北），晉仍之。

〔二〕青州，東晉僑置，在廣陵縣（今江蘇揚州市西北），宋初併入南兗州，泰始中又僑置於鬱洲（今江蘇連雲港市東）。

〔三〕此句「傾」、「攬」原譌作「頃」、「賢」，據《四庫全書》本、鮑崇城校刊本正。

〔四〕褌，古者無襠曰袴（套褲），有襠曰褌。

〔五〕忽心痛，《四庫全書》本、鮑本作「忽然病」。

〔六〕轉眄（miǎn），轉眼。「眄」字右旁原譌作「丏」，今正。《四庫全書》本、鮑本「眄」作「盻」，同「盼」。

比肩人

吴黄龍〔一〕年中，吴郡海鹽〔二〕有陸東美，妻朱氏，亦有容止。夫妻相重，寸步不相離，時人號爲「比肩人」〔三〕。夫婦云皆比翼，恐不能佳也。後妻卒，東美不食求死。家人哀之，乃合葬。

未一歲，冢上生梓樹，同根二身，相抱而合成一樹。每有雙鴻〔四〕，常宿於上〔五〕。孫權聞之嗟歎，封其里曰「比肩」，墓又曰「雙梓」。後子弘與妻張氏，雖無異，亦相愛慕，吴人又呼爲「小比肩」。（據《太平廣記》卷三八九引《述異記》）

〔一〕黄龍，吴大帝孫權年號（二二九—二三一）。

〔二〕吴郡，治吴縣（今江蘇蘇州市）。「郡」原譌作「都」，據《廣記》清孫潛鈔宋本（嚴一萍《太平廣記校勘記》）改。海鹽，縣名，東漢永建四年（一二九）後屬吴郡，梁天監六年（五〇七）改屬信義郡。吴時海鹽縣在今浙江平湖市東南，晉移治海鹽縣，即今浙江海鹽市。

〔三〕比肩人，《爾雅·釋地》云：「西方有比肩獸焉，與邛邛岠虚比，爲邛邛岠虚齧甘草，即有難，邛邛岠虚負而走，其名謂之蹷。北方有比肩民焉，迭食而迭望。」此「比肩」之所出。

〔四〕鴻，鈔宋本作「鴈」。

〔五〕按：鴻爲水禽，不得宿於樹上。蘇軾《卜算子》有「縹緲孤鴻影」，「揀盡寒枝不肯棲」之語，人或譏之曰：「鴻雁未嘗棲宿樹枝，惟在田野葦叢間，此亦語病也。」（《苕溪漁隱叢話》前集卷三九）然《古詩爲焦仲卿妻作》「東西植松柏，左右植梧桐，枝枝相覆蓋，葉葉相交通，中有雙飛鳥，自名爲鴛鴦」云云，亦以水鳥棲於樹上。此乃民間文學習見手法，難以常理拘求之也。

元林坤《誠齋襍記》卷上云：「海鹽陸東美，妻朱氏，有容止。夫妻相重，寸步不相離，時人號爲『比肩人』。後死合葬，塚上生梓樹同根，二身相抱，而合成一樹，每有雙雁常宿于上。孫權封其里曰『比肩』，墓曰『雙梓』。後子弘與妻張氏，亦相愛慕，吴人又呼爲『小比肩』。」明詹詹外史《情史類略》卷一一《雙梓雙鴻》，全據《廣記》，注「出《述異記》」，微有删節。

黄苗

宋元嘉中，南康平固〔一〕人黄苗，爲州吏。受假違期，方上行，經宫亭湖〔二〕。入廟下願，希免罰坐，又欲還家。若所願並遂，當上猪酒。苗至州，皆得如志，乃還。資裝既薄，遂不過廟。

行至都界，與同侣並船泊宿。中夜，船忽從水自下，其疾如風介〔三〕。夜四更，苗至宫〔四〕亭，始醒悟。見船上有三人，並烏衣，持繩收縛苗。夜上廟階下，見神年可四十，黄面，披錦袍。梁下懸一珠，大如彈丸，光輝照屋。一人户外白：「平固黄苗，上願猪酒，遯回家，教録今到。」命謫三年，取三十人。

遣吏送苗窮山林中，鏁腰繫樹，日以生肉食之。苗忽忽憂思，但覺寒熱，身瘡，舉體生斑毛。經一旬，毛蔽身，爪牙生，性欲搏噬。吏解鏁放之，隨其行止。三年，凡得二十九人。次應取新淦〔五〕一女，而此女士族，初不出外。後值與娣妹從後門出，詣親家，女最在後，因取之。爲此女難得，涉五年，人數乃充。

吏送至廟，神教放遣。乃以鹽飯飲之，體毛稍落，鬚髮悉出，爪牙墮〔六〕，生新者。經十五日，還如人形，意慮復常，送出大路。縣令呼苗具疏事，覆〔七〕前後所取人，遍問其家，並符合焉。髀爲戟所傷，創瘢尚在。苗還家八年，得時疾死。（據《太平廣記》卷二一九六引《述異記》）

〔一〕南康，郡名，晉初置，治雩都縣（今江西于都縣東北），東晉移贛縣（今贛州市）。平固，縣名，今江西興國縣南。
〔二〕宫亭湖，古又名彭蠡澤、彭湖，在廬山東，今爲鄱陽湖之一部份。湖旁廬山下有廟曰宫亭廟，湖由此得名。

《初學記》卷七引《荆州記》云：「宫亭即彭蠡澤也，謂之彭澤湖，一名匯澤。」《水經注》卷三九云：「山下有神廟，號曰宫亭廟，故彭湖亦有宫亭湖之稱焉。……山廟甚神，能分風擘流，住舟遣使。行旅之人過必敬祀，而後得去。」宋樂史《太平寰宇記》卷一一一《江州·德化縣》云：「宫亭廟，按州圖經云，在州南彭蠡湖側，周武王十五年置。分風擘流，上下皆得舉帆。」陳舜俞《廬山記》卷三云：「宫亭湖，湖上宫亭神廟，《寰宇記》云周武王十五年置，其神能分風擘流，行旅過之，必敬祀而後得去。」按：宫亭神靈驗事，六朝志怪多載之。《異苑》卷五云：「宫亭湖廟神，甚有靈驗。商旅經過，若有禱請，則一時能使湖中分風，沿泝皆舉帆，利涉無虞。」《搜神記》、《幽明録》、《神異記》、《述異記》等，皆記有宫亭神靈驗之事。

〔三〕介，助也。《詩經·豳風·七月》：「以介眉壽。」毛傳：「介，助也。」

〔四〕宫，原譌作「官」，據《廣記》鈔宋本（嚴一萍《太平廣記校勘記》）、《四庫全書》本、《筆記小説大觀》本正。

〔五〕新淦，縣名，西漢置，今江西樟樹市。

〔六〕墮，鈔宋本作「隨」，連下讀。

〔七〕覆，核查。鈔宋本作「狀」。狀，陳述。

明吴大震編《廣豔異編》卷一輯入，題《黄苗》。

任昉　新述異記

據清徐乃昌《隨庵徐氏叢書》本

今存，上下二卷，題作《述異記》。是書不見任昉本傳及隋唐志著録，蓋昉撰《雜傳》二百四十七卷，其書已含於《雜傳》之中。《崇文總目》小説類始著《述異記》二卷，任昉撰。《中興館閣書目》卷帙同，云：「任昉天監三年撰。昉家書三萬卷，多異聞，又採於祕書，撰此記。」《郡齋讀書志》卷一三亦云：「昉家藏書三萬卷，天監中採輯前代之事，纂《新述異》，皆時所未聞，將以資後來屬文之用，亦博物之意。」

今本亦爲上下二卷。繆荃孫《藝風堂文續集》卷六《影宋本述異記跋》、卷八《小説》云，錢塘丁氏八千卷樓藏有影鈔宋本《述異記》二卷，與今本内容全同而文字僅有小異。此影宋本未見。徐世昌光緒三十年甲辰(一九〇四)所刊《隨庵叢書》本，乃據南宋臨安府太廟前經籍鋪尹家刊本景寫重刻。凡上卷一百五十五條，下卷一百五十六條，都三百一十一條。前有無名氏序，末有慶曆四年(一〇四四)無名氏刻書後序，知其祖本乃北宋慶曆刻本。《郡齋讀書志》、《中興館閣書目》所云皆本無名氏序。今存其他主要版本，有《稗海》、《格致叢書》、《漢魏叢書》、《廣漢魏叢書》、《增訂漢魏叢書》、《四庫全書》、《龍威秘書》、《百子全書》、《説庫》等本。諸本文字多有異同，條目分合次序常不一致，《稗海》、《漢魏叢書》、《説庫》等本，下卷缺「郭后」條。各本均脱去二序。復有一卷節本，載《合刻三志》、《重編説郛》卷六五、《五朝小説·魏晉小説》、《古今説部叢書》，只九十六條。又，《紺珠集》卷九摘三十條，《類説》卷八摘六十五條（目録六十六條），《説郛》卷四《墨娥漫録》摘八條，又卷二〇録十八條，注三卷，「三」當爲字譌。

今本經妄人增益改竄，失其舊貌。一是增入後起之事，二是雜入許多梁以後北朝隋唐地名，三是闕佚頗夥。宋本題「梁記室參軍任昉撰」，亦非原書題署，昉爲驃騎大將軍蕭衍記室參軍，尚未建梁。然《四庫全書總目提要》（卷一四二）以爲是書爲中唐前後人僞作，則非是。今本多有「昉按」字樣，乃任昉口氣。

任昉，《梁書》卷一四、《南史》卷五九有傳。昉字彦昇，樂安博昌（今山東壽光市北）人。生於宋孝武帝大明四年（四六〇），卒於梁武帝天監七年（五〇八）。幼而好學，早知名。十六歲即被宋丹陽尹劉秉辟爲主簿。歷奉朝請、太常博士（一作太學博士）、征北行參軍。齊永明初爲丹陽尹王儉主簿，遷司徒行獄參軍事，入爲尚書殿中郎，轉司徒竟陵王蕭子良記室參軍。明帝蕭鸞深加器重，拜太子步兵校尉，管東宫書記。明帝崩，遷中書侍郎。永元末爲司徒右長史。蕭衍（梁武帝）爲驃騎大將軍，辟爲記室參軍。梁建，拜黄門侍郎，遷吏部郎中，尋掌著作。天監二年（五〇三）出爲義興太守。重除吏部郎中，尋轉御史中丞、祕書監、領前軍將軍。六年春出爲寧朔將軍、新安太守，明年卒官。追贈太常卿，謚敬子。任昉擅文，傳稱「雅善屬文，尤長載筆，才思無窮，當世王公表奏，莫不請焉。昉起草即成，不加點竄。沈約一代詞宗，深所推挹」。時有「任筆沈（約）詩」之譽。據《梁書》本傳，著作有《雜傳》二百四十七卷，《地記》二百五十二卷，文集三十三卷。《隋書·經籍志》又著録《地理書鈔》九卷、《文章始》一卷。除《文章始》

（一題《文章緣起》）皆散佚，明人輯《任彥昇集》六卷。

無名氏序稱：「按《梁史》云：昉字彥升。舉兗州秀才，拜太學博士，爲齊竟陵王記室參軍，專主文翰。洎梁武踐祚，爲給事黄門侍郎，又爲吏部郎，遷中書舍人，轉御史中丞、秘書監，出爲新安太守。卒於官，年四十八。追贈太常，謚曰敬。大梁天監二年，昉遷中書舍人。家藏書三萬卷，故多異聞。採於秘書，撰《新述異記》上下兩卷。皆得所未聞，將以資後來刀筆之士、好奇之流文詞怪麗之端，抑亦博物之意者也。」觀「大梁」之稱，無名氏蓋亦梁人，《梁史》者乃本朝國史。故其所云，可補唐姚思廉《梁書》之闕。尤可關注者，是書題作《新述異記》，蓋南齊祖沖之作有《述異記》，故加「新」字以別之也。

《新述異記》多採古書，内容奇詭博麗，誠如宋人後序所言，「若造鬻珍之市，列金璧以交輝；如觀作繪之坊，絢丹青而溢目」。然語碎言瑣，故《四庫全書總目》入於小説類瑣語之屬。序稱「亦博物之意」，後序亦以之與「成式《酉陽》之編」、「子横《洞冥》之志」相比，其風格固類於《神異經》、《洞冥記》、《博物志》、《玄中記》之流，屬地理博物體志怪小説也。昉學問淵博，多藏祕書，又精通地理，宜乎有是書之作。

鬼母

南海小虞山中，有鬼母，能産天地〔一〕鬼。一産十〔二〕鬼，朝産之，暮食之。今蒼梧〔三〕有鬼姑神是也。虎頭，龍足，蟒目，蛟眉。蟒虵目圓，蛟眉連生。〔四〕（卷上）

〔一〕天地，《説郛》卷二〇作「天下」。
〔二〕十，《類説》卷八、《説郛》作「千」。
〔三〕蒼梧，郡名，西漢始置，治廣信縣（今廣西梧州市）。隋廢。
〔四〕注文「蟒虵」《説郛》作「蟒是蛇」。按：此句下原有「今吴越間防風廟，土木作其形，龍首、牛耳、連眉、一目」數語，《説郛》以之與下條防風氏事連爲一條。《説郛》是也，今本誤。

懶婦魚

海南〔一〕有懶婦魚。俗云：昔楊氏家婦，爲姑所溺而死，化爲魚焉〔二〕。其脂膏可燃燈燭。以之照鳴琴博弈，則爛然有光；及照紡績，則不復明焉。（卷上）

〔一〕海南，明程榮《漢魏叢書》本、何允中《廣漢魏叢書》本作「在南」；清王謨《增訂漢魏叢書》本作「江南」；《稗海》本、《類説》、《太平廣記》卷四六五引並作「淮南」。
〔二〕「爲姑」至此《廣記》作「爲姑所怒，溺水死，爲魚」。

懶婦魚究爲何物，古有二説：一爲大鯢，即俗呼娃娃魚者，或又稱人魚，《史記·秦始皇本紀》：「以人魚膏爲燭。」即此。二爲江豚，即江猪，古稱奔䱐，又作鮬䱐、溥浮。《事類賦注》卷二九引《異物記》曰：「鯢之大者爲鰕，實四足而有魚名。頭尾類鯷，岐岐而行。云是嬾婦怨勤，自投於水所化，一名人魚。」(按：此據清坊刻明華麟祥刊本。中華書局點校明秦汴本作：「蝦實四足，而有魚名。頭尾類鯷，岐歧而行。長自溪間出入深坑，頂上有光，迎風噴流。云是嬾婦怨勤，自投。」末有闕文。「蝦」當作「鰕」。《爾雅·釋魚》：「鯢大者謂之鰕。」)自東漢楊孚以降，撰《異物志》者頗多，此書不知出誰手。

唐段成式《酉陽雜俎》前集卷一七《鱗介篇》曰：「奔䱐，奔䱐一名瀱，非魚非蛟。大如船，長二三丈，色如鮎，有兩乳在腹下，雄雌陰陽類人。取其子著岸上，聲如嬰兒啼。頂上有孔通頭，氣出嚇嚇作聲，必大風，行者以爲候。相傳懶婦所化。殺一頭得膏三四斛，取之燒燈，照讀書紡績輒暗，照歡樂之處則明。」

金王朋壽《增廣分門類林雜説》卷一三《鐙燭篇》引《紀異》曰：「東海有魚，其肉可以爲油。然之，爲飲燕之鐙則明，以爲織紝婦功之鐙則闇，故謂嬾婦魚。」

五代王仁裕《開元天寶遺事》卷上乃稱其魚在南中，燈號饞魚燈：「南中有魚，肉少而脂多，彼中人取魚脂煉爲油。或將照紡緝機杼，則暗而不明；或使照筵宴、造飲食，則分外光明。時人號爲饞魚燈。」

《本草綱目》卷四四《鱗四·海豚魚·釋名》曰：「海豨《文選》，生江中者名江豚《拾遺》，江豬《綱目》，水豬《異物志》，鱀魚音志，饞魚音讒，𩶈鰰音敷沛。時珍曰：海豚、江豚，皆因形命名，郭璞賦『海豨江豚』是也。魏武《食制》謂之𩶈鰰，《南方異物志》謂之水豬。又名饞魚，謂其多涎也。」《集解》：「藏器(按：唐陳藏器《本草拾遺》曰：『……江豚生江中，狀如海豚而小，出没水上，舟人候之占風。其中有油脂，點燈照樗蒱即明，照讀書工作即暗。俗言懶婦所化也。』時珍曰：其狀大如數百斤豬，形色青黑如鮎魚，有兩乳，有雌雄類人。數枚同行，一浮一没，謂之拜風。其骨硬，其肉肥不中食，其膏最多，和石灰艌船最良。」

《太平寰宇記》卷一六五《象州・武仙縣》引《異物志》云：「昔有懶婦，織于機中常睡。其姑以杼打之，恚死。今背上猶有杼文瘡痕。大者得膏三四斛，若用照書及紡織則暗，若以會衆賓歌舞則明。」稱其物作「懶婦獸」，非魚也。

明鄺露《赤雅》卷下曰：「嬾婦，似豪豬而小，好食禾黍。田畯以機杼織紝懸於壑塍，望之而走。齒長，入海化爲巨魚，其名奔䱐，其狀蛟螭，雙乳垂腹。取以煎油，其膏百斛。澆蠟作燭，取以飲酒，紫燄生花，令人發興；取以讀書，昏昧泯墨，必至黑甜。作詩自嘲曰：『丁年誤買奔䱐燭，丙夜誰傳太乙書。』」

清王士禛《居易録》卷一六亦取其説云：「懶婦，狀如豪猪而小。好食黍，以機杼織紝掛於田中，則望之却走。齒長，入海化爲巨魚，名奔䱐。取以煎油，其膏百斛。澆蠟作燭，取以飲酒則明，讀書則暗。」《赤雅》以懶婦爲獸，且年歲久長即入海化奔䱐，其説愈誕。

封使君

漢宣城郡〔一〕守封邵，一日忽〔二〕化爲虎，食人。郡民呼之曰「封使君」，因去不復來。故時語曰：「無作封使君，生不〔三〕治民死食民。」夫人無德而壽則爲虎〔四〕。虎不食人，人化虎則食人，蓋恥其類而惡之。（卷上）

〔一〕宣城郡，始置於東漢順帝時，尋廢。晉初復置。治宛陵縣（今安徽宣城市宣州區）。
〔二〕一日忽，原作「亘」，據《稗海》本、《太平廣記》卷四二六、《太平御覽》卷八九二引改。
〔三〕不，原作「來」，據《稗海》本、《類説》卷八《述異記》及《廣記》、《御覽》改。
〔四〕按：《譚子化書・心變》云：「至淫者化爲婦人，至暴者化爲猛虎。心之所變，不得不變。」

《楊升庵全集》卷六〇《封使君》云：「古傳記言，漢宣城郡守封邵一日化爲虎，食郡民，民呼曰封使君，即去不復來。其地謡曰：『莫學封使君，生不治民死食民。』張禺山詩曰：『昔者漢使君，化虎方食民；今日使君者，冠裳而吃人。』又曰：『昔日虎使君，呼之即慚止；今日虎使君，呼之動牙齒。』又曰：『昔時虎伏草，今日虎坐衙，大則吞人畜，小不遺魚蝦。』或曰此詩太激，禺山曰：『我性然也。』余嘗戲之曰：『東坡嬉笑怒駡皆成詩，公詩無嬉笑，但有怒駡耳。』」

王質

信安縣石室山〔一〕，晉時王質伐木至，見童子數人棊〔二〕而歌，質因聽之。童子以一物與

質，如棗核。質含之，不覺饑。俄頃，童子謂曰：「何不去？」質起，視斧柯〔三〕爛盡。既歸，無復時人。（卷上）

〔一〕信安縣，各本俱作「信安郡」。按：《隋書·地理志下》，信安郡隋改端州置，治高要縣（今廣東肇慶市）。又，唐衢州，天寶元年改信安郡。時在任昉後，必爲唐人妄改。宋鄭緝之《東陽記》作「信安縣」（見附録），據正。信安縣，晉始置，屬東陽郡，即今浙江衢州市。唐改西安縣。南宋羅泌《路史發揮》卷六《關龍逄》羅苹注：「爛柯事，《述異記》則云王質入信都石室山遇童子棊。」乃作「信都」，誤。信都縣即今河北冀州市。石室山，又名石橋山、爛柯山，在今衢州市南。按：王質事多處有傳，石室山亦非一處，詳附録。

〔二〕按：小説多言仙人奕棋，如《幽明録》「黄原」云衆仙女「或撫琴瑟，或執博碁」，「嵩高山大穴」云二仙人圍棋。出土漢墓畫像石中亦常見仙人奕棋之圖畫。（詳見羅二虎《漢代畫像石棺》，巴蜀書社，二〇〇二年）仙人奕棋者，蓋以見仙人之消遥自在，且亦見其富於智慧也。

〔三〕柯，斧柄。《詩經·豳風·伐柯》：「伐柯如何？匪斧不克。」毛傳：「柯，斧柄也。」

王質事以晉袁山松《郡國志》所記爲早，以後屢見於他書。《太平御覽》卷四七引《郡國志》曰：「石室山，一名石橋山，一名空石山。晉中朝時，有王質者嘗入山伐木。至石室，有童子數四，彈琴而歌，質因放斧柯而聽之。童子以一物與質，狀如棗梅，含之不復飢，遂復小停。亦謂俄頃，童子語曰：『汝來已久，何不速去？』質應聲而起，柯已爛盡。」

《水經注》卷四〇《漸江水》引《東陽記》（宋鄭緝之）云：「信安縣有懸室坂。晉中朝時，有民王質伐木至石室中，見童子四人，彈琴而歌。質因留，倚柯聽之。童子以一物如棗核與質，質含之，便不復饑。俄頃，童子曰：『其歸！』承聲而去，斧柯漼然爛盡。既歸，質去家已數十年，親情凋落，無復向時比矣。」任昉此記蓋取乎《郡國志》、《東陽記》也。東陽郡吴始置，信安是其屬縣。

《雲笈七籤》卷一一〇《洞仙傳》（見素子）云：「王質者，東陽人也。入山伐木，遇見石室中有數童子圍碁歌笑，質聊置斧柯觀之。童子以一物如棗核與質，令含咽其汁，便不覺飢渴。童子云：『汝來已久，可還。』質取斧，柯爛已盡。質便歸家，計已數百年。」

唐丘光庭《兼明書》云：「爛柯山，相傳云昔人採樵於山中，見二人弈棋於松下，因坐而看之。及棋罷而歸，斧柯已爛，至家三歲矣。因名其山曰爛柯。」（《説郛》卷八，今本無）

杜佑《通典》卷一八二《州郡十二・衢州》云：「信安……石橋山，晉王質爛柯處。」

《全唐詩》卷三八〇孟郊《爛柯石》詩云：「仙界一日内，人間千載窮。雙棋未徧局，萬物皆爲空。樵客返歸路，斧柯爛從風。唯餘石橋在，猶自凌丹虹。」

南宋陳葆光《三洞羣仙録》卷六引《王氏神仙傳》（杜光庭）云：「王質，東陽人。時入山伐木，偶於石室中見數童子下棋，質坐斧柯上觀之。童子將棗，與質食之，無飢渴。童子下棋未終，一童子曰：『子可去，來已久矣。』質起，視斧柯已爛矣。還家，親戚無有存者。後入山昇天。今衢州有爛柯山。」

五代王松年《仙苑編珠》卷中云：「傳云王質者，西安鄉里人也，性頗好棋。因入山採樵，見二仙人於石橋下棋，質乃以斧柯磾坐觀。棋局終乃起，斧柯已爛，歸家數百載矣。今衢州爛柯山是也。」

《太平寰宇記》卷九七《衢州·西安縣》云：「石室山，一名石橋山，一名空石山。晉中朝時，有王質者常入山伐木。至石室，見有童子數四，彈琴而歌，質因放斧柯而聽之。童子以一物與質，狀如棗核，含之不復饑，遂復得少停。俄頃，童子語曰：『汝來已久，何不速去？』質應聲而起，柯漼然爛盡。」

歐陽忞《輿地廣記》卷二三《衢州·西安縣》云：「西安縣，本漢太末縣地……晉太康元年改曰信安……有石室山。晉民王質伐木，至石室中，見童子四人，彈琴而歌，質倚斧柯聽之。俄頃而去，斧柯爛盡。既歸，已數十年，親戚凋落，無復向時矣。」

祝穆《輿地紀勝》卷七《衢州·山川》云：「爛柯山，一名石室，又名石橋山，在西安，乃青霞第八洞天。晉樵者王質入此山，忽見橋下二童子對奕，以所持斧置坐而觀。童子指示之曰：『汝斧柯爛矣。』質歸見鄉閭，已及百歲云。」

爛柯山又傳在端州高要縣。《太平寰宇記》卷一五九《端州·高要縣》云：「爛柯山，在縣東三十六里，一名斧柯山，在峽石南。《郡國志》：『昔有道士王質，負斧入山，採桐爲琴，遇赤松子、安期先生棋，而斧柯爛處。』」所引《郡國志》與《御覽》所引大異。

王象之《輿地紀勝》卷九六《肇慶府·仙釋》云：「晉王質，《郡國志》云：『昔道士王質，負斧入山，採桐爲琴，遇赤松子與安期生下碁，而斧柯爛。』此事衢州、端州所載不同，而《寰宇記》並載於衢州、端州二郡之下，不應一事分爲二郡也。道書謂王質入信安山中，遇仙人下棋，遂致柯爛，歸來已百年矣。今衢州與端州皆名信安郡，故二郡各書仙迹，以爲一郡之奇觀。莫適與辨，然亦豈無所考證者。象之謹按：道書所載王質乃晉人，而三衢在吴爲新安縣。顧野王《輿地志》載，晉武太康元年平吴，以洪（按：當作「弘」）農郡有新安縣，乃改衢之新安爲信安縣。故謂王質遇赤松子、安期生，皆婺州之境也，於衢爲近。而端州隋初始置，至煬帝大業初，廢端州爲信安郡。則端州有信安之名，乃始於隋。而王質乃晉人，不應以晉人而遊隋之州郡。故杜佑所作唐《通典》，書王質之事，但紀於衢，而端州之下無一詞及之。而《端州圖經》括出爛柯山道士王質等事，以爲一郡之壯觀，而非其實矣。」（此據咸豐十年刊本，道光二十九年刊本有譌誤。）按：傳本《述異記》信安縣誤作信安郡，而端州又稱信安郡（唐天寶元年改高要郡），故爛柯事端州亦傳焉。

《輿地紀勝》卷三四《肇慶府·山川》云：「爛柯山，在高要東三十六里。峯頂常有紫霞。按：衢州亦有爛柯山，蓋二郡名信安，衢在吴爲信安，則去王質時爲近。端名信安，乃始於隋，不應載晉人事跡，不可不辨。此山産美石爲硯。」

元趙道一《歷世真仙體道通鑑》卷二八云：「王質，晉時東陽人也。入山伐木，至信安郡石室山，遇見石室中有數童子，圍棋歌笑，（原注：一云「遇赤松子與安期生弈棋」。）質置斧柯觀之。童子以物如棗核與質，令含咽其汁，便不覺飢渴。童子云：『汝來已久，可還。』質取斧，柯爛已盡。質便歸家，計已數百年，親舊零落，無復存者。復入山得道，百餘年，人往往見之，後亦昇天而去。浙東信安有爛柯山，即其地也，一名斧柯山，今屬衢州西安縣。又廣東信安亦有爛柯山，今屬肇慶府。」又傳爲嶲州（治今四川西昌市）事。《寰宇記》卷八〇《嶲州·越嶲縣》云：「石室山，按《九州要記》云山在汶江之北。昔樵人王質入山，見二仙人圍棋，質乃坐斧而觀。二仙棋訖，質亦起，見斧柯已爛，方悟是二仙人。」

宋人又於達州（治今四川達川市）附會出爛柯亭。吴曾《能改齋漫録》卷九云：「李宗諤云：『達州爛柯亭，在州治之西四里。古有樵者，觀仙弈碁不去，至斧柯爛於腰間，即此地也。』乃知觀碁爛柯，不止衢州。」

《異苑》卷五「㩗蒱仙」條，情事亦相類：「昔有人乘馬山行，遥望岫裹，有二老翁相對㩗蒱，遂下馬造焉，以策拄地而觀之。自謂俄頃，視其馬鞭摧然已爛，顧瞻其馬，鞍骸枯朽。既還至家，無復親屬，一慟而絶。」《類説》卷八《廣異記》亦載：「有人乘馬山行，見洞中二老樗蒱，乃以鞭柱地而觀，俄忽鞭爛而鞍朽。」

宋元戲文有《王質》（見錢南揚《宋元戲文輯佚》）。《寶文堂書目》有《爛柯山王質觀棋》，爲明無名氏雜劇，佚。

黄鶴樓

荀環字叔偉〔一〕，寓居江陵〔二〕。事母孝，好屬文及道術〔三〕，潛棲却粒〔四〕。嘗東遊，憩江夏黃鶴樓〔五〕上。望西南有物，飄然降自霄漢。俄頃已至，乃駕鶴之賓也。鶴止戶側，仙者就席，羽衣虹裳，賓主歡對。已而辭去，跨鶴騰空，眇然而滅〔六〕。（卷上）

〔一〕荀瓌（guī），《類説》、《事類賦注》卷一八引《述異傳》「瓌」作「環」。叔偉，《太平御覽》卷九一六、《事類賦注》引作「叔瑋」。

〔二〕此句原無，據《藝文類聚》卷六三引《述異傳》補。

〔三〕以上二句原無，據《類聚》卷九〇引《述異傳》補。

〔四〕却粒，原譌作「即粧」，據《百子全書》本及《類聚》卷九〇、《事類賦注》、《御覽》正。却粒，即辟穀，修道者不食五穀也。

〔五〕江夏，郡名。吴治武昌縣（今湖北鄂州市），晉平吴後移治安陸縣（今湖北雲夢縣），劉宋移治夏口（今武漢市武昌）。此即指夏口。黃鶴樓，故址在武昌黃鶴山西北部之黃鵠磯上，今爲武漢長江大橋武昌橋頭。黃鶴山一名黃鵠山，俗名蛇山。《元和郡縣圖志》卷二七《鄂州》云：「城西臨大江，西南角因磯爲樓，名黃鶴樓。」《太平寰宇記》卷一一二《鄂州·江夏縣》云：「黃鶴樓在縣西二百八十步。」《輿地紀勝》卷六六《鄂州上·景物下》云：「黃鶴樓，在子城西南隅黃鵠磯山上，自南朝已著，因山得名。『鵠』、『鶴』古通用字。」又云：「黃鵠山在江夏縣，起東九里，至縣西北林間，甚美，戴仲若野服居之。山下曰黃鵠岸，有灣曰黃鵠灣。又黃鵠磯在縣西北二里，臨大江。」（參見附録。）黃鶴，又作「黃鵠」，古傳爲仙禽。《説文》四上鳥部：「鵠，黃鵠也。」《玉篇》卷二四鳥部：「黃鵠，仙人所乘。」任昉《述異記》卷上（《漢魏叢書》本）：「鵠生五百年而紅，五百年而黃，又五百年而蒼，又五百年而白，壽三千歲。」按：黃鶴樓相傳建於吴黃武二年（二二三），其後屢經廢建，爲古代四大名樓之一。清光緒十年（一八八四）毁於火。一九八一年重建，一九八五年落成。

〔六〕眇然，此二字原無，據《稗海》本、《類説》補。《類説》「眇」作「渺」，字通。《類聚》、《御覽》、《事類賦注》全句作「眇（或渺）然煙滅」。

黄鶴樓仙人，或傳爲子安（後世或又謂其姓黄），或傳爲費褘，他説尚多。蓋事本屬縹緲，宜乎傳聞紛紜也。

《南齊書》卷一五《州郡志下》云：「郢州，鎮夏口……夏口城據黄鵠磯，世傳仙人子安乘黄鵠過此上也。」此爲子安説所起。按：《列仙傳》有子安其人，卷下《陵陽子明》云：「陵陽子明者，銍鄉人也。好釣魚，於旋溪釣得白龍，子明懼，解鈎拜而放之。後得白魚，腹中有書，教子明服食之法。子明遂上黄山，採五石脂，沸水而服之。三年龍來迎去，止陵陽山上百餘年。山去地千餘丈，大呼下人，令上山半言。谿中子安當來，問子明釣車在否。後二十餘年，子安死，人取葬石山下。有黄鶴來，棲其塚邊樹上，鳴呼子安云。」事又載《水經注》卷二九《沔水》。《李太白全集》卷一二《登敬亭山南望懷古贈竇主簿》：「白龍降陵陽，黄鶴呼子安。」即用此典。意《南齊書·州郡志》所云，乃此事之譌傳也。

費褘之説起於唐。閻伯瑾《黄鶴樓記》云：「州城西南隅有黄鶴樓者，《圖經》云費褘登仙，嘗駕黄鶴返，憇於此，遂以名樓。事列《神仙》之傳，迹存《述異》之志。……於是極長川之浩浩，見衆山之壘壘。王室載懷，思仲宣之能賦；僊蹤可揖，嘉叔偉之芳塵。」（按：閻伯瑾，永泰時人，此記載《全唐文》卷四四〇)羅隱詩《遊江夏口》中云:「魚聽建業歌聲過,水看瞿塘雪影來。黄祖不能容賤客,費禕終是負仙才。」(《全唐詩》卷六六〇)乃用此典。按:《三國志》卷四四《蜀書·費禕傳》,費禕字文偉,江夏鄳(今河南信陽市東北)人。少遊學入蜀,先主時爲舍人、庶子。後主時爲黄門侍郎、侍中、中護軍、司馬。諸葛亮卒後爲後軍師、尚書令,遷大將軍,録尚書事。禦魏有功,封成鄉侯,領益州刺史。延熙十六年(二五三)爲魏降人郭循所害,謚敬侯。費禕未聞有學仙事,豈其字與荀瓌字相似,且爲江夏郡人,遂譌傳耶?觀閣記稱費禕迹存《述異》之志(即任昉《述異記》),又云「嘉叔偉之芳塵」,即露溷費、荀爲一人之消息矣。然費禕事後世頗傳,幾致荀瓌事爲之湮没。《太平寰宇記》卷一一二《鄂州·江夏縣》云:「黄鶴山在縣東九里,其山斷絶。耆舊相傳云,昔有仙人控黄鶴從天而夜響。黄鶴樓在縣西二百八十步。昔費禕登仙,每乘黄鶴於此憩駕,故號爲黄鶴樓。唐崔顥有《登黄鶴樓》詩云:『昔人已乘白雲去,此地空餘黄鶴樓。黄鶴一去不復返,白雲千載空悠悠。晴川歷歷漢陽樹,芳草萋萋鸚鵡洲。日暮鄉關何處是,煙波江上使人愁。』」按:前説乃採《江夏圖經》,不云仙人爲誰氏。《太平御覽》卷四八引《江夏圖經》云:「黄鶴山,在縣東九里,其山斷絶,無連接。舊傳云,昔有仙人控黄鶴於山,因以爲名。故梁湘東王《晉安寺碑》云『黄鶴從天之夜響』是也。」

《分類補註李太白詩》卷一九《酬岑勛見尋就元丹丘對酒相待以詩見招》:「黄鶴東南來,寄書寫心曲。」楊齊賢注云:「鄂州有黄鶴樓,因黄鶴山以名。相傳費文禕(按:名譌)得仙,駕鶴憩此。」陸游《入蜀記》五云:「黄鶴樓,舊傳費禕飛昇於此,後忽乘黄鶴來歸,故以名樓,號爲天下絶

景。……今樓已廢，故址亦不復存。問老吏，云在石鏡亭南樓之間，正對鸚鵡洲，猶可想見其地。」（《渭南文集》卷四七）

宋人詩詠黃鶴樓者亦多用費禕事。如李宗孟：「空遺費仙跡，不見庾公游。」（《輿地紀勝》卷六七《總鄂州詩》引）楊繪：「高驂黃鶴望天飛，千載誰能繼費禕。」喻陟：「費禕丁令亦何之。」（同上《黃鶴樓詩》引）

明世陳繼儒《羣碎録》亦持是説，云：「黃鶴樓，舊傳費禕飛昇於此，後忽乘黃鶴來歸。」

宋人詩亦有用荀瓌事者，如蔣之奇：「叔偉不見空締建，正平何在獨滄洲。」（《輿地紀勝》卷六七引）傳聞之事本無定説，非史實可比，宋人每每喜辨其是非，《苕溪漁隱叢話》後集卷一七《唐人雜紀下》引《江夏辨疑》，以《述異記》斥閻伯瑆（按：名異於《全唐文》）説之非，迂之甚矣。

亦或有兼採數説者。《輿地紀勝》卷六六《鄂州上・景物下》云：「黃鶴樓……《南齊志》以爲世傳仙人子安乘黃鶴過此。《唐圖經》又云費禕文偉登仙，駕黃鶴返憇于此。閻伯珪（按：名譌）作記以費禕事爲信，王得臣、張栻辨之。」又《古迹》云：「費禕洞，《皇朝郡縣志》云在江夏縣東十里黃鵠山後，《舊經》云費禕昇仙之後洞也。」又卷六七《鄂州下・仙釋》云：「黃鶴仙，或云費禕，王得臣《黃鶴樓》詩以爲荀瓌，字叔偉，未知孰是。」

明曹學佺《明一統名勝志・湖廣名勝志》卷一《武昌府・江夏縣》云：「黃鶴山，在城西南隅，山形蜿蜒，俗呼蛇山。昔仙人黃子安騎黃鶴憇此。有費禕洞在山陰，亦傳其爲駕黃鶴仙去者。梁任昉記以昇仙事乃荀瓌，字叔瑋（按：應作「偉」），非費文禕（按：應作「偉」）也。」

黃鶴樓猶有一異説，金王朋壽《增廣分門類林雜説》卷一二《神仙下篇》云：「江夏郡人幸氏，酤酒爲業。一日，有一道人形皃魁偉，衣服藍縷，掉臂入門就座，殊無禮皃。顧謂幸曰：『能以一杯好酒飲吾否？』幸氏子雖年少，雅亦好道舉，常與方外之士爲友，聞之欣然許諾，即以上尊一杯奉之。道人一舉盡之，亦不相謝，拂袖出門去。至來日，如期而來。幸不待其求，即以飲之，飲已輒徑去。似此者僅半年。道人初無一言，幸氏子亦無倦色。一日，忽呼幸氏子謂曰：『我多負爾酒資也，屬此行無錢奉酬。』遂探所攜一藥籃中，得橘皮少許，於壁畫一仙鶴。畫畢，指示幸云：『以此奉答。但有客飲酒，即唱歌拍手以爲節，招此鶴，當爲君舞，以佐尊。』言訖遂去。幸亦未甚信之。繼而有客三數人來，見所畫鶴，問其所以，幸以實告。客於是依其言，唱拍以招之，其鶴倏已蹁躚而舞，回翔宛轉，良中音節。以其橘皮所畫，其毛羽帶黃。人莫不驚異。當其舞時，宛然素壁也，舞罷而去，則依然畫鶴也。自是人人争欲來觀，幸氏遂限之以酤酒之價，非數千不能得觀也。十年之閒，家貲危累千萬。一日，其道人惠然而來，謂幸氏子曰：『嚮時貧道飲公酒，所答薄否？』幸見之拜，且跪謝曰：『賴先生所畫鶴，今事産方之昔日，何啻百倍！未嘗一日敢忘恩德，但恨不知先生所居。今者承蒙不棄凡俗，復此榮過。若能少留，當舉家具廁役之職，供備灑埽。先生有意終惠之乎？』先生笑曰：『吾豈久此者耶！』於藥籃中取一短笛，作數弄。須臾，有白雲自空而下，垂簷楹閒，所畫鶴飛下。先生跨鶴乘雲，冉冉而去。闔郡望之，杳杳然没於霄漢，猶聞笛聲。幸氏於是就其處建一樓，榜之曰黃鶴樓。後崔影（按：名顥）題詩云：『昔人已乘白雲去，此地空餘黃鶴樓。』」未著出處，不知所據何書。

宮人草

楚中有宮人草〔一〕，狀如金蔓〔二〕，而甚氛氳，花色紅翠。俗説楚靈王〔三〕時，宮人數千，皆多愁曠，有囚〔四〕死於宮中者。葬之後，墓上悉生此花〔五〕。（卷下）

〔一〕「有」字上《太平廣記》卷四〇八引有「往往」二字。

〔二〕金蔓（dēng），草名。《集韻》平聲登韻：「蔓，金蔓，艸名。」又《廣韻》：「蔓，金蔓草。」

〔三〕楚靈王，即熊圍，共王庶子，前五四〇年至前五二九年在位。史載靈王暴虐，後自縊死。

〔四〕囚，《廣記》作「因」。

〔五〕花，《廣記》作「草」。

明詹詹外史《情史類略》卷二一《宮人草》，文同。

吴均 續齊諧記

據《續修四庫全書》影印明刊陸采《虞初志》本

《隋書·經籍志》雜傳類著録《續齊諧記》一卷,吴均撰。《舊唐書·經籍志》雜傳類、《新唐書·藝文志》小説家類、《通志·藝文略》傳記類冥異屬、《直齋書録解題》小説家類、《文獻通考·經籍考》小説家類、《宋史·藝文志》小説類皆有著録,一卷。《崇文總目》小説類、《日本國見在書目録》雜傳家類作三卷,恐係字譌,或析一卷爲三卷。

今本一卷,十七則。版本主要有《虞初志》(卷一)、《顧氏文房小説》、《古今逸史》、《廣漢魏叢書》、《合刻三志》、《五朝小説·魏晉小説》、《重編説郛》(卷一一五)、《祕書廿一種》、《四庫全書》、《增訂漢魏叢書》等。題梁吴均撰(或作著,或無撰字)。《紺珠集》卷十摘八條(撰人譌作吴筠),《類説》卷六摘録十三條,《説郛》卷六五選録四條。今本非全帙,佚文可考得「劉晨阮肇」、「王敬伯」、「吴龕」、「子胥潮」、「萬文娘」五條。臺灣文史哲出版社一九八七年出版王國良《續齊諧記研究》,其《校釋》(底本以明嘉靖顧元慶《顧氏文房小説》本爲主)對今本及佚文各篇均作校釋,頗可參考。

吴均,字叔庠,吴興故鄣(今浙江安吉市西北)人。生於宋明帝泰始五年(四六九),卒於梁武帝普通元年(五二〇)。出身貧寒,好學有俊才,沈約頗賞其文。梁天監初(五〇二)吴興太守柳惲召補主簿,六年建安王蕭偉爲揚州刺史,引兼記室。九年蕭偉遷江州,補國侍郎,兼府城局。臨川靖惠王蕭宏稱之於武帝，召待詔著作，累遷奉朝請。後因私撰《齊春秋》，事有不實，坐免。尋奉詔撰《通史》，未成而卒。吴均善詩文，史稱「文體清拔有古氣，好事者或斆之，謂爲吴均體」。著《後漢書》注九十卷、《齊春秋》三十卷、《廟記》十卷、《十二州記》十六卷、《錢唐先賢傳》五卷、《續文釋》五卷、《吴均集》二十卷等，均散佚，明人輯《吴朝請集》一卷。事迹見《梁書》卷四九、《南史》卷七二《文學傳》。

據陳振孫《書録解題》，《續齊諧記》署梁奉朝請吴均撰，《類説》明嘉靖伯玉翁鈔本亦同（明天啓刊本無）。若作者原署如此，則書作於天監九年之後，較任昉《新述異記》爲晚。不過亦可能乃後人所題。今本卷末附有元代陸友跋語：「齊諧，志怪者也，蓋莊生寓言耳。今吴均所續，特取義云耳，前無其書也。考《文獻通考》書目亦云。至元甲子吴郡陸友記。」按：《續齊諧記》之前已有東陽無疑《齊諧記》，稱「續」者，即續東陽書也。《文獻通考》卷二一五於《續齊諧記》下引陳氏（按：即陳振孫）曰：「《續齊諧記》一卷，梁奉朝請吴均撰。齊諧志怪，本《莊子》語也。《唐志》又有東陽無疑《齊諧記》，今不傳，此書殆續之者歟？」陳氏明謂此書續東陽無疑《齊諧記》，陸友以爲續《莊子》齊諧，並稱《通考》亦云，誤甚。明陸采《虞初志》卷一《續齊諧記》跋乃云均先有《齊諧記》一卷，均蓋自續其書，非祖東陽也，亦誤。

是書乃南朝志怪絶佳之作，清拔雅雋，卓然可觀。多言歲時傳説，是其特色之一，而「趙文韶」、「王敬伯」兩篇愛情故事，行文逶迤，筆墨清麗，可謂唐傳奇之濫觴。《四庫全書總目提要》卷一四二譽爲「亦小説之表表者」，洵非溢美虚詞。

金鳳凰

漢宣帝〔一〕以皂蓋車一乘，賜大將軍霍光〔二〕，悉以金鉸具〔三〕。至夜，車轄上金鳳凰輒亡去，莫知所之，至曉乃還，如此非一。守車人亦嘗見。後南郡黄君仲〔四〕，北山羅鳥，得鳳凰子〔五〕，入手即化成紫金，毛羽冠翅，宛然具足，可長尺餘。守車人列〔六〕上云：「今月十二日夜，車轄上鳳凰俱飛去，曉則俱還。今則不返，恐爲人所得。」光甚異之，具以列上。

後數日，君仲詣闕，上金〔七〕鳳凰子，云：「今月十二夜，北山羅鳥所得。」帝聞而疑之。置承露盤〔八〕上，俄而飛去。帝使人〔九〕尋之，直入光家，止車轄上，乃知信然。帝取其車，每遊行即乘御之。至帝崩，鳳凰飛去，莫知所在。故嵇康《遊仙詩》云「翩翩鳳轄，逢此網羅」是也。〔一〇〕

〔一〕漢宣帝，即劉詢，前七四年至前四九年在位，霍光所立。

〔二〕霍光，字子孟，河東平陽（今山西臨汾市西南）人，霍去病異母弟。仕武、昭、宣三朝，任大司馬大將軍等。封博陸侯，卒謚宣成。見《漢書》卷六八本傳。

〔三〕鉸（jiǎo），裝飾。此句《太平廣記》卷四〇〇引作「悉以金鉸飾之」。

〔四〕南郡，戰國秦置，西漢治江陵縣（今湖北荆州市）。黄君仲，《漢書》無此人。

〔五〕鳳凰子，小鳳凰。子，小也，幼也。「子」字原無，據唐韋絢《劉賓客嘉話録》引「傳記」補，見附録。下文亦作「鳳凰子」。《廣記》作「一小鳳子」。

〔六〕列，陳述，報告。

〔七〕「金」字原無，據《嘉話録》、《廣記》補。

〔八〕承露盤，《史記》卷一二《孝武本紀》：「其後則又作栢梁、銅柱、承露僊人掌之屬矣。」裴駰《集解》：「蘇林曰：仙人以手掌擎盤，承甘露也。」司馬貞《索隱》：「《三輔故事》曰：建章宫承露盤高三十丈，大七圍，以銅爲之。上有仙人掌承露，和玉屑飲之。故張衡賦曰『立脩莖之仙掌，承雲表之清露』是也。」

〔九〕「人」字原無，據《廣記》補。

〔一〇〕注文「故」、「遊仙」、「是也」五字原無，據《廣記》補。《廣記》爲正文。嵇康此詩，今本《嵇康集》無，魯迅校《嵇康集》輯入逸詩中。

唐韋絢《劉賓客嘉話録》云：「傳記所傳，漢宣帝以皂蓋車一乘，賜大將軍霍光，悉以金較（按：當作「鉸」）具。至夜，車轄上金鳳皇輒亡去，莫知所之，至曉乃還，如此非一。守車人亦嘗見。後南郡黄君仲，北山羅鳥，得鳳皇子，入手即化成紫金，毛羽冠翅，宛然具足，可長尺餘。守車人列云：『今月十二日夜，車轄上鳳皇俱飛去，曉則俱還。今日不返，恐爲人所得。』光甚異之，具以列上。後數日，君仲詣闕，上金鳳皇子，云今月十二日夜，北山羅鳥所得。帝聞而疑之。以置承露盤上，俄而飛去。帝使尋之，直入光家，止車轄上，乃知信然。帝取其車，每遊行輒乘御之。至帝崩，鳳皇飛去，莫知所在。嵇康詩云：『翩翩鳳轄，逢此網羅。』正謂此也。」按：所言「傳記」乃泛稱，指《續齊諧記》。

紫荊樹

京兆田真、田慶、田廣〔一〕兄弟三人，家巨富而殊不睦，忽〔二〕共議分財。金銀珍物，各以斛量，田業〔三〕生貲，皆平均如一〔四〕。惟堂前一株紫荊樹，花葉美茂〔五〕，共議欲破三片〔六〕，人各一分〔七〕。明日就截之，其樹即枯死〔八〕，狀如火然，葉萎枝摧，根莖燋焠〔九〕。真旦攜鋸而往〔一〇〕，見之，大驚，謂諸弟曰：「樹本同株，聞將分斫〔一一〕，所以顦顇。況人兄弟孔懷，而可離異〔一二〕，是人不如木也。」因悲不自勝，不復解樹。樹應聲榮茂，遂更青翠，華色繁美〔一三〕。兄弟相感，合財寶，遂爲孝門〔一四〕。真以漢成帝時〔一五〕，仕至太中大夫〔一六〕。陸機詩云：「三荊歡同株。」〔一七〕

〔一〕京兆，西漢武帝太初元年（前一〇四）置京兆尹，治長安縣（今陝西西安市西北）。魏改京兆郡。「田慶田廣」四字原闕，據南宋陳景沂《全芳備祖》後集卷一九，謝維新《古今合璧事類備要》別集卷五三引吴筠（均）《齊諧記》，元劉履《風雅翼》卷四，陰勁弦、陰復春《韻府群玉》卷七引《齊諧記》補。《文選》卷二八陸機《豫章行》唐劉良注亦云「昔有田廣、田真、田慶兄弟三人」。見附録。

〔二〕以上八字據《太平御覽》卷四二一引補。

〔三〕以上十字原闕，據《御覽》卷四二一補。

〔四〕「如一」二字原闕，據《御覽》卷四二一補。

〔五〕此句原闕，據《御覽》卷四二一、南宋蔡夢弼《杜工部草堂詩箋》卷九《得舍弟消息》注引補。《初學記》卷一八、《古今合璧事類備要》前集卷二七引作「華甚茂」，《御覽》卷四八九引作「花葉茂異」，《全芳備祖》、《事類備要》別集引作「花葉盛茂」，《韻府羣玉》引作「花葉茂盛」。

〔六〕此句《初學記》、《事類備要》前集引作「共議破爲三」，《御覽》卷四八九作「共議破爲三分」，《御覽》卷四二一作「共議欲破爲三」，《全芳備祖》作「夜議斫分，取爲三」，《事類備要》別集作「夜議斫分，取身爲三」，《風雅翼》作「夜議斫分爲三」，《韻府羣玉》作「議斫爲三」。

〔七〕此句原闕，據《御覽》卷四二一補。

〔八〕此二句《初學記》作「待明截之，一夕樹即枯死」，《御覽》卷四二一作「待明就截之，尔夕樹即枯死」，卷四八九作「明截之，爾夕樹即枯死」，《事類備要》前集作「待明截之，忽一夕樹即枯死」。「待明就截之」一句乃與上文「共議欲破三片，人各一分」相連。

〔九〕此二句原闕，據《御覽》卷四二一補。

〔一〇〕「旦携鋸而」四字原闕，據《琱玉集》卷一二引《前漢書》補。《御覽》卷四二一作「直至擕門而往之」，有譌誤。

〔一一〕斫，《初學記》、《御覽》卷四二一及卷四八九、《事類備要》前集作「析」，《類説》卷六《續齊諧記》作「砍」。

〔一二〕以上二句原闕，據《初學記》、《御覽》卷四八九、《事類備要》前集補。《御覽》「可」譌作「少」，《事類備要》無「異」字。兄弟孔懷，出《詩經·小雅·常棣》：「死喪之威，兄弟孔懷。」朱熹注曰：「威，畏；懷，思。」（《詩集傳》卷九）

〔一三〕以上八字原闕。據《御覽》卷四二一補。
〔一四〕孝門，《御覽》卷四二一作「純孝之門」。
〔一五〕「以漢成帝時」五字原闕，據《御覽》卷四二一補。漢成帝，劉驁，前三三年至前七年在位。
〔一六〕太中大夫，漢代官名，秩比千石。侍從皇帝左右，掌顧問應對。《顧氏文房小説》、《古今逸史》、《祕書廿一種》、《增訂漢魏叢書》等本「太」作「大」。按：「大」通「太」。
〔一七〕「云」、「三」二字原闕，據《顧氏文房小説》、《廣漢魏叢書》等本補。陸機詩出《豫章行》：「三荆歡同株，四鳥悲異林。」

本事出《琱玉集》卷一二《感應篇》引《前漢書》：「田真，前漢京兆人也。兄弟三人，二親並没，共議分居。家之資產，分之悉訖，唯有庭前三株紫荆，華葉美茂，真兄弟等議欲分之。明旦即伐斫其荆，逕宿花葉枯萎，根莖燋顇。真旦攜鋸而往，見之大驚，謂諸弟曰：『樹木無情，尚惡分别，況人兄弟孔懷，可離哉！是人不如樹木也。』因對悲泣，不復解樹，樹即應聲青翠如故。兄弟相感，便合財產，遂成純孝之門也。」按：此《前漢書》非班固書。

《藝文類聚》卷八九引周景式《孝子傳》云：「古有兄弟，忽欲分異。出門見三荆同株，接葉連陰，歎曰：『木猶欣聚，況我而殊哉！』還爲雍和。」（《事類賦注》卷二四亦引《孝子傳》，注文末云：「一曰田真兄弟。」）此乃田真事之異説。

《文選》卷二八陸機《豫章行》唐劉良注云：「昔有田廣、田真、田慶兄弟三人，將别，無以分。明日欲分，庭有荆樹，荆樹經宿萎黄。乃相謂曰：『荆樹尚然，况我兄弟乎！』遂不分。」

元楊訥撰雜劇《田真泣樹》，又名《三田分樹》，演此事。已佚，見《録鬼簿》、《録鬼簿續編》、《太和正音譜》著録。明馮夢龍《醒世恒言》卷二《三孝廉讓産立高名》，取此故事以爲入話。

楊寶

弘農楊寶〔一〕，字文淵，後漢名士也〔二〕，性慈愛。年九〔三〕歲，至華陰山北〔四〕。見一黄雀〔五〕，爲鴟梟〔六〕所搏，墜樹下〔七〕，傷瘢甚多，宛轉〔八〕，復爲螻蟻所困。寶見之愍然，命左右懷之以歸〔九〕，置諸梁上。夜聞啼聲甚切，親自照視，爲蚊所嚙。乃移置巾箱中，啖以黄花〔一〇〕。

逮百餘日〔一一〕，毛羽成，放之〔一二〕飛翔。朝去暮來，宿巾箱中。如此積年。忽與羣雀俱來，哀鳴遶堂，數日乃去。

是夕〔一三〕，寶三更讀書，未卧〔一四〕。有黄衣童子，向寶再拜〔一五〕，曰：「我王母使者〔一六〕。昔使蓬萊，不慎〔一七〕爲鴟梟所搏，蒙君之仁愛見救，實感成濟〔一八〕。今當受使〔一九〕南海，不得奉侍，極以悲傷〔二〇〕。」别，以四玉環〔二一〕與之，曰：「令君子孫潔白，且從登三公，事如此環矣〔二二〕。」於此遂絶〔二三〕。

寳之孝大聞天下，名位日隆。子震〔二四〕，震生秉〔二五〕，秉生賜，賜生彪〔二六〕，四世名公，爲東京盛族〔二七〕。及震葬時，有大鳥降〔二八〕，人皆謂真孝招〔二九〕也。蔡邕論云：「昔日黄雀，報恩而至。」〔三〇〕

〔一〕弘農，郡名，西漢置，治弘農縣（今河南靈寳市北舊靈寳西南）。楊寳，《後漢書》卷五四《楊震傳》云，楊寳，弘農華陰（今陝西華陰市）人，「習《歐陽尚書》。哀、平之世，隱居教授。居攝二年（公元七年），與兩龔（龔勝、龔舍）、蔣詡俱徵，遂遁逃，不知所處。光武高其節。建武中，公車特徵，老病不到，卒於家」。《藝文類聚》卷九二引「楊」作「揚」，誤。

〔二〕以上八字原闕，據《太平御覽》卷九二二引補。

〔三〕九，《古本蒙求》卷中引作「七」。按：《搜神記》亦作「七」，見附録。

〔四〕華陰山，即華山，一名太華山。《水經注》卷四〇：「華山爲西嶽，在弘農華陰縣西南。」華陰縣因山而得名，其山又以縣爲名也。《御覽》卷九二二、《事類賦注》卷一九引作「華陰」。「北」字原無，據《後漢書・楊震傳》注、《御覽》卷四〇三及卷九二二、《蒙求集註》卷上引補。

〔五〕黄雀，一種小鳥。雄鳥上體淺黄緑色，腹部白色，腰部稍黄。雌鳥上體微黄，有暗褐條紋。鳴聲清脆，可飼養以爲觀賞。《周禮・夏官・羅氏》「羅春鳥」鄭玄注：「春鳥，蟄而始出者，若今南郡黄雀之屬。」《類説》卷六作「黄鳥」。黄鳥，一指黄鶯，一指黄雀。

〔六〕鴟梟，《御覽》卷九二二作「鵄梟」，「鵄」同「鴟」。《御覽》卷四〇三乃作「鵄皃」，誤。

〔七〕墜，原譌作「逐」，據《後漢書》注、《類聚》、《古本蒙求》、《御覽》卷四〇三又卷九二二、《事類賦注》、《蒙求集註》

改。《古本蒙求》「樹下」作「地」。

〔八〕宛轉，因痛苦而轉動身體。

〔九〕以上二句原作「寶懷之以歸」，《御覽》卷九二三作「寶見之愍然，命左右取之歸」，據補七字。《類聚》作「寶愍之」，《事類賦注》作「寶見愍之，取歸」。

〔一〇〕黄花，菊花。《禮記·月令》：「菊有黄華(花)。」又指菜花。

〔一一〕百餘日，「百」原作「十」，據《類聚》、《後漢書》注、《古本蒙求》、《御覽》卷四〇三、卷四七九、卷九二二、《事類賦注》、《蒙求集註》改。

〔一二〕此二字原無，據《類聚》補。

〔一三〕是夕，《御覽》卷九二三作「及夕」，《事類賦注》作「一夕」。

〔一四〕此二字原無，據《類聚》、《御覽》卷四七九及卷九二二、《事類賦注》補。

〔一五〕此四字原無，據《類聚》、《後漢書》注、《御覽》卷四〇三及卷四七九、《蒙求集註》補。

〔一六〕王母，《後漢書》注、《蒙求集註》作「西王母」。按：《酉陽雜俎》前集卷一六《羽篇》云：「王母使者，齊郡函山有鳥，足青嘴赤，黄素翼，絳顙，名王母使者。昔漢武登此山得玉函，長五寸。帝下山，玉函忽化爲白鳥飛去。世傳山上有王母藥函，常令鳥守之。」又《山海經》之三青鳥，此皆爲王母之使也。

〔一七〕此二字原無，據《御覽》卷四〇三、《事類賦注》補。

〔一八〕此句原無，據《後漢書》注、《御覽》卷四七九及卷九二二、《蒙求集註》補。

〔一九〕使，原作「賜」，據《類聚》、《御覽》卷四七九及卷九二三改。

〔二〇〕以上二句原無，據《御覽》卷九二三補。《類聚》「奉侍」作「復往」，餘同。《御覽》卷四七九只「不得奉侍」一句。

〔二一〕玉環，《類聚》、《後漢書》注、《御覽》卷四〇三及卷四七九、《事類賦注》、《蒙求集註》俱作「白環」。

〔二二〕從，相繼。三公，東漢以太尉、司徒、司空爲三公，乃最高行政長官，參議朝政。太尉加録尚書事之銜，始得主管政務。以上二句，《類聚》作「位登三事」，《後漢書》注、《蒙求集註》作「位登三事，當如此環矣」，《古本蒙求》作「累世爲三公」，《御覽》卷四〇三作「位登三公，事當如此數矣」，卷四七九、卷九二二作「且位登三事，當如此環矣」，《事類賦注》作「位登三公，當如此環」，《紺珠集》卷一〇作「登三事，如此環矣」，《類説》作「位至三公，有如此環」。按：三事即三公。《漢書》卷七三《韋賢傳》注：「三事，三公之位，謂丞相也。」

〔二三〕此句原無，據《類聚》、《御覽》卷九二二補。

〔二四〕震，字伯起，安帝永寧元年（一二〇）任司徒，延光二年（一二三）爲太尉，次年被譖免官，飲酖而卒，年七十餘。《古本蒙求》作「寶生震，漢明帝時爲太尉」，誤。

〔二五〕秉，震中子，字叔節。桓帝延熹五年（一六二）冬爲太尉，八年薨，時年七十四。《古本蒙求》作「震生秉，和帝時爲太尉」，誤。

〔二六〕以上六字原作「秉生彪」，有脱文。據《類聚》、《御覽》卷九二二、《事類賦注》、《紺珠集》補。賜，字伯獻，靈帝熹平二年（一七三）爲司空，五年爲司徒，光和五年（一八二）拜太尉，免，中平二年（一八五）九月復爲司空，其月薨。彪字文先，中平六年代董卓爲司空，冬爲司徒，明年因遷都事迕卓被免。獻帝初平三年（一九二）復爲司空，興平元年（一九四）爲太尉，録尚書事。魏文受禪，以彪爲太尉，固辭不就。黄初六年（二二五）卒於家，年八十四。其子脩，爲曹操所殺。此二句《古本蒙求》作「秉生賜，安帝時爲司徒，賜生彪，靈帝時爲司徒」，有誤。按：楊氏四世位至三公，以清正稱譽當時。《後漢書・楊彪傳》云：「自震至彪，四世太尉，德業相繼。」

〔二七〕此句原無，據《御覽》卷九二二補。《古本蒙求》作「震至彪四世三公，德業相繼」。

〔二八〕按：《後漢書·楊震傳》載：「順帝即位……以禮改葬於華陰潼亭，遠近畢至。先葬十餘日，有大鳥高丈餘，集震喪前，俯仰悲鳴，淚下霑地。葬畢，乃飛去。……於是時人立石鳥象於其墓所。」注引《續漢書》曰：「其大鳥來止亭樹，下地安行到柩前，正立低頭淚出，衆人更共摩撫抱持，終不驚駭。」又引《謝承書》曰：「其鳥五色，高丈餘，兩翼長二丈三尺，人莫知其名也。」

〔二九〕招，《古今逸史》本、《四庫全書》本、《祕書廿一種》本作「昭」。

〔三〇〕蔡邕，字伯喈，陳留圉（今河南杞縣西南于鎮）人。董卓時官左中郎將，卓誅，爲王允繫獄，卒。事迹具見《後漢書》卷六〇下本傳。蔡邕此語不見《蔡中郎集》，嚴可均《全後漢文》蔡邕卷（卷六九至卷八〇）亦未輯入。

本事出《搜神記》：「弘農楊寶，年七歲，行於華山中。見黄雀，被螻蟻所困。寶收養之，瘡愈而飛去。後數年，黄雀爲黄衣童子，持玉環來，以贈楊寶：『我華岳山使者，爲人所傷，勞子恩養，今來報銜。子之世代，皆爲三公。』言訖不見。後漢時。」（《新輯搜神記》卷一九）宋陳録《善誘文·楊寶黄雀》載入此事。

陽羡書生

陽羡許彦〔一〕，於綏安〔二〕山行。遇一書生，年十七八〔三〕，卧路側，云脚痛，求寄鵝籠中。彦以爲戲言〔四〕。書生便入籠，籠亦不更廣，書生亦不更小，宛然與雙鵝並坐，鵝亦不驚。

彦負籠而去，都不覺重。

前行，息樹下，書生乃出籠，謂彦曰：「欲爲君薄設。」彦曰：「善。」乃口中吐出一銅奩子[五]，奩子中具諸餚[六]饌，海陸珍羞，方丈盈前[七]。其器皿皆銅物，氣味香旨，世所罕見。

酒數行，謂彦曰：「向將一婦人自隨，今欲暫邀之。」彦曰：「善。」又於口中吐一女子，年可十五六，衣服綺麗，容貌殊絶，共坐宴[八]。俄而書生醉卧，此女謂彦曰：「雖與書生結要[九]，而實懷怨[一〇]。向亦竊得一男子同行，書生既眠，暫喚之，君幸勿言。」彦曰：「善。」女子於口中吐出一男子，年可二十三四，亦穎悟[一一]可愛。乃與彦叙寒温，揮觴共飲[一二]。書生卧欲覺，女子口吐一錦行障遮書生。書生乃留女子共卧。男子謂彦曰：「此女子雖有心，情亦不甚[一三]。向復竊得一女人同行，今欲暫見之，願君勿洩。」彦曰：「善。」男子又於口中吐一婦人，年可二十許，共酌戲談甚久[一四]。

聞書生動聲，男子曰：「二人眠已覺。」因取所吐女人，還内口中。須臾，書生處女乃出，謂彦曰：「書生欲起。」乃吞向男子，獨對彦坐。然後書生起，謂彦曰：「暫眠遂久，君獨坐，當悒悒邪？日又晚，當與君别。」遂吞其女子、諸器皿，悉内口中。留大銅盤，可二尺廣，與彦别曰：「無以藉君[一五]，與君相憶也。」

彦大元〔一六〕中，爲蘭臺令史〔一七〕，以盤餉侍中張散〔一八〕。散看其銘題，云是永平三年〔一九〕作。

〔一〕陽羨，縣名，秦置，今江蘇宜興市。

〔二〕綏安，縣名，劉宋置，在今宜興市西南。

〔三〕《酉陽雜俎》續集卷四《貶誤》引作「年二十餘」。

〔四〕此句《酉陽雜俎》作「彦戲言許之」。

〔五〕奩（lián），盛物小器。《酉陽雜俎》及《類説》卷六作「銅盤」，《太平廣記》卷二八四引作「銅盤奩子」。

〔六〕餚，原譌作「飾」，據《廣記》、《類説》正。

〔七〕以上八字，原作「珍羞方丈」。「海陸」二字據《酉陽雜俎》、《廣記》補。「盈前」二字據《酉陽雜俎》補。方丈，一丈見方，形容食物豐盛。《孟子·盡心下》：「食前方丈，侍妾數百人，我得志，弗爲也。」趙岐注：「極五味之饌食，列於前，方一丈。」葛洪《抱朴子·外篇·詰鮑》：「食則方丈，衣則龍章。」

〔八〕此句《酉陽雜俎》作「接膝而坐」。

〔九〕結要（yāo），「要」原作「妻」，《廣記》談愷刻本亦同。據嚴一萍《太平廣記校勘記》，鈔宋本作「要」。按：要，盟約。結要謂訂立盟約。東漢荀悦《漢紀》卷六《高后紀》：「高皇后將王諸吕，問丞相王陵。王陵曰：『高皇帝定天下，刑白馬而盟曰：「非劉氏而王者，天下共擊之。」』問左丞相陳平、太尉周勃，平、勃對曰：『高帝定天下，王諸劉。今陛下稱制，王諸吕，無所不可。』后喜。罷朝，陵讓平、勃曰：『諸君背要，何面目見高帝於地下？』」《法苑珠林》卷五三：「是時，吉古師子名拘律陀，姓大目揵連，是舍利弗友。二人才智德行互同，行則俱遊，住則同止，少長繾綣，結要始終。」「妻」當爲「要」之形譌，據《廣記》鈔宋本改。《廣記》明沈與文野竹齋鈔本作「結好」。

〔一〇〕怨，《廣記》作「外心」。

〔一一〕穎悟，《酉陽雜俎》作「明恪」，《廣記》鈔宋本作「明穎」。明恪，聰明恭謹。

〔一二〕此句原無，據《酉陽雜俎》補。

〔一三〕甚，深厚。《楚辭·九歌·湘君》：「心不同兮媒勞，恩不甚兮輕絶。」《廣記》作「盡」。

〔一四〕此句《廣記》作「共讌酌戲調甚久」。

〔一五〕藉(jì)，獻也。《酉陽雜俎》「藉君」作「籍意」。「籍」通「藉」。

〔一六〕大元，即太元，東晉孝武帝年號(三七六—三九六)。

〔一七〕蘭臺令史，官名，始置於東漢，六朝沿置，掌監察刑獄文書。

〔一八〕張散，《晉書》無此人。《類説》譌作「張敞」，張敞爲西漢人。

〔一九〕永平，東漢明帝年號(五八—七五)，三年是公元六〇年。

《酉陽雜俎》續集卷四《貶誤》云：「《續齊諧記》云：『許彦於綏安山行，遇一書生，年二十餘，卧路側，云足痛，求寄鵝籠中，彦戲言許之。書生便入籠中，籠亦不廣。書生與雙鵝並坐，負之不覺重。至一樹下，書生乃出籠，謂彦曰：「欲薄設饌。」彦曰：「甚善。」乃於口中吐一銅盤，盤中海陸珍羞，方丈盈前。酒數行，謂彦曰：「向將一婦人相隨，今欲召之。」彦曰：「甚善。」遂吐一女子，年十五六，容貌絶倫，接膝而坐。俄書生醉卧，女謂彦曰：「向竊一男子同來，欲暫呼，願君勿言。」又吐一男子，年二十餘，明恪可愛。與彦叙寒温，揮觴共飲。書生似欲覺，女復吐錦行障障書生。久而書生將覺，女又吞男子，獨對彦坐。書生徐起，謂彦曰：「暫眠遂久留君，日已晚，當與君别。」還復吞此女子及諸銅盤，悉納口中。留大銅盤，與彦曰：「無以籍意，與君相憶也。」』釋氏《譬喻經》云：『昔梵志作術，吐出一壺，中有女，與屏處作家室。梵志少息，女復作術，吐出一壺，中有男子，復與共卧。梵志覺，次第互吞之，柱杖而去。』余以吴均嘗覽此事，訝其説，以爲至怪也。」

按：吴均此記及《靈鬼志·外國道人》，皆演自「梵志吐壺」事，參見《靈鬼志·外國道人》及其附録。清蔣超伯《南漘楛語》卷六《梵志》亦云：「《譬喻經》云：梵志作術，吐出一壺，中有女，與屏處作家室。梵志少息，女復作術，吐出一壺，中有男子，復與共卧。梵志覺，次第互吞之，拄杖而去。即吴均記鵝籠書生之藍本也。」

舊題明王世貞《豔異編》卷二五《陽羨書生》，採自《太平廣記》。

清袁棟雜劇《鵝籠書生》演此事，今存（傅惜華《清代雜劇全目》）。

成武丁

桂陽成武丁〔一〕，有僊道，常在人間。忽謂其弟〔二〕曰：「七月七日，織女當渡河，諸僊悉還宮。吾向已被召，不得停，與爾别矣。」弟問曰：「織女何事渡河？去當何還？」答曰:「織女,天之真女也〔三〕,暫詣牽牛。吾後三千年〔四〕當還。」明日,失武丁所在〔五〕。世人至今猶云七月七日織女嫁牽牛〔六〕。

〔一〕桂陽,郡名,漢置,治郴縣(今湖南郴州市),隋廢。成武丁,《廣漢魏叢書》本《神仙傳》卷九《成仙公》(輯自《太平廣記》卷一三)載:成武丁後漢桂陽臨武烏里人,少爲縣小吏,遇異人與藥二丸服之,遂有仙術,後尸解仙去。《藝文類聚》卷四、《文選》卷三〇謝惠連《七月七日夜詠牛女》注(引作《齊諧記》)、《初學記》卷四、《六帖》卷四(引作吴均《齊記》)、《杜工部草堂詩箋》卷九《一百五夜對月》注又卷二九《牽牛織女》注(引作吴均《齊諧記》)並引作「城武丁」(《初學記》「丁」譌作「下」)。《分門集註杜工部詩》卷一《天河》注引《齊諧記》作「武丁」。

〔二〕弟,《紺珠集》卷一〇、《類説》卷六作「弟子」,誤。按:《神仙傳》云成武丁有母、一小弟及兩小兒。

〔三〕此五字原無。南宋葉廷珪《海録碎事》卷二、陳元靚《歲時廣記》卷二六引《續齊諧記》一句:「織女,天之真女也。」疑爲此處闕文,姑補之。真女,仙女。

〔四〕後三千年,原作「復三年」,據《文選》注、《草堂詩箋》卷二九注、《東坡詩集註》卷四《芙蓉城》注、《歲時廣記》改。《紺珠集》作「三千年後」。按:古以神仙之境與人間時間差異巨大,所謂「山中方七日,世上已千年」(《元曲選》王子一《劉晨阮肇誤入桃源》雜劇第三折)。故成武丁上天一遭,還時已在三千年後也。

〔五〕「所在」二字原無,據《文選》注、《草堂詩箋》卷一四《天河》注又卷二九注、《杜工部詩》注、《歲時廣記》補。

〔六〕此句原作「至今云織女嫁牽牛」。《文選》注、《歲時廣記》作「世人至今猶云七月七日織女嫁牽牛」,《草堂詩箋》卷二九注同,唯末多一「焉」字;又卷九注引作「世人至今言織女嫁牛郎也」;又卷三四《奉酬薛十二丈判官見贈》注引作「世人至今云織女嫁牽牛也」，《初學記》、《太平御覽》卷三一引梁吴均《齊諧記》同，《類聚》「也」前多「是」字，《六帖》「世」作「代」；《玉燭寶典》卷七引作「今云七日織女嫁牽牛是也」。今據《文選》注、《歲時廣記》補七字。

牛郎織女傳説及七夕節之風俗，由來甚古。除吴均此記，兹將歷世有關資料摘録若干於左，以爲參考。

《詩經·小雅·大東》：「維天有漢，監亦有光。跂彼織女，終日七襄。雖則七襄，不成報章。睆彼牽牛，不以服箱。」朱熹《集傳》：「漢，天河也。跂，隅貌。織女，星名，在漢旁，三星跂然如隅也。七襄未詳，傳曰反也，箋云駕也。駕謂更其肆也，蓋天有十二次，日月所止舍，所謂肆也。經星一晝一夜，左旋一周而有餘，則終日之間，自卯至酉，當更七次也。」又：「睆，明星貌。牽牛，星名。服，駕也。箱，車箱也。……言彼織女不能成報我之章，牽牛不可以服我之箱。」

湖北雲夢縣睡虎地秦墓竹簡《日書》，其中記「取妻」忌日云：「戊申、己酉，牽牛以取織女，不果，三棄。」「戊申、己酉，牽牛以取織女，不果，不出三歲，棄若亡。」（《日書》甲種第一五五簡、第三簡。《睡虎地秦墓竹簡》，文物出版社，一九九〇年）秦時民間已流傳牽牛娶織女而最終分離之事，惜情事不詳。

白居易《六帖》卷九《橋》引《淮南子》（西漢劉安）佚文：「烏鵲填河成橋，而渡織女。」又卷九五《鵲》引，無「而」字。南宋蔡夢弼《杜工部草堂詩箋》卷二一《玉臺觀》注引，「而」作「以」。

《西京雜記》（葛洪據西漢劉歆遺文編輯）卷一：「漢彩女常以七月七日穿七孔鍼於開襟樓，俱以習之。」又卷三云：「戚夫人侍兒賈佩蘭，後出爲扶風人段儒妻，説在宮内旹……至七月七日，臨百子池，作于闐樂。樂畢，以五色縷相羈，謂爲相連愛。」按：既曰「連愛」，恐此俗亦與牛、女相涉。

唐韓鄂《歲華紀麗》卷三引《風俗通義》（東漢應劭）佚文：「織女七夕當渡河，使鵲爲橋。」

《文選》卷二九《古詩十九首》其十：「迢迢牽牛星，皎皎河漢女。纖纖擢素手，札札弄機杼。終日不成章，泣涕零如雨。河漢清且淺，相去復幾許。盈盈一水間，脈脈不得語。」

《三輔黄圖》卷四《苑囿》：「《關輔古語》曰：『昆明池中有二石人，立牽牛、織女於池之東西，以象天河。』張衡《西京賦》曰：『昆明靈沼，黑水玄沚，牽牛立其右，織女居其左。』」（按：《文選》卷二《西京賦》原文作：「廼有昆明靈沼，黑水玄阯，周以金堤，樹以柳杞，豫章珍館，揭焉中峙，牽牛立其左，織女處其右。」漢賦言及昆明池牽牛、織女石像者除此篇外，尚有如《文選》卷一班固《西都賦》：「左牽牛而右織女，似雲漢之無涯。」注引《漢宮闕疏》：「昆明池有二石人，牽牛、織女象。」）

四川郫縣新勝鄉出土之二、三號磚石墓，爲東漢末期墓葬，其一號石棺蓋頂繪有牛郎織女像。研究者介紹：「牛郎頭戴一山形冠，身着長袍，正牽一水牛欲向織女奔去。織女在畫面一端，雙髻長裙，一手持梭，一手舉起，眺望牛郎方向。在牛郎織女中間，留出大面積空白，應表示二人之間有銀河相隔。」（羅二虎《漢代畫像石棺》，巴蜀書社，二〇〇二年，第二〇頁）

隋杜臺卿《玉燭寶典》卷七引陳思王（曹植）《九詠》：「乘回風兮浮漢渚，目牽牛兮眺織女，交有際兮會有期。」注：「牽牛爲夫，織女爲婦。雖爲匹偶，歲一會也。」又：「織女、牽牛之星，各處河之旁，七月七日得一會同也。」

《文選》卷一九曹植《洛神賦》：「歎匏瓜之無匹兮，詠牽牛之獨處。」李善注：「《史記》曰：『四星在危南，匏瓜、牽牛爲犧牲，其北織女，織女，天女孫也。』《天官星占》曰：『匏瓜，一名天雞，在河鼓東。牽牛，一名天鼓，不與織女值者，陰陽不和。』曹植《九詠》注曰：『牽牛爲夫，織女爲婦。織女、牽牛之星，各處河鼓（按：「鼓」字衍）之旁，七月七日乃得一會。』阮瑀《止慾賦》曰：『傷匏瓜之無偶，悲織女之獨勤。』俱有此言。然無匹之言，未詳其始。」

《文選》卷三〇陸機《擬迢迢牽牛星》：「昭昭清漢暉，粲粲光天步。牽牛西北迴，織女東南顧。華容一何冶，揮手如振素。怨彼河無梁，悲此年歲暮。跂彼無良緣，睆焉不得度。引領望大川，雙涕如霑露。」

《太平御覽》卷八引傅玄（西晉）《擬天問》：「七月七日，牽牛織女，時會天河。」

《藝文類聚》卷四引晉李充《七月七日》：「朗月垂玄景，洪漢截皓倉。牽牛難牽牧，織女守空襄。河廣尚可越，怨此漢無梁。」

又引晉蘇彥《七月七日詠織女》詩：「織女思北沚，牽牛歎南陽。時來嘉慶集，整駕巾玉箱。瓊珮垂藻蕤，霧裾結雲裳。釋轡紫微庭，解衿碧琳堂。歡讌未及究，晨暉照扶桑。悵悵一宵促，遲遲別日長。」

又引宋孝武（劉駿）《七夕》詩：「白日傾晚照，絃月升初光。炫炫葉露滿，肅肅庭風揚。瞻言媚天漢，幽期濟河梁。服箱從奔軺，紈綺闕成章。解帶遽迴軫，誰云秋夜長。愛聚雙情款，念離兩心傷。」

又引宋謝惠運《七夕詠牛女》詩：「落日隱簷楹，升月照簾櫳。團團滿葉露，淅淅振條風。蹀足循廣除，瞬目矖曾穹。雲漢有靈匹，彌年闕相從。遐川阻昵愛，脩渚曠清容。弄杼不成藻，聳轡騖前蹤。昔離秋已兩，今聚夕無雙。傾河易迴斡，款顔難久悰。沃若靈駕旋，寂寥雲幄空。留情顧華寢，遥心逐奔龍。」（按：《文選》卷三〇亦載，題《七月七日夜詠牛女》。）

又引梁武帝（蕭衍）《七夕》詩：「白露月下圓，秋風枝上鮮。瑶臺含碧霧，羅幕生紫煙。妙會非綺節，佳期乃涼年。玉壺承夜急，蘭膏依曉煎。昔悲漢難越，今傷河易旋。怨咽雙念斷，悽悼兩情懸。」

又引梁簡文帝（蕭綱）《七夕穿針》詩：「憐從帳裏出，相見夜窗開。針欹疑月暗，縷散恨風来。」

又引梁劉遵《七夕穿針》詩：「步月如有意，情來不自禁。向光抽一縷，舉袖弄雙針。」

又引梁劉孝威《七夕穿針》詩：「縷亂恐風來，衫輕羞指現。故穿雙眼針，時縫合歡扇。」

又引梁庾肩吾《七夕》詩：「玉匣卷懸衣，高樓開夜扉。姮娥隨月落，織女逐星移。離前忿促夜，別後對空機。倩語雕陵鵲，填河未可飛。」

《六帖》卷九引《風俗記》：「織女七夕當渡河，使鵲爲橋。相傳七日鵲首無故皆髡，因爲梁以渡織女故也。」

《御覽》卷三一引《日緯書》：「牽牛星，荆州呼爲河鼓，主關梁，織女星主瓜果。嘗見道書云：牽牛娶織女，取天帝錢二萬備禮，久而不還，被驅在營室是也。言雖不經，有是爲怪也。」

梁宗懍《荆楚歲時記》（《寶顔堂祕笈》本）：「七月七日，爲牽牛、織女聚會之夜。是夕，人家婦女結綵縷，穿七孔針，或以金銀鍮石爲針，陳几筵酒脯瓜菓於庭中以乞巧。有喜子網於瓜上，則以爲符應。」隋杜公瞻注：「按戴德《夏小正》云：『是日織女東向。』蓋言星也。《春秋斗運樞》云：『牽牛神名略。』《石氏星經》云：『牽牛名天關。』《佐助期》云：『織女神名收陰。』《史記・天官書》云：『是天帝外孫。』傅玄《擬天問》云：『七月七日，牽牛、織女會天河。』此則其事也。……牽牛星，荆州呼爲河鼓，主關梁，織女則主瓜果。嘗見道書云：『牽牛娶織女，借天帝二萬錢下禮，久不還，被驅在營室中。』河鼓、黄姑，牽牛也，皆語之轉。」又注：「按《世王傳》曰：『竇后少小頭禿，不爲家人所齒。過七月七日夜，人皆看織女，獨不許后出。乃有神光照室，爲后之瑞。』宋孝武《七夕詩》云『迎風披彩縷，向月貫玄針』是也。周處《風土記》曰：『七月七日其夜，灑掃庭中，露施几筵，設酒脯時菓，散香粉于筵上，以祀河鼓、（原注：即牽牛也。）織女。言此二星神當會，守夜者咸懷私願。或云見天漢中奕奕白氣，或光輝五色，以爲徵應，便拜得福。』然則中庭祈願，其舊俗乎！」

《御覽》卷三一引《輿地志》：「齊武帝起層城觀，七月七日，宮人多登之穿針，世謂之穿針樓。」

唐《沈下賢文集》卷二《爲人撰乞巧文》：「邯鄲人妓婦李容子，七夕祀織女，作穿針戲。取苕篁芙蓉，雜致席上，以望巧所降。」

《柳河東集》卷一八《乞巧文》：「柳子夜歸自外庭，有設祠者，飧餌馨香，蔬果交羅，插竹垂綏，剖瓜犬牙，且拜且祈。怪而問焉，女隸進曰：『今茲秋孟七夕，天女之孫將嬪於河鼓。邀而祠者，幸而與之巧，驅去蹇拙，手目開利，組紝縫製，將無滯於心焉，爲是禱也。』」

王建《七夕曲》：「河邊獨自看星宿，夜織天絲難接續。拋梭振鑷動明璫，爲有秋期眠不足。遥愁今夜河水隔，龍駕車轅鵲填石。流蘇翠帳星渚間，環珮無聲燈寂寂。兩情纏綿忽如故，復畏秋風生曉路。幸回郎意且斯須，一年中别今始初。明星未出少停車。」（《全唐詩》卷二九八）

曹唐《織女懷牽牛》：「北斗佳人雙淚流，眼穿腸斷爲牽牛。封題錦字凝新恨，拋擲金梭織舊愁。桂樹三春煙漠漠，銀河一水夜悠悠。欲將心向仙郎説，借問榆花早晚秋。」（《全唐詩》卷六四〇）

南宋陳葆光《三洞羣仙録》卷七引《仙傳拾遺》（五代杜光庭）：「成武丁，桂陽人也。……一日謂弟曰：『七月七日，牽牛詣織女。吾被召還宫，不得久留。』言訖而卒。後葬，太守使人發棺，不復見尸，但有青竹杖並舄而已。」

馬縞《中華古今註》卷下：「鵲一名神女。俗云七月填河成橋。」

王仁裕《開元天寶遺事》卷下《蛛絲卜巧》：「帝與貴妃，每至七月七日夜，在華清宫遊宴。時宫女輩陳瓜花酒饌，列於庭中，求恩於牽牛、織女星也。又各捉蜘蛛，閉於小合中。至曉開視蛛網稀密，以爲得巧之候。密者言巧多，稀者言巧少。民間亦效之。」又《乞巧樓》：「宫中以錦結成樓殿，高百尺，上可以勝數十人。陳以瓜果酒炙，設坐具，以祀牛女二星。嬪妃各以九孔針、五色線，向月穿之，過者爲得巧之候。動清商之曲，宴樂達旦。士民之家皆效之。」（按：《太平廣記》卷四八六引唐陳鴻《長恨歌傳》

云：「秋七月，牽牛、織女相見之夕，秦人風俗，夜張錦繡，陳飲食，樹花燔香於庭，號爲乞巧，宮掖間尤尚之。時夜始半，休侍衛於東西廂。獨侍上，上憑肩而立。因仰天感牛女事，密相誓心，願世世爲夫婦。言畢，執手各嗚咽。」白居易《長恨歌》：「七月七日長生殿，夜半無人私語時，在天願作比翼鳥，在地願爲連理枝。」此皆言玄宗、楊妃七夕之事。）

《太平廣記》卷六八引《靈怪集》（唐張薦）：「太原郭翰，少簡貴，有清標，姿度美秀，善談論，工草隸，早孤獨處。當盛暑，乘月卧庭中，時有清風，稍聞香氣漸濃，翰甚怪之。仰視空中，見有人冉冉而下，直至翰前，乃一少女也。明豔絶代，光彩溢目，衣玄綃之衣，曳霜羅之帔，戴翠翹鳳凰之冠，躡瓊文九章之履。侍女二人，皆有殊色，感蕩心神。翰整衣巾，下牀拜謁曰：『不意尊靈迴降，願垂德音。』女微笑曰：『吾天上織女也，久無主對，而佳期阻曠，幽態盈懷。上帝賜命遊人間，仰慕清風，願託神契。』翰曰：『非敢望也。』益深所感。女爲敕侍婢淨掃室中，張霜霧丹縠之幃，施水晶玉華之簟，轉會風之扇，宛若清秋。乃攜手昇堂，解衣共卧。其襯體輕紅綃衣，似小香囊，氣盈一室。有同心龍腦之枕，覆雙縷鴛文之衾。柔肌膩體，深情密態，妍豔無匹。欲曉辭去，面粉如故，爲試拭之，乃本質也。翰送出户，凌雲而去。自後夜夜皆來，情好轉切。翰戲之曰：『牽郎何在？那敢獨行？』對曰：『陰陽變化，關渠何事！且河漢隔絶，無可復知；縱復知之，不足爲慮。』因撫翰心前曰：『世人不明瞻矚耳。』翰又曰：『卿已託靈辰象，辰象之門可得聞乎？』對曰：『人間觀之，只見是星，其中自有宮室居處，羣仙皆遊觀焉。萬物之精，各有象在天，成形在地，下人之變，必形於上也。吾今觀之，皆了了自識。』因爲翰指列宿分位，盡詳紀度。時人不悟者，翰遂洞知之。後將至七夕，忽不復來。經數夕方至，翰問曰：『相見樂乎？』笑而對曰：『天上那比人間！正以感運當爾，非有他故也，君無相忌。』問曰：『卿來何遲？』答曰：『人中五日，彼一夕也。』又爲翰致天廚，悉非世物。徐視其衣並無縫，翰問之，謂翰曰：『天衣本非針綫爲也。』每去，輒以衣服自隨。經一年，忽於一夕，顏色悽惻，涕流交下，執翰手曰：『帝命有程，便可永訣。』遂嗚咽不自勝。翰驚惋曰：『尚餘幾日在？』對曰：『只今夕耳。』遂悲泣，徹曉不眠。及旦，撫抱爲别，以七寶椀一留贈，言明年某日，當有書相問，翰答以玉環一雙，便履空而去，迴顧招手，良久方滅。翰思之成疾，未嘗暫忘。明年至期，果使前者侍女，將書函致。翰遂開封，以青縑爲紙，鉛丹爲字，言詞清麗，情意重疊。書末有詩二首，詩曰：『河漢雖云闊，三秋尚有期。情人終已矣，良會更何時。』又曰：『朱閣臨清漢，瓊宫御紫房。佳期情在此，只是斷人腸。』翰以香牋答書，意甚慊切，並有酬贈詩二首，詩曰：『人世將天上，由來不可期。誰知一迴顧，交作兩相思。』又曰：『贈枕猶香澤，啼衣尚淚痕。玉顏霄漢裏，空有往來魂。』自此而絶。是年，太史奏織女星無光。翰思不已，凡人間麗色，不復措意。復以繼嗣，大義須婚，强娶程氏女。所不稱意，復以無嗣，遂成反目。翰後官至侍御史而卒。」按：唐世士子喜冶遊，遂造此説，輕薄爲文，舊趣全失。

宋吴淑《秘閣閑談》（《類説》卷五二）：「蔡州丁氏，精於女工，每七夕禱以酒果。忽見流星墜筵中，明日瓜上得金梭，自是巧思益進。」

龔明之《中吴紀聞》卷四《黄姑織女》：「崑山縣東三十六里，地名黄姑。古老相傳云：嘗有織女、牽牛星降于此地，織女以金篦劃河，水湧溢，牽牛因不得渡。今廟之西有水名百沸河，鄉人異之，爲之立祠。……祠中列二像。建炎兵火，時士大夫多避地。東岡有范姓者，經從祠下，題于壁間云：『商飆初至月埋輪，烏鵲橋邊綽約身。聞道佳期唯一夕，因何朝暮對斯人？』鄉人遂去牽牛像，今獨織女存焉。禱祈之間，靈跡甚著。每至七夕，人皆合錢爲青苗會，所收之多寡，持杯珓問之，無毫釐不驗，一方甚敬之。上有廟記，今不復存矣。」（按：南宋范成大《吴郡志》卷一三《祠廟下》亦載。後世傳王母娘娘以金釵畫空成天河，以阻隔牛郎、織女，似以此爲本。）

南宋羅願《爾雅翼》卷一三《釋鳥・鵲》：「秋七日，首無故皆髡。相傳以爲是日河鼓與織女會於漢東，役烏鵲爲梁以度，故毛皆脱去。」

元趙道一《歷世真仙體道通鑑》卷七《武丁》：「桂陽城武丁有仙道，常在人間。忽謂其弟曰：『七月七日，織女渡河，諸仙悉還宫。吾已被召，不得停，與爾别矣。』弟問：『織女何事渡河？兄何時當還？』答曰：『織女暫詣牽牛。吾去後，三千年當還耳。』明旦，失武丁所在。世人至今猶云七月七日織女嫁牽牛云。」全據吴均記。

明陳耀文《天中記》卷二引小説：「天河之東有織女，天帝之子也。年年機杼（按：當作「杼」）勞役，織成雲錦天衣，容貌不暇整理。天帝怜其獨處，許嫁河西牽牛郎。嫁後遂廢織紝，天帝怒焉。責令歸河東，但使其一年一度相會。」（按：明馮應京《月令廣義》卷一四《七月令》亦引，文同。梁殷芸、唐劉餗均撰有《小説》，後者即《隋唐嘉話》，此記不類二書文。所謂「小説」，非專名也，所指何書不詳。清褚人穫《堅瓠二集》卷二《牽牛織女》述此事乃引作《述異記》，云：「天河之東有美女，天帝女孫也。機杼勞役，織成雲霧天衣，容貌不暇整理。帝憐之，嫁與河西牽牛。自後竟廢織紝。帝怒，責歸河東，使一年一度與牽牛相會。」今本任昉書無此，祖沖之《述異記》佚文亦無此條，亦不見清東軒主人之《述異記》。)

詹詹外史《情史類略》卷一九《織女》：「牽牛、織女星，隔河相望，至七夕，河影没，常數日相見。相傳織女者上帝之孫，織勤日夜不息。天帝哀之，使嫁牛郎。女樂之，遂罷織。帝怒，乃隔絶之，一居河東，一居河西，每年七月七夕方許一會。會則烏鵲填橋而渡，故鵲毛至七夕盡脱，爲成橋也。」下引《列仙傳》成武丁事，同吴記。又馮夢龍《古今譚概·荒唐部》亦載牽牛借天帝錢事，題《牽牛借錢》。

古時牛女故事曾演爲通俗小説，明代朱明世撰《牛郎織女傳》四卷，見孫楷第《中國通俗小説書目》卷五。又據戴不凡《舊本牛郎織女》(《小説見聞録》)，復有《牛郎織女鵲橋相會》一書，凡十二回。演爲戲曲者尤夥，《寶文堂書目》著録有《渡天河織女會牽牛》，蓋明人所撰雜劇。《清代雜劇全目》有無名氏《銀河鵲橋》、《雙渡銀河》等。今猶有《天河配》、《鵲橋相會》等劇目。

牛郎織女故事乃吾國四大民間故事之一，至今民間盛傳。謂牛郎早孤，見棄於兄嫂，與老牛爲伴。織女與諸天女下凡，於河中洗澡。老牛使牛郎竊得織女天衣，遂爲夫婦，生一兒一女。天帝知之，命王母娘娘下凡，押解織女回天。牛郎悲憤萬狀，老牛教之披以己皮，可得上天。牛死，牛郎剥其皮而服之，以籮筐擔兒女，上天追之。王母娘娘拔頭上金簪，畫空成天河。牛郎、織女對河而泣，天帝感之，令以每歲七夕於鵲橋相會。思致之深刻，情韻之優美，遠勝於往昔載籍所具。

牛女故事之流傳，地域頗爲廣泛。民俗學界對其發源地或主要流傳地之調查及研究，主要有南陽、沂源、長安等説。南陽説謂，牛郎乃河南南陽城西二十里處桑林人，名如意。南陽有白河，乃漢水支流，形如銀河。岸邊至今仍有牛郎莊、織女莊。牛郎莊位于白河東岸二十里，存有牛郎宅基、飲牛坑、牛冢、鵲橋等。牛郎相隔一里多之史洼村，稱織女莊。自古織女莊姑娘不嫁牛郎莊，爲其不能白頭到老。南陽即牛郎織女傳説發源地，由此而傳到各地。（參見杜全山、周仁民《牛郎織女傳説當起源于南陽》，《文史知識》二〇〇八年第五期）沂源説謂，山東沂源縣燕崖鄉有牛郎官莊，單姓牛，稱牛郎是其祖先。莊内有牛郎廟，隔沂河有織女洞。（參見郭俊紅、盧翱《牛郎織女傳説的地方化研究》，《民俗研究》二〇〇八年第一期）二〇〇七年八月全國首届牛郎織女傳説學術研討會在沂源召開，學者以爲沂源乃牛郎織女傳説主要流傳地。（參見郭俊紅《全國首届牛郎織女傳説學術研討會綜述》，同上）長安説謂，陝西長安斗門鎮有牽牛與織女石像，流傳此地之牛郎織女傳説多達十八種，七夕乞巧風俗亦起源於漢代長安斗門。（參見傅功振、樊列武《長安斗門牛郎織女傳説考證與民族文化内涵》，《民俗研究》二〇〇八年第二期）

夫古傳説之興，其始必在一地，恒與山川風物人事相涉。播在衆口，傳流四方，如轉蓬飛絮，落地生根，遂由甲地而乙而丙也。彼鄉之事融入此地，必有本土化過程，傅會粘附，增飾演化，乃於斯地處處留迹，儼然生於斯長於斯，非斯莫屬焉。牛女傳説起源古遠，究興於何處，渺不可尋。齊東野語，固有因緣，若必謂發源某地則失矣。

屈原

屈原五月五日投汨羅水而死〔一〕,楚人哀之。每至此日〔二〕,以竹筒子貯米〔三〕,投水以祭之。

漢建武中〔四〕,長沙區回〔五〕,白日〔六〕忽見一士人,自云三閭大夫〔七〕,謂回曰:「聞君常〔八〕見祭,甚善〔九〕。但常年所遺,並爲蛟龍所竊〔一〇〕。今若有惠,當以楝葉塞其〔一一〕上,以五綵絲〔一二〕纏之,此二物蛟龍所憚。」回依其言。後乃復見感之〔一三〕。

今世人五月五日作粽〔一四〕,並帶楝葉、五綵絲〔一五〕,皆汨羅之遺風也〔一六〕。《異苑》云:糉屈原婦所作也。〔一七〕

〔一〕屈原,名平,戰國楚人。仕懷王爲左徒、三閭大夫,頃襄王時遭讒被放逐,後投汨羅江而死。作有《離騷》、《九歌》、《九章》等。《史記》卷八四有傳。汨羅水,今稱汨羅江。由汨水、羅水兩水相合,西入洞庭湖。「而死」二字原無,據《玉燭寶典》卷五,《藝文類聚》卷四,《初學記》卷四,《史記》卷八四《屈原列傳》張守節《正義》,《唐會要》卷二九,《太平御覽》卷三一、卷八五一、卷九三〇,《歲時廣記》卷二一,《古今事文類聚》前集卷九,《羣書類編故事》卷二引補。

〔二〕「每」字原無,據《玉燭寶典》,《藝文類聚》,《初學記》,《史記正義》,《唐會要》,《御覽》卷三一、卷八五一、卷九三〇，《事物紀原》卷八及卷九（引作《齊諧記》），《事文類聚》，《類編故事》補。

〔三〕米，《御覽》卷九三〇作「粉米」。

〔四〕建武，東漢光武帝劉秀年號（二五—五七）。

〔五〕區回，「回」原作「曲」，《太平廣記》卷二九一、《事物紀原》（《四庫全書》本）卷八引同。按：《玉燭寶典》、《御覽》卷八五一作「區廻」，《史記正義》、《唐會要》、《御覽》卷九三〇、《歲時廣記》、《分門類林雜説》卷三引作「區回」，《藝文類聚》、《初學記》、《御覽》卷三一、《事類賦注》卷四引、《事文類聚》、《類編故事》作「歐回」。是則「曲」乃「回」字形譌，據改。下同。「區」作姓音「ōu」，與「歐」音同。

〔六〕「白日」二字原無，據《藝文類聚》、《史記正義》、《唐會要》、《御覽》卷八五一又卷九三〇、《太平廣記》、《歲時廣記》、《事文類聚》、《類編故事》補。

〔七〕三閭大夫，楚國官名，《楚辭·漁父》：「屈原既放，遊於江潭，行吟澤畔。顔色憔悴，形容枯槁。漁父見而問之：『子非三閭大夫歟？何故至於斯？』」此屈原爲三閭大夫之所出。王逸《離騷序》云：「屈原與楚同姓，仕於懷王，爲三閭大夫。三閭之職，掌王族三姓，曰昭、屈、景。」

〔八〕常，原作「當」，《藝文類聚》、《太平廣記》、《歲時廣記》同。據《史記正義》、《御覽》卷八五一又卷九三〇、《事文類聚》、《類編故事》改。《御覽》卷三一、《事類賦注》、《分門集註杜工部詩》卷三《夢李白》注引作「嘗」。「嘗」亦通「常」。

〔九〕善，《御覽》卷八五一作「誠」，《事文類聚》作「喜」。

〔一〇〕以上二句原作「常年爲蛟龍所竊」，各本俱同。《史記正義》作「但常年所遺，並爲蛟龍所竊」，《御覽》卷八五一、《太平廣記》、《歲時廣記》同，唯「並」分別作「俱」、「恒」、「每」。今據《史記正義》補「但」、「所遺」、「並」四字。《藝文類聚》作「但常所遺，苦蛟龍所竊」，《唐會要》作「常所遺，多爲蛟龍所竊」，《事物紀原》卷九作「但常年所遺，爲蛟龍所竊」。

〔一一〕楝(liàn)，即苦楝，楝科落葉喬木，葉小。古人以爲楝葉可辟邪。《重修政和證類本草》卷一四引陶隱居曰：「(楝)處處有，俗人五月五日皆取葉佩之，云辟惡。」又引《荆楚歲時記》曰：「蛟龍畏楝。」(今本無)《玉燭寶典》、《史記正義》、《唐會要》、《御覽》各引、《類説》卷六、《類林雜説》俱作「練」，今本《荆楚歲時記》注亦作「練葉」。按：「練」同「楝」，楝樹之「楝」又作「練」。《苕溪漁隱叢話》後集卷一二引《藝苑雌黄》云：「《初學記》説筒粽事，引《續齊諧記》曰……東坡嘗作《皇太后閤端午帖子》云：『翠筒初窒練，薌黍復纏菰。水殿開冰鑑，瓊漿凍玉壺。』注云：『新筒裹練，明皇《端午詩序》(按：見《全唐詩》卷三)也，蓋取吴筠(均)《續齊諧記》，今行於世，與明皇所用蓋同。徐堅集《初學記》，引筠此記，乃作楝葉，豈傳寫之誤邪？』東坡之意，蓋謂『楝』當作『練』也。」今本《初學記》引作「菰葉」。周處《風土記》云「以菰葉裹黏米」(《初學記》卷四引)，此誤用周説，非原文耳。其，指竹筒。

〔一二〕五綵絲，「五」字原無，據《藝文類聚》、《唐會要》、《御覽》卷三一、《事類賦注》、《事物紀原》卷八、《事文類聚》、《類編故事》補。《史記正義》作「五色絲」，《類説》作「綵繩」，《類林雜説》作「練絲」。

〔一三〕此句原無，據《藝文類聚》、《唐會要》、《御覽》卷三一、《事類賦注》、《事物紀原》卷八、《古今事文類聚》、《羣書類編故事》補。《歲時廣記》作「後復見原，感之」。

〔一四〕「世人」二字原無，據《藝文類聚》、《史記正義》、《御覽》卷八五一、《太平廣記》、《事類賦注》、《事物紀原》卷八、《歲時廣記》、《事文類聚》、《類編故事》補。《唐會要》作「俗人」。粽，《史記正義》作「糉」，《御覽》卷三一、《事類賦注》作「糉子」，《御覽》卷八五一、《事物紀原》卷九、《歲時廣記》作「糭」，「糉」、「糭」同「粽」。按：粽又名角黍。《御覽》卷三一引《風土記》曰：「仲夏端五，端，初也，俗重五日，與夏至同。先節一日，又以菰葉裹黏米，以栗棗灰汁煮令熟，節日啖……一名糉，一曰角黍。蓋取陰陽尚包裹，未分散之象也。」又《荆楚歲時記》云：「夏至節日食糉。」注：「周處謂爲角黍。人竝以新竹爲筒糉，練葉插，五綵繫臂，謂爲長命縷。」

〔一五〕五綵絲，「綵」原作「花」，據《唐會要》、《御覽》卷八五一改。《玉燭寶典》作「五綵」，《藝文類聚》、《史記正義》、《御覽》卷三一又卷九三〇、《太平廣記》、《歲時廣記》、《事文類聚》、《類編故事》並作「五色絲」，《事物紀原》卷八作「五綵線」。按：《御覽》卷三一引《風俗通》佚文曰：「五月五日以五彩絲繫臂者，辟兵及鬼，令人不病温。亦因屈原。一名長命縷，一名續命縷，一名辟兵繒，一名五色絲，一名朱索。」《荆楚歲時記》亦云：「五月五日……以五綵絲繫臂，名曰辟兵，令人不病瘟。」注：「一名長命縷，一名續命縷，一名辟兵繒，一名五色絲，一名朱索，名擬甚多。青赤白黑以爲四方，黄爲中央。襞方綴於胸前，以示婦人計功也。」

〔一六〕「皆汨羅之」四字原無，據《玉燭寶典》、《藝文類聚》、《史記正義》、《御覽》卷八五一補。又《御覽》卷三一「皆」下有「是」字，《太平廣記》、《歲時廣記》「羅」下有「水」字，《唐會要》無「之」字，《事物紀原》卷九無「皆」字。

〔一七〕注文原闕，據《御覽》卷八五一補。《事物紀原》卷九引在正文，作「異苑曰：糉屈原姊所作」。按：《異苑》今本係輯本，無此條。屈原有姊名女嬃，《離騷》：「女嬃之嬋媛兮，申申其詈余。」王逸注：「女嬃，屈原姊也。」《御覽》卷一五七引《郡國志》曰：「秭歸縣，屈原鄉里。南岸曰歸鄉，西岸曰秭歸。屈原既放，蹔歸鄉里，因曰歸鄉縣。屈原姊女須聞原還，亦來喻之，因曰姊歸也。」《太平寰宇記》卷一四五《襄州·風俗》引《襄陽風俗記》爲屈原妻事，作「姊」當譌。見附録。

《北堂書鈔》卷一三七引《抱朴子》佚文云：「屈原没汨羅之日，人並命舟楫以迎之。至今以爲競渡，或以水軍爲之，謂之飛鳧，亦曰水馬。州將士庶，悉臨觀之。」

《太平寰宇記》卷一四五《襄州·風俗》引《襄陽風俗記》云：「屈原五月五日投汨羅江，其妻每投食於水以祭之。原通夢告妻，所祭食皆爲蛟龍所奪。龍畏五色絲及竹，故妻以竹爲粽，以五色絲纏之。今俗，其日皆帶五色絲，食粽，言免蛟龍之患。又原五日先沉，十日而出，楚人於水次迅檝争馳，櫂歌亂響，有悽斷之聲，意存拯溺，喧震川陸。風俗遷流，遂有競渡之戲。人多偷墮，信鬼神，崇釋教。」

王嘉《拾遺記》卷一〇云：「屈原以忠見斥，隱於沅湘，披蓁茹草，混同禽獸，不交世務，採柏實以合桂膏，用養心神。被王逼逐，乃赴清泠之水。楚人思慕，謂之水仙。其神遊於天河，精靈時降湘浦。楚人爲之立祠，漢末猶在。」

《漢書·地理志下》「長沙國」注引盛弘之《荆州記》云：「縣（羅縣）北帶汨水，水原出豫章艾縣界，西流注湘。沿汨西北去縣三十里，名屈潭，屈原自沉處。」羅縣，今湖南汨羅市西北。

《異苑》卷一云：「長沙羅縣有屈原自投之川，山明水净，異於常處。民爲立廟，在汨潭之西岸側，盤石馬跡尚存。相傳云原投川之日，乘白驥而來。」

《水經注》卷三八《湘水》云：「汨水又西逕羅縣北，本羅子國也，故在襄陽宜城縣西，楚文王移之於此。秦立長沙郡，因以爲縣，水亦謂之羅水。汨水又西逕玉笥山。羅含《湘中記》云：『屈潭之左，有玉笥山。道士遺言，此福地也。一曰地腳山。汨水又西，爲屈潭，即汨羅淵也。屈原懷沙自沈於此，故淵潭以屈爲名。昔賈誼、史遷皆嘗逕此，弭檝江波，投弔於淵。淵北有屈原廟，廟前有碑。』」

《荆楚歲時記》云：「五月五日……是日競渡。」注：「按五月五日競渡，俗爲屈原投汨羅日，傷其死，故竝命舟檝以拯之。舸舟取其輕利，謂之飛鳧，一自以爲水軍，一自以爲水馬。州將及土人，悉臨水而觀之。」

《隋書·地理志下》云：「大抵荆州率敬鬼，尤重祠祀之事。昔屈原爲制《九歌》，蓋由此也。屈原以五月五日赴汨羅，土人追至洞庭不見。湖大船小，莫得濟者，乃歌曰：『何由得渡湖？』因爾鼓櫂争歸，競會亭上。習以相傳，爲競渡之戲。其迅楫齊馳，櫂歌亂響，喧振水陸，觀者如雲。諸郡率然，而南郡、襄陽尤甚。」

唐劉餗《隋唐嘉話》卷下云：「俗五月五日爲競渡戲。自襄州已南，所向相傳云：屈原初沉江之時，其鄉人乘舟求之，意急而争前，後因爲此戲。」

《史記》卷八四《屈原列傳》張守節《正義》云：「岳州湘陰縣……北有汨水及屈原廟。」

《元和郡縣圖志》卷二七《岳州·湘陰縣》云：「玉笥山，在縣東北七十五里。屈原放逐，居此山下，而作《九歌》焉。」又云：「汨水東北自洪州建昌縣界流入，西經入玉笥山，又西經羅國故城，爲屈潭，即屈原懷沙自沉之所，又西流入于湘水。」又云：「屈原冢，在縣北七十一里。」

《輿地紀勝》卷六九《岳州·景物上》云：「羅洲，《湘水山水記》：即屈原自沉處。又有屈潭。羅洲亦云屈原懷沙處。」又《古跡》云：「屈原寓居，太平興國寺在城南，本開元寺，世傳爲屈原寓居。」又云：

「三閭大夫廟，《青瑣》（按：指劉斧《青瑣高議》）云：唐末有洪州將軍題詩云：『蒼藤古木幾經春，舊日祠堂小水濱。行客謾陳三酹酒，大夫元是獨醒人。』」

後世方志地書載屈原遺迹者猶多，今舉漢以後至唐宋者於上，以觀大概也。

元以降，屈原事演爲戲曲者時見之。元人睢景臣、吴弘道均有《屈原投江》雜劇，見《録鬼簿》及《太和正音譜》著録，均佚。明徐應乾有《汨羅記》傳奇，亦佚，見《遠山堂曲品》。清尤侗有《讀離騷》雜劇（《清人雜劇》），周樂清有《屈大夫魂返汨羅江》雜劇（《清代雜劇全目》），張堅有《懷沙記》傳奇（《玉燕堂四種》），俱存。

趙文韶

會稽趙文韶〔一〕，爲東宫扶侍〔二〕。廨在清溪中橋〔三〕，與尚書王叔卿家隔一巷，相去二百步許。秋夜嘉月，悵然思歸，倚門唱《西烏夜飛》〔四〕，其聲甚哀怨。忽有青衣婢，年十五六，前曰：「王家娘子白扶侍，聞君歌聲，有闕人者〔五〕。逐月遊戲，遣相聞耳。」時未息，文韶不之疑，委曲答之，亟邀相過。

須臾女到，年十八九，行步容色可憐，猶將兩婢自隨。問家在何處，舉手指王尚書宅，曰：「是聞君歌聲〔六〕，故來相詣。豈能爲一曲邪？」文韶即爲歌《草生盤石下》〔七〕，音韻清暢，又深會女心。乃曰：「但令有瓶，何患不得〔八〕水。」顧謂婢子：「還取箜篌，爲扶侍皷之。」須臾至，女爲酌兩三彈〔九〕，泠泠更增楚絶〔一〇〕。乃令婢子歌《繁霜》，自解裙帶繫箜篌腰，叩之以倚歌〔一一〕。歌曰：「日暮風吹，葉落依枝。丹心寸意，愁君未知。歌繁霜，繁霜〔一二〕侵曉幕，何〔一三〕意空相守。坐待繁霜落，歌闋夜已久。」遂相佇燕寢。竟四更别去，脱金簪以贈文韶，文韶亦答以銀椀及〔一四〕琉璃匕各一枚。

既明，文韶出，偶至清溪廟歇。神坐上見椀，甚疑而委悉之〔一五〕，屏風後則琉璃匕在焉，箜篌帶縛如故。祠廟中惟女姑神像〔一六〕，青衣婢立在前。細視之，皆夜所見者。於是遂絶。當宋元嘉五年〔一七〕也。

〔一〕趙文韶，《太平御覽》卷七六〇引作「趙文詔」，《太平廣記》卷二九五引《八朝窮怪録》、《吴郡志》卷四七引《續博物志》均作「趙文昭」，見附録。按：「昭」、「詔」皆譌。王國良《校釋》謂，《八朝窮怪録》云趙文昭字子業。《禮記·樂記》孔穎達《正義》引《元命苞》云：「舜之時，民樂其紹堯業，故曰韶。」「子業」與「韶」字義相應，作「文韶」是。

〔二〕東宫扶侍，太子屬官。扶侍，服侍。《晉書》卷七五《荀崧傳》：「扶侍至尊，繾綣不離。」梁東宫諸局中置有扶侍局。《唐六典》卷二六《太子内直局》注：「梁有齋内、主璽、主衣、扶侍等局，各置有司，以丞其事。陳因之。」趙文韶爲宋人，吴均乃用梁朝官名。事本虚構，不足怪也。《王敬伯》云王敬伯爲東宫扶侍亦然。

《窮怪録》作「東宮侍講」。東宮侍講，即太子侍講，漢魏皆有此官。《宋書》、《南齊書》無侍講，梁有此官。《梁書》卷二五《徐勉傳》：「遷左衛將軍，領太子中庶子，侍東宮。昭明太子尚幼，敕知宮事。太子禮之甚重，每事詢謀。嘗於殿内講《孝經》，臨川静惠王、尚書令沈約備二傳，勉與國子祭酒張充爲執經，王瑩、張稷、柳憕、王暕爲侍講。」

〔三〕「廨在」原作「坐」，據《御覽》、北宋郭茂倩《樂府詩集》卷四七引改。《類説》卷六作「住」。《窮怪録》作「宅在」。清溪，又作青溪，在今南京市。《太平寰宇記》卷九〇《昇州・上元縣》云：「清溪在縣北六里，闊五尺，深八尺，以洩玄武湖水，南入秦淮。……溪口其埭側有清溪祠，其溪因祠爲名。又云按水爲言，故名清溪。」溪上古有七橋。《輿地紀勝》卷一七《建康府・景物下》：「青溪七橋，按《建康志》：『青溪舊有七橋：一曰東門，二曰尹橋，三曰雞鳴，四曰募士，五曰菰首，六曰中橋，七曰大橋。』」南宋張敦頤《六朝事迹編類》卷五《青溪》：「《建康實録》：吴赤烏四年冬，鑿東渠，名爲青溪。……《輿地志》云：青溪發源鍾山，入於淮，連綿十餘里。溪口有埭，埭側有神祠，曰青溪姑。」《御覽》、《類説》、《樂府詩集》作「青溪」。

〔四〕西烏夜飛，原作「西夜烏飛」。《類説》作「栖夜烏西飛」，《樂府詩集》作「烏飛曲」。按：《樂府詩集》卷四九《清商曲辭・西曲歌》有《西烏夜飛》，題解引《古今樂録》曰：「《西烏夜飛》者，宋元徽五年荆州刺史沈攸之所作也。攸之舉兵發荆州東下，未敗之前，思歸京師，所以歌。和云：『白日落西山，還去來。』送聲云：『折翅烏飛，何處被彈歸？』」《宋書》卷一九《樂志一》云：「荆州刺史沈攸之又造《西烏夜飛哥(歌)曲》，並列於樂官，哥詞多淫哇不典正。」《通典》卷一四五《樂五》，曲名又作《棲烏夜飛》，歌詞無「白」字。今據《樂府詩集》、《宋書》改。又按：據《古今樂録》，歌成於元徽五年(四七七)，時在文韶事後，然小説家言，不得泥執以求也。

〔五〕有闕人者，原作「有門人」，不可解，據《類説》正。闕人，感人、動人。《樂府詩集》作「有悦人者」。

〔六〕歌聲，《樂府詩集》作「善歌」。

〔七〕草生盤石下，原無「下」字，據《樂府詩集》補。此歌不詳。

〔八〕不得，《類説》作「無」。

〔九〕酌，選擇。彈，琴曲。

〔一〇〕泠泠（líng líng），泉聲，又樂聲。陸機《文賦》：「音泠泠而盈耳。」此句《樂府詩集》作「泠泠似楚曲」。

〔一一〕以上二句《樂府詩集》作「自脱金簪，扣箜篌和之」。

〔一二〕「繁霜」二字原闕，據《樂府詩集》補。

〔一三〕何，《樂府詩集》作「伺」。

〔一四〕及，原作「白」，據《御覽》、《樂府詩集》改。

〔一五〕此句謂詳悉贈銀椀之事而疑其何以在此也。

〔一六〕按：《樂府詩集》卷四七《吴聲歌曲》有《青溪小姑曲》，其曲曰：「開門白水，側近橋梁，小姑所居，獨處無郎。」郭茂倩題解引青溪神女事，又按云：「《異苑》曰：青溪小姑，蔣侯第三妹也。」（原文見附録）蔣侯，又稱蔣侯神、蔣山神，本名蔣子文，吴秣陵尉，死後爲神。見《搜神記》。

〔一七〕元嘉五年，四二八年。《窮怪録》作元嘉三年八月。

《異苑》卷五云：「青谿小姑廟，云是蔣侯第三妹。廟中有大穀扶疎，鳥嘗産育其上。晉太元中，陳郡謝慶執彈乘馬，繳殺數頭，即覺體中慄然。至夜夢一女子，衣裳楚楚，怒云：『此鳥是我所養，何故見侵？』經日謝卒。慶名奂，靈運父也。」

《新輯搜神後記》卷三云：「太元中，謝家沙門竺曇遂，年二十餘，白皙端正，流俗沙門。身嘗行經青溪廟前過，因入廟中看。暮歸，夢一婦人來，語云：『君當來作我廟中神，不復久。』曇遂夢問婦人是誰，婦人云：『我是青溪中姑。』如此一月許，便卒病。臨死，謂同學年少曰：『我無福，亦無大罪，死乃當作青溪廟神。諸君行便，可見看之。』既死後，諸年少道人詣其廟。既至，便靈語相勞問，音聲如其生時。臨去，云：『久不聞唄聲，甚思一聞之。』其伴慧覲，便爲作唄，訖，其猶唱讚。語云：『歧路之訣，尚有悽愴，況此之乖。形神分散，窈冥之歎，情何可言！』既而歔欷，悲不自勝，諸道人等皆爲流涕。」

按：上所載清溪小姑，性烈一似乃兄，至吴均此記，婉約少女也。小姑獨處而慕夫婦之好，遂去鬼神之嚴而具人情之味矣。其與趙文韶相戀事，後亦有載，今録於左：

《太平廣記》卷二九五引《八朝窮怪録》云：「宋文帝元嘉三年八月，吴郡趙文昭，字子業，爲東宫侍講。宅在清溪橋北，與吏部尚書王叔卿隔墻南北。嘗秋夜對月臨溪，唱《烏棲》之詞，音旨閑怨。忽有一女子，衣青羅之衣，絶美，云：『王尚書小娘子，欲來訪君。』文昭問其所以，答曰：『小娘子聞君歌詠，有怨曠之心，著清涼之恨，故來願薦枕席。』言訖而至，姿容絶世。文昭迷悮恍惚，盡忘他志，乃揖而歸。從容密室，命酒陳筵，遞相歌送，然後就寢。至曉請去，女解金縷留别，文昭答琉璃盞。後數夜，文昭思之不已。偶遊清溪神廟，忽見所與琉璃盞，在神女之後。及顧其神與畫侍女，並是同宿者。」《情史類略》卷一九《清溪小姑》，乃㮚栝吴記及《窮怪録》而成。

范成大《吴郡志》卷四七《異聞》引《續博物志》曰：「永嘉中，吴郡趙文昭，宅在清溪橋，與吏部尚書文叔卿宅相近。秋夜對月臨溪，唱《烏栖》之詞，音旨凄然。忽有一女子從女婢來，姿態端麗，云是文尚書家人。比去，解金縷留贈文昭，答以琉璃盃。後遊清溪廟，忽見琉璃盃在神女前，又顧其壁畫侍女，並是偕來者。」（按：此《續博物志》非宋李石之書。唐林登有《續博物志》。）

他書亦有載小姑迹者。《輿地紀勝》卷一七《建康府・景物下》云：「青溪姑，《金陵覽古》云在上元縣東六里。《輿地志》云：『青溪岸側有神祠，謂之青溪小姑。南朝甚有靈驗，長見形於人。』」又見同卷《古跡》。

南宋張敦頤《六朝事迹編類》卷一二《廟宇門・青溪夫人廟》云：「按《輿地志》：『青溪岸側有神祠，世謂青溪姑。南朝甚有靈驗，嘗見形於人。』祠今與上水閘相近。説者云，隋平陳，斬張麗華、孔貴妃於青溪柵下。今祠像有三婦人，乃青溪姑與二妃也。」

王敬伯

王敬伯〔一〕者，字子升，會稽餘姚〔二〕人也。少好學術，妙於綴文，性解音樂，尤善鼓琴。容色絶倫，聲擅邦邑。少入仕，爲東宫扶侍〔三〕。赴役還都〔四〕，行至吴通波亭〔五〕，維舟中流〔六〕。因昇亭翫月憑闌，獨悵然有懷，乃秉燭理琴而行歌曰：「低露〔七〕下深幕，垂月〔八〕

照孤琴。空絃茲宵淚〔九〕,誰憐此夜心?」歌畢,便聞外有嗟歎之聲。敬伯乃抗音而問:「嘆者爲誰?清音婉麗。深夜寂寥,無以相悦,既演其聲,何隱其貌?」便聞簾外有環珮之聲。

俄見一女子,披幃而入,麗服香華,姿貌閑美,鏘金微妙,雅有容則〔一〇〕。曰:「女郎悦君之琴聲,踟躕楹户,頗有攀松之志。且閑於聲論,善於五絃,欲前共撫,子可之乎?」敬伯乃釋琴整服,殊有祗肅之容。答曰:「僕從役,暫休假托當〔一一〕,幸寄憩此亭。屬風天爽麗,獨月易流,孤宵難曉,深心無寧,聊以琴歌自懽,不謂謬留賞愛。向聞清婉之音,又襲芬芳之氣,因魂腸雙斷,情思兩飛。脱一接容光,並觴共軫,豈不事等朝聞,甘同夕死〔一二〕?」女默受而出,便聞簾外笑聲。於是振玉曳綃,開軒徐入。笑逐盼流,芳隨步舉,容韻姿制,綽有餘華〔一三〕。二少女從焉,一則向先至者。命施錦席於東床,敬伯乃就坐。

良久,笑而不言。敬伯常以舉動自高,又以機辯難匹。自女至後,卷褰缺然〔一四〕。女乃言曰:「向翫子鳴琴,覺情高志遠;及乎見也,意阻容愢。何期倏忽傾變,一至於此!冰霜之志,亦難與言。」答曰:「以木訥之姿,瞻解環之辨〔一五〕;以如寄之狀,值傾國之華。得不臨對要期,當醉慮别也?女郎脱若優以容接,借以歡顔,使得宣懷抱,用寫心曲,雖復爲菌爲蟪,亦謂與椿與鵠齊齡矣〔一六〕。」女推琴曰:「向雖髣髴清聲,未窮其聽,更乞華手，再爲一撫。」敬伯薦琴曰：「僕此好自幼至長，無相聞受，泛濫〔一七〕何成？以明解臨〔一八〕，彌深愧靦。願請一彈，道其蔽懵。難事請申，固非望内。」女取琴而笑曰：「誠不惜一彈，久廢次第〔一九〕耳。」反覆視之，良久而揮絃，乃曰：「此琴殊美，愧無其能，如何？」乃調之，其聲哀雅，有類今之登歌〔二〇〕。乃曰：「子識此聲否？」敬伯答曰：「未曾聞。」女曰：「所謂《楚明光》〔二一〕也。唯嵇叔夜能爲此聲，自兹以來，傳數人而已。」敬伯曰：「情欲受之。」女曰：「此最楚媛〔二二〕，非艷俗所宜，唯嵓栖谷隱，所以自娱耳。當爲一彈，幸〔二三〕復聽之。」女乃鼓琴且歌曰：「凉風〔二四〕窈窕夜襟清，宵館寂寞曉琴鳴。對佳人兮未極情，惜河漢兮將已傾。」歌畢，長歎數聲。謂敬伯曰：「過隙逝川，光陰易盡。對此良久，彌復哽然。安得遊天之姿，一頓嫦娥之轡？」因掩泣久之。

乃命婢曰：「夜已久矣，不久當曙。還取少酒，與王郎共飲。」敬伯亦收淚而言曰：「鄙俗寒微，未審何因，得陳高慮。女郎貴氏，可得聞乎？」女曰：「方事綢繆，何論氏族耶？君深意，必當不患不知。」敬伯亦不敢更問。須臾，婢將緑沉漆榼〔二五〕、織成襻〔二六〕，并一銀鐺〔二七〕，雜果一盤。女命羅縮縩〔二八〕者酌酒相獻。可至三更許，賓主咸有暢容。女命大婢酌酒，小婢取箜篌。俄頃而返，將箜篌至。女便彈之，令婢作《婉轉歌》〔二九〕。婢甚羞，低回殊久，云：「昨宵在霧氣中眠〔三〇〕，即日聲不能暢〔三一〕。」女逼之，乃解衣〔三二〕，中出絰帶〔三三〕，長二尺許，以掛箜篌，狀如調脱〔三四〕。女脱金釵，扣琴絃和之，音韻〔三五〕繁諧，聲製婉轉。歌凡八曲，敬伯惟憶其二。曰：「片月既以明〔三六〕，南軒琴又清〔三七〕。寸心斗酒事〔三八〕芳夜，千秋萬歲同一〔三九〕情。歌婉轉，婉轉淒以哀〔四〇〕。願爲星與漢，光景相〔四一〕徘徊。」又曰〔四二〕：「且復共低昂〔四三〕，參差淚成〔四四〕行。紅粧綉褥芳無艷〔四五〕，金徽玉軫〔四六〕爲誰鏘？歌婉轉，婉轉情復悲〔四七〕。願爲烟與霧，氛氳映芳姿〔四八〕。」歌畢，命取卧具，俄然自來。仍令撤角枕〔四九〕，同衾盡情密焉。

天明即别，各懷纏綿。女留錦四端〔五〇〕，錦卧具〔五一〕、綉腕囊〔五二〕並佩各一雙與敬伯。敬伯以牙火籠〔五三〕、玉琴爪〔五四〕答之。携手出門庭，悵然不忍别。謂敬伯云：「交踈吐誠至難，昔日傾盖如舊〔五五〕，頓驗今晨。深閨不出户，十有六年矣。邂逅於逆旅之館，而頓盡平生之志，所由冥運，非人事也。飲宴未窮，而别離便始，莫不悲驚白日〔五六〕，思繞行雲。直以遊溱涉洧〔五七〕之見親，勿以桑間濮上〔五八〕而相待也。岐阻〔五九〕之後，幸無見哂。一分此袖，終天永絶。欲寄相思，瞻雲眺月耳。」言竟便去。敬伯嗚咽而已。望回，欻然而滅。

下船至虎牢戍〔六〇〕，吴令劉惠明〔六一〕愛女未嫁，於縣亡。惠明痛惜，有過於常。遂都部伍，自邏諸大船檢搜，公私商旅，悉不得渡。云昨夜吴九里埭〔六二〕，且於女郎靈船中，先有錦四端及女郎常所卧具、綉腕〔六三〕囊并佩皆失。遍搜諸船，並無所見。末至敬伯船而獲之，遂執敬伯。令見敬伯風貌閑華，乃無懼色，令亦竊異之。既而問敬伯，敬伯乃説女儀狀，及從者容質，并陳所贈物。令便檢之，於帳後得牙火籠，巾箱内奩中得玉琴爪以呈。乃慟哭曰：「真吾女壻也。」乃待以壻禮，甚厚加遺贈而别焉。同旅者咸爲悽惋。

敬伯乃訪部伍人，云：「女郎年十六，名妙容〔六四〕，字稚華〔六五〕，去冬遇疾而逝。未亡之前，有婢名春條，年二十許〔六六〕；一婢名桃枝，年十五〔六七〕，能彈箜篌〔六八〕，又善《婉轉歌》。不幸相繼而死，並有姿容。昨所從者，即此婢也。」敬伯悵然，惋〔六九〕異不能已。兼歎不可再遇，麗色復難重覩，恍惚積旬，如有遺失。慊〔七〇〕慕之志，寢寤莫逢，唯悵恨而已。

（據臺灣新文豐出版公司影印《永樂琴書集成》卷一七引《續齊諧記》，又敦煌遺書伯二六三五號《類林》殘卷卷九，《琱玉集》卷一二，《太平御覽》卷五七九、卷七五七、卷七六一，《事類賦注》卷一一，南宋朱翌《猗覺寮雜記》卷上，姚寬《西溪叢語》卷上，范成大《吴郡志》卷四七，郭茂倩《樂府詩集》卷六〇，《分類補注李太白詩》卷一三《宿白鷺洲寄楊江寧》楊齊賢注，周守忠《姬侍類偶》卷下，鄭虎臣《吴都文粹》卷一〇，《永樂大典》卷七三二八，《永樂琴書集成》卷五、卷一二，明陳耀文《天中記》卷四二，萬曆刊百卷本《記纂淵海》卷七八，梅鼎祚《才鬼記》卷一引，《類林》引作《續齊記》，有脱文，《吴郡志》、《吴都文粹》無出處）

〔一〕王敬伯，原作「王欽伯」。《類林》、《琱玉集》、《御覽》卷七五七又卷七六一、《猗覺寮雜記》、《西溪叢語》、《吳郡志》、《樂府詩集》、《姬侍類偶》、《吳都文粹》、《永樂大典》、《永樂琴書集成》卷一二、《才鬼記》引作「王敬伯」。《御覽》卷五七九、《事類賦注》、《分類補注李太白詩》、《永樂琴書集成》卷五引《樂圖論》引吳均《續齊諧》、《記纂淵海》引作「王彥伯」。《太平廣記》卷三一八引北齊邢子才（邵）《山河別記》作「王恭伯」。按：宋太祖趙匡胤祖父名敬，宋人避「敬」字，作「彥」作「恭」必宋人所改。今據《類林》等回改作「敬」，下同。《類林》、《琱玉集》云王敬伯晉末人，《樂府詩集》、《永樂琴書集成》卷一二、《才鬼記》云「晉有王敬伯者」，《山河別記》云「晉世王恭伯」，則敬伯爲東晉人。

〔二〕餘姚，今爲市，屬浙江。此二字原闕，據《類林》、《琱玉集》、《御覽》卷五七九、《樂府詩集》、《琴書集成》卷一二、《才鬼記》補。

〔三〕扶侍，原譌作「扶持」，據《御覽》卷五七九、《吳郡志》、《吳都文粹》、《姬侍類偶》、《永樂大典》改。以上二句《吳郡志》、《吳都文粹》、《姬侍類偶》、《永樂大典》作「年十八，仕爲東宮扶侍」。《樂府詩集》、《琴書集成》卷一二、《才鬼記》作「年十八，仕於東宮，爲衞佐」。

〔四〕此句《樂府詩集》、《琴書集成》卷一二作「休假還鄉」，《才鬼記》作「休暇還鄉」，《吳郡志》、《吳都文粹》、《姬侍類偶》、《永樂大典》作「赴假還都」。按：都指建康（今南京市），鄉指餘姚縣。

〔五〕通波亭，《吳郡志》卷九《古蹟》云：「吳國故館三：曰昇月，曰烏鵲，曰江風。昇月在帶城橋東；烏鵲在烏鵲橋，今爲營寨；江風在渴烏巷。又新館二：曰通波，曰全吳。（按：以上係引《吳地記》）又《續圖經》載：舊傳古館八，曰全吳、通波、龍門、臨頓、烏鵲、昇羽、江風、夷亭。云昇月疑即昇羽，今此亭尚存。」《御覽》卷五七九、《事類賦注》、《李太白詩》注、《琴書集成》卷五、《記纂淵海》作「郵亭」。按：亭即郵亭，來往官宦所止宿，又稱館。

〔六〕中流，《琱玉集》、《御覽》卷五七九、《李太白詩》注、《樂府詩集》、《琴書集成》卷五又卷一二、《才鬼記》作「中渚」。《記纂淵海》作「牛渚」，誤。牛渚即牛渚山，又稱牛渚磯、牛渚圻，在今安徽馬鞍山市西南長江邊，北部突入江中，名采石磯。

〔七〕低露，垂露。《樂府詩集》、《琴書集成》卷一二、《才鬼記》云「乃倚琴歌『泫露』之詩」，則「低」作「泫」。《文選》卷二二謝靈運《從斤竹澗越嶺溪行》：「巖下雲方合，花上露猶泫。」周翰注：「泫，露垂貌。」

〔八〕垂月，「垂」原作「明」，《御覽》卷五七七引《晉書》、《事類賦注》卷一一引《世說》、《才鬼記》卷一引王隱《晉書》作「垂」，據改。《類林》作「乘」。

〔九〕茲宵淚，原作「茲獨泛」，據《類林》改。《御覽》引《晉書》、《事類賦注》引《世說》、《才鬼記》引王隱《晉書》作「益宵淚」。

〔一〇〕容則，儀容。《樂府詩集》、《琴書集成》卷一二、《才鬼記》作「容色」。

〔一一〕托當，寄寓之意。

〔一二〕《論語·里仁》：「朝聞道，夕死可矣。」

〔一三〕姿制，姿態，容表。以上二句《樂府詩集》、《琴書集成》卷一二、《才鬼記》作「姿質婉麗，綽有餘態」。

〔一四〕卷褰，拘束。缺然，不足。

〔一五〕解環之辨，辨，通「辯」，機智，智慧。《戰國策·齊策六》：「襄王卒，子建立爲齊王。君王后事秦謹，與諸侯信，以故建立四十有餘年不受兵。秦始皇（按：當作「秦昭王」）嘗使使者遺君王后玉連環，曰：『齊多知，而解此環不？』君王后以示羣臣，羣臣不知解。君王后引椎椎破之，謝秦使曰：『謹以解矣。』」

〔一六〕《莊子·逍遥遊》：「朝菌不知晦朔，蟪蛄不知春秋，此小年也。楚之南有冥靈者，以五百歲爲春，五百歲爲秋。上古有大椿者，以八千歲爲春，八千歲爲秋。」《述異記》卷上：「鵠生五百年而紅，五百年而黄，又五百年而蒼，又五百年而白，壽三千歲。」

〔一七〕泛濫，空泛蕪雜。

〔一八〕以明解臨，意謂遇到明達之見解。

〔一九〕次第，章法，規矩。

〔二〇〕登歌，又稱升歌，堂上所奏之樂，用於祭祀與宴饗。《樂府詩集》所收《郊廟歌》、《燕射歌》中所載登歌頗多。登歌之名得之《周禮·春官·大師》：「大祭祀，帥瞽登歌，令奏擊拊。」注：「鄭司農（鄭衆）云：『登歌，歌者在堂也。』」

〔二一〕《楚明光》，蔡邕《琴操》卷下：「《楚明光》者，楚王大夫也。昭王得和氏璧，欲以貢於趙王，於是遣明光奉璧之趙郡。中羊由甫知趙無反意，乃讒之於王曰：『明光常背楚用趙，今使奉璧，何能述功德？』及明光還，怒之，明光乃作歌曰《楚明光》。」《樂府詩集》、《才鬼記》作「楚明君」。按：明君即昭君，《楚明君》當即《樂府詩集》卷五八《琴曲歌》中之《楚明妃曲》。明妃，王昭君，晉避司馬昭諱改明君。

〔二二〕楚媛，淒美。

〔二三〕幸，原譌作「耳」，據《御覽》卷五七九改。

〔二四〕涼風，《樂府詩集》、《琴書集成》卷一二、《才鬼記》云「歌『遲風』之詞」，作「遲風」。遲風，徐風也。

〔二五〕緑沉漆槍，原作「緑槍」，據《御覽》卷七六一、《猗覺寮雜記》、《西溪叢語》補二字。《御覽》「緑」譌作「淥」。緑沉，凡器物漆成濃緑色者稱作「緑沉」。《猗覺寮雜記》卷上云：「子美以『苔卧緑沉槍』對『雨拋金鎖甲』，詩人謂槍臥於苔中不用也，故云『緑沉』。《續齊諧記》：『王敬伯夜見一女，命婢取酒，提緑沉漆榼。』以此考之，則緑沉者漆名也，猶今所謂朱紅銀纏桿之類。」《西溪叢語》卷上亦云：「杜甫詩：『雨拋金鎖甲，苔臥緑沉槍。』薛倉舒注杜詩引車頻《秦書》云：『苻堅造金銀緑沉細鎧，金爲綖以縲之。』緑沉，精鐵也。』《北史》：『隋文帝嘗賜張奫緑沉甲、獸文具裝。』《武庫賦》云：『緑沉之槍。』唐鄭棨聯句有『亭亭孤筍緑沉槍』之句。《續齊諧記》云：『王敬伯夜見一女，命婢取酒，提一緑沉漆榼。』王羲之《筆經》：『有人以緑沉漆竹管見遺，亦可愛翫。』蕭子雲詩云：『緑沉弓項縱，紫艾刀橫拔。』恐緑沉如今以漆調雌黄之類，若調緑漆之，其色深沉，故謂之緑沉，非精鐵也。」榼，酒器。

〔二六〕織成，以彩絲織成之華美衣料。襻（pàn），繫物之帶。

〔二七〕銀鐺（chēng），銀製温酒器，三足。《御覽》卷七五七作「銀酒鎗」。「鎗」同「鐺」。

〔二八〕羅綰綟，繫羅巾，或以羅巾綰髮。綟，同「繫」。《吴郡志》、《吴都文粹》、《姬侍類偶》、《永樂大典》作「綰髮」。

〔二九〕《婉轉歌》，《樂府詩集》、《吴郡志》、《吴都文粹》、《姬侍類偶》、《永樂大典》、《琴書集成》卷一一、《才鬼記》「婉」作「宛」，下同。《樂府詩集》題解云：「一曰《神女宛轉歌》。」

〔三〇〕眠，《姬侍類偶》、《永樂大典》作「彈」。按：小婢在霧氣中眠，則不能暢者乃婢之歌聲，以其受涼聲塞也。而在霧氣中彈者，則箜篌絲絃受潮，聲不能暢也。

〔三一〕即日，今日。《姬侍類偶》、《永樂大典》作「今夕」。暢，原作「唱」，據《姬侍類偶》、《永樂大典》改。

〔三二〕衣，《吴郡志》、《吴都文粹》、《姬侍類偶》、《永樂大典》作「裙」。

〔三三〕綬帶，《吴郡志》、《吴都文粹》、《姬侍類偶》、《永樂大典》作「黄帶」。

〔三四〕調脱，即條脱。臂釧，手鐲。按：《舊唐書・音樂志二》：「豎箜篌，胡樂也。漢靈帝好之。體曲而長，二十有二絃。豎抱於懷，用兩手齊奏。俗謂之擘箜篌。」小婢彈者即爲豎箜篌，與似瑟之卧箜篌不同。其體曲，故云狀如調脱。

〔三五〕音韻，「韻」原譌作「用」，據《才鬼記》正。《樂府詩集》、《琴書集成》卷一二作「意韻」。

〔三六〕此句《樂府詩集》、《吴郡志》、《吴都文粹》、《姬侍類偶》、《永樂大典》、《琴書集成》卷一二、《才鬼記》作「月既明」。

〔三七〕此句《樂府詩集》、《吴郡志》、《吴都文粹》、《姬侍類偶》、《永樂大典》、《琴書集成》卷一二、《才鬼記》作「西軒琴復清」。

〔三八〕事，《樂府詩集》、《姬侍類偶》、《永樂大典》、《才鬼記》作「争」。

〔三九〕一，《吴都文粹》作「此」。

〔四〇〕此句《吴郡志》作「妍以哀」，《吴都文粹》作「宛轉聲以哀」，《姬侍類偶》、《永樂大典》作「宛轉妍以哀」。

〔四一〕相，《樂府詩集》、《吴郡志》、《吴都文粹》、《姬侍類偶》、《永樂大典》、《琴書集成》卷一二、《天中記》卷四二、《才鬼記》作「共」。

〔四二〕此二字原無，據《吴郡志》、《姬侍類偶》、《永樂大典》補。

〔四三〕此句《樂府詩集》、《吴郡志》、《吴都文粹》、《姬侍類偶》、《永樂大典》、《琴書集成》卷一二、《才鬼記》作「悲且傷」。

〔四四〕成，《樂府詩集》注：「一作『幾』。」

〔四五〕此句《樂府詩集》、《吴郡志》、《吴都文粹》、《琴書集成》卷一二、《才鬼記》作「低紅掩翠方無色」，《姬侍類偶》、《永樂大典》作「低紅掩翠芳無色」。

〔四六〕徽，琴徽，琴面指示音節之標志。《漢書》卷八七下《揚雄傳》：「今夫弦者，高張急徽。」注：「徽，琴徽也，所以表發撫抑之處。」原作「叙」，據《樂府詩集》、《吴郡志》、《吴都文粹》、《姬侍類偶》、《永樂大典》、《琴書集成》卷一二、《才鬼記》改。軫，琴軫，琴下旋弦之具。

〔四七〕此句《類林》作「悽悽情復哀」，《吴郡志》作「清復悲」，《吴都文粹》作「宛轉清復悲」。

〔四八〕此句《類林》作「氛氲共同懷」，《樂府詩集》、《琴書集成》卷一二、《天中記》、《才鬼記》作「氛氲對容姿」，《吴郡志》、《吴都文粹》、《姬侍類偶》、《永樂大典》作「氤氲共容姿」。氛氲、氤氲，均指煙氣、霧氣。

〔四九〕撤，取也。角枕，飾角之枕。《詩經・唐風・葛生》：「角枕粲兮，錦衾爛兮。」

〔五〇〕端，原作「段」，據《御覽》卷五七九、《吴郡志》、《吴都文粹》、《姬侍類偶》、《永樂大典》改。下文作「端」。端，帛類長度單位。《周禮・地官・媒氏》「入幣純帛無過五兩」鄭玄注：「五兩，十端也……每端二丈。」賈公彦疏：「古者二端相向，卷之共爲一兩，五兩故十端也。」《左傳》昭公二十六年「以幣錦二兩」杜預注：「二丈爲一端，二端爲一兩，所謂匹也。」《資治通鑑》卷五二漢獻帝初平二年「遺布一端」胡三省注：「布帛六丈曰端。一曰，八丈曰端。按：古以二丈爲端。」

〔五一〕錦卧具，「錦」字原無，據《樂府詩集》、《琴書集成》卷一二、《才鬼記》補。卧具，枕席被褥之類。

〔五二〕綉腕囊，《御覽》卷五七九作「繡臂囊」，《樂府詩集》、《琴書集成》卷一二、《才鬼記》作「繡香囊」，《吴郡志》、《吴都文粹》、《姬侍類偶》、《永樂大典》作「繡枕、腕囊」。腕囊，繫於手腕之香囊。

〔五三〕牙火籠，象牙裝飾之火籠。火籠，類似後世之手爐，取暖之用。《西京雜記》卷一：「以象牙爲火籠，籠上皆散華文。」《藝文類聚》卷七〇引謝朓《詠竹火籠》：「庭雪亂如花，井冰粲成玉。因炎入貂袖，懷温奉芳褥。」又卷三二引陰鏗《秋閨怨》：「火籠恒煖脚，行障鎮牀頭。」「火」字原闕，據《樂府詩集》、《吴郡志》、《吴都文粹》、《姬侍類偶》、《永樂大典》、《琴書集成》卷一二、《才鬼記》補。下文作「牙火籠」。

〔五四〕琴爪，琴足也。《樂府詩集》、《琴書集成》卷一二、《才鬼記》作「琴軫」。

〔五五〕傾盖如舊，謂初逢而如舊相識。《史記》卷八三《魯仲連鄒陽列傳》：「諺曰：『白頭如新，傾蓋如故。』何則？知與不知也。」司馬貞《索隱》引《志林》曰：「傾蓋者，道行相遇，軿車對語，兩蓋相切，小欹之，故曰傾。」

〔五六〕悲驚白日，謂驚悚悲傷於時光流逝之速。《文選》卷二四曹植《贈徐幹》：「驚風飄白日，忽然歸西山。」《文苑英華》卷二六六吴均《贈王桂陽别三首》其一：「臨窗驚白日，倚匣曳輕虹。」

〔五七〕遊溱（zhēn）涉洧（wěi），《詩經·鄭風·溱洧》：「溱與洧方涣涣兮，士與女方秉蕑兮。女曰觀乎，士曰既且。且往觀乎，洧之外洵訏且樂。維士與女，伊其相謔，贈之以勺藥。」毛傳：「溱、洧，鄭兩水名。」詩寫男女在溱水、洧水邊遊春歡會。鄭玄謂男女「感春氣並出，託采芬香之草，而爲淫佚之行」。

〔五八〕桑間濮上，指男女幽會之地。《漢書·地理志下》：「衛地有桑間濮上之阻，男女亦亟聚會，聲色生焉。」《詩經·鄘風·桑中》：「爰采唐矣，沬之鄉矣。云誰之思，美孟姜矣。期我乎桑中，要我乎上宫，送我乎淇之上矣。」「桑間」本此。

〔五九〕岐阻，指分手離别。岐，同「歧」，歧路。阻，阻隔。

〔六〇〕虎牢戍，不詳。原作「虎戍」，據《樂府詩集》補正。《琴書集成》卷一二、《才鬼記》作「虎牢戌」，「戌」字譌。

〔六一〕劉惠明，《琱玉集》作「劉惠卿」，《吴郡志》作「劉惠時」。《山河别記》作「劉惠基」。

〔六二〕九里埭（dài），不詳。鮑照有《登雲陽九里埭》詩。雲陽，古縣名，晉時名曲阿縣，今江蘇丹陽市。其地西北去吴縣（今蘇州市）二三百里（南運河水路），當非此地。埭，土壩。

〔六三〕腕，原譌作「婉」，據《姬侍類偶》、《永樂大典》正。《姬侍類偶》、《永樂大典》作「繡枕、腕囊」。

〔六四〕此三字原無，據《樂府詩集》、《琴書集成》卷一二、《天中記》、《才鬼記》補。

〔六五〕稚華，《樂府詩集》、《琴書集成》卷一二作「雅華」，《吴郡志》、《吴都文粹》、《姬侍類偶》、《永樂大典》作「麗華」。

〔六六〕二十許，《姬侍類偶》、《永樂大典》作「十六」。

〔六七〕年十五，此三字原闕，據《樂府詩集》、《吴郡志》、《吴都文粹》、《姬侍類偶》、《永樂大典》、《琴書集成》卷一二、《天中記》、《才鬼記》補。

〔六八〕此句前《樂府詩集》、《吴郡志》、《吴都文粹》、《姬侍類偶》、《永樂大典》、《琴書集成》卷一二、《天中記》、《才鬼記》有「皆」字。

〔六九〕惋，原譌作「婉」，今正。

〔七〇〕慊（qiǎn），誠也。

此事他書亦有記。

《事類賦注》卷一一引《世説》曰：「王敬伯嘗泊洲渚中，升亭而宿。是夜，月華露輕，敬伯泠然鼓琴，感劉惠明亡女之靈。須臾女至，就體如平生。敬伯撫琴歌曰：『低露下深幕，垂月照孤琴。空絃益宵淚，誰憐此夜心。』女和之曰：『歌宛轉，情復哀，願爲煙與霧，氛氳君子懷。』」按：出處疑誤。若不誤，則所謂《世説》當爲梁劉孝標《世説新語》注，然今本正文無王敬伯事。

《太平御覽》卷五七七引《晉書》曰：「王敬伯，會稽餘姚人。洲渚中昇亭而宿。是夜月華露輕，敬伯鼓琴，感劉惠明亡女之靈告敬伯，就體如平生。從婢二人。敬伯撫琴而歌曰：『低露下深幕，垂月照孤琴。空絃益宵淚，誰憐此夜心。』女乃和之曰：『歌宛轉，情復哀，願爲煙與霧，氛氲同共懷。』」梅鼎祚《才鬼記》卷一引作王隱《晉書》，云：「王敬伯，會稽餘姚人。爲衛佐，休暇還鄉。過吴，維舟渚中，昇亭而宿。是夜月華露輕，敬伯鼓琴，感劉惠明亡女告敬伯，就體如平生。敬伯撫琴而歌：『低露下深幕，垂月照孤琴。空絃益宵淚，誰憐此夜心。』女乃和之曰：『歌宛轉，情復哀，願爲烟與霧，氛氲同共懷。』」

按：《才鬼記》所據不詳。觀引文，似是依據《御覽》，前又摻合《樂府詩集》而成。其稱王隱，必是妄加。王隱，《晉書》卷八二有傳，兩晉間人。而王敬伯晉末人，豈得入王隱《晉書》？晉後何法盛、謝靈運、臧榮緒、蕭子雲、蕭子顯、鄭忠、沈約等均著有《晉中興書》或《晉書》（見《隋書·經籍志》），《御覽》所引當爲諸家《晉書》之一。

《才鬼記》卷一又引《異苑》，亦不知所據。文字與《姬侍類偶》、《永樂大典》所引《續齊諧記》大同，曰：「晉王敬伯，字子升，會稽人，美姿容。年十八，仕爲東宫扶侍。赴假還都，行至吴通波亭，維舟中流，月夜理琴。有一美女子，從三少女，披幃而入。施錦被於東床，設雜果，酌酒相獻酬。令小婢取箜篌，作《宛轉歌》。婢甚羞，低回殊久，云：『昨宵在霧氣中彈，今夕聲不能暢。』女迫之，乃解裙，中出金帶，長二尺許，以掛箜篌，彈絃作歌。女脱頭上金釵，扣琴和之。歌曰：『月既明，西軒琴復清。歌宛轉，宛轉妍以哀。願爲星與漢，光景共徘徊。』又曰：『悲且傷，參差共成行。低紅掩翠渾無色，金徽玉軫爲誰鏘。歌宛轉，清復悲。願爲煙與霧，氤氲共容姿。』天明，女留錦四端、卧具、綉枕囊并佩各一雙贈敬伯，敬伯以象板火籠、玉琴爪答之。來日，聞吴令劉惠明亡女船中失錦四端，及女郎卧具、綉囊、佩等。檢括諸同行，至敬伯船而獲之。敬伯具言夜來之事，及女儀狀、從者容質，并所答贈物。令使撿之，於帳後得牙火籠，箱内篋中得一琴爪。令乃以壻禮敬伯，厚加贈遺而别。敬伯問其部下之人，云女郎年十六，字麗華，去冬遇疾而逝。未死之前，有婢名春條，年十六，一名桃枝，年十五。皆能彈箜篌，又善《宛轉歌》，相繼而死，並有姿容，昨從者是此婢也。」明末董斯張《廣博物志》卷一五亦引《異苑》，實是删取《樂府詩集》而成。按：劉敬叔《異苑》文字簡短，不當有此文。考《稽神異苑》（舊題南齊焦度撰，不可信，疑爲陳人焦僧度撰）皆採前人書而成，疑即《稽神異苑》也。

北齊邢子才（邵）《山河别記》亦載此事，人名皆異於《續齊諧記》。《太平廣記》卷三一八引云：「晉世王恭伯，字子升，會稽人。美姿容，善鼓琴，爲東宫舍人。求假休吴，到閶門郵亭，望月鼓琴。俄有一女子，從一女，謂恭伯曰：『妾平生愛琴，願共撫之。』其姿質甚麗，恭伯留之宿。向曉而别，以錦褥、香囊爲訣，恭伯以玉簪贈行。俄而天曉，聞鄰船有吴縣令劉惠基，亡女靈前失錦褥及香囊。斯須，有官吏遍搜鄰船，至恭伯船獲之。恭伯懼，因還之（按：此二字談本作「述其」，此從明鈔本），言：『我亦贈其玉簪。』惠基令檢，果於亡女頭上獲之。惠基乃慟哭，因呼恭伯以子壻之禮。其女名稚華，年十六而卒。」《天中記》卷四二亦引，當據《廣記》。《永樂琴書集成》卷一七引《山河例記》，文同。又同卷引吴均《續齊諧記》，注：「《山河例記》内作王恭伯、劉惠基。」

《事類賦注》卷一一引《世説》王敬伯事亦有異。

唐初句道興《搜神記》云:「昔有王景伯者,會稽人也。乘船向遼水興易。時會稽太守劉惠明當官孝滿,遂將死女屍靈歸來,共景伯一處。上宿憂思,月明夜静,取琴撫弄,發聲哀切。時太守死女聞琴聲哀怨,起屍聽之,來於景伯船外,發弄釵釧。聞其笑聲,景伯停琴曰:『似有人聲,何不入船而來?』鬼女曰:『聞琴聲哀切,故來聽之,不敢輒入。』景伯曰:『但入,有何所疑。』向前便入,並將二婢,形容端正,或(惑)亂似生人。便即賜坐,温涼以訖,景伯問曰:『女郎因何單夜來至此間?』女曰:『聞君獨弄哀琴,故來看之,女亦小解撫弄。』即遣二婢取其氈被,並將酒肉飲食來,共景伯宴會。既訖,景伯還琴撫弄,出聲數曲,即授與鬼女。鬼女得琴,即嘆哀聲甚妙。二更向盡,亦可綢繆。鬼女歌訖還琴,景伯遂與彈。作詩曰:『今夜嘆孤愁,哀怨復難休。嗟娘有聖德,單夜共綢繆。』女郎云:『實若愁妾恩,當別報道得。』停琴煞(然)燭,遣婢出船,二人盡飲,不異生人。向至四更,其女遂起梳頭,悲傷泣淚,更亦不言。景伯問曰:『女郎是誰家之女?姓何字誰?何時更來相見?』女曰:『妾今泉壤,不覩已來,今經七載。聞君獨弄哀琴,故來解釋。如今一去,後會難期。』執手分別,忽然不見。景伯雙淚銜目,慷慨畏辭,思憶花容,悲情哽咽。良久歎訖,即入船中而坐。漸欲天明,惠女屍邊遂失衣裳雜物。尋覓搜求,遂向景伯船上得。即欲論官,景伯曰:『昨夜孤愁夜静,月下撫弄。忽有一女郎,並將二婢,來入我船,鼓琴戲樂。四更辭去,即與我行帳一具,縷繩一雙,錦被一張,與我爲信。我與他牙梳一枚,白骨籠子一具,金釧一雙,銀指環一雙。願女屍邊檢看,如無此物,一任論官。』惠明聞夫婦之禮,於後吉凶逆牙相追。聞者皆稱異哉。」所記與上述諸記迥異。

又傳爲晉劉安世事。《永樂琴書集成》卷五云：「雲泉琴者，乃晉劉安世所作也。於項兩邊作半月勢，五絃。常遊大江，月夜鳴琴，有女子就聽。安世琴畢，以辭調之曰：『低露下深幕，垂月照孤琴。空絃益宵淚，誰憐此夜心？』女和曰：『泣露下，月侵來，願爲煙與霧，氤氳君子懷。』傳安世《江南春》、《塞上曲》二曲，後數不至。以衣物狀貌訪之，所遇乃劉惠明亡女也。」注：「出《琴異録》。《續齊諧記》、《晉書紀》爲王欽伯之事。」

唐李端有《王敬伯歌》（《樂府詩集》卷六〇），云：「妾本舟中客，聞君江上琴。君初感妾歎，妾亦感君心。遂出合歡被，同爲交頸禽。傳杯唯畏淺，接膝猶嫌遠。侍婢奏箜篌，女郎歌《宛轉》。《宛轉》怨如何，中庭霜漸多。霜多葉可惜，昨日非今夕。徒結萬里歡，終成一宵客。王敬伯，淥水青山從此隔。」

元高德基《平江記事》云：「皇慶改元，有張三郎者，善弄笛。八月五日夜，在鶴橋上作《伊州曲》。夜静，有老人來，同坐石闌上，語曰：『爾笛固清，未能脱去塵俗。爲爾釐正之，當熟記心，毋忘可也。』乃指教其孔，换易數字，曲益清峻。張更求别教一曲，老人取笛自吹，超出塵俗。張問：『曲内云何？』老人歌曰：『月既明，西軒琴復清。寸心斗酒争芳夜，千秋萬歲同此情。歌宛轉，宛轉凄以哀。願爲星與漢，光景共徘徊。』再歌曰：『悲且傷，參差淚成行。低紅掩翠方無色，金徽玉軫爲誰鏘。歌宛轉，宛轉怨復悲。願爲烟與霧，氛氳共容姿。』張問：『何人所作？』答曰：『仙姝劉妙容歌也。』張叩何人記指，答曰：『妙容傳我。』復請授其指調，老人笑而起曰：『子凡心易忘，我豈能教爾耶？』去數步，不知其處。張後以指尋其曲，終不能得其高古之趣。」此好事者杜撰，亦有意趣。

梅鼎祚《才鬼記》卷一《劉妙容》,凡引《異苑》、《續齊諧記》、《晉書》三篇。引《續齊諧記》者,乃據《樂府詩集》,末附《太平御覽》所引《續齊諧記》,即《御覽》卷七六一所引。引《晉書》者末附邢子才《山河別記》,當據《廣記》。又附引《平江記事》。《豔異編》卷三六《王敬伯》,全同《才鬼記》所引《異苑》。《合刻三志》志鬼類、《唐人説薈》第十五集、《龍威秘書》四集有明人僞造之唐鄭蕡纂《才鬼記》,中亦有《王敬伯》,全同梅鼎祚《才鬼記》引《異苑》,而末增「敬伯因號其琴曰感靈」一句。《情史類略》卷八《王敬伯》,全同《合刻三志》。又《情史類略》卷二一《琴精》引《齊諧記》,同《事類賦注》卷一一所引。

蕭繹　金樓子志怪篇

據清鮑廷博《知不足齋叢書》本

《金樓子》，十卷，梁蕭繹撰。著録於《隋書·經籍志》、《舊唐書·經籍志》、《新唐書·藝文志》、《崇文總目》、《通志·藝文略》、《郡齋讀書志》、《直齋書録解題》、《宋史·藝文志》等，俱在雜家類。衢本《郡齋讀書志》釋云：「書十篇，論歷代興亡之跡，《箴戒》、《立言》、《志怪》、《雜説》、《自叙》、《著書》、《聚書》，通曰《金樓子》者，在藩時自號。」袁本作「書十五篇」，當是。《直齋書録解題》釋云：「雜記古今聞見，末一卷爲《自序》。」元明是書已罕傳。清乾隆間四庫館臣從《永樂大典》輯出佚文編爲六卷，共十四篇：《興王》、《箴戒》、《后妃》、《終制》、《戒子》、《聚書》、《二南五霸》、《説蕃》、《立言》、《著書》、《捷對》、《志怪》、《雜記》、《自序》。此本又經校勘載於《知不足叢書》，後又收入《百子全書》、《龍谿精舍叢書》等。

《志怪篇》在卷五，篇居十二，凡五十四條。前有序，自謂不以耳目之外無有怪者之説爲然，然則證萬物變怪，此其旨也。至其所載，乃多採舊文，粗陳妖祥而文采殊乏。

蕭繹，字世誠，小字七符，武帝衍第七子，南蘭陵（今江蘇常州市武進區西北萬綏鎮）人。天監七年（五〇八）生，承聖三年十二月（五五五）卒。天監十三年封湘東郡王，承聖元年（五五二）即位，是爲元帝。在位不足三年，西魏破江陵，被殺。事迹具《梁書》卷五《元帝紀》、《南史》卷八《梁本紀下》。蕭繹自號金樓子，博學好文，多與文士交，著述極富。有《梁元帝集》五十二卷，今存明人輯本八卷。所作志怪小説尚有《仙異傳》三卷、《研神記》一卷，均佚。

偃師木人

有人以優師〔一〕獻周穆王，甚巧。能作木人，趨走俯仰如人。頷〔二〕其頤，則可語；捧其手，則可舞。王與盛姬〔三〕共觀，木人瞚〔四〕其目，招王左右侍者。王大怒，欲誅優師。優師大怖，乃剖木以示王，皆附會革木所爲，五臟完具。王大悦。乃廢其肝，則目不能瞚；廢其心，則口不能語；廢其脾，則手不能運。王厚賜之。

〔一〕優師，即俳優，以戲弄之事事君王者，又曰倡。《説文》八上人部：「優……一曰倡也。」按：《列子·湯問》作「偃師」，乃工人之名，見附録。

〔二〕頷（qīn）頤，摇頭。

〔三〕盛姬，穆王妃，姬姓，盛柏之女，早卒，謚哀淑人。見《穆天子傳》卷六。

〔四〕瞚（shùn），目眨也。

本事出《列子·湯問》：「周穆王西巡狩，越崑崙，不至弇山，反還。未及中國，道有獻工人，名偃師。穆王薦之，（原注：「薦」當作「進」。）問曰：『若有何能？』偃師曰：『臣唯命所試。然臣已有所造，願王先觀之。』穆王曰：『日以俱來，吾與若俱觀之。』翌日，偃師謁見王，王薦之，曰：『若與偕來者何人邪？』對曰：『臣之所造能倡者。』穆王驚視之，趨步俯仰，信人也。巧夫顉其頤，則歌合律；捧其手，則舞應節。千變萬化，惟意所適。王以爲實人也，與盛姬内御竝觀之。技將終，倡者瞬其目，而招王之左右侍妾。王大怒，立欲誅偃師。偃師大懾，立剖散倡者以示王，皆傅會草木、膠漆、白黑丹青之所爲。王諦料之，内則肝膽、心肺、脾腎、腸胃，外則筋骨、支節、皮毛、齒髮，皆假物也，而無不畢具者，會合復如初見。王試廢其心，則口不能言；廢其肝，則目不能視；廢其腎，則足不能步。穆王始悦而歎曰：『人之巧乃可與造化者同功乎！』詔貳車載之以歸。」

按：木人事乃吾民關於機器人之卓越幻想。除木人，尚有木鳶、木鵰等。

《韓非子・外儲説左上》云：「墨子爲木鳶，三年而成，飛一日而敗。」《抱朴子・應嘲》云：「墨子刻木雞以厲天。」

《述異記》卷下云：「昔魯班刻木爲鶴，一飛七百里。」《酉陽雜俎》續集卷四引《朝野僉載》云：「魯般者……作木鳶，每擊楔三下，乘之以歸。」又云：「六國時，公輸般亦爲木鳶，以窺宋城。」

《異苑》卷一〇云：「魏安釐王觀翔鵰而樂之，曰：『寡人得如鵰之飛，視天下如芥也。』吴客有隱游者聞之，作木鵰而獻之王。王曰：『此有形無用者也。夫作無用之器，世之姦民也。』召隱游欲加刑焉。隱游曰：『臣聞大王之好飛也，故敢獻鵰，安知大王之惡此也。可謂知有用之鵰鳥，未悟無用之鵰鳥也。今臣請爲大王翔之。』乃取而騎焉，遂翻然飛去，莫知所之。」

《太平御覽》卷九一六引《録異記》(即《録異傳》)亦載,云:「魏安釐王曰:『寡人得如鵠之飛,視天下如莽也。』吴客有隱遊者,聞之,作木雕而獻王。王曰:『此有形無用者也。夫作無用之器,世之姦民也。』召遊者加刑焉。遊者曰:『臣聞大王之好飛也,故敢獻雕,安知王之不知此也。可謂知有用之用,未寤無用之用矣。』乃取而騎之,遂翻然而飛去,莫知所之。」

續異記

是書史志無目，散見於《初學記》、《六帖》、《太平廣記》、《太平御覽》、《事類賦注》徵引。《古小說鈎沉》輯十一條。所記爲漢至梁事，作者當是梁、陳間人。是書爲《異記》續書。《異記》係宋人齊諧撰。

徐邈

徐邈〔一〕，晉孝武帝時，爲中書侍郎〔二〕。在省直，左右人恒覺邈獨在帳内，以與人共語。有舊〔三〕門生，一夕伺之，無所見。天時微有光，始開窗户，瞥覩〔四〕一物，從屏風裏飛出，直入前鐵鑊中。仍逐視之，無餘物，唯見鑊中聚菖蒲根，下有大青蚱蜢。雖疑此爲魅，而古來未聞，但摘除其兩翼。

至夜，遂入邈夢云：「爲君門生所困，往來道絶。相去雖近，有若山河。」邈得夢，甚悽慘。門生知其意，乃微發其端。邈初時疑，不即道。頃〔五〕之曰：「我始來直省〔六〕，便見一青衣女子從前度，猶作兩髻，姿色甚美。聊試挑謔，即來就己。且愛之，仍溺情。亦不知其從何而至此。」兼告夢。門生因具以狀白，亦不復追殺蚱蜢。（據中華書局汪紹楹點校本《太平

廣記》卷四七三引《續異記》

〔一〕徐邈，字仙民，晉孝武帝時爲中書舍人、散騎常侍，安帝時拜驍騎將軍。《晉書》卷九一《儒林》有傳。

〔二〕中書侍郎，中書省屬員，掌起草政令等，始設於魏。《晉書》本傳作中書舍人，掌收納、轉呈文書章奏，亦屬中書省。

〔三〕舊，《廣記》清孫潛鈔宋本（嚴一萍《太平廣記校勘記》）作「老舊」。

〔四〕覩，原作「觀」，據《廣記》《筆記小説大觀》本改。《古小説鈎沉》作「覩」。

〔五〕頃，原作「語」，據《情史類略》卷二一《蚱蜢》改。

〔六〕直省，原作「直者」，據《四庫全書》本改。《廣記》明沈與文野竹齋鈔本作「此省」。

明吳大震《廣豔異編》卷二五《徐邈》、詹詹外史《情史類略》卷二一《蚱蜢》，均取自《廣記》。

朱法公

山陰〔一〕朱法公者，嘗出行，憩於臺城〔二〕東橘樹下。忽有女子，年可十六七，形甚端麗。薄晚，遣婢與法公相聞，方夕欲詣宿。至人定後乃來，自稱姓檀，住在城側。因共眠寢，至曉而去，明日復來。如此數夜。每曉去，婢輒來迎。復有男子，可六七歲，端麗可愛，女云是其弟。後曉去，女衣裙開，見龜尾及龜脚。法公方悟是魅，欲執之。向夕復來，即然火照覓，尋失所在。（據《太平廣記》卷四六九引《續異記》）

〔一〕山陰，縣名，秦始置，今浙江紹興市，東漢後爲會稽郡郡治。

〔二〕臺城，一名宛城。本孫吴都城建業後苑城，東晉成帝時蘇峻之亂被焚，後修成新宫，名建康宫、宫城。東晉、南朝爲臺省所在地，故名。故址在今南京市内。

明吴大震《廣豔異編》卷二五據《太平廣記》輯入。

神鬼傳

志史無目，撰人不詳。《古小説鈎沉》未輯。《太平廣記》引九條，又作《神鬼録》。《文選》卷一五《思玄賦》注引《鬼神志》一條，不知是否爲同書。遺文多已見載他書，有《搜神記》、《靈鬼志》、《冥祥記》、祖沖之《述異記》等，係雜取前人書而成。佚文記事下及劉宋，多涉晉宋地名，且有兩條見於祖沖之《述異記》，似爲梁、陳人作。

曲阿神

曲阿當大埭〔一〕下有廟。晉孝武世，有一逸刼，官司十人追之。刼逕至廟，跪請求救，許上一豬，因不覺忽在牀下。追者至，覓不見。群吏悉見入門，又無出處，因請曰：「若得刼者，當上大牛〔二〕。」少時刼形見，吏即縛將去。

刼因云：「神靈已見過度〔三〕，云何有牛猪之異，而乖前福！」言未絶口，覺神像面色有異。既出門，有大虎張口而來，逕奪取刼，銜以去。（據中華書局汪紹楹點校本《太平廣記》卷二九五引《神鬼傳》，鈔宋本作《神異傳》）

〔一〕曲阿，縣名。今江蘇丹陽市。埭（dài），土壩。

〔二〕大牛，《廣記》鈔宋本（嚴一萍《太平廣記校勘記》）作「大牢」。「大牢」即「太牢」，古代祭祀，以牛羊豕三牲具備者謂之太牢。

〔三〕度，度脱，使脱難。

録異傳

又作《録異記》，作者不詳。向無著録。佚文散見《北堂書鈔》、《藝文類聚》、《初學記》、《太平廣記》、《太平御覽》等，《古小説鈎沉》輯二十七條，有遺。

本書多取材前人志怪書。「江巖」條爲宋事，似取自梁元帝蕭繹《研神記》（《咸淳臨安志》卷二一五引《研神記》，又卷八八引「梁元帝記」江巖事，「記」蓋指蕭繹《研神記》）。然則本書殆作於陳世。

胡熙女鬼子

吴左中郎、廣陵相〔一〕胡熙，字元光。女名中，許嫁當出，而欻〔二〕有身，女亦不自覺。熙父信，嚴而有法，乃遣熙妻丁氏殺之。欻有鬼語腹中，音聲嘖嘖，曰：「何故殺我母？我某月某日當出。」左右驚怪，以白信。信自往聽，乃捨之。

及産兒遺地，則不見形，止聞兒聲在於左右。及長大，言語亦如人。熙妻别爲施帳，時自言：「當見形，使姥見。」熙妻視之，在丹帷裏，前後釘金釵，好手臂，善彈琴。時問姥及母所嗜欲，爲得酒脯棗之屬以還。母坐作衣，兒來抱膝緣背，數戲。中不耐之，意竊怒曰：

「人家豈與鬼子相隨！」即於旁怒曰：「就母戲耳，乃罵作鬼子。今當從母指中入於母腹，使母知之。」中指即直而痛，漸漸上入臂髀，若有貫刺之者，須臾欲死。熙妻乃設饌，祝請之，有頃而止。（據中華書局汪紹楹點校本《太平廣記》卷三一七引《録異傳》）

〔一〕左中郎，即左署中郎，左中郎署屬官，長官稱左中郎將，職掌訓練管理等。廣陵，西漢爲國，東漢改郡，治廣陵縣（今江蘇揚州市西北蜀岡上）。相，諸侯王國之行政長官，位當郡守。按：《三國志・吴書》及注無胡熙，亦無廣陵相，而有廣陵太守。

〔二〕欻（xū），忽也。

鄒覽

謝邈爲吴興郡〔一〕，帳下給使〔二〕鄒覽，乘樵船在部伍後。至平望亭〔三〕，夜風雨，前部伍頓住。覽露船，無所庇宿，顧見塘下有人家燈火，便往投之。至，有一茅屋，中有一男子，年可五十，方織薄〔四〕。别牀有小兒，年十歲許〔五〕。覽求寄宿，此人欣然相許。小兒啼泣歔欷，此人喻止之不住，啼遂至曉。覽問何意，曰：「是僕兒，以〔六〕其母當嫁，悲戀故啼耳。」將曉覽去，顧視不見向屋，唯有兩塚，草莽湛深〔七〕。行逢一女子乘船，謂覽曰：「此中非人所行，君何故從中出？」覽具以昨夜所見事告之。女子曰：「此是我兒。實欲改

適，故來辭墓。」因哽咽，至塚號咷。不復嫁。（據《太平廣記》卷三一八引《録異傳》，又《吴郡志》卷四七引《録異記》）

〔一〕謝邈，字茂度，東晉孝武時爲吴興太守，《晉書》卷七九有傳。《廣記》、《吴郡志》俱引作「謝邈之」，誤，今删正。吴興郡，孫吴置，治烏程縣（今浙江湖州市南）。

〔二〕給（jǐ）使，差役。

〔三〕平望亭，時屬吴郡，今爲平望鎮，在江蘇吴江市西南四十五里。

〔四〕方，《廣記》作「夜」，此從《吴郡志》。薄，通「箔」，簾也。

〔五〕「許」字《廣記》無，據《吴郡志》補。

〔六〕「以」字原無，據《吴郡志》補。

〔七〕草，《吴郡志》作「榛」。湛，深也。《吴郡志》作「甚」。

江巖

昔宋人江巖〔一〕，常到吴採藥。及富春縣〔二〕清泉山南，遥見一美女，紫衣，獨踞石而歌，聲有《碣石》之音〔三〕。其詞曰：「風淒淒，雲溶溶，水潺潺兮不息，山蒼蒼兮萬重〔四〕。」巖往，未及數十步輒去，女處唯見所踞石耳。如此數日〔五〕。巖乃擊破石，遂從石中得一紫

玉，廣長一尺。後不復見女。（據中華書局影印宋本《太平御覽》卷八〇五引《録異傳》，又《事類賦注》卷九引）

〔一〕「昔宋人」三字《御覽》、《事類賦注》均無，據南宋潛説友《咸淳臨安志》卷八八《祥異》引「梁元帝記」補。江巖，《太平廣記》卷四〇一引《列（録）異傳》作「江嚴」。

〔二〕富春縣，秦始置，今浙江富陽市。東晉咸安二年（三七二）避鄭太后諱改富陽縣。按：南朝宋時已稱富陽，此蓋用其舊名。

〔三〕《碣石》，古樂府名。《樂府詩集》卷五四《舞曲歌辭·碣石篇》云：「《南齊書·樂志》：『《碣石》，魏武帝辭，晉以爲《碣石舞》。其歌四章，一曰《觀滄海》，二曰《冬十月》，三曰《土不同》，四曰《龜雖壽》。』……按《相和大曲·步出夏門行》亦有《碣石篇》，與此並同，但曲前更有豔爾。」此句「梁元帝記」作「有穿雲裂石之聲」。

〔四〕「其詞曰」至此據「梁元帝記」補。

〔五〕日，《廣記》作「四」。

《太平廣記》卷四〇一引作《列異傳》，曰：「江嚴於富春縣清泉山，遥見一美女，紫衣而歌。嚴就之，數十步，女遂隱，唯見所據石。如此數四。乃得一紫玉，廣一尺。」按：據「梁元帝記」，江巖乃劉宋人，必不出《録異傳》，「列」乃「録」之譌也。

南宋潛説友《咸淳臨安志》卷八八《祥異》引《梁元帝記》云：「昔宋人江巖因採藥至富春清泉南，見美女，衣紫，踞石而歌，有穿雲裂石之聲。其詞曰：『風淒淒，雲溶溶，水潺潺兮不息，山蒼蒼兮萬重。』亟往就之，遽失所在。惟存所踞之石。巖剖石，得紫玉，廣長尺許。」按：《咸淳臨安志》卷二五引有《研神記》，《研神記》梁元帝蕭繹撰，所謂「梁元帝記」，蓋即《研神記》。疑《録異傳》此條取自《研神記》也。《太平御覽》卷八〇五又引《録異傳》曰：「邴浪者，安樂人。行到松滋縣九田山下，見一鳥，形如雉而色正赤，集山巖石上，鳴聲如吹笙。即射中之，鳥仍入石穴中。浪遂鑿石，得一赤玉，狀如鳥形。」二事相類，唯一女一雉耳。（按：《廣記》卷四〇一以「又」字亦接引此事，愈可見所注《列異傳》之譌矣。）

如願

昔廬陵邑子歐明者〔一〕，從客賈〔二〕。道經彭澤湖〔三〕，每過〔四〕，輒以舡中所有多少投湖中，云以爲禮。積數年。後復〔五〕過，忽〔六〕見湖中有大道，道上多風塵，有數吏，着單衣〔七〕，乘車馬來候，云是青洪君〔八〕使，要明過〔九〕。明知是神，然不敢不往。吏車載明〔一〇〕，須臾達，見有府舍，門下吏卒。明〔一一〕甚怖，問吏，恐不得還。吏曰：「無可怖。青〔一二〕洪君以君前後有禮，故要君。必有重送君者〔一三〕，皆勿收，獨求如願爾。」

去，果以繒帛送。明辭之，乃求如願〔一四〕。神大怪明知之，意甚惜。不得已，呼如願，使隨明〔一五〕去。如願者，青洪君侍婢〔一六〕也，常使之取物。青洪君語明曰：「君領取至家，如要物，但就如願，所須皆得〔一七〕。」

明將如願歸，所欲輒得之，數年〔一八〕大成富人。意漸驕盈，不復愛如願。歲朝〔一九〕，雞初〔二〇〕一鳴，呼如願，如願不即〔二一〕起。明大怒，欲捶之，如願乃走。明逐之於糞上。糞上有昨日故歲掃除聚薪，足以偃人〔二二〕，如願乃於此逃〔二三〕得去。明不知，謂逃在積薪糞中，乃以杖捶糞〔二四〕使出。久無出者，乃知不能得〔二五〕，因〔二六〕曰：「汝但使我富，不復捶汝。」

今世人歲朝雞鳴時，輒〔二七〕往捶糞，云使人富也。（據《太平御覽》卷四七二引《録異傳》，又《荆楚歲時記》注、《初學記》卷一八、《御覽》卷二九又卷五〇〇、《太平廣記》卷二九二、《事物紀原》卷八、《山谷詩集註》卷六《常父答詩有煎點徑須煩緑珠之句復次韻戲答》任淵注、《山谷外集詩註》卷一三《宫亭湖》史容注、《山谷别集詩註》卷下《戲用題元上人此君軒詩韻奉答周彦起予之作病眼空花句不及律書不成字》史季温注、《輿地紀勝》卷二五、《增廣分門類林雜説》卷八並引，《歲時記》注、《御覽》卷二九、《類林雜説》作《録異記》，《御覽》卷五〇〇譌作《異録傳》，《廣記》談本譌作《博異録》，明鈔本作《録異傳》，又《海録碎事》卷二引《荆楚歲時記》）

〔一〕廬陵，郡名。漢末孫策分豫章郡置，治石陽縣（今江西吉水縣東北），吴移治高昌縣（今江西泰和縣西北），西晉還舊治。廬陵亦縣名，西漢置，治今江西泰和縣西北，東漢興平元年（一九四）併入高昌縣。歐明，原譌作「甌明」，據《初學記》、《御覽》卷五〇〇、《廣記》、《事物紀原》、《山谷外集詩註》、《類林雜説》引正；《歲時記》

注、《御覽》卷二九引作「區」，《歲時記》注校云：「一作『歐』。」《山谷詩集註》、《山谷別集詩註》、《輿地紀勝》引作「歐陽明」。

〔二〕「客」原譌作「容」，據《御覽》《四庫全書》本、鮑崇城校本正。《初學記》、《廣記》、《山谷詩集註》、《山谷外集詩註》、《山谷別集詩註》、《輿地紀勝》、《類林雜説》作「從賈客」，《御覽》卷五〇〇引作「商行」。

〔三〕彭澤湖，又稱彭蠡澤。古彭蠡在今長江北岸，西漢以後江北彭蠡逐漸萎縮，彭蠡遂指江南湖澤，即今鄱陽湖北部。晉後彭蠡澤已包括今鄱陽湖大部。《類説》卷六《荆楚歲時記》引《異記》（脱「録」字）作「清湖」，《海録碎事》引作「清明湖」，並誤。

〔四〕「過」字原無，據《廣記》補。

〔五〕「復」字原無，據《初學記》、《類林雜説》補。

〔六〕「忽」字原無，據《初學記》、《類林雜説》補。

〔七〕「着單衣」三字原無，據《御覽》卷五〇〇補。《廣記》作「皆著黑衣」。

〔八〕青洪君，《寶顔堂祕笈》本《歲時記》注作「青湖君」，《類説》本「青」作「清」。《廣記》作「清洪君」，《海録碎事》作「清明君」。

〔九〕「明過」二字原無，據《廣記》補。

〔一〇〕此四字原無，據《廣記》補。

〔一一〕「須臾達」以下十二字原無，據《初學記》補，《類林雜説》同，惟「達」作「遥」。《廣記》作「須臾，見有府舍，門下吏卒」。

〔一二〕青，原譌作「責」，今正。

〔一三〕「有」字原無，據《初學記》、《御覽》卷五〇〇、《類林雜説》補。此句《廣記》作「以重送君」，《山谷詩集註》、《山谷外集詩註》、《山谷別集詩註》、《輿地紀勝》作「必有重遺」。

〔一四〕「去」以下十三字《初學記》、《山谷詩集註》、《山谷別集詩註》、《輿地紀勝》作「明既見青洪君，乃求如願」，《類林雜説》作「明既見青洪君，君問所須，明曰欲求如願」。

〔一五〕「明」字原無，據《廣記》補。

〔一六〕「君侍」二字原無，據《類林雜説》補。

〔一七〕「青洪君語明曰」以下二十二字原無，據《歲時記》注補，「洪」字原作「湖」。

〔一八〕數年，《山谷詩集註》、《山谷外集詩註》、《輿地紀勝》作「數十年」，當誤。

〔一九〕歲朝，正月初一，《歲時記》注作「正旦」。《廣記》作「正月歲朝」。

〔二〇〕「初」字原無，據《廣記》、《事物紀原》補。

〔二一〕「即」字原無，據《廣記》、《事物紀原》補。

〔二二〕此句原無，據《廣記》補。

〔二三〕「逃」字原無，據《廣記》、《事物紀原》補。

〔二四〕「糞」字原無，據《廣記》補。

〔二五〕「得」字原無，據《廣記》補。

〔二六〕因，原譌作「困」，據鮑本及《廣記》正。

〔二七〕輒，原作「轉」，據《廣記》、《事物紀原》改。

此事《搜神記》已有記，見唐韓鄂《歲華紀麗》卷一注引。《新輯搜神記》卷六輯入，云：「昔有商人歐明，乘船過青草湖。忽遇風，晦暝，而逢青草湖君。邀歸止家，堂宇甚麗。謂歐明曰：『惟君所須富貴金玉等物，吾當與卿。』明未知所答。傍有一人私語明曰：『君但求如願，不必餘物。』明依其人語，湖君默然。須臾，便許。及出，乃呼如願，是一少婢也。湖君語明曰：『君領取至家，如要物，但就如願，所須皆得。』明至家，數年遂大富。後至歲旦，如願起晏，明鞭之。如願以頭鑽糞帚中，漸没，失所在。明家漸貧。故今人歲旦，糞帚不出户者，恐如願在其中也。」地域、情事與《録異傳》頗有異同，顯係别一傳聞。明刻《搜神記》卷四乃據《初學記》卷一八引《録異傳》濫輯。

《荆楚歲時記》云：「正月一日……又以錢貫繫杖脚，迴以投糞掃上，云令如願。」注：「按：《録異記》云：『有商人區明者，過彭澤湖。有車馬出，自稱青湖君，要明過家，厚禮之。問何所須。有人教明，但乞如願。及問，以此言答。青湖君甚惜如願，不得已許之，乃是一少婢也。青湖君語明曰：「君領取至家，如要物，但就如願，所須皆得。」自爾商人或有所求，如願並爲即得，數年遂大富。後至正旦，如願起晚，商人以杖打之。如願以頭鑽入糞中，漸没失所。後商人家漸漸貧。』今北人正旦夜，立于糞掃邊，令人執杖打糞堆，以答假痛。又以細繩繫偶人，投糞掃中，云『令如願』，意者亦爲如願故事耳。」（按：此引頗異他書所引。）

北宋高承《事物紀原》卷八《歲時風俗部·捶糞》云：「《録異傳》曰：『歐明遇彭澤青洪君，君有婢名如願，君使隨明。明意有所願，如願輒得之，成富人。後不復愛如願。正月歲朝雞初鳴，呼之不即起。

欲捶之，願走糞上，乃故歲掃除所聚者，由此逃去。明謂在積壤中，以杖捶糞使出。知不可得，因曰：「汝富我，不復捶汝也。」今人元日雞鳴時，輒往積壤間捶之，云使人富。』蓋起自歐明也。今京東之俗猶然。」

晁補之《雞肋集》卷二一詩題云：「宮亭神甚靈，云有婢名如願，以借客。有所求，叩如願即獲。神又能於湖心分風，使上下各得順風。故劉删詩云：『回艫乘派水，舉棹逐分風。』」詩云：「同舟自古無胡越，南北東西路不同。不問宮亭借如願，只求四面與分風。」宮亭湖即彭蠡湖。

南宋范成大《吴郡志》卷二記吴中風俗云：「除夜……夜向明，則持杖擊灰積，有祝詞，謂之打灰堆。蓋彭蠡廟中如願故事，吴中獨傳。」

清初有《求如願》雜劇，言歐陽明累世清廉，誦《法華經》甚虔，青湖龍王女如願亦奉此經，感吕純陽指示結婚，飛升仙去，正影借此也。（見蔣瑞藻《小説考證》續編卷二）

稽神異苑

據文學古籍刊行社影印明刊《類説》本

《稽神異苑》首見於南宋晁公武《郡齋讀書志》小説類著録，十卷，云：「右題云南齊焦度撰。雜編傳記鬼神變化及草木禽獸妖怪譎詭事。按焦度，南安氏也，質訥樸戇，以勇力事高帝，決不能著書，又卒於建元四年（按：實卒於永明元年，晁氏誤記），而所記有梁天監中事，必非也。《唐志》有焦路（按：應作「璐」）《窮神祕苑》十卷，豈即此書而相傳之譌歟？」《文獻通考·經籍考》小説家類據此著録。按：焦度事迹見《南齊書》卷三〇及《南史》卷四六。度字文續，氣力弓馬絶人，仕宋、齊，累官淮陵太守、遊擊將軍。齊永明元年（四八三）卒，年六十一。度一介武夫，「爲人朴澀」，「好飲酒，醉輒暴怒」。晁氏謂《稽神異苑》非度作，極是。然《稽神異苑》絶非焦璐之《窮神祕苑》。焦璐唐末徐州從事也。《宋史·藝文志》小説類著録焦潞《稽神異苑》十卷，乃將二書相混。

此書作者頗疑乃陳人焦僧度。據《陳書》卷八《周文育傳》、卷九《侯瑱傳》、卷三五《周迪傳》等，焦僧度在梁紹泰二年（五五六）爲江州刺史，車騎將軍侯瑱部將，勸説侯瑱投靠陳霸先（即陳武帝）。太平二年（五五七），隨平西將軍周文育討平南江州刺史余孝頃。陳文帝天嘉三年（五六二），爲雲麾將軍、合州刺史，封南固縣侯。《稽神異苑》記事最晚爲梁事，與焦僧度時代相合。蓋是書在流傳中撰名脱去「僧」字，遂誤爲焦度，而後人又冠「南齊」二字。

本書明世似尚存，陳第《世善堂藏書目録》語怪類著録有《稽神異苑》十卷，焦度撰。書已散佚，《類説》卷四〇節録十四條。又《吴郡志》、《施註蘇詩》、《永樂大典》等引佚文十五條。是書鈔撮舊籍而成，大都標舉引書，如《搜神記》、《博物志》、《三吴記》、《三齊記》、《九江記》、《江表記》（《江表録》）、《六朝録》、《征途記》、《洞冥記》等。中多取《異苑》文。其事後又多爲《八朝窮怪録》所取。故事頗有佳者，惜乎斷簡殘編，舊觀不存矣。

白魚江郎

《三吴記》〔一〕曰：餘姚百姓王素，有一女，姿色殊絶。有少年，自稱江郎，求婚。經年，女生一物，狀若絹囊。母以刀割〔二〕之，悉是魚子。乃伺江郎就寢細視，所着衣衫皆鱗甲之狀，乃以石碪〔三〕之。曉見床下一魚，長六七尺。素持刀斷之，命家人煑食。其女後適於人。

〔一〕《三吴記》，不詳撰人。《太平廣記》引有佚文四條，卷一一八引《劉樞》，爲劉宋時事，知書出南朝。文廷式《補晉書藝文志》卷三有顧長生《三吴土地記》，非此。

〔二〕割，《類説》明嘉靖伯玉翁鈔本作「剖」。

〔三〕碪（zhēn），同「砧」，擣衣石。此用爲鎮壓之義。《廣記》引《三吴記》作「鎮」（見附録）。

《太平廣記》卷四六八引《三吴記》,叙事特詳,乃《三吴記》原文。《稽神異苑》既引《三吴記》,其文自不應簡陋如此,乃《類説》節録所致。兹將《廣記》引文迻録於下:「吴少帝五鳳元年四月,會稽餘姚縣百姓王素,有室女,年十四,美貌。隣里少年求娶者頗衆,父母惜而不嫁。嘗一日,有少年姿貌玉潔,年二十餘,自稱江郎,願婚此女。父母愛其容質,遂許之。問其家族,云居會稽。後數日,領三四婦人,或老或少者,及二少年,俱至家。因持資財以爲聘,遂成婚媾。已而經年,其女有孕。至十二月,生下一物如絹囊,大如升,在地不動。母甚怪異,以刀割之,悉白魚子。素因問江郎:『所生皆魚子,不知何故?』素亦未悟。江郎曰:『我所不幸,故産此異物。』其母心獨疑江郎非人,因以告素。素密令家人,候江郎解衣就寢,收其所著衣視之,皆有鱗甲之狀。素見之大駭,命以巨石鎮之。及曉,聞江郎求衣服不得,異常詬駡。尋聞有物偃踣,聲震於外。家人急開户視之,見牀下有白魚,長六七尺,未死,在地撥剌。素砍斷之,投江中。女後别嫁。」

明吴大震《廣豔異編》卷二四《江郎》、詹詹外史《情史類略》卷二一《白魚怪》,取自《太平廣記》。

志怪

六朝以「志怪」名書者甚衆，孔約、曹毗、祖台之、許氏等均有《志怪》，殖氏有《志怪記》。諸書尚有引《志怪》、《怪志》、《志怪集》、《志怪録》、《志怪傳》者頗多。除少數可考知撰人外，餘皆莫詳所出，唯知均出東晉南朝。魯迅一併輯入《雜鬼神志怪》，然《雜鬼神志怪》自有專書。今選輯三則，繫於南朝之末。

張禹

永嘉中，黄門將〔一〕張禹，曾行經大澤中。天陰晦，忽見一宅門大開，禹遂前至廳事。有一婢出問之，禹曰：「行次遇雨，欲寄宿耳。」婢入報之。尋出，呼禹前。見一女子，年三十許，坐帳中，有侍婢二十餘人，衣服皆燦麗。問禹所欲，禹曰：「自有飯，唯須飲耳。」女敕取鐺與之。因燃火作湯。雖聞沸聲，探之尚冷。

女曰：「我亡人也。塚墓之間，無以相共〔二〕，慙愧而已。」因歔欷告禹曰：「我是任城縣〔三〕孫家女，父爲中山太守〔四〕，出適頓丘〔五〕李氏。有一男一女，男年十一，女年七歲。亡後，李氏幸我舊使婢承貴者。今我兒每被捶楚，不避頭面，常痛極心髓。欲殺此婢，然亡人氣弱，須有所憑。託君助濟此事，當厚報君。」禹曰：「雖念夫人言，緣殺人事大，不敢承命。」婦人曰：「何緣令君手刃！唯欲因君爲我語李氏家，説我告君事狀。李氏念惜承貴，必作禳除。君當語之，自言能爲厭斷〔六〕之法。李氏聞此，必令承貴莅事，我因伺便殺之。」禹許諾。

及明而出，遂語李氏，具以其言告之。李氏驚愕，以語承貴，大懼，遂求救於禹。既而禹見孫氏自外來，侍婢二十餘人，悉持刀刺承貴，應手仆地而死。未幾，禹復經過澤中，此人遣婢送五十匹雜綵以報禹。（據中華書局汪紹楹點校本《太平廣記》卷三一八引《志怪》）

〔一〕黄門將，守衛禁門之將。禁門色黄，故曰黄門。

〔二〕共，通「供」，奉也。

〔三〕任城縣，西漢置，今山東濟寧市東南。東漢、西晉爲任城國治所。

〔四〕中山，漢初置中山郡，治盧奴縣（今河北定州市），後改國。十六國後趙改郡。西晉懷帝永嘉中爲國。國行政長官爲内史，位當太守，故亦稱内史爲太守。

〔五〕頓丘，縣名，西漢置，在今河南清豐縣西南，西晉爲頓丘郡治所。

〔六〕厭（yā）斷，即厭勝，以符呪法物驅邪或制人伏物。

此條明吴大震編入《廣豔異編》卷一九，題《李氏婦》。

夏侯弘

夏侯弘常自云見鬼神〔一〕，與其言語委曲，衆未之信。鎮西將軍謝尚〔二〕，常所乘馬忽暴死。會弘詣尚，尚憂惱〔三〕至甚。弘謂尚曰：「我爲公活馬何如〔四〕？」尚常不信弘，答曰：「卿若能令此馬更生者，卿真實通神矣〔五〕。」弘於是便下床去。良久還，語尚曰：「廟神愛樂君馬，故取之〔六〕耳。向我詣神請之，初殊不許，後乃見聽。馬即爾〔七〕便活。」尚時對死馬坐〔八〕，甚不信，怪其所言。須臾，其馬忽從門外走還，衆咸見之，莫不驚惋。既至馬屍間便滅〔九〕。應時能動，有頃，奮迅呼鳴。尚於是歎息〔一〇〕。

謝曰：「我無嗣，是我一身之罰。」弘經時無所告，曰：「頃所見小鬼耳，必不能辨此源由。」後忽逢一鬼，乘新車，從十許人，着青絲布袍。弘前捉〔一一〕牛鼻，車中人謂弘曰：「何以見阻〔一二〕？」弘曰：「欲有所問。鎮西將軍謝尚無兒，此君風流令望，不可使之絕祀。」車中人動容曰：「君所道正是僕兒。年少時與家中婢通，誓約不再婚而違約。今此婢死，在天訴之，是故無兒。」弘具以告，尚曰：「吾少時誠有此事。」

弘于江陵見一大鬼，提矛戟急走〔一三〕，有小鬼隨從數人〔一四〕。弘畏懼，下路避之。大鬼過後，捉得一小鬼，問：「此何物？」曰：「廣州大殺。」弘曰：「以此矛戟何爲〔一五〕？」曰：「殺人以此矛戟。若中心腹者，無不輒死；中餘處，不至於死〔一六〕。」弘曰：「治此病有方否？」鬼曰：「殺烏雞薄心〔一七〕，即差。」弘又曰：「今欲何行也？」鬼曰：「當至荆、揚二州。」爾時比日〔一八〕行心腹病，無有不死者。弘在荆州〔一九〕，乃教人殺烏雞以薄之，十不失八九。今有中惡，輒用烏雞薄之，弘之由也〔二〇〕。（據中華書局影印宋本《太平御覽》卷八九七引《志怪集》及《太平廣記》卷三二二引《志怪録》，又《藝文類聚》卷九三引《怪志》、《御覽》卷八八四引《志怪》）

〔一〕夏侯弘，《御覽》卷八九七原引作「孫弘」，《類聚》、《御覽》卷八八四、《廣記》引作「夏侯弘」，今從。

〔二〕謝尚，字仁祖，豫章太守謝鯤子。穆帝永和中，拜尚書僕射，都督豫、揚五郡軍事，尋進號鎮西將軍（時在永和十一年，即三五五年，見《晉書·穆帝紀》），鎮壽陽。升平初卒於歷陽，年五十，無嗣。《晉書》卷七九有傳。

〔三〕憂惱，《御覽》卷八九七作「愛惜」，此從《廣記》。

〔四〕此句《類聚》作「我能令馬活，信通神不」。

〔五〕此句《廣記》作「卿真爲見鬼也」。

〔六〕「取之」二字據《廣記》補。

〔七〕「爾」字原闕，據鮑崇城校本《御覽》卷八九七補，原譌作「耳」。

〔八〕《御覽》卷八九七「尚時」下闕四字，《廣記》作「尚對死馬坐」，鮑本作「尚對死馬生」，「生」當爲「坐」字之譌，今據補四字。

〔九〕「間便滅」三字《御覽》卷八九七無，據《廣記》補。
〔一〇〕按：開首至此據《御覽》卷八九七輯。
〔一一〕捉，持也，握也。原作「提」，據《廣記》鈔宋本(嚴一萍《太平廣記校勘記》)改。
〔一二〕阻，鈔宋本作「任」。任，吩咐，使用。
〔一三〕此句《廣記》原作「提矛戟」，《御覽》卷八八四引作「投弓戟急走」，據補「急走」二字。
〔一四〕此句《御覽》卷八八四作「小鬼數百從之」。
〔一五〕「曰廣州大殺」以下十三字《廣記》無，據《御覽》卷八八四補。
〔一六〕以上七字《廣記》無，據《御覽》卷八八四補。
〔一七〕此句《廣記》作「以烏雞薄之」，據《御覽》卷八八四改。薄，着也，附也。
〔一八〕比日，連日。《太平御覽》卷八八四作「此二州皆」。
〔一九〕「在荆州」三字《廣記》原無，據《御覽》卷八八四補。
〔二〇〕按：自「謝曰我無嗣」至此據《廣記》輯。

此事載於明刊《搜神記》卷二，全同《太平廣記》引，係濫輯。《五朝小説·魏晉小説》傳奇家自《廣記》取之，題曰《夏侯鬼語記》，妄加撰人爲晉孔曄，以欺世惑人。《重編説郛》卷一一七、《古今説部叢書》三集以入祖台之《志怪録》，亦無據。

又傳郭璞活趙固馬事，見《搜神記》、《晉書·郭璞傳》、《獨異志》卷上。《搜神記》文詳，今録下資參：

「趙固常乘一疋赤馬以征戰,甚所愛重,常繫所住齋前。忽腹脹,少時死。郭璞從北過,因往詣之。門吏云:『將軍好馬今死,甚愛惜,今盛懊惋。』景純便語門吏云:『入通,道吾能活此馬,則必見我。』門吏聞,驚喜,即啓固。固踴躍,令門吏走迎之。始交寒温,便問:『卿能活我馬不?』璞曰:『馬可活耳。』固忻喜,即問:『須何方術?』璞云:『得卿同心健兒二三十人,皆令持長竹竿,於此東行三十里,當有丘陵林樹,狀若社廟。有此者,便以竿攪擾打拍之,當得一物,便急持歸。既得此物,馬便活矣。』於是命左右驍勇之士五十人使去,果如璞言,得大藂林,有一物似猴而非,走出。人共逐得,便抱持歸。入門,此物遥見死馬,便跳梁欲往。璞令放之,此物便自走往馬頭間,噓吸其鼻。良久,馬即起噴鼻,奮迅鳴喚,便不復見此物。固厚資給,璞得過江。」(《新輯搜神記》卷三《郭璞活馬》。按:明刊《搜神記》、《搜神後記》皆輯)

顧邵

顧邵〔一〕爲豫章,崇學校,禁淫祀,風化大行。歷毁諸廟,至廬山廟,一郡悉諫,不從。夜忽聞有排大門聲,怪之。忽有一人,開閤逕前,狀若方相〔二〕,自説是廬君〔三〕。邵獨對之,要進上牀,鬼即入〔四〕坐。邵善〔五〕《左傳》,鬼遂與邵談《春秋》,彌夜不能相屈。邵歎其積辯,謂曰:「《傳》載晉景公所夢大厲者〔六〕,古今同有是物也。」鬼笑曰:「今大則有之,厲則不然。」燈火盡,邵不命取,乃隨燒《左傳》以續之。

鬼頻請退，邵輒留之。鬼本欲凌邵，邵神氣湛然，不可得乘。鬼反和遜，求復廟，言旨懇至。邵笑而不答，鬼發怒而退，顧謂邵曰：「今夕不能讐君，三年之内，君必衰矣，當因此時相報。」邵曰：「何事忽忽？且復留談論。」鬼乃隱而不見。視門閤，悉閉如故。如期，邵果篤疾，恒夢見此鬼來擊之。並勸邵復廟，邵曰：「邪豈勝正！」終不聽。後遂卒。（據《太平廣記》卷二九三引《志怪》，又《續談助》卷四殷芸《小説》引）

〔一〕顧邵，《續談助》卷四殷芸《小説》引作「顔邵」，誤，《類説》卷四九殷芸《小説》作「顧劭」。邵字孝則，吴郡吴人，吴丞相顧雍長子，孫策女壻。邵博覽書傳，風聲流聞。二十七歲起家爲豫章太守，在郡五年，卒官。見《三國志》卷五二《吴書》本傳。

〔二〕方相，古時頭蒙熊皮以驅疫者。《周禮・夏官・方相氏》曰：「方相氏，掌蒙熊皮，黄金四目，玄衣朱裳，執戈揚盾，帥百隸而時難（儺），以索室敺疫。」鄭玄注：「蒙，冒也，冒熊皮者，以驚敺疫癘之鬼，如今之魌頭也。時難，四時作方相氏以難，卻凶惡也。」

〔三〕廬君，《小説》作「廬山君」，廬山之神也。

〔四〕入，《廣記》原譌作「人」，據《類説》本《小説》正。

〔五〕善，《廣記》鈔宋本（嚴一萍《太平廣記校勘記》）作「恒讀」。

〔六〕《左傳》成公十年載：「晉侯（景公）夢大厲，被髮及地，搏膺而踊曰：『殺余孫不義，余得請於帝矣。』壞大門及寢門而入。公懼，入于室，又壞户。」杜預注：「厲，鬼也，趙氏之先祖也。八年晉侯殺趙同、趙括，故怒。」

妖異記

不見著録，《太平廣記》卷四七四引《窮神秘苑》（唐焦璐編）之《盧汾》，首云「《妖異記》曰」，乃後魏莊帝永安二年（五二九）事。又敦煌遺書句道興《搜神記》殘卷之「劉寄」，記馮翊（治今陝西西安市高陵縣）人劉寄在瀛州市賣牛被殺而冤報事，末云「事出《南妖皇記》」，頗疑《妖皇記》即《妖異記》之譌，而「南」字前後當有闕字，或爲人名或爲地名。此亦爲北魏事。瀛州（治今河北滄州市河間市）置於北魏太和十一年（四八七）。句本斯六〇二二號作營州，營州（治今遼寧朝陽市）太平真君五年（四四四）置，亦北魏州名。兩條佚文所記爲北魏異聞，主人公皆今陝西人，當係北魏末（北魏亡於五三四年）至西魏或北周間作品。

審雨堂

夏陽〔一〕盧汾，字士濟。幼而好學，晝夜不倦。後魏莊帝〔二〕永安二年七月二十日，將赴洛，友人宴於齋中。夜闌月出之後，忽聞廳前槐樹空中，有語笑之音，并絲竹之韻。數友人咸聞，訝之。俄見女子，衣青黑衣，出槐中，謂汾曰：「此地非郎君所詣，奈何相造也？」汾曰：「吾適宴罷，友人聞此音樂之韻，故來請見。」女子笑曰：「郎君真姓盧耳。」乃入穴中。

俄有微風動林，汾歎訝之，有如昏昧。及舉目，見宮宇豁開，門戶迥然。有一女子，衣青衣，出户，謂汾曰：「娘子命郎君及諸郎相見。」汾以三友俱入，見數十人，各年二十餘，立於大屋之中。其額號曰「審雨堂」。汾與三友歷階而上，與紫衣婦人相見。謂汾曰：「適會同宮諸女，歌宴之次，聞諸郎降重〔三〕，不敢拒，因此請見。」紫衣者乃命汾等就宴。後有衣白者、青黄者，皆年二十餘，自堂東西閣出，約七八人，悉妖艷絶世。相揖之後，歡宴未深，極有美情。

忽聞大風至，審雨堂梁傾折，一時奔散〔四〕。汾與三友俱走，乃醒。既見庭中古槐，風折大枝，連根而墮。因把火照所折之處，一大蟻穴，三四螻蛄，一二蚯蚓，俱死於穴中。汾謂三友曰：「異哉！物皆有靈，況吾徒適與同宴，不知何緣而入。」於是及曉，因伐此樹，更無他異。（據中華書局汪紹楹點校本《太平廣記》卷四七四引《窮神秘苑》）

〔一〕夏陽，今陝西韓城市南西少梁，北魏屬華州。

〔二〕後魏，即北魏。莊帝，即孝莊帝元子攸，五二八年至五三〇年在位。

〔三〕降重，屈駕光臨。清陳鱣校本作「隆重」。隆重，貴盛。

〔四〕以上三句,鈔宋本(嚴一萍《太平廣記校勘記》)作「忽聞大風,所望審雨堂梁傾,一時弃散」。「忽聞大風至」,明吴大震《廣豔異編》卷二五《審雨堂志》作「忽大風雨」。

明本《搜神記》卷一〇「審雨堂」條云:「夏陽盧汾,字士濟。夢入蟻穴,見堂宇三間,勢甚危豁,題其額曰『審雨堂』。」按:干寶《搜神記》不當載此。此見《紺珠集》卷七、《類説》卷七、《説郛》卷四所摘《搜神記》,又《海録碎事》卷九上、《錦繡萬花谷》前集卷一、《古今合璧事類備要》前集卷二引作《搜神記》。《紺珠集》曰:「盧汾夢入蟻穴,見堂宇豁開,題榜曰『審雨堂』。」其餘文字大同。《紺珠集》、《類説》所摘《搜神記》,必是闌入《窮神祕苑》。《窮神祕苑》唐末焦璐(一作潞)撰,雜編古小説記傳而成。此書宋時又題《搜神録》(見《宋史·藝文志》小説類),書名與干寶書相似,《紺珠集》、《類説》竄入此事者,殆此故也。明刊《搜神記》輯録者暗昧不明,乃據而誤輯,文字有所添改,又據《廣記》補盧汾之字里。明吴大震編《廣豔異編》卷二五據《太平廣記》輯入,題《審雨堂記》。唐人李公佐以此爲素材,撰傳奇《南柯太守傳》。

侯白　旌異記

《旌異記》，隋侯白撰。《隋書·經籍志》雜傳類著録十五卷，稱侯君素撰，《舊唐書·經籍志》雜傳類、《新唐書·藝文志》小説家類同，卷數皆與《隋書》、《北史》本傳合。道宣《續高僧傳》卷二則稱「時有秀才儒林郎侯白奉敕撰《旌異傳》一部二十卷，右隋朝相州秀才儒林郎侯君素奉文皇帝敕撰」。《日本國見在書目録》雜傳家著録作《旌異記》十卷，隋費長房《歷代三寶記》卷一二亦作十卷。蓋流傳中卷軸分合不同，故有歧説。《歷代三寶記》書名作《積異傳》，顧況《戴氏廣異記序》作《精異記》。「旌」者，顯明、彰明之意，「精」、「積」皆字譌也。書已佚。《重編説郛》卷一一八輯録《旌異記》十則，皆爲宋事，而妄題撰人爲宋侯君素。魯迅輯佚文十則，載《古小説鉤沉》，有遺漏。

侯白字君素，魏郡鄴縣（今河北臨漳縣西南鄴鎮）人。好學有捷才，性滑稽，好爲俳諧雜説。舉秀才，爲儒林郎，隋文帝令於祕書修國史。後給五品食，月餘而卒。著《啓顔録》十卷、《酒律》、《笑林》等。事迹見《隋書》卷五八《陸爽傳》及《北史》卷八三《文苑·李文博傳》所附《侯白傳》及道宣《續高僧傳》卷二《達摩笈多傳》、蘇鶚《蘇氏演義》卷下。

北周武帝繼北魏太武帝之後滅佛，隋文帝復弘揚佛法，故命侯白著此書，以證佛法靈驗。是書「多叙感應即事，亟涉弘演釋門者」(《續高僧傳》)，乃釋氏輔教之志怪小説也。

靈芝寺

高齊[一]初，沙門實公[二]者，嵩山高栖士也。旦從林慮向白鹿山[三]，因迷失道。日將隅中[四]，忽聞鍾聲，尋響而進，巖岫重阻。登陟而趣[五]，乃見一寺，獨據深林。三門[六]正南，赫奕輝焕。前至門所看額，云「靈芝寺」[七]。門外五六犬，其大[八]如牛，白毛黑喙，或踊或卧，以眼眄實。實怖將返。須臾，見胡僧外來[九]，實唤不應，亦不迴顧，直入門内，犬亦隨入。良久，實見無人，漸入次門[一〇]。屋宇四周，房門並閉。進至講堂，唯見牀榻高座儼然。實入西南隅牀上坐。

久之，忽聞棟[一一]間有聲。仰視，見開孔如井大，比丘前後從孔飛下，遂至五六十人。依位坐訖，自相借問：「今日齋時，何處食來？」或言豫章、成都、長安、隴右[一二]、薊北[一三]、嶺南、五天竺[一四]等。無處不至，動即千萬餘里。末後一僧從空而下，諸人競問：「來何太遲？」答曰：「今日相州[一五]城東彼岸寺鑒禪師講會，各各豎義。大有[一六]後生聰俊，難問詞旨鋒起，殊爲可觀，不覺遂晚而至。」實本事鑒爲和上[一七]，既聞此語，望得參話，希展上流[一八]。整衣將起[一九]，咨[二〇]諸僧曰：「鑒是實和上。」諸僧直視，忽隱寺所〔二一〕，獨坐磐石柞木之下。向之寺宇，一無所見，唯覩巖谷，禽鳥翔集，喧亂切心。及出山〔二二〕，以問尚統法師，尚曰：「此寺石趙時佛圖澄法師〔二三〕所造，年歲久遠，賢聖居之，非凡所住。或汎〔二四〕或隱，遷徙無定，今山行者，猶聞鍾聲。」（據中華書局周叔迦等校注《法苑珠林》卷九一引侯君素《旌異記録》，又《太平廣記》卷九九引侯君素《旌異記》，道宣《集神州三寶感通録》卷下亦引，無出處）

〔一〕高齊，即北齊，五五〇年高歡子高洋代東魏稱帝，國號齊，史家稱爲北齊或高齊，以別於南朝蕭氏所建者。五七七年滅於北周，凡二十八年。

〔二〕實公，《廣記》引作「寶公」，《感通録》引作「嵩公」。

〔三〕林慮，山名，本名隆慮，避東漢殤帝諱改，在河南林州市西。白鹿山，在今河南輝縣市西，有石成鹿形，故名。輝縣在林州南。

〔四〕隅中，將近午時。《淮南子・天文訓》：「日……至于衡陽是謂隅中，至于昆吾，是謂正中。」《廣記》、《感通録》作「禺中」，音義皆同。

〔五〕趣，通「趨」，往也。《廣記》作「趨」。

〔六〕三門，《廣記》作「山門」，佛寺大門。按：佛寺大門曰「山門」、「三門」均可。清梁章鉅《浪跡續談》卷六《三門》云：「有優人以牙牌呈請點戲者，中有《三門》一齣，客詰之，優人曰：『此即魯智深醉酒耳。』坐中皆大笑曰：『何以誤山門爲三門？』余解之曰：『此殆非誤也。《釋氏要覽》云：寺宇開三門者佛地。論云：

謂空門、無相門、無作門，故名三門。』然則作山門者轉誤，特非優人所能見及耳。然山門亦自有出處。《高僧傳》云：『支遁於石城山立棲光寺，宴坐山門，游心禪苑。』蘇文忠公留佛印、玉帶於金山，亦有『永鎮山門』語。」

〔七〕靈芝寺，《廣記》作「靈隱寺」，《感通録》作「靈隱之寺」。

〔八〕大，《珠林》原作「犬」，《廣記》、《感通録》同。《法苑珠林校注》據《高麗藏》本改作「大」。

〔九〕「見」字《珠林》無，據《廣記》補。胡，《感通録》作「梵」。

〔一〇〕以上三句《廣記》作「寶見人漸次入門」。

〔一一〕棟，《廣記》作「東」，誤。

〔一二〕隴右，隴山以西地區，面南右方爲西。隴山，在今陝西隴縣西南。

〔一三〕薊北，指幽州一帶。幽州治薊縣(今北京市西南隅)，在北部，故名。「薊」同「薊」。

〔一四〕五天竺，即古印度，時分五部，故稱五天竺，又稱五天、五印度。

〔一五〕相州，北魏分冀州置，治鄴縣(今河北臨漳縣西南鄴鎮)。北周徙治安陽城(今河南安陽市西南)，隋置縣，移治今安陽市。

〔一六〕大有，《廣記》作「有一」。

〔一七〕和上，即和尚，《廣記》作「和尚」。原爲「博士」、「親教師」之義，後用爲僧人通稱。此指親教師(親承教誨之師)，猶言師父。

〔一八〕展，陳述。上流，上等人，此指諸比丘。

〔一九〕將，乃也。此句《廣記》作「因整衣而起」。

〔二〇〕咨，《廣記》作「白」。
〔二一〕此句《感通録》作「奄然失地」，《廣記》作「頃之，已失靈隱寺所在矣」。
〔二二〕此三字原作「出」，據《廣記》補。
〔二三〕石趙，東晉太興二年（三一九）羯人石勒爲趙王，建都襄國（今河北邢臺市）。東晉咸和四年（三二九）滅前趙，次年稱帝。石勒從子石虎遷都鄴。史稱後趙或石趙，以別匈奴人劉曜之前趙。佛圖澄，本天竺人，永嘉四年（三一〇）東至洛陽。投石勒，號大和尚，又爲石虎所重。《晉書》卷九五《藝術》有傳。
〔二四〕汎，浮現。《感通録》作「現」。《廣記》作「沈」，誤，沈（沉）亦隱也。

顔之推　冤魂志

據中國書店影印宣統二年刻本《法苑珠林》

《隋書·經籍志》雜傳類著録《冤魂志》三卷,顔之推撰。《舊唐書·經籍志》雜傳類、《新唐書·藝文志》小説家類、《册府元龜》卷五五六《採撰部》、《通志·藝文略》傳記類冥異屬同。《崇文總目》小説類、《宋史·藝文志》小説類作《還冤志》三卷,《遂初堂書目》小説類亦作《還冤志》,無卷數。《直齋書録解題》卷一一小説家類又作《北齊還冤志》二卷,《文獻通考》同。按顔之推後裔顔真卿《贈祕書少監國子祭酒太子少保顔君廟碑》云:「之推字介,著《家訓》二十篇,《冤魂志》三卷。」書名卷數全同《隋志》。《法苑珠林》卷一〇〇《傳記篇·雜集部》:「《承天達性論》、《冤魂志》一卷,《誡殺訓》一卷,右三部齊光禄大夫顔之推撰。」書中徵引亦俱作《冤魂志》(個別譌作《怨魂志》)。此可證書名實爲《冤魂志》,名《還冤志》或《還冤記》者,乃後人改。至於《北齊還冤志》者尤誤。《冤魂志》記事上起西周春秋,下迄北齊北周及陳,並不專記北齊事。之推仕齊時久,傳在《北齊書》,歷來多視爲北齊人,此所謂《北齊還冤志》題名之由也。《太平御覽》卷九七七又引作《冤報記》,《太平廣記引用書目》又作《報冤記》,皆亦異稱耳。

原書不傳。明人書目如《紅雨樓書目》小説類有《還冤記》二卷,陳第《世善堂藏書目録》史類語怪屬有《北齊還冤記》二卷,晁瑮《寶文堂書目》子雜類有《冤魂志》,殆皆輯本。清末陸心源《皕宋樓藏書志》著録有舊鈔本《冤魂志》一卷,題北齊黄門侍郎顔之推撰,宋荼(「茶」字之譌)陵陳仁子同校。蓋宋末元初陳仁子所輯。此本今藏日本静嘉堂文庫，共三十七事，首爲「杜伯」條。可能輯自《法苑珠林》，但有遺漏。明陳繼儒《寶顔堂祕笈》收《還冤志》一卷三十六事，比陳輯本只少「杜伯」，其餘全同，蓋即襲自陳輯本而改名，脱去一篇。《四庫全書》、《詒經堂藏書》本同《寶顔堂祕笈》本。《四庫全書總目》卷一四二著録明何鏜《漢魏叢書》本《還冤志》三卷，與《四庫全書》本不符。何鏜《漢魏叢書》本「上始周宣王杜伯之事」，疑與陳輯本同。《五朝小説·魏晉小説》、《續百川學海》、《唐宋叢書》、《重編説郛》、《古今説部叢書》所收題《還冤記》，一卷，内容亦同《寶顔堂祕笈》本。《增訂漢魏叢書》本亦題《還冤記》，三十二事，脱四事。敦煌文書中有唐中和二年（八八二）寫本《冥報記》殘卷十五事，十五事全在今傳《還冤記》一卷本中，知實爲本書殘卷，非唐臨《冤報記》也。

《法苑珠林》、《太平廣記》引用本書甚多，多有不見今本者。臺灣周法高《顔之推還冤記考證》，據今本及《珠林》、《廣記》共輯六十條。王國良《顔之推冤魂志研究》（臺北文史哲出版社，一九九五）凡輯六十條，附録五條（皆爲《珠林》引作《冥祥記》）。又羅國威著《〈冤魂志〉校注》（巴蜀書社，二〇〇一）亦輯六十條，附輯佚文六條（皆出《顔世家訓·歸心篇》）。

今傳各本多題北齊黄門侍郎顔之推或北齊顔之推撰，《顔氏家訓》亦題北齊黄門侍郎顔之推撰，皆非作者原署，乃後人所題。《冤魂志》成書年代在隋世，是晚年之作。書中記有北齊、北周及陳事，而《太平廣記》卷一二九所引《後周女子》言及後周宣帝崩，宣帝崩於大象二年（五八〇）五月，次年二月楊堅即代周，此可證也。《顔氏家訓·歸心篇》云好殺報驗事「其數甚多，不能悉録爾，且示數條於末」，凡記七事，似尚未撰作本書。而《家訓》作於隋開皇九年（五八九）平陳之後，則本書更晚於《家訓》。

顔之推，字介，梁湘東王蕭繹鎮西府諮議參軍顔協之子。琅邪臨沂（今山東臨沂市北）人。生於梁中大通三年（五三一），卒於隋開皇十一年（五九一）之後。早年博覽羣書，湘東王蕭繹用爲國左常侍（一作右常侍），加鎮西墨曹參軍。繹遣世子方諸出鎮郢州，以之推爲中撫軍府外兵參軍，掌管記。湘東王即位（梁元帝），爲散騎侍郎，奏舍人事。承聖三年（五五四）西魏破江陵，攜家奔北齊，除奉朝請。天保末（五五九），爲中書舍人。遷通直散騎常侍，領中書舍人，除黄門侍郎。齊亡入周，大象末（五八〇）爲御史上士。隋開皇中，太子楊勇召爲東宫學士，甚見禮重。尋以疾終。《北齊書》卷四五、《北史》卷八三《文苑》有傳。繆鉞有《顔之推年譜》。（《讀史存稿》，三聯書店，一九六三）之推著有《顔氏家訓》二十卷，今存，《顔黄門集》三十卷，佚。又有志怪書《集靈記》二十卷，僅存一條，魯迅輯入《鈎沉》。

之推篤信佛法，《辯正論》卷三《十代奉佛上篇》贊其奉佛恭儉篤信，《家訓・歸心篇》專論佛家教義，於善惡報應致意再三，告誡子孫「但當兼修戒行，留心誦讀，以爲來世津梁」，實可見其撰述《冤魂》之旨。此書取材多涉現實，抨惡揚善，至爲深刻，叙事慘烈痛切，觸目驚心，非一般「釋氏輔教書」所能及。

孫元弼

晉富陽縣令王範，有妾桃英，殊有姿色，遂與閤下〔一〕丁豊、史華期二人姧通。範嘗〔二〕出行不還，帳内都督〔三〕孫元弼，聞丁豊户中有環珮聲，覘視，見桃英與同被而卧。元弼叩户扇叱之，桃英即起，攬裙理鬢，躡履還内。元弼又見華期帶珮桃英麝香。二人懼元弼告之，乃共謗元弼與桃英有私。範不辨察，遂煞〔四〕元弼。

有陳超者，當時在座，勸成元弼罪。後範代還，超亦出都看範。行至赤亭山〔五〕下，值雷雨日暮。忽然有人扶超腋，逕曳將去，入荒澤中。電光照見一鬼，面甚青黑，眼無瞳子，曰：「吾孫元弼也。訴冤皇天，早見申理。連時候汝，乃今相遇。」超叩頭流血。鬼曰：「王範既爲事主，當先殺之。賈景伯、孫文度在太山玄堂下〔六〕，共定死生名録。桃英魂魄，亦收在女青亭〔七〕者，是第三地獄名，在黄泉下，專治女鬼。」投〔八〕至天明，失鬼所在。

超至楊都〔九〕詣範，未敢説之。便見鬼從外來，逕入範帳。至夜，範始眠，忽然大猒〔一〇〕，連呼不醒。家人牽青牛臨範上〔一一〕，并加桃人、左索〔一二〕。向明小酥。十許日而死，妾亦暴亡。

超亦逃走長干寺〔一三〕，易姓名爲何規。後五年三月三日〔一四〕，臨水酒酣，超云：「今當不復畏此鬼也。」低頭，便見鬼影已在水中，以手搏〔一五〕超鼻，血大出，可一升許。數日而殂〔一六〕。（據《法苑珠林》卷九一引《冤魂志》，又《太平廣記》卷一一九引《冥報志》，明鈔本、鈔宋本作《還冤記》，《寶顔堂祕笈》本等）

〔一〕閤下，門下，指守門吏。閤，官署之門。

〔二〕嘗，《廣記》作「當」。

〔三〕帳内，指衙内，即縣署。都督，此指差役頭目。《廣記》作「督」。

〔四〕煞，同「殺」。

〔五〕赤亭山，《咸淳臨安志》卷二七《山川六·富陽縣》：「赤松子山，在縣東九里。高一百五十丈，周回四十里一百步。赤松子駕鶴時憩此，因得名。其形孤圓，望之如華蓋，又名華蓋山。一曰赤亭山，又曰雞籠山。」其地有赤亭里。《太平寰宇記》卷九三《杭州·富陽縣》：「赤亭里，即嚴子陵釣於此，有臺基存。」

〔六〕賈景伯，即賈逵。字景伯，東漢扶風平陵（今陝西咸陽市西北）人。賈誼九世孫。著名經學家，尤明《左傳》，史稱「諸儒宗」。官終侍中。見《後漢書》卷六六本傳。孫文度，即孫晷，字文度，晉富春（今浙江富陽市）人。「恭孝清約，學識有理義」。見《晉書》卷八八《孝友傳》。按：道教冥府鬼神，多以忠孝義烈之士爲之。太山玄堂，即泰山地府。古謂泰山治鬼。

〔七〕女青亭，葛玄《太上慈悲道場消災九幽懺》卷八云：北都羅酆山三十六獄，北列之三爲女青獄。

〔八〕投，至也。《古今説部叢書》本作「役」，連上讀。

〔九〕楊都，即揚都，亦即建康（今南京市）。

〔一〇〕猒，同「厭」，「魘」之古字。夢魘，惡夢。《寶顔堂祕笈》、《五朝小説》、《重編説郛》、《四庫全書》、《增訂漢魏叢書》等本及《廣記》並作「魘」。

〔一一〕按：古者常以青牛爲神物。《玄中記》云：「萬歲樹精爲青牛。」又云：「漢桓帝時，出遊河上，忽有一青牛從河中出，直走蕩桓帝邊，人皆驚走。……此青牛是萬年木精也。」（《古小説鉤沉》）《列異傳》云：「武都故道縣有怒特祠，云神本南山大梓也。昔秦文公二十七年伐之……樹斷，化爲牛，入水。」（《古小説鈎沉》）《玄中記》、《録異傳》亦載，俱云是青牛。《藝文類聚》卷九四引《風俗通》佚文載，蜀守李冰化蒼牛與江神蒼牛相鬬。《太平廣記》卷四三四引《渚宮故事》，云荆州老翁驅青牛，桓玄以己牛易之，牛入水不出； 又引《稽神録》云京口石公山下二青牛戲於水，有白衣老翁長可三丈，執鞭於其旁。仙者亦常以青牛爲乘。《初學記》卷二九引《關令傳》云老子乘青牛車度關。《神仙傳》卷一〇云：「封衡，字君達……常駕一青牛，人莫知其名，因號青牛道士。」由是遂以青牛爲辟邪之物。裴啓《語林》云鬼謂宗岱曰：「君絶我輩血食二十餘年，君有青牛、髯奴，所以來得相困耳。」（《古小説鈎沉》）《新輯搜神後記》卷九《王戎》：「凡人家殯殮葬送，苟非至親，不可急往。良不獲已，可乘青牛，令髯奴御之，及乘白馬，則可禳之。」梁劉孝威有《辟厭青牛畫贊》（《類聚》卷九四引）。又有以白牛辟邪者。《初學記》卷二九引郭璞《洞林》曰：「義興方叔保得傷寒垂死，令璞占之，不吉，令求白牛厭之。」

〔一二〕桃人，桃木所刻之人像，辟邪之物。見《玄中記·桃都山》及附録。左索，又稱左索繩。《玄中記》載桃都山二神「執葦索，以伺不祥之鬼，得而煞之」，左索即由此化來，以爲治鬼辟邪之用。《南史》卷七六《釋寳誌傳》：「直解杖頭左索繩擲與之，莫之解。」葛洪《肘後備急方》卷一《治卒魘寐不寤方第五》：「又方，以甑帶、左索縛其肘後，男左女右，用餘梢急絞之，又以麻縛脚，乃詰問其故。約勑解之，令一人坐頭守，一人於户内呼病人姓名，坐人應曰諾在便蘇。」

〔一三〕長干寺，在建康長干巷。

〔一四〕三月三日，上巳節，届日士民臨水爲流杯之飲。《荆楚歲時記》：「三月三日，四民並出江渚池沼間，臨清流，爲流杯曲水之飲。」《廣記》作「二月三日」，誤。

〔一五〕搏，《寶顏堂祕笈》、《五朝小説》、《重編説郛》、《四庫全書》、《增訂漢魏叢書》等本作「撏」。撏（xián），取也。《方言》：「撏、攓、摭、挻，取也。南楚曰攓，陳、宋之間曰摭，衛、魯、揚、徐、荆、衡之郊曰撏。」《廣記》作「博」，通「搏」。

〔一六〕明仁孝皇后《勸善書》卷一八載此事，末有「丁、史二人亦尋卒」一句。

明吴大震《廣豔異編》卷一九據《太平廣記》輯入，題《桃英》。

《太平御覽》卷三五九引《謝氏鬼神列傳》曰：「下邳陳超，爲鬼君弼所逐，改名何規。從餘杭步道還家，求福，絶不敢出入。五年後，意漸替懈。與親舊臨水戲，酒酣，共説往事，超云：『不復畏此鬼也。』小俛首，乃見鬼影在水中，超驚怖。時亦有乘馬者，超借馬騎之，下鞭奔驅。此鬼與超遠近常如初。微聞鬼云：『汝何規耶？急急就死！』」

諸葛元崇

瑯琊諸葛覆〔一〕，宋元嘉年爲九真太守〔二〕，家累悉在揚都〔三〕，唯將長子元崇述職〔四〕。覆於郡病亡，元崇年始十九，送喪欲還。覆門生何法僧，貪其資貨，與伴共推元崇墮水而死，因分其財。

爾夜，元崇母陳氏夢元崇還，具叙父亡〔五〕事及身被殺委曲：「屍骸流漂，怨酷無雙〔六〕。違奉〔七〕累載，一旦長辭，銜悲茹恨，如何可説！」歔欷不能自勝。又云：「行速疲極，困〔八〕卧牕下牀上，以頭枕牕。母〔九〕視兒眠處，足知非虚矣。」陳氏悲怛驚起，把火照兒眠處，沾濕猶如人形。於是舉家號泣，便如問〔一○〕。

于時徐森之始除交州〔一一〕，徐道立爲長史，道立即陳氏從姑兒也。具疏所夢，託二徐檢〔一二〕之。二徐〔一三〕道遇諸葛喪船，驗其父子亡日，如鬼語。乃收其行凶二人，即皆款服，依法殺之。更差人送喪達都。（據《法苑珠林》卷三二引《冤魂志》，又《太平廣記》卷一二七引《還冤記》，敦煌本、《寶顔堂祕笈》本等）

〔一〕《珠林》前原有「宋」字，《廣記》及敦煌本、《寶顔堂祕笈》本、《四庫全書》本等本無。按：《珠林》「感應緣」引事體例，每事皆冠以朝代。下文已有「宋」字，此處顯爲道世自加，今刪。

〔二〕元嘉，宋文帝年號（四二四—四五三）。《珠林》、《廣記》及諸本並譌作「永嘉」，爲晉懷帝年號，今正。九真，郡名。東漢、晉、宋屬交州。初治胥浦（今越南清化西北），劉宋移治移風（今清化北）。

〔三〕家累，家眷。揚都，即揚州，大邑曰都。劉宋揚州治建業，今南京市。

〔四〕述職，赴任，就職。送，《廣記》引作「赴」。《北史》卷三二《崔楷傳》：「初置殷州，以楷爲刺史，加後將軍。楷將之州，人咸勸單身述職。」「述」原作「送」，據敦煌本改。《廣記》作「赴」。

〔五〕父亡，原作「亡父」，據敦煌本、《廣記》乙改。

〔六〕無雙，無比。敦煌本「雙」作「何」。無何，無可奈何，不知怎麽辦。

〔七〕違奉，不能侍奉，對母而言。敦煌本、《廣記》作「奉違」，意同。

〔八〕困，敦煌本作「因」。

〔九〕母，敦煌本作「旦」，《廣記》作「明日」。

〔一〇〕如，往也。問，告也，訊也。此句敦煌本作「便始發聞」，《重編説郛》、《五朝小説》、《四庫全書》、《增訂漢魏叢書》等本作「便發聞」，《廣記》作「便如發聞」。發聞，揭發也。

〔一一〕《宋書》卷五《文帝紀》：「(元嘉)十四年秋八月戊午，以尚書金部郎中徐森之爲交州刺史。」

〔一二〕檢，《廣記》及《五朝小説》、《重編説郛》、《增訂漢魏叢書》等本作「驗」。

〔一三〕二徐，《廣記》作「徐道立」。

太樂伎

宋元嘉中，李龍等夜行劫掠。于時丹陽陶繼之爲秣陵縣令〔一〕，微〔二〕密尋捕，遂擒龍等。龍所引〔三〕一人，是太樂伎〔四〕，忘其姓名。劫發之夜，此伎推〔五〕同伴往就人宿，共奏音聲。陶不詳審，爲作款列〔六〕，隨例申〔七〕上。及所宿主人士貴賓客並相明證，陶知枉濫，但以文書已行，不欲自爲通塞〔八〕，遂並諸劫十人，於郡門斬之。此伎聲藝精能，又殊辯慧。將死之日，親鄰知識看者甚衆。伎曰：「我雖賤隸，少懷慕善，未嘗爲非，實不作劫。陶令已當具知，枉見殺害。若死無鬼則已，有鬼必自陳訴。」因彈琵琶，歌曲〔九〕而就死。衆知其枉，莫不殞泣。

月餘日，陶遂夜夢伎來，至案前云：「昔枉見殺，實所不分〔一〇〕。訴天得理，今故取君。」便跳〔一一〕入陶口，仍落腹中。陶即驚寤，俄而倒絶，狀若風顛，良久方醒。有時而發，發輒夭矯〔一二〕，頭反著背。四日而亡。亡後家便貧顇，一〔一三〕兒早死，餘有一孫，窮寒路次，乞食而已〔一四〕。（據《法苑珠林》卷六七引《冤魂記》，又《太平廣記》卷一一九引《還冤記》，敦煌本、《寶顔堂祕笈》本等）

〔一〕丹陽，郡名。西漢置，治宛陵縣（今安徽宣城市宣州區），東漢末移治建業縣（今江蘇南京市）。隋廢。秣陵，縣名，即建業縣，西晉改秣陵，隋并入江寧縣。

〔二〕微，《廣記》作「令人」。

〔三〕引，牽引，指罪犯引發同夥。

〔四〕太樂，秦、漢以下設太樂令，掌樂人及諸樂事。伎，藝人、樂工。「伎」原作「妓」，《寶顔堂祕笈》、《五朝小説》、《重編説郛》、《四庫全書》、《增訂漢魏叢書》等本及《廣記》作「伎」。按：妓爲女性，伎可指妓，妓不得亦指男伎。太樂伎被牽參與劫案，似爲男性，據改，下同。

〔五〕推，求也。敦煌本作「携」，《廣記》作「與」。

〔六〕款列，陳列案情。敦煌本、《廣記》作「款引」。款引，罪犯供詞。

〔七〕申，原譌作「車」，據敦煌本、《寶顔堂祕笈》、《五朝小説》、《重編説郛》、《四庫全書》、《增訂漢魏叢書》等本及

《廣記》正。

〔八〕通塞，指呈報糾正。

〔九〕曲，《廣記》作「數曲」。

〔一〇〕不分，同「不忿」，氣不服也。《寶顔堂祕笈》、《五朝小説》、《重編説郛》、《增訂漢魏叢書》等本及《廣記》作「不忿」。《四庫全書》本作「不忍」，《古今説部叢書》本作「深忿」。

〔一一〕「跳」字原無，據敦煌本、《廣記》補。

〔一二〕「發」字原無，據《珠林》《大正新脩大藏經》本、敦煌本及《廣記》補。夭矯，屈曲。

〔一三〕一，敦煌本、《廣記》作「二」。

〔一四〕此句原無，據敦煌本補。

本事出祖沖之《述異記》（《古小説鈎沉》輯本），曰：「陶繼之元嘉末爲秣陵令，殺劫，其中一人是大樂伎，不爲劫，而陶逼殺之。將死曰：『我實不作劫，遂見枉殺。若見鬼，必自訴理。』少時，夜夢伎來云：『昔枉見殺，訴天得理，今故取君。』遂跳入陶口，仍落腹中。須臾復出，乃相謂云：『今直取陶秣陵，亦無所用，更議王丹陽耳。』言訖遂没。陶未幾而卒，王丹陽果亡。」

徐鐵臼

宋東海徐某甲，前妻許氏，生一男，名鐵臼，而許亡。某甲改娶陳氏。陳氏凶虐，志滅鐵臼。陳氏後〔一〕産一男，生而呪〔二〕之曰：「汝若不除鐵臼，非吾子也。」因之名曰鐵杵，欲以杵擣鐵臼也。於是捶打鐵臼，備諸苦毒。飢不給食，寒不加絮。某甲性闇弱，又多不在舍〔三〕，後妻恣意行其暴酷。鐵臼竟以凍餓病杖而死，時年十六〔四〕。

亡後旬餘，鬼忽還家，登陳牀曰：「我鐵臼也，實無片罪，横見殘害。我母訴怨於天，今得天曹符，來取鐵杵，並及汝身〔五〕。當令鐵杵疾病，與我遭苦時同。將去自有期日，我今停此待之。」聲如生時，家人賓客不見其形，皆聞其語。於是恒在屋梁上住。

陳氏跪謝搏頰，爲設祭奠。鬼云：「不須如此，餓我令死，豈是一餐所能對謝〔六〕！」陳夜中竊語道之，鬼厲聲曰：「何敢道我！今當斷汝屋棟。」便聞鋸聲，屑亦隨落，拉然有響，如棟實崩，舉家走出。炳燭照之，亦了無異。鬼又罵鐵杵曰：「汝既殺我，安坐宅上以爲快也！當燒汝屋。」即見火然，煙焰大猛，内外狼狽〔七〕。俄爾自滅，茅茨儼然，不見虧損。日日罵詈，時復歌云：「桃李華，嚴霜落柰何！桃李子，嚴霜早落已〔八〕。」聲甚傷切，似是自悼不得成長也。

於時鐵杵六歲，鬼至便病，體痛腹〔九〕大，上氣妨食。鬼屢打之，處處青黶〔一〇〕。月餘，並母〔一一〕而死。鬼便寂然〔一二〕。（據《法苑珠林》卷七五引《怨魂志》，又《太平廣記》卷一二〇引《還冤記》，敦煌本、《寶顔堂祕笈》本等）

〔一〕「後」字原無，據敦煌本補。
〔二〕呪，《廣記》作「祝」。祝，禱也。
〔三〕「舍」字原無，據《五朝小説》、《重編説郛》、《增訂漢魏叢書》等本及《廣記》補。
〔四〕十六，敦煌本作「六歲」。
〔五〕此句原無，據敦煌本補。
〔六〕對謝，敦煌本、《五朝小説》、《重編説郛》、《增訂漢魏叢書》等本及《廣記》作「酬謝」，義同。
〔七〕以上二句《廣記》作「煙爛火盛，内外狼籍」。
〔八〕早落已，敦煌本作「早落之」，《五朝小説》、《重編説郛》、《增訂漢魏叢書》等本作「早已落」，《廣記》作「落早已」。
〔九〕痛，敦煌本作「瘦」。腹，原譌作「腸」，據《珠林》《高麗藏》本及《大正藏》本、敦煌、《五朝小説》、《重編説郛》、《增訂漢魏叢書》等本、《廣記》正。
〔一〇〕黶(ǎn)，深黑色。《五朝小説》、《重編説郛》、《增訂漢魏叢書》等本及《廣記》此句作「打處青黶」，黶(yǎn)，黑也。
〔一一〕「並母」二字原無，據敦煌本補。
〔一二〕此句下《寶顔堂祕笈》、《五朝小説》、《重編説郛》、《四庫全書》、《增訂漢魏叢書》等本有「無聞」二字。

弘氏

梁武帝欲爲文皇帝陵上起寺〔一〕，未有佳材。宣意有司，使加求訪。先有曲阿人姓弘，忘名，家甚富厚。乃共親族，多齎財貨，往湘州〔二〕治生。遂經數年〔三〕，營得一栰，可長千步，材木壯麗，世所罕有。還至南津〔四〕，南津校尉〔五〕孟少卿，希朝廷旨，乃加繩墨〔六〕。弘氏所齎〔七〕衣裳繒綵，猶有殘餘，誣以涉道劫掠所得，并劾造作過制，非商估所宜。結正〔八〕處死，没入其栰〔九〕，以充寺用。奏遂施行。

弘氏〔一〇〕臨刑之日，敕其妻子：「可以黄紙百張，并具筆墨，置棺中也。死而有知，必當陳訴。」又書少卿姓名數十，吞之。

可經一月，少卿端坐，便見弘來。初猶避捍，後稍款服，但言乞恩，嘔血而死。凡諸獄官及主書舍人，預此獄事署奏者，以次殂殁。未出一年，零落皆盡。皇基寺〔一一〕營搆始訖，天火燒之，略無纖芥。所埋柱木，入地成灰也。（據《法苑珠林》卷七八引《冥祥記》，又《太平廣記》卷一二〇引《還冤記》。按：王琰《冥祥記》作於齊，此爲梁事，必是《冤魂志》之誤）

〔一〕梁武帝，梁開國君主蕭衍，五〇二年至五四九年在位。梁武崇法，廣修佛事，史稱「溺於釋教，弛於刑典」（《南史》卷七《梁本紀中》）。文皇帝，即蕭衍父蕭順之，仕齊爲鎮北將軍，封臨湘縣侯，蕭衍即位後尊爲文皇帝。文皇帝及其后妃陵墓在蘭陵縣（今江蘇常州市武進區西北萬綏鎮）。《南史》卷六《梁本紀上》：「天監元年夏四月……追尊皇考爲文皇帝，廟號太祖。皇妣張氏爲獻皇后，陵曰建陵，郗氏爲德皇后，陵曰脩陵。」

〔二〕湘州，晉始置，治臨湘縣（今湖南長沙市）。

〔三〕遂經數年,《廣記》引作「經年」。

〔四〕南津,地名,在臨湘西。《水經注》卷三八《湘水》:「湘水又北逕南津城西,西對橘洲,或作『吉』字,爲南津洲。」

〔五〕南津校尉,《南史》卷七〇《郭祖深傳》:「(梁武帝)普通七年,改南州津爲南津校尉,以祖深爲之。」校尉,魏晉南北朝時期校尉名號甚多,職掌不一,此似爲管理少數民族地區軍政之校尉。

〔六〕繩墨,法律。

〔七〕齎,《廣記》作「賷」。

〔八〕結正,判罪,定案判決。

〔九〕杌,原作「官杌」,「官」字疑衍,今删。《廣記》作「財」。

〔一〇〕此二字原無,據《廣記》補。

〔一一〕皇基寺,《南史》卷七《梁本紀中》:「梁武帝大同十年三月,「甲午,幸蘭陵。庚子,謁建陵。……辛丑,哭于脩陵。壬寅,於皇基寺設法會,詔賜蘭陵老少位一階,並加頒賚」。《廣記》作「其寺」。

張絢部曲

梁武昌太守張絢〔一〕,常〔二〕乘船行。有一部曲,役力小不如意,絢便躬捶之。一下即殍〔三〕,無復活狀,絢遂推置江中。須臾頃,見此人從水而出,對絢斂手曰:「罪不當死,官枉見殺,今來相報。」即跳入絢口。絢因得病，少日而死。（據《法苑珠林》卷七八引《冥祥記》，又《太平廣記》卷一二〇引《還冤記》。按：《冥祥記》乃《冤魂志》之誤）

〔一〕張絢，范陽方城（今河北廊坊市固安縣西南方城）人。車騎將軍張弘策子。兄緬，御史中丞；纘，湘州刺史；綰，侍中。絢曾爲中書舍人。見《梁書》卷三四《張綰傳》。

〔二〕常，通「嘗」。《廣記》作「嘗」。

〔三〕⿱辟歹⿱折歹（bì xī），《玉篇》歹部：「⿱辟歹⿱折歹，欲死貌。」《廣記》此句作「杖下臂折」，蓋不明詞義而妄改。

江陵士大夫

梁江陵陷時〔一〕，有關内人梁元暉，俘獲一士大夫，姓劉，位日新城〔二〕，失其名字。此人先遭侯景亂〔三〕，喪失家口，唯餘小男，年始數歲，躬自擔抱。又著連枷，值雪塗，不能進。元暉監領入關〔四〕，逼令棄去。劉君愛惜，以死爲請。遂强奪取，擲之雪中，杖拍交下，驅蹙使去。劉乃步步迴首，號叫斷絶。辛苦頓弊〔五〕，加以悲傷，數日而死。

死後，元暉日日見劉曳手索兒，因此得病。雖復對之悔謝，來殊不已。元暉載病，到家卒終〔六〕。（據《法苑珠林》卷九一引《冥祥記》，又《太平廣記》卷一二〇引《還冤記》。按：《冥祥記》乃《冤魂志》之誤）

〔一〕《梁書》卷五《元帝紀》載：承聖三年(五五三)十一月，西魏攻破梁都江陵，元帝蕭繹被俘，次月遭害。西魏兵「選百姓男女數萬口，分爲奴婢，驅入長安，小弱者皆殺之」。

〔二〕「位日」，中華書局《法苑珠林校注》作「位曰」。此二字當有譌誤。新城，郡名，治房陵縣(今湖北房縣)。

〔三〕此句前原有「先」字，與下重復，據《廣記》删。侯景，字萬景，懷朔鎮(今内蒙古固陽縣西南)人，或云雁門(治今山西代縣)人。本爲北魏爾朱榮、東魏高歡部將，梁武帝末降梁，爲河南王。太清二年(五四八)叛，攻破建康，次年破臺城，縱兵殺掠，死人無算。先後立蕭綱、蕭棟爲帝，繼而自立，國號漢。五五二年被湘東王蕭繹所遣王僧辯、陳霸先擊破，爲部下所殺。《梁書》卷五六有傳。

〔四〕監領入關，此四字原無，據《廣記》補。

〔五〕頓弊，萎頓疲敝。

〔六〕卒終，結果死掉。《史記》卷六七《仲尼弟子列傳》：「常相魯、衛，家累千金，卒終于齊。」卒，結果，最後，最終。

周宣帝

周宣帝宇文贇在東宫時〔一〕，武帝訓督甚嚴〔二〕。恒使宦者〔三〕成慎監察之。若有纖毫罪失，匿而不奏，許慎以死。於是慎常陳太子不法之事，武帝杖太子百餘。及即位，顧見髀上杖瘢，乃問成慎所在。慎于時已出爲郡，遂敕追之。至便賜死。慎奮厲曰：「此是汝父所爲，成慎何罪！勃〔四〕逆之餘，濫以見及。死〔五〕若有知，終不相放！」

于時宫掖禁忌，相逢以目，不得輒共言笑。分置監官，記録愆〔六〕罪。左皇后〔七〕下有一女子，欠伸〔八〕淚出。因被奏劾，謂其〔九〕所思憶。便敕對前考竟之〔一〇〕。初打頭一下，帝便頭痛；次打項一下，帝又項痛〔一一〕。遂大發怒曰：「此是我怨家〔一二〕！」乃使拉折其腰，帝即腰痛。其夜出南宫，病遂漸增。明旦早還，患腰不得乘馬，御車而入。所殺女子處，有黑暈如人形。時謂是血，隨掃刷之，旋復如故，如此再三。有司掘除舊地，以新土埋之。一宿之間，亦還如本。因此七八日，舉身瘡爛而崩。

及初下屍，諸蹋脚牀〔一三〕，牢不可脱，唯此死女子所卧之牀，獨是直脚，遂以供用。蓋亦鬼神之意焉。帝崩去成慎死，僅二十許日。（據《法苑珠林》卷四六引《冥祥記》，又《太平廣記》卷一二九引《還冤記》。按：《冥祥記》乃《冤魂志》之誤）

〔一〕周宣帝宇文贇（yūn），武帝宇文邕長子。建德元年（五七二）立皇太子，宣政元年（五七八）即位，大象二年（五八〇）崩，時年二十二。見《周書》卷七《宣帝紀》。按：宣帝昏昧暴虐，史有明文。本紀載：「擯斥近臣，多所猜忌。又吝於財，略無賜與。恐羣臣規諫，不得行己之志，常遣左右密伺察之，動止所爲，莫不鈔録，小有乖違，輒加其罪。自公卿已下，皆被楚撻，其間誅戮黜免者，不可勝言。每笞捶人，皆以百二十爲度，名曰天杖。宫人内職亦如之。后妃嬪御，雖被寵嬖，亦多被杖背。」史臣稱其「昏虐君臨，姦回肆毒，善無小而必棄，惡無大而弗爲。窮南山之簡，未足書其過；盡東觀之筆，不能記其罪」。

〔二〕《周書》卷七《宣帝紀》載：「帝之在東宮也，高祖(武帝)慮其不堪承嗣，遇之甚嚴，朝見進止，與諸臣無異，雖隆冬盛暑，亦不得休息。性既嗜酒，高祖遂禁醪醴不許至東宮。帝每有過，輒加捶扑。嘗謂之曰：『古來太子被廢者幾人，餘兒豈不堪立耶？』於是遣東宮官屬録帝言語動作，每月奏聞。帝憚高祖威嚴，矯情修飾，以是過惡遂不外聞。」

〔三〕宦者，原作「官者」，據中華書局《法苑珠林校注》及《廣記》改。

〔四〕勃，通「悖」。《廣記》作「悖」。

〔五〕死，《廣記》作「鬼」。

〔六〕僁，同「愆」。《廣記》作「愆」。

〔七〕左皇后，《周書》卷九《皇后傳》載：宣帝凡立五皇后，后號天元皇后，又立天皇后、天左右皇后、天中大皇后。天左皇后乃陳月儀，大象元年(五七九)入宫，爲德妃。月餘立爲天左皇后，二年改天左大皇后。帝崩後出家。

〔八〕欠伸，打呵欠與伸懶腰。《儀禮·士相見禮》：「君子欠伸，問日之早晏。」注：「志倦則欠，體倦則伸。」

〔九〕其，《廣記》作「有」。

〔一〇〕考竟，刑訊窮竟。《後漢書·安帝紀》：「自今長吏被考竟未報」，李賢注：「考，謂考問其狀也；報，謂斷決也。」此句《廣記》作「奏使敕拷訊之」。

〔一一〕以上四句《廣記》作「初擊其頭，帝便頭痛；更擊之，亦然」。

〔一二〕怨家，冤家，仇人。《史記》卷八九《張耳陳餘列傳》：「貫高怨家知其謀，乃上變告之。」《廣記》作「冤家」。

〔一三〕踻脚牀，曲脚之牀。踻，曲也。下文直脚牀，乃牀脚直者。踻脚牀較直脚牀爲貴。《宋書》卷三《武帝紀下》：「上清簡寡欲……宋臺既建，有司奏東西堂施局脚牀，銀塗釘，上不許，使用直脚牀，釘用鐵。」梁殷芸《小説》（《續談助》卷四）引《宋武平敕》亦載：「宋國初建，參軍高纂啓云：『欲量作東西堂牀六尺五寸，並用銀度釘，未敢輒專。』宋武手答云：『牀不須局腳，直腳自足。釘不煩銀渡，鐵釘而已。』」此句原作「諸牀並曲」，據《廣記》改。

八朝窮怪録

又省稱《窮怪録》，撰人不詳，史志無目，唯見《太平廣記》等書引録。《太平廣記引用書目》有《八朝窮怪録》，書中所引或作《窮怪録》，凡九事。《太平寰宇記》卷一一一、《輿地紀勝》卷三〇引梁承聖間柳萇事。《古小説鈎沉》未輯此書。《重編説郛》卷一一七輯闕名《窮怪録》三則，《茅崇丘》、《天女》輯自《廣記》，《射豬翁》即《廣記》卷三九《麻陽村人》，出唐戴孚《廣異記》。《重編説郛》本又載入《龍威秘書》。《舊小説》乙集輯闕名《八朝窮怪録》四則，全取《廣記》，列入唐代作品。

十事全係南北朝事。有四事可考得原始出處，趙文昭事取梁吴均《續齊諧記》，劉子卿、蕭嶽、首陽山三事又見《稽神異苑》(《類説》卷四〇)，前二事引自《六朝録》，後事引自《江表録》。《六朝録》之「六朝」大概指漢、魏、吴、晉、宋、齊。本書與之當有關係，所謂「八朝」頗疑即六朝再加梁、陳兩朝，而以南朝四朝包容北朝魏、齊、周三朝也。若非如此，則八朝者殆指南朝四朝、北朝三朝及隋。而本書似出隋人之手。

本書係志怪特佳之作，叙事委曲，描畫宛然，文詞清麗飄灑，大有唐傳奇之筆意。志怪向傳奇演進之迹，於此可見矣。

劉子卿

宋劉子卿，徐州〔一〕人也，居廬山虎溪〔二〕。少好學，篤志無倦，常慕幽閑，以爲養性。恒愛花種樹，其江南花木，溪庭無不植者。文帝元嘉三年〔三〕春，臨翫之際，忽見雙蝶，五彩分明，來游花上，其大如鷰。一日中，或三四往復。子卿亦訝其大。

凡旬有三日〔四〕，月朗風清。歌吟之際，忽聞扣扃，有女子語笑之音。子卿異之，謂左右曰：「我居此溪五歲，人尚無能知，何有女子而詣我乎？此必有異。」乃出户，見二女，各十六七，衣服霞焕，容止甚都。謂子卿曰：「君常怪花間之物，感君之愛，故來相詣，未度君子心若何？」子卿延之坐，謂二女曰：「居止僻陋，無酒叙情，有慙於此。」一女曰：「此來之意，豈求酒耶？況山月已斜，夜將垂曉，君子豈有意乎？」子卿曰：「鄙夫唯有茅齋，願伸繾綣。」二女東向坐者笑謂西坐者曰：「今宵讓姊，餘夜可知。」因起，送子卿之室，入〔五〕謂子卿曰：「郎閉户雙棲，同衾並枕。來夜之歡，願同今夕。」

及曉，女乃請去。子卿曰：「幸遂繾綣，復更來乎？一夕之歡，反生深恨。」女撫子卿背曰：「且女妹〔六〕之期，後即次我。」將出户，女曰：「心存意在，特望不憂。」出户，不知蹤跡。

是夕，二女又至，宴好〔七〕如前。姊謂妹曰：「我且去矣。昨夜之歡，今留與汝。汝勿貪多娛〔八〕，少惑劉郎。」言訖大笑，乘風而去。於是同寢。卿問女曰：「我知卿二人非人間之有，願知之。」女曰：「但得佳妻，何勞執問。」乃撫子卿曰：「郎但申情愛，莫問閑事。」臨曉將去，謂卿曰：「我姊妹〔九〕實非人間之人，亦非山精物魅。若説於郎，郎必異傳，故不欲取笑於人世〔一〇〕。今者與郎契合，亦是因緣〔一一〕，慎跡藏心，無使人曉。即姊妹每旬更至，以慰郎心。」乃去。常十日一至，如是數年會合〔一二〕。後子卿遇亂歸鄉，二女遂絶。

廬山有康王廟〔一三〕，去所居二十里餘。子卿一日訪之，見廟中泥塑二女神，并壁畫二侍者，容貌依稀有如前遇，疑此是之。（據中華書局汪紹楹點校本《太平廣記》卷二九五引《八朝窮怪録》）

〔一〕徐州，東晉義熙七年（四一一）分淮北置北徐州，治彭城（今江蘇徐州市），淮南仍爲徐州，治京口（今江蘇鎮江市）。宋永初二年（四二一）改北徐州爲徐州，而以原徐州爲南徐州。此徐州當指原北徐州。

〔二〕虎溪，在廬山東林寺前。宋陳舜俞《廬山記》卷二云：「昔遠師（惠遠）送客過此，虎輒號鳴，故名。」

〔三〕元嘉三年，即四二六年。

〔四〕凡，概括之辭。旬有三日，即十三日。「凡」原作「九」。按：九旬，指三月，一旬十天，故云。唐嚴子休《桂苑叢談·賞心亭》：「芳春九句，都人士女得以遊觀。」三月三日古爲上巳節，士民出遊水邊。然文中無及此俗。《廣記》鈔宋本（嚴一萍《太平廣記校勘記》）「九」作「凡」，當是，據改。

〔五〕入，鈔宋本作「又」。

〔六〕女妹，即妹妹。《韓非子·詭使》：「而女妹有色，大臣左右無功者，擇宅而受，擇田而食。」鈔宋本作「小妹」。

〔七〕宴好，歡好，歡愛。「好」字原無，據鈔宋本補。

〔八〕娛，原譌作「誤」，據鈔宋本正。

〔九〕姊妹，原闕「妹」字，今以意補之。

〔一〇〕人世，原作「人代」。當爲唐人傳鈔避李世民諱改，而《廣記》仍之。南宋曾慥《類説》卷二所摘晉人皇甫謐《高士傳》序：「謐採古今人代之士，身不屈於王公，名不耗於終始，自堯至魏，凡九十餘人。」亦此故，皆不得疑書出唐人也。今回改爲「世」。

〔一一〕因緣，即姻緣。鈔宋本「因」作「姻」。

〔一二〕合，原作「寢」，據鈔宋本改。

〔一三〕康王廟，在廬山康王谷。相傳戰國末楚康王（史無此人）隱於此，故名。宋陳舜俞《廬山記》卷三云：「由圓通二十里至康王谷景德觀，舊名康王觀。……舊傳楚康王爲秦將王翦所窘，匿於谷中，因隱焉，故號康王谷。……舊觀基在谷中，梁大同二年道士張法施所建。隋開皇十年道士丁玄真能攝伏鬼神，遷銅馬廟於谷內，而建今觀焉。」元趙道一《歷世真仙體道通鑑》卷一〇云：「楚康王未見名，本懷王之後也。素有賢行，服衆，故國人立之。秦始皇吞併六國，爲三十六郡。康王窮蹙，乃逃奔於廬山，遂入山東南深谷以避難。於是潛禱於山神，冀有陰助。時將軍王翦領兵至谷口，見煙霧濛霾，雷雨暴集，洞壑涌溢，不辨道路，翦始懼退師,康王得免。遥見人馬之迹,其去甚速,今山側有馬到嶺是也。康王乃歎曰:『昔舜南巡不返,吾得隱廬山,老林泉足矣。』愈入深谷,不復出。久之,遇異人得道。後人入山,時有見之者,顧其舉動異常,問之,得其髣髴,或自言其名氏。梁大同初乃立觀其側，武帝詔爲康王觀。」按：本文之康王廟，劉宋已有，非梁建康王觀也。宋王象之《輿地紀勝》卷二五稱其谷爲楚王谷。廬山又有康王城。祖沖之《述異記》《古小説鈎沉》)云:「廬山上有康王谷,巔(按《事類賦注》卷三、《太平寰宇記》卷一一一引作「北嶺」)有一城,號爲釗城。天每欲雨,輒聞山上鼓角笳簫之聲,聲漸至城,而風雨晦合,村人以爲常候。傳云此周康王之城,康王愛奇好異,巡歷名山,不遠而至。城中每得古器大鼎及弓弩金之屬,知非常人之所處也。」此乃以康王爲周康王,説異。

《稽神異苑》亦載此事。《稽神異苑》原書不存,《類説》卷四〇節録其文,皆不完。今録如下:「《六朝録》曰:劉子卿居廬山,有五彩雙蝶,來遊花上,其大如燕。夜見二女子,曰:『感君愛花間之物,故來相詣,君子豈有意乎?』子卿曰:『願伸繾綣。』一女曰:『感君。今宵讓姊,餘夜可知。』次夜,姊曰:『昨夜之歡,今留與汝。』自是每旬一至者數月(按:嘉靖伯玉翁鈔本作「年」)。廬山有康王廟,泥塑二神女,容貌如二婦人。」據此,《窮怪録》此文當亦採自《六朝録》或《稽神異苑》。

又南宋皇都風月主人《緑窗新話》卷上《劉卿遇康皇廟女》云:「劉子卿,居廬山。門徑瀟灑,芳圃名花,四時接續。文帝元嘉二年春,一日有五彩雙蝶,來游花上,其大如燕。子卿愛玩珍賞,終日忘歸,而蝶亦回翔花間不去。是夜,風清月淡,子卿獨步庭下。見花蔭有二女,宛若神仙。子卿怪問,女曰:

『感君愛花間之物，故來相謁，君子豈有意乎？』遂同登亭臺望月。迤邐命燭，入煥館閒玩，笑語諧謔。見有牀榻濟楚，一女執子卿之手，笑問：『共誰寢？』子卿曰：『專設榻以待娘子。』答曰：『今宵讓于姊，餘夜可知，後夜當奉枕席。』於是辭歸，只留一女同寢。未曉即去。次夜復同至，姊曰：『今宵與妹。』自是夜夜同至，遞相歡狎。一日，子卿偶過廬山，見康皇廟二神女，容貌相似。是夕，二女同至辭別，其後再不復來矣。」未注出處，不知所據。

明詹詹外史《情史類略》卷一九《康王廟女神》、《香豔叢書》第八集《廬山二女》，以及明人妄造唐孫頠輯《神女傳》（《合刻三志》志奇類、《唐人説薈》第十二集、《龍威秘書》四集、《藝苑捃華》）之《康王廟女》，均即《廣記》所引此文，或有刪削。

蕭總

蕭總，字彥先，南齊太祖〔一〕族兄環之子。總少爲太祖以文學見重。時太祖已爲宋丞相〔二〕，謂總曰：「汝聰明智敏，爲官不必資〔三〕。待我功成，必薦汝爲太子詹事〔四〕。」又曰：「我以嫌疑之故，未即遂心。」總曰：「若讖言之〔五〕，何啻此官。」太祖曰：「此言狂悖，慎鈐〔六〕其口。吾專疚於心，未忘汝也。」

總率性本異，不與下於己者交。自建鄴〔七〕歸江陵。宋後廢帝元徽〔八〕後，四方多亂。

因游明月峽〔九〕,愛其風景,遂盤桓累歲,常於峽下枕石漱流〔一〇〕。時春向晚,忽聞林下有人呼「蕭卿」者數聲。驚顧,去坐石四十餘步,有一女,把花招總。總〔一一〕異之,又常知此有神女,從之。視其容貌,當可笄年。所衣之服,非世所有;所佩之香,非世所聞。謂總曰:「蕭郎遇〔一二〕此,未曾見邀,今幸良晨,有同宿契。」

總恍然行十餘里,乃見溪上有宫闕臺殿甚嚴。宫門左右,有侍女二十人,皆十四五,並神仙之質。其寢卧服玩之物,俱非世有。心亦喜幸。一夕綢繆,以至天曉。忽聞山鳥晨叫,巖泉韻清。出户臨軒,將窺舊路,見煙雲正重,殘月在西。神女執總手謂曰:「人間之人,神中之女,此夕歡會,萬年一時也。」總曰:「神中之女,豈人間常所望也。」女曰:「妾實此山之神,上帝三百年一易,不似人間之官。來歲方終,一易之後,遂生他處。今與郎契合,亦有因由,不可陳也。」言訖乃别。神女手執一玉指環,謂曰:「此妾常服玩,未曾離手。今永别,寧不相遺!願郎穿指,慎勿忘心。」總曰:「幸見顧録,感恨徒深。執此懷中,終身是寶。」天漸明,總乃拜辭,掩涕而别,攜手出户,已見路分明。總下山數步,廻顧宿處,宛是巫山神女之祠〔一三〕也。

他日,持玉環至建鄴,因話於張景山。景山驚曰:「吾常遊巫峽,見神女指上有此玉環。世人相傳云,是晉簡文帝李后〔一四〕曾夢遊巫峽,見神女,神女乞后玉環。覺後乃告帝,帝遣使賜神女。吾親見在神女指上。今卿得之，是與世人異矣！」

總齊太祖建元〔一五〕末，方徵召。未行，帝崩。世祖〔一六〕即位，累爲中書舍人。初，總爲治書御史，江陵舟中遇，而忽思神女事，悄然不樂。乃賦詩曰：「昔年巖下客，宛似成今古。徒思明月人，願濕巫山雨。」（據《太平廣記》卷二九六引《八朝窮怪録》）

〔一〕南齊太祖，即齊高帝蕭道成，代宋自立，四七九年至四八二年在位。

〔二〕《南齊書》卷一《高帝紀上》載：宋順帝即位（四七七），蕭道成進位侍中、司空、録尚書事、驃騎大將軍，道成固辭上台（司空），即驃騎大將軍、開府儀同三司。昇明三年（四七九）三月，又進位相國，封齊公，一月之後乃代宋自立。

〔三〕資，資歷。

〔四〕太子詹事，掌太子内外事務，爲太子官屬之長，權位極重。

〔五〕讖，讖語。《南齊書·高帝紀》載「民間流言云『蕭道成當爲天子』」，所謂「若讖言之」，即指此類。

〔六〕鈐（qián），鎖也，閉也。

〔七〕建鄴，原作「建業」，《廣記》鈔宋本（嚴一萍《太平廣記校勘記》）作「建鄴」，下文亦作「建鄴」，爲求一致，據鈔宋本改。建業、建鄴爲建康之舊稱，今南京市。東漢建安十六年（二一一）孫權改秣陵縣爲建業縣，定爲都城。西晉太康元年（二八〇）滅吴，復改名秣陵縣。三年，又分淮水（今秦淮河）以北爲建鄴縣。建興元年（三一三）避愍帝司馬鄴諱改名建康縣。東晉及南朝四朝皆都此。

〔八〕宋後廢帝，劉昱，元徽爲其年號（四七三—四七七）。

〔九〕明月峽，一名扇子峽，在今湖北宜昌市西二十里。《輿地紀勝》卷七三《峽州·景物下》：「明月峽，在夷陵縣（宜昌市），高七百餘仞，倚江于崖，面白如月，又如扇，亦曰扇子峽。」該峽之西爲三峽。

〔一〇〕枕石漱流，語出曹操《秋胡行·晨上》（《宋書·樂志三》）：「枕石漱流飲泉。」又《三國志》卷四〇《蜀書·彭羕傳》：「枕石漱流，吟詠緼袍。」六朝人恒用此語，《世説·排調》云：「孫子荆（按：即孫楚）年少時欲隱，語王武子（按：即王濟）：『當枕石漱流。』誤曰『漱石枕流』。王曰：『流可枕，石可漱乎？』孫曰：『所以枕流，欲洗其耳；所以漱石，欲礪其齒。』」

〔一一〕「總」字下原衍「悤」字，據鈔宋本删。明吴大震《廣豔異編》卷一《巫山神女》作「忽」。

〔一二〕遇，鈔宋本作「戀」。

〔一三〕巫山神女，宋玉《高唐賦》曰：「昔者先王（按：楚懷王）嘗遊高唐，怠而晝寢。夢見一婦人曰：『妾巫山之女也，爲高唐之客。聞君遊高唐，願薦枕席。』王因幸之。去而辭曰：『妾在巫山之陽，高丘之阻，旦爲朝雲，暮爲行雨，朝朝暮暮，陽臺之下。』旦朝視之如言，故爲立廟，號曰朝雲。」又《神女賦》曰：「楚襄王與宋玉遊於雲夢之浦，使玉賦高唐之事。其夜王寢，果夢與神女遇，其狀甚麗。」《文選》李善注引《襄陽耆舊傳》曰：「赤帝女曰姚姬，未行而卒，葬於巫山之陽，故曰巫山之女。楚懷王遊於高唐，晝寢夢見與神遇，自稱是巫山之女，王因幸之。遂爲置觀於巫山之南，號爲朝雲。後至襄王時，復遊高唐。」巫山在今重慶市巫山縣東南，下爲巫峽。山有十二峯，其神女峯即得名於巫山神女，有石挺立若人，俗目爲神女，峯下有神女廟。陸游《入蜀記》六云：「過巫山凝真觀，謁妙用真人祠。真人，即世所謂巫山神女也。祠正對巫山，峯巒上入霄漢，山脚直插江中。……然十二峯者，不可悉見。所見八九峯，惟神女峯最爲纖麗奇峭，宜爲仙真所托。祝史云：每八月十五夜月明時，有絲竹之音，往來峯頂，山猿皆鳴，達旦方漸止。廟後山半，有石壇平曠，傳云夏禹見神女，授符書於此（按：事見杜光庭《墉城集仙録》）。壇上觀十二峯，宛如屏障。」按：巫山神女祠在巫山，觀此篇明月峽亦有其祠。蓋明月峽去巫山二百里之遥，俗傳巫山神女亦遊此地，故立祠。《太平廣記》卷四六九引《三峽記》云：「明月峽中有二溪東西流。宋順帝昇平二年，溪人微生亮，釣得一白魚，長三尺。投置舡中，以草覆之。及歸取烹，見一美女在草下，潔白端麗，年可十六七。自言：『高唐之女，偶化魚游，爲君所得。』亮問曰：『既爲人，能爲妻否？』女曰：『冥契使然，何爲不得？』其後三年爲亮妻。忽曰：『數已足矣，請歸高唐。』亮曰：『何時復來？』答曰：『情不可忘者，有思復至。』其後一歲三四往來，不知所終。」

〔一四〕晉簡文帝，司馬昱，三七一年至三七二年在位。李后，名陵容，孝武帝母。簡文時爲宫人，孝武尊爲皇太后。

〔一五〕建元，起四七九年，訖四八二年。

〔一六〕世祖，即齊武帝蕭賾，高帝長子，四八二年至四九三年在位。

《稽神異苑》云：「《征途記》曰：蕭總遇洛神女，後逢雨，認得香氣，曰：『此雲雨從巫山來。』」亦爲蕭總事，然情事有異。《五色線》卷上《雨香》亦云：「《征途記》曰：蕭總曾遇洛神女。相見後至葭萌逢雨，認得香氣，曰：『此雲雨從巫山來，獨我知之。』」按：觀「雲雨從巫山來」，「洛神女」必爲「巫山神女」之譌。又按：《類説》嘉靖伯玉翁鈔本（卷三六），「蕭總」作「蕭曠」，「洛神女」作「洛浦神女」。蕭曠遇洛浦神女，乃唐裴鉶《傳奇·蕭曠》中事（《廣記》卷三一一引），絶不可能出自《征途記》。嘉靖鈔本誤，疑爲後人妄改。

劉導

劉導，字仁成，沛國〔一〕人，梁貞簡先生瓛〔二〕三從姪。父謇，梁左衛率〔三〕。導好學篤志，專勤經籍，慕晉關康〔四〕，曾隱京口。與同志李士炯同宴。于時秦江〔五〕初霽，共歎金陵〔六〕，皆傷興廢。

俄聞松間有〔七〕數女子笑聲，乃見一青衣女童，立導之前曰：「館娃宮〔八〕歸路經此，聞君志道高閑，欲冀少留，願垂〔九〕顧眄。」語訖，二女已至，容質甚異，皆如仙者，衣紅紫絹縠，馨香襲人，俱年二十餘。導與士炯不覺起拜，謂曰：「人間下俗，何降神仙？」二女相視而笑曰：「住爾輕言，願從容以陳幽抱。」導揖就席，謂曰：「塵濁酒不可以進。」二女笑曰：「既來叙會，敢不同觴。」衣紅絹者，西施也，謂導曰：「適自廣陵渡江而至，殆不可堪，深願思飲焉。」衣紫絹者，夷光〔一〇〕也，謂導曰：「同宮三妹〔一一〕，久曠深幽，與妾此行，蓋謂〔一二〕君子。」導語夷光曰：「夫人之姊，固爲導匹。」乃指士炯曰：「此夫人之偶也。」夷光大笑而熟視之。西施曰：「李郎風儀，亦足相匹〔一三〕。」夷光曰：「阿婦〔一四〕夫容貌，豈得動人！」合座喧笑。俱起就寢。

臨曉請去，尚未天明。西施謂導曰：「妾本浣紗〔一五〕之女，吴王之姬，君固知之矣。爲越所遷，妾落他人之手。吴王殁後，復居故國。今吴王已耄，不任妾等。夷光是越王之女，越昔貢吴王者。妾與夷光相愛，坐則同席，出則同車。今者之行，亦因縁會。」言訖惆然。導與士炯深感恨。聞京口曉鐘，各執手曰：「後會無期。」西施以寶鈿一隻，留與導；夷光拆裙珠一雙，亦贈士炯。言訖，共乘寶車，去如風雨。音猶在耳，頃刻無見。時梁武帝天監十一年〔一六〕七月也。（據《太平廣記》卷三二六引《窮怪録》，鈔宋本作《八朝窮怪録》）

〔一〕沛國，即沛郡，東漢西晉爲國，東晉復爲郡，北齊廢。漢末以後治沛縣（今屬江蘇徐州市），東晉徙治蕭縣（今安徽蕭縣西北）。

〔二〕貞簡先生瓛，字子珪，沛國相縣（今安徽濉溪縣西北）人。少篤學，通《五經》，聚徒教授，爲宋、齊名儒，劉繪、范縝等皆其徒。永明七年（四八九）卒，年五十六。梁天監元年（五〇二）詔謚貞簡先生。《南齊書》卷三九、《南史》卷五〇有傳。此云其爲梁人，誤也。「貞」《廣記》原作「真」，蓋宋人避仁宗趙禎諱改，今改。

〔三〕左衛率，掌東宫宿衛。西晉設太子左、右、前、後四衛率，東晉南朝惟左右二率。

〔四〕關康，即關康之，《宋書》卷九三《隱逸傳》載：康之字伯愉，河東楊縣（今山西洪洞縣東南范村）人，世居京口（今江蘇鎮江市），隱居不仕。順帝昇明元年（四七七）卒，時年六十三。此云晉人，誤。

〔五〕秦江，又名京江、揚子江，即京口北之長江，以秦始皇曾鑿京口之京峴山，故名秦江。

〔六〕金陵，建康（今南京市）別稱。戰國楚威王七年（前三三三）滅越置金陵，因金陵山（今鍾山）得名。

〔七〕「有」字原無，據《廣記》鈔宋本（嚴一萍《太平廣記校勘記》）補。

〔八〕館娃宮，《太平寰宇記》卷九一《蘇州・吴縣》：「硯石山，在縣西三十里胥門外。山西有石鼓，亦名石鼓山。又有琴臺。《越絶書》云吴人于硯石山置館娃宮。劉逵注《吴都賦》引揚雄《方言》云：『吴有館娃宮，吴人呼美女爲娃。』故《三都賦》云：『幸乎館娃之宮中，張女樂而宴群臣。』今吴縣有館娃鄉。」

〔九〕垂，鈔宋本作「從」。

〔一〇〕按：據《拾遺記》，夷光乃西施别名，此則分爲二人。

〔一一〕按：此「謂導者」仍爲西施。「宮」字原譌作「官」，據《廣記》陳鱣校本、《四庫全書》本正。「三妹」疑當作「二妹」，指衣紫絹之夷光，二人以姊妹相呼也。

〔一二〕謂，通「爲」。《四庫全書》本作「爲」。

〔一三〕相匹，鈔宋本作「閑雅」。

〔一四〕阿婦，夷光自謂。吴人自呼常曰「阿儂」，夷光已有夫，故自呼曰「阿婦」。

〔一五〕浣紗，原作「浣沙」，據鈔宋本改。《寰宇記》卷九六《越州・諸暨縣》：「苧蘿山，山下有石跡水，是西施浣紗之所，浣紗石猶在。」按：「浣紗」後常譌作「浣沙」，相沿成習。如《全唐詩》卷二七《浣沙女》、卷一五一劉長卿《戲贈於越尼子歌》「厭向春江空浣沙」，詞調《浣溪紗》又作《浣溪沙》，皆是也。

〔一六〕天監十一年，五一二年。

文人豔遇西施事，唐人亦有記。范攄《雲谿友議》卷上《苧蘿遇》云：「王軒少爲詩，寓物皆屬詠，頗聞《淇澳》之篇。遊西小江，泊舟苧蘿山際，題西施石曰：『嶺上千峯秀，江邊細草春。今逢浣紗石，不見浣紗人。』題詩畢，俄而見一女郎，振瓊璫，扶石笋，低佪而謝曰：『妾自吳宮還越國，素衣千載無人識。當時心比金石堅，今日爲君堅不得。』既爲鴛鴦之會，仍爲恨別之詞。後有蕭山郭凝素者，聞王軒之遇，每適於浣溪，日夕長吟，屢題歌詩於其石。寂爾無人，乃鬱怏而返。進士朱澤嘲之，聞者莫不嗤笑。凝素内耻，無復斯遊。澤詩曰：『三春桃李本無言，苦被殘陽鳥雀喧。借問東鄰效西子，何如郭素擬王軒？』」

《太平廣記》卷三二七引《續博物志》云：「蕭思遇，梁武帝從姪孫，父懿，爲侯景所殺。思遇以父遭害，不樂仕進。常慕道，有冀神人，故名思遇，而字望明，言望遇神明也。居虎丘東山。性簡静，愛琴書。每松風之夜，罷琴長嘯，一山樓宇皆驚。常雨中坐石酣歌，忽聞扣柴門者。思遇心疑有異，令侍者遥問，乃應曰：『不須問，但言雨中從浣溪來。』及侍童開户，見一美女，二青衣女奴從之，並神仙之容。思遇加山人之服，以禮見之，曰：『適聞夫人云從浣溪來，雨中道遠，不知所乘何車耶？』女曰：『聞先生心懷異道，以簡潔爲心，不用車輿，乘風而至。』思遇曰：『若浣沙來，得非西施乎？』女回顧二童而笑。復問：『先生何以知之？』思遇曰：『不必慮懷，應就寢耳。』及天曉將别，女以金釧子一隻留訣。思遇稱無物敘情，又曰：『但有此心不忘。』夫人曰：『此最珍奇。』思遇曰：『夫人此去何時來？』女乃掩涕曰：『未敢有期，空勞情意。』思遇亦愴然。言訖，遂乘風而去，須臾不見，唯聞香氣猶在寢室。時陳文帝天嘉元年二月二日也。」（按：談本云出《博物志》誤，陳校本、鈔宋本作《續博物志》是也，此書係唐林登所撰。）

僞題唐常沂《靈鬼志》（載《合刻三志》、《唐人説薈》等）之《劉導》，實即《廣記》所引本文。又《豔異編》卷三六亦取入。

首陽山天女

後魏明帝正光二年〔一〕夏六月，首陽山〔二〕中，有晚虹下飲於溪泉，有樵人陽萬〔三〕於嶺下見之。良久，化爲女子，年如十六七。異之，問不言。乃竊告蒲津〔四〕戍將宇文顯。顯取之以聞〔五〕。

明帝召入宫，見其容貌姝美，掩于六宫〔六〕。問之〔七〕，云：「我天女也，暫降人間。」帝欲逼幸，其〔八〕色甚難。復令左右擁抱，作異〔九〕聲如鐘磬，復化爲虹，經天而去〔一〇〕。後帝尋崩〔一一〕。（據《太平廣記》卷三九六引《八廟窮經録》，明鈔本作《八廟怪録》，鈔宋本作《八朝窮怪録》，又《太平寰宇記》卷五《河南道五·西京三·偃師縣》亦引，無出處〔一二〕）

〔一〕後魏，北魏。明帝，肅宗孝明帝，即元詡，宣武帝元恪二子。延昌四年（五一五）即位，武泰元年（五二八）崩，年十九。正光起五二〇年訖五二五年，二年爲五二一年。《寰宇記》引作正光元年。

〔二〕首陽山，即雷首山，亦名首山，在今山西永濟市蒲州鎮東南三十里，屬中條山西南端，山有夷齊墓。據傳伯夷、叔齊不食周粟餓死於此。按：山名首陽者頗夥，今河南偃師市亦有首陽山，《寰宇記》卷五《河南道·偃師縣》云：「首陽山在縣西北三十五里。阮籍詩云：『步出上東門，北望首陽岑，下有採薇士，上有嘉樹林。』山上今有夷齊祠。」下亦引虹女事，乃將蒲州之首陽誤作偃師之首陽矣。

〔三〕陽萬，《寰宇記》作「楊萬」。

〔四〕「竊」字《廣記》原無，據《寰宇記》補。蒲津，黄河古津渡，一稱蒲坂津，其東岸爲蒲坂，故名。蒲坂即今蒲州。

〔五〕「顯」字原無，據《寰宇記》補。《寰宇記》「以聞」作「進明帝」。

〔六〕此句原無，據《寰宇記》補。

〔七〕「之」字原無，據《寰宇記》補。

〔八〕其，原作「而」，據《寰宇記》改。

〔九〕「作異」二字原無，據《寰宇記》補。

〔一〇〕以上八字原作「化爲虹而上天」，據《寰宇記》補改。

〔一一〕此句原無，據《寰宇記》補。

〔一二〕按：《寰宇記》載此事未云引書，檢《寰宇記》卷一一一《江州・德化縣》引《窮怪録》柳萇復生事，故知此事當亦引自《窮怪録》。

《稽神異苑》（《類説》卷四〇）已有記，云：「《江表録》：首陽山有晚虹下飲溪水，化爲女子。明帝召入宫，曰：『我仙女也，暫降人間。』帝欲逼幸，而難其色（按：嘉靖伯玉翁鈔本此三字作「色甚難」）。忽有聲如雷，復化爲虹而去。」按：《類説》刪削過甚，但言「明帝」，魏亦有明帝（曹叡），遂没其時。引書作《江表録》，當誤，事不在江表（江南）也。

後記

昔者段柯古、胡元瑞，於志怪小説有「不恥」、「好之」之論。余不敢竊攀前賢，肆力於此者，特爲其有禆於稗史研治也。初撰《唐前志怪小説史》一書，其閒稽古蒐逸，亦竟積案盈篋。余向慕魯迅輯《古小説鈎沉》及汪辟疆校録《唐人小説》，每歎其體例精善，遂生效顰之意，成斯《輯釋》。不惟意與拙史相副，亦欲供治稗者取資焉。稿成自知粗陋，然區區私願，竟亦待葑菲之采。蒙何滿子先生不棄，躬爲指導，其規畫區宇，矯正委枉，誠有不可勝言者。嗟夫！吾人恒有「獎掖」之論、「人梯」之言，余今知矣！余何幸耶！所可憾者，余冥昧不學，未能慘淡經營，臻其善美。校樣之際，雖復事修訂，惜乎版面已定，難盡裁鳌。今以此鳩造，就教於海内博雅，勿謂夏蟲不可以語冰云爾。一九八五年七月六日李劍國校畢書。

修訂後記

一九八六年，上海古籍出版社出版余之《唐前志怪小説輯釋》，翌年，承臺灣王國良教授推薦，復由文史哲出版社重印，迄今已二十餘年矣。嗣後繼治唐宋小説，於先唐古稗仍頗留意，時有所獲。而此間曾重新輯校《搜神》二記，於舊見亦多有檢討。曩時初窺門徑，未入堂奥，著述之事，自不能無憾。數年前修訂《唐前志怪小説史》，於二〇〇五年由天津教育出版社出版。《輯釋》本爲匹配此史而纂，史既重修，則《輯釋》不得仍呈舊貫也。若讀者猶用此書，豈不貽誤傳譌耶？今上海古籍出版社欲出《輯釋》修訂本，正契我心。此番修訂，於選材、版本、排序、叙録、校勘、注釋、附録等作全面改易，或調换，或修正，或補充，廣運斧鑿，遍施鉛黄，庶幾近善焉。修訂參考《唐前志怪小説史》修訂本，而其間乃又發現修訂本疏謬之處。修訂本亦將重新修改出版，《輯釋》之修訂，可謂一石二鳥也。前人云校書如掃落葉，旋掃旋落，余常歎撰述亦復如此。夫學海千頃，才識一杓。涘崖之大，恒自不辨牛馬；淵渚之深，豈得盡燭幽微。欲役思下筆，無失無漏，洵難矣哉！此書昔年面世，何滿子先生與力甚多，奬掖後進之德，余没齒不忘。於今哲人萎矣，謹以此書祭奠先生在天之靈。二〇〇九年五月二十日識於釣雪齋。